南方与北方

[英]伊丽莎白·盖斯凯尔 著
柯艾略 译

中国出版集团 现代出版社

图书在版编目（CIP）数据

南方与北方 /（英）伊丽莎白·盖斯凯尔著 ; 柯艾略译. — 北京 : 现代出版社, 2017.11

ISBN 978-7-5143-6595-5

Ⅰ. ①南… Ⅱ. ①伊… ②柯… Ⅲ. ①长篇小说－英国－近代 Ⅳ. ①I561.44

中国版本图书馆CIP数据核字（2017）第250163号

南方与北方

著　　者　（英）伊丽莎白·盖斯凯尔
译　　者　柯艾略
责任编辑　杨学庆
出版发行　现代出版社
地　　址　北京市安定门外安华里504号
邮政编码　100011
电　　话　010-64267325 64245264（传真）
网　　址　www.1980xd.com
电子邮箱　xiandai@cnpitc.com.cn
印　　刷　三河市华润印刷有限公司
开　　本　710mm × 1000mm　1/16
印　　张　25
版　　次　2018年1月第1版　2020年7月第2次印刷
书　　号　ISBN 978-7-5143-6595-5
定　　价　68.00元

目录

CONTENTS

第一卷

目录

CONTENTS

第二卷

第一卷

第一章　婚前的忙碌

有人钟情，出了阁，生活下去。

——英格兰民谣

“伊蒂丝！”玛格丽特有些焦急但轻声地喊道，“伊蒂丝！”

但是和她料想的一样，伊蒂丝已经睡熟了。她此时在哈利街的住处，蜷着身子在沙发上睡着了。她穿着白棉布上衣，用一根蓝色绸带扎着头发，看起来美极了。如果提泰妮娅也像这样穿着白棉布衣服，头发上扎着蓝色绸带，睡在客厅里的深红沙发上，那么人们可能把伊蒂丝当成她。

玛格丽特看着表妹美丽的面庞，又一次看得呆了。她俩从小就在一起，除了她自己，每个人都说伊蒂丝长得漂亮，但是一直到前几天，玛格丽特才真正意识到这一点。

直到最近，在她马上就要和伊蒂丝分开的时候，才越来越明显地感到伊蒂丝是多么可爱而富有魅力。伊蒂丝一直在和她讨论即将到来的婚礼和婚礼上要穿的礼服，还和她谈起了伦诺克斯上尉。伦诺克斯上尉给伊蒂丝描绘了即将在科弗开始的生活图景，因为他所在的军队的驻地就在科弗。她们两个的讨论话题还包括如何给钢琴调音，伊蒂丝认为这太困难了，可能是婚后最难以解决的问题。

她们还说到伊蒂丝结婚之后要带着哪些衣服去苏格兰游玩，但是伊蒂丝的轻声细语到最后变得完全听不清了。几分钟之后，玛格丽特证实了自己的猜想。虽然隔壁还是乱哄哄的，传来了一些噪声，但是此时穿着白棉布衣服、柔软的卷发上扎着蓝色绸带的伊蒂丝，已经安静地蜷在沙发里睡着了。

玛格丽特的老家在乡下，她的父母仍然住在那里的牧师公馆里。最近的十年中，她平时都在肖姨妈家里借住，但是到了假期，她就会回到家里看望父母。她本打算和伊蒂丝表妹说说假期里在牧师公馆会过着怎样的生活，以及对这段假期的憧憬，但是现在伊蒂丝已经睡了，她就只能像从前那样，沉默地思考自己未来的日子。她就要和肖姨妈还有伊蒂丝表妹分开了，再见面不知道要等到什么时候，这难免让她有些感伤，但是她仍然觉得这样的沉思是令人愉快的。她是家里的独生女儿，想着回到牧师公馆之后在父母身边尽孝。这时她断断续续地听到了隔壁传来的谈话声，那是肖姨妈和来家里做客的几位太太在聊天，而男士们仍然在餐厅消遣。这几位邻居家的太太和肖家十分熟悉，被肖太太称为朋友。肖太太不怎么和别人交往，只是经常和她们一起吃饭。有时候肖太太或者伊蒂丝会去她们那儿借点东西，或者她们来向肖太太借东西时，就会在午餐之前互相走动。这一天，这几个邻居家的主人和太太们作为肖家的朋友应邀来赴宴，这次告别的聚会是为了庆祝伊蒂丝即将结婚而举行的。起初，伊蒂丝对这个安排不是十分满意，因为当天晚上伦诺克斯上尉会坐很晚的火车来到这里。虽然她从小就娇生惯养，但是同时也很马虎，没有主见，所以当她发现母亲已经安排好了这场晚宴，就没有再坚持自己的主张。她的母亲叫厨房准备了丰盛的菜肴，人们认为，这样一来这场告别的宴会就不会显得那样伤感。晚餐进行的时候，伊蒂丝一直靠在自己的座位上，面色严肃又带着些恍惚的神情，胡乱拨弄着盘子里的食物。客人们坐在餐桌旁，听着格雷先生高谈阔论。每次肖太太招待客人的时候，格雷先生都会作陪，他总会邀请伊蒂丝为客人们在客厅中弹奏一曲。格雷先生在这场告别的聚会上表现得十分惹人喜欢，所以先生们都还待在楼下的餐厅里没有上来。他们这样正合了太太们的意，玛格丽特无意中听到的，从隔壁传来的断断续续的谈话可以证明这一点。

“我过去的日子实在是太艰难了。这并不是说我和已经过世的将军在一起的时候不快乐，但是两个人年龄相差太大，终究不是件完美的事。所以我打定了主意不让伊蒂丝和我过一样的日子。当然，不是我做母亲的偏心，我老早就看出来我这个宝贝女儿很早就会结婚的。说实话，我过去就总是觉得，她在十九岁之前就一定会谈婚论嫁。我很早之前就预感到了，自从伦诺克斯上尉……”这时，肖太太的声音变得很低，开始和客人们窃窃私语，但是玛格丽特依旧能够很容易地猜出肖太太接下来打算说些什么。伊蒂丝和伦诺克斯上尉真诚地相爱，他们的恋情发展得很顺利。正像她之前说的那样，这符合了肖太太的预感，所以尽管这门婚事没有完全满足伊蒂丝身边的朋友对这个年轻又漂亮的将军女儿的期望，她仍然全力支持两个年轻人的婚事。肖太太说，伊蒂丝是她的独生女儿，所以这场婚姻需要以爱情为基础。说到这儿，她使劲儿叹了口气，听起来好像她和将军结婚时并没有爱情基础一样。实际上，肖太太比自己的女儿对这个婚约的浪漫色彩还要更感兴趣。这并非意味着伊蒂丝没有深深爱着伦诺克斯上尉，但是与上尉对她描述的将会在科弗开始的有趣生活相比，她更愿意舒服地住在贝尔格雷维亚的大房子里。有些话在玛格丽特听起来觉得十分有趣，但是伊蒂丝听后就要假装嗔怪。其中的部分原因是她希望得到她充满怜爱的情人的哄劝，让她开心起来，另一方面的原因在于，她真的不喜欢过那种吉卜赛人式的居无定所的生活。但是，即便另有一个拥有产业和大宅子，还有漂亮的头衔的人存在，只要伦诺克斯上尉还有他独特的魅力，伊蒂丝就依然会迷恋着他。可能要等到他的魅力不再，她才会在心里生出一些悔恨，那时她会认为伦诺克斯上尉并没有满足她的一切期望。在这一点上她和母亲十分相似。她的母亲十分敬仰肖将军的品德和地位，但是决定嫁给他的时候，并不是多爱他。结婚之后，她时常暗自感叹自己的命运不济，要和一个自己并不爱的人共度余生。

“在她的嫁妆上，我可毫不吝啬。”玛格丽特听见肖太太在隔壁说，“从前将军送我的那些漂亮的印度围巾和披巾，我以后是不会再戴了，这次全都给了她。”

“哦，她简直是太幸运了。”一位太太回答道。玛格丽特听得出来，这是吉布森太太在说话。她女儿刚结婚没多久，所以对肖太太说的很感兴趣：“海伦也想要一条印度围巾，十分想要，但是我看价钱太贵了，所以就没买给她。如果她知道伊蒂丝有这么多印度围巾，肯定会特别羡慕伊蒂丝的。这些围巾是什么款式的？是德里产的那种吗？是那种带有窄边的特别漂亮的吗？”

这时玛格丽特听见肖姨妈发出了声音，但是听起来好像是她正从椅子深处直起身，向客厅后面昏暗的地方看过来。她朝这边喊道：“伊蒂丝，伊蒂丝！”随后她又靠进了椅背，似乎直起腰身这一动作让她费了很大的力气。玛格丽特听到呼喊，就走了出去。

“肖姨妈，伊蒂丝已经睡了，我能为您做点什么？”

太太们听到伊蒂丝睡着了的消息，似乎都感到惋惜，嘴里一起念叨着：“可怜的孩子！”肖太太怀里的一只哈巴狗好像也被这种惋惜的情绪感染了，开始叫了起来。

“小声点儿，泰妮！淘气的姑娘！你要把主人吵醒了。我本想让伊蒂丝叫牛顿把围巾拿过来，亲爱的玛格丽特，你能去一趟吗？”

玛格丽特上了楼，在这座房子的最顶层，是过去孩子们住的地方，牛顿此时正在那里收拾婚礼要用的蕾丝花边。这一天里牛顿已经拿着围巾展示过好几次了，所以嘴里嘟哝着又去取围巾。玛格丽特站在房间外面朝里看去。九年前她还是个乡下孩子，来到肖姨妈家里和表妹同住，玩耍、读书都在一起，这个房间就是她最开始熟悉的地方。她仍然记得这个阴沉的房间，那时有个保姆负责照顾她们，她是个严厉又古板的人，尤其注意衣着的整洁和手的卫生。她想起来在这里吃到的第一顿饭，父母和姨妈在楼下用餐，她和他们是分开吃的。在当时的她看来，这座房子的楼梯真是太长了，让她感觉来到了天上，又或者是父母藏到了地面之下。她来到这里之前，在老家的房子里，她的房间就是母亲的梳妆间。在乡下的牧师公馆里的时候，玛格丽特一家总是早睡早起，所以她向来都和父母一起吃饭。啊！她现在已经十八岁了，是一个亭亭玉立的大姑娘了，她依然记得自己九岁时刚到这里的那天晚上，她把脸蒙在被子里难过地直掉眼泪的情形；因为害怕她会把伊蒂丝小姐吵醒，保姆呵斥她不许哭的情形；她难以抑制地伤心，压低声音继续哭泣的情形。她哭得如此伤心，直到她的父亲黑尔先生在那个打扮得十分华贵的姨妈的陪同下轻声走上楼，看看他的女儿是否已经入睡。小玛格丽特这时才不再哭了，她安静地躺在那里，假装已经睡熟了。她害怕自己太过伤心而让父亲难过，又不敢表露在姨妈面前。他们一家人忙活了好久，才给她准备好了适合在这样优雅的新环境中穿的衣服，并且能够让爸爸离开教区，在伦敦待上几天。她有些认识到了，在这么长时间的精心准备之后，根本就不应该再感到伤心。

现在，虽然这个幼儿室里空空如也，房间里没有了任何摆设，但是她已经喜欢上这里了。她朝房间里看了看，想到三天后就要告别这里，心中涌起了一股惋惜之情。

“喂，牛顿！”她说，“我想如果我们要离开这儿的话都会觉得难过吧？”

“小姐，说实话，我没有这种感觉。我的眼神不如以前好了，房间里光线太差，除非靠近窗边，要不然我整理花边的时候根本就看不清。但是窗户的缝隙又透风，冷风会把人给冻死的。”

“哦，但是等你到了那不勒斯，就会享受到温暖的天气，房间里也会有充足的光线，所以你应该把缝纫的活计留到那里再做。谢谢你，牛顿，你继续忙吧，我把围巾拿下去了。”

玛格丽特捧着围巾，闻着上面来自东方的香气走下楼来。伊蒂丝还睡着，于是她成了姨妈的模特，来给客人们展示那些围巾。屋子里的人好像都没有注意，玛格丽特此时穿着一件为父亲那边的远亲戴孝的黑色衣服。她的身材匀称而颀长，很好地衬托出了那些带着艳丽色彩的百褶围巾的美丽。如果是伊蒂丝围着这些围巾的话，肯定会觉得闷得慌。玛格丽特一动不动地站在树枝状的立式灯下，任凭姨妈把围巾一条一条地围在她身上。有几次她被姨妈牵着转过身，正好对着壁炉台上的镜子，她看了看镜子中的自己，觉得自己的模样十分好笑。明明样貌还是自己的，但是身上却披着公主的服饰。她用手轻抚着身上的围巾，感受着它们柔软的质地和鲜艳的色彩，心里觉得十分喜欢，并且非常愿意一直穿着这些美丽的服饰。她像个孩子一样觉得这个想法很有趣，嘴角流露出了一丝愉悦的微笑。就在这个时候，仆人突然过来敲开了房门，通报说亨利·伦诺克斯先生已经到了。太太们愣了一下，似乎觉得自己对围巾感兴趣这件事令人害臊。肖太太伸手欢迎刚来的客人。玛格丽特还在那里站着，一动不动，觉得自己或许还得做一会儿展示围巾的模特。她带着笑意看着伦诺克斯先生，心想他来到这里时看到她这个滑稽的样子，心里一定会充满同情的。

亨利·伦诺克斯先生没赶上来这儿吃晚饭。肖姨妈此刻正在他旁边不停地问着问题，问他新郎——也就是他的弟弟——怎么样，负责给新娘当伴娘的他的妹妹怎么样——她应该和上尉一起从苏格兰来的，还问到了很多伦诺克斯家的人。玛格丽特现在才看出来，姨妈已经不需要她在这儿展示围巾了，而且完全顾不上这里的其他人，于是她就专心去招呼别的客人了。这个时候，伊蒂丝从客厅后面走了过来。客厅里灯光很亮，她一边眨着眼睛，一边把微微有些蓬乱的头发拂到后面，她此刻的样子，就像是刚从睡梦中醒来的睡美人①。即使是在半梦半醒的蒙眬时刻，她也能够意识到，她应该强迫自己醒来见见这个姓伦诺克斯的人。她详细地打听了一下自己从未谋面的小姑珍妮特的近况，说自己是如何地喜欢她。玛格丽特有理由嫉妒这个突然出现的人抢走了她的风头，但是她并没这么做，因为她自视甚高。肖姨妈也加入了谈话，于是玛格丽特又向旁边靠了一些。就在这时，她注意到亨利·伦诺克斯先生正在朝她这边看来，并且盯上了她旁边没人坐的位子。她心里明白，只要伊蒂丝不再问他问题，他马上就会坐过来。肖姨妈之前聊天的时候说过，他还有别的约会，所以玛格丽特并不确定他今晚是否会来。现在看到了他，实在有些出乎意料。但是这时，她十分确定的是这个晚上她一定会很开心。他们有共同的兴趣和爱好。此时的她脸上显现出了高兴的神色，当他片刻之后走过来的时候，她大方地朝他微笑，毫不忸怩。

“嘿，我猜你们刚才正在忙着一些事情，我的意思是太太和小姐的那些事。我要忙的事情可跟这个一点儿都不相干，是法律上的正经事务。跟起草产权、授予文件比起来，摆弄围巾完全是另一回事。”

“哎，我知道你看见我们这些人摆弄围巾一定觉得可笑。但是说实话，印度围巾真的很漂亮。”

“这倒是真的。它的价格可真贵，毫不含糊。”

楼下的先生们都来到了客厅里，屋子里充满了低沉的谈话声。

“这次晚餐聚会应该是星期四之前的最后一次聚会了吧，是这样吗？”

“的确。过了今天晚上，我想这里就会安静下来了。好几个星期以来，这里都没有安静过了，至少不会像这样安静。今晚之后，就没有急事要马上处理了，这件让人费神费力的大事已经安排妥当了。我很想有空闲想想事情，我觉得伊蒂丝或许也有这

①睡美人：法国作家佩罗笔下的童话女主角，她是一位公主，受魔法诅咒沉睡了100年。

种想法。”

“我不知道她会怎么想，但是我觉得你应该是这样想的。这些日子每次见到你，你都在忙着操持别人的事。”

“是啊，”玛格丽特说道，她略微有些惆怅，因为想起来过去的一个多月里一直忙于琐碎的事情，根本无暇休息，“我不知道是不是每场婚礼之前都得忙乱上好一阵子，还是有可能平静地度过一段时间。”

“就像灰姑娘的教母那样，置办嫁妆，写好请柬，准备好宴席。”伦诺克斯先生笑着说。

“这些麻烦的事情都必须要做吗？”玛格丽特抬起头，直视着他，想听他如何回答。在之前的六个星期里，为了这个家庭的体面，所有人都忙着处理各种事情，好满足伊蒂丝的心意。直到这时，玛格丽特依然能够感受到一种难言的疲惫压着自己。她现在需要有人跟她聊一些跟婚姻有关的，能够让人轻松的事情。

“那是当然。”他严肃地回答道，声调也改变了，“那些必须符合礼节和仪式的事情一定要办，这不光是要满足自己的需要，还要避免外人说闲话。生活中的其他事情也一样，要想令人满意，就要承受麻烦。不过如果是你的婚礼，你会如何安排呢？”

“唔，我从来没深入考虑过这个。我只想在一个晴朗夏日的清晨举行婚礼，步行穿过林荫小路去教堂。不需要伴娘，也不需要喜酒。或许我现在这样想，是因为对眼前这些纷乱的事情感到了极大的反感。”

“不，我并不觉得你因为这个才会这样想，而是你的性格本身就会产生这样朴实的想法。”

玛格丽特不喜欢他的回答，这让她想到之前有很多次他都试图通过赞美的方式，从她嘴里打探出她的性格和对生活的看法，于是极力想要避开这个话题。她非常突兀地打断了他，自顾自地说道：“我心里想到的只是家乡赫尔斯通的教堂，而不是需要坐车前往的伦敦大街上的教堂。”

“跟我说说赫尔斯通的样子吧，还没听你细说过。当你们离开这里后，哈利街九十六号会变得冷清和萧条，像是无人的空房，所以我十分想了解你即将开始新生活的地方。跟我说说，赫尔斯通是个小镇还是村庄？”

“那儿只是个小村落，连大点儿的村庄都谈不上。那儿有一座教堂，旁边有几座村里的房子，房子的墙上长满了蔷薇。”

“它们一定常年盛开，特别是在圣诞节的时候。你描绘的图景加上这个就完美了。”他说。

“不，”玛格丽特有些气恼，“这可并不是我对你描绘的风景画，而是赫尔斯通实际的情况。你不应该自作主张地认为是这样。”

“真的很抱歉，”他回答，“但是你说的这个村庄听起来的确像是童话中存在的，现实中很少见。”

“的确如此。”玛格丽特热切地回应道，“我在英格兰见到的每个地方似乎都是乏味的、冷清的，只比新森林[1]强一点点。赫尔斯通却好像是丁尼生[2]在他的诗里描绘出的一个地方。但是我不想继续说了。我要是和你说起那个地方在我心里的真实情况是怎样的，你一定会笑话我。”

“不，我一定不取笑你，但是我看得出来你不愿意继续说了。那么，跟我说一些我更想了解的事情吧，牧师公馆是什么样子的呢？”

“哦，我没法准确地形容。那里就是我的家，我没法用语言来表达它本身的魅力。”

“好吧，就依你。玛格丽特，你今晚实在是太严肃了。”

“是这样吗？”玛格丽特一边回答，一边用她美丽的大眼睛看着他，“我一点也没有觉得我有多严肃。”

“喔，因为我的一句不中听的话，你就不愿意和我讲讲赫尔斯通是什么样子的，也不愿意说起你的家。我和你说过，我特别想了解这两件事，特别是第二件。”

“但是我没有办法和你描述我家里是什么样子的，我觉得那不是能够和你讨论的事情，因为你对那里毫不熟悉。”

“好吧，这样的话，”他踌躇了一会儿，接着说道，“和我说说你在那里每天都做些什么事。在伦敦，你上午会看书或者学习知识，午饭之前散步，吃过午饭陪着姨妈乘坐马车出去游玩，晚上通常有约会。那么，你在赫尔斯通的时候，每天都做些什么呢？和我说说，你出门的时候是步行，还是骑马，或者是乘车？”

“我步行出门，因为家里没有马，连爸爸也没有。哪怕去这个教区里最远的地方，爸爸也是步行的。那里的小路景色太美了，要是乘车真是可惜，即便是骑马也会这样觉得。”

“你会在园子里种花或者草木吗？我觉得在村子里，姑娘们似乎都应该做些这样的事。”

“我不知道。这些是需要费力气的活儿，我可能不喜欢。”

“那里有射箭比赛吗？有给赛马的人和猎人举办的舞会吗？有野餐会吗？”

“这些都没有！”她笑着说，“我爸爸的薪水很微薄。而且就算我能支付得起这类活动的花销，恐怕也不会参加的。”

---

①新森林：位于英国汉普郡西南部，是一处占地约140平方公里的森林。

②丁尼生：英国诗人，作品中描写了很多美丽的场景。

“我看出来了，你什么也不打算和我说，只告诉我会做什么、不会做什么。假期结束之前我想去看看你，看你在家究竟在做些什么。”

“我盼望你的驾到。那时你就能亲眼见到赫尔斯通有怎样的美景。我现在得走了，伊蒂丝正准备弹奏钢琴，像我这样只懂一点儿音乐的，只能在旁边翻乐谱。再说如果被姨妈瞧见你和我聊天，她会不高兴的。”

伊蒂丝演奏得非常好。她正在弹一支曲子时，房门被推开了，伦诺克斯上尉就站在门口，他犹豫着不知道是否应该进来。伊蒂丝从钢琴边起身跑出门，把有些慌乱的玛格丽特扔在那里，向一脸震惊的客人解释伊蒂丝是看到了什么了不得的情形才逃开的。客人们有些疑惑，伦诺克斯上尉似乎比预计的来得早了一些，又或者现在已经是深夜啦？接着他们看了看时间，都感到很吃惊，于是连忙告辞了。

伊蒂丝此时回到了房间，她十分高兴地把她这个高大又英俊的意中人领了进来，脸上虽然带着一些羞涩，但是又难掩心中的得意。他的哥哥起身同他握手，肖太太也亲切地欢迎他的到来。肖太太的态度中带着一些忧郁，因为多年来她一直认为，自己的婚姻是不幸的，而她就是这场不幸的牺牲者。如今她的丈夫已经去世，她的生活中没有什么可让她觉得不满意的事情。她甚至有些发愁，因为没有一件事情能让她忧虑，更别提使她伤心了。但是最近她找到了一个理由，那就是担心自己的健康，每当想到这一点，她都会轻声地咳嗽几下。一位殷勤的医生听到了之后，建议她去意大利过冬，这正遂了她的心愿。和其他许多人一样，肖太太是个坚强的人，她从来都不肯承认自己是因为真心喜欢而去做某件事，而是必须让别人求她，她才会去满足自己。她想要自己相信，她是因为外界的需要而那样做的，于是就能发出一些抱怨。但是事实上，她一直都是一个为所欲为的人。

她现在就是如此，和伦诺克斯上尉说起她要出门旅行。面对自己未来的岳母，上尉当然统统点头称是，但是他的眼神始终徘徊在伊蒂丝的身上。他跟伊蒂丝说过，距离他吃晚饭只过去了两个小时，但是伊蒂丝还是只顾着吩咐佣人收拾桌子，端上点心。

亨利·伦诺克斯先生和弟弟一起站在壁炉边，觉得眼前的景象很有趣。伦诺克斯家的人长得都很漂亮，亨利虽然相貌稍显平庸，但是显得十分聪慧。玛格丽特总是感到纳闷，猜不出他的心思。他虽然不说话，但是在看着伊蒂丝的所作所为的时候，明显带着讥讽的神情。其实他对眼前所见的事情毫无兴趣，而是被肖太太和弟弟交谈的内容引起了讥讽之意。伊蒂丝和玛格丽特两姐妹对茶点桌子的细致安排，在他看来实在是赏心悦目。伊蒂丝事必躬亲，很愿意让她的爱人看到，她能够成为一个合格的军人的人人。当她发现水壶里的水变凉了，就让佣人拿来茶壶。她守在房门口，准备亲自把水壶提进来，但是提不动。结果是她嘟着嘴回到客厅，衣服被弄脏了，细嫩的小手也被水壶压出了痕迹。她像个孩子一样，伸手给伦诺克斯上尉看。虽然她没达成干活儿的愿望，但依然得到了安慰。玛格丽特这时已经弄好了一盏酒精灯，但是屋子里并没有显出伊蒂丝一时兴起想到的吉卜赛人营地的样子。

从这个晚上开始，一直到婚礼结束，所有人都在忙个不停。

第二章　蔷薇与刺

靠了林间空地上柔和的绿光，

在你童年游玩的满是青苔的河旁，

你的目光在家里那株大树下，透过叶丛

脉脉含情地第一次望着夏日的穹隆。

——赫门兹夫人[①]

玛格丽特又穿上了自己的轻便服装，和父亲一起回家。父亲这次到伦敦来，是为婚礼帮忙的，而母亲却没有来。母亲选择留在家里的那些并不充分的理由，只有她的父亲黑尔先生能够完全理解。黑尔先生明白，想让妻子穿着那身半旧的灰色衣服来参加婚礼的努力是徒劳的，而且他没有能力给妻子从头置办一身新衣服，所以妻子选择不出席她唯一的妹妹的独生女的婚礼。如果肖太太能够明白为什么黑尔太太没有和丈夫一起来参加婚礼，一定会给姐姐送很多衣裳过去的。但是从惹人怜爱又美貌的贝雷斯福德小姐还没成为肖太太的时候开始，二十年过去了，她把其他所有的遗憾都忘了，心中记得的只有年龄差距带来的婚姻的不幸。对这个问题，她能说上半个小时。她最爱的姐姐玛丽亚就嫁了一个真心喜欢的爱人，玛丽亚的先生比她只大了8岁，而且性情温和，头发的颜色也是罕见的蓝黑色。黑尔先生是这个教区的模范牧师，是肖太太遇到过的最为惹人喜欢的教士之一。虽然根据这些条件，肖太太也许不应该得出她心中的结论，但是当她想到姐姐的命运时，仍然有她独到的想法。她认为，她最亲爱的姐姐玛丽亚既然是因为爱情而结婚的，那么还有什么能

①赫门兹夫人：英国诗人。诗文引自她的诗歌《家乡的魅力》。

够让她感到不满足的呢？黑尔太太如果能够对她说实话，那么可能会用一份清单来回答她的问题：缺少一件银灰色的绸缎衣服，一顶白色的草编帽子，还有参加婚礼和平时家用的几十甚至上百件东西。

玛格丽特了解到的只是母亲不方便来参加婚礼。她认为，即便是要在赫尔斯通乡下的家里和母亲团聚，而不是在这几天里一团糟的哈利街的大宅子里见面，她也不觉得有多可惜。在哈利街的住处，她需要时常扮演费加罗①的角色，所有的大事小情都需要她同时去处理。当她想起最近的两天里说过和做过的事情，就从里到外都感到不适。她即将要对这些年以来都和她生活在一起的人说告别了，这让她的内心感到非常沉重。那些逝去的日子，让她感觉惆怅和惋惜。这些日子到底是什么样的，现在反而不重要了，因为已经过去并且再也无法重复了。玛格丽特所没有想到的是，在她将要重返家乡的时候，在她想要回到多年以来渴望回归的生活的时候，特别是在她已经不再敏锐、即将陷入沉睡并且开始怀念旧日时光的时候，竟然会感到如此沉重。她强迫自己不再追忆往昔，转而开始默想充满希望的未来。她看到的不再是过去的事物残留的影像，取而代之的是眼前真实的情景。她的父亲靠在火车座椅的靠背上睡着了，曾经浓密的蓝黑色头发已经变得斑白而稀疏，覆盖在额头上。他的颧骨也突出了，如果他的脸不是长得如此周正，就会显得不好看了。说实在的，他长得十分潇洒，即便称不上漂亮。他脸上呈现出的平静神色，只是劳累后休息时的样子，并非那种过着安逸生活的人所表现出的那种悠然自得。当玛格丽特看到父亲脸上显现出的疲劳又带着些忧愁的神色，突然感觉十分难过。于是她在脑海中回忆了一下父亲在日常生活中被人熟知的样子，试图解释为什么他脸上会出现常年的烦恼带来的皱纹。

"可怜的弗雷德里克！"她想到这里，忍不住叹了口气，"如果弗雷德里克没有加入海军，而是回家当一个牧师，那该有多好，这样我们就不会失去他了！真希望我知道全部的原因，但是肖姨妈一直没有对我详细地解释。我只知道因为某些可怕的原因，他无法回到英国。我可怜的爸爸啊！你瞧他是多么伤心！我现在可以回家了，这真是太好了，这样我就能在旁边安慰他和妈妈。"

当黑尔先生醒来时，发现女儿正带着笑意望着他，并没有显现出疲劳的迹象。他也笑了，但是笑容很淡，似乎十分吃力，他的脸上又出现了代表忧愁的皱纹。他总是微张着嘴唇，像是要开口说话，这使得他的嘴型总是发生变化，给整张脸都带来了一丝犹疑的神色。他和女儿一样，都长着一双温柔的大眼睛。这双眼睛在深邃的眼窝里总是发出庄重的神采，上面覆盖着的眼皮也是白皙而明净的。与父母二人相比，玛格丽特长得更像父亲一些。人们会感到奇怪，为什么这样一个英俊的父亲所生的女儿竟完全说不上漂亮，甚至有些人认为她和漂亮这个词一点都不搭边。她的嘴很大，不是

①费加罗：意大利作曲家罗西尼改编的《塞维利亚的理发师》中的人物，剧中每个人都要他帮忙。

那种朱唇微启，说着“是”或“不是”之类的小嘴。但是她的嘴唇却是鲜红色的，带着一些弧度，尽管皮肤不是很白，但是像象牙一样光滑。她脸上经常带着的表情，和与她同样年纪的年轻姑娘相比，总是显得过分庄重，但是此时在她的父亲面前，她的脸上却流露出清晨一样欢快的表情。她不时露出酒窝，眼神里也显示出喜悦，和对未来抱有的无限希望。

玛格丽特回到老家的时候，是七月的下半月。树林里遍是郁郁葱葱的高大树木，显出苍翠的颜色。天气很沉闷，夕阳照在树下的蕨草上。玛格丽特高兴地大步走在父亲身旁，同时还带着一种冷酷的感觉踩着脚下的蕨草，感受着蕨草在脚下折断，并且发出独有的清香。他们在开阔的公园里行走，沐浴着温暖的阳光，看着阳光之下充满生机的花草，和自在奔跑的各种野生动物。这样的生活，或者说起码是在林间和公园中散步，就满足了玛格丽特的全部愿望。她为这片生机盎然的森林而自豪，森林里生活的人就是她的至亲。她与这些人成为很好的朋友，学习并使用这些人的方言，帮他们照顾年幼的孩子，陪老人聊天或是用清晰的声音给他们读书。她给生病的人送去美味的食物，不久之后还决定去学校里教书。父亲每天都去学校，像是完成一件必须做的事情一样，但是她却经常想去到那片郁郁葱葱的树林里，到小村庄中探访某个朋友。她在家庭以外的生活十分完美，但是在家里却有些不如意。她在家里看到的所有东西都觉得不像样子，但是又羞愧地觉得自己身为子女，不应该眼光如此挑剔。她那一向十分疼爱她的母亲似乎总是对家里的生活表示不满，认为这个教区的主教没有认真地履行自己的职责，没有让黑尔先生担任薪水更高的牧师职位。她还总是责怪丈夫，因为丈夫不肯向主教表示自己想要离开这个教区，去更大的教区任职。这时他就会叹着气回答，即便是在赫尔斯通这个小地方能够做自己分内的事情，就已经十分欣慰了，但是他现在一天比一天沮丧，觉得世事变得越来越难以捉摸。妻子总是在他耳边催促，让他主动点儿去寻一个更好的差事。玛格丽特看到，母亲每次催促过之后，父亲就越发地萎靡不振。每当这时，玛格丽特都会想尽各种办法让母亲对在赫尔斯通的生活感到满意。母亲总说，是家附近茂密的树林让她的健康受到了影响。玛格丽特就想办法带她到那个开阔的公园里去，让她看到那里的美景，感受到阳光。她心里深知，她的母亲已经习惯了在室内过家庭生活，不愿意去教堂、学校或者离家太远的地方。曾经有一段时间，这个方法十分奏效，但是到了夏末秋初，天气开始忽冷忽热，于是母亲又开始觉得这里的气候会让健康受损了。她常常发牢骚说，她的丈夫和休姆先生比起来学识更加渊博，和霍兹沃思先生相比也是更加称职的牧师，但是这两位他们从前的邻居现在已经得到了更好的职位，自己的丈夫却没有。

这种长久的不如意，让整个家庭都不和谐，这种情况是玛格丽特始料未及的。她在回家之前，就知道自己需要放弃很多享乐的机会，但是她非常高兴，因为在哈利街的享乐生活带给她诸多烦恼。她十分欣赏能够带来感官愉悦的事情，但是如果需要的话，她可以不在乎这些事情，而且为自己能够放弃它们而感到自豪。这种自豪虽然无法压倒她对事物的欣赏能力，但是能够抵消一些。可是乌云永远都不在我们注视着的那片天空升起。过去玛格丽特回到赫尔斯通过假期的时候，母亲经常为了一些小事或者父亲的工作而发出一些抱怨，偶尔还会叹息一番，但是当她回忆起这些时光，心中产生的幸福感能够让她忘了不愉快的事。

到了九月下旬，秋风阵阵，而且总是下雨，使玛格丽特在更多的时间里只能待在家中。赫尔斯通远离那些与他们所具有的教养水平相类似的邻居们。

“无可置疑的是，这里是英国最偏僻的地方。”黑尔太太有一次感到郁闷时，做出了这样的评价，“你的父亲在这里都没有能够交往的对象，这让我时常忍不住地惋惜。他每天能够见到的只有农民和雇用的工人，就像是与世隔绝一样。要是我们在教区另一侧住就好了，那样的话走几步路就能到斯坦斯非尔德家，还可以步行去戈尔曼家做客。”

“戈尔曼家。”玛格丽特说道，“是那个在南安普敦[1]做生意发家的那个戈尔曼吗？那我们不去他家拜访倒是好事，因为我不喜欢做生意的。在我看来，和农民与雇来的工人这样不懂得矫揉造作的人做朋友，要有意思得多。”

“玛格丽特，我的好孩子，你不能这么挑挑拣拣的。”母亲这样说着，心中想的是那次在休姆先生家曾经见过的一位年轻又英俊的戈尔曼先生。

“不是这样啊！我觉得我的爱好十分广泛。我喜欢那些从事和土地打交道的工作的人，喜欢船员和军人，还喜欢通常说的从事那三种有学问的职业[2]的人。我相信您肯定不愿意我喜欢屠夫或者烤面包的，又或者是造烛台的生意人，是这样吧，妈妈？”

“但是我说的戈尔曼不是屠夫也不是面包师傅，而是造马车的体面人。”

“是啊，造马车也是生意的一种，而且在我看来，这种生意比烤面包或者屠宰牲畜更加无益。啊！我是如此地愿意步行，从前我每次乘坐肖姨妈的马车时都感到十分乏味。”

虽然天气不好，玛格丽特仍然喜欢到室外走走。她在父亲身边的时候就会非常快乐，常常手舞足蹈的样子。当她走在一片荒地上的时候，身后吹来猛烈的西风，就像吹落树叶一样几乎把她吹起来，推着她轻巧地向前走去。但是夜晚就不像白天那样能够轻松度过了。吃过餐后的点心，父亲就会马上回到他的书房里，留下她和母亲单独相处。黑尔太太一直都不喜欢读书，她和丈夫刚刚结婚不久，就开始阻止他在她做家

---

①南安普敦：英国汉普郡的一处港口城市。

②三种有学问的职业：指牧师、医生和律师这三种职业。

务时给她读书的行为。有时作为消遣，他们会玩十五子[①]。接下来的日子里，黑尔先生对学校和教区的居民越来越注重，但是他发现妻子把他这些分内的工作看成是不可理喻的。她不认为这些工作与他从事的职业有关，所以当他去忙这些工作时，她却表示反对。所以从孩子们小时候开始，如果晚上他在家，就会在书房里消磨整个夜晚，读他喜欢的玄学和理论书籍。

玛格丽特从前回家度过假期的时候，总会带上一大箱老师或是家庭教师推荐的书。她经常感觉夏天太短了，在她回到伦敦之前，总是读不完这些她想要读的书。现在她能见到的书，只有从父亲的书房里挑拣出来用来装饰客厅的小书架的几本虽然装帧精美但是很少有人读的英国文学名著。在这些书里，最新、最有趣且最容易阅读的，就属汤姆森的《四季歌》[②]、海利的《考珀传》[③]和米德尔顿的《西塞罗传》[④]了。书架上的书满足不了玛格丽特的需求。玛格丽特和母亲说起她在伦敦生活的细节，黑尔太太对这些事非常感兴趣，有时候遇到有意思的事会问个究竟，还有时候会把妹妹过的安逸生活和自己在赫尔斯通这个乡下小屋里过的拮据日子做比较。在这些夜晚，玛格丽特经常突然地中断下来，静静地听着淅淅沥沥的雨滴敲打在带弧顶的小窗的窗框上。有几次，玛格丽特意识到自己正在呆呆地听着窗外发出的单调声音。她心里感到纳闷儿，想着自己是不是能够探听到一些关于那个一直缠绕在自己心里的问题的消息。她想知道此刻弗雷德里克在哪里，在做些什么，父母有多长时间没有得到和他有关的消息了。但是她已经知道，母亲之所以日渐虚弱并且对赫尔斯通如此厌恶，都是因为弗雷德里克参与了那场兵变。所以每次当她谈到这个话题时，就又犹豫起来，最后又回避了这个问题。玛格丽特从来都不了解那次兵变的所有细节，如今看来，似乎这件事要作为全家人的伤心事被彻底湮没在记忆里了。和母亲在一起时她觉得应该去问父亲，但是和父亲在一起时又觉得还是和母亲说话更轻松一些。在没从哈利街回来之前，从父亲寄给她的信上，她了解到，弗雷德里克给家里来了信，说他还以约翰的身份待在里约[⑤]，身体不错，而且很想她。虽然这是确实发生过的事情，但是并非她想要了解的内情。家里人的谈话中如果不得不提到弗雷德里克这个名字，也是把他称作"可怜的弗雷德里克"。他的房间仍然和他刚离开家时一样，黑尔太太的女佣狄克逊还会经常打扫那个房间。狄克逊只干这一件差事，她现在都记得她被贝雷斯福德小姐雇用来的时候，是给贝雷斯福德小姐作为贴身女仆的，而贝雷斯福德小姐是整个拉特兰郡[⑥]都有名的美人，还是约翰爵士[⑦]的监护人。她常常认为，她

---

①十五子：一种双人游戏，双方各持十五子，掷骰子确定棋子的移动。
②汤姆森的《四季歌》：英国诗人汤姆森于1726—1730年之间发表的诗集。
③海利的《考珀传》：英国作家海利为英国诗人考珀所著的传记。
④米德尔顿的《西塞罗传》：英国神学家米德尔顿为古罗马雄辩家西塞罗所著的传记。
⑤里约：指巴西旧都里约热内卢（Rio de Janeiro）。弗雷德里克曾在南美洲待了好几年。
⑥拉特兰郡：英国的一个郡，位于英格兰。
⑦约翰爵士：按英国习惯，称呼爵士时，只能称名字或者称姓名，不能只称姓。

所服侍的小姐都是因为黑尔先生才会变得生活潦倒。如果贝雷斯福德小姐不是那样匆忙地和这个乡村里的穷牧师结婚，也许就能攀上一门好亲事。但是狄克逊保持了她的忠心，在小姐婚后变得穷困的时候，也没有抛下她。她仍然陪在小姐身边照顾她，认为自己是小姐的守护仙子，职责是打败黑尔先生这个恶魔般的巨人。她十分喜爱弗雷德里克少爷，所以当她每星期走进那个房间收拾卫生时，脸上的严肃神情就会变得柔软。她总是收拾得很仔细，仿佛当天晚上他就会回来。

玛格丽特这时想到，可能关于弗雷德里克的最新消息母亲并不知道，但是这些消息让父亲感到焦虑。黑尔太太并没有察觉到丈夫的行为和喜好发生了什么变化。他是如此地温厚，总会因为一些关系到其他人福利的事情而受到影响。当他听到作恶的事情，或是有人逝世的消息，常会难过好几天。但是玛格丽特发现，父亲现在变得对一切都心不在焉，似乎心里只想着某一个问题。所有他的日常工作，比如在学校授课，安慰幸存者或者劝人向善，都不能减缓他内心的抑郁。黑尔先生不再如往日一样常去拜访教区里的居民，大部分时间他都独自待在书房，盼着村里的邮差来送信。邮差来送信时，就会在厨房的窗子上敲几下。过去，邮差常常需要一连敲上好多次窗户，才会引起人们的注意，明白敲窗的意思，然后急忙过来从他手中拿过信。但是现在，只要上午天气不错，黑尔先生就会在花园里来回踱步，如果天气不好，他就会在书房的窗口等着，直到邮差把信送来。有时邮差会在窗下的小路经过时对牧师摇头示意，在牧师的目光里穿过蔷薇花丛，接着走过那棵杨梅树。这时牧师才会转身回房，满腹心事地开始工作。但是，像玛格丽特这样的妙龄少女，如果没有因为确凿的证据而产生怀疑，那么在某一天阳光灿烂又或是感到快乐的时候，心中的疑虑就烟消云散了。到了十月，有十四天阳光明媚的日子，把她的烦恼都带走了。她没有烦心事，只惦记着森林中的美景。这时节，雨季已经过去，蕨草也已收割完毕，能够进入很多林间的空地上去。七、八月的时候，玛格丽特只能远远地看一看这些地方。她和伊蒂丝一起学习过绘画。之前天气晴朗的时候，她只沉浸在对森林里的美丽景色的欣赏和赞美中，但是到了雨季，她就感到十分后悔，所以下定决心，打算在冬天来临之前，尽自己的努力将这些美景用画笔记录下来。所以，当家里的女佣萨拉在某个清晨打开客厅门，大声通报“亨利·伦诺克斯来访”的时候，玛格丽特正在忙着准备绘画用的画板。

第三章　“欲速则不达”

学会赢得女人的信心，
要高尚，因为这件事很高超；
要勇敢，犹如关系到死生——
抱着忠诚而庄重的精神。
从筵席上把她领开，
指给她看那星光璀璨的天空，
用你诚恳的语言将她来照看，
决不要有求爱时那种阿谀奉承。

——布朗宁夫人[①]

“亨利·伦诺克斯先生。”玛格丽特刚刚还在脑海里想到他，她还记得他问过她，在家的时候都会做些什么。这简直就是“Parler du so1ei1 et I’oh en voit les rayons[②]”。玛格丽特的脸仿佛被光照亮了，她把画板放下，起身和伦诺克斯先生握手。“萨拉，快去通知妈妈。”她说，“你能来这里，我简直太感激了，妈妈和我都想知道伊蒂丝的近况。”

“我之前说过要来这里拜访的。”他说道，和玛格丽特比起来，他说话的音调很低。

“可是我听人说你在高地[③]，离这里太远了，所以我没想到你会来汉普郡。”

“哦！”他声音更轻地说，“那对新婚夫妇简直是胡闹，做各种冒险的事情。一

①布朗宁夫人：英国诗人，诗文引自她的诗作《女士的应允》。
②法语，意思是：“想到什么，就见到什么”。
③高地：苏格兰西部和北部的高地。

会儿要爬山，一会儿又要下湖。我觉得得有一个门特[①]去照看他们，我是说真的，他们一定会需要的。我叔叔拿他们一点办法也没有，每天的24个小时里，那位老先生起码要提心吊胆上16个小时。说句实话，当我明白他们是如此不能够信任之后，就觉得有义务陪着他们，直到亲眼看着他们在普利茅斯[②]登船才放心。”

“你去过普利茅斯了吗？啊！伊蒂丝一直没说起过这回事。也难怪，她最近的来信都显得很匆忙。他们是在星期二坐船离开的吗？”

“是这样的，他们走了，我就可以摆脱很多责任。伊蒂丝让我帮她给你捎来了一些口信，我记在随身的一张小便条上了，哦，是的，它在这儿。”

“哦！真是太感谢了！”玛格丽特喊道。接着，她想找个机会单独看看那封口信，而不想被人看见，于是借口去再通知母亲一下伦诺克斯先生来访的事情，她家的佣人一定是没有传达到。

她离开后，伦诺克斯先生仔细打量了一下四周。在晨光的照耀下，这个小会客厅看起来十分整洁。墙上居中的窗子是开着的，从窗子里朝外看去，角落里有鲜艳的蔷薇和忍冬，屋外的草地上满是五颜六色的马鞭草和天竺葵，看起来好看极了。但是，和外面的五光十色相比，室内又显得有些昏暗了。地毯很陈旧，带花纹的棉质窗帘也洗得发白了。玛格丽特本身气质出众，但是这个房间作为她的陪衬却显得有些狭小和寒酸了，这是他始料未及的。桌上放着一本书，他拿了起来，发现是但丁的《天堂》[③]，是用意大利的传统方式装订的，白色的封皮上有烫金的印花。书旁是一本字典，还有一些玛格丽特手抄的单词。虽然这些词都十分乏味，但是他却没来由地非常喜欢。他叹了口气，把抄单词的纸放回桌面。

“这里的牧师似乎真的如她所说一般地位低下，这就有点奇怪了，因为贝雷斯福德家族声名显赫。”

这时，玛格丽特找到了母亲。这几天正赶上黑尔太太的心情不太愉快，任何事情都让她觉得不痛快，其中当然也包括伦诺克斯先生的来访。但是，她心里仍然很高兴，因为他认为她家是值得拜访的。

“实在是不凑巧！因为今天我想让佣人早些去熨衣服，所以家里吃饭早了些，现在只有冻肉。不过他可是伊蒂丝丈夫的哥哥，我们一定得留他在这儿吃饭。今天早上，你爸爸不知道因为什么心情非常不好，我也不清楚为什么会这样。刚才我去了书房，看见他双手捂脸趴在桌子上。我跟他说，我非常确定，对于他来说赫尔斯通的环境已经不合适了，就像对于我一样。他突然扬起头，让我别再说关于赫尔斯通的坏话，他说自己已经无法忍受了，如果说世上存在一个他爱的地方，那非赫尔斯通莫属。但是我觉得，就算他这样说，可是他的坏情绪一定是这里的糟糕环境造成的。”

---

①门特：史诗《奥德赛》中奥德修斯的朋友，也是他儿子的老师。

②普利茅斯：位于英格兰西南部，是一座港口城市。

③天堂：但丁的著作三部曲，分别是《天堂》《地狱》和《炼狱》。

玛格丽特感觉到，在她和阳光之间，似乎飘来了一片稀薄而冰冷的云。她在听母亲说话的时候一直保持着耐心，希望母亲诉苦之后能够获得些许的轻松，但是现在应该把对话引向伦诺克斯先生来访的事情上了。

“爸爸对伦诺克斯先生的印象很好，上次在伊蒂丝的婚礼上他们十分谈得来。我想，他的到访可能会让爸爸高兴一点。亲爱的妈妈，不用操心饭菜的事情，午饭有冻肉吃已经很好了。可能伦诺克斯先生也会如此看待这顿两点钟才开饭的午餐。”

“但是现在才十点半啊，两点钟以前我们该如何招待他呢？”

“我会邀请他和我去外面画画，他是懂绘画的，这点我知道。这样他就不会在这里碍您的事了。但是现在请一定要随我进来，您不露面的话，他会感觉很奇怪的。”

黑尔太太把身上的围裙脱了下来，揉了揉脸。她用接待亲人的热情态度欢迎伦诺克斯先生的到来，此时她表现得十分得体，就像一位贵妇一样。显而易见地，他非常希望能够受邀在这里停留一天，所以非常高兴地接受了邀请。女主人表示，除了冻牛肉，还会想办法置办些其他的菜。他表示一切都很合意，而且非常高兴玛格丽特请他一起出去画画。想到在午餐的时候就能见到黑尔先生，他决定这时不去打扰他。玛格丽特拿出绘画工具让他挑选，等他挑好了纸笔，他们就一起乘兴出发了。

“麻烦你在这里停留上几分钟。”玛格丽特说，“就是眼前的这片村庄，让我在之前那阴雨连绵的两个星期里一直责怪自己，没有及时把它们记录下来。”

“在它们毁坏和消逝之前，要把它们都画在纸上。说真的，这些房舍真的很有意境，我们要是画的话，最好别拖到明年再开始。但是我们要坐在哪里呢？”

“你莫非是来自圣堂[①]的事务所？而并非你所说的在高地住过两个月！快看那个树桩，樵夫砍树时把它留在了合适的光线里。我把花呢外套放在上面，这就成了一个树林里的宝座了。”

“那么你把脚搁在泥潭里，当作御用的脚凳吧。别动，我往旁边挪一点，你就能靠这边近点儿了。这些房子里住着什么人？”

“这些房子是五六十年来这里的人建造的。这个房子是空着的，那边的那间房子住着一个老头儿，等他死了，这片树林的管理员就会把房子拆掉。真是可怜的人。看，他在那儿，我去跟他打个招呼。他的听力很不好，所以你会听见我们的全部秘密。”

老头儿是个光头，拄着拐杖在房前的阳光里站着。当玛格丽特去同他打招呼的时候，他不再板着脸，而是显露出一丝呆板的笑意。伦诺克斯把眼前的这两个人飞快地画了下来，还把他们身后的背景也勾勒了出来。等到他们从宝座上起身，扔掉作废的画稿，互相打量各自的作品时，玛格丽特看到了这幅画。她羞得红了脸，笑了起来。

---

①圣堂：12世纪，罗马教皇设立了圣堂骑士团，骑士们把圣堂作为在伦敦的聚集地，之后圣堂为法学生占领，这里有很多律师设立的事务所。

伦诺克斯先生在旁边看着她的脸庞。

“我必须要说，你有些耍滑头。”她说，“我完全没料到，你让我去向老艾萨克打听村庄的历史的时候，把我们俩当成目标给画了下来。”

“我控制不了自己。你不知道这样的画面有多吸引人，我没法跟你说日后我会多么中意这幅画作。”

他并不十分确定玛格丽特去溪边清洗调色板以前有没有听到他所说的最后一句话。玛格丽特回来时，小脸通红，看起来一副一无所知的单纯模样。他感到十分高兴，因为这句话是不由自主地说出口的。对于平时遇到问题都会考虑周详的亨利·伦诺克斯来说，这样的事并不常见。

当他们回到玛格丽特家时，家里的气氛很不错。正好有个邻居来做客的时候送了两条鱼，这样一来，母亲的脸上也放晴了。黑尔先生已经结束工作回到了家，在通向花园的小门边上等着客人。他的衣服很旧，帽子也戴了很多年，但是看起来却非常有教养。玛格丽特很为父亲而自豪，她的这种自豪感，来自父亲一向留给陌生人的好印象。但是，她仔细观察了父亲的表情之后，依然锐利地发现了一丝不太寻常的苦恼的痕迹。这些苦恼只是被暂时放在脑后，但是没有消失。

黑尔先生想要看看他们的画作。

“我认为你画的茅草屋的房顶颜色有些深了，你觉得呢？”

他看过玛格丽特的画之后，表达了这样的看法。接着他伸出手要伦诺克斯先生的画。他接过画来，在手里拿了一会儿，没有马上还回去。

“不是的，爸爸！我觉得我画的没错。雨天的时候，长生草和景天①的颜色会变得比平时深一些。这幅画画得像吗，爸爸？”她问道，这时黑尔先生正在看伦诺克斯先生画里的人物，玛格丽特就在他旁边。

“画得很像，把你们的容貌和神态都描绘得十分逼真。而且你看，老艾萨克因为风湿而脊背僵硬的样子也画得像极了。这个挂在树枝上的东西是什么？肯定不是鸟巢吧。”

“那不是鸟巢，是我的帽子。我没办法在绘画的时候戴帽子，那会让我感到很热的。我不知道我是否有能力画人物，这里的许多人都让我想要画下来。”

“我认为如果你非常想要把一个人画好，就一定能够画好，”伦诺克斯先生说，“我相信我的毅力，而且我觉得我给你看的这幅画就十分成功。”黑尔先生带领他们进了屋子。玛格丽特走在最后，她想摘几朵蔷薇来装饰一下午餐的时候要穿的礼服。

“如果是真正的伦敦女孩儿，一定会明白我说的那些话的意思。”伦诺克斯先生心想。“一个年轻男人对她说的每句话，都会被她从中发现奉承的意味。但是我不认

---

①景天：一种多年生草本植物，叶长，椭圆形，白绿色，花白色带红。

为玛格丽特……等等！”他喊道，“我帮你摘。”他帮她摘下了几朵她无法够到的天鹅绒一般深红的蔷薇花，接着又给自己摘了两朵，别在扣眼里。他看着她兴高采烈地进屋去戴上了那几朵花。

午餐时气氛非常愉快、平和。每个人都问了很多问题，最后都提供了自己所知道的肖太太在意大利的近况。伦诺克斯先生对餐桌上的谈话十分感兴趣，同时对整个公馆里的氛围也十分感兴趣，更别提自己此刻就在玛格丽特身边了，所以他把之前的失望都抛到脑后了。玛格丽特曾说，她父亲的薪水很低。伦诺克斯先生刚来的时候发现她说的是实话，所以曾有些失望。

“玛格丽特，我的孩子，你可以去摘几个梨子当作餐后水果。”黑尔先生说道。他刚刚拿来一瓶刚装好的葡萄酒，这对于他家来说可是奢侈品。

黑尔太太马上开始忙了。来点餐后水果这件事，似乎在这个牧师家庭里并不是一件寻常的事。说实在的，如果黑尔先生这时能回头看看，就会发现餐具柜上整齐地摆着饼干和橘子果酱。但是黑尔先生此时心里只想着梨，不会在意其他的事情。

“南边的墙那里有很嫩的梨，是褐色的，比那些外国水果和水果罐头都强多了。快去，玛格丽特，摘上几个给我们吃。”

“我有个建议，我们去花园里吧，在那里吃梨。”伦诺克斯先生说，“能直接吃到被阳光晒得温热而散发着果香的、多汁又脆嫩的水果，没有什么比这更美好的了。最坏的只不过是当你正吃得津津有味的时候，会有大黄蜂奋不顾身地飞来和你抢水果吃。”

他站起身，看起来是要和玛格丽特一同出去，此时玛格丽特已经走出了屋子。伦诺克斯先生等着黑尔太太点头示意，但是她想要按照之前一直保持的礼数那样，用正式的方式完整地结束这次午餐。为了不给自己的将军遗孀姐姐的身份丢脸，黑尔太太还特意把洗手钵从储藏室里拿了出来。但是这时黑尔先生也跟着站起来了，准备和客人一起出去，她才不得以顺从了他们。

“我得带上一把小刀。”黑尔先生说，“我早就没法像你说的那样用原始的方法吃水果了，我必须把果皮削掉再切成小块，才可以好好吃。”

玛格丽特拿了一片甜菜的叶子做果盘，上面放着嫩梨，褐色的梨被树叶很好地衬托着。伦诺克斯先生没怎么看梨子，而主要是看着她。黑尔先生此时要好好享受一下这个能够摆脱忧愁的欢乐时光，于是伸手拿了被晒得最热的一个梨，坐在花园里的长凳上自在地吃了起来。玛格丽特和伦诺克斯先生顺着南边的围墙下的小路散步过去，蜜蜂还在蜂巢里忙碌着，发出嗡嗡的声音。

“你在这里所过的生命真是美妙啊！我以前对于诗人总是有些看不起，因为他们总想着‘结庐在山下[①]’之类的事。但是从现在实际的情况看来，我只是个没有见识的伦敦人。我现在认为，如果能过上一年这样美好而平和的生活，”他边说着边仰起头，“你看这样的天空，这些通红的如琥珀般的树叶，如此地安然！”他指着公园里的那些参天大树，它们寂然不动，仿佛公园是块安息之地。“那么，我在过去二十年中的刻苦用功，就得到了应有的回报。”

“请你务必要记得，我们这里的天空也不是总像现在这样蓝。这里也会下雨，树叶也将凋落，被雨水打湿。在我看来，赫尔斯通和世界上其他的任何地方都是一样的。你还记得那天在哈利街寓所里你是怎样嘲笑我的吗——‘一个童话中的村子’？”

“玛格丽特，那不是嘲笑！这样说就太严重了。”

“或许有些严重吧。我只记得，我当时非常想要对你说我心里全部的感觉，但是你——我不知道该怎么说——你却十分无礼地认为赫尔斯通只是童话中的村子。”

“我以后再也不这样说了。”他真诚地说。他们拐了个弯，继续沿着小路走去。

“我非常希望，玛格丽特……”他有些支支吾吾。因为这个律师非常能言善辩，所以这样的情况并不多见，玛格丽特很诧异，于是抬起头来看着他。在这一瞬间，她也不知道是什么原因，突然觉得如果自己是和母亲或者父亲待在屋子里还是在随便哪一个地方都好，只要不是和他在一起，因为她能够确定他要说出一件事，让她无法作答。但是她的自尊心马上就克服了这种突如其来的不安，她内心暗自祈祷他没有发现自己的不安。她会做出正确的回答的。她觉得如果因为害怕而无法凭借自己的尊严结束这次对话，是非常可怜的。

“玛格丽特。”他突然开口道，这让她有点吃惊。他还抓住了她的一只手，这样她就不得不停下，同时她对自己的慌乱不安还是有些鄙夷。“玛格丽特，我多希望你没有这样喜欢赫尔斯通，希望你不是这样地快乐。在过去的三个月里，我总是希望你能够想念一下伦敦和那里的朋友们，让你能够带着同情（因为此刻她正安静而坚决地想要把手从他的手中抽出去）来听一个其实没有什么能够给你的人说一些话，这个人除了前程毫无一物，但是他却无法克制地深深爱慕着你，玛格丽特。我是不是吓到你了，玛格丽特？你说话呀！”这时他看到她的嘴唇颤抖着，仿佛要哭出来一样。她花了很大的气力让自己镇定下来，并且控制自己的声音，在这之前她没有说话。然后，她说道：“我确实很吃惊。我并不知道你是这样看待我的，我从来都把你当作一个朋友。我想要继续把你当成朋友，希望你能明白。我不喜欢听到有人那样和我说话，就如同你刚做过的一样。我做不到你想要我做的样子，如果我让你生气了，我感到十分抱歉。”

①结庐在山下：英国诗人罗杰斯的诗作《心愿》中的一句。

“玛格丽特。”他盯着她的眼睛，此时这双眼睛也看着他，眼神看起来十分诚恳和坦率，明确地表达出不愿意带给人痛苦。“你爱着——”他本想开口询问——“其他人吗？”但是似乎这样就侮辱了这双眼睛里的清澈而平和的神情。“请原谅我，我真是鲁莽！我已经尝到苦果了。但是请给我一些希望和可怜的安慰吧，告诉我没有一个人可以让你……”他再次停住，没有把整句话说出口。因为让他如此苦恼，玛格丽特有些埋怨自己。

“唉！如果你从来没出现过这样的念头该有多好啊，能够和你做朋友，真的是值得高兴的事。”

“但是，玛格丽特，我是否能够抱着一份希望，或许有一天你能把我当成情人呢？并不是现在，我明白，我不着急，而是在未来的某个时候……”

她沉默了几分钟，用来确定自己内心的真实想法，然后再做出回答，她说：“我从来都只当你是我的一个朋友，我非常愿意这样做，但是我认为我一定不会当你是其他的什么。让我们两个都忘记我们之间曾有过这次（她本来打算说“令人不愉快的”，但是又收了回去）谈话。”

他犹豫了一下，才用通常的冷静语气回答说：“那是当然，如果你能够如此确定，既然这次谈话让你感到很不愉快，那么忘掉它是个不错的选择。从理论上来说，把带给人痛苦的事情统统忘掉，是个不错的办法，但是如果是让我来实践这个办法，多少有些困难。”

“你生气了，”她有些伤感，“但是我又能怎么办呢？”

她这样说着的时候，真是显得非常伤心，所以他想尽量摆脱当前的失望情绪。虽然他接下来的声调还是有些冷淡，但是和之前相比已经高兴了些，他说：“通常来说，我并不善于和人谈情说爱。就像有些人说的一样，我本身是谨慎和世故的。是一个强大的热情让我忘掉了平时的习惯，所以，玛格丽特，对于这样一个对你充满爱慕的人，尤其是对于我这样的一个人，你应该包容一些我的懊恼之情。我们不要再说这件事了，不过说实在的，这个人找到了一个仅有的方式来表达他内心的诚挚的情感，但是却被拒绝了。从今以后，我只能笑话自己做出的蠢事，借此来安慰自己。这样一个拼命努力的律师居然动了结婚的念头！”

玛格丽特无法回答这样一番话。他说话时的语气和态度让她十分苦恼，这种态度触动了她，并且提醒她意识到他们之间存在的让她不舒服的一些区别。但是从另外一个角度来说，他是最快乐的人，是最好的朋友，在哈利街那里的所有人中，他最了解自己。她发觉，拒绝他之后除了痛苦，还感到了一些轻蔑，于是她有些鄙夷地翘起了嘴。这时，他们已经绕了整个花园一圈，突然遇到了黑尔先生。他们早就已经忘了他本来待在哪儿了。黑尔先生把梨子的皮精细地削成了一小条，就像是锡纸一样薄。他正在仔细地品着梨的滋味，到现在还没吃完。如同东方国王的故事中所说的：“他听从术士的话，把头浸在水里，当他从水中抬起头来，一世的时间都已经过去了。”玛格丽特因为刚才的震惊而有些不适，没有能够马上平静下来，与父亲和伦诺克斯先生一起闲聊。她看起来表情严肃，不愿意说话，心里也非常苦闷，她在想伦诺克斯先生不知道几时离开，这样她才能够平静下来，好好回想一下之前的一刻钟发生了什么。他似乎也急于告辞，就像她想让他离开一样。和黑尔先生闲聊的这几分钟，让他费了很大力气，但是这是他为自己受损的虚荣心所应付出的代价。他不时望向她，看着她充满愁苦和忧伤的面容。

“她并非像她自己认为的那样，对我一点感情都没有。”他心中暗想，“我仍然有希望。”

还没有一刻钟，他就开始平静地和黑尔先生聊起了天，说起了他在伦敦和乡下所过的生活。他似乎发现了自己的第二种人格，那个尖刻又热爱讽刺的自我，似乎很害怕自己一样。黑尔先生感到十分困惑。他眼前的这位客人，与之前在婚礼上和今天的午餐时见到的完全不一样，和之前相比，他变得机敏而世故，所以同黑尔先生谈不到一块儿去了。当伦诺克斯先生说，他要是想赶上五点的那趟火车回去的话，现在就得马上告辞时，这三个人都松了一口气。他们进屋去找到黑尔太太，他同她告辞。临别的时候，透过他的表象，亨利·伦诺克斯展现出了他的本性。

“玛格丽特，别看不起我。虽然我乐意像今天一样说些并没有什么用处的话，但是并不代表我没有真情实感，我会证明给你看。因为在这半小时里，你能听我说这些话，尽管充满蔑视。那么如果我不恨你的话，就会更加爱你。玛格丽特，再见……玛格丽特！”

第四章　怀疑和困难

投我于一片光濯濯的海滨，
在那里仅仅可以找着
一艘凄凉的破船的踪迹，
倘若您在那里，大海即便呼啸，
我也不祈求更为平静的宁谧。

——哈宾顿[①]

他离开了。到了傍晚，牧师公馆关了门，把深蓝色的天空和琥珀色的树叶都挡在了门外。玛格丽特上了楼，准备换一身衣服去喝下午茶。她发现狄克逊的脾气很坏，似乎是因为本来烦恼的时候又有客人来访，打扰到了她。这个坏脾气的体现就是，她借口要赶快去找黑尔太太，于是在给玛格丽特梳头的时候手非常重。但是最后，玛格丽特在客厅里等了很长时间，母亲才从楼上下来。她独自守着炉火坐着，熄灭的烛台搁在她的身后。她在心里回忆这一整天发生的事情。在森林里充满快乐的游玩和绘画，洋溢着轻松氛围的午餐，和午餐后在花园里的令人不适甚至痛苦的散步。

男人和女人真的是不一样啊！现在她心里很不痛快，因为依照她的性子，她没有其他的办法，只能拒绝。对于他来说，这次求爱应该是他一生中最为诚挚和神圣的事情，但是在被拒绝了没多大一会儿，他就能够开始谈笑风生，似乎他在律师行业所做的事情和取得的成绩，以及他过的富裕生活，还有那些欢乐而世故的交游就是他所追求的一切。唉，如果不是这样的话，她原本能够很爱他的。此时再回忆起来，她发

①哈宾顿：英国诗人，诗文引自他的诗歌《卡斯塔拉》。

现他具有一种值得鄙夷的特性，那就是非常卑下。但是她又想到，可能他是在假装轻松，用来掩盖内心真实的失望之情。如果是她被深爱的人拒绝，她的心里也会感受到这样浓浓的失望之情吧。

还没等她把这些想法整理清楚，母亲就来到客厅了。玛格丽特只能把这一天所经历的事情暂时放在一边，带着同情听母亲说起，狄克逊向她抱怨，用来熨衣服的毯子给烧坏了。有人看到苏珊·莱特富特帽子上的花是手描的假花，这能看出她是个虚荣的人，而且十分轻浮。黑尔先生自顾自地喝着茶，沉默不语。父母的举动玛格丽特都看在眼里，她感到很诧异，他们为什么会如此健忘，对这天来访的朋友毫不在意，竟然丝毫都没有提到他。她忘了，他可没向自己的父母表白。

喝过了下午茶，黑尔先生站了起来，把胳膊搭在壁炉上，托着下巴沉默地想事情，偶尔发出一声叹息。黑尔太太去找狄克逊，和她商量向穷苦人家捐赠一些衣服的事情。玛格丽特把母亲刚才弄的毯子收拾了一下。想到这个夜晚还很漫长，她感觉有些害怕。她希望马上就能到入睡的时间，这样她就能把白天发生的事情好好回忆一下。

“玛格丽特！”黑尔先生这时突然喊了她一声，语气有些绝望，把她吓了一跳。“那个毯子马上就要用吗？你能不能先不管它了，来我书房里一下。我想和你说一件事，这对我们全家都很重要。”

“对我们全家都很重要。”伦诺克斯先生被玛格丽特拒绝之后，一直没有和她父亲单独谈话的机会，否则那可真的十分严重。首先，玛格丽特很害羞，她已经成了能让人想到向她求爱的大姑娘了。其次，她自作主张地拒绝了伦诺克斯先生，她不知道父亲是否会因为这个而生她的气。可是她很快就觉察到，父亲并没有准备跟她说起什么近期发生的，会让人产生什么复杂的想法的事情。他让她坐在自己的身边，把壁炉里的火通了通，剪掉蜡烛上的烛花，发出了几声叹息，才开始开口说话。他一下子就把要说的话一股脑儿倒了出来，他说：“玛格丽特，我要从赫尔斯通离开了！”

“您要从这里离开？这是为什么呢，爸爸？”

黑尔先生没有马上回答。他胡乱翻着桌子上的文件，显得十分紧张，其间他几次想要开口，却又闭上了嘴，没有勇气说出来。这样的犹疑不定的场面，让玛格丽特十分受不了，而比起她来，她的父亲更加苦恼。

“这是为什么啊，爸爸？请您一定要告诉我！”

他猛地抬起头，缓慢而略带坚定地看着她说：“因为我没法再做国教[①]教会牧师的工作了。”

玛格丽特原本以为，可能是父亲终于如母亲所愿得到了一个更好的职位，这个职

---

①国教：英国教会。原属于天主教会的一支，后来自成一派，奉英国国王为首。

位要求父亲离开美丽又可爱的赫尔斯通，甚至不得不搬到一个庄严肃穆的大教堂区那里去，玛格丽特曾在大教堂镇[①]里经常见到。那些地方都十分富丽堂皇，但是如果为了去那里居住，就得离开赫尔斯通，这里不再是自己的家，那将是多么令人悲伤啊，这样的痛苦将久久难以平复。但是与这件事相比，黑尔先生说的最后这句话带给她的震惊更为强烈。他到底想表达什么呢？他这样神秘反而预示着更坏的结果。而他表现出来的那种烦恼，仿佛希望女儿能够对他宽宏大量一样，这让她觉得很悲伤。他是否被弗雷德里克的所作所为牵涉其中呢？弗雷德里克可是一名逃犯。莫非是父亲因为对儿子的疼爱，而纵容他干了什么……

“到底是为什么啊？您快告诉我，爸爸！跟我说说其中的原因！您为什么不能继续做牧师的工作了？我明白，如果有人对主教控告我们所知的关于弗雷德里克的事情，于是那些严厉而不公的……”

“不关弗雷德里克的事，主教也绝对不会问起这个，这是我自己的问题。玛格丽特，我和你解释一下为什么会这样。今天我会回答所有问题，但是今天之后，我们就再也不要提起这件事了。我能够承受因为痛苦的怀疑导致的结果，但是却承受不了那些令我感到如此痛苦的原因。”

“是怀疑，爸爸！您开始怀疑宗教了吗？”玛格丽特问道，她内心的震惊更为强烈了。

“不！并非怀疑宗教，和这个一点关系都没有。”

他停顿了一下。玛格丽特发出了一声叹息，似乎将要听到一些令人难以置信的事情一样。他再次开口了，语速很快，听起来像是要快点完成一项任务。

“我即便和你解释了原因，恐怕你也不会都懂。最近的几年里，我总是感到焦虑，想要搞清楚自己是不是还能够继续做牧师的工作。我总是十分努力，想要通过教会的权力让我的内心不再怀疑。玛格丽特，虽然我即将脱离神圣的教会，但是我非常爱它！”有那么一会儿，他无法继续说话。玛格丽特也弄不明白自己究竟能够和父亲说什么。从她的角度来看，这件事简直太难以解释了，仿佛父亲即将变成一个穆斯林一样。

“我今天读到了两千个从教会中被驱逐的人[②]的故事，”黑尔先生露出了一丝勉强的笑容，接着往下说，“想要从他们那里得到一些勇气，但是一点儿用都没有，我的心里能够明白地感觉到，一丁点儿作用都没有。”

“但是，爸爸，您真的仔细想过了吗？这好像是很糟糕的事情，太可怕了。”玛格丽特的眼泪一下子流了下来。她的家庭，以及她对尊敬的父亲的看法，所有这些的

---

①大教堂镇：英国国教大主教掌管，大主教下设若干主教。每个主教所在的教堂被称为大教堂，该教堂所在的城镇就是大教堂镇。

②两千个从教会中被驱逐的人：1662年,1200名英国国教牧师因为不赞同《同一性法令》而被迫辞职。

牢固的基础，现在好像开始动摇了。她能说点什么呢？又能够做些什么？黑尔先生见她如此悲伤，赶紧打起精神，想办法让她平静下来。他把之前心中一直涌动着的、让他感到窒息的苦闷都咽了回去，来到书柜旁，找出了一本书。最近，他时常都会读这本书。他觉得，是这本书给予他力量，让他坚定地走上了现在这条道路。

“亲爱的玛格丽特，听我说。”他一边说着，一边用手臂环着她的腰。她紧紧握住他的手，不安地搓动着，但是她无法抬起头。事实上，她没办法仔细听父亲给她读书，她的内心激动得难以抑制。

“这是一个和我一样，之前在小教区任职之人的自我剖析。它是160多年前写成的，作者是德比郡①卡辛顿的奥德费尔德②牧师。他的苦难早已结束，他打了一场十分漂亮的仗。”说出最后的这两句话时，他把声音压得很低，似乎在自言自语。接着，他大声读道：“如果你继续做分内的本职工作时，不能保证不使上帝的荣光受辱，可能会伤害宗教的名誉，而不再忠于自己，违背自己的良心，让自身受到损害，甚至让灵魂难以得到救赎时，如果你想要继续工作（如果你仍然打算工作）的前提是罪恶的，是《圣经》中禁止的，那么你就应该且必须相信，上帝会把你不再继续工作或者离开自己的职位当成他的荣耀，会认为这更有利于传播福音。如果上帝不通过这种方式让你效力，就会通过另一种方式让你继续效力。每个想要为上帝服务、给上帝增添荣光的人，都有很多机会。你决不能够限制这个以色列人的王③，认为只能通过一种方式来赞美他。你能够通过传福音来为上帝工作，也可以通过沉默或者离职来为上帝工作。尽管我们能够犯下一些罪恶，来获得为上帝尽职的机会，但是如果是假装为上帝服务或是尽自己的责任，不会让哪怕最小的罪恶被宽恕。啊，我的灵魂！如果有人说你对上帝发假誓，损坏上帝的声誉，你还要道貌岸然地继续作为一个牧师而工作，那么没有多少人会感谢你的。”

他读完了这一段，又往后看了一些没有读出声的其他段落，内心的信念更加坚定了。他感到，自己能够笃定而勇敢地继续做他认为正确的事情了。但是当他停止读书，他听到了玛格丽特轻微的抽泣声。在认识到自己心中的痛苦之后，他的勇气又不见了。

“玛格丽特，我的宝贝儿！”他把她拉近一些，“想想从前的殉道者吧，那么多承受苦难的人。”

“但是，爸爸，”她抬起头，通红的脸上满是晶莹的泪水，“从前的殉道者承受苦难是为了追求真理，但是您呢，我亲爱的爸爸！”

“孩子，我是因为内心的煎熬而受苦。”他说这话时十分严肃，但是因为他敏感的性格，所以声音有些轻微的颤抖。“我一定要遵从自己的内心。在很多时候，我都

---

①德比郡：位于英格兰中部。
②奥德费尔德：德比郡卡辛顿教区主教。
③以色列人的王：指基督。

承受着内心的痛苦。如果一个人不是像我这样迟钝和懦弱，一早就爆发了。”他摇摇头，接着往下说，“你可怜的母亲最希望的事情，终于通过这样捉弄人的方式变为现实了。所有脱离实际的愿望，都会以这样的途径成为现实，就像是所多玛①的果实。这件事是由她不切实际的愿望引发的，因为这一点，我应该感谢她，但愿如此。不到一个月前，主教为我分配了另一个职务。如果我接受这个职务，在就职典礼上就要再次起誓遵守《祈祷文》。玛格丽特，我非常想做到这一点。我尽了最大的努力不声张地拒绝那个职务而留在这里，我像过去所做的那样，这次也尽力克制内心的真实所想。愿上帝宽恕我！”

他站起来，在房间里走来走去，小声嘀咕着一些责怪自己的话。玛格丽特心想，还好自己只听到了不多的几句。他最后说道：“玛格丽特，继续说刚才那个让人难过的事情，我们一定要离开赫尔斯通。”

“嗯，我知道了！我们几时离开呢？”

“我已经给主教写了一封信，我可能之前告诉过你，但是现在我经常很健忘。”黑尔先生说，一旦说起具体实施的细节，他就一下子变得消沉和颓废了。“我对主教说，我决定不再担任这个教区的牧师。他是个很好的人，用种种办法来劝告我，但是这些都毫无用处，是的，没用。他对我的劝告，我已经对自己使用过，但是没有一点效果。我只能去亲自觐见主教，去找他拿辞职证书。这会是一个考验。但是最让我感到难过的，难过得多的，是离开这个教区的人们。他们请来了布朗先生——他是副牧师②——来读祈祷文。明天他就会来这里和我们会合。下星期日，我会做最后一次传道。”

这样说的话，这件事就要这么快地发生了吗？玛格丽特心想，这样可能倒是好事。拖延会让痛苦更多，最好是一下子听到了所有的事情，然后被震惊到麻木。在她听说了这些事情之前，似乎就已经被全部决定好了。“妈妈是怎样的意见？”她发出了一声长叹，问道。

让她感到震惊的是，父亲没有马上回答，而是又开始来回踱步。最后，他停下脚步说：“说到底，玛格丽特，我还是太懦弱了。我带给别人痛苦时，自身首先难以承受。我非常明白，你母亲认为婚后的生活不是完全如她所愿，并不是她完全有能力过的那种生活，这对她来说打击很大。所以我始终没能够鼓足勇气对她说出这一切，但是事到如今，已经不能再瞒着她了。”他一边说着，一边看着女儿，显得十分难过。玛格丽特想到事情已经发展到现在的程度，而母亲对这一切毫不知情，觉得几乎有些难以接受。

“是啊，现在一定要告诉她了。”玛格丽特说，“她可能不会……啊！她一定会

---

①所多玛：位于死海南岸，《圣经》中说，这里的人都有罪，于是烧毁了这个城市。
②副牧师：英国国教中负责协助教区牧师传的教士，只领薪水，不享受圣俸。

的，她肯定会十分震惊的。”当她明白其他人在受到这样的打击时会作何反应时，再次感受到了这件事情的严重性。“咱们要去往哪里呢？”她问起了这个问题，她不知道父亲是否对未来有什么规划，于是心中开始对未来产生了疑虑。

“我们去北方的米尔顿[1]，”他的语气迟钝而冷淡，他能看出来，尽管女儿因为对他的爱而依然在他身边，而且尽力安慰着他，但是这件事对在她内心深处带来的痛苦，一点都没有减弱。

“米尔顿？是达克郡的那个工业城市吗？”

“是的。”他的语气还是那样地迟钝和冷淡。

“为什么要去那里呢，爸爸？”她问道。

“因为在那里我能够赚钱养家。那里没有人认识我，也没有人听说过赫尔斯通，所以不会有人和我说到这个地方。”

“赚钱养家？我原本以为您和妈妈有……”她说了一句就不再说了，她看到父亲皱起了眉头，所以克制住了自己的情绪，不再表现出对未来生活难以抑制的担心。但是他的直觉十分敏锐，从她的表情中看到了自己的忧愁和沮丧，就像是照镜子一样，于是赶忙从心里排除这样的情感。

“我会都跟你说的，玛格丽特，但是你要帮我把这件事跟你母亲说。我能够做到任何事，只有这个做不到，一想到这会给她带来烦恼，我就十分害怕。如果我把这些都和你说了，也许你明天会找她谈一谈这件事。我明天会外出一整天，去和布雷西的荒野上的农民和穷人们告别。你是不是十分不愿意和她说这件事，玛格丽特？”

玛格丽特确实十分不愿意，和她有生以来所做的任何她不得不做的事比起来，这件事让她感到更加恐惧，所以她一时没能回答父亲的问题。父亲再次问道：“你是不是十分不愿意和她说起这件事，玛格丽特？”此时她镇定下来，显示出坚定的神情，她说：“虽然这件事让我感到痛苦，但是却一定要去做。我会尽我所能做好的。您一定还要做很多难过的事。”

黑尔先生无力地摇了摇头。他捏了捏她的手，对她的理解表示欣慰。玛格丽特差点又被他的情绪影响而激动得哭出来，为了排解内心的忧虑，她说道：“爸爸，现也请您和我说说，我们未来的计划是什么。除去牧师的薪酬，您和妈妈是否还有一笔积蓄呢？据我所知，肖姨妈手里就有积蓄。”

“是这样的。我们每年的收入有将近170镑，其中，我们要给弗雷德里克汇去70英镑，因为他要在国外谋生，我不知道他是不是要用到这么多，”他接着往下说，情绪有些犹疑不定，“他在西班牙军队服兵役，应该有些军饷的。”

“一定不能让弗雷德里克在外面吃苦，”玛格丽特坚决地说，“他的祖国已经对

---

①米尔顿：指曼彻斯特。

他十分不公平了。那么还剩下100英镑，母亲和您，还有我，我们一家能否靠着这100英镑在英格兰的一个小地方开始新生活呢？我觉得我们能够做到。”

“不能这样！”黑尔先生说。“绝对不能这样。我一定要找一份工作来干，我一定要有事情做，才能让自己远离那些不健康的思想。再说，如果还待在乡村教区，我一定会痛苦地回忆起这里，还有我在这里的生活，那样我会受不了的，玛格丽特。而且，如果只有100英镑，除了家庭必要的开支，剩下的就没有多少来满足你母亲平时已经习惯了的，并且应该继续享受的一些好东西。所以我们必须要去米尔顿，这是已经决定好的事。如果没有让我担心的人影响我，我就能做出很好的决定。”他如此说道。他在对家人说起自己将要做的事情之前，已经自己把所有的事情都安排好了，这时他想要做出一些解释。“我没法经受别人的反对，那样我会一直无法做出明确的决定。”

玛格丽特打定了主意不再说话。从根本上来说，与现在的生活即将发生的巨大改变相比，他们未来去哪里生活又显得不那么重要了。

黑尔先生接着往下说：“几个月之前，我已经无法忍受自己的痛苦怀疑，不得不说出来的时候，我给贝尔先生去了一封信。玛格丽特，你还记得贝尔先生吗？”

“不记得了，可能我从来没有见过这个人，但是我听说过他。他是您在牛津上学时的导师，还是弗雷德里克的教父，您说的是这个人吗？”

“就是他，他在牛津大学的普利茅斯学院当导师，而且他的老家可能就在米尔顿。无论如何，他在那里有很多产业。米尔顿变成了现在这样的大型工业城市之后，他的地产比过去增值了很多。我有理由相信，虽然是一种猜测，但是还是不谈这个了。但是我确信，贝尔先生会对我表示同情。我并不是说他带给了我多少希望，在大学里他一直过着安宁闲适的日子。但是他总是很体贴，就是因为他，我们才能去米尔顿安家。”

“为什么呢？”玛格丽特问。

“他在米尔顿有房产、工厂，还有很多工人，所以尽管他对那里不感兴趣，因为对于他来说，有些过于喧哗了，但是他却无法断绝和那里的一些联系。他对我说，那里有人想要聘用一位家庭教师，而且会提供很好的待遇。”

“家庭教师？”玛格丽特脸上流露出了一丝轻蔑，“那些工厂主想要了解文学作品或者古典名著，甚至想要有一个富有学问的教书先生，这些对他们有用吗？”

“不是的，”父亲说，“他们中的一些还是不错的，知道自己的不足在哪里，在这一点上比很多牛津的人还强。有些人虽然年纪已经不小了，还是想要学习知识。还有些人想让自己的孩子接受更好的教育。无论如何，就像我刚才所说的，那里的人打算请一位家庭教师。贝尔先生向他的一个租户，一个名叫桑顿的先生推荐了我。从他给我的回信上，我似乎能够看出来，这个人的思路十分清晰。所以，玛格丽特，即便我在米尔顿的生活并不十分愉快，但是至少能够十分忙碌。而且那里的风土人情都和这里有很大的区别，能让我绝对不会回忆起这里的生活。”

靠着自己的直觉，玛格丽特似乎明白了，这才是父亲做这一切的动机：那里是完全不同的地方，虽然那里十分喧闹。她对自己之前曾经听说过的英格兰北部的情形十分厌恶，那里的人和工厂主，还有落寞的旷野。但是最大的好处就是，那里和赫尔斯通完全不同，绝不会令他们回忆起这个美丽的地方。

“我们什么时候去呢？”一段沉默之后，玛格丽特问道。

“这我还没有拿定主意，所以正打算和你商量。你看，你母亲现在还对这些一无所知。但是我认为，我们大概在两个星期之内就要走了，如果我递上了辞职信，就没有理由继续留在这里了。”

玛格丽特感到非常震惊。

“两个星期！”

“不，不是指正正好好的两个星期，很多事情都没有最终确定。”黑尔先生有些着急，但是又有些踌躇地说。他看到了她的眼神里流露出的伤感和骤然变化的神情，但是她马上就恢复了常态。

“那么，爸爸，最好快一些确定下来，如您之前所说的，有一个确定的计划。但是，妈妈还一点儿都不知道这些事情，这是令人最为难的。”

“可怜的玛丽亚[①]！”黑尔先生轻声说，“玛丽亚，真的是太可怜了！如果我没有同她结婚，如果我在这个世界上是孤独一人，那该有多好啊。说实话，玛格丽特，我不敢和她说出这些话！”

“我明白，”玛格丽特有些悲伤，“我会告诉她的。我会在明晚找一个合适的时间来跟她说。啊，爸爸，”她突然热切恳求地喊起来，“您快告诉我，这只是一个噩梦，是一个可怕的噩梦，而不是清醒时真正发生的事情。您并非真的如你所说的，被一种邪恶思想诱惑，打算离开教会，离开赫尔斯通，离开我和妈妈！您不是真的这样想的，是吗？”

她说出这番话的时候，黑尔先生在那里坐着，一动也不动。

接着，他看着她，用嘶哑的声音缓慢而凝重地说道：“我就是这样想的，玛格丽特。你不要欺骗自己，认为我在对你说假话，也不要质疑我的决心和勇气。”说完这些话，他带着冷漠而坚定的神情看着她。在这一个漫长的时刻里，她也带着恳求的神情望着父亲，最终相信，已经无法改变父亲的决定了。随后她站起来，没有说话，也

①玛丽亚：黑尔太太的名字。

没有抬头，而是直接走向了门口。她已经握上了门把手时，听见他呼唤她。他此时靠着壁炉站着，佝偻着身子，看起来十分萎靡。但是当她走到身边时，他直起身子，用双手抚着她的头，严肃地说："孩子，愿上帝赐福于你！"

"愿上帝使您回归教会。"她有些激动地回答道。随后的一瞬间她有些担心，害怕她这样回复父亲的祝福，是无礼而错误的。这些话来自他的女儿，所以可能会让他受到伤害。于是她伸出臂膀，搂住了父亲的脖子。他抱着她，停留了几分钟。她听到他小声地嘀咕着："殉道者和忏悔者，要承受更加沉重的痛苦，我不会退缩的。"

他们听到黑尔太太呼唤玛格丽特的声音，才在震惊中分开了。他们心里清楚，现在马上要做的都有哪些事。黑尔先生急促地说道："快去，玛格丽特，快去。我明天要在外面待上一整天，明晚之前，你一定要跟你母亲把这件事说清楚。"

"哦。"她回答道，接着便头昏脑涨地走去客厅了。

第五章　决定

我请您体贴爱护，
经常留心来照顾，
欢笑着迎接快乐的人，
擦去伤心人眼中的泪痕，
安慰、同情，
使人心境得到安宁。

——安·利·韦林[1]

黑尔太太正在说着自己的计划，她打算给教区里的穷苦人家送一些慰问品，玛格丽特耐心地听着。她无法不听，但是这些计划让她非常伤心。等到冬季来临时，他们已经离开这里了。老西蒙的风湿病或许会更严重，眼睛也会越发看不见东西。以后不会再有人给他读书，也不会再有人给他送去肉汤和上好的红色法兰绒了。就算有这么一个人，也会是一个陌生人。老西蒙会在那里等她，但是却等不到。玛丽·多姆维尔家那个有点跛的小男孩儿也会爬到家门口等她穿过树林去看他，但是也等不到。这些穷人不会知道，为什么她会抛弃他们。再说，还有其他很多需要帮助的人，"你父亲经常把作为教区牧师所得的薪水用在教区上。或许要使用下一期的费用了，但是今年的冬季可能很冷，所以一定要补贴一下贫穷的老年人。"

"妈妈，我们尽自己的所能吧。"玛格丽特十分热切。她没有注意到问题严肃的那方面，只是有一个想法，他们正在最后一次帮助这些穷人。"我们不会在这里停留

①安·利·韦林：英国诗人，诗文引自她的《赞美诗与冥想录》第二节。

多久了。”

“宝贝儿，你哪里不舒服吗？”黑尔太太没有明白玛格丽特所说的停留不了多久这句话的意思，所以关心地问道，“你的脸色不好，看起来很疲倦，看起来都是这里的潮湿而有害的空气给闹的。”

“不，不是这样的，妈妈。这里的空气很好。从雾气弥漫的哈利街来到这里，感觉这儿的空气带着纯洁的香味。我确实有些累了，一定是该睡觉了。”

“确实是这样，已经九点半了。你赶紧去睡吧，我的宝贝儿，让狄克逊煮一些麦片粥。等你上了床我再去看你。我担心你着凉了，或者是因为哪个臭水沟的臭味……”

“别担心，妈妈，”玛格丽特说，她吻了母亲的脸颊，露出勉强的笑脸，“我很好，不要担心我，我只是累了。”

玛格丽特上楼去了。为了让母亲放心，她吃了一些麦片粥。黑尔太太来到楼上，关切地问了她几句，吻了她，就回房去了。本来玛格丽特一直看似困倦无力地在床上躺着，但是当她听到了母亲的房间关好了门，就马上从床上起来，穿上睡衣，来回踱着步，直到她踩到一块地板，发出了吱呀声，提醒她不能发出任何声音。她走向窗子，蜷起身体，坐在向内凹的窗台上。就在那天早上，她向外望去，看见教堂的钟楼发出一闪一闪的光芒，这是天气晴朗的标志，所以她的心情很愉快。但是只过了十六个小时，到了这一天晚上，她却在这里坐着，内心充满悲伤，哭都哭不出来。她只能感觉到莫大的痛苦，把轻松愉悦的心情从心里赶了出去，从此不会回来。亨利·伦诺克斯先生来访，并且向她求爱，就像一场梦一样，并非现实的生活。真正发生的不容置疑的事情是，父亲的头脑中充斥着诱惑，竟然变成了一个教会分立论者，他把自己给放逐了。由此产生的所有事情，都围绕着这个重大的毁灭性的事实。

她看向窗外，那是深灰色的教堂钟楼，笔直地矗立在视野的中心，钟楼后面是深蓝色的天空。她一直注视着那边，仿佛觉得能够一直注视下去，她能够看到的地方越来越远，但是却没有发现上帝的影踪。这时，她觉得，这个世界似乎比起被一座铁幕笼罩更显得寂寞无助，因为铁幕之下，也许有无法抹去的上帝的荣光。在她看来，这看似平静的、没有边际的天空，比有形的界线更加捉弄人。有形的界线能够将世界上所有苦难者的哀号笼罩其中，但是现在，这些哀号能够直达太空，消失在那无边无际的灿烂天空，还没有到达上帝的宝座，就消失不见了。她处于这样蒙胧的状态中，都没有觉察到父亲走到房间里来了。借着皎洁的月光，使他能够看到女儿用那样怪异的姿势，待在这个通常不会停留的地方。他走到她的身边，碰了一下她的肩头，她才发现父亲的到来。

“玛格丽特，我听见你起床的声音了。我忍不住想要到这里来，让你和我一块儿祈祷，我们念主祷文[①]吧，这对我们二人都是有好处的事。”

黑尔先生和玛格丽特在窗台旁边跪下。黑尔先生抬起头望向上方，而玛格丽特则低着头。上帝就在那里，距离他们很近，听着父亲小声地祈祷。父亲也许成了一个异教徒，但是仅仅几分钟之前，她对上帝的怀疑和绝望，不也正说明她是一个更为糟糕的怀疑论者吗？父亲离开之后，她一直保持着沉默，仿佛自己是个因为犯错而感到羞愧的孩子，悄无声息地上床去了。如果世上有很多令人困惑的问题，她愿意相信，并且只想看到眼下这一刻自己该做的那一步。伦诺克斯先生的突然到访，以及他对自己的表白，在这天夜里充满了她的梦境。而这一天晚些时候发生的事，已经在回忆中被排除了。伦诺克斯先生在试着爬上一棵高得出奇的大树，想要爬到那根树枝上，摘下她的帽子。他从树上摔了下来，她想要去救他，但是一只看不见的手拉住了她，于是他摔死了。然而，场景忽地转变，她又来到了哈利街寓所的客厅和他聊天，就像以前一样。但是她总是能想到，她之前看到了他被摔死的恐怖场景。

一个多么痛苦的夜晚啊！

这个糟糕的晚上为第二天所做的准备很差劲，当她醒来的时候，十分萎靡困顿，觉得与纷乱的梦境相比，现实的情况更加糟糕。所有纷扰一下子都回来了，不但有悲伤，悲伤中还掺杂着混乱。父亲现在被怀疑诱惑着，他的思想不知游到了多远的地方。她觉得，这些怀疑仿佛来自恶魔一样。她总是想问清楚，但是无论如何都不知道答案。这个明媚的早上，母亲在早餐时分非常高兴。她自顾自地不停说着，对在村子里救济穷人的事做出各种安排，根本没留意丈夫的默不作声，玛格丽特也只是用简单的一两个字敷衍。早餐完毕，餐桌被收拾好之前，黑尔先生站起来，用一只手扶着桌子，似乎想支撑起身子：“我现在就去布雷西荒原，要晚上才回来。我会让多布森给我弄点午饭，等到七点再回家喝茶。”

他说话时没有看着她们母女中的哪一个，但是玛格丽特明白他说的意思。七点钟之前，自己一定要对母亲说完这件事。如果是黑尔先生自己说，那么他会等到六点半才开口，但是玛格丽特和他的处事方法不同。她可受不了让这么沉重的负担一整天都压在心头，先把最糟糕的事处理掉，白天的时间不够长，无法充分地安慰母亲。但是当她站在窗前，一边等着佣人离开，一边琢磨怎样开口的时候，母亲又上楼换了身衣服，准备去学校一趟。她收拾停当走下了楼，看起来比平时要显得轻松。

“妈妈，今天陪我去花园里转上一圈吧，只转一圈就好。”玛格丽特说，同时伸出手臂，搂住了母亲的腰。

她们穿过落地窗，走出门去。黑尔太太说了一些话，但是玛格丽特没有留意她说

①主祷文：《新约·马太福音》第六章第九节至第十三节。

的是什么。她眼角的余光看到一只蜜蜂飞进了一朵喇叭形的花朵里，她准备等这只蜜蜂带着食物从花里飞出时，就开口说。信号出现了，蜜蜂飞出来了。

“妈妈！爸爸打算离开赫尔斯通！”她突然开口道，“他准备离开教会，搬到北米尔顿居住。”她好不容易，才说出这三件已经确定无疑的事实。

“你为什么这样说？”黑尔太太十分惊讶地问道，“谁跟你说的这些话？这简直是胡扯！”

“是爸爸亲口说的。”玛格丽特说，她非常想要亲切地安慰母亲几句，但是她不知道该说些什么。她们离花园里的一条长凳很近，于是黑尔太太坐下来，开始哭泣。

“我不明白你说的。”她说，“如果不是你弄错了，就是我完全没有听懂你的意思。”

“不是的，妈妈，我没有弄错。爸爸给主教写信了，说他内心产生了怀疑，无法再担任英国国教的牧师职务了，所以他只得离开赫尔斯通。他已经和贝尔先生商量过了，您知道的，妈妈，他是弗雷德里克的教父。所有的事都计划好了，我们要搬到北米尔顿居住了。”玛格丽特这样说时，黑尔太太一直抬着头，凝视着她的面庞。从她脸上的阴影看来，她应该明白自己说的都是真的。

“我希望这不是事实。”黑尔太太最后说，“家里出了这么大的事情，他一定会早和我说的。”

玛格丽特这时强烈地意识到，这件事应该早些让母亲知道的。即便是母亲平时对这里的生活有诸多不满，而且爱抱怨，但是父亲选择把自己内心的变化和生活上将要面临的改变告诉女儿，并且让女儿通知母亲，这样做是不对的。玛格丽特挨着母亲坐下，搂着母亲的头埋在自己的怀里，同时俯下身子，把柔软的小脸贴在母亲的脸上。母亲依着她这样做了。

“亲爱的妈妈！我们十分害怕伤了您的心。您知道，爸爸有多么敏感，您的身体也很柔弱，所以遇到这样的事心里会很乱。”

“玛格丽特，他是什么时候告诉你这些的？”

“就在昨天。”玛格丽特回答，她能感觉到，母亲这样问是出于嫉妒。“可怜的爸爸！”她想把母亲的注意力转移到对父亲的痛苦心情的怜悯上。黑尔太太抬起了头。

“他说他内心产生了怀疑，这是什么意思？”她问，“说真的，他不会认为自己有什么其他想法了吧？认为自己比教会知道得还多。”

玛格丽特摇摇头，流下了眼泪，母亲的话也触动了她自己感觉最为沮丧的地方。

“莫非主教也没法说服他？”黑尔太太有些生气地问。

“大概是吧。”玛格丽特说，“但是我没有追问，因为不敢听父亲回答这个问题。现在他已经计划好了，准备在两个星期之内离开赫尔斯通。我不确定他是否说起过，他已经递交了辞职信了。”

“两个星期之内！”黑尔太太喊道，“我觉得这简直太奇怪了，完全是不正常的事。我认为，这简直是无情无义。”她一边说着，一边流着眼泪，“你说，他内心产生怀疑，所以没和我商量就决定不再担任牧师的职位。或许如果他从一开始就把他心里想的告诉我，我会在那些怀疑刚出现时就把它们消灭。”

尽管玛格丽特认为父亲这样做事并不恰当，但是听到母亲的责怪，她又觉得很不舒服。她知道，他是因为对母亲的体贴才保持沉默的。这可能代表着懦弱，但并非无情无义。

“我本以为您会非常高兴要离开赫尔斯通呢，妈妈。”玛格丽特停了一会儿，说道，“您在这样的空气中生活，总是身体不舒服。”

“你不会是认为像北米尔顿那样到处都是烟囱和灰尘的工业城市中弥漫的空气会好过这里的吧？尽管这里的空气让人容易困倦，但是依然十分纯净和清新。想想看吧，在工厂和工厂主之间生活的模样。不过也是，如果你父亲离开了教会，那么无论去哪儿，都不会有上流人士和我们交往。对我们来说，这是莫大的耻辱！可怜的约翰爵士啊！他没能亲眼见到你的父亲落到今天这般田地，可真够幸运！在我小时候，我和你肖姨妈一起在贝雷斯福德街长大。每天在饭桌上，约翰爵士祝酒时说的第一句话总是：‘国教和国王万岁！打倒残余议会①！’”

当母亲想到在父亲的思想中觉得非常重要的一点时，竟然不再追究为什么父亲对她保持沉默了，这让玛格丽特觉得十分高兴。她还非常焦虑父亲对教会所起的怀疑是什么性质的，除此以外，她最为忧虑的就是这件事了。

“妈妈，您知道，我们在这里也很少和人交际。说起上流人士，我们几乎没怎么见过，离我们最近的邻居，姓戈尔曼的那家，也是生意人吧？”

“是啊，”黑尔太太有些生气地说，“但是我们郡里一半的上流人士都坐着戈尔曼造的马车，所以跟这些人还是有些交际的。但是那些工厂主，如果穿得起亚麻布，谁会穿棉布衣服啊？可这些办厂的呀……”

“妈妈，就不提纺纱厂的主人了。我并非帮他们说话，就像是我不会帮任何商人说话，但是我们和这些人压根儿不会有交往的。”

“你爸爸为什么一定要到北米尔顿居住？”

“有一部分原因，”玛格丽特叹了口气，说道，“是因为它与赫尔斯通有很大的区别。还有一部分原因，是因为贝尔先生说那里有人招聘家庭教师。”

---

①残余议会：对长期议会的蔑称，是英国保皇党常用的一句祝酒词。

“去米尔顿做家庭教师？为什么他不去牛津的上流人士家里当家庭教师？”

“妈妈，您不记得了！他之所以离开教会，就是因为他的见解不同。这些不同意见在牛津只会给他带来坏处。”

黑尔太太沉默了，低声地抽泣了一会儿。最后，她说：“家里的那些家具，我们该怎么把它们搬走呢？我一生中从来没有搬过家，现在只有两个星期的时间准备这件事！”

玛格丽特看到母亲的烦恼已经集中到这样的细节问题上，心中暗自松了一口气。在她看来，这本是个毫不重要的问题，并且她能帮上不少忙。于是她安排好了计划，她向母亲保证，在完全弄清楚父亲想做的事之前，帮助母亲把已经能够确定的事先准备好。这一整天里，玛格丽特都和母亲在一起，她全身心地注意母亲在情感上产生的变化，并且在旁边安慰她。到了临近傍晚的时候，她非常急切地盼望，当父亲经过劳累的一天回到家里时，见到的是欢迎和安慰。她对母亲说了好一会儿，父亲心中一定有很长时间都感到痛苦，她的母亲只是冷淡地回应，他应该早点儿同她说，这样多少能有一个人给他出点儿主意。当玛格丽特听到门廊里响起了父亲的脚步声，她感到十分虚弱。她不敢出去迎接父亲，向他汇报今天一天发生的事，生怕母亲感到嫉妒。她听到他停了一会儿，好像在等她，或者等她传来的消息，但是她不敢出去。她看到母亲的嘴唇有些抽搐，脸色也变了，应该也听到丈夫回家了。不久，他打开了房门，踌躇地站在门口，不知是否应该进来。他面色苍白，流露出畏缩又胆怯的神色，看起来让人觉得很可怜。但是他的这种神情让太太变得心软了，她走过去，伏在丈夫胸口，对他大声叫道：“理查德！可怜的理查德[①]，你应该早些和我说的！”

这时，玛格丽特才从她身边走开，她流着眼泪下了楼，倒在自己的床上。她把脸埋在枕头里，强忍着没有发出歇斯底里的哭声。她已经全力地克制了一整天，现在终于可以爆发了。

她不知道自己究竟这样待了多长时间。佣人来打扫房间，她却什么都没有听到。这个姑娘非常震惊，她踮着脚轻声走出房间，去向狄克逊太太汇报，黑尔小姐在放声哭泣，就像是心碎了一样。她认为，如果黑尔小姐一直这样哭，准保会生病的。因为她这样做了，玛格丽特受到了触动，从床上坐起来。她看见黑暗中狄克逊的轮廓，狄克逊拿着蜡烛尽量朝身后放，怕蜡烛的光线太强烈，刺激到黑尔小姐的眼睛。这时玛格丽特的眼睛已经肿了，什么都看不清。

“噢，是狄克逊！我没听到你进来！”玛格丽特还有些颤抖，但是尽量约束自己，“很晚了吗？”她一边问，一边费力地从床上下来，虽然脚已经接触到了地面，但是没有站起来。她把被哭湿又揉乱的头发朝头上拢了拢，装作若无其事的样子，好

---

①理查德：黑尔先生的名字。

像她刚才只是睡着了。

“我说不准现在究竟是什么时间了。”狄克逊回答，声音里显示出烦恼，“喝茶之前我给黑尔太太梳头时，她对我说起了这个可怕的事情。打那时起，我就不记得时间了。我不知道我们一家人将会落到什么地步。夏洛特刚才对我说你在哭，我想，这是难免的事，真是可怜啊！黑尔先生这把年纪了，还要变成不信国教的人。他在教会的工作虽说干得不是最好，起码是相当不错的。小姐，我家有个表兄，年过五十岁了，却成为了卫理公会①的传教士。他一生以裁缝为生，但是做了这么长时间，却一直没做过一条合适的裤子。所以这是很正常的。但是就像我刚才和太太说的一样，对黑尔先生来说，‘已故的约翰爵士会怎么说呢？他虽然一直对你嫁给黑尔先生不太满意，但是如果知道他做出今天的事情，那么如果可能，他一定会破口大骂的！’”

狄克逊已经习惯了向黑尔太太抱怨黑尔先生，当然，黑尔太太是否愿意听，要看当时的心情。她完全没有留意到玛格丽特的鼻孔有些张大了，眼睛里也放出了光。她实在是无法容忍一个女佣在她面前这样批评她的父亲！

“狄克逊，”她的声音很低沉，每当她情绪激动的时候，就会发出这样的声调，虽然低沉，却隐隐带着一些骚动，有种山雨欲来的味道，“狄克逊！你知道你是在和谁说话吗？”她直起身子站了起来，盯着她面前的女佣，眼神十分锐利，“你在和黑尔先生的女儿说话。出去吧！你所做的事让我觉得很不舒服，你需要仔细反省一下，以你的善良，之后一定会感到后悔的。”

狄克逊有些惊慌失措，所以又在房间里停留了几分钟。玛格丽特又说了一遍，“你出去吧，狄克逊。请你离开。”对于小姐这样坚决的话语，狄克逊不知道是该怨恨还是该哭泣。对于黑尔太太，这两种方法都有效果，但是就像她自己所说的：“玛格丽特小姐的脾气，和老先生的差不多，和弗雷德里克少爷一样。不知道他们从哪里遗传到了这种性格？”如果不是如此的一个高傲和果决的人和她这样说话，她心里会产生怨恨，但是这时她表现得很恭顺，半是委屈半是卑微地说：“小姐，需要我帮你松开衣裳，梳理一下头发吗？”

“不用！今天不需要，谢谢你。”说完，玛格丽特面无表情地看着她走出去，然后锁上了门。打这时起，狄克逊对玛格丽特更加顺从了。她自己说，这是因为她和弗雷德里克少爷十分相像，但是事实是，就像其他的很多人一样，狄克逊也喜欢被一个坚强而果断的人支配。

在日常事务上，玛格丽特需要狄克逊的大力帮助，但是在交流上，又希望她保持沉默。有一段时间，狄克逊觉得，在小姐面前尽量不说话，这样表明自己的卑微身份，是她分内的事情，所以她把精力都用在了干活儿上，而不是说话上。对于这样重

---

①卫理公会：英国传教士约翰·韦斯利于1728年创立的教会，为英国国教所不容。

大的搬家工作来说，两个星期显得非常短。就像狄克逊所说的，“说实在的，随便哪一个有身份的人……”她刚开口说到这里，就看到了玛格丽特流露出的严厉的神色，于是猛地咳嗽一声，把剩下的那些话憋了回去。她还很顺从地从玛格丽特那里接过润喉糖，来消除“喉咙里有些痒，我的小姐”。但是，除了黑尔先生自己，其他的所有人都会很实际地发现，要想在如此短的时间里在北米尔顿或是任何别的地方找一所房子，然后将从赫尔斯通的家里搬出的家具转移过去，有多么地困难。

黑尔太太必须在很多方面同时做出很多决定，这样的繁重差事让她难以承受，于是病倒了。当母亲真的卧病在床，并且将所有事务转交给自己之后，玛格丽特倒松了口气。狄克逊守在病床前，尽忠职守，照顾着黑尔太太，只是每次走出房间后会摇着头，嘀咕着一些玛格丽特很不喜欢的话。因为，她已经十分明确，他们一家一定会从赫尔斯通离开了，接替黑尔先生的牧师职务的人也已经派到了这里。无论如何，当父亲已经决定了要这样做，那么不管是为了父亲，还是为了别的原因，都不能再犹豫不决了。因为，当黑尔先生决定跟整个教区里的居民挨个告辞之后，每天晚上回家时，都变得越来越沮丧。对那些必须处理的事情，玛格丽特一点儿经验也没有，也不知道该找谁求助。家里的两个女佣用很大的热情来搬动东西并且打包。从整个准备工作的进展来看，玛格丽特的见多识广能够令她知道怎么处理是最得当的，而且能够给出处理的办法。但是他们能够去哪里呢？他们在一星期之内就必须搬离这里。是直接去米尔顿，还是去别的地方？很多事项的安排都取决于这一点，所以这天晚上，玛格丽特决定，无论父亲是多么劳累和沮丧，都必须要问清楚这个问题。他回答说：“亲爱的！我要操心的事情真的是太多了，所以没有时间考虑这个问题。你母亲的意见呢？她是怎么想的？可怜的玛丽亚！”

这时，他耳边响起了一声叹息，比他发出的声音还要响。这是狄克逊发出的，她刚走进房间，想要给黑尔太太续上一杯茶。她听到了黑尔先生说出的最后一句话，黑尔先生在这里，她不害怕玛格丽特眼神里的斥责。她发出了一声感慨：“可怜的太太啊！”

“她今天身体情况没有变得更糟糕吧？”黑尔先生赶忙问道。

“我没法回答您，我的老爷。我也说不出来。似乎太太的问题不是身体上的，而是精神上的。”

黑尔先生显得苦恼极了。

“狄克逊，趁着茶还热，你最好马上端给妈妈。”玛格丽特用低沉的声音命令道。

“啊！小姐，真是对不起！我心里一直惦记着我可怜的……惦记着太太，所以思想转到了其他的地方。”

“爸爸！”玛格丽特说，“对你们两个来说，这样犹豫不决是非常不好的事情。当然，妈妈一定知道您改变了看法，对这点我们毫无办法，”她语气平静地继续说道，“但是现在，我们已经明确了要去哪里，至少从某些方面来讲是确定了的。爸爸，我认为如果您能够告诉我需要朝着哪个目标而努力，我就能让妈妈和我一起来制订计划。她一直都没有表示过想要什么，做的都是必须要做的事。我们直接去米尔顿吗？您在那里租好房子了吗？”

“没有。”他回答，“我们可能必须得在某个地方暂时住上一阵子，再去找房子住。”

“那就是说，需要将家具打包寄存在火车站，直到我们找到了合适的房子再运过去，是吗？”

“大概是吧。你认为怎样合适就怎样处理，要记住一点，我们今后能支配的钱很少。”

玛格丽特明白，家里没有多少钱了。她感到，这个重担突然就落到了她的肩上。四个月之前，她每天需要考虑的无非是她在就餐时需要穿哪件衣服，以及帮伊蒂丝为家里的宴会制定名单，考虑该邀请谁、谁和谁做伴。而且，她曾寄住的人家并不需要做很多决定。所有事情都在按部就班地进行，除了伦诺克斯上尉的求婚。每一年，肖姨妈都要和伊蒂丝争论到底该去怀特岛[1]，还是出国，还是去苏格兰。但是这种讨论和玛格丽特无关，她不操心这些，因为不论怎样一定会回到家这个宁静的港湾里。从伦诺克斯先生来访的那天起，每一天都有一个问题需要她做出决定，这些问题对她和她挚爱的亲人都很重要，一定要得到解决。

吃过晚茶，父亲上楼去和太太聊天，玛格丽特自己待在客厅里。突然她拿起一支蜡烛，去书房里拿出了一本大地图册。她费了很大力气搬到客厅里，仔细研究起英国地图来，等到父亲下了楼，她已经得出了答案，高兴地抬起了头。

“我有一个好主意。你看这里，离米尔顿的距离还不到我的指头宽的地方，是达克郡的赫斯顿。我经常听到北方的人说，那里是个海滨，风景秀丽。我们是否可以让妈妈和狄克逊先住在那里，然后我们去米尔顿找房子，做好万全的准备。她在那里能够呼吸海边的空气，让她身体好起来，度过冬天，省去一些劳累。狄克逊会愿意照顾她的。”

“狄克逊和我们一家一起去吗？”黑尔先生的语气听起来十分沮丧又无可奈何。

“那是自然！”玛格丽特说，“狄克逊很想去，而且如果妈妈离开狄克逊，不知道会怎样。”

---

①怀特岛：一个岛屿，位于汉普郡海岸附近。

“但是，我担心我们一家要开始一种和现在有很大差距的、将就的生活。城市里的生活非常昂贵。我觉得狄克逊不会觉得那样的生活很舒服的。说实在的，玛格丽特，我时常都能感觉到，这个女人有点儿端着架子。”

“她确实就是这样的，爸爸，”玛格丽特回答，“如果让她跟我们一起将就着过和比现在差很多的生活，我们就得容忍她会变本加厉的恶劣态度。但是实际上，她对我们全家都很爱护，如果离开的话一定很伤心，就像她在这次变故中表现的那样。为了妈妈，也为了表彰她的忠诚，我觉得应该带她一起去。”

“好，亲爱的，就这样做。我都听你的。赫斯顿和米尔顿距离多远？我不知道你的一根手指的宽度，在实际距离上是怎样的概念。”

“哦，并不算远，大概有三十英里。”

“以距离计算的话的确不远，但是……不管它了！如果你认为这对你母亲好，那就这样安排吧。”

这是一个重要的举措。从这时开始，玛格丽特能够开始真正地计划并实施行动了。黑尔太太也打起了精神，想要去海滨的期待让她忘掉了自己身上的痛苦。她唯一觉得美中不足的是，她在海滨暂住的两个星期里，黑尔先生不能总是在她身边陪着她，就如同他们刚刚订婚的时候，他曾经和她有两个星期都一直待在一起。那时，她和约翰爵士以及贝雷斯福德夫人，一起待在托尔奎[1]。

---

①托尔奎：位于英格兰德文郡，是一座海滨城市，是著名的疗养胜地。

第六章　告别

园树的枝柯无人照管，拂动摇摆，
娇嫩的花朵儿俯下身来；
山毛榉无人爱护，日渐萎萎，
火红的枫树也逐渐凋零。
向日葵无人爱护，风姿烂漫，
火焰般的光辉环绕着结子的花盘，
繁多的蔷薇与康乃馨
以夏日的芬芳充溢了营营的空间。
直到从园中和旷野
吹来一股新的友情，
年复一年，景色常见，
使陌生人家的孩子渐渐熟稔。
一年年，长工耕种他那熟习的土壤，
或者开辟林间的空场；
一年年，我们的记忆
从四周的群山之间慢慢消失。

——丁尼生[①]

终于到了最后一天。屋子里堆满了箱子，在屋门口装上车，准备运往就近的火

①丁尼生：诗文引自丁尼生的《纪念哈拉姆》中的一篇。

车站。房子旁边原本有一片草地，景色优美，现在却满是从屋里吹出去的麦秸，显得十分凌乱。因为摘掉了窗帘，阳光从窗子里照进来，明晃晃地刺眼。空荡荡的房间里传来的回声也很奇怪，让人感到十分陌生。最后收拾的房间，是黑尔太太的梳妆室。她和狄克逊一起在那里收拾着，偶尔呼唤着对方，停下手头的工作，只因为找到了某件被遗忘的宝贝，比如，两个孩子小时候用过的一件东西。她们的工作做得并不快。玛格丽特镇定地站在楼下，指挥着那些男人帮助厨娘和夏洛特完成手里的工作。厨娘和夏洛特总是急得哭起来，心里还暗自纳闷，她们家的小姐竟然能够直到最后一天都保持镇定。她们在心中断定，一定是因为她在伦敦待久了，所以也许已经不再喜欢赫尔斯通了。她就站在那里，苍白的小脸上一片平静，她睁大眼睛，认真地观察着眼前的所有情况，无论是多么琐碎的细节都看在眼里。她们并不知道，在这样的重压下，她的心始终感觉到疼痛，无论怎样叹息都无法让她身上的压力减轻一点儿。她们也并不知道，她让自己忙碌得一刻不停，是因为只有这样才能让自己不至于因为痛苦而哭泣。而且，如果她倒下了，谁能做好这一切呢？父亲此刻在教堂办公室，和教会的执事一起检查经手的文件和登记册等。回来之后，他还要打包自己的书，只有自己亲手打包才会令他满意。还有，玛格丽特怎么能在外人面前，尤其是像厨娘和夏洛特这样的佣人面前倒下呢？绝对不能！最后，四个负责打包的人去了厨房喝茶。玛格丽特在门口已经站了很久，此时她有些僵硬地挪迈开脚步，缓慢地穿过空空荡荡的、有着奇怪回声的客厅，走进了这个十一月初的黄昏中。外面起了一阵薄雾，潮湿又阴沉，给所有东西都蒙上了一丝朦胧的气息。它们并未被雾彻底遮蔽，而是在太阳的余晖照耀下，发出了淡紫色的光。一只知更鸟正在发出婉转的啼鸣。玛格丽特心想，这或许就是父亲经常提起的那只知更鸟，冬季里他最爱它，还在书房外为它亲手建造了一座鸟窝。和以往的任何时候相比，此时的树叶都更加美丽，在经历了头场霜之后，就会全部落在地面上。有几片叶子此时已经开始凋落，在夕阳的映照下，显出了金黄和琥珀的颜色。

玛格丽特再次走上了梨树边的那条小路。自从她和亨利·伦诺克斯一起在这条路上散步之后，就再也没有独自走上这条路过。就在这里，在那片百里香①旁边，他对她说起了那些她此刻无须再次想起的事情。当她思考该怎样回答他的问题时，她就是这样地望着那朵晚开的蔷薇。当他的最后一句话说到一半的时候，她想起了胡萝卜的叶子，它们是那样美丽，像羽毛一样。这一切发生在仅仅两个星期之前！现在统统都变了！他如今在哪里呢？在伦敦，就像从前一样。和那群在哈利街经常交往的人，或是和他的一些年轻放肆的朋友一起吃饭。可能就在这个时候，在她从傍晚时节的荒凉花园中悲伤地走过，看到周围的一切开始凋零和腐朽的时候，他刚经历了忙碌而满足

①百里香：一种香料，又名麝香草。

的一天，抛下法律方面的书籍，来到圣堂花园①里跑上一圈，以减轻一身的疲劳，就像他对她说的那样。他在跑步的时候，能够听到数万名只闻其声、不见其人的劳动者发出的有力而模糊的喧嚣，在转弯的时候总是能够在河面上看到从中映出的城市里的灯火。从前，他总是和玛格丽特说起这些在学习结束之后、晚餐之前进行的有些匆忙的散步。他说这些话的时候，是处于最好的时刻，此刻想到了这些话，让她不禁开始幻想。花园里寂然无声，知更鸟已经飞入了夜晚的沉静中，消失不见。偶尔能够听到远处村落里的屋门打开又关上，好像是疲惫的工人回到了家，但是这声音似乎很远。树林中的落叶里，发出了缓慢而小心翼翼的沙沙声，听起来很近。玛格丽特知道，这是偷猎的人②发出的声音。这个秋天里，许多次她都吹灭蜡烛，坐在卧室里，感受着大地与天空的宁静。在这些时候，她曾经很多次见过偷猎的人，他们纵身跃过院墙，不发出一丝声音。他们从月光下沾满露水的草地上穿过，继而消失在黑暗的角落里。玛格丽特十分喜欢这些人所过的自由而危险的生活，她不但不害怕，反而在心里祝他们一切顺利。但是今天晚上，她不知出于什么原因而感到害怕了。她看见夏洛特准备过夜而关上了窗子，她并不知道有人从房子里来到了花园。一根小树枝在距离很近的地方落在了地上，或许是因为腐朽，又或许是被人折断的。玛格丽特一直跑到了窗户外面，速度像卡米拉③一样快，她用吓得有些发抖的手急促地敲着窗子，把夏洛特吓了一跳。

“快让我进去！夏洛特！是我！”等到她进了屋子，关上窗子又闩好门，被四面熟悉的墙壁包围着，她的心才不再狂跳。她坐在一个木板箱上。屋子里没有家具，显得十分落寞，这里没有火光或者别的亮光，只有夏洛特手里的蜡烛还在发光。夏洛特看着玛格丽特，流露出惊讶的神色。玛格丽特站起来，虽然没看她，却知道她正看着自己。

“夏洛特，我怕你把我锁在外面，”她笑着说，“等你回到了厨房，就肯定听不见我敲窗子的声音了。通向小路和院子的门早就上了锁。”

“不会的，小姐，我一定过一会儿就能想起您来。那几个人会想要询问你接下来该做什么，而且把茶和点心送到了老爷的书房里，那里可能是整个宅子里最舒适的了。”

“谢谢你，夏洛特。你真是个好姑娘，我真的不愿意和你分开。如果有一天我能给你提供帮助或是一些有用的建议，一定要写信告诉我你的想法。你知道，从赫尔斯通寄去的信永远会让我高兴的。我到了那里之后，就把地址告诉你。”

茶和点心都妥当地安排在书房里了，随时能够享用。壁炉中的火焰熊熊燃烧，桌子上放着几只熄灭的蜡烛。玛格丽特坐在壁炉前的地毯上，部分原因是想要取暖，她

---

①圣堂花园：伦敦圣堂的花园，被维多利亚堤和泰晤士河分为两段。

②偷猎的人：指闯入私人领地里偷偷捕猎的人。

③卡米拉：出自古罗马诗人维吉尔的史诗《埃涅阿斯纪》，是一个健步如飞的公主。

的衣服上还残留着花园中的湿气，而一整天的劳累更让她感觉寒冷。她双手紧扣，抱着膝盖，头朝着胸口稍微下垂，好让自己坐稳。不管她此刻到底心情怎样，这个姿势看起来实在是沮丧的。但是，当她听到砂石地上响起了父亲的脚步声的时候，她马上站了起来，把浓密的头发一下子甩在脑后，擦干了不知何时出现在脸上的几滴眼泪。随后，她走出去，为他打开房门。他看起来比她更为沮丧，她甚至没法让他开口说话。她费了好大的力气，说起一些可能让他感兴趣的话题，把每次努力都当作最后一次一样。

“您今天走了很多路吗？”看他不肯吃东西，她赶忙问道。

“我走到了和福德姆山毛榉①一样远的地方。我去看望了一下莫尔特比寡妇，她十分难过，因为没能和你告别。她说，最近的这几天里，小苏珊总是看着那条路，嘴里念叨着，‘亲爱的玛格丽特怎么啦？’”一想到那个孩子在等待着她，可怜的玛格丽特就感到十分失望，甚至难以忍受。因为并非她把那个孩子给忘了，而是没有办法离开家一步。她开始哭泣，好像心被伤透了一样。黑尔先生也痛苦起来，他站起身，在房间里来回踱步，看起来十分不安。玛格丽特想要克制住悲伤的情绪，但是她在能够冷静下来之前，不想开口说话。她听到他似乎在自言自语：“我忍受不了。看到有人承受痛苦，我忍受不了。如果是自己受苦，我还能够忍受。哎，还能够回头吗？”

“不能，爸爸，”玛格丽特凝视着她，用坚定而低沉的语气说道，“承认您做了错事让人非常难过，但是如果认为您很虚伪，那就太糟糕了。”她说到后面这半句的时候，压低了声音，似乎觉得把父亲和虚伪这个词联系在一起，是对父亲的不恭敬。

“而且，”她继续说，“今天晚上，我只是感觉有些疲惫。亲爱的爸爸，不要以为您所做的让我痛苦。我们今天晚上都不适合再谈这件事，”她说着，同时发现眼泪会不由自主地掉下来，“我最好去给妈妈送上一杯茶。她很早就喝过了，那时我太忙了，没有陪她一起喝，我觉得她一定愿意再来上一杯。”

第二天一早，火车将要按时启程，他们必须从美丽的赫尔斯通离开了。他们准备出发了，临走时，他们最后望向这座低矮狭长的牧师公馆。这座房子被山楂树和月季花围绕着，清晨的阳光照射在窗子上闪闪发光，显出浓郁的家庭气息，每个窗子都代表着一个熟悉的房间。还没等他们坐上那辆从南安普敦前来，送他们去火车站的车子，就已经彻底地和这里告别了，永不再回来。玛格丽特感到了一阵心痛，她用尽力气向外看去，想要最后看一眼教堂中那座古老的钟楼。她知道，在转弯处的树林那里，能够看到它。但是父亲也惦记着钟楼，所以她认为，父亲比她更有资格占据那扇能够瞥见钟楼的车窗。她朝后靠去，闭上眼睛。她的眼睛里涌出泪水，在那一瞬间先是晶莹地垂在睫毛上，之后缓慢地流过脸颊，落在衣服上。但是并没有人注意到这

---

①福德姆山毛榉：姓名。

一切。

他们会在一家位于伦敦的小旅馆里住一个晚上。和通常一样，可怜的黑尔太太几乎一整天都在流泪。狄克逊心里憋着火气，她甚至不让裙子碰到黑尔先生，即便是他未曾察觉到。在她看来，是黑尔先生带来了全部这些痛苦。

他们走过熟悉的街道，路过那些他们曾经常去做客的人家，和她陪着姨妈一起去过的店铺，姨妈在做出一个决定时总是犹豫不决，这让她经常感觉烦躁。不仅如此，他们还在街上遇到了很多熟人。因为虽然对他们来说，这个上午显得如此漫长，他们巴不得这一天赶快结束，夜晚快点到来，但是当他们到达伦敦时，正是十一月里的一个下午，这时的伦敦是最热闹的。黑尔太太很多年没有来伦敦了，她兴奋得像个孩子一样，在每条街上都四处张望，看着街上的马车和店铺发出快乐的叫喊。

“看，那就是哈里森的商店，我结婚的时候，在他的店里买了很多的东西。哎呀，真是大变样了啊！你看那些大玻璃橱窗，比南安普敦的店铺还要大。嘿，看那边，那不是——哦，不是——啊，是他——玛格丽特，我们刚刚和亨利·伦诺克斯先生擦肩而过了。他准备去这些店铺里的哪一家呢？”

玛格丽特感到十分震惊，她俯身向前，又快速地靠了回来，并且为自己的鲁莽举动感到有些好笑。这时，他们之间的距离已经接近一百码了，但是他好像是赫尔斯通的纪念品一样，能够让人想到那个晴朗的上午，那个发生了许多事的一天。她心里很希望在他没有看到自己的时候，能够看见他一眼，但是不需要交谈。

这天晚上，闲来无事，只能在高楼上的旅馆房间里独自消磨时间，所以显得无比沉闷而漫长。黑尔先生去了书商那里，顺道拜访几个朋友。无论是在旅馆里还是在街上，他们遇到的每个人看起来都步履匆忙，似乎都要去赴约，有人正等着见到他，或他等着见到某个人。只有他们看起来十分陌生和孤单，没有朋友。但是，起码在一英里的范围内，玛格丽特就知道有好几个人家，看在肖姨妈和她的面上，一定会欢迎她和母亲登门拜访，如果她们愿意且欣然地前往的话。但是如果她们显得很伤心，或是和现在一样，处在自顾不暇的烦恼中，看起来很需要同情的样子，那么她们如果去这些人的家里拜访，就难以被当成朋友，反而会不受欢迎。因为伦敦的生活如此忙碌，每个人都不会像约伯的朋友那样表现出同情，哪怕一小时也不会。约伯的朋友就曾“就同他七天七夜坐在地上，一个人也不向他说句话，因为他极其痛苦”[①]。

---

①《旧约·约伯记》第二章第十三节。

第七章　新的场景和新的面孔

薄雾遮住了阳光，
炊烟腾腾的矮屋
围绕着我的四方。

——马修·阿诺德[①]

第二天下午，火车在离北米尔顿还有二十英里左右的地方转到通往赫斯顿的线路上去。赫斯顿这个地方，看起来是与海岸线平行的一条狭长的街道。这里有自己的特色，与英格兰南部的小型海滨浴场的区别，就如同海滨浴场本身与内陆的所谓海滨浴场的区别一样大。如果用苏格兰话说起来，就是这些更加“实惠”一些。原来拉车的马具上不会使用很多木料和皮革，更多用皮革来代替。这里的人们虽然热爱休闲，骨子里却依然是忙碌的。这里的色彩很单调，虽然经久耐用，但是一点儿也不华丽。这里的乡下人也不会穿宽罩衫[②]，因为那样的衣服让人行动不便，而且容易挂到机器上，所以久而久之人们就不再穿它了。玛格丽特曾去过英格兰南部类似的小镇，那里的店铺空闲的时候，店主会在门口转转，呼吸新鲜空气，顺便看一看街上的景色。但是在这里，这些店主在没有顾客的时候依然会给自己找些工作来做。玛格丽特甚至猜想，他们会把卷好的缎带解开然后再卷上。次日清晨，她和母亲一起外出找落脚的地方，就留下了这样深刻的印象。

因为一家人在伦敦的旅馆里停留了两个晚上，需要的花销比黑尔先生预计多了一些，所以她们在这里找到了第一个满足他们需要的整洁舒适的屋子之后，就马上租

---

①马修·阿诺德：英国诗人、散文家。诗文引自他的诗作《安慰》。
②宽罩衫：从前英格兰的农民在田间穿的工作服。

了下来。很多天以来，玛格丽特头一次在这里有了安定的感觉。这里让人产生了一种不真实的感觉，使人沉浸其中，感到更加舒适和惬意。海水在远处有节奏地拍打着海岸，有人赶着驴子在附近吆喝着。这些不寻常的景象在她眼前晃动着，就像是画片一样。她很懒散，只想欣赏景色，而不愿去仔细探察究竟。她来到海滩散步，呼吸着海风，虽然此时已经是十一月底，但这里的海风依然温和。远处，海天相接，蓝天与大海之间是壮阔的海平线；一条小船的白帆，在太阳的映照下，显出了银白色。她好像能够在这样的冥想中，像做梦一样过完一生，将当下的事视为最重要的，不愿回首过去，也不愿期盼未来。

只不过，无论未来是怎样充满艰难与苦痛，你都一定要直面才行。这天晚上，他们一家人商量好了，第二天玛格丽特和父亲要去北米尔顿找一间房子。黑尔先生收到了从贝尔先生和桑顿先生那里来的几封信。他想要马上弄明白在北米尔顿要做的工作以及有多大的把握等诸多细节，如果想要弄清这些，就必须前去和桑顿先生见上一面才行。玛格丽特明白他们一定要去，但是她从来都很讨厌工业城市，而且她觉得赫斯顿的环境让母亲觉得舒服，所以打算把去米尔顿的时间往后拖一下。

离米尔顿还有几英里的时候，他们就发现米尔顿方向的上空飘着一层呈现出铁灰色的云。与冬天的淡蓝灰色的天空相比，这些云层显得有点阴暗。在赫斯顿那里，天气已经开始显露出即将变冷的迹象。离镇子越来越近，空气中出现了若有若无的烟味。或者说，这里的空气中没有草木的气息，并非真的有其他的气味。他们从笔直而狭长的无聊透顶的街道上快速地驶过，路两边是十分整齐的砖砌的房子。四周到处都是很多长方形的、有很多窗子的巨大厂房，好像卧在小鸡群中的许多母鸡一样。它们都冒着“议会禁止的[①]”黑烟，这也能很好地解释玛格丽特为什么以为天空中飘着的是雨云。从火车站到宾馆的路上，需要经过几条宽阔的街道，他们总是走走停停，因为街道还是显得不够宽，都被满载货物的货车堵住了。过去，玛格丽特时不时地陪着姨妈到伦敦的闹市里去。但是，那里的街道上驶过的车辆看起来都有明确的目的地。在这里，全部的货车上——无论是拉货的马车还是载重的卡车——都装着棉制品，有一袋一袋的棉花，还有一包一包的棉布。人行道上有很多走路的人，其中很多人穿的衣服料子很好，但是脸上的神情都是懒散而随意的，玛格丽特感到，他们和伦敦同一阶层的人气质完全不同，伦敦人虽然穿着破烂，但是很有精神。

“这就是新街。”黑尔先生说，“可能是米尔顿的主干道。贝尔先生总是跟我提到这里。这里本来是一条小路，三十年前被拓宽成大马路，让他拥有的地产大幅地升值了。桑顿先生的工厂应该就在附近，因为他的厂房是从贝尔先生那里租的。不过他似乎是开货站发的家。”

---

①议会禁止的：英国议会于1847年通过了《改善城市环境条例》，要求所有工厂的烟囱都不准喷出黑烟。

“我们的旅馆在什么地方，爸爸？”

“应该就在快到街的尽头那里。我们是先去考察一下从《米尔顿时报》上看到的房子，还是先去吃饭呢？”

“哦，我觉得我们应该先去办完正事。”

“好。那么我就简单查看一下，桑顿先生是否给我留下了便条或者信件。他说如果他得到了关于房子的某些信息，就会通知我的。然后我们立刻就出发，不用退回马车。比起我们自己冒着迷路的风险，坐车要稳妥一些，而且能赶上下午返程的那趟火车。

旅馆里没有给他的信，于是他们开始去找房子了。他们只能付得起20英镑的年租金。用这个价格在汉普郡能够租到一个带花园的宽敞的大房子，但是在这里，连包含必要的两个起居室和四个卧室的房子都很难找到。他们按照从报上抄录的信息一座接着一座地看下去，每看一座就划掉一个，最后，他们都显得有些垂头丧气了。

“我们可能要回之前看过的第二个房子去，在克兰普顿的那个，就是郊区的那个地方，是叫作克兰普顿的吧？那里有三个起居室。您还能想起来吗，我们把它和三个卧室相比，觉得非常好笑的那个？我现在已经计划好了。楼下前面的那间既当作您的书房，也当我们的餐厅（真是可怜啊）。您已经知道，我们决定要为妈妈找一个干净明亮的客厅。楼上前面的那个房间，就是墙上有着宽阔的饰条和蓝色与粉色壁纸的那一间。从那里望出去就是平原，景色很美，向下看，还能看到一条大河——也许是运河还是别的什么河流。我睡在后面那间小屋子里，就是楼梯拐角处那个突出的房间，在厨房的头顶上。您和妈妈的卧室在客厅后面，顶楼的小房间能够布置成很棒的梳妆室。

“但是狄克逊和我们打算招的佣人的房间在哪儿？”

“唔，等一下。我觉得我真是一把安排家务方面的好手，简直太佩服我自己了。我想想，我刚才已经有主意了，狄克逊就住在一楼后面的那间起居室里。她应该会喜欢那里的，因为她总是抱怨赫斯顿的楼梯。请来的佣人可以住在您和妈妈卧室上方的尖顶阁楼里。这样的安排可以吗？”

“完全可以。但是那里的壁纸真是俗气啊！那么好的一间房子，给弄得那样花哨，又装上了那样又粗又宽的饰条！”

“不用想那些，爸爸！说实在的，您可以和房东商量，让他重新装饰一两个房间，比如客厅和你们的卧室，这两个房间是妈妈最多用到的。您还可以用书架挡住一大部分餐厅墙上的那些俗不可耐的壁纸。”

“这样的话，你觉得那间房子是最好的啦？那么我现在应该马上去和这位唐金先生见上一面，广告上说可以和他联系。我先送你回旅馆，你可以先在那里定好午餐，再回房歇歇。等到午餐做好了，我也能回来了。希望那时我能找到一点儿新壁纸。”

玛格丽特也是这样想的，但是她没有表达出来。她没有养成那种热爱装饰——也许是很糟糕的装饰——比热爱朴素大方更甚的那种审美能力，在她看来，朴素本身就是能包含美的边框。

父亲带她进了旅馆的大门，然后把她留在了楼梯下面，独自去见他们想要租的房子的主人了。玛格丽特刚准备打开她房里的起居室的门，一个侍者就紧跟着她快步走了过来。

“真的很抱歉，小姐。先生走得太匆忙了，所以我没能及时转告他。之前你们刚走，桑顿先生几乎同时就到了这里。根据先生的吩咐，我知道你们大概需要离开一小时，于是就这样回复了桑顿先生。他在五分钟之前又来了，要在这里等着黑尔先生。他此刻就待在你们的房间里，小姐。”

“谢谢你。我父亲用不了多久就回来了，你到时可以告诉他。”

玛格丽特打开房门走进房间，就像平常一样，落落大方。她并未感觉有任何局促或是忸怩，因为她习惯了上流社会的生活，所以不会如此。这个人是来找父亲的，因为他看起来很愿意帮助父亲，所以她打算对他表现出周全的礼数。和她比起来，桑顿先生显得很紧张。他面对的是一位年轻的女士，而非一位文质彬彬的中年牧师。这位女士端庄地朝他走过来，和他平日里所见的大多数女性都不一样。她衣着朴素。头上戴着一顶款式和料子都很好的草帽，大小合适，用白色缎带装饰着。身穿一件素净的黑色绸缎衣服，围着一条印度风格的大披肩，从肩膀直垂下来，把她裹在里面。她围着披肩的样子像极了穿着长衣的女皇。当他看到她这样端庄而稳重的神情时，并不知道她到底是谁。她的种种表现都说明，他出现在房间里并没有影响到这个美丽的女士，也没有让她的象牙般润白的脸上呈现出某些惊讶的红晕。他知道黑尔先生有个女儿，但是却认为那是个小姑娘。

“您是桑顿先生吧？”玛格丽特稍作停顿之后这样说道。在这停顿的片刻时间里，他毫无准备，完全不知道该说些什么，“您请坐。刚才父亲和我一起到了门口，但是不巧，他们没有转达您在这里的消息。他要去处理一些事，很快就会回来。真是很抱歉，劳您来了两次。”

桑顿先生是发号施令惯了的，但是此时好像是被她给镇住了。她进房间之前，他已经有些烦躁了，因为这一天已经浪费了很多时间，但是现在听了她的请求，他就安静地坐了下来。

“你知道黑尔先生去了哪里吗？也许我可以去找他。”

“他去了卡奴特街，去见一位叫唐金的先生。我父亲在克兰普顿相中了一间房子，那位先生是房子的主人。”

桑顿先生听说过那间房子。他看见了那条广告，并且在贝尔先生的授意下去房子那里看过。贝尔先生让他为黑尔先生提供力所能及的帮助。黑尔先生在一切都很顺利的时候自己放弃了牧师的职务，这让桑顿先生对他很感兴趣，所以也愿意帮忙。他也认为克兰普顿的那座房子很适合黑尔先生一家，但是此时他见到了玛格丽特，领教了她出众的仪态，不禁感到十分羞愧。他去那座房子里考察时，也留意到了里面的某些俗气的装潢，但是他仍然觉得，对黑尔一家来说这很合适。

玛格丽特没法改换自己的长相。她的上唇很薄而且有些弯曲，下巴很丰满还有些上翘，她总是昂着头，待人接物充满女性的温柔，又显出一丝轻蔑，这总让陌生人认为她傲慢冷淡。她这会儿感到很累，她很想不说话，就想按父亲吩咐她的那样，好好休息一会儿。但是她同时又是一个有礼貌的女士，所以要不时地同这个陌生人聊上两句。必须得承认，这个陌生人从米尔顿的街上艰难地穿过人群来到这里，并未想要刻意修饰或者整理一下仪表。她的内心十分希望他能像刚才说的那样，起身告辞，而不是一直坐在那里，对她说的话做一些简短的回复。她这时脱下了披肩，放在她座位的椅背上，她的脸对着他，迎着光坐在那里，把姣好的神态完全展现在他面前。她的身材丰满而娇小，露在外面的脖子光滑而白皙。她的嘴唇在说话时轻微地抖动，但是嘴型仍然保持着可爱和高傲，所以脸上的神情看起来还是平静而冷漠的。她看着他的眼睛，温柔又忧郁的眸子里流露出少女的光彩。他们仍然在聊着天，但是他却在心里对自己说他不喜欢她。他希望借此来让自己的感情受到的创伤得到一些弥补，因为他看着她时是带着难以克制的崇拜的，但是她望向他时却很傲慢。在他看来，她把他视作一个粗人，浑身上下都没有高雅的地方，就像他在愤怒的情绪时自己认为的那样。她的端庄而冷静被他认为是高傲和轻蔑，所以心里非常生气，差一点儿就要起身告辞，再也不和姓黑尔的人及他们目中无人的态度打交道了。

玛格丽特正聊到最后一个话题，已经没有话说了。甚至这并不能算聊天，因为两人的对话都十分简短。这时父亲回来了，他向桑顿先生道歉，那种爽朗和彬彬有礼，让桑顿先生对他的名声和家庭再次有了好感。

黑尔先生和桑顿先生说起两人共同的朋友贝尔先生时，有很多话可谈。玛格丽特完成了接待客人的任务，心情很好，就来到了窗边，好好看一看外面街上陌生的景色。她看着窗外的景色有些入迷了，所以父亲和她说话的时候，她完全没听见，以至于他不得不重复一遍：“玛格丽特！房主是个非常固执的人，就是喜欢那些丑陋的壁纸。恐怕我们只能由他去了。”

“哎！真是不巧！”她答道，一边在心里暗自盘算，能否用自己的画来遮盖住一部分墙壁，但是后来她否定了这个计划，因为这样做可能让情况变得更复杂。这时，父亲表现出了他的亲切和乡下人淳朴的热情，极力挽留桑顿先生在旅馆和他们共进午餐。对桑顿先生来说，他并不愿意这样做，但是如果玛格丽特也开口挽留，或者表露出挽留的神色，他就会觉得一定要留下。他非常高兴她没有这么做，但同时也因为这一点而感到气愤。他告辞的时候，她向他十分郑重地深鞠一躬。在他的一生之中，从未有过像今天这样手足无措和惶恐不安的时候。

“玛格丽特，咱们现在去吃午饭吧，要快点儿吃。你让他们准备好了吗？”

“还没有，爸爸。我来的时候他就等在这里了，所以一直没时间去吩咐他们。”

“那我们只能碰到什么就吃什么了。大概他在这里等了很长时间吧。”

“我觉得应该是很长一段时间。您回来的时候，正是我已经无话可说的时候。任何话题他都不会接着说下去，只会简单粗暴地回答一句。”

“我倒是觉得，他的回答都很实在。他的头脑非常清楚，他说，克兰普顿的土地是砂砾地质，在米尔顿这里是对健康最有益处的地方了。”

他们返回了赫斯顿，将他们一天的行程对黑尔太太详细地说了一遍。黑尔太太提出了很多问题，他们在喝茶的时候都做出了解答。

“那个桑顿先生，就是给你写信的人，是什么样子的？”

“问玛格丽特吧，”黑尔先生说，“我去和房主见面的时候，她陪着桑顿先生勉强地聊了好长时间。”

“哎！我也很难说他是怎样的一个人。”玛格丽特无精打采地答道。她实在是太累了，不愿意再费力气详细地描述一番。接着她又打起了精神，说道，“他个子很高，肩膀也很宽阔，看起来像是……像是多大了，爸爸？”

“我觉得差不多三十岁。”

“差不多三十岁。他长得说不上英俊，虽然不是特别平庸，但也不出众。看起来不是一个有身份的人，当然也不要指望他是这样的人。”

“但是他也不是那种粗鄙的人。”父亲在一旁插话，他有些害怕别人贬低这个他在米尔顿仅有的一个朋友。

“嗯，的确不是！”玛格丽特说，“他脸上的神情是那样地坚定有力，能够具有这样的神情，那么无论他的长相是怎样地平庸，都不会显得粗鄙，也不会显得俗不可耐。我不愿意和他有什么交往，因为他看起来很固执。总的来说，妈妈，他看起来是个天生的商人，精明强干，具备一个大商人应该有的模样。”

“不要把米尔顿的工厂主称作商人，玛格丽特。”父亲说，“他们是不同的。”

“是吗？这个词在我看来，指的是所有出卖商品的人，但是如果您觉得这个词用得不恰当，那么我就不用。但是，哎，妈妈！说起俗气来，您应该做好心理准备，来面对我们客厅里的壁纸。图案是粉红色和蓝色的蔷薇，叶子是黄色的！房间的四周装饰着很粗又很宽的一圈饰条！”

但是，当他们来到米尔顿搬入新家的时候，那些惹人生厌的壁纸统统消失了。房主冷静地接受了他们的致谢，任凭他们心里想着——如果他们愿意这么想的话——他的态度变软了，不再固执地表示决不会重新装饰墙壁。没有必要非得让他们知道，他十分不情愿听从一个默默无闻的牧师的吩咐做些什么事，但是当大工厂主桑顿先生傲慢且严厉地对他提出了抗议之后，他就变得愿意照办了。

第八章　思念故乡

我欣然向往的，

就是家乡、家乡、家乡。[①]

黑尔一家打算用素净的壁纸重新装饰一下房间，让他们在米尔顿的生活能够舒心一些。他们还缺很多东西，这些东西现在没法得到。十一月的米尔顿飘起了黄色的浓雾，当黑尔太太到达这里时，之前从窗子里能看到的那片由河水冲积而成的平原，现在被大雾遮住，消失不见了。

玛格丽特和狄克逊花了两天的时间把行李拆开，重新整理，但是房子里的景象依然十分凌乱。浓雾一直弥漫到了窗前，演变成一团团白色的雾气，从敞开的门窗里冲了进来。它们让人喘不过气，十分有害健康。

“啊，玛格丽特！我们要住在这里吗？”黑尔太太有些惊慌地问道。

玛格丽特心中也涌起了难过和失望的情绪，就像母亲问这句话时的声调里流露出的一样。她差点就难以克制自己，勉强地回答道：“唉，伦敦的大雾经常比这里的雾还要更糟糕！”

“但是在那里，你毕竟还对雾中的伦敦很熟悉，而且有认识的朋友。但是在这里，哎，我们可真孤单。狄克逊，这个地方怎么会是这样啊！”

“说真的，太太，用不了多久你就会送命的，到了那时，我就知道谁能——停下，黑尔小姐！这个太重了，你根本拎不动。”

“一点儿也不重，狄克逊，十分感谢。”玛格丽特冷冷地说道，“我们能够为妈

①出自英国苏格兰诗人坎宁安的两行诗。

妈做的对她最有好处的事情，就是帮她收拾好房间，让她能上床休息，之后我给她端一杯咖啡过去。”

黑尔先生也很没有精神，玛格丽特同时还要安慰他。

“玛格丽特，我真的认为这里的环境对身体非常有害。如果你妈妈或是你的健康因此受到伤害，那该怎么办啊！我宁肯去威尔士的乡下，也好过在这里待着。”他站在窗户跟前说。

玛格丽特不知该如何安慰他。他们定居在了米尔顿，就只能容忍这段时间的浓烟和大雾。而且，生活中其他的部分好像也被这样浓重的烟雾遮住了，让他们无所适从。一天之前，黑尔先生计算了一下他们搬家和在赫斯顿的两个星期里一共用了多少钱，然后大吃一惊。他发现，自己之前的那些积蓄几乎统统都花光了。这可不行！既然来到了这里，就得留在这里。

晚上，玛格丽特也听说了这件事，她心中感到了一阵绝望，只想坐着不起来。她的卧室位于房子的后边，是一块狭长而突出的地方，房间里有浓重的烟雾气息。从这个狭长房间一侧的窗户看去，在不到十英尺之外的地方，有一面同样突出的墙壁。这面墙在雾气里若隐若现，好像是堵在希望之路上的一个巨大障碍。房间里看起来非常凌乱。他们首先要全力保障的，是让母亲的房间能够安逸而舒适。玛格丽特坐在一个箱子上，上面的封条提醒她，这是在赫尔斯通写的，而赫尔斯通是多么美丽啊。她在这种闷闷不乐的想法中有些出神了。最后，她决定忘掉现在，而且她突然想起伊蒂丝给她写了一封信，上午在忙乱中没来得及看完。信中描述了他们在科弗岛的生活，在地中海上的航行，以及船上的音乐和舞蹈，还有在她眼前展示出的令人愉快的新生活，她的有着格子顶棚的阳台的房子，以及从房间里向外望去能看到的白色的山崖和深蓝色的大海。

伊蒂丝的信尽管写得不是很生动，但是十分流畅。她不但能够找到某个景象中令人为之侧目的一点，还能对细节进行非常详细的描述，使玛格丽特能够尽情想象。伦诺克斯上尉和另一个也是刚刚结婚的军官一起在建造在临海的陡峭山崖上的别墅里合住。尽管那时已经将要进入冬天，他们好像还是每天都在船上或者陆地上举办的聚会中度过。他们总是待在户外，带着欣喜之情尽情欢愉，伊蒂丝的生活就像是在她头顶上的那片蓝天一样无拘无束，一点儿云雾都没有。她的丈夫需要去军队里操练，而她作为所有军官的妻子中最擅长音乐的一个，就得负责在最新的英国乐曲中摘录当下最流行的乐曲，帮助乐队指挥。这些大概就是他们能做的最重的工作了。她在信中表达了非常热切的愿望，如果军队要在科弗岛上再驻扎一年，玛格丽特就能去那里看望她，陪她一起待上一段时间。伊蒂丝问玛格丽特是否还记得在她写这封信这天的一年之前，那时她们还住在哈利街，每天都下着雨。她是怎样地不情愿穿着新衣服去参加一次无聊的宴会，唯恐上下马车的时候弄湿了衣服，她们就是在那场宴会上，头一回遇到了伦诺克斯上尉。

没错！玛格丽特印象很深刻。伊蒂丝和肖太太一起去了宴会，而玛格丽特到晚上才前去的。那里所有的奢华的摆设、高级的家具和宽敞的房子，还有那些侃侃而谈的来宾们，这些记忆都再次出现在了她的脑海中，与眼前的现状形成了鲜明而奇异的对比。那种像海洋一样平静的旧时光已经过去了，没有留下任何痕迹能够说明他们曾在其中度过。那些经常举办的宴会、互相拜访、购物、舞会，都会一直继续下去，只是其中没有了肖姨妈和伊蒂丝而已。当然，会思念她的人则更少。除了亨利·伦诺克斯，她怀疑之前的那些人中恐怕没有谁能想起她。而且，他曾因为她而感到痛苦，她觉得他也会尽力忘掉她。她从前经常听他夸口说，他能够把所有让他不高兴的想法都排除到一边。接着，她又向前想了一下可能出现的局面。如果那时她爱上了他，接受了他的表白，但是紧接着父亲那边发生了变故，地位也产生了变化，她丝毫都不会怀疑，伦诺克斯先生面对这个消息会十分不耐烦。从这个层面上来说，这非常严重地伤害了她，但是她能够容忍这些，因为她明白父亲是个光明正大的人，这可以让她变得坚强，并接受他的错误，尽管她认为这些错误非常严重。但是，身边的其他人在一开始所做出的判断里，对父亲就没有之前那样尊重了，这样的事实会让伦诺克斯先生感到郁闷。她想到了这些可能发生的事之后，反而对当下的情况感到满意了。此时，他们已经处于最低点了，不会变得更糟了。等收到了伊蒂丝和肖姨妈的信的时候，还需要鼓足勇气去面对前者的惊讶和后者的伤心。这样想着，玛格丽特起身慢慢地脱掉了衣服。虽然这时已经很晚了，但是一天的忙碌过后，这个时候她反倒能够从悠闲的动作里感到舒适和惬意。她心中充满对美好未来的希望而开始了熟睡。但是，如果她知道要在多久之后才能实现这美好的未来，就一定会心灰意冷。一年里的这段时间，对人的身体和精神方面都十分不好。母亲患上了重感冒，狄克逊看起来也不舒服，但是玛格丽特如果试图帮助她或者照顾她，就会让她感觉受到了更大的侮辱。他们找不到能够帮她的女佣，这里的姑娘都在工厂做工。前来应聘的人都被狄克逊骂了回去，她认为她们那样的人根本不配受到信任，从而在一个有身份的人家里干活。所以他们只能经常雇用一个女佣来做杂工。玛格丽特非常想让夏洛特过来，但是他们已经无法负担她的报酬了，除了这一点，这里也实在是太远了。

黑尔先生给好几个学生当家庭教师，贝尔先生或是桑顿先生给他介绍的，桑顿先生的帮助更为直接。从年龄来说，他们中的很多人本来应该还在读书，但是当时的米尔顿流行这样一种似乎有依据的看法，就是如果想让一个小伙子能够成为一个精明的商人，在他年轻的时候就得受到训练，习惯在工厂、办事处或是仓库里生活。如果让他去苏格兰的那些大学里念书，他毕业之后就不会安心从事商业工作。那么如果他去了牛津或者剑桥之类的大学，他会更加不安心的。而且十八岁也无法进入那两所大学。所以，很多工厂主趁着儿子刚满十四五岁时，就毫不留情地把他们未来在文学或科学方面发展的可能都切断了，安置在自己的工厂里，让他把全部精力投入在商业上。不过，有的家长还比较明智，有的年轻人也有自己的见解。他们能意识到自己的不足，并尽力弥补。不但如此，还有一些人年纪已经不小了，正值壮年，他们也见识远大，认为自己缺乏知识，能够在晚些时候开始学习本来早就应该学习的东西。在黑尔先生的学生中，桑顿先生可能是年龄最大的。他一定让黑尔先生非常满意，因为黑尔先生已经形成了习惯，经常郑重而频繁地引用他的一些见解。这让黑尔家流传开了一个小笑话：不知道在规定的授课时间中有多大一部分时间是全用来上课的，因为好像很多时间都花在了谈话上。

玛格丽特经常鼓励大家能够开心地看到父亲与桑顿先生进行交往，因为她觉得，母亲在看待丈夫的新友谊时，总是带着猜疑。如果他像在赫尔斯通时那样，把时间都用在读书和接待教区居民上，她就不是很在意能否经常见到他。但是现在，他对每一次跟桑顿先生的见面都怀着热烈的盼望，这让她感到受了伤害，觉得苦恼，似乎他之前都从未轻视过她一样。黑尔先生对桑顿先生的夸奖，在听他说话的人中间产生了过分夸奖时会带来的影响，就像人们总是不情愿听到阿里斯蒂德斯一直被说成是十分“正直的”①。

在一个乡下的牧师公馆中度过了20多年平静恬淡的生活之后，黑尔先生认为，那种能够轻松地克服巨大压力的能力，能够让人产生眼花缭乱的感觉。米尔顿的工人和机器的巨大力量，让他内心深处生出了一种宏大的感觉。这种感觉令他折服，而不会去认真探究这种力量是怎样发挥作用的。但是玛格丽特并不经常外出，到工厂的工人中去，没怎么见到过这些产生巨大作用的力量。非常凑巧的是，她遇到了几个在惠及很多人的措施的实施过程中，为了满足大多数人的需求，难以避免地被伤害的人。这是一个永恒的问题，能不能想办法让这些人的痛苦尽量地减少一些呢？或者说，在奔涌向前的胜利者队列中，那些没有依靠的人是否受到了伤害，而没有人将他们搀扶到他们已经无法参与其中的胜利者行进的大道旁边呢？

为狄克逊找一个帮忙的佣人的工作，最后还是要由玛格丽特来做。狄克逊本来答应去找一个能帮她干些家里的粗活儿的人，但是在狄克逊认为合格的佣人的标准，是以她记忆中赫尔斯通的学校里那些高年级学生为参考的。公馆里事务繁忙的时候，她们获准去帮忙，这让她们非常得意。她们对狄克逊太太都表现得十分尊敬，对黑尔

①阿里斯蒂德斯，古希腊将领和政治家，以为人正直著称。一则历史故事中记载，一个不识字的选民并不认识阿里斯蒂德斯，他请阿里斯蒂德斯把这几个字写下来，这样他就能投票要求流放阿里斯蒂德斯。阿里斯蒂德斯十分惊讶，问他是否受到了他的伤害。这个选民说并没有，但是他总听人说阿里斯蒂德斯是“正直的”，因此感到十分不满。

先生和黑尔太太更是谨小慎微。对于这些人对她的敬意，狄克逊心里能够感受得到，并且十分享受这种感觉。说实在的，她心里的得意之情，几乎和路易十四[1]见到大臣们为了躲开他身上的夺目光彩而用手捂住脸一样。但是在米尔顿，来应聘佣人的姑娘们，在回答她验证她们是否合格的问题时，都是那样地粗鲁和桀骜不驯。如果不是她对黑尔太太十分忠诚，她无论如何都不能接受这样的方式。她们甚至还回过头问她一些问题，因为她们担心并且怀疑这个家庭是否能够付得起报酬。这家人住的房子年租金只有三十英镑，却偏偏摆出一副上等人的架子，需要两个佣人，其中的一个还这样盛气凌人。现在，外人不再把黑尔先生当成是一个牧师了，而只是将他看成是一个节衣缩食的人。狄克逊经常和黑尔太太说起，这些应聘佣人的人态度怎样恶劣，这让玛格丽特觉得十分厌烦。尽管玛格丽特对这些人的无礼举动也感到不悦，并且她的自尊也让她回避这些人过分热情的打招呼，她同时非常厌恶这些人对他们这个并未从事某种生意的人家的身份和收入感到的赤裸裸的好奇。但是，玛格丽特越是觉得他们十分无礼，就越是不会谈论这个问题。不管怎样，如果她负责去寻找一个佣人，她不会把自己感到的失落和她承受的那些想象中的或是真实存在的侮辱都去告诉母亲。

玛格丽特开始去卖肉的和食品商那里走访，想要找到一个合适的姑娘。每个星期过去，她都会下调她的条件。在工业城市中，要找到一个宁肯不去工厂里挣工资和独立性都较高的工作的人，非常难得。对玛格丽特来说，在这样乱糟糟的地方一个人出门，也是一种考验。肖姨妈出于礼节和对自己凡事都要依赖别人的了解，一直坚持认为，如果伊蒂丝和玛格丽特想要去哈利街以外的地方，身边必须有一个男仆陪同。姨妈定下的这条规矩曾经让玛格丽特独立行动受到了限制，并引起了她的暗中反抗。而且，因为二者之间的对比过于明显，让她更加喜欢在林间随意地散步。在那里，她可以边走边跳着，如果赶时间，她还能一下子跑起来。当她停住脚步，仔细聆听或者观察一只在枝叶繁茂的院子里歌唱，或是在灌木丛和花丛中目光炯炯地向外张望的小动物的时候，她又会静止不动。无论是动还是静，都是由她一时的心情决定的。从那样的行动习惯转变为在街上行走时保持必要的端庄步伐，的确是一种考验。但是如果只有这一种改变，而非伴随着另一个让人更加苦恼的情况，她本来不会这样讨厌这种改变。

克兰普顿所在的那一部分城区的主干道，是一条工人们往来通行的大路。周围的一些小路上又有很多工厂，每天都有那么几次，工人们从那些小路里无止境地拥出来。在玛格丽特弄清楚工人的上下班时间之前，她总是会不幸地遇到他们。他们在街上横冲直撞地走着，脸上带着鲁莽的神色，高声地戏谑着，尤其是遇到那些似乎比他们的身份和地位高的人的时候。他们对于话音的毫无拘束和对道路通行规则的漠视，

①路易十四：法国国王路易十四让公众认为他是“太阳国王”，所以有此一说。

都让玛格丽特感到有些吃惊。姑娘们的态度虽然并非不友好，但是也十分粗野，她们经常会对她的衣服评头论足，甚至上来摸一摸，以确定衣服或者披肩的衣料。还有几次，她们还会针对她们特别喜欢的某件衣服问她一些问题。她们是如此地相信她，相信她会抱着女性的同情心对待她们对衣服的喜爱之情，并且相信她是个和蔼的人。所以当她领会了她们的意思之后，就马上回答了这些问题，还笑着接受了她们的评论。尽管这些姑娘嗓门很大，吵吵嚷嚷，但是她毫不在意遇上她们。不过，她时常害怕那些男性工人，还会时常发怒，因为他们粗鲁地评论的不是她的衣服，而是她的长相。过去，她认为即使是用最文雅的说法评价她的外表，都是不礼貌的。但是现在，她却要容忍这些人坦诚而直接的赞美。而且，这样的直率也说明他们对她毫无伤害之意，如果不是一阵喧哗和混乱让她觉得非常惊慌，她本来也是能看出来的。当她听到了一些他们的评论时，在惊慌之外又出现了一丝愤怒，这让她的脸色变得通红，黑色的眸子里也闪出了火光。但是他们还说了一些话，等到她回到了安静的家里，想起那些话时，一边感到十分生气，一边又觉得好笑起来。

比如，有一天，她经过一群工人身边的时候，有几个人像往常一样对她说了一套恭维的话，想要她当他们的情人。其中一个在那里四处晃荡的人补充道："姑娘，你那美丽的面庞，让白天变得更加晴朗了。"还有一天，她因为脑海中出现了某个想法而不自觉地笑了起来，这时，一个穿着破旧衣裳的中年工人对她说："你的确应该笑一笑，姑娘。你长着这样一张美丽的脸，很多人看来都会笑的。"这个人的脸看起来饱经沧桑，这让玛格丽特忍不住对他报以微笑作为回应。她同时感到很高兴，自己的容貌竟然具有让人快乐的力量。他似乎十分理解她的目光中表达出的感激之情，从这天起，每次他们偶尔擦肩而过时，尽管没有开口交谈，但是都认识对方。他们从此之后没有交谈过，除了他对她说出的那句恭维的话，他们再也没说过一句话，但是不知道为什么，玛格丽特对这个人的兴趣，比对米尔顿这里的任何其他人的兴趣都要大。有几次星期日的时候，她看见他和一个姑娘在一起。那显然是他的女儿，而且如果能够这么说的话，她比他看起来还不健康。

有一天，玛格丽特和父亲来到了市郊的田野。这个时候正是初春时节，她在低矮的树林间采了几朵小花，山慈姑和白屈菜等，心中产生了一种对南方的草木芬芳的思念。父亲因为要处理一件事情和她分开了，先行回到了米尔顿市区。她在独自回家的路上，再次遇见了她的工人朋友和他的女儿。那个姑娘看着这些花，眼神恋恋不舍。玛格丽特冲动之下，把手里的花都给了她。她接过来，浅蓝的眼睛里发出了亮光。她父亲替她表示感谢："谢谢您，小姐。贝西[1]会十分爱惜这些花儿的，她一定会的。我也会记着您的善举。您不是这里的本地人吧？"

---

①贝西：伊丽莎白的昵称。

“不是！”玛格丽特轻微地发出一声叹息，说道，“我从南方来，从汉普郡那里。”她补充了一句，有些害怕如果她说的这个名称让他不能理解的话，会伤害到他，让他觉得自己无知。

“那里大概比伦敦还要往南吧？我从伯恩利①那边过来，从这里还要向北走上四十英里。您看，南方人和北方人在这个烟雾弥漫的地方碰了头，还多少成了朋友。”

玛格丽特放慢了脚步，和这个工人父女俩一起走着。他们的速度受到了这个身体虚弱的女儿的限制。她此时和这个姑娘说了一些话，她的声音里带着亲切和怜悯的情绪，让这个父亲深受感动。

“你的身体似乎不太好。”

“是啊，”姑娘说，“永远都不会好了。”

“春天马上就要到了。”玛格丽特说，似乎想要让她产生一些充满希望的愉悦心情。

“不管是春天还是夏天，对我都没什么作用。”姑娘平静地说。玛格丽特转过脸看着那个工人，想要听到他的反驳，至少说上几句能让女儿不再这样绝望的话。但是他不仅没有这样说，反而补充道：“她说的几乎都是实话。她的身体已经太虚弱了。”

“在我注定要去的那里，将会有春天，有鲜花、永生花②，还有好看的礼服。”

“可怜的姑娘，可怜的姑娘！”她父亲低声说，“我不是十分确定有这种事，但是希望这能安慰到你。可怜的姑娘，可怜的姑娘。还有可怜的爸爸！没多长时间了。”

这番话让玛格丽特十分惊讶，虽然惊讶，但是并不感到厌恶，反而让她心中泛起了很大的兴趣和关怀之情。

“你们住在哪里？我想我们一定住得很近，因为我们经常在路上遇到。”

“我们住在弗朗西丝街九号，从金龙街过去，在第二条街上向左转。”

“您贵姓？我想我一定得记住。”

“我不觉得自己的姓氏有什么丢人的。我叫尼古拉斯·希金斯。她叫贝西·希金斯。您为什么要知道这个？”

玛格丽特对他的最后这句问话感到十分惊讶。在赫尔斯通，如果她这样问了，就说明她打算去拜访这个已经知道了姓氏和住所的邻居，这不需要解释。

“我本来打算去拜访你们。”除了表现出对一个陌生人的关心之外，对于去他家里拜访，她想不出其他任何理由，所以她突然有些不敢提出这个想法了。在那一瞬间，就好像原本是因为她不懂这方面的礼貌似的，从这个男人的眼睛里她似乎也读出

---

①伯恩利：兰开夏的一座城市。

②永生花：传说中的一种花，据说永不凋谢，象征着不朽。

了这种意思。

“我不是很愿意有陌生人到我家来。”但是他看见她的脸红了，于是又用温和的态度接着说，“因为您是外地人，就如别人说的那样，可能在这里没有什么朋友，而且你又送了我女儿这些花，那么如果您愿意，就可以来。”

玛格丽特感到好气又好笑。允许她去拜访，就像是对她的恩典一样，她这会儿倒不知是否该去了。但是当他们进入了市区，到达弗朗西丝街时，那姑娘停住了，对她说道，“别忘了，您要来看我们的。”

“是的，是的，”父亲有些不耐烦，“她会来的。现在她有些放不下架子，因为她觉得我应该客气地跟她说。但是她不会在意的，还是会来我们家。我从她那张高傲的面孔上都看得出来，就像看书一样。走吧，贝西①，厂里的铃声响了。”

玛格丽特回到家里，一边对新交的朋友感到好奇，一边又觉得被那个男人看穿心思很好笑。从这天开始，米尔顿对于她来说，变得更加光明了。并不是漫长而晴朗的春天将要来了，也不是时间令她对这里的生活慢慢习惯，而是因为，她在这里找到了一种人的兴趣。

---

①贝西：同为伊丽莎白的昵称。

第九章　茶会前的梳妆打扮

让中国的大地丰富多彩，

描上金花，绘上天蓝色的文采，

欣然地接下印度叶子可喜的芳香，

再不然就接下莫乔晒熟了的浆果儿。

——巴鲍尔德夫人①

在遇到希金斯和他女儿之后的一天，黑尔先生在通常来说不会露面的时候来到了楼上的小客厅里。他在房间里的每件物品前驻足，像是在仔细地观察它们，但是玛格丽特知道，这只是父亲的心神不宁的表现。通常他想做一件事，但是又不敢开口时，就会用这种方法来推迟一下。最后，他终于开口了。

“亲爱的！我邀请了桑顿先生晚上来家里喝茶。”

黑尔太太此时正靠在安乐椅里闭目养神，脸上呈现出她最近经常流露出的痛苦表情。当她听到丈夫说的话之后，立刻就发作了：“桑顿先生！今天晚上！他来这里打算要干吗？狄克逊正在浆洗我的衣服和蕾丝。这里的东风真是讨厌，水也不够柔软。我们在米尔顿大概一年到头都要忍受这样的东风。”

“亲爱的，风向已经转变了。”黑尔先生看着外面弥漫的烟雾说道。烟雾是从东边过来的，但是他看不懂罗盘的指向，只是按照自己的意愿来安排它们。

“我看未必！”黑尔太太颤抖了一下说道，同时用围巾把自己包裹得更严实了，“但是无论刮的是东风还是西风，这个人总归要来。”

---

①巴鲍尔德夫人：英国诗人，诗文引自她的诗作《酒杯吟》。

“妈妈，您一直都没有见过桑顿先生本人呢。他看起来就像是随时想要和他遇到的各种不顺的事展开搏斗的样子，不管是敌人、逆风还是困境。雨下得越大、风刮得越猛，我们就越要准备好接待他。我打算去给狄克逊帮忙，我马上就是一个给衣服上浆的小能手了。除了和爸爸聊天之外，他什么娱乐都不需要。爸爸，我真希望见一见您的这位达蒙和皮西厄斯①。您知道，我和他只见过一次面。那次我们都很尴尬，不知道聊些什么，所以相处得不是很愉快。”

“玛格丽特，我不知道你什么时候会喜欢上他，或者觉得他不惹人生厌，他并不喜欢和女人在一起厮混。”

玛格丽特轻蔑地扭过脸去：“爸爸，我也很不欣赏愿意和女人厮混在一起的男人。但是桑顿先生是以您的朋友的身份来咱们家的，作为一个十分了解您的人……”

“米尔顿唯一的一个这样的人。”黑尔太太插话道。

“所以我们得对他表示欢迎，用椰子饼来招待他一下。如果我们让狄克逊做上几块，她会很高兴的。我去把您的帽子给熨一下，妈妈。”

在那个上午，玛格丽特的心里无数次地盼望桑顿先生能别来烦他们。她本来已经计划好了做几件其他的事：给伊蒂丝写一封信，读一段但丁的著作，去希金斯家拜访。但是现在，她却在这里熨着帽子，同时还要忍受狄克逊的抱怨。她只盼着如果她对狄克逊表现得十分同情的话，能够不让她再去把自己的烦心事都告诉黑尔太太。每过上一会儿，玛格丽特就要暗自提醒自己，父亲多么敬重桑顿先生。只有这样，她才能克制住那些不断涌起的，让她感到剧烈头疼的烦恼情绪。最近她经常感到头疼，最后当她坐下的时候，她已经快要说不出话了。她对母亲说，她不再是洗衣姑娘佩吉②，已经变成大小姐玛格丽特·黑尔了。本来她想把这句话当成一个小玩笑，但是当她发现母亲把这句话当真了之后，又对自己的失言感到懊恼。

“是啊！如果我还是郡里的那个美丽的贝雷斯福德小姐，有谁会想到，我的孩子需要像女佣一样站在破旧的小厨房里干上半天活儿，只为了我们能妥当地准备好接待一个商人，而这个商人是我们唯一的……”

“哎，妈妈！”玛格丽特站了起来，“不要因为我随意说的一句话就如此惩罚我。为您和爸爸做任何事情我都不在意的。即便是需要我来刷盘子或者擦地板，我依然还是一个天生的小姐。现在我只是有点儿累了，只要过上半个小时，我就能再做一遍同样的事情。桑顿先生虽然是个商人，也是没有办法的事，他也是个可怜的人。我觉得，他接受的教育让他很难去做别的工作了。”玛格丽特缓慢地直起身，走回了自己的房间。这时，她再也无法忍受了。

就在同一时刻，桑顿先生家里也发生了与此类似但是又有些不同的事情。一个

---

①达蒙和皮西厄斯：希腊神话中的两个挚友，是刎颈之交。
②佩吉：玛格丽特的昵称。

骨骼宽大，看起来年过半百的女人，正在一间有着漂亮的陈设但是透露出阴森气息的餐厅里干活。她的外貌如同骨骼一样，看起来十分硬朗和粗大，但是并不显得迟钝。她脸上的表情从一种坚毅转变为另一种同样的坚毅。她的脸看起来并未发生多大的改变，但是只要看过这张脸，就会让人再看一眼。街上的行人都会微微侧目，对这个高傲的女人多看上几眼。在街上她从不主动和人打招呼，也不会停下脚步，耽搁了自己去向一个明确的目的地的行程。

她此刻穿着一件黑缎衣服，上面毫无褪色或者破损，显得十分端庄大方。她正在缝补一块用料十分精美的大桌布，不时将它举起来冲着亮光，仔细观察那些她需要处理的地方。整个房间里，除了马修·亨利的《圣经诠释》[①]之外，没有一本书。在巨大的餐具柜中央，放着六卷《圣经诠释》，柜子的一边放着一个茶壶，另一边放着一盏灯。距离有些远的另外一个房间里，有人在练习钢琴。她弹奏的是morceau de salon[②]，速度很快，整个弹下来就会发现，每次到了第三个音符，要么没有弹清楚，要么就漏弹了。结尾处的重音绝大多数都弹得走了调，但是演奏者本人觉得非常满意。桑顿太太听到了和自己一样果断有力的脚步声，从餐厅外面经过。

“是你吗？约翰！”

她的儿子打开房门，出现在门口。

“你今天怎么这么早就回来啦？我还以为你要去见那位贝尔先生的朋友，就是那个黑尔先生呢。”

“是的，我的确要去，妈妈，我回来换一身衣服。”

“换衣服？哼！在我年轻的时候，男孩子们每天也只会精心打扮一次。你和一个年老的牧师一起喝茶，还需要换衣服吗？”

“黑尔先生是有身份的人，他的太太和女儿也都是非常有教养的人。”

“太太和女儿！她们也是教师吗？她们是做什么工作的？你从来都没提到过她们。”

“是啊，妈妈，因为我从来没有和黑尔太太见过面，只和黑尔小姐相处过半个小时。”

“你要当心，不要被一文不名的穷姑娘给迷住了心思，约翰。”

“想要迷住我可不容易，妈妈，我想您会清楚这一点。但是您不应该这样说黑尔小姐。您知道，您的这些话让我有些不高兴。我还从来没见过哪个年轻的女士要来迷住我，也不会相信谁曾经浪费过这个心思。”

桑顿太太并不愿意对儿子承认错误，否则，她通常总是对作为女性感到非常自豪。

---

①马修·亨利的《圣经诠释》：马修·亨利，英国神学家，不信仰英国国教。1704年开始写作《圣经诠释》，1811年出版，全书共分六卷。

②morceau de salon：沙龙小曲。

“嗐！我只是告诉你应该当心。我们米尔顿这里的姑娘非常有骨气，而且非常高尚，不会对男人展开追求，但是这个黑尔小姐是来自那种浮夸的地方。如果传说的事情都属实的话，那里的女人都会追求阔绰的男人。”

桑顿先生皱着眉头朝屋里迈了一步。

“妈妈，”他十分轻蔑地假哭道，“您真是让我必须得承认。我和黑尔小姐初次见面时，她对待我的态度是高傲而礼貌的，似乎十分看不起我。她始终与我保持着一定距离，就好像她是女王，而我是她地位卑微的臣子似的。所以放心吧，妈妈。”

“不！我不放心，并且非常不甘心。她只是一个背叛国教的牧师的女儿，有什么道理看不起你！如果我是你，我不会为了见他们特意换身衣服。真是一群没有规矩的人。”他离开的时候说道：“黑尔先生是个斯文而忠厚老实的人，学识过人，并非没有规矩。至于黑尔太太，如果您愿意知道的话，今天晚上我会跟您说说她是什么样子的。”他关上门，离开了家。

“看不起我的儿子！真是的，像对待仆人一样对待他！哼！我倒想知道，她从哪里能找到这样的一个人！在所有男人之中，他是我认为最为坚强的、高尚的人了。抛开我作为他母亲的身份不谈，我起码知道好歹，我不是个瞎子。我知道范妮是个怎样的人，也知道约翰是个怎样的人。胆敢瞧不起他！我讨厌这个女人！”

第十章　熟铁与黄金

我们是愈摇撼愈牢固的树木。

——乔治·赫伯特[1]

桑顿先生没去餐厅告辞就离开了。他有些晚了，所以加快速度向市郊的克兰普顿走去，他担心迟到会显得失礼，让自己的新朋友觉得受到了怠慢。他站在门口，等着狄克逊不紧不慢地来开房门时，教堂里正好响起了七点半的钟声。当狄克逊觉得必须要降低身份去给客人开门时，总是无比缓慢。他被领着走进小客厅，受到了黑尔先生的亲切欢迎。黑尔先生带他上楼，见了太太一面，她苍白的脸色和包着披肩的身子，无言地解释了她为什么没有打起精神迎接他。他走进来的时候，天色已经发黑，所以玛格丽特正在点灯。在昏暗的房间中央，灯光投射出一道明亮的影像。他们依然保留着乡下的习惯，没有把夜空和窗外的黑暗给挡在外面[2]。不知为什么，这个房间和他刚从那里来的房间，形成了强烈的对比。之前的那个房间虽然布置得很漂亮，但是很沉闷，除了母亲坐着的地方，没有任何女性留下的痕迹，除了用餐，也没有其他可做的事情。那是一个餐厅，但是母亲乐意待在那里，在这个家里她的想法就是法律。但是这个客厅却不同。它比那里精致两倍，不，是二十倍，但是在舒适程度上还不如那里的四分之一。房间里没有镜子，甚至连一块能反射光线的玻璃也没有，就像溪水映照周围的景色那样。这里没有金碧辉煌的陈设，色调是素雅而柔和的，在有些陈旧的赫尔斯通印花棉布窗帘和椅套的点缀下，显得十分宜人。一张带着罩子的小书桌放在正对门口的窗前，桌面敞开着。另一个窗边立着一个小架子，上面摆着一只高大的

---

①乔治·赫伯特：英国诗人、神学家，诗文引自他的《苦难》第五篇。

②意思是没有放下窗帘。

白瓷花瓶，瓶口垂着茂盛的常春藤和桦树枝。房间的很多地方都有漂亮的装着针线的篮子。桌子上有一些书，看起来是最近放在上面的，并没有因为装帧精美而被束之高阁。门后摆着另一张桌子，安排好了茶和点心。桌上的桌布是白色的，上面放着椰子饼，还有一篮摆在绿叶上的橘子和通红的苹果。

桑顿先生认为，这些精心而典雅的布置对于这家人来说习以为常，并且和玛格丽特十分和谐。她身着浅色的细布衣裳，上面有淡红的花纹。她似乎没有在听他们的谈话，而是在桌子旁边专心地摆着茶杯，用那双象牙般圆润的手轻巧地布置着茶具。她的胳膊上戴着一只手镯，因为胳膊很细，所以手镯总是掉到手腕上。桑顿先生对她重复地把手镯又推回去的动作十分关注，相比之下都没怎么听她父亲说的话。他看着她有些急躁地把手镯推到手臂上，紧箍住娇嫩的肌肉，然后再看着它慢慢松开又落下，这让他几乎都着了迷。他差一点就叫出声来："要掉下来了！"他到达的时候，玛格丽特几乎已经安排好了茶点的准备工作，所以他为自己要马上开始喝茶吃点心，没法多看玛格丽特一会儿而感到惋惜。她流露出了一种不得不去为人服务的高傲的神色，将茶杯递给他，但是当他需要续杯的时候，她马上就能注意到。他看到她的父亲用手捏着她的大拇指和小指，把它们当成夹子夹起糖块，他心里也强烈地希望她能够也为自己做同样的事。在这对父女间进行这种无声的哑剧的时候，桑顿先生看到她抬头看着父亲，美丽的眼睛里放出了光彩，其中一半是笑意，一半是疼爱，而他们觉得没人注意到他们的这些小动作。玛格丽特的头依然很疼，这可以由她苍白的脸色和保持的沉默得到证明。但是如果对话中发生了长时间的停顿，她就会开口来打破沉默，从而不让父亲的朋友和家里的访客觉得自己被怠慢了。谈话一直在继续。撤下了茶具之后，玛格丽特拿起针线活儿，来到母亲旁边的一个角落。她觉得自己能独自想事情，而不用担心去找话题来弥补对话中的间隙。

桑顿先生和黑尔先生正在全情投入地聊着上次见面时谈到过的一个话题。当母亲压低声音说了一句题外话时，玛格丽特才重又注意到了眼前发生的事。她停下手里的活儿，抬起头来，看到了父亲与桑顿先生之间在形象上的不同之处，别去认为这些区别能够代表两者性格的截然相反。父亲是个瘦高个儿，所以当没有人和他作对比时——比如现在，和另一个高大又强壮的人对比——他会显得比实际身高要高一些。父亲的脸上有着温和的皱纹，看起来带着一种波浪一样的起伏，能够表现出一些捉摸不定的情感。他的眼睛很大，又有点弯，看起来有些无神，呈现出一种温柔而特殊的美感。他的眉毛也是弯的，但是隔着大大的眼睑，看起来距离眼睛有些远了。再看桑顿先生，在他的脸上有两道笔直的眉毛，下面是一双深陷的、清澈而流露出真挚情感的眼睛。这双眼睛的眼神十分锐利，但并不让人觉得不舒服，不过似乎能够看穿所有他正在凝视的东西的本质。他的脸上没有多少皱纹，看起来十分坚毅，像是大理石雕塑出来的纹路分散在嘴角的两侧。从他微启的嘴唇能够看到他有着一口洁白的牙齿。当他难得地发出一阵爽朗的笑声的时候，当他的眼睛发出欢乐的神采的时候，他的脸上会让人觉得突然闪出了阳光，同时让他的整个形象从一个随时准备做任何事、也敢于做任何事的严肃而果断的神态，转变为对那一刻的乐事感到由衷地欣赏的神情。除了孩子之外，很少有人会这样直率地流露出这种表情。玛格丽特很喜欢他这样的微笑。这是她在父亲的这个新朋友身上找到的第一件让她欣赏的方面。而且她意识到，他们的外貌所表现出来的所有这些截然相反的特性，好像正是他们能够彼此吸引的原因。

她把母亲的针线活儿收拾好了，接着又自己开始了沉思。桑顿先生也把她完全给忽略了，就好像她并不在这个房间里。这时他正集中精神给黑尔先生解释汽锤具有的强大力量，以及如何巧妙地调节力的大小。这让黑尔先生想起《一千零一夜》里描写的那些妖怪的故事[①]，一会儿能够化身为充斥天地的巨人，一会儿又能缩小到装在一个小孩子都能拿住的小瓶子里面去。

“能够想象出如何利用这种力量，并且实现这个宏伟的构想，这都是我们这里的一个有头脑的人做到的。他的头脑真是厉害，让他能够在创造出一个奇迹的基础上再创造另一个奇迹。我必须得说，如果他死了，在我们之中还会出现很多人，来继续进行这场战争，要迫使——这简直是必须的——所有物质的力量臣服于科学的脚下。”

“你的这番慷慨言辞让我想起了两句古老的诗——‘在英格兰有我的几百名队长，’”他说，“‘全部像他一般出色。’”

玛格丽特听到父亲说出这两句诗的时候，忍不住抬起头来，眼里流露出惊讶和好奇，不知道他们是如何从齿轮谈到《切维山狩猎》[②]上去的。

“我没有夸夸其谈，”桑顿先生回答，“这是显而易见的。我承认我为自己属于这里而非常自豪，因为这个地方虽然贫穷，但是产生了如此伟大的设想。我宁肯在这里辛勤度日，即便是一无所成，也好过在南方的那些你们认为充满贵族气息的地方，受制于陈腐的规矩而沉闷地生活，享受着懒散和无所事事。你们或许会被蜂蜜给粘住[③]，再也飞不起来。”

“你说的不对。”玛格丽特说道，她显得有些激动，因为被人这样侮辱她所钟爱的南方，于是要挺身而出为南方辩护。她的脸因为激动而泛起红晕，眼眶中充满了泪水，“你对南方一无所知。这里出现的这些令人惊叹的发明，是商人的投机精神促成的。如果说南方与这里相比缺乏投机和冒险精神，或者说是缺少一些刺激，但是却比这里少了很多痛苦。我在这里的大街上看到很多人都像是因为一些难以忍受的痛苦而

①出自《渔翁的故事》。

②切维山狩猎：英国的一首古老的民谣，描写了珀西和道格拉斯两个家族之间的斗争。

③你们或许会被蜂蜜给粘住：出自圣经，指舒适安逸的生活。

被折磨垮了，他们不但承受苦难，而且充满仇恨。在我们南方，也有穷人，但是他们没有表现出我在这里看到的那些痛苦不堪的神情。你根本不了解南方，桑顿先生。”她结束她的发言后，决定不再开口，并且为自己说了这么多而觉得十分气恼。

“那么我是否可以说，你同样不了解北方呢？”他问，说话的音调异常平和，因为他已经看出来，她的感情真的被自己的话伤害了。她决定继续保持沉默。她是如此地思念那些在遥远的汉普郡的诸多可爱的地方，这种思想让她感到，如果自己现在开口说话，声音都会开始颤抖。

“不管怎么样，桑顿先生，”黑尔太太说，“你必须得承认，和南方的任何一个你能想到的城市相比，米尔顿的烟雾都更浓，也更脏一些。”

“那么我只能不谈环境这方面的事了。”桑顿先生露出了一种狡黠的微笑，“但是议会下令我们把烟雾给处理掉，我们可能必须得听从命令，像乖孩子一样——在未来的某个时候。”

“但是你不是告诉我，你已经改造了工厂的烟囱，好让烟雾得到处理吗？”黑尔先生问。

“我改装烟囱是在议会做出干涉之前的事。这是一笔不小的支出，但是能够节约燃煤，让我能够受益。如果这项法令获得了通过，我倒不确定是否还会这么做。不管怎样，无论如何，我都会等到被人告发并且罚款，还要在遵照执行以前把在法律范围内所有能惹出的麻烦统统都惹上一遍再说。但是这些只能通过告发和罚款来维持的法律，会因为这些机器而变得毫无用处。即便在米尔顿有很多烟囱烧掉了这里三分之一的燃煤，然后变成议会禁止的黑烟冒了出来，我也不认为过去的五年里有任何一个烟囱被人举报过。”

“我只知道，干净的棉布窗帘挂在这里用不了一星期就会变脏了。在赫尔斯通的时候，窗帘能够连着用上一个月。即使是过了一个月，也并不显得脏。还有手的问题。玛格丽特，你刚才说今天中午之前你洗过多少次手？是不是有三次？”

“是的，妈妈。”

“你似乎对议会下达的命令，和影响到你们在米尔顿的管理方式的所有法律，都抱着强烈的抵触情绪。”黑尔先生说。

“是的，我非常抵触，还有很多人和我一样。并且我觉得这十分有道理。棉花纺织行业里的所有机器，当然其中不包括那木制的机器，都是新发明出来的，所以其中的各个组成部分无法马上配合好，是很正常的事。七十年前是怎样的情况？现在又是什么情况呢？各种原料都聚在了一起。两个受教育程度和身份本来相同的人，因为其中一些人的聪慧和各种机遇，分为了工厂主和工人两种阶层。一些人因为他们天生的机敏和富有远见而崭露头角，他们意识到理查德·阿克赖特[①]爵士发明的简陋机器能够带来多么美好的未来。那个时候，因为新的行业的飞速发展，让早期的工厂主们拥有了巨大的财富和权势。这种权势不仅体现在能够支配工人，还能够支配买方，也就是全世界的市场。我可以给你们举个例子，在不到五十年前，米尔顿的一份报纸上刊登了一则广告，上面说某人（当时仅有的几个棉布印花商之一）会在每天的中午关闭他的货仓，所以想要购买的人得在关门之前到那里去。看啊，一个人竟然可以如此地随意规定售货与停止的时间。而现在，我相信，如果有人愿意半夜来买我的货，我都会从床上爬起来，等着他来订货的。”

玛格丽特撇了撇嘴，但是不知为何，她却没法沉浸在自己的思想里，而不得不听桑顿先生说下去。

“我举这样的例子只想说明，本世纪初，工厂主的权力几乎是无限的。所以他们都被权力迷住了双眼。即使一个人在投机事业上非常成功，也没有理由认为他在其他方面也能显示出同样的水平。恰恰相反，在获得了巨大的财富之后，他的正义感和朴实的作风往往就消失殆尽了。民间流传着一些怪诞的传说，里面说的是这些过去的纺织业巨头的生活是怎样地纵情和骄奢淫逸。这些人对工人们的压榨，也是确有其事的。黑尔先生，你应该听说过那句谚语，‘乞丐如果发财了，什么坏事都干得出’。有一些早期的工厂主确实做过很多恶，他们对工人毫不留情。但是没过多久，就出现了反作用。工厂和厂主越来越多，需要更多的工人。厂主和工人的力量达成了一个微妙的平衡。现在，我们之间所进行的战斗是非常公正的。我们不乐意服从所谓的仲裁者的判决，更加不会让一个对真相都不是十分了解的人来多管闲事，哪怕这个人被称为议会也不行。”

“两个阶级之间的矛盾有必要被称为战斗吗？”黑尔先生问，“我当然明白，既然你用了这个词，就说明在你心里这个词最能代表事情的真相。”

“是这样。我觉得这样说是很正确的。这就好比，处事精明和品行优良，从来都和毫无远见与缺乏知识是相对的，而且一直在和它们战斗。一个工人能够通过努力来获得提升，最后获得工厂主的权力和地位，这是我们的制度中的一个最大的优点。实际上，只要能约束自己，洁身自好并且恪尽职守，就一定能够成为我们中的一员。虽然不一定是工厂主，也能够成为监工或者会计，成为拥有权力和创造秩序的人。”

“这么说，如果我没有误解你的话，在你看来，世界上所有平凡的人，无论是因为什么原因，就都是你的敌人啦。”玛格丽特语气冷淡地说道。

“他们是自己的敌人，是的，我就是这样认为。”他飞快地回答道，完全没有因为她的口吻以及说话时流露出的傲慢而生气。但是回答之后，他就非常坦率地意识

①理查德·阿克赖特：英国发明家，发明了精密纺织机，开创了现代纺织业。

到，他说的这句话只是对她的问题做出了一个并不明确的回答。而且，无论她怎样表现出轻蔑的态度，他都有义务把自己的意思明确地表达出来。但是，如果要把她说的话和自己想表达的意思区分开来，并且显示出二者有很大的区别，却显得十分困难。他只能将自己生活中的一些事情说给他们听，这样能够很好地解释他想表达的意思。但是和陌生人说起这些，是否有些显得过分私人啦？但是，这是能够说明自己的意思的最直接的方法，所以尽管他有些羞怯，脸颊都有些发红了，但是他仍然决定抛开这种羞怯，说道："我说这些并非凭空捏造。十六年前，我父亲在一个悲惨的境况下离世。我只能辍学，在很短的时间里变成了一个大人。幸运的是，我的母亲是一个几乎没人能比得上的，坚强而能干的女士。我们搬到了乡下的一个小镇上，因为和米尔顿相比那里的生活更便宜。我在一个布匹店里谋到了份差事，我得说，那里能够学习到很多关于商业的知识。时间一星期接着一星期地过去，我能取得十五先令的收入了。靠这点收入，我需要养活两个人。我母亲为我计划好了，让我从这十五先令中拿出三先令来作为积蓄。这是我以后成功的开端，并且让我懂得了要自我节制。现在，我能够让我的母亲颐养天年，我每天都在心里感谢她在早年对我的培养和训练。所以我觉得，以我过去的经历来说，我没有什么特长，也不是凭着好运气，更没有什么才干，只是因为生活中养成的一些习惯罢了。我非常看不起那些不是靠自己的能力得来的种种享乐，我不会对它们产生哪怕一点儿兴趣。所以我认为所谓的痛苦，就是黑尔小姐提到的在米尔顿人的脸上看到的痛苦，只是对他们在过去的某个时期里获得了不应得的享乐的惩罚。我并不认为那些纵情声色的人值得我厌恶，只是因为他们的卑劣人格而鄙视他们罢了。"

"但是你接受过不错的基础教育。"黑尔先生说，"你对于荷马的作品的兴趣能够让我看出来，你对它并非一点都不熟悉。你过去曾经读过，现在只是再度唤起了对它们的记忆。"

"这倒不假，——我还没有离开学校的时候，曾经胡乱读过一些。不瞒您说，我在那个时候被认为是一个学习古典文学非常出色的学生，不过在那之后，我把拉丁文和希腊文都给忘光了。但是我问问您，这些知识对我必须经历的这些生活有任何用处吗？一点用都没有。完全没有用处。从受教育程度上来说，只要会读会写，那么和我当时的受教育水平都是不相上下的。"

"不，对你的这种说法我并不同意。在这方面，我或多或少有些迂腐。荷马的作品中描写的那些高尚的精神，在你回忆起来时，没有让你的精神感到过振奋吗？"

"一点都没有！"桑顿先生笑着大声说道，"我身边有很多活人在为生存而苦苦挣扎，我实在很忙，没法想到一个死人。现在，既然我能够让母亲过上了在她这个年纪应该享受到的生活，适当地回报了她在过去的辛劳，那么我就能回过头来找到以前的那些书，然后好好地阅读一下了。”

“我之所以这样说，是因为我的职业习惯，我总是认为，我的工作才是全天下最重要的。”黑尔先生回答。

桑顿先生站起来，打算告辞。他先是和黑尔先生和黑尔太太握了握手，接着转向了玛格丽特，打算也和她握一下手。这是米尔顿约定俗成的习惯，但是玛格丽特却不知道。她只是朝桑顿先生鞠躬告别，等她看到了他伸出手，又迅速地缩了回去的时候，她觉得非常抱歉，没有事先察觉到他的用意。但是，桑顿先生对她的抱歉心情一无所知。他直起身子，转身离开了。在从这座房子里出来的时候，他的嘴里喃喃自语道：“我从没有见过一个姑娘比她更加傲慢和暴躁的了。她的高傲和无礼，甚至使她美丽的容貌都显得不是那样令人记忆深刻了。”

第十一章　最初的印象

人家说，我们的血液里有铁质，
也许有一丁点儿倒是好事；
可他却使我强烈地感觉到，
他血液里的钢质过多了。

——佚名[①]

“玛格丽特！”黑尔先生送客人离去又回到楼上之后说，“桑顿先生坦承他曾经在布匹店做过杂工的时候，我忍不住有些担心你会做出什么反应。我从贝尔先生那里早就听说过了，知道他想要说些什么，但是我担心你会起身离开。”

“哎呀，爸爸！您该不会是觉得我有那样不明事理吧？说实话，他对自己经历的那番描述，在我听来比之前说过的所有话都更好。他说的其他的话都十分刻薄，让我觉得很不舒服，但是他说起自己的时候却说得很简单，而且不造作，不像是有的做杂工的人把自己说成是十分不堪。而且他对自己的母亲非常尊敬，这些都让我在那时不可能起身离开。当他说起米尔顿的时候，把这里夸奖成了在全世界都独一无二的好地方。当他若无其事地批评这里的人因为浪费和享乐而让他十分看不起的时候，他可能根本就没有意识到，他完全可以想办法让他们过得更好。他可以像他母亲对他做的那样给他们一点教训，他能取得今天的成就，也多亏了这些教训，尽管我不知道究竟是什么教训。说真的，他坦承在店里当过小工的那些话，我非常乐意听。”

“这真是让我感到奇怪，玛格丽特。”她母亲说，“在赫尔斯通的时候，你总是

①佚名：通常是作者自己的作品。

指责别人身上的商人气息太重。黑尔先生，您没有事先和我们说过他过去的经历，就将他介绍给我们认识，我认为您这样做有些欠考虑。我非常担心让他看出来，他说的一些话让我觉得非常震惊。他的父亲‘在十分悲惨的境况下离世’，天啊，那就非常可能是在济贫院里去世的。”

“只怕是比死在济贫院里还要更坏一些，关于这点我不是很清楚。”她的丈夫回答道，“我们到这里之前，贝尔先生和我说过很多他过去的情况。既然他自己已经说了一些，我就把他没说到的地方做一些补充。他的父亲曾经是个狂热的投机商，结果生意失败，于是自杀了，因为他无法忍受耻辱。他过去的那些朋友都畏首畏尾，害怕揭穿他的投机行为，然而他必须要这么做。他利用别人的钱来进行疯狂的投机，试图为自己得到一些财富。没人肯出面帮这家孤儿寡母渡过难关。他们家里可能还有一个孩子，是个女孩儿，因为年龄太小不能出去做工，但是也要养活。因为没人愿意马上出来为他们提供帮助，而桑顿太太并非只靠着别人上门来施舍度日的人。于是他们从米尔顿离开了。我知道，他去了一间布匹店做工，他挣来的钱除了由母亲帮他保管的一小部分外，剩下的都用来养活这一家人了。贝尔先生说，在很长一段时间里，他们只靠着喝很稀的麦片粥来充饥，他也不知道这家人是怎样忍受这样的生活的。但是当债主们都已经不抱希望，觉得老桑顿先生欠下的债务一定无法得到偿还时（实际上，在他刚自杀后，他们对还债还抱有一丝希望），这个年轻人回到了米尔顿，独自去找了每一个债主，把应还的第一笔欠款还上了。中间没有过争吵，债主们也没有聚众闹事，这一切都是暗中进行的，最后全部还清了。其中的一个债主，贝尔先生认为非常执拗的家伙，让桑顿先生成为了合伙人，这样就使他慢慢地发达起来了。”

“这确实是不错的。”玛格丽特说，“太可惜了，这样的一个人却因为成了这里的一个工厂主而被改变了。”

“什么是被改变啦？”父亲问。

“哎呀，爸爸，就是变成了用财富作为标准来看待一切的人。当他说起机器具有的力量时，很明显是要用这种力量来扩大贸易并且用来赚更多钱。但是这里有很多穷人，他们非常贫穷。他们身上有一些不好的习气，这并不会得到他的同情，因为他们不具备和他一样坚强的性格，也没有这些性格带来的能够发财的能力。”

“并非本来具有的坏习气，他从来都没这么说过。他说的是过度放纵和缺乏远见。”

玛格丽特把母亲的针线活儿收起来，准备去睡觉了。她正要离开房间，又有些犹豫了。她想跟父亲道歉，因为这会让父亲能高兴一些。但是如果要解释得明白，可能会带来一些麻烦。但是她仍然去说了。

“爸爸，我真的认为桑顿先生非常优秀，但是从我个人来说非常不喜欢他。”

“但是我很喜欢他！”父亲笑着说，“不管是你说的个人角度，还是从其他的方面。我没有将他看作一个英雄或是与之类似的人。晚安，我的孩子。你妈妈今天晚上看起来疲惫极了，玛格丽特。”

过去的一段时间里，玛格丽特就难过地意识到，母亲看起来总是非常疲倦。父亲说的话让她不禁感到担忧，因而去睡觉的时候她的心情很沉重。黑尔太太还在赫尔斯通居住时，出入都能呼吸到新鲜的空气。但是在米尔顿的日子，和她已经习惯了很多年的日子完全不同，空气的品质也丝毫不一样。这里的空气中一点儿能够让精神振奋的味道都没有。家里有很多令人心烦的事情，让家中所有的女性都感到非常不痛快，所以玛格丽特有理由认为，母亲的健康同时也受到了很大的影响。另外的一些迹象也能够说明黑尔太太似乎不太正常。她经常和狄克逊在她的卧室里偷偷地说着什么话，当狄克逊走出房间时，总是发着脾气，有时还会哭鼻子。每当她要服侍的太太遇到了烦心事，需要她来给予安慰时，她就会这样。有一次，狄克逊刚离开房间，玛格丽特马上走了进去，她发现母亲在地上跪着。玛格丽特轻手轻脚地离开时，听到了母亲嘴里念叨的话。原来她是在念祈祷文，祈求上帝能赐予她力量和耐心，能够让她战胜身体所承受的痛苦。因为玛格丽特在肖姨妈家住了很长时间，和母亲之间的那种亲密无间的关系已经消失不见了。现在，她渴望修复那种关系，试图用亲昵的身体接触和体贴的语言再次进入母亲心里温柔的角落。但是，虽然她再次得到了母亲的疼爱和关怀（如果是在以前她已经满心欢喜了），但是现在她觉得，母亲有个秘密在瞒着她，并且她深信这件秘密同母亲的健康有密切的关系。这天晚上，她在床上辗转难眠，思考该如何让米尔顿的生活不会对母亲造成恶劣的影响。首先，应该找一个女佣给狄克逊帮忙，就算她为了这件事需要把所有的精力都投入进去。那样的话，母亲就能够得到她非常需要并且在一生之中已经习惯了的无微不至的照料了。

连着好几天，玛格丽特都会去职业介绍所，面试过很多看起来不大可靠的人，也见过为数不多的几个似乎可靠一些的人。这些工作把她所有的时间都占用了。一天下午，她在街上遇见了贝西·希金斯，于是停下脚步和她打招呼。

“嘿，贝西，你好吗？我希望你感觉好些了，风向已经开始改变了。”

“似乎好了一些，但是又没好，你能明白我的意思吗？”

“我想我不是太明白。”玛格丽特微笑着回答。

“好了一些的意思是，我没有被晚上的咳嗽给折磨得垮掉。但是我厌倦了在米尔顿的生活，盼望着离开这里，去极乐世界①。每当我想到自己走得很远了的时候，心情就会一下子变得很沉重。我不但没有好一些，而是更不好了。”

---

①极乐世界：原文为the land of Beulah, 见《旧约·以赛亚书》第六十二章第四节。

这个姑娘虚弱地朝家里走去，玛格丽特转过身，陪着她一起走了一段路。有几分钟，她没有开口说话。最后，她轻声地问道：“贝西，你渴望死去吗？”因为她自己和其他健康的年轻人一样，会非常自然地希望能够生活下去，惧怕死亡。

贝西这时也沉默了几分钟，接着她回答道：“如果你的生活和我一样，像我一样对生活十分厌倦，有时候还会想到，或许这样的生活将要持续五六十年，就会感到眩晕和烦躁。这六十年里的每一年好像都在围绕着我，用漫长的时间嘲笑我——嘿，姑娘！我跟你说，如果医生说你可能没法熬过下一个冬天的时候，你没准会高兴的。”

“哎，贝西，你过着怎样的生活呢？”

“可能和别人相比并不会更糟，只是我已经对它厌倦了，别人却没有。”

“那又是怎样的呢？你知道，我在这里还是一个陌生人，我没法立刻就能明白你说的话是什么意思。如果我是米尔顿的老居民，可能就会不一样了。”

“要是你之前能像你说过的那样，来我家一趟就好了，我那时或许已经和你说过了。但是爸爸说，你和其他人都一样，事过境迁，早就把这件事给忘了。”

“我不知道其他人指的是谁，但是我最近一直在忙。说实话，我确实已经忘了自己答应的事了……”

“是你提出要来的，并不是我们要求的。”

“我已经忘了我那时说过些什么，”玛格丽特平静地说，“如果我不是真的很忙，就能记起来的。现在我能和你一起去你家吗？”

贝西飞快地瞥了一下玛格丽特的脸，想看看她是否真诚地想要实现这个愿望。当她看到玛格丽特的亲切目光时，原本有些尖锐的眼神变成了盼望。

“我没什么不方便的，如果你愿意，尽管来吧。”

于是她们沉默地一起向前走去，当她们从一条肮脏的街上拐到一个小巷子里时，贝西说道：“如果爸爸在家，他可能刚开口时会显得有些粗鲁，你不要害怕。他非常敬重你，你明白的。他经常想到你要来看我们的事，正是因为他喜欢你，所以才会气恼。”

“不用担心我，贝西。”

但是当她们到家的时候，尼古拉斯不在。一个身材高大、打扮邋遢的姑娘正在水槽边忙碌着。她看起来比贝西的年龄小一些，但是比她更高更壮。此时她正大声地拍打家具，发出巨大的声响，看起来十分粗鲁。玛格丽特同情地看着贝西，不再往里面去了。贝西坐在了进门的第一张椅子上，看起来似乎已经筋疲力尽了。玛格丽特向那个小姑娘要了一杯水。她跑去倒水，路上踢倒了火钳，还被一张椅子绊了一跤。玛格丽特帮贝西解开帽子上的带子，好让她能够喘口气。

“你觉得这样的生活会令人喜欢吗？”贝西大声喘息着，说了这样的话。玛格丽特默不作声地把水递到她的唇边。贝西着急地猛喝了一口，接着向后仰去，闭上眼睛。玛格丽特听到她自言自语：“不饥不渴，炎热和烈日必不伤害他们。[1]”

玛格丽特俯身说道：“贝西，无论你过去或者现在的生活是什么样的，都不要不耐烦。你要记住，谁给了你生命，并且让它变成现在这个样子的！”

这时，她听到从她身后传来了尼古拉斯的声音，不禁吓了一跳。在玛格丽特没有觉察到的时候，他走进了屋子。

“听着，我可不想外人来给我女儿讲道理。事实上她非常糟糕，脑子里充满不切实际的幻想，甚至会想到金子做的城门和满是宝石的城市。如果她认为这些是好的，我会让她去的，但是我可不想让人给她灌输更多的废话。”

“但是，”玛格丽特转过身来，“你一定也对我的话深信不疑，是上帝给了她生命，同时也让她的生活变成了如今的样子。”

“我只相信眼前所见的。我只相信这个，年轻的女士。我不相信自己听见的东西。不！完全不相信！我曾经听到一个年轻的姑娘费尽心力打听到了我们的住址，说是要来拜访我们。我女儿可是盼望了好长时间，一听见外面有陌生人的脚步声，脸就会变红。她可不知道，我一直在看着她。她终于来了，如果她不是来这里来干涉一些她不明白的事情，就一定是非常受欢迎的。”

贝西凝视着玛格丽特的脸。这时，她稍微向前探了探身子，一只手握着玛格丽特的胳膊，以请求的态度说道：“不要生他的气，还有很多人和他想的是一样的。这里的很多人都这样想。如果你能听到他们说的话，就不会对他的话感到吃惊了。我的爸爸是个非常难得的好人，但是，哎！”她再次朝后仰去，绝望地说，“只是有时候听了他的话，我会更想去死，因为我想知道很多事情，心中感到非常不安。”

“我可怜的姑娘，我不想惹你生气，一丁点儿都不想。但是我必须得对你诚实。我认为现在的情形是不对的，一边操心着自己完全无法知道答案的事情，一边又抛开了手边应该做的事情。我必须要说，你得抛开那一套宗教的理论，真正动手做一些你力所能及的事情。我就是这样想的。这非常简单，并且容易做到。”

贝西再次恳求玛格丽特不要生气。“不要觉得他是个坏人，他是真正的好人。我有时候想，就算我去了天国，如果爸爸不在，我也不会开心的。”她的脸上再次泛起热病的红潮，眼睛里放出热病的光：“您一定会去天国的，爸爸！您一定会去的！啊！我的心！”她捂着心口，脸色苍白。

玛格丽特赶忙将她放在自己怀里，让她无力的头靠在自己的胸前。她把她柔软的头发从鬓角向后拂去，给她用水擦洗太阳穴。尼古拉斯对女儿的慈父之情，让他能够

---

①不饥不渴，炎热和烈日必不伤害他们：《旧约·以赛亚书》第四十九章第十节。

明白玛格丽特做出的手势是想要什么东西，那个长着大眼睛的姑娘被玛格丽特“嘘”了一声，在行动时竭力不发出声音。没过多久，那一阵可能带来死亡的痉挛停止了。贝西勉强抬起头说道：“我要去床上睡一会儿，那里才最好，但是，”她抓住玛格丽特的衣裳角，“你一定要再来，虽然我知道你会的，但是请你告诉我！”

“我明天会再来。”玛格丽特说。

贝西靠在了父亲的身上。他正准备扶着她去楼上休息，但是当玛格丽特起身告辞的时候，他费了很大力气说出一句话：“愿上帝真的存在，哪怕只是为了让他赐福给你。”

玛格丽特带着一肚子的不解和伤感离开了。

她回到家时，喝茶的时间已经过了。他们还在赫尔斯通的时候，母亲认为不按时用餐非常失礼，但是现在，就像很多其他的小毛病一样，这已经不再使人气恼了。玛格丽特甚至希望能听到她发出从前那样的抱怨。

“你找到佣人了吗，亲爱的？”

“还没有，妈妈。那个安妮·巴克利没法胜任。”

“让我试试。”黑尔先生说，“所有人都挑战过这个困难的问题了，轮到我来试试了。或许，我才是能够配得上那只鞋的灰姑娘。”

听到这个笑话时，玛格丽特很难笑得出来。她去希金斯家里的这次拜访，让她的心情十分沉重。

“您有什么计划，爸爸？您要怎样开始？”

“我打算先去找一个有善心的家庭主妇，然后让她帮忙推荐一个她或者她的佣人认识的人。”

“太好了。但是我们首先要找到这个家庭主妇。”

“我们已经找到了。也可以说，她会自己送上门来。如果你本领够大，那么明天就能找到她。”

“黑尔先生，你说的是什么意思？”黑尔太太的好奇心被勾了起来，连忙问道。

“我的好学生（这是玛格丽特说的）告诉我，他母亲打算明天来家里拜访黑尔太太和黑尔小姐。”

“是桑顿太太吗？”黑尔太太叫道。

“是他和我们说起过的他的母亲吗？”玛格丽特问道。

“就是那个桑顿太太。他应该只有这一个母亲。”黑尔先生平静地说。

“我很想见她一面，她一定非常不寻常。”母亲补充道，“如果她有能够符合我们心意的亲戚，并且愿意来我们家里做工就好了。她好像十分善于精打细算，来自她的家庭的人，我一定非常满意。”

“亲爱的，”黑尔先生有些惊慌，“千万不要这样想。桑顿太太的高傲和自尊，一点儿都不逊于我们的玛格丽特，她已经不再属于桑顿先生说过的那样贫穷而节俭的日子了。无论如何，我觉得她一定不想外人知道这些事情。”

“爸爸，请您注意，如果说我是心气有些高傲的话，那么跟她那样的骄傲是完全不同的。而且虽然你总是说我高傲，但我并不同意你的观点。”

“我也并不确定她是怎样的人，但是从我听来的一些关于她的事迹来说，可能是那样的。”

此时她们毫不在意，没有追问关于她的事情是怎样的。玛格丽特只想知道，自己是否一定要在家里等着接待客人。如果是这样的话，傍晚之前她都不能去看贝西了。早上她还要帮忙做家务。但是她紧接着想到，不能让母亲独自一个人肩负招待客人的重担。

第十二章　午后的正式访问

唔——我们敢情非这样不可。

——《友人聚谈录》[1]

桑顿先生费了很大的力气，才让母亲如他所愿那样注意礼节。她不经常去拜访客人，但是如果她出门，就一定会郑重地把所有礼数照顾周全。儿子为她置办了一辆马车，但她不愿意因为这样就让他养马。所以当她在午后或晚间出去会客，在这样正式的时候就会去租几匹马。两个星期之前，她租了几匹马，在三天时间里将她想拜访的朋友全都走了一个遍。现在，想着要怎么花钱变成他们的事了。但是，克兰普顿实在太远了，她没法步行前往。她问了儿子很多次，他是否真心希望她去黑尔家做客，甚至愿意为此去租一辆马车。如果他不是十分坚持的话，她会感到非常高兴的。就像她所说的，她认为同米尔顿的所有教师互相联络并不是一件好事。下次，可能他会让她去拜访范妮的舞蹈老师的太太！

“妈妈，如果梅森先生一家也是漂泊在异乡，像黑尔家一样，没有任何朋友，那么我的确会这样做的。”

“哦！你不用这样匆忙地解释。我明天就会去的，只是想让你明白我的意思。”

“如果您打算明天去，我这就去租好马。”

“别胡闹，约翰，别人会认为你是造钱的。”

“现在还不是，但是我一定会把马租回来。您之前是坐着一辆租来的马车去的，回家的时候头都被颠得疼了。”

---

①《友人聚谈录》:英国作家阿瑟·赫尔普斯的作品集，包括各种主题的论文和对话。

“我可没抱怨这件事。”

“是的！我的母亲从来不会抱怨。”他带着自豪说道，“但是就因为这一点，我更要好好照顾您。至于范妮，过点儿苦日子对她有好处。”

“她可和你完全不同，约翰，她一点儿苦都吃不了。”

桑顿太太话音刚落，就陷入了沉默，她所说的最后这句话，让她想到了一个让她的情感受伤的问题。她下意识地十分鄙视性格懦弱的人，但是与母亲和哥哥的意志坚定相比较，范妮在这个方面显得非常懦弱。桑顿太太并不善于推理，因为她具有敏锐的判断力和坚定的决心，所以自己对自己本身不会有任何长时间的争论和疑惑。她能够本能地意识到，不管怎样，都不会让范妮的个性变得更加坚强一些，让她在面对苦难的时候能够耐心忍受或者勇敢面对。虽然她已经接受了女儿的懦弱，心里非常难过，但是自从接受了之后，她对女儿却产生了保护与怜惜的感情。这就像别人所说的，其他的母亲对于自己娇弱多病的孩子的感情一样。如果是从陌生人或者毫不在意的旁观者看来，也许会误会桑顿太太对一双儿女的感情，认为她对范妮的爱护之情远远超过对约翰的。这样的看法简直是大错特错。这对母子能够这样坦率地说出让人心情不悦的事实，完全能够说明他们在内心深处是多么坚定地相互信赖。她本人天生就具有一种崇高的品质，并且对有些品质的人非常喜欢，但是她的女儿身上并不具备这些品质。桑顿太太在对女儿的态度上显示出了一丝不安，这让她有些羞愧地想替她遮掩。这样的羞愧之情会不自觉地流露出来，说明她对女儿的感情缺乏坚实的基础。她叫儿子的时候，只喊他“约翰”，其他的像“亲爱的”“好孩子”之类的称呼，只会在呼唤范妮的时候用到。但是她心中每时每刻感谢上帝对儿子的守护，并且在他穿梭于众多女性之中时感到自豪。

“亲爱的范妮！我今天会租几匹马来拉车去黑尔家拜访，你要不要顺便去看看你的保姆？我正好从那个方向走，她看到你会高兴的。我在黑尔太太家时，你可以去她那里待一会儿。”

“哎呀，妈妈，那儿太远了，而且我感觉很疲倦。”

“为什么会疲倦？”桑顿太太皱起了眉头问道。

“谁知道呢，可能是天气的原因吧。这种天气实在是让人感觉没什么力气。您难道不能把保姆接过来吗，妈妈？您可以让人去接她，让她到这里来打发今天的时光，我知道她一定乐意这样做。”

桑顿太太沉默了。她把针线活儿搁在桌上，好像陷入了沉思。

“晚上她要走很远的路回去呢。”她最后说道。

“哦，我会雇一辆马车送她回家的。我从来没打算让她走着回去。”

这时，桑顿先生走了进来，他马上就要去工厂里了。

“妈妈，可能不用我提醒您，如果有什么东西能够给黑尔太太那个病人带来一些好处，您一定会想着送给她的。”

“如果我知道，我就一定会送的。但是我自己的身体一直很健康，所以我没法准确地揣摩病人的心理。”

“哎！不是还有范妮吗？她经常不是这里不舒服，就是那里不舒服，或许她能想到些什么——是吗，范妮？”

“我没有总是觉得不舒服，”范妮娇嗔地说，“我又不和妈妈一起出去。我今天头疼，不能出门。”

桑顿先生看起来有些气恼。母亲正专注于手里的活儿，她正忙着把它们缝在一起。

“范妮！我想让你去。”他用了一种命令的口吻，“这对你没有任何坏处。请你为了我去一次，不要让我再说什么了。”

说完这些，他立刻离开了。如果他在房间里多待一分钟，那么就算他说了“为了我”这样的话，范妮也会因为他命令的口气而掉眼泪的。这时，她正在低声地抱怨着。

“约翰说的这些话，听起来就像是我总觉得自己有病。我从来都没有这样想过。黑尔家的人有什么好的，为什么他会这样重视他们？”

“范妮，不要这样说你哥哥的不是。他一定有他的理由，否则不会这样坚持让我们去。快去准备一下，换好衣服。”

但是儿子和女儿之间这次小小的争吵，没有让桑顿太太对“那些黑尔家的人”多出一丝好感。她心中不禁也开始猜疑，想起了女儿刚才说的那句话：“他们究竟有什么好的，竟然让他这样催促我们对他们表示出友好的态度？”范妮戴上了一顶新帽子，她非常高兴，对着镜子激动地照了半天。她在这样的兴奋中早就忘了刚才自己说的事，但是桑顿太太的心里却一直想起这些话。

桑顿太太不喜欢陌生人。只是从这几年开始，她才有时间进入社交圈。她不喜欢交际，但是对于举办宴会和对别人举办的宴会评头论足，是她非常乐意做的。但是这次去拜访陌生人则不同，这让她感到不安，所以当她走进黑尔家的小客厅时，比平时看起来更加可怕。

玛格丽特正在忙着绣花，打算给伊蒂丝的孩子做一件小衣服。在桑顿太太看来，这是“一件毫无价值和用处的东西”。她更喜欢黑尔太太的双针编结，因为这是一种实用的活计。在她看来，屋子里显得非常凌乱，需要花很长时间来收拾。但是对于收入微薄的家庭来说，时间就是金钱。

她一边这样在心里想着，一边和黑尔太太聊天，说着一些很多人不用动脑子就能说出的那种虚无缥缈的客套话。黑尔太太被桑顿太太衣服上的那种传统花纹所吸引，比平日里回答问题要尽力很多。后来，她对狄克逊说，“像那样的传统花边，已经有七十年没有生产过了，现在想买也买不到。这说明她的家世很显赫，这些是她祖传的东西。”黑尔太太原本打算勉强应付一下客人，难免会让客人感到不舒服。但是对于一个穿着祖传的传统服饰的人，就不能像那样加以对待了。玛格丽特想尽办法说出一些话，想要和范妮交谈。过了没多久，她听到母亲和桑顿太太说起了如何找佣人这个无休止的话题了。

“你是不是不喜欢音乐？”范妮说，“我看这里没有钢琴。”

“我喜欢听人弹好听的曲子，但是自己弹得不好。我的父亲和母亲对这个不感兴趣，所以我们搬来这里的时候，就把旧钢琴卖掉了。”

“我不知道你们是怎么过着没有钢琴的日子的，对我来说，钢琴是生活里的一件必不可少的东西。”

“每周只赚十五先令，还要从里边先存起三先令！”玛格丽特心里想道，“可能她那个时候年纪还很小，所以把自己曾经经历过的事情忘了。但是她一定对那段日子有印象。”所以玛格丽特接着她的问题说下去的时候，她的态度明显带有一丝冷淡。

“你们这里可能经常举办音乐会吧。”

“是啊！好听极了！但是最糟糕的是，里面太拥挤了。门口的招待不管是谁都会放进去。但是你能在那里听到最新的作品。每次在音乐会的最后一天，我都会在约翰逊商行下一大笔订单。”

“这么说，你喜欢它们。只是因为它们是新作品？”

“嗯，你知道这些曲子在伦敦很流行，否则音乐家们不会在这里演出这些作品。你一定去过伦敦吧。”

“是啊，”玛格丽特说，“我在伦敦住了好几年。”

“太好了！我最希望能见识的两个地方，就是伦敦和阿尔汉布拉[①]！”

“伦敦和阿尔汉布拉！”

“是啊！我从看了《阿尔汉不拉的故事》之后就对那里着了迷，你听说过那些故事吗？”

“我没听过，但是去伦敦是很方便的事。”

“话是不假，但是不知道为什么，”范妮音调变低了，“妈妈从来都没有去过伦敦，所以不会理解我是多么渴望到那里去。她以米尔顿为荣。我认为这里是烟雾弥漫又十分肮脏的地方。可能她正是因为这些而喜欢它的。”

---

①阿尔汉布拉：位于西班牙，是摩尔人的宫殿。美国作家华盛顿·欧文著有《阿尔汉布拉的故事》。

“如果这里一直以来都是桑顿太太的家乡，我就完全能够理解她为何如此钟爱这个地方。”玛格丽特的声音像银铃一般悦耳。

“黑尔小姐，你是在说我什么吗？我能问一句吗？”

这句问话让玛格丽特有些措手不及，不知道该怎么回答，于是范妮小姐接口道：“妈妈，我们只是想明白为什么您是这样地喜欢米尔顿。”

“谢谢你们。”桑顿太太说，“这里是我出生和成长的地方，并且一直以来都是我的家乡，所以我对这里自然会觉得喜欢，没有其他的什么原因。”

玛格丽特心里很生气。就像范妮刚才所说的，她们在说起桑顿太太的情感时确实显得有些不太礼貌，但是这位太太的这种回应，让她十分反感。

桑顿太太停顿了一下，继续说道：“黑尔小姐，你对米尔顿有所了解吗？你去过我们的任何一间工厂参观过吗？见识过我们无与伦比的货仓吗？”

“没有！”玛格丽特说，“您说的这些地方，我还一个都没有去过。”

说完之后她感到，为了显得自己没有对这些地方漠不关心，她的这番话并不完全真实，所以她继续说道：“如果我想要去的话，爸爸可能会带我去参观的。但是在我看来，去工厂里参观是很无聊的事情。”

“工厂这种地方太奇怪了，”黑尔太太说，“里面总是很脏，并且十分嘈杂。有一次，我穿着一件浅紫色的衣服去工厂看如何制造蜡烛，结果那件衣服再也没法穿了。”

“非常有可能。”桑顿太太的语气中流露出一丝不快和傲慢，“我只是觉得，你们刚刚搬到这个在英国非常著名的城市里。因为这里具有特殊的商业气息，所以你们或许会愿意参观一下进行商业活动的地方。有人跟我说，在整个王国[①]里，都没有第二个像这样的地方。如果黑尔小姐改变了主意，肯放下身段了解一下米尔顿的制造业，那么我一定会为她参观印染厂和钢筘[②]制造厂提供方便，或者也可以参观一下我儿子的工厂里的简单的织造棉布的工作。在那里你能看到所有改良的机器。”

“原来你也不喜欢工厂之类的地方，我真高兴。”陪着母亲起身告辞时，范妮压低了声音说道。这时，她的母亲正在十分郑重地和黑尔太太告辞。

“如果我是你的话，我或许会愿意了解一些工厂的事情。”玛格丽特不动声色地答道。

“范妮！”当她们坐着马车离开时，桑顿太太说道，“我们要对黑尔一家表现得客气一些，但是不要急着和他家的女儿交朋友。我看得出来，她不会给你带来什么益处的。黑尔太太看起来一脸病怏怏的样子，倒像是个老实厚道的人。”

---

①王国：指英国的全称，大不列颠及北爱尔兰联合王国。

②钢筘：织机上的组成部分，能够将经线分隔开来。

“我没打算和黑尔小姐交朋友，妈妈。”范妮争辩说，“我只是觉得和她聊天，让她高兴起来，是我应该做的事情。”

“很好！不管怎样，约翰现在都应该感到满意了。”

第十三章　闷热地方的一阵清风

烦恼与疑虑，悲痛与恐惧，
加上苦难等，都是空虚的黑影，
死亡本身也无法来长存。
我们会走过使人厌倦的流沙，
会穿过落寞荒凉的迷途，
给人领着经过地下幽暗的路途；
然而，如果我们紧跟着一位引路人，
最荒凉的途径，最幽暗的路途，
终将通向极乐的白昼；
如今我们给抛弃在不同的海滨，
等我们危险的航行全程完毕，
最终将在天父的宅子里大家团聚！

——理·切·特伦奇[①]

客人离开之后，玛格丽特马上飞奔到了楼上，穿戴好帽子和围巾，打算去看看贝西·希金斯怎么样了，并且想在晚饭前尽量能够和她多待上一阵子。走在狭窄又拥挤的街道上，她的心里想到，因为她想要照顾居住在这条街上的一个人，实际上这条街道已经对她具有了十分重要的意义。

贝西的妹妹，那个高个子姑娘玛丽知道她今天要来，已经尽力把屋子给收拾得整

①理·切·特伦奇：英国诗人，英国国教大主教，诗文引自他的诗作《上帝的王国》。

齐一些了。她用石子和沙子擦了屋子中间的地面，但是桌椅和墙角看起来仍然是黝黑的，看起来并没有清洗过。虽然外面的天气很热，屋里的灶台上却烧着火，让这里热得好像一口火炉。玛格丽特并不知道玛丽是在用这种行为对她献殷勤，她心里想，可能是贝西的身体虚弱，需要这样温暖的环境。贝西本人躺在靠近窗户的一张沙发上，看起来比昨天还要虚弱。她听到脚步声响起，就直起身向外看，看来人是不是玛格丽特，这让她很累。这时候，她看见玛格丽特来了，在椅子上挨着她坐着，她就悄无声息地躺在那里，望向玛格丽特的眼神里流露出满足。她摸着玛格丽特的衣服，像孩子一样赞美衣服的料子是多么优美。

“我从前一直不理解为什么《圣经》里的人都爱穿柔软的衣服，但是打扮得和你一样就一定是非常好的。你和周围的人看起来都不一样。很多所谓的上流社会的人打扮得非常花哨，看得我眼睛都花了。但是你的穿着能让我感觉安静，不知道为什么。你从哪里买到这身衣服的？”

“是在伦敦。”玛格丽特说，她觉得非常有趣。

“在伦敦？你去过伦敦吗？”

“是啊！我在伦敦住了很多年。但是我的老家在乡下的树林里。”

“快跟我说说。”贝西说，“我喜欢听到关于乡间和树林里发生的故事。”她闭上眼睛朝后仰卧着，双手放在胸前，看起来很平静，像是准备好了听到玛格丽特可能会说起的任何事情一样。

从玛格丽特离开赫尔斯通之后，除了会偶尔提起这个地名，就再也没有仔细讲到过它。与现实的生活相比，她在梦里见到的赫尔斯通更加生动。晚上在她睡着之后，她的记忆带着她在那些令人愉悦的地方穿行。现在，她乐意跟这个姑娘分享她的喜乐。

“啊，贝西，我简直太喜欢我们已经远离的故乡了！我真想让你去亲眼看一看，我没办法描绘出那里的美丽景色。那里到处都是高大的树木，树枝长长地伸出去，形成繁茂的树冠，哪怕是在正午也能留下一片树荫。但是，尽管看起来每片树叶都是静止不动的，但是在周围稍远一些的地方，却发出连续不断的轰鸣之声。还有，有的时候草地像柔软的天鹅绒，还有的时候看起来又像是碧绿的宝石，那是因为在附近有一条隐蔽的小溪，它的水流滋养着这片草场。在别处，长着成片成片的羊齿草，好像巨大的波涛一样。有些长在树荫下面，还有的被灿烂的阳光照射着，看起来就像是波澜壮阔的大海。”

“我从没看到过大海。”贝西小声说，“请你继续往下说。”

“四周是一片辽阔的公园和林地，站在高处向下看，就好像是站在树梢上一样。”

“我简直太喜欢了。过去我总是觉得喘不过气来，像是被人压在下面一样。有时我去外面，就总是想要到高处去，能眺望远方，能深深地吸一大口清新的空气。在米尔顿，我实在是被闷得要死。我觉得，如你所说的那种在林间传来的一直不断的声音会让我十分迷茫。工厂里发出的声音让我的头很疼。但是站在高地上，一定不会有什么噪音吧？”

“没有，”玛格丽特说，“那里没有任何声音，但是在那里常常能看见一只云雀在空中翱翔。还有的时候，我能听到一个农场主在大声训斥他的仆人，但是那是在距离我很远的地方了。这会让我高兴地了解到，当其他人在远处辛勤劳作的时候，我却可以在布满石楠[①]的地上坐着，什么也不干。”

“从前我也总是会想，如果有一天能够什么事都不需要做，我就只是休息，或者在你说的这样悠闲的地方待上一天，我的身体可能就会好起来吧。但是到了现在，我休息了好些个日子了，这样的日子让我感觉和工作的时候同样无趣。有时候，我十分疲倦，所以就会想，如果不事先休息一会儿，就不能去天国享乐了。如果没有在坟墓中先睡上一觉好让我打起精神，我都不敢直接到天国里去。”

“不要害怕，贝西。”玛格丽特一边说着，一边握住了她的一只手，“上帝会让你安息的，会让你比在世上休息或在墓中安睡更加安宁。”

贝西似乎有些躁动，她接着说道：“多么希望爸爸能不这样说话啊。他的本意并不坏，我昨天就和你说过，今天我想再和你说一次。但是你看啊，白天的时候我丝毫都不信他说的话，但是到了晚上，当我发着烧，感到眩晕的时候，我就会想起这件事，这真是太糟糕了。我就会想，这是否就是最终的结局。我天生就该在这个糟糕的地方染上疾病，像这样把生命和情感一点点消耗殆尽。耳朵里充斥着工厂里的噪音，让我想要大声尖叫，想让这些噪音停止，让我能够安静一会儿。我的肺里都是棉絮，所以经常感到干渴，我只想能够大大地吸上一口你说的那个美丽地方的空气。我母亲去世了，我再也没法跟她说我是多么爱她，也没法向她诉说烦心事了。我想，要是最终的结局就是这样的话，不存在一个上帝来拭去人们眼中的泪水。啊！你这个姑娘！”她坐了起来，用尽力气地握着玛格丽特的手，甚至有些恶狠狠地说，“我会发疯的，我会杀了你，我会这么做。”她又躺下了，刚才的激动让她用尽了力气。玛格丽特跪倒在她身旁。

“贝西，天国里真的是有上帝的。”

“我知道！我知道！”她重复着，她转过头去，看起来有些不安，“我太过分。我的话说得太过分了。可别让我吓得你再也不敢到这里来了，我一丁点儿都不会伤害你的。而且，”她看向玛格丽特，眼睛里满含着真诚，“我或许比你更加相信关于未

---

①石楠：一种常绿植物。

来的事，我不仅读过《启示录》[1]，而且能够背下来。我在神志清醒的时候，从来都没有怀疑过我将升入天堂。”

“我们不要再说你发烧糊涂的时候脑海里出现的那些不真实的事了。我想听你说说，你身体好些的时候会做的事情。”

“我母亲刚去世的时候，我的身体还没这么差，但是可能就是从那时开始，我就变得非常虚弱了。之后不久，我就在梳棉车间里工作了。棉絮充满了我的肺，严重地伤害了我。”

“棉絮？”玛格丽特好奇地问。

“对，棉絮。”贝西又说了一遍，“梳棉时，棉花上会飘起很多一小团一小团的飞絮。这些棉絮在空中到处飞舞，就像是一片白色的灰尘。有人说，这些灰尘会把肺缠在一块儿，越裹越紧。不管怎么说，梳棉车间里的很多工人都病垮了，他们都会吐血和咳嗽，因为棉絮伤害了他们。”

“没有办法能解决吗？”玛格丽特问。

“我不知道。有些工厂里，会在梳棉间的一端装一个轮子带动的鼓风机，用风把棉絮吹走，但是安装这种设备要花很多钱，差不多要五六百磅，而且不会带来利润，所以很少有工厂主愿意安装。我也听说过，有的人并不愿意在这些安装了轮子的车间里干活儿，因为咽了这么久的棉絮，已经习惯了，如果没有棉絮反倒觉得饿，所以如果他们要去这样的地方干活儿，就应该涨工资。这样一来，工厂主和工人之间没法就安装轮子达成一致。但是我希望我工作的地方有这个东西。”

“你父亲知道这些吗？”玛格丽特问。

“他知道的，而且他很难受。但是我所在的工厂总体上还不错，工人都很可靠。爸爸不敢让我去陌生的地方工作，因为虽然现在你不会这样认为了，但是以前总有人说我是个漂亮的姑娘。而且，我不希望被人看成是十分娇弱无力的。妈妈说，玛丽一定要上学读书。爸爸也喜欢读书，还要参加演讲集会，这些都需要钱。所以我就一直在工作，直到耳朵里总是充满噪声，嗓子里全是棉絮。就是这样了。”

“你今年多大了？”玛格丽特问。

“到7月就满19岁了。”

“我和你一样大。”她意识到了她们之间的差别，变得比贝西更伤感了。她努力克制自己的情感，于是沉默了好一会儿。

“还有玛丽，”贝西说，“我希望你可以和她也交个朋友。她今年17岁，是我们家里年纪最小的。由于她是我们家最小的人，我不愿意让她去工厂里做工，但是我实在不知道她能干什么。”

---

①《启示录》：《新约》中的最后一篇。

"她可能不太会……"玛格丽特下意识地向四下打量了一下房间里的阴暗角落，"她可能不太会做佣人之类的活计吧？我家里有一个老佣人，忠心耿耿，已经成了我们一家的朋友。她需要一个帮手，但是她非常挑剔。如果名义上为给她找帮手，实际上却惹她生气，我觉得这对她是不公平的。"

"是呀，我明白。你说的这些都对。玛丽是个好孩子，但是这个家里还有谁能教她该如何收拾房间呢？妈妈不在了，我又很早就去了工厂，后来我身体垮了，除了在她把一些我也不知道怎样做好的事情给搞砸了的时候责备她一下，我什么都做不了。但是虽然是这样，我还是希望她能够跟你在一起。"

"虽然她可能的确不适合以佣人的身份和我们生活在一起，但是为了你，我会永远都努力和她成为朋友的。贝西，我现在必须得走了。只要有机会我一定会再来，但是明天、后天，甚至接下来的几个星期里我都没法来了。不要认为我把你给忘了，或许我只是很忙。"

"我知道你不会把我给忘了的。我一定不会再怀疑你了。但是你要记住，在未来的一两个星期里我可能就已经死了，被埋葬了。"

"我能出门的时候马上就来，贝西。"玛格丽特紧紧抓着他的手说道，"如果是病情恶化了，你一定得告诉我。"

"嗯，我会告诉你的。"贝西也握了一下她的手，回答道。

打那天开始，黑尔太太的病情越发加重了。这时距离伊蒂丝结婚一周年纪念日越来越近了，想起这一年里经历的各种磨难，玛格丽特不知道自己是如何坚持下来的。如果她能预想到后来的事情，那么她一定会藏起来，躲开未来的日子的。但是单独的每一天似乎都是能够容忍的，在每一件令人伤心的事情中，都有一丝丝虽然渺小却能给人带来欢乐的东西。在一年之前，或者说，当她回到赫尔斯通的时候，第一次看到母亲变得烦躁易怒的时候，如果母亲能知道未来会在一个举目无亲、喧嚣复杂的地方长久地生着病，家里的生活在每个方面都不如从前，她一定会发出痛苦的呻吟的。但是让人有理由发出抱怨的事情越来越多，母亲却变得越来越有耐性。当她忍受着身体上的强烈痛苦时，内心反而变得平静了。这种情形，就和她起初在并不值得伤心的时候却总是感到沮丧一样。黑尔先生此时正是十分忧心的时候，这种情绪表现通过他的性格表现出来，就是无端地忽略眼前的事实。他对女儿的担心表现得大为光火，玛格丽特从来没有见过他如此生气的时候。

"说真的，玛格丽特，你越来越爱胡思乱想。上帝做证，如果你妈妈病了，我肯定是头一个着急的。在赫尔斯通的时候，即便是她自己不说，我们都能看出来她什么时候不舒服。她生病的时候，脸色总是十分苍白。但是现在她的脸上显示出的是健康的神采，就像我刚认识她的时候那样。”

“但是爸爸，”玛格丽特有点犹豫地说，“您知道吗，我觉得那种红晕不正常，是疾病的信号。”

“别胡说，玛格丽特。我跟你说，你就是想得太多了。我觉得是你不舒服才对，你明天先去看看大夫。当然，如果能够让你安心一些的话，你可以让他来看看妈妈。”

“真是太感谢了，亲爱的爸爸。这样我的感觉就好多了。”说完，她走了过去，想要亲亲他。但是他推开了她，虽然没用力气。就像是她的一些想法让他感到非常不情愿，他想要立马摆脱这些想法的纠缠，就像是摆脱她一样。他在房间里来回踱步，十分不安。

“可怜的玛丽亚！”他嘟囔着，像是在自言自语，“我希望一个人能在不牺牲别人利益的基础上，做正确的事。如果她有什么事，我会恨这个地方，也会恨我自己。玛格丽特，和我说说，你妈妈会经常跟你说起过去的生活吗？我的意思是，提到过赫尔斯通吗？”

“没有，爸爸。”玛格丽特有些难过地说。

“你看吧，她不会因为过去的旧生活而感到难过的，是这样吗？你妈妈是非常直率的人，所以我知道她所有的烦恼，我总能感觉到宽慰。她一定不会把她的严重的病痛瞒着我的，是不是啊，玛格丽特？我知道她绝对不会的。所以不要跟我说这些犯傻的念头。来，亲我一下，然后快去睡觉。”

但是，当她缓缓脱去衣服上了床，躺着很长时间之后，还能听见外面传来的父亲的踱步声（就像她和伊蒂丝曾说过的那样，好像一只浣熊）。

第十四章　兵变

以往，
我总像孩子那样酣睡，
如今若是风声迅猛，就会使我惊醒，
想到在汹涌的海上，我可怜的孩子正颠簸激荡。
我于是似乎感到，
为了如此一个小过失就使他离开我，
实在叫我难熬。

——骚塞[1]

大概就在这时，玛格丽特才发现，似乎从她小时候开始到现在，母亲从来没有这样慈祥地对待过她，这让她非常高兴。母亲会和她说所有的心事，好像把她当成了一个知心朋友。这正是玛格丽特一直以来都想成为的角色，因为以前母亲很喜欢和狄克逊倾诉，她还觉得有些嫉妒呢。对每一件需要她表示出同情和安慰的事情，她都会全力做出回应，这样的事简直是太多了，而且彼此之间没有什么联系。她本来不会留心这些事，就好像大象看见地上有一个小别针，本不会放在心上。但是在驯兽师的指引下，它就会把小别针小心地捡起来。这时，她无意中得到了回报。

一天晚上，黑尔先生不在家，母亲和她说起了她的哥哥弗雷德里克。关于这个问题，玛格丽特有一肚子的话要问，但是因为胆怯而一直压抑着，成了唯一不符合她坦率性格的事。她越是想要知道他的近况，就越不想问。

①骚塞：英国诗人，诗文引自他的《英格兰田园诗》。

“玛格丽特，昨天晚上的风太大了，它从卧室的烟囱里带着呜呜的声音直冲下来，让我没法入睡。在这样的大风天里，我总是失眠。我就是在可怜的弗雷德里克出海的时候，才得上了这样容易惊醒的病。现在，哪怕我不是突然惊醒，也会梦到他正漂泊在海上，船两边都是像玻璃一样碧绿的波涛。海浪高过了桅杆，那些无情的浪花把船给卷了起来，就像是一条长着斑纹的巨蟒。虽然这样的梦是很久之前的了，但是每到刮风的夜晚就会重新出现在我的脑海里。直到我从梦里惊醒过来，在床上直直地坐起身。可怜的弗雷德里克！他现在会回到了陆地上，大风无法再让他受到伤害了。但是我却知道，大风可能把那些高高的烟囱刮倒。”

“弗雷德里克此刻在哪里，妈妈？他寄给我们的信，是从加的斯[1]的巴伯商行那里转寄过来的，但是他本人在哪里呢？”

“我不记得具体的地名了，但是他不再姓黑尔了。你一定要记住，玛格丽特，你要留意，他来信时信封的角上会写着‘弗·迪’这样的缩写。他现在姓迪金森了。原本按我的意思，他可以姓贝雷斯福德，他有权姓这个姓，但是你爸爸觉得最好不用这个。你明白，如果他姓了我的姓氏，可能会被人发现的。”

“妈妈，”玛格丽特说，“事情发生的时候，我还在肖姨妈那里，而且那时我还小，所以可能没法详细地跟我解释。现在如果可以的话，我想知道详情，当然，如果说起这件事能不让你那么痛苦。”

“痛苦？不会的，”黑尔太太回答，她的脸显得发红了，“如果我觉得痛苦，也只是想到我可能再也见不到我亲爱的儿子了。除了这点，他一点儿错都没有。玛格丽特，不管别人怎么说他，但是我能用他的亲笔信来做证。虽然他是我的儿子，但是我仍然愿意相信他，而不是什么军事法庭。玛格丽特，去那个日式小橱柜那里，左边第二个抽屉里面有一捆信。”

玛格丽特去橱子里找了。那里果然有很多信，被海水浸泡过，显得发黄了，发出远方来信的那种特有的气味。玛格丽特拿着这些信，交给了母亲。母亲解开了捆着信的缎带，手有些发抖。她看了看信封上的日期，然后递给玛格丽特，让她看啊看。在女儿尚未读懂信里的内容时，她就忍不住说起了信里提到的事情。

“你看啊，玛格丽特，他一开始就不喜欢里德舰长。他在‘奥利安’号上服役，是一名少尉。弗雷德里克第一次出海的时候，坐的就是那条船。这个可怜的家伙，穿着海军少尉的军服，看起来神气极了。他还用手中的短剑把面前的报纸割开，就像拿着一把裁纸刀一样！但是这位里德先生，好像从一开始就不喜欢弗雷德里克。后来——慢着！这几封信是他从‘拉塞尔’号上寄回来的。当他来到这艘船上时，发现舰长是一直都不喜欢他的里德舰长，他当时已经做好了准备，来忍受他残暴的管理。

---

①加的斯：位于西班牙西南，是一座海滨城市。

你看啊！就是这封信。你读一下就知道了，玛格丽特。他在信里面说——停，就是这里——‘请父亲相信我，我一定保持耐心容忍他，就像身为军官和绅士一样容忍他做的一切。但是以我对这个舰长的了解，不禁感到有些担心，“拉塞尔”号会经历很长时间的暴虐统治。’你看啊，他已经保证了会忍耐的，我相信他一定也是这样做的，因为他在没有发脾气的时候，可能是世界上性格最好的孩子了。这是他提到里德舰长因为这里的水兵不能和‘复仇者’号上的舰员一样进行迅速的操练，就发了脾气的那封信吗？你看，信上说，‘拉塞尔’号上的水兵很多都是刚入伍的，但是‘复仇者’号已经服役了快三年了。除了把奴隶的船只阻挡在海港外，没有其他的人物。所以那里的水兵总是在操练，直到他们可以在绳索上来去如飞，就像是猴子一样灵活。”

玛格丽特十分缓慢地读着这封信，因为墨迹变淡了，有很多内容已经难以分辨。这或许是描述里德船长在很多事情上是多么地残暴无情的。写信的人对这种专横无礼大肆渲染，因为这时争吵刚刚结束，他的情绪还十分激动。一些水兵在主一接帆[①]的绳索上待着，舰长命令他们从上面滑下来，并且要比赛谁滑得快，最后的那个要被鞭打九下。桅杆最顶上的水兵觉得没有机会超过同伴，但是又惧怕被鞭打的耻辱，竟然从上面跳了下来，想要抓住一根低一些的绳索。但是他失手了，摔在甲板上昏死过去，几小时之后就死了。当年轻的小黑尔先生写这封信的时候，船上的水兵们已经达到了愤怒的顶峰。

“但是，这封信是在我们听说了兵变的消息很久之后才收到的。可怜的弗雷德[②]，他将这一切都写下来，会让自己感到一些安慰，即便他那时候不知该如何寄出这封信。可怜的孩子啊！那时，我们在报上看到了一篇报道，那是在我们收到他的来信的很久之前。上面说，‘拉塞尔’号上发生了十分卑劣的兵变，水兵们叛变了，劫走了那艘船，逃到海上当了海盗。上面还说，里德舰长和一些他手下的军官被驱赶到了一艘小船上，在大海上随波逐流。这些人的名字都被刊登了出来，他们被一艘西印度的轮船给救了。玛格丽特！当你爸爸和我在名单里没有发现弗雷德里克·黑尔的名字时，感到多么难过啊。我们觉得一定是哪里弄错了，因为弗雷德里克是个非常好的人，只是有些容易激动。我们满心盼望着，是把黑尔这个姓搞错了，弄成了名单上的那个卡尔，因为报纸总是那样粗心。第二天，快到收信的时候，你爸爸从家里步行去了南安普敦，去那里买了一份报纸。我在家里坐不住，就出来等着他。他到了很晚才回来，比我料想的时间晚得多。我只好坐在篱笆旁边等他。他终于回来了，胳膊无力地垂在身子两边，低着头，脚步十分沉重，好像每走一步都非常困难。玛格丽特，我到现在都忘不了他那时的样子。”

“不要再说了，妈妈。我都明白了。”玛格丽特说。她扑到母亲跟前，倚在她的

---

①主一接帆：位于主桅杆上的主帆之上的一片帆。

①弗雷德：弗雷德里克的昵称。

怀里，亲吻着她的手。

“不，你不会明白的，玛格丽特。没见过他那时的样子的人，都不会明白的。我几乎站不起来去迎接他了，所有的东西仿佛一下子开始在我周围旋转起来。当我最后来到他面前的时候，他没有说话，他看见我出现在离家三英里之外的地方，在一个山毛榉旁边，也没有感到奇怪。但是他扶着我的胳膊，不住地抚摸我的手，似乎是想让我得到一些安慰，好在一个十分沉重的打击之下保持镇定。我整个人都在颤抖，嘴里也发不出声音了。这时，他环抱着我，低下了头，发出变了调的压抑的哭声，身体不停地抖着。他这么一哭，我就吓得一动也不敢动了，只是让他赶紧跟我说他得到了什么消息。接着，他一只手哆嗦着，像是被什么人抓着他的手一样，将一份内容十分卑鄙的报纸递给了我。报上说，弗雷德里克是一个‘穷凶极恶的叛国贼’‘是一个败坏海军职业的无耻而忘恩负义的懦夫’啊！他们用了所有我说得上来或者说不上来的坏字眼。看完报纸，我把它用手撕成了碎片，玛格丽特，我撕碎了它，也可能是用牙扯碎的。我当时没有哭。我根本哭不出来，脸像火烧一样发热，眼睛里也快冒出火了。我看见你父亲正看着我，脸色阴郁。我对他说，这都是谎言，事实也的确如此。几个月之后，我们收到了这封信。你看看，弗雷德里克受到了怎样的侮辱。他奋起抗争，也不是为了自己受到的屈辱或伤害，只是想把他的意见开诚布公地对里德舰长讲，但是这让事情变得更糟了。你瞧，大多数水兵都站在弗雷德里克这边。”

“玛格丽特，”她停顿了一会儿，用听起来十分虚弱和慵懒的声音颤抖着说，“他能这么做，我感到很自豪。他能挺身而出，反抗暴力，比他只是成为一个好军官更让我骄傲。”

“我也有这样的感觉。”玛格丽特十分坚定地说道，“保持忠诚，服从正确的命令，这是很好的。但是不出于一己私利，而是为了弱者去反抗那些凶狠蛮横的强权，和那些被滥用的残暴的权力，是更好的事情。”

“虽然道理是这样，但我还是希望能够再见到弗雷德里克一次，哪怕一次就足够了。他是我的第一个孩子啊，玛格丽特。”黑尔太太声音里流露出了思念之情，而且似乎为自己这样的愿望感到有些愧疚，好像她如果这么说就代表着对身边这个孩子的轻视。但是玛格丽特没有这样想，她想的是该如何实现妈妈的愿望。

“这件事发生在六七年前，现在他还会被起诉吗，妈妈？如果他接受审判，会受到怎样的惩罚？他完全可以拿出证据，证明是里德舰长挑起了事端。”

“那没有什么用处。”黑尔太太回答，“有几个和弗雷德里克一起逃走的水兵后来被抓了回来，在‘艾米西亚号’上接受了军事法庭的审判。我相信他们在为自己辩护时列举的证据，因为他们所说的，和弗雷德里克在信上说的完全一样，但是这些可怜的人啊，他们说的这些话一点作用也没有。”在这次交谈中，黑尔太太头一次哭了起来。但是玛格丽特却一定要从妈妈这里打听到，她已经能够预知但是又害怕听到的实情。

“他们怎么样了，妈妈？”她问。

“他们全被绞死在桅杆上了！”黑尔太太严肃地说，“更糟糕的是，在军事法庭做出死刑判决时，在判决书上说他们是被自己的上级军官引入歧途的。”

她们都沉默了。

“弗雷德里克在南美生活了很多年，是这样吗？”

“是的。他现在去了西班牙，住在加的斯或者是那附近的某个地方。如果他回到英国，就会被处死的。我就再也没法看见他了，如果他回了英国，就会死的。”

这件事无法得到安慰。黑尔太太转过身去，脸朝着墙壁躺着，心中充满绝望。没有什么语言能够用来安慰她。她把自己的手从玛格丽特的手里抽了出去，动作有些着急，似乎表明她不想被人打扰，想要独自思念儿子一样。当黑尔先生走进房间，玛格丽特就离开了。她的内心充满了忧伤，她向四周看去，却看不到一丝光明。

第十五章　厂主与工人

思想与思想斗；从剑和盾的碰撞中
闪现出了一点儿真理。

——沃·萨·兰道[①]

“玛格丽特，”第二天，父亲对她说，“我们要去桑顿太太那里回访一次。你妈妈身体不舒服，觉得自己不能长途奔波，今天下午你和我一起去一趟吧。”

去桑顿家的路上，黑尔先生说起了妻子的健康情况，语气中有难以掩饰的焦急。玛格丽特看在眼里，觉得父亲终于意识到了问题的严重性，反而有些高兴。

“你去找过医生了吗，玛格丽特？请他来过家里吗？”

“没有，爸爸，您说让我去看医生，但是我的身体很健康。可是我听说了一个好医生，下午就去把他请到家里，我感觉妈妈病得有些严重。”

她这样明确地说出了真实的情况，是因为上次她对父亲提起她的担心时，父亲坚决地拒绝了她的意见。现在情况改变了。他有些沮丧地说道：“你觉得她有什么不舒服的地方没和我们说嘛？你觉得她真的难受吗？狄克逊有没有说什么？玛格丽特，我总是担心，我们搬来米尔顿可能会害了她。可怜的玛丽亚！”

“爸爸！您别胡思乱想。”玛格丽特有些吃惊地说，“她只是身体不舒服。很多人都会在某段时间里感到不舒服，在被医生治疗过之后，就会变得像从前那样健康了。”

“狄克逊有没有说些什么？”

---

①沃·萨·兰道：英国散文家、诗人，诗文引自他的诗集《老树上落下的最后果实》。

“没有！您知道，狄克逊总是把一些事情说得十分神秘。关于妈妈的健康方面，她也表现得高深莫测的，让我感到很慌张。就是这样，我觉得没有什么其他的理由。您知道的，爸爸，那天您还说我现在变得喜欢胡思乱想了？”

“我愿意相信你真的是这样。不要管我那时候说的话了。我愿意看到你在妈妈的健康问题上胡思乱想。不要害怕把这些胡思乱想告诉我，我愿意听，虽然我看起来好像生气了一样。我们得向桑顿太太打听一下，看她是否能介绍一个好医生给我们。我们只找一个一流的医生，坚决不会把钱浪费在随便的一个医生身上。等等，我们要拐到那条路上去。”

在这条路上，看起来似乎没有什么大房子配得上做桑顿太太的寓所。从她儿子的身上看来，并不会让人对他住的房子有怎样的猜想。可是玛格丽特不由自主地想象着，身材高大、服饰华美的桑顿太太所住的房子，一定跟她所具有的性格十分相称。但是，马尔巴勒街的路两边都是一些小房子，还有一大片看起来光溜溜的围墙。至少从他们拐弯的那里，他们眼前所见的就是这样的情景。

“他跟我说他家就在马尔巴勒街，这一点我能够确定。”黑尔先生说道，他也感到十分困惑。

“或许他家的房子就是很小吧，这是他实行的节约的一部分。这里有很多人，我去打听一下。”

接着她就去和路上的一个行人打听了，并且得知，桑顿先生的房子距离工厂很近。那个人指给她看，在他们已经留意到的那一片围墙的尽头，就是工厂的门房。

工厂的门房看起来就和普通的花园门一样。这个小门的一侧是两扇紧闭的大门，能够让卡车和货车通行。看门人带着他们走进一座长方形的院子，院子的一头是一个办公室，负责处理各种业务；另一头就是工厂的厂房，有很多窗户，里面传来机器震耳欲聋的轰鸣声，还有蒸汽机永不停歇的声响。在这座院子的另一边，和沿街的围墙正对着的，是一座石头顶的房子，样式非常漂亮。房子的外墙已经被熏黑了，但是门口的台阶和刷了油漆的窗子看起来都十分洁净。这座房子看起来已经有五六十年了。石头装饰的台面一直通到门口，门窗的样式和数目，门两边都能通行，并且台阶两边带有护栏，这些特点都说明了它是什么年代建造的。玛格丽特感到有些奇怪，既然能够住得起这样的好房子，能够把它收拾得这么干净，那么为什么不住在乡间，或者郊区里的小一些的房子里，而是宁愿住在工厂旁边，忍受无尽的噪音。当他们在台阶上等着有人来开门的时候，她已经被轰鸣声震得听不到父亲说的话了。这座院子，以围墙上的两扇大门为界。从房里向外看，只能看到外面的一片阴暗景色。玛格丽特和父亲从老式楼梯上了楼，进入客厅之后，看到的就是这样的景象。客厅有三扇窗子，开在前门和右手边那个房间之上。客厅里没有人。家具都用套子仔细地套好了，就好像这座房子会被火山喷发所淹没，一千年之后再重见天日。似乎从家具被套上套子的那天起，就没人到过这个房间里来。墙壁是粉红色的，镶着金边。地毯的底色是浅色的，有的花朵样式的花纹，但是中间却被光溜溜的原色亚麻毯子给盖了起来。窗帘上面有透明的小孔，椅子和沙发上也都是带网眼的套子。每个平坦的地方都有巨大的石膏像，用玻璃罩着，灰尘别想进去。房间的正中是一张大圆桌，上面是一个罩着套子的树枝状的灯架。桌子上每隔一段距离，就放着几本装帧精美的书籍，就像是车轮的条辐一样。屋里的所有摆设都是反光的，没有一件是能吸收光线的。整个房间看起来都是可以装饰的，好让它看起来闪闪发光，这让玛格丽特产生了一种很不愉快的印象，所以她都没有想到，想要让所有陈设保持洁净，需要怎样辛苦地清洁；也没有意识到，房子的主人一定要付出辛劳，才能保持这样的洁净冰冷但是并不让人赏心悦目的效果。她向任何地方看去，都能发现操劳的痕迹，但是这些操劳不是为了追求舒适，或者为了保持整洁，只是完全为了装饰和保持这种装饰，让它不受污染和破坏。

桑顿太太出来迎客之前，他们得以仔细观察，并且低声交谈了几句。他们说的话每个人都可以听见，但是因为处在这样的房间里，让人想要低声说话，害怕唤起一些奇怪的回声。

最后，桑顿太太像平常一样，穿着漂亮的黑缎料子的衣裳走进了房间。她衣服上的蕾丝花边虽然比不上家具的网眼套子那样洁白，但是和它们十分相配。玛格丽特首先解释了一下母亲没能和他们同来回访的原因，但是因为她不想让父亲再度产生严重的忧虑之情，所以解释得比较简单。这让桑顿太太产生的印象是，黑尔太太得的病不过是突发的或者存在于想象中的贵妇的“清恙”，如果特别想来拜访，是能够克服的。否则如果她确实病得很厉害，没法一同前来，那么可以改天再来回访的。同时，桑顿太太想到了自己因为去黑尔家拜访还租了几匹马，并且桑顿先生为了显示周全的礼数，让范妮和她一起去。想到这些，她有点生气地挺直了身子，没有安慰一下玛格丽特。说真的，一点也没有对她所说的母亲的病痛表示一些安慰。

“桑顿先生好吗？”黑尔先生问，“昨天看到他匆匆写就的短信，我还以为他是否有些不舒服。”

“我儿子几乎不生病，就算真的生了病，也不会跟别人说，或者以生病作为闲下来的借口。他和我说，昨天晚上他实在没有时间找您读书，先生。我想他一定感到十分抱歉，因为他非常重视在您那里学习的时间。”

“我也是这样想，和他一起度过的时间让我也感到十分愉快。”黑尔先生说，“看到他能够欣赏和爱好古典文学中最好的部分，我也觉得自己又年轻了。”

“我认为对于有空闲的人来说，古典文学非常值得阅读。但是我得承认，我根本没有想到我儿子会重新学习它们。在我看来，他所处的时代和生活的地方，让他学习需要付出所有的精力。对那些在乡下生活，或者在大学里度过一生的人来说，古典文学是很有好处的。但是在米尔顿，人们需要把所有的思想和精力都投入到每一天的工作上。我是这样认为的。”她带着“那种故作谦卑的得意神色[1]”说出了最后这句话。

“但是，如果让大脑长时间只思考同一件事情，那么思维就会难以避免地僵化，无法接受各式各样的兴趣。”玛格丽特说。

“我不是十分明白你所谓的思维僵化是什么意思。我对那些见异思迁的人一点羡慕之情也没有，他们今天脑子里想的都是这件事，明天又对那件事产生了兴趣，把现在这件事都给忘了。一个米尔顿的工厂主，并不需要有多少兴趣。他的内心有一个强烈的愿望，之后花费一生的时间和精力来实现这个愿望，这样就足够了，也应该足够了。”

“他的愿望是？”黑尔先生问。

她淡黄的脸色开始发红，眼睛里也一下子发出了亮光。她回答道：“这个愿望就是在英国的所有商人中，以及他故乡的人面前，得到并保持一个高尚而体面的地位。我的儿子已经赢得了这样的地位。无论您去哪儿——不单是在英国，而是整个欧洲——提起米尔顿的约翰·桑顿这个名字，所有的商人都会知道并且表示他们的尊敬。当然，上流社会没听说过他。”接着又有些嘲讽地说，“悠闲安逸的老爷太太们不太会关心一个米尔顿的工厂主的事情，除非他进了议会，或者和一个贵族的女儿结了婚。”

黑尔先生和玛格丽特深感不安，同时又觉得可笑。当贝尔先生给他们写信说，他们在米尔顿可以结交桑顿先生这样一位好朋友之前，他们都没有听说过这个十分不得了的姓氏。这位高傲的母亲所处的世界和哈利街的上流社会不同，也和乡下的教士或者汉普郡的乡绅不同。尽管玛格丽特努力表现得平静自若，在认真听主人说话，但是敏锐的桑顿太太依然从她的表情里读出了她内心的这种情绪。

“你一定是在想，你从来没有听人说起过我儿子，是这样吧，黑尔小姐？你准以为我只是个活在米尔顿的老太婆，一心觉得自己的儿子是前所未有的最好的人。”

“不是这样的。”玛格丽特坚决地说，“我刚才的确在想，我来到米尔顿之前，几乎对桑顿先生的姓名毫无了解。但是当我到了这里，我所听到的事迹，能够让我非常地尊重和敬佩他，我认为，您说的关于他的话，是非常正确和真实的。”

“你是听谁提起他的？”桑顿太太问，她这时稍微平和了一些，但是仍然有些不

---

①那种故作谦卑的得意神色：英国诗人柯勒律治的《魔鬼的想法》和骚塞的《魔鬼行径》中均有这一句。

放心，担心有谁会对他做出不够公正的评价。

玛格丽特犹豫了一下，没有马上回答。她不喜欢这样命令的口吻。黑尔先生赶忙插话，想要给女儿解围。

“这些是桑顿先生自己说的，我们才能够知道他是多么了不起的人，是吗，玛格丽特？”

桑顿太太把腰杆挺直，说道：“我儿子不会说起他自己所做过的事的。黑尔小姐，我是否能再问你一句，你从谁那里听到了让你认为他很好的话呢？作为母亲，对别人称赞自己的子女总是会很好奇，很想知道，你能明白的。”

玛格丽特回答道：“贝尔先生之前和我们说起过一些桑顿先生早年间的故事，而桑顿先生绝口不提自己的往事，能让我们对他的为人更加了解，这种行为比他所说的话更让我们觉得，您对他感到自豪是非常正确的。”

“贝尔先生！他知道些关于约翰的什么呢？他在让人昏昏欲睡的大学里过着懒散的日子。但是我还是非常感谢，黑尔小姐。很多年轻的小姐都不愿意哄老太婆高兴，让她知道有人夸奖她的儿子。”

“这是什么原因呢？”玛格丽特看着桑顿太太，疑惑地问道。

“为什么！因为她们认为，如果她们想要让她的儿子爱上自己的话，就有充分的信心能够让这个老太婆成为她们的支持者。”

她有些不自然地笑了笑，为玛格丽特的坦诚而感到高兴。也可能是她意识到了自己问了太多问题，好像盘问一样。玛格丽特听了她说的这种想法，不禁笑出声来。因为她的笑声如此欢欣，竟然让桑顿太太觉得有些不悦，似乎惹得她发笑的这些话非常可笑似的。

玛格丽特看到了桑顿太太的脸色，马上停住了笑声。

“非常抱歉，桑顿太太，但是很感谢您，没有把我也视为那些想让桑顿先生爱上自己的人里面。”

“以前确实有几个年轻的小姐有过这样的念头。”桑顿太太不快地说。

“桑顿小姐的身体不错吧。”黑尔先生说道，他有点着急地改变一下话题。

“她像往常一样。她一直都不是很壮实。”桑顿太太简短地答道。

“桑顿先生呢？我能在星期四见到他吗？”

“我没法为我儿子的约会做出保证。这里发生了一些让人不愉快的事情，有人威胁要罢工。如果真的如此，他的朋友们就会来找他商议了，毕竟他有过人的阅历和见识。但是我认为他星期四应该能来。不管怎样，如果他没法来，一定会通知您的。”

“罢工？”玛格丽特问，“什么原因呢？为什么他们打算罢工？”

“为了强占别人的产业。”桑顿太太恶狠狠地说道，鼻子里发出愤怒的声音，“他们总是为了这个而罢工。如果我儿子的工厂里的工人罢工，我就只能说，这群人真是忘恩负义的卑鄙小人。但是我敢肯定他们会这样做的。”

“他们可能是要求涨工资吧？”黑尔先生问。

“表面的确是这样，但实际的情况是，他们想当厂主，让原来的厂主成为自己工厂里的奴隶。他们总是想要这样，一直计划着这件事。每过几年，厂主和工人之间就要发生一次战争。这一次，他们可能会意识到自己的错误，会超出他们的想象的。如果他们真的罢工了，就会发现复工并不像以前那么容易了。工厂主们已经想到了对策，如果工人胆敢尝试，他们就有办法让他们受到教训，不会再盲目地罢工。”

“罢工会不会让整个城市都变得不平静呢？”玛格丽特问。

“这是肯定的。但是你一定不是胆小鬼吧？米尔顿不适合胆小鬼生活。我就有一次，从一群满脸愤怒、气得脸色发白的人中间走过。这群人发誓，如果麦金森胆敢从工厂里出来，他们就马上杀了他。麦金森完全不知道这个消息，所以得有个人去给他报信，否则他就死定了。这个人得是一个女人，所以我就出面了。但是我走进了那里，就不能出来了，因为那会送了命。于是我就爬上了屋顶。屋顶上面有很多石子，如果工人冲进来，我就朝下面扔石头。本来我以为自己能够举起那些石头，瞄得十分准确地扔下去，但是因为我太激动了，竟然晕了过去。如果你在这里生活，就得学着大胆一些，黑尔小姐。”

“我一定会尽力的。”玛格丽特回答，她的脸色有些苍白，“在尝试之前，我不知道自己是否勇敢，但是我可能会是一个胆小鬼。”

“在我们达克郡被认为只是平常生活的事情，也会叫南方人大吃一惊的。但是这里的人见不得别人好，总会找机会进行报复。如果你在这群人当中生活了十年以后，你就会明白自己到底是不是胆小鬼，这样准没错的。”

那天晚上，桑顿先生来到了黑尔先生家。他上楼进入客厅时，正赶上黑尔先生给妻子和女儿大声读书。

“我来是转交一封母亲给您的信，同时我也得向您道歉，因为我昨天没有准时前来。信上是您要的唐纳森医生的住址。”

“谢谢你！”玛格丽特答道。她赶忙伸出手接过信来，因为她不想被母亲听见他们找医生的事情。她感到高兴的是，桑顿先生好像马上就懂了她的意思，没多说一句话就把信给了她。

黑尔先生说起了罢工的事。桑顿先生的脸上流露一种凶狠的神色，就像他的母亲一样。这让一旁的玛格丽特马上就觉得不舒服了。

“是啊，那些愚蠢的人想罢工，随他们去。这也很对我们的心思，我们给他们一个机会。他们以为生意很不错，和往年一样。但是我们能看到远处的风险，都开始控制产量了。只是因为我们并未解释原因，所以他们不认为我们能够这样做。我们决定控制成本，却得向他们提供书面的解释。亨德森在阿什利的工厂里对工人采取了敷衍的方式，结果失败了。他不在乎他们罢工，那样会正好符合他的心意。当工人们去找他要他们要求的百分之五的加薪时，他表示自己要再考虑一下，等到发工资时再给一个答复。其实，他早就确定了自己将会怎么做，只是他想拖延着，让他们自我膨胀。但是那些工人非常狡猾，他不是他们的对手。他们听说了一些生意前景不好的消息，所以这个星期五又去找他了，收回加薪的请求，以至于他要继续开工。但是在米尔顿，所有的工厂主今天都宣布了决定，我们不会加哪怕一便士工资。我们还说，或许还要降薪，但是一定不会提高。这就是我们的立场，我们等着他们来进攻。”

“那么接下来的进攻会是怎样的呢？”黑尔先生问。

“我猜，所有工厂会同时罢工。你可能会见到米尔顿的烟囱很多天都不冒烟，黑尔小姐。”

“但是为什么不和他们解释清楚呢，”她问，“你们觉得生意前景不好，是凭借什么理由预测的呢？我不知道我是否用对了词，但是我觉得你能明白我的意思。”

“你能跟你的用人解释你在家庭开支方面或者是自己的用度方面为什么要节约吗？我们是工厂所有资本的拥有者，所以我们有权力决定该怎样使用这些资本。”

“这是一种人权。”玛格丽特小声地说道。

“对不起，我没有听清你说的话。”

“我不愿意再说一遍了。”她说，“我说的话出自一种感情，但是你可能不具有那种感情。”

“你愿意让我试一试吗？”他恳求道，他此时觉得一定要知道刚才她说的究竟是什么。她对桑顿先生的固执感到不快，但是也不愿意显得自己说的是多重要的事。

“我说的是，你本身拥有人权。我的意思是，除了宗教上的理由，好像没有其他理由阻止你对属于自己的东西做出想要的处理。”

“我知道我们关于宗教方面的理念有些区别，但是你是否认为我有什么宗教上的见解呢，虽然可能跟你不同？”

他压低了声音说了这番话，好像只想让她听到一样。她不愿意有人这样单独和她说话，于是用正常的声音回答说：“我并不觉得我需要在这件事上认为你有什么特别的宗教见解。我只是想说，人们还没有制定一项法律，组织雇主在完全出于自愿的情况下把自己的钱全都浪费掉，可是在《圣经》上有一些章节表达的意思大概是，如果他们这样做了，那他们就没有尽到身为雇主的职责，这是我的理解。但是我对于罢工、薪酬标准、劳资关系等专业知识并不了解，所以还是不要和你这样的一个经济学家班门弄斧了。”

“不，你更加有理由质疑。”他热切地说，“我非常愿意和一个不了解的人解释一些看起来反常或者显得神秘的事情，特别是在现在这个时期。每个会舞文弄墨的文人都会对我们的所作所为大加评议的。”

“谢谢你。”她淡淡地答道，“事实是，如果我在这样一个陌生的社会里发现有些事让我感到困惑，我会先去问我爸爸，让他指导我。”

“你为什么会觉得对这个社会感到陌生呢？”

“我不知道。可能是因为表面看起来，在所有的方面，两个阶级都是依赖于对方而存在的。但是事实上，每个阶级又都把另一个阶级看成是与自己相对的。我在过去从未见过有这样一个地方，这里的两伙人一直在互相攻击。”

“你听见有人在背后诽谤工厂主吗？我不会问你是否听到有人辱骂工人，因为你一直对我那天所说的话心存抵触。但是，你听到有人在骂工厂主了吗？”

玛格丽特的脸红了。她微笑着说：“我不喜欢被人盘问，所以我不会回答你的提问。而且，这些和事情的本质没有关系。在这一点上，你必须要相信我。我是听到过一些说法，更确切一点说，是一些工人说的，似乎不给工人多发工资能够保障雇主的利益。而且他们还说，如果他们在银行里能存下一笔钱的话，就会让他们看起来太独立了一些。”

“我想，你的这些说法都是从那个希金斯那里听来的吧。”黑尔太太说。桑顿先生看起来似乎没有听到这些玛格丽特明不想告诉他的事情，但是事实上他都听见了。

“还有一种说法是，工厂主们认为，雇用那些没有知识的工人是更好的。就像伦诺克斯上尉在对他手下的军队里那些质疑每个命令和什么事情都要追问理由的人说的那样，不用那些一知半解的法学家。”

她说的后半句并不是说给桑顿先生的，而是说给她父亲的。“伦诺克斯上尉是谁？”桑顿先生心里感到一阵莫名的不悦，他在想着这个问题，所以没有马上回答她。她的父亲接着她的话往下说。

“你一直都对学校提不起兴趣，玛格丽特，否则你就会知道，米尔顿正在为教育做了多少事情。”

“是啊！”她突然很温顺地说，“我知道我没怎么留意学校的事情，但是我刚才所说的和读书写字一点关系都没有，和我们能够给孩子提供的教育一点关系都没有。我的意思是说，没有指引人的智慧。我不知道具体指什么。那个和我提到这种现象的人说，好像工厂主们只想雇用一些身材高大的孩子，这些人只会考虑眼前的事情，只知道服从命令。”

“黑尔小姐，毫无疑问的是，和你说这些话的人，终于找到了一个愿意听他抱怨工厂主的人。”桑顿先生感到有些苦恼地说。

玛格丽特没有回答。她感到有些生气，因为桑顿先生将她说的这些蒙上了一些个人色彩。

黑尔先生接着说：“我必须承认，我没有像玛格丽特一样和一些工人非常熟悉，但是从表面上来看，雇主和雇员间的矛盾和对立让我非常震惊。从你的言谈话语间，我也得出了这个印象。”

桑顿先生停顿了一下，这才继续说话。玛格丽特刚刚离开了房间，让他对自己和玛格丽特之间的误会有些气恼。但是让自己冷静了一会儿之后，这种气恼让他说的话显得更为严肃。

“在我的想法里，我的利益和我的工人的利益不存在任何矛盾，反之亦然。我知道黑尔小姐讨厌把工人说成‘雇工’这样的说法，所以我尽量不使用。但是这个词已经是一个习惯用语了，我总是脱口而出。不管这个词是从什么时候开始使用的，总之不是始于我。可能在未来的某一天，在某个太平盛世的乌托邦[①]里，可能会达成这样的和谐一致，就像在我的想象中，最完美的政府应该实行共和政体。”

“等我们读完荷马的作品后，就开始读柏拉图[②]的《理想国》。”

“在柏拉图理想中的时代，所有人，不管是男人、女儿还是儿童，都会生活在共和社会中。但是以我们目前的智力和道德水平来说，我赞成君主立宪制。我们在幼年时期，需要的是一种开明的专制制度。即使幼年结束了很多年之后，到了青年时代，在坚强的权力统治下依靠法律生活也是十分幸福的。我认为，工厂里的工人有很多仍然还是个孩子，在这一点上我和黑尔小姐的看法是一致的，但是我不承认这和工厂主有任何关系。我坚持认为，对他们来说，最好的管理方式就是专制，所以我和他们在一起的时候，就一定要表现为一个独断专行的人。我对每项事务都要尽力斟酌，并非出于欺骗或是博爱的目的，因为这些在北方简直是太司空见惯了。我需要在经营方面制定明确的规则，做出正确的决定。这些规则和决定首先要让我受益，其次也让他们受益。但是我不会在强迫下做出解释，也不会在我已经宣布的决定上让步。他们尽管罢工好了，让我们一起受害，然后他们就会发现，我是绝不会退缩或是改变的。”

这时候，玛格丽特又走进了房间里，坐下开始做起了针线活儿，并没有插话。黑尔先生说道：“可能我说的都是外行的，但是从我了解的一些情况看来，不管是从

①乌托邦：英国作家莫尔在《乌托邦》一书中描绘的一个绝对理想的国家。

②柏拉图：古希腊哲学家，《理想国》是他的代表作之一。

个人生活还是从社会生活来说，人们已经从幼儿阶段进入了青年时期，非常叛逆和吵闹。这时，很多家长在教育孩子时容易犯的错误是，仍然坚持过去的那种服从的管理方式，要求孩子像过去一样服从家规。让他们做什么，他们就得做什么。但是一些聪明的家长懂得尊重孩子想要独立的欲望，这样一来，当专制不再起作用时，还能成为孩子的朋友和导师。如果我说的有什么不对的地方，请注意，这是用你的方法推导出来的。”

“最近我听说，”玛格丽特说，“在大概三四年前，纽伦堡[1]发生过一件事。那里有个富人，自己住着一所大房子，这里既能当成住宅，还能存放货物。据说他有一个孩子，但是没人知道这个孩子是否真的存在。在整整四十年间，这个传说总是会出现，一直没有消失。当他死了之后，人们才发现他真有一个儿子。他已经长得很大了，但是智力上仍然还是一个孩子。他用这种奇怪的方式养大自己的孩子，只是为了让他不会犯错误或者受到外部的诱惑。当他死后，没人约束这个孩子了。他进入了社会，每个心怀不轨的人都能欺骗他，他无法分辨邪恶和善良。他的父亲大错特错了，让他在无知中长大，并且将这种无知当成是天真无邪。经过十四个月无拘无束的生活，政府当局不得不把他看管起来，让他免于挨饿。他连话都说不利索，当一个要饭的乞丐都没法得心应手。”

“我刚才在黑尔小姐的引导下用这种方式进行了比喻，将工厂主形容成父母，现在你又将这个比喻作为武器对付我，我不会抱怨的。但是黑尔先生，你认为那些聪明的家长能够作为我们的榜样，他们能够遵从孩子想要独立的愿望。但是现在还不是雇工们在工作时间能够进行独立行动的时候，而且我也不太明白，到了那时你说的这些话意味着什么。我必须要说，如果他们离开工厂以后的生活我们也横加干涉，那么这些工厂主的所作所为在我看来就是不公正的，这使工人们的独立性受到了伤害。因为他们每天已经为我们工作了十个小时，我想不出任何理由还要约束他们其余的时间。我对我本人的独立性非常重视，如果有别的什么人总是要指导我、教训我，或者用任何方式来详细地安排我的一举一动，我都认为这是我能想到的最大的耻辱了。即便这个人非常聪明或者坚强，我仍然讨厌他来干涉我。我认为，这种情绪在北方比在南方显得更加强烈。”

“非常抱歉，但造成这样的局面，是否是因为提供约束的阶级和接受指导的阶级之间并不是一个平等的关系呢？在这种情况，每个人的地位都十分孤立，和周围的同胞没有任何关系，但是同时又这些猜忌同胞，担心他们会侵犯自己的权利。您认为是这样吗？”

“我只是说明一下情况罢了。真是很抱歉，我八点钟有个约会，今天晚上我只

---

①纽伦堡：位于德国巴伐利亚州的一座城市。

能根据我所见到的事情来举一些例子，而没有说明这些事情的原因。实际上，不管原因是什么，在真正根据现实的情况实施的时候都没有任何区别，我们必须要接受事实。”

“但是，”玛格丽特低声说，“从我的角度来看，似乎有很大的区别……”父亲对她做了一个手势，示意她别再说了，让桑顿先生说完他想说的话。此时他已经站了起来，准备告辞了。

“你们得接受我的这个说法。如果达克郡的每个人都非常强烈地希望能够独立自主，那么当他出售自己的劳动力，而我出钱购买的时候，我是否有权力将我的看法——我认为他该如何做事的看法强加给他呢？如果是我的话，也会觉得非常讨厌的。”

“完全不是这样的，”玛格丽特下定决心表明观点，“这和你们之间的劳资关系完全不同。不管你们之间的这种关系是怎样的，当你作为一个人和这样一大群人打交道的时候，无论你是否会使用，你都掌握着能够影响他们的巨大的权力。你们的生活和福利时时刻刻都紧密地联系在一起。上帝创造了我们，所以我们要彼此依赖。我们能够对自己具有的依赖性视而不见，或者不承认有人在很多方面对我们的依赖，不单是每周要给他们支付工资。虽然可以这么说，但是实际情况却是不一样的。不管是你，还是其他的任何一个工厂主，都必须面对这一点。一个人再独立，也要依赖周围的人对他的生活产生的看不见的影响。达克郡的每个自我主义的人，即便是其中最孤独的人，也有依靠在身边的家人。他没法离开他们，就像他本身是一块大石头，没法离开……”

“不要打比方了，玛格丽特。你已经将我们带跑题了一次了。”父亲笑着说道，可是他一想到桑顿先生因为他们的话而违背意愿留了下来，又觉得十分不安。但是他想错了，只要玛格丽特愿意和他说话，桑顿先生就很乐意留下来，虽然她说的话让他感到十分生气。

“请你告诉我，黑尔小姐，你本人是否曾经受到了什么影响。可能这样说不太合适，但是如果你认为自己曾受到他人的影响，而非环境的影响，那么这些外人对你的影响是直接的还是间接的呢？他们到底是为了给你做出表率，所以一直在努力教导你要遵守规则，规矩地做事，还是他们自身就十分正直，为了做好自己分内的事而奋勇向前，毫不退缩，并没有意识到自己的行为是为了让谁受到影响而变得节俭呢？如果我是一个工人，当我知道我所在工厂的厂主行为正派、态度坚决时（雇工在这方面比贴身仆人对自己还要了解），会比工厂主在下班时对自己的生活进行干涉（即便是这种干涉完全出于好意）给我的印象深刻二十倍。我不想仔细分析我自己到底是个怎样的人，但是我相信我的工人们对我是非常直爽的，而且他们的反对也十分坦率。这就和其他的工厂对工人罢工的处理方式非常不同。他们都知道我绝不愿意利用任何一个不光彩的机会，或是做出任何十分卑劣的行为。这要比对工人宣传那一套‘诚实是一种美德’的效果更好，那只是用苍白的语言去无力地表达。那怎么成啊！工厂主是什么样的人，工人就会和他一样，不用工厂主去操心工人怎么样。”

“你的这份告白十分了不起。”玛格丽特笑着说，“当我看见工人们顽强地追求自己应得的权利时，心里有很大的把握认为，工厂主应该也是这样的一个人。他不会明白那种恒久忍耐[①]，又不为一己私利的精神的。”

“黑尔小姐，你和所有不明就里的人一样，丝毫不了解我们的制度是怎样运行的。”他着急地说，“在你看来，工厂里的工人就像是用面粉捏成的小人儿，随我们的心意将他们摆弄成我们需要的形象。但是你忽略了一点，我们和他们打交道的时间，只占他们一生中的三分之一的时间。而且你似乎并不了解，工厂主和工人之间，绝不仅仅是雇主和劳工的关系，我们还要维护一个庞大的商业上的名声，从这一点来说，我们是文明的先驱。”

“这让我想到，”黑尔先生笑着回答，“你可以在这里大力提倡文明。你知道，在米尔顿这里生活的人，都有些野蛮和粗鲁。”

“他们就是这样的。”桑顿先生回答，“简单的一次外科手术对他们来说毫无作用。克伦威尔[②]一定会是一个很好的工厂主，黑尔小姐。我多希望他能出面帮我们压制住这场罢工。”

“克伦威尔并非我认为的那种英雄人物。”她语气冷淡地说，“但是我正在努力将你对专制的赞美和你对独立自主的品格的尊重放在一起加以考虑。”

他听着她说话的语气，有些脸红了：“在我的工人为我的工厂付出劳动的时候，我就是那种被他们公认的，没有任何责任的工厂主。但是过了个时间，我们就不再有这种关系了，这时我会对他们和我自己需要的独立性都表示出尊重。”

他沉默了好一会儿，他实在太生气了。但是他从这种情绪中摆脱了出来，向黑尔先生和黑尔太太告辞。然后他走向玛格丽特，压低声音说道：“我今天晚上有一阵子和你说话的时候有些着急，并且可能用词相当粗鲁。但是你知道，我只是一个米尔顿的没文化的工厂主，请你谅解我。”

“这没什么。”她露出一丝微笑，抬起头来，看着他的面孔说道。他脸上显出了一些烦恼的神色，在看到她十分愉快的表情的时候，这种烦恼还没有彻底消失。但是他在玛格丽特的脸上，完全看不到因为这次讨论造成的那样冷冰冰的神情了。但是她没有和他握手，他再次感觉到了这一点，认为这是她高傲的表现。

---

①恒久忍耐：出自《新约·哥多林前书》第十三章第五节。

②克伦威尔：17世纪英国资产阶级革命中，资产阶级的代表人物。

第十六章　死亡的阴影

听凭那只隐蔽的手，
领人走上违心路，
须对变幻时刻做好准备，
人世间兴衰本是常规。

——引自阿拉伯文

第二天下午，唐纳森医生第一次来到家里，为黑尔太太诊治，黑尔太太再次变得小心翼翼。玛格丽特最近和妈妈非常亲密，她本以为她们之间不再有那层隔膜，但是出乎意料的是，她又被打发了出去，狄克逊反倒进了屋子。虽然玛格丽特不是一个肯轻易投入感情的人，但是如果她已经动了感情，就会全情投入，而且会产生强烈的嫉妒。

她走到客厅后面妈妈的卧室里，焦虑地踱着步，等着医生看完病出来。她每隔一段时间就停下脚步侧耳倾听，好像听到了呻吟声。她握紧了双手，大气都不敢出。她几乎确定自己听到了呻吟声。之后是几分钟的安静，接着是挪动椅子的声音，大家说话的声音也提高了，最后是告别的声音。

当她听到门开了，就快步走了出去。

“我父亲现在不在，唐纳森医生，他去给一个学生上课了。我是否能劳驾您去楼下到他房间里坐坐呢？”

她发现了狄克逊给她设置的一些障碍，并且克服了它们，显示出大哥哥一样的气魄，表明了自己是这个家里唯一的女儿的身份。这种做法成功地把那个老佣人多管闲事的行为压制住了。玛格丽特想到了自己对狄克逊显示出的这样非比寻常的严肃态度，这让她在忧虑中又觉得非常好笑。她从狄克逊脸上流露出的诧异表情里，发现自己一定显得非常庄重。她带着这样的心思下楼走到了父亲的房间，一路上都忘了刚才让她耿耿于怀的那件事情。现在，她又想起了这件事，这让她几乎喘不过气来。停了一会儿，她才能开口说话。

可是她问话的语气里，却带着一种命令的成分，她问道："我妈妈的身体怎么样？请您一定要对我简单明了地说实话。"

然后，她看到医生显得有些犹豫，便又说道："在这里，我是她唯一的孩子。我父亲可能没有表示出应有的担心，所以，如果有什么特别严重的情况，就得一点一点地告诉他。我能做这样的事，也可以照顾我母亲。请您告诉我，医生。我从你的脸上没法看到真正的结果，所以我感到非常担心，我认为，如果您告诉了我事实，我反而不会像现在这样担心了。"

"亲爱的小姐，你的母亲好像有一个非常能干的佣人在关怀她，她更像是你的母亲的一个贴心朋友。"

"我是她的女儿，医生。"

"但是我要跟你说，她明确地表示，不愿意让你知道结果。"

"我可不是那样的乖乖女，不会接受这个命令的。而且我知道您是个聪明人，您非常有经验，不会答应她的要求的。"

"哦，"他有些似笑非笑，但是有些低沉地说，"你说得对，我没有答应。实际上，就算我不说，这个秘密也保守不了多长时间的。"

他不再说话了。玛格丽特的脸色变得苍白，嘴巴也闭得更紧了，除了这些，她的表情没有丝毫变化。唐纳森医生能够迅速地看穿一个人的内心，如果不具备这样的眼力，他也不会到达今天这样显赫的地位。这时，他的经验让他能够知道，玛格丽特一定能逼问出所有的事实，即便是瞒着她不说，她也能够知道，并且瞒着她比让她知道实情带来的痛苦更加强烈。他看着她的脸，小声地说了几句话。她的瞳孔因为极度的恐惧而有些放大，脸色由苍白变得有些发灰。他不再说话，等着她的脸色恢复正常，她的心情平复一些。随后，她说道："您对我这样信任，我真的要谢谢您，医生。好几个星期以来，我的心里就一直在想着这件可怕的事。这是一种实实在在的痛苦。我可怜的妈妈啊！"她的嘴唇开始颤抖。他没有阻止她这样的发泄，他知道她的意志力能够让自己不再哭泣的。

她只流下几滴泪水，就不再流泪了，她马上想到了很多希望知道的事情。

“妈妈会感到很痛苦吗？”

他摇摇头：“我不能保证这一点，因为这和病人的体质有关，还会受很多种情况的影响。但是医学中最新的发明，让我们能够在很大程度上缓解疼痛。”

“还有我爸爸！”玛格丽特颤抖着说。

“我不认识你的父亲，所以说，我很难给他提出一些意见。但是我认为，你已经设法让我说出了实情，你知道了这些之后，继续忍耐，直到对这件事已经十分熟悉了，那时不用费很大的力气，就能想办法安慰你的父亲了。在这之前，我还会来这里给她看病，我会经常来，但是除了让她减轻一些痛苦外，也没什么可做的。同时，会出现很多让他感到惊慌的预兆，他的惊慌会越来越强，心里也会越来越有准备。而且，亲爱的小姐，我之前见过桑顿先生，无论我怎样不认同你父亲的所作所为，依然对他付出的牺牲表示尊重。好了，我只说这一次，亲爱的小姐，如果这样能够让你感到高兴。但是请你记住，我再来这里的时候，是作为一个朋友而来的，你一定要慢慢地把我当成朋友，在这样的情况下见面并且变得互相熟悉，比多少次正式的拜访都强。”

玛格丽特已经哭得没法说话了。他们分开的时候，她用力捏了一下医生的手。

“这真是一个好姑娘！”唐纳森医生上了自己的马车，才有时间仔细看看自己戴着戒指的手，它被捏得很疼。他心里想：“谁能想到那样的一只小手会爆发出这样大的力量呢？可能是骨头长得匀称，让她能发出很大的力量。这个姑娘真是太出色了，先是严肃地强逼着我说出全部实情，接着又那样耐心地听我说完。真是可怜啊！我一定要好好照顾她妈妈，让她不必过度劳累。这些有教养的人能够做到的事和能够承受的痛苦，真是惊人啊。她真是个坚强的姑娘，如果换作是别人，脸色已经是那样苍白了，就只能昏过去或者歇斯底里地发作一番，否则绝对无法恢复正常。但是她都没有这样做，她没有这样脆弱，而是用坚强的意志撑了过来。如果我再年轻三十岁，一定会爱上这样一个姑娘的。可是现在太晚了。哦！已经到人马宫①了。”他从马车上下来，带着深切的同情和深思熟虑，心理做好了准备全力给这家人提供帮助，好像再没有其他的家庭能够与之相比一样。

这时，玛格丽特又回了父亲的书房，在那里待了好一会儿，她想要在上楼见母亲之前，让自己的精神恢复一下。

“上帝啊！这简直太可怕了。我怎么能够忍受呢？这是绝症啊！没有治愈的希望！我亲爱的妈妈，我真希望没有去肖姨妈家里住着，在这些宝贵的时间里都陪伴在您身边。我可怜的妈妈啊！她一定忍受了非常大的痛苦。上帝啊，我请求您，让我母亲的痛苦不要这样强烈和难以忍受。看到她承受痛苦，我怎么能够忍受呢？我又该怎

①人马宫：酒店名。

样忍受爸爸将要感到的痛苦呢？现在不能让他知道，不能让他知道全部实情，那样他会接受不了的。但是我绝对不会浪费我和妈妈能够在一起的每一段宝贵时间了。”

她跑上了楼。狄克逊没有在房间。黑尔太太在一张安乐椅上躺着，因为医生来给她看病，所以她围着一条围巾，还戴上了一顶帽子。她的脸上有一丝红润，似乎因为配合医生的诊治而产生的劳累给她带来了平静。玛格丽特看到她表现得这样镇定，心里感到十分诧异。

“玛格丽特，你怎么看起来这么奇怪，究竟是怎么啦？”但是接着她心里一动，想到了可能会发生的事情，就有些气恼地问道，“你应该没有去找唐纳森医生，跟他打听什么事情吧，我的孩子？”玛格丽特没有答话，只是满含深情地望着她。黑尔太太脸上的表情更加不悦了，“真是的，他应该不会答应我之后又反悔了，说了……”

“是的，妈妈，他都说出来了，是让我强迫着说的。都是我的错，您责罚我吧。”她跪倒在母亲的身旁，抓住了母亲的手，虽然黑尔太太想要使劲挣脱出来，但是玛格丽特怎么也不肯放开。她不断地亲吻着母亲的手，流下的眼泪都把它弄湿了。

“玛格丽特，你不应该这么做。你明白，我不想让你知道。”但是她好像是被这样的争论弄得有些疲惫了，任由玛格丽特紧紧地握着她的手。又过了一段时间，她无力地也握了握玛格丽特的手。这给了玛格丽特勇气，她说道：“妈妈！让我来照顾您吧。我乐意和狄克逊学习她能够教给我的任何事情。但是您是我的母亲啊，我认为我有权为您做这些事情。”

“你不知道你现在请求要做的究竟是什么。”黑尔太太的身体抖了一下，回答道。

“不，我知道。我知道的远远多过您所知道的。请允许我照顾您吧，就让我来试一试。之前没有人这样做过，之后也不会有人像我这样努力地学着照顾您。这会是一种安慰的，妈妈。”

“可怜的孩子！好吧，你可以试试。你知道吗，玛格丽特，狄克逊和我原本心想，如果你知道了真相，就会被吓得离开我的。”

“狄克逊！”玛格丽特撇了撇嘴，说道，“狄克逊从来不认为我对您的爱是真诚的，是足够的，不像她那样的爱您。她也许认为我是那样好吃懒做，需要人每天在一旁伺候的病态的女人。不要让狄克逊的胡乱猜测影响我们之间的关系了，妈妈。请您不要这样做！”她恳求道。

“你别怪狄克逊了。”黑尔太太有点着急，玛格丽特也平静了下来。

“好的！我不再怪她了。我一定会虚心向她学习，如果您愿意让我来照顾您的话。请让我待在离您最近的地方，妈妈，这是我的心愿。从前我经常想，我在肖姨妈家里住着的时候，您可能会把我忘了。我每天晚上都会这么想，然后哭着直到入睡。”

“我也总是在想，当你习惯了哈利街的舒适而快乐的生活之后，该如何忍受我们在赫尔斯通勉强维持的贫困生活呢？有很多次我都认为，让你见到家里的那些破旧的家具，比起让陌生人看到更让我感到难为情。”

“妈妈，事实上我特别喜欢那里。和哈利街的无聊摆设相比，那些东西简直有趣极了。那个带把手的衣橱上的托架，在急需使用的时候就能拿来当作晚餐的托盘。还有那个老式的装茶叶的箱子，里面装些东西，再套上一层罩子，就能当成凳子使用。我认为，您说的在赫尔斯通的那些勉强使用的家具，是在那里的生活中最吸引人的部分。”

“我再也无法看到赫尔斯通了，玛格丽特。”黑尔太太说，她的眼睛里全是泪水。玛格丽特没法回答。黑尔太太继续说，“在那里生活的时候，我总是想要离开，似乎其他任何地方都要比那里好似的。现在我却要在离它十分遥远的地方死去。我这是得到了应有的惩罚。”

“您不应该这样想。”玛格丽特说，她也有些忍受不住了，“医生说您还能活很多年呢，可以的，妈妈！我们还要陪您再回到赫尔斯通去。”

“不，我坚决不会回去的！我要把这些病痛看成是对过去的赎罪，但是玛格丽特，我的弗雷德里克啊！”

说起了这个名字，她突然放声痛哭，仿佛心里遭受了一阵剧烈的痛苦。似乎每当想起他，就会让她的内心不再平静，让她难以得到安宁，并且让她忘掉了满身的疲惫。她一声接着一声地大喊着：“弗雷德里克！弗雷德里克！快来我这里吧，我就快要死了。我的大儿子，再让我看到你一次吧！”

这个时候，她变得非常激动，有些歇斯底里。玛格丽特连忙喊来了狄克逊。狄克逊生气地来到房间里，还责怪是玛格丽特让她母亲的心情如此激动。玛格丽特全都忍受着，她知道父亲这个时候应该还不会回家。她这时心里虽然很害怕，但是仍然手脚麻利地把狄克逊吩咐的事情全都做好了，没有为自己辩解一句。她这样的举动，让责怪她的人也不再生气了。她们扶着母亲上了床，玛格丽特坐在床边，看着她睡着。之后，她看到狄克逊冲她招手，把她喊了出来。她不自然地板起了脸，让玛格丽特喝了一杯早已准备好放在客厅里的咖啡。在她喝咖啡时，狄克逊站在她对面，摆出一副教训人的架势。

“您不应该追问这件事的，小姐。而且现在还不是时候，您不应该这样烦恼，烦恼的日子还在后面呢。现在您可能要把这件事告诉黑尔先生，如此一来大家就不得安生了。”

“不，狄克逊，”玛格丽特非常悲伤地说，“我不会告诉他的，他无法像我一样能够忍受。”但是，她一边说着自己是多么坚强，一边却忍不住流下了眼泪。

“是啊，我就知道会是这样。您妈妈刚刚入睡，您又要把她吵醒。玛格丽特小姐，亲爱的，这么长时间里，我都要把这件事藏在心里。虽然我不认为自己像您这样爱她，但是我比其他任何男人、女人还是孩子都更爱她。在我的心里，除了弗雷德里克少爷外，就属她最重要了。我第一次见到她，是贝雷斯福德夫人的女佣头一次带我过去，她身着白绸缎的衣服，上面点缀着麦穗和鲜艳的罂粟花。我那时把一根针弄断了，扎在手指的肉里，等人帮我取出了断针之后，她把自己的手帕撕开了给我包扎，舞会结束之后回到家里，她又帮我给绷带上了药。她可是舞会上最美丽的小姐。打那时候起，我对任何人的爱都比不上对她的爱。那时候我完全想象不到，我竟然能够眼睁睁看着她沦落到这样的地步。我没有责怪谁。很多人说你长得漂亮，在这个烟雾弥漫让人的眼睛都花了的地方，连猫头鹰都能看出这一点。但是你绝对比不上你妈妈的美，绝对不行，哪怕是到了一百岁也赶不上。”

“妈妈现在也很美。可怜的妈妈！”

“您快别再哭啦，这样一来我也忍不住了。”（她也开始呜咽）“这样下去，等老爷回家问起来，您绝对忍不住的。快出去散散步，等情绪稍微平复一些再回家。很多次我都想要出去散散心，把这些烦心事忘掉。忘掉她的病痛，以及她会有怎样的结局，等等。”

“狄克逊，”玛格丽特说，“我以前总是跟你乱发脾气，我不知道你在尽力隐藏着这样一个可怕的秘密！”

“上帝保佑您，我的孩子！我喜欢看到您又显示出了勇气。这才是古老的贝雷斯福德家的血脉传承。嘿，从您往上数的第三代约翰爵士，就因为总管指责他欺压佃户，当场开枪把那个总管打倒在地。他继续我行我素，直到将佃户身上的最后一个子儿都压榨出来才肯罢休。”

“狄克逊，我不会开枪打你的，而且我会尽力不再和你胡乱发脾气。”

“您从来都没胡乱地发过脾气。如果我有时会说这些话，也只是在私下里自言自语，只是想要自己舒服地和自己聊聊天，在这里谁都和我谈不来。而且，当您发脾气的时候，那个神情简直和弗雷德里克少爷一模一样。我任何时候都想要惹您发火，就是因为想看到您的脸上出现阴郁的表情，就像是他发脾气的时候一样。好了，小姐，出去散散步吧。我来照顾太太。至于老爷，即便他回了家，也有的是书给他看。”

“我马上就去。”玛格丽特说。她又在狄克逊身边待了一小会儿，好像是有些犹豫不决似的。接着，她突然亲了狄克逊一下，快步离开了房间。

“愿上帝保佑！”狄克逊说，“她可真是个让人喜欢的孩子。我只有三个心爱的人：太太、弗雷德里克少爷和她，只有这三个人，再没有别人了。其他人都去见鬼吧，我都不知道他们为何还赖在世上。老爷可能是注定要和太太结婚的，如果我认为他也很爱她，或许也能喜欢上他的。但是他应该对她更加上心一些，而不是总在那里看书，还要胡思乱想。你看这让他堕落到了怎样的田地。很多人从不读书和思考，却能够身居教区长、教长这样的高位。如果老爷能够对太太更加关心一些，而不是总让人讨厌地看书或者沉思，可能他也会升到这样的职位。她走了。”（她听见前门关上的声音，于是向窗外望去）“可怜的小姐！和一年前她刚回到赫尔斯通时相比，她现在的服饰多么寒碜啊。她那时根本不会穿着一双补过的长筒袜，或者洗过的手套。但是现在呢……”

第十七章　罢工是怎么一回事?

条条小径荆棘丛生，
要人耐心时刻留神，
种种遭际皆有苦难，
要人真诚祈求禳除。

——安·利·韦林[①]

玛格丽特强迫自己上了街，她的心情十分沉重。但是在她走到第一个街角之前，这条长长的街道上的气氛让她年轻的心又变得欢快了。她的步伐更加轻快，嘴唇也显出了一些血色。她开始把注意力放在了街上，而不是都投入在自己的内心里了。她看到街上有很多形形色色的人。把手插在衣服的口袋里在街上闲逛的男人，和三五成群、大声说笑着的姑娘，这些人好像都十分高兴，心情也很激动，行为举止中显示出了一种独立的性格。还有一些举止粗鲁的男人，那是些为数不多的不体面的人，他们蹲在啤酒店和金酒[②]店的台阶上，一边抽着烟，一边随意品评每个从面前经过的人。玛格丽特本来打算去乡下的田野里散散步，但是她又想到，如果要去乡下，就得在这些街道之间长时间地穿行，她并不喜欢这样。于是她改了主意，决定到贝西·希金斯那里去看看。虽然这样不会像在乡间漫步那样让人神清气爽，但是不管怎么说，也是一件善举。

当她走进贝西家里的时候，尼古拉斯·希金斯正在炉火旁抽烟，贝西坐在屋子的另一边，身体摇晃着。

---

①安·利·韦林：引文出自《赞美诗与冥想录》中《父亲，我毕生都知道这件事》一诗的第七节。

②金酒：杜松子酒。

尼古拉斯放下烟斗，起身把自己的椅子让给了玛格丽特。玛格丽特问起了贝西的近况，尼古拉斯懒洋洋地靠在壁炉架上。

“她嘴上说着感到精神不振，但是身体却比之前好了一些。她很讨厌这次罢工，只想着用一切代价换来和平和安宁。”

“这是我见过的第三次罢工了。”贝西叹了一口气，似乎她的这句话能够解释一切似的。

“是的，这次罢工会让大家受益的。看好了，这次我们一定会让工厂主们见鬼去。看他们什么时候来请我们回去，还要付给我们要求的工资。就是这样。我承认我们曾错过了机会，但是这一次我们的计划十分周密。”

“为什么要发动罢工呢？”玛格丽特问，“罢工就是不再工作，直到你们要求的加薪得到满足，是这样吗？你不能对我不明白这些而感到奇怪，在我搬来之前的地方，从来没有听说过这样的事。”

“多希望我能在那里生活。”贝西虚弱地说，“但是我不该讨厌罢工，这将是我能见到的最后一次了。罢工行动结束之前，我应该就去了那座伟大的城市，那座圣城耶路撒冷。”

“她只想着以后的事情，却不顾眼前的现实。你看，我现在做的是我能力范围内对我最有利的事，能得到的东西比想象中的要好。这就是我们关于罢工问题的不同观点。”

“可是，”玛格丽特说，“在我过去的家乡，如果人们都像这样举行罢工，那么就没人播种、锄草，也没人收割麦子了。”那里的人大多数是农业工人。

“那怎么啦？”他又抽起了烟，反问道。

“那么，”她说下去，“农场主们该怎么办？”

他抽了几口烟，说道：“我觉得他们应该放弃农场，否则就得付给工人合理的工资。”

“如果他们没有能力或者愿望加薪，又没法马上放弃自己的农场——不管他们多想这样做。这一年，他们将没有收成可以卖出去，那么到了下一年，用什么来给工人支付工资呢？”

他还在抽烟，然后说道：“我不清楚南方的情况是怎样的，我只听说那里的人都精神萎靡，受到奴役。他们饿得皮包骨头，眼睛也花了，连自己被人欺负都没有意识到。但是在这里不一样。我们如果被欺负了，就会知道的。我们身上有血性，不会允许这样的情况发生。我们就是不开动机器织布。我们会说，‘你们能让我们挨饿，但是不能欺压我们，你们这些工厂主’！妈的，这次他们可骗不了我们！”

“多希望我在南方生活啊。”贝西说。

“那里也有很多难以忍受的事情。”玛格丽特说，“让人伤心的事哪里都有。那里的人要做繁重的体力劳动，但是却领不到多少粮食。”

“但那是在户外工作，”贝西说，“周围没有无休止的噪声和难以忍受的酷热。”

“干活儿的时候有时会下大雨，有时天气十分寒冷。年轻人能够忍受这些，但是到了老年就会患上风湿病，苦不堪言。年纪不大的人，腰也变弯了，人显得十分衰老，可是他必须工作，否则就得去济贫院。”

“我还以为你很喜欢南方的生活呢。”

“我确实喜欢，”玛格丽特说，她发现自己被人给问住了，不禁笑了起来，“贝西，我只是告诉你，世界上的任何事情都有好的一面和坏的一面。既然你看到了这里的阴暗面，我觉得你理应知道那里的阴暗面，这样才显得公平。”

“你说那里的工人从来都不罢工吗？”尼古拉斯突然问道。

“是啊！”玛格丽特说，“我觉得他们十分有远见。”

“我认为，”他一边说着，一边用力地敲打烟斗，想敲出里面的烟灰，结果却敲断了，“他们并非有远见，而是太缺乏勇气了。”

“爸爸！”贝西说，“你们罢工收到了哪些益处呢？请您想想妈妈去世时发生的第一场罢工，我们都得忍着饥饿，在所有人里，您的情况最糟糕。每个星期都有人回去复工，拿着同样的工资。后来能干活儿的人都回去了，剩下的人一辈子都要乞讨度日。”

“的确，”他说，“那场罢工组织不力，组织者不是十分愚蠢，就是特别不可靠。你看，这次就不同了。”

“但是你一直没有对我解释你们罢工的原因。”玛格丽特又说。

“你看啊，有五六个厂主愿意按照过去两年的工资水平来给工人支付工资。这两年里，他们的生意做得很好，越来越富有，但是却到我们这里来，让我们少拿些钱。我们不会少拿的。我们要饿死他们，看看他们还能找谁干活儿。他们这是打算砍掉自己的摇钱树。”

“这么说，你打算拼上性命来报复他们吗？”

“不是的，”他说，“我没想过拼命。我只是想在自己的岗位上死去，永不后退。有人说，这是军人才具有的优秀品质，但是穷织布工人为什么不能具有这样的品质呢？”

“但是，”玛格丽特说，“军人是为了国家而牺牲，是为了其他人的幸福。”

他发出一声冷笑，“姑娘，”他说，“你只是个年轻姑娘，你又是否曾经想过，我每星期赚十六先令，只是为了养活我们一家三口？你就没有想过，我参加罢工，并非只是为了我自己？就像你所说的，军人是为了其他人而付出与牺牲一样，我也是为了其他人。只是军人是为了一个他不认识的、在这个世界上并无交集的人而死去，而我却是为了约翰·鲍彻而拼命。他家离我们只隔着一个门，他的妻子生病了，家里还有八个孩子，都年龄太小，不能到工厂里去做工。当然我不仅仅是为了他，他是个可怜的人，没有多少力气，每次只能同时照看两台织布机。我是为了讨回公道。我要问一问，为什么现在要比两年前拿的工资还少。”

“你不要问我，”玛格丽特说，“我一无所知。问一问那些工厂主。他们一定会向你们做出一个合理的解释的。他们不能这样蛮横，毫无道理地做出这样的决定。”

“你置身事外，所以只会这样。”他轻蔑地说，“你懂得还算不少。问问工厂主们？他们会说，让我们不要插手，这是他们的事情。我们需要做的就是，拿着比过去少了的工资，然后对他们感恩戴德。他们需要做的，就是把工资一直减少到让我们勉强能填饱肚子，这样他们的利润就会增长。就是这样。”

“但是，”玛格丽特毫不退让地说，虽然她能够感到他已经有些生气了，“可能他们因为生意的情况不理想而没办法支付同样的工资。”

“生意不理想？这都是那些工厂主编出来骗人的。我刚才说的是工资的标准。生意如何只有这些工厂主自己知道。他们把它当成了一个妖怪扔了出来，想要吓走淘气的孩子，好让他们更加听话。我跟你说，剥削我们来使他们的财富增加，是他们要做的事。就像有人说的，这些人的本性就是如此。但是我们要做的，是起来反抗。这不只是为了我们自己，也为了其他人，还有公平和正义。我们让他们得到了利润，那么也该和他们一起把利润花掉。这次我们并不是为了钱，像之前的很多次那样。我们把钱的事放在旁边，决心共同进退。如果他们支付的工资没有达到工会认为合适的数目，谁也不会复工的。我要说，‘罢工万岁！’让桑顿、斯利克森、汉珀那些人等着瞧吧！”

“桑顿！”玛格丽特说，“是住在马尔巴勒街的那个桑顿吗？”

“就是他！马尔巴勒工厂的桑顿，我们都这么叫他。”

“他也是你们正在反抗的其中一个工厂主吗？他是个怎样的工厂主呢？”

“你有没有见过斗牛犬？给一只斗牛犬穿上衣服，让它坐下，你就能够从它身上看到约翰·桑顿的模样。”

“不是的，”玛格丽特笑了起来，“我不能同意这一点。桑顿先生虽然长相很一般，但是和斗牛犬毫无相似之处。斗牛犬的鼻子又短又宽，还长着看起来很凶的嘴唇。”

“不！我说的并不是从外表的长相来看。但是，如果约翰·桑顿有了一个心意，就会坚决地守卫它，像斗牛犬一样。如果不用叉子驱赶它，它绝不肯松口。约翰·桑顿，这是个很好的对手。斯利克森就不同，我认为他可能会用花言巧语骗那些工人复工，等到他再次可以控制他们，就会变本加厉地欺压他们。他一定会让工人拼命劳动，把多支付的工资再赚回去。这个人如同黄鳝一样滑不溜手，还像猫一样狡诈而凶狠。跟他之间的斗争和桑顿不同，不会是正大光明的。而桑顿就像门环一样，是个十分固执而不肯变通的家伙，就像个斗牛犬！”

“可怜的贝西！”玛格丽特朝贝西转过身去，说道，“你因为这件事不住地叹息，是因为你不喜欢和父亲一样热衷于搏斗，是这样吗？”

“是这样！”她感到十分沉重，“我对这件事十分厌倦。我由衷地希望，在我离开人世之前的这段时间里，听到的不只是关于工资、雇主、活计和小偷之类的话，说起他们是怎样地抗争，怎样地搏斗。在我的一生之中都对这些感到厌烦。”

“可怜的姑娘！说什么‘离开人世之前的日子’这样的鬼话！你已经好多了，能下床来回走动一下，呼吸几口新鲜空气了。而且我能在家多陪你一些时间，能让你高兴一点。”

“你烟斗里的烟呛得我要命！”她生气地说。

“那今后我不在房间里抽烟了！”他十分宠爱地答道，“为什么你以前没和我说起过呢，我的傻姑娘？”

她沉默了一会儿，然后用低沉的声音说了一番只有玛格丽特才能听到的话。她说：“我觉得，他一定要抽足了烟再喝够了酒，直到再也没法抽也没法喝，才会罢休。”

她父亲到外面去了，很明显是去把烟抽完。

贝西的情绪高涨起来，她说：“你说我是不是真的太傻了，是这样吗，小姐？我知道应该让爸爸在家里待着，而不是去外面，这样好躲开那些引诱他去喝酒的人，罢工的日子里这样的人随处可见。但是我却责怪他在屋子里抽烟，他就离开了。他每次想要抽烟的时候，就会离开。不知道这样的日子什么时候结束，真希望我自己先被呛死。”

“你父亲特别爱喝酒吗？”玛格丽特问。

“不能说是特别爱喝，”她的语气仍然显得很激动，她接着说道，“但是你身上总会有点钱。当一个人像所有人一样，早上起床之后，一个小时接着一个小时无所事事，就会想要做出一些改变，或者说找一些刺激。当我遇到这样情形的时候，就会去一个面包店，买一个四磅重的面包。因为那时我的脑海里想的是，未来每一天都是这样的情景，耳朵里的噪声和嘴里的味道都是一样的，脑子里的念头也是一样的，或者说毫无思想可言，整个人都觉得十分烦躁。我总是渴望能到外面去找些乐子，哪怕是去一个陌生的地方流浪。但是爸爸和他们那些工人，永远重复着同样的劳动，他们的生活比我更枯燥无味。他们该怎么排解无聊呢？如果他们去了酒吧，让自己的血流加速，变得更加兴奋，看见一些平时绝对看不见的东西，比如，镜子和油画，那么他们就没有什么可责怪的。爸爸从来都不是一个贪杯的人，尽管有时候他也会喝得烂醉。但是你看啊，”说到这里，她的语气变得悲伤起来，“就算是罢工开始时大家充满期望，但是这期间会发生很多事，把人拖垮。可是谁来给他安慰呢？他开始变得狂躁，每个人都会这样，然后因为狂躁而变得疲惫。或许在这样气愤的时候，他们会选择一种方式忘掉现实。愿上帝赐福给你这样美丽而富有同情心的人！但是你不了解罢工究竟是怎么回事。”

“贝西，”玛格丽特说，“我不会认为你夸大其词了，因为我毕竟不了解这件事的原委。但是你也可能因为身体的原因而只看到了坏的一面，你应该也能看到好的那一面。”

“你完全可以这样说，因为你一直以来都在温室中生活，从来没有见识过什么贫穷、焦虑或者是邪恶。”

“你要注意，不要轻易下结论，贝西，”玛格丽特的脸红了起来，眼睛里也发出了亮光，她说，“我要回家照看母亲了，她病得十分严重，贝西。她感到很痛苦，只有死亡才能让她得到解脱。但是，我得照常地和父亲开心地交谈，好让他不了解她的真实处境，得想办法让他一点一点地知道这件事。唯一能够理解并帮助我的人，能够让母亲感到快慰的人，被诬陷而逃离了英国，如果他想来见他即将去世的母亲一面，他的生命可能就会受到威胁。我只把这件事告诉了你，贝西，只有你一个人知道。你不能和任何人说起。整个米尔顿，甚至全英格兰，也许都找不到另一个知道这件事的人。难道我就没有焦虑的事吗？虽然我能够吃饱穿暖，但是我就毫无烦恼吗？贝西，上帝是公平的。尽管我们心里的痛苦只有他才最清楚，但是我们的命运是由他来分配和决定的。”

“请原谅我。”贝西顺从地说，“有时候，当我想起自己的经历，想起生命中仅有的一些乐趣的时候，就会有种念头，认为自己是那种因为天上坠落的星辰而注定要死的人。‘这星名叫茵蔯。众水的三分之一变为茵蔯，因水变苦，就死了许多人。’如果一个人认为痛苦和悲伤是命中注定的，就会变得淡然一些。所以，我认为自己的痛苦好像就是为了验证预言而出现的，否则没法解释这些痛苦为什么会发生在我的身上。”

“不是的，贝西！”玛格丽特说，“上帝不愿意让人遭受痛苦，不要总是去想末日的预言，多读一些《圣经》中不那么晦涩难懂的部分。”

“或许这样是明智的，但是我在哪里还能看到这样给人以希望的话呢？在哪里能听到有人对我说一些与这个城市、这个世界有所区别的事呢？我无数次地背诵第七章中的诗篇，只是想要听到这些声音。它们好像风琴声一样美妙，像每天一样不同。不，我不能抛开《启示录》。与《圣经》中的任何其他章节相比，《启示录》更能使我得到安慰。”

“那我改天来给你读几段我最喜欢的章节。”

“好啊，”她一脸盼望地说，“来读给我听吧。爸爸或许也会一起听的。我说的话他完全听不进去，他教训我的那些话和外面的情况毫无关系，而他只在乎外面的情况。”

“你妹妹去哪里啦？”

“去做剪粗布的工作了。我不愿意她去那里，但是我们要想办法活下去，工会给不了多少补贴。”

“我现在一定得回去了。你真是对我做了善事，贝西。”

“我做了善事？”

“是啊。我来这里之前非常难过，认为自己的痛苦是这个世界上唯一让人痛苦的事情。但是当我听见你这些年以来一直这样忍耐，我就变得坚强了一些。”

“愿上帝保佑！我原以为这样的善事只有上流人士才有资格做。如果我知道我也能对你做些善事，会让自己感到非常得意的。”

“如果你心里总惦记着，就不会这样做了，就算是真的做了，也会觉得不舒服的。千万不要总想着它。”

“你和我见过的所有人都不一样，我真不知道如何评价你。”

“我对自己的感觉也是这样。再见！”

贝西的身体不再晃动了，她凝视着她的背影，心里想到：“我不知道是否所有的南方人都和她一样。她就像是清凉的风，让我又打起精神来了。谁又能想到，在那张和我梦里的天使一样聪明坚毅的面孔之下，竟掩藏着那样的痛苦和悲伤？我不相信她有任何罪恶，尽管我们都是有罪之人。我非常想念她，爸爸也一样，甚至玛丽也是如此。玛丽会因为她的到来而激动，会热情地招待她，这并不寻常。”

第十八章　爱好与憎恶

我满心不快，有两个声音

在我胸中清晰可闻。

——《华伦斯坦》[①]

玛格丽特回到家时，看到桌子上有两封信。其中一封是请帖，是给她母亲的；另一封是从外地寄来的，这明显是肖姨妈的信，信封上布满了各国的邮戳，银白色的信封捏起来沙沙作响。她拿起这封信正想仔细看看，父亲突然来到了房间。

“你妈妈累了吧，这么早就去睡了。我认为今天这样的坏天气，可不是请医生给她看病的好时候。医生怎么说？狄克逊告诉我，他和你说了你母亲身体的情况。”

玛格丽特有些犹豫了。父亲的表情显得比以前要严肃得多。

“他没有说她的情况非常严重吧？”

“现在还没有那么严重，医生说要好好照顾她。他是个好人，说以后会经常来看看他使用的药物是否有效。”

“只需要好好照顾她就行了吗？没有建议换一个居住环境吗？他有没有说过这里的糟糕空气对她有什么害处，玛格丽特？”

“没有！他没有说到这一点，”她一本正经地回答，“他看起来有些忧虑。”

“医生总是看起来很忧虑，这是他们的职业造成的。”他说。

从父亲十分不安的表情上玛格丽特可以看出，虽然他十分不愿意进一步深想她说的话，但还是有些意识到了危险的可能性。他无法忽略这个问题，没办法把思想转移

---

①《华伦斯坦》：英国诗人柯勒律治根据德国剧作家席勒的同名三部曲改写的一个剧本。引文出自该剧第二幕第九场。

到其他的事情上。这个晚上，他总是在想这件事件，哪怕是一点点不好的可能性都难以接受。玛格丽特对此感到格外的伤心。

“肖姨妈来信了，爸爸。她此刻人在那不勒斯，她感到太热了，于是去索伦托租了一间房子。但是她可能不太喜欢意大利。”

“医生对饮食提出了什么要求吗？”

“饮食需要容易消化，富有营养的。我觉得妈妈的胃口很不错。”

“是啊！但是他竟然提出了饮食上的要求，这真让人感到奇怪。”

“是我问了他才说的，爸爸。”玛格丽特停顿了一会儿又接着说，“肖姨妈说，她给我送来了一些珊瑚首饰，可是爸爸，”玛格丽特勉强露出一丝笑容，说道，“她还害怕如今住在米尔顿又不信国教的人不愿意佩戴这样的首饰。她从教会那里听到了一些关于不信国教的人的事情，您认为是这样吗？”

“如果你看到或者留意到妈妈有什么需要，务必告诉我。我太担心她了，她总是不告诉我她真正想要的东西。你得去见一下桑顿太太提到的那个姑娘。如果我们能够找到一个能干活儿的好佣人的话，狄克逊就能在她身边一直陪着她了，这样我就能确信，我们很快就能让她恢复健康的。如果我们好好照顾她，她就会好起来的。她最近真是累坏了，天气又热，找佣人也很麻烦。只要让她休息一下，她就能彻底恢复健康的，是这样吗，是吗，玛格丽特？”

“但愿如此。”玛格丽特说，但是她的表情是如此悲伤，连父亲都看出来了。他捏了捏她的小脸儿。

“你的脸色怎么这样苍白，看来我得让你有些血色。你要自己注意身体，我的孩子，否则下次就要给你去请医生了。”

这天夜里，他无论做任何事都心神不宁。他总是踮着脚尖去卧室那里看看，想知道妻子是不是还睡着。玛格丽特看到他这样焦虑，心里觉得非常难过，她知道父亲正在努力地克制心中正悄然萌发的可怕的担心。

后来他回到房间，看起来轻松了一些。

“她睡醒了，玛格丽特。她看到我在旁边的时候笑了，就像往常一样的微笑。她说感觉自己的精神很不错，准备喝点茶，吃些点心。那封寄给她的请帖呢？她想看看。你去准备茶点，我把请帖给她读一读。”

原来请帖是桑顿太太寄来的，她很正式地邀请黑尔先生一家去她家赴宴，时间定在这个月的二十一日。玛格丽特感到非常惊讶的是，就在这天的白天才刚刚知道了让人感到悲痛的结果，到了晚上又开始考虑是否接受邀请去赴宴了。但是事实如此。玛格丽特还不知道请帖的内容的时候，黑尔太太就想让丈夫和女儿一同去赴宴，心里觉得十分高兴。这件事能够让病人单调的生活出现一些改变。玛格丽特表示不愿意去时，黑尔太太甚至有些生气了，她强烈地要求他们一定要去。

“玛格丽特，你不想去吗？如果她希望我们去的话，我认为我们都会愿意去的。她要是觉得身体真的很不舒服，是一定不会想让我们去的，所以她的情况比我们想象的要好，是这样吗，玛格丽特？”第二天，玛格丽特准备回复一封短信表示接受邀请的时候，黑尔先生说。

“是吗，玛格丽特？”他挥了挥手，有些紧张地问道。玛格丽特想，如果不给父亲一些他十分渴求的安慰，简直太狠心了，而且他这样不愿意相信有什么值得忧虑的行为，让玛格丽特也感到了一丝希望。

“我确实觉得从昨天晚上开始，她变得好些了。”她说，“她的眼睛有了神采，脸色也变好了。”

“愿上帝祝福你。”父亲激动地说，“这是真的吗？前几天十分闷热，让人感到难过。唐纳森医生在那时候来给她看病，实在是不凑巧。”

接着，他就开始了他的日常工作。他的工作又增加了一些，因为他答应在附近的一间会堂①里给工人们做几次演讲。他的演讲主题是关于教会的建筑艺术的。选题是由他的兴趣和掌握的知识确定的，并没有考虑到这个地方的特性或者听众的意愿。至于邀请他的学会，本身欠下了债务，所以无论演讲是什么题目，都非常愿意有黑尔先生这样的饱学之士来这里进行义务讲学。

“妈妈，”当天晚上，桑顿先生问道，“都有谁会出席您在二十一日举行的宴会？”

“范妮，回帖都在哪里？斯利克森一家会来，科林布鲁克一家和斯蒂芬斯一家也答应出席，布朗家推辞了。黑尔家的父女俩会出席，她母亲病得很严重。还有麦克弗森一家、霍斯福尔先生和杨先生都会来。我正想要邀请波特家，因为布朗他们没法出席了。”

“很好。您知道吗，唐纳森医生告诉我，黑尔太太的病可能真让人担心。”

“如果她生着重病，她的家人又要来出席宴会，真是让人很奇怪。”范妮说。

“我没说是什么重病。”哥哥非常严肃地说，“我只是说她让人担心，可能她的家人现在还不知道呢。”这时他忽然想起，唐纳森医生对他说，玛格丽特应该知道母亲的情况究竟是怎样的。

“很有可能，他们明白了你昨天说的那些话的意思，约翰。参加这次宴会对他们是非常有好处的，我的意思是，通过宴会能够结识斯蒂芬斯和斯科林布鲁克他们，对黑尔先生来说是很有帮助的。”

①会堂：原指希腊哲学家亚里斯多德讲学的地方，19世纪初，英国的很多学术机构都使用这个名称。

“我认为他们一定不是抱着这样的目的来赴宴的。一定不是。我或许知道了其中的缘由。”

“约翰！”范妮带着娇憨的表情笑着说，“你一直都说自己非常了解黑尔一家，还总是以为我们对他们毫无了解。莫非他们真的和我们这里的人有很大的区别吗？”

她并不想惹他生气，但是如果她故意想要把他弄生气的话，没人会比她做得更好了。他独自生着闷气，对她问的这些话没做出答复。

“我认为他们和我们没有太大的区别。”桑顿太太说，“黑尔先生大概是一个值得尊敬的人，但是他太朴实了，不是做生意的料。所以他过去是一个牧师，现在又成了一名教师，这对他来说很合适。黑尔太太虽然身体很弱，可她还是个端庄的太太。他家的那位姑娘嘛，我虽然不是经常想起她，但是每次想起的时候，都感到十分困惑。她好像非常喜欢端着小姐的架子，我不知道是什么原因。有时我会想，她可能认为自己太完美了，所以别人不配和她交朋友。但是他们又很穷，据我所知，他们从来都不是有钱人。”

“而且她也没有什么才艺，妈妈，她连弹钢琴都不会。”

“接着说，范妮。如果让她能符合你的标准，还需要有些什么其他的才能？”

“好了，约翰。”他母亲说，“范妮这样说没有什么不对的地方。黑尔小姐不会弹钢琴这件事是我亲耳听说的。如果你不经常指责我们，我们可能倒是会发现她的一些优点，进而喜欢上她。”

“我认为我一定没法在她身上找出任何优点！”有了母亲的袒护，范妮说道。桑顿先生虽然听见了，但是懒地回答。他在饭厅里走来走去，希望母亲会让人把蜡烛点起来，让他能看看书或是写点什么，不想把时间浪费在谈话上。但是他从来都不会干涉桑顿太太在这个家里保持的所有微小的习惯，桑顿太太刻板地遵守着这些老习惯，目的是经常记着以前经历过的节俭的日子。

“妈妈！”他停住脚步，坚定地跟母亲表明了自己的态度，“我希望您喜欢黑尔小姐。”

“为什么？”她吃惊地问道，被儿子突然的真情流露吓了一跳，“你该不会是想要娶她吧？她可是个一无所有的穷姑娘。”

“她不会看得上我的。”他笑着说。

“是啊，我也是这样认为。”母亲回答，“上次她说起贝尔先生对你的夸奖，我对她表示了称赞，结果她就那样直接地笑了起来。我喜欢她如此坦率的举动，也让我相信她绝对不会想起你。但是过了一会儿，她好像又想起来了，这让我非常苦恼。不说这些了。但是你说她自视甚高，根本看不上你，这倒是很对的。这个不知道礼数的姑娘，我真想知道，她去哪儿找那个比你还要好的人！”

即便是她的这些话对儿子的感情造成了伤害，他也没有在屋里的昏暗灯光下表露出来。片刻之后，他高兴地来到母亲身边，把手轻轻搭在母亲肩上说道：“对您刚才说的那些话，我也同样深信不疑。并且我从来没设想过或者希望过和她求婚，所以请您相信，我提起她的时候，心里没有其他想法。我感到这个姑娘以后会有很多苦恼，可能会缺乏母爱，所以我只是想，在她需要的时候，您愿意跟她成为朋友。”他又说道，“范妮，我知道你很懂得体谅人，请你明白，如果你以为我是想要以什么理由让你和妈妈向她献殷勤的话，就不只是伤害了我的感情，更是伤害了黑尔小姐，甚至对她的伤害更大。”

“我无法接受她的傲慢自大。”母亲说，“既然你跟我说了，那么如果她需要，我会成为她的朋友，约翰。只要你开了口，那么即使是让我和耶洗别[①]交朋友，我也会答应的。但是这个姑娘，看不起我们一家，还看不起你。”

“不会的，妈妈，我从未有过，并且从未打算让自己被她看轻了。”

“看轻了，哼！”（桑顿太太从鼻子里发出了哼的一声，她总是这样表明心中强烈的感情），“约翰，如果让我以后好好对待她的话，就不要总是说黑尔小姐的事了。我和她相处的时候，不知道对她是喜欢还是讨厌，但是当我在心里想起她，或者听你谈起她时，就厌恶得要命。我看得出来她对你表现得十分傲慢，我都知道。”

“如果她对我表现得傲慢的话，”他说，紧接着停了一下，接着说道，“我可不是年轻的小伙子，会被一个傲慢的姑娘给吓住，或者对她的误解十分在意。我会对她一笑了之的！”

“当然，对她这个人也会一笑了之，忽略她那些空洞的想法和自以为是的傲慢神情。”

“我弄不明白为什么你总是愿意谈起她。”范妮说，“我已经对这个话题感到十分厌倦了。”

“好的！”哥哥有些讽刺地说，“我们来换一个更加你心意的话题吧。说起让人觉得有趣的事，你认为罢工怎么样？”

“工人们真的举行罢工了吗？”桑顿太太提起了很大的兴趣。

“汉珀工厂里的工人已经开始了，我们工厂里的工人要坚持到这周之后，因为他们害怕违反合同而被我控告。所有没到合同规定的时间就不来干活儿的，我一个都不会放过。”

“打官司的费用比这些工人本身具有的价值还多，真是群忘恩负义的家伙！”他母亲说。

---

①耶洗别：《圣经》中犹太王亚瑟的王后，是一个恶毒的女人。

“的确是这样，但是我要让他们明白，我是说到做到的，他们也应该这样。现在他们明白我是怎样的人了。斯利克森的工人也参加了，他可不会花钱来惩罚这些工人。罢工看起来势在必行了，妈妈。”

“工厂里的订单不是很多吧？”

“还有很多，这些他们都知道。不过，虽然他们以为自己什么都懂，实际上他们不懂多少。”

“这是什么意思，约翰？”

这时，蜡烛已经点上了，范妮也把那件总也做不完的针线活儿拿到了楼上，没精打采地看着它。她舒服地躺倒在椅子里，看着空白的地方，脑海中什么事都没有想。

“哼，”他说，“美国人正在向市场大量供应棉纱，所以我们唯一能做的就是压低生产成本，如果我们没法做到这些，还不如关了工厂，工人和工厂主一起去喝西北风。但是这些蠢人们要求按三年前的标准支付工资，还有的工人领袖提到了迪金森工厂里的工资水平。我们都知道，因为他十分不体面，要从工资里把罚款克扣出来，还用了一些我从来都不会使用的其他方法克扣工资，所以那里的工资比我们这里还要低。妈妈，说实话，我真希望过去的结社法①现在还能起作用。那些没有知识、只会冲动地胡来的蠢人，在愚钝的想法的鼓动下，竟然想要占有那些有着丰富的知识和阅历、愿意深思熟虑并且富有智慧的人的财产，简直是太糟糕了。我们接下来要做的——毫不夸张，我们即将落到这番田地了——就是放下身段去工会那里求饶，卑躬屈膝地请求工会的领袖能手下留情，让我们支付他们定下的报酬来换取工人回来工作。这就是他们理想中的罢工。他们没有见识，根本想不到，如果在这里我们没法获得足够公平的利润的话，就会把工厂迁移到其他地方去。而且，因为国内外的竞争日趋激烈，没人能够在平均利润之外赚更多的钱。如果我们能在许多年里都能有这样的平均利润，那么我们就会感恩戴德了。”

“你不能去爱尔兰招一些工人来吗？换成是我的话，我绝对不会姑息这些罢工的工人。我会让他们受到教训，让他们知道工厂是属于我的，我愿意用哪些工人做工，就用哪些工人。”

“是的！我完全可以这样做。如果他们的罢工拖延的时间很长，我就会这样做的。虽然这样做十分麻烦，成本很高，而且可能会带来一些危险，但是我宁愿这样，也不会向他们屈服的。”

“如果要花上一笔额外的费用，那我真是太抱歉了，我们家偏偏在这个时期要举办宴会。”

“我也觉得有些不必要，不是因为需要花钱，而是因为我需要考虑很多事情，还

---

①结社法：英国议会于1799—1800年通过的一系列法律，禁止工人以任何形式联合起来，要求提高工资，减少工作时间，煽动罢工，或阻止雇主雇用未经训练的工人。这些法令于1824年被废除。

会有很多突发事件需要我花时间处理。不过我们一定要请霍斯福尔先生来家里吃饭，他在米尔顿待不了几天。其他人嘛，也都邀请过我们，所以就麻烦这一次吧。”

他继续在屋里来回地踱着步，什么都没有再说，只是偶尔深呼吸一下，像是想要尽力摆脱某个让人心烦的念头。范妮向妈妈提了很多零碎的问题，只要是明眼人就能看得出来，此刻她的妈妈正在心里计划着某个事情，而她所问的问题都和这件事没有关系，所以只得到了一些简单的回应。到了十点钟，佣人排着队走进房间，开始做祷告，而她丝毫不觉得可惜。祷告词一直是母亲来念的，只念一章。此时，他们正在读着《旧约》。祈祷完毕，母亲的脸上带着多年不变的沉稳，向桑顿先生道晚安，愿他能睡个好觉，神情中虽然没有表现出多么慈爱，但是祝福的意味十分浓厚。桑顿先生还在不停地走着。即将爆发的这次罢工影响到了他的商业计划，业务一下子陷入了停滞。不管之前经过了多长时间的深思熟虑，现在都已经没用了，都因为这些人盲目愚蠢的行为而化作了泡影。这样的举动对他们自己的伤害，比对他的伤害要大得多。虽然没人给他们这种胡作非为设置一个限度，但是他们竟然觉得自己能够让工厂主们按他们的意愿来处置资本。汉珀曾说过，如果他因为这场罢工而破产，他一定会东山再起，因为有一个信念鼓舞着他，那就是参加罢工的这些人的情况要比他糟糕得多。这些人只有一身蛮力，而他除了力气，还有头脑。如果他们把需要自己的地方毁掉了，那么既没法重建，也没法找别的地方。但是想起这些并不能让桑顿先生感到多少安慰。对他来说，报复并不能带来什么好心情。他非常珍惜自己通过努力得到的地位，所以有非常强烈的感觉，认为自己的地位可能会因为这些人的愚蠢行为而受到威胁。他这个感觉是如此强烈，所以根本没有想到这些人的举动会给他们自己带来怎样的后果。他一直不停地来回走着，不时咬紧牙关。这时，响起了两点的钟声。烛台上的蜡烛开始闪烁，他又接上了一支，自言自语道：“他们这次会知道自己在和谁打交道。我会给他们两个星期的时间，不会再多了。如果在两个星期之内，他们还没有意识到自己有多愚蠢，我就只好从爱尔兰招募一些工人回来。都是斯利克森干的好事！都是他的臭主意！他以为自己的存货够多，所以谈判代表去他那里的时候，他先接受了条件。当然他只是像过去一样允许了他们的行为。罢工就是从那里开始的。”

第十九章　天使光临

犹如天使在光明的美梦里
向睡着的人的灵魂发出召唤，
一种古怪的思想逾越了惯常的主题，
窥察到了光轮。

——亨利·沃恩[①]

黑尔太太想到桑顿家即将举行的宴会，感到十分好奇。她总是在猜测这次宴会中可能出现的细节，就像一个天真的孩子一样，想要提前知道宴会上会出现哪些娱乐事项。病人的生活通常是单调无聊的，这让他们越来越像是孩子。因为他们对外界没有恰当的认识，似乎每个人都认为，将自己与外界隔离开来的那些屏障与壁垒，都要比外面看不见的所有东西更加宽阔。另外，当黑尔太太还没出阁时，也曾经是一个爱慕虚荣的姑娘。后来她嫁给了一个穷困潦倒的牧师，或许认为受到了很大的屈辱，所以压抑了自己的虚荣心，但是心里仍然存有这种念头。她非常想看到玛格丽特去赴宴时穿得漂漂亮亮的，于是和她异常急切地讨论她那天应该穿什么衣服。这样的举动让玛格丽特感到好笑，她在哈利街的生活经历让她更加习惯这样的社交场合，不是在赫尔斯通住了二十五年的妈妈能够比得上的。

“如此说来，你准备穿那件白绸衣服。它穿着合身吗？离伊蒂丝的婚礼都已经一年了！”

“是的，妈妈！这是在默里太太那里定做的，肯定会合身的。如果我胖或瘦了一

①亨利·沃恩：威尔士诗人。诗文引自他的诗集《燧石火花》。

些，腰身可能会显得稍紧一些或者松一些，但是我感觉我的身材完全没有变化。”

“我认为你最好让狄克逊来看看。这件衣服放的时间有点长了，可能会发黄。”

“如果您愿意的话，我会这样做的，妈妈。但是如果我不能穿这件衣服去的话，还有一件很好看的粉红色的衣服，是肖姨妈在伊蒂丝举行婚礼之前的两个月才给我做的，肯定不会发黄。”

“的确不会，但是也有可能掉色。”

“如果是这样，那么我还有一件绿绸衣服。我认为这就好像有很多财富惹出来的麻烦。”

“我要是知道该穿什么就好了。”黑尔太太有些不高兴地说。

玛格丽特的态度马上发生了转变：“我可以每一件都试穿一下，让您挑选出来您最喜欢的那件，好吗，妈妈？”

“这样的话……好吧！这可能是最好的！”

玛格丽特去换衣服了。在这样非常特殊的时刻，她打扮得十分讲究，却突然想要和母亲开一个玩笑。她转过身去，突然蹲下，身上华丽的白裙子摊开来。她从母亲的眼前向后退去，看起来好像是女王。然而她发现自己开的这个玩笑被妈妈认为是捣乱搞怪，让妈妈觉得十分烦恼时，她马上就严肃了起来。她不知道她的母亲到底是为什么因为她的服饰而心神不宁。但是那天下午，当她告诉贝西·希金斯她要去桑顿先生家里赴宴的时候（她是在说起桑顿太太介绍的佣人时无意中提到的），贝西也表现得非常激动。

“啊！你要到马尔巴勒工厂的桑顿家去赴宴吗？”

“是啊，贝西。为什么你会感觉到这么惊讶？”

“我也不知道，但是能出入他们家的都是米尔顿最上流的人士。”

“你认为我们家不属于米尔顿的上流社会，是这样吗，贝西？”

贝西因为对方这样轻易地就看穿了自己的想法，脸上出现了一抹红晕。

“哎，”她说，“你看看啊，这里的人认为钱是非常重要的，但是我觉得你们家不是非常有钱。”

“是的。”玛格丽特说，“你说的很对。但是我们受过教育，并且一直和同样受过教育的人生活在一起。一个认为自己的学识不如我父亲，想要向他学习的人，邀请他和家人去家里吃一顿饭，这是很不可理解的事情吗？我并非要挑桑顿先生的毛病。他过去只是布匹店的小工，不是每个小工都能达到他如今这样的地位。”

“但是你们住的房子太小了，该怎么回请他们呢吗？桑顿家的房子比你们的要大三倍。”

“我认为我们也许能像你所说的那样勉强回请桑顿先生一次，但是不是在大房子里，也没有很多宾客。也许可能我们从来就没有想过这件事。”

“我从来都没想到你们有一天会去桑顿家里赴宴。”贝西重复了一遍，“连市长都在那里吃过饭，还有议会里的议员。”

“我并不觉得能够面见米尔顿市长有多么了不起。”

“但是那些参加宴会的小姐和夫人都会穿得十分华丽！”贝西有些关心地看了一眼玛格丽特身上的花布衣裳。以一个米尔顿人的内行眼光来估计，这样的布料大约七便士一码。

玛格丽特笑了，显出了两个酒窝：“贝西，你真是好心，想让我在那些打扮得华丽的人里面不至于出丑，真是十分感谢。但是我也有很多好看的衣裳。就在一星期之前，我还认为那些衣服太华丽了，永远也没机会穿了。但是如果我要去桑顿先生家赴宴，并且可能会遇到市长，那么请放心吧，我会穿着最好看的衣服去的。”

“你会穿什么衣服呢？”贝西心有些放了下来，问道。

“白色的绸子衣服。”玛格丽特说，“是我在一年前参加一个表妹的婚礼时才定做的。”

“那可真好！”贝西仰倒在椅子里。“我非常不愿意看到有人瞧不起你。”

“如果穿了那件衣服就能让我在那里不受人轻视，那可是件很好的事。”

“真希望我能看见你穿那件衣服的样子。”贝西说，“我不认为你是别人嘴里所说的美人，你的皮肤不是那样的白皙与红润，可是你不会知道的，在我遇到你之前，就曾梦到过你。”

“不要胡说八道，贝西！”

“是真的，我曾梦到过你。我在梦里见过你的脸，你那明亮而坚定的眼睛向外发着光，头发在鬓角处向后散开，头顶好像有一道道光芒围绕着，额头也显得非常端庄。你会给我带来力量，我同时会从你那深邃的眼神中获得力量。梦里你穿着闪亮的衣服，就好像是你几天后会穿成的那样。你看，那就是你！”

“不是的，贝西。”玛格丽特轻声说，“那只是一场梦而已。”

“我这样痛苦，就不能和其他人一样做梦吗？《圣经》里的很多人不是都会做梦吗？不但如此，还见过显示神迹呢。连我爸爸都对自己做的梦十分看重。我还要告诉你，我在梦里清楚地看到你向我迅速地走过来。你走的速度是如此之快，头发都被向后吹去，就好像你天生就有着一头飞扬的头发。你身上的衣服就是你打算穿的那件白色衣服。当你穿上那件白衣服时，能让我看看吗？我想亲眼看着你，能够抚摸着你，就像是梦里一样。”

“亲爱的贝西，这些全是你幻想出来的。”

“管它是不是幻想，你肯定会来的，就好像我看到你在梦里出现时，就知道你会怎么做。每次你待在我身边的时候，我就会觉得心里好过一些，似乎得到了安慰一样，就好像一个人在寒冷的日子里会因为温暖的炉火而感到安慰。那天是这个月的二十一日是吗？如果上帝允许的话，我会来看你的。”

“好啊，贝西！你可以来，我十分欢迎，但是不要这么说，你这样说会让我难受，是的，非常难受。”

“那我就不再说了，把它们埋在心里。但是这是千真万确的。”

玛格丽特沉默了，过了一阵子，她说：“如果你觉得这些是真的，我们以后再讨论吧，现在先不要理它。跟我说说，你父亲开始罢工了吗？”

“开始了！”贝西变得沉重起来，她的表情和几分钟之前说话时的表情完全不同，“他和很多人都罢工了，有汉珀的工人，还有很多其他地方的人。这一次，女人表现得和男人一样顽强。粮食的价格涨了，如果桑顿家能把他们的晚饭给工人们送来，这些人就有饭给孩子吃了。同样的钱用来买土豆和面粉，就能让很多哭闹的孩子变得安静，让妈妈们也感到宽心。”

“不要这样说！”玛格丽特说，“你这样说，会让我觉得参加桑顿家的宴会是罪恶的。”

“别这样想！”贝西说，“有的人就是要出生在富人家庭，享受奢华的晚宴。或许你也是这样的人。普通人却要辛苦操劳一辈子。在现在这个时代，狗儿都没有拉撒路那时富有同情心了。但是如果你想让我用手指尖蘸点儿水凉凉你的舌头，我一定按你的吩咐去做，不管我们之间有多大的差别。因为我知道你是怎样在世间照顾我的。”

“贝西！你又开始发高烧了！从你手心的温度和你的胡言乱语，我就能知道了。当那个可怕的日子到来之时，我们之中有的人在乞讨，有的很富足，但是这不是能够让我们分开的理由。我们不会因为这样的事情接受审判，而是根据对基督是否虔诚而接受审判。”

玛格丽特站起身，取了一点水回来。她用水浸湿了手帕，然后把冰凉的手帕放在贝西的额头上，一边给贝西揉着冷冰冰的脚。贝西闭上眼睛，任由玛格丽特抚慰她。她说：“如果每个人都来问你的父亲去哪儿了，还要在这里把他们的事都告诉你，你也会像我一样十分厌烦的。有的人说起他们对工厂主的痛恨，说起工厂里发生的可怕的事情，让我浑身发冷。但是这不算完，因为她们是女人，一直在那里抱怨着（泪水流过了她们的脸颊，但是她们不会去擦，也不当回事）。她们抱怨肉涨价了，说她们的孩子在晚上饿得不肯睡觉。”

“那么她们觉得罢工会让这些情况得到改观吗？”玛格丽特问。

“她们是这样认为的。”贝西回答，“她们说以前的生意很不错，工厂主们都赚了很多钱。爸爸也搞不清楚他们赚了多少，但是过一段时间工会就能知道了。现在，粮食已经涨价了，她们会想要得到她们应得的那一份。工会表示，如果不让工厂主们分给她们那份应得的利润，工会就是失职了。但是不知道为什么，工厂主们占据了上风，我害怕从此以后，他们一直都占上风。他们这样互相争斗，攻击对方，结果最后都掉进了坟墓里去，就像是在哈米吉多顿发生的那场战争。”

这个时候，尼古拉斯·希金斯回来了。他听到了女儿说的最后一句话。

“那是自然！我要坚持斗争，而且一定会成功的。用不了多长时间就会让他们败下阵来，因为他们已经收到了很多订单并且签了合同，很快他们就会发现，与其失去所有的利润，不如答应支付我们要求的那百分之五的工资。而且更不要说，他们不履行合同会赔偿多少罚款了。哼哼，那些工厂主！我知道谁是最后的胜利者。”

从他的言谈举止中，玛格丽特认为他肯定是喝了酒。并非因为他说的这些狂妄的话，而是他说这些话时的态度。贝西流露出了让她赶紧离开的表情，这也让她的猜想得到了证明。贝西对她说：“这个月的二十一日，也就是下个星期四，我可能会去看看你，看你穿上华丽的衣服去桑顿家赴宴。晚餐几点钟开始？”

还没等玛格丽特答话，希金斯就叫嚷道：“桑顿家！你要去桑顿家吃饭？让他帮你把酒杯倒满，然后预祝他的生意一切顺利。等到了二十一日，他可能就会紧张起来，不知道该怎样按期交货了。你跟他说，如果他付了那百分之五的工资，第二天一早他的工厂里就会出现七百个工人，解决他的订单问题。这些工厂主都会出现在宴会上。我们工厂的厂主是汉珀，是一个封建守旧的厂主，看见谁都会赌咒骂人。当他客客气气地说话的时候，可能就是要死了。但是说到底，他的心肠没有嘴上表现得那么坏。如果你愿意的话请转告他，这是他工厂里的一个罢工工人说的。哼！你在桑顿家会遇到很多了不起的厂主！等他们吃饱了饭坐着的时候，他们用尽力气也跑不动的时候，我很想让他们听我说说话。我要和他们说明我的意见，还要抗议他们让我们干活儿时有多么刻薄！”

“再见！”玛格丽特匆忙说，“再见，贝西！二十一日那天我会等着你的，如果你的身体情况允许。”

黑尔太太吃了唐纳森医生开的药，并且按照治疗方案开始了治疗。起初疗效很好，让她和玛格丽特都产生了希望，认为医生可能是误诊了，她能够彻底恢复健康。黑尔先生虽然一直都不知道妻子的病情有多么严重，却感到十分快慰，并且对她们的顾虑加以嘲笑。这也说明他是多么地不了解她们的性情。只有狄克逊依然像只乌鸦一样，总是对玛格丽特说些让人丧气的话。但是玛格丽特忽视了她，依然抱有希望。

他们一家非常需要这种光明的感觉，因为即便是他们对这里一无所知，也从外面感到了一种异常阴沉的忧郁气氛。黑尔先生有一些工人朋友，他们对他诚恳地说起了自己遭受的苦难和一直以来被迫忍耐的事情，这让他感到非常沮丧。如果有人因为自己的职责所在，无须他们说起就会理解他们所遭受的这些苦难，那么他们就会懒得开口的。但是这个人从遥远的地方到这里来，对于自己身处其中的这种制度是如何运行的感到十分困惑，于是每个工人都热切地希望他能变成一个公正人，替自己找出如此苦恼的原因。随后，黑尔先生将他收集来的这些受苦的事例总结起来，拿给桑顿先生看，让他用工厂主的经验加以分析，说明为何会产生这些苦情。桑顿先生总是按照经济的原则加以分析，解释说他们在贸易过程中，必然会有盈利和亏损。在生意萧条的时候，一些工厂主和工人注定会垮掉，从成功者的行列里消失不见。根据他所说的，造成这样的结果十分合乎逻辑，无论是工厂主还是工人都不能抱怨，因为他们的命运就是这样。工厂主因为无能和惨败，从他无法继续参与的竞赛中退场，他们可能在挣扎中受伤，可能被生意伙伴在抢夺财富的时候踩在了脚下，可能在之前备受尊敬的地方遭到旁人的白眼。他将不得不伸出手去，卑躬屈膝地乞求一份工作，而不是雇用人来替他工作。既然他能够这样直言不讳地说出一个工厂主在生意场上的沉浮中可能得到的下场，那么他必然不会对自己的工人抱以更大的同情了。在商业迅速又无情的发展中，这些工人被抛弃了。他们只能躺在地上，从这个已经不需要他们的世界上悄然消失。但是他们心里的感觉是，他们抛下的亲人的哭喊，让他们在坟墓里也不得安息。他们十分羡慕企鹅，因为它们可以用心头的热血哺喂雏鸟。当他说出这些话的时候，就好像在说只有商业才重要，与之相比，人性毫无价值。这让玛格丽特的心里对他十分反感，让她差点都没法向他道谢。那天晚上，他专门单独来找她，告诉她一件好事，出于体贴的缘故，他认为一定要私下里对她说。他听到唐纳森医生说起，黑尔太太大概需要使用一些医疗用品，而他家正好有这些东西。他的经济情况不错，而他的母亲富有远见，所以他家准备了很多生病时需要用到的工具。在他发表了那样的一番言论之后，又来到她这里，和她提到了死亡这样的事情。她本来正想要极力让自己相信，她的母亲不会死。所有这些凑到了一起，让玛格丽特听他说话时，感到非常厌烦。这个可怕的秘密被她深埋在自己的心底，无法正视，除非上帝能够赐予她力量，才能让她忍受这样的场景。不久之后的一天，她将因为母亲的离开而痛哭，但是面对沉默的黑暗，她无法得到任何回答。但是，唐纳森医生和狄克逊知道这些还情有可原，桑顿先生凭什么该知道呢？但是他却知道所有的事情，她能够从他怜悯的眼神中看得出来，也能从他严肃却带着忧郁的语气中听得出来。他这样怜悯的眼神和语气，和他说起商业上的原则时那种冷漠无情又闪着凶光的眼神，该怎样协调在一起呢？正是这样的不协调，让她觉得难以名状地不痛快。特别是她从贝西那里听到了一场马上就会发生的灾难。但是和她的爸爸尼古拉斯·希金斯所说的并不一样。他被委派为工会成员，了解一些普通工人不知道的秘密。到桑顿太太家赴宴的前一天，玛格丽特去了贝西家，想和她说几句话。她发现尼古拉斯正在和鲍彻激烈地辩论，他更详细地解释了罢工这件事。鲍彻是她常听他们说起的那个邻居，希金斯有时候会可怜他，因为他不是个熟练的工人，还有一大家子人要养活。但是有时候，乐观而富有精力的希金斯又会对他的邻居感到生气，因为他不具备希金斯所说的男人的气魄。玛格丽特来到的时候，希金斯很明显正在气头上。鲍彻两手扶着高高的壁炉架在旁边站着，因为他用两只胳膊撑着身体，所以能够轻微地来回晃动。他盯着壁炉里的火苗，脸上流露出绝望的神色。虽然希金斯看到他这副绝望的神情感到非常难过，但是又非常生气。贝西正在剧烈地前后摇摆，玛格丽特已经了解到，贝西在特别激功的时候就会这样。她的妹妹玛丽正在给帽子打上蝴蝶结（因为她的手指很粗，所以打出来的结看起来也很粗），准备出门去剪粗布，嘴里不停地说着什么话，看起来非常想要逃离这个让她痛苦的地方。

玛格丽特进去时，眼前看到的就是这个场景。她在门口站了一会儿，然后把一只手指按在嘴唇上，悄无声息地靠着贝西坐了下去。尼古拉斯看到了她，和她点头致意，虽然有些粗率但是仍然显示出了友好。趁着屋门打开的时候，玛丽赶忙跑了出去，等到转过身去背对着父亲，马上哭出了声。这时候，只有约翰·鲍彻完全没有留意这些情况。

“没有用的，希金斯。她这样没法活下去。她一天比一天虚弱，不是因为饥饿，而是看到孩子们吃不饱，让她难以忍受。他们在挨饿！每星期有五先令的补贴，对你来说是足够的。你只需要养活两口人，其中一个姑娘还能自己挣钱养活自己。但是我们正在挨饿。可能我们等不到那百分之五发下来，她就已经死了。我要明确地跟你说，如果她死了，我就会把钱扔在那些工厂主的脸上，告诉他们，‘你真该死，你背后那个残酷的规则真该死，你们没能让这个给我生了这么多孩子的最好的女人活下来！’而且，老兄，我也会恨你和工会里的所有人。我一直到死都会恨你们的。我一定会的！如果你们让我在这件事上吃了大亏的话，我一定会这么做的。尼古拉斯，上个星期三，你说用不了两个星期，工厂主们就会支付我们定下的工资，央求我们复工。今天已经是第二个星期的星期二了，时间马上就到了。我家的小杰克在床上躺着，连哭的力气都没有了，每隔一阵子就会因为饥饿而抽搐。我家的小杰克现在就是这样，老兄！从他出生之后，我妻子就一直没能好起来。她非常爱这个孩子，就好像他是她的生命一样。哦，这个小杰克，每天早上都会把我吵醒，然后用他可爱的小嘴在我这肮脏的老脸上寻找一个地方亲吻我。如今，他在那里躺着，没有饭吃，恐怕他会让我最终失去她的。”说到这里，这个可怜的人开始呜咽，没法再说下去了。

尼古拉斯抬起头，眼里含着泪水，他看了玛格丽特一眼，之后鼓起了勇气说：“我的兄弟，再坚持一下。我不会让小杰克挨饿的，我这里还有些钱，这就去给孩子买一些牛奶，再买一个四磅重的面包让他好好吃一顿。如果你缺少什么，我的东西就是你的。但是你不要灰心，我的兄弟！”他一边说，一边从一只茶壶里把他仅有的那点儿钱都掏了出来，“我保证，我们最终会胜利的。只要忍过这一星期，你就会看见工厂主们变了嘴脸，央求我们复工的。我们的工会，还有我本人，会让你有钱照顾妻子和孩子。不要灰心丧气，去那些蛮横的家伙那里去求一份工作。”

听到这样的话，这个可怜人转过脸来。他的脸色苍白，脸上老泪纵横，看起来憔悴而又绝望，这种神情让玛格丽特难以抑制地哭了出来。

“你心里非常清楚，曾经有个人比工厂主还要蛮横，他说，‘让他们全都饿死吧，看以后谁还敢反对工会’。你心里非常清楚，尼古拉斯，因为你就是其中的一个。你们单个的每个人都心地善良，但是聚到一起就变成了一只饿狼，不再对工人抱有怜悯之心了。”

尼古拉斯这时刚把手放在门锁上。他停住脚步，转过身看着鲍彻，他说：“上帝啊！我真的是诚心为你着想，为整个集体出力。如果当我做自己认为正确的事情时，实际上做的是错的，那都是他们的不对。他们在我不明就里的情况下丢弃了我。我思前想后，想得头都疼了。你一定要相信我，约翰。我再说一遍，我们只能依靠工会，否则没人会支持我们，这样一来他们就会获胜的！”

玛格丽特和贝西都没有说出一句话。她们都看着对方的眼睛，等着对方发出心底的那声叹息，但是最后没有等到。贝西说：“我从来没有想过有一天会再次听到爸爸喊出上帝的名字。但是你听到了吧，他说，‘上帝啊’！”

“是啊！”玛格丽特说，“我可以把我节省下来的钱都给你，还可以拿一些吃的来，你去拿给他的孩子。不要让他们知道这些是谁送的，就说是你父亲给他们的帮助，不会有很多东西的。”

贝西朝后躺下，没留意玛格丽特跟她说了些什么。她也没有哭，只是颤抖着发出了一声叹息。

“我的心已经彻底干涸了，眼泪也没有了。”她说，“在过去的几天里，鲍彻一直在对我说他的烦恼和忧愁的事情。我知道他十分软弱，但是他依旧是个真正的男子汉。我以前经常生他和他妻子的气，他妻子和他一样，也是有些愚笨的人。但是你看啊，虽然很多人都不聪明，但是上帝让他们活下来，还让他们找到心爱之人，受到别人的疼爱，像所罗门一样。而且如果让他们的心上人受了什么伤害，他们自己也会受到伤害，就像是所罗门受伤那样痛苦。我真是想不明白。或许对于鲍彻这样的人来说，有工会照顾他是对他好。但是我真的想要去见见工会的成员们，让他们挨个和鲍彻当面谈谈。我想，如果他们知道他的真实情况，或许就会跟他说（如果我能找到这些人来的话），他可以复工，去领他的那份工资，即便是他的工资没有他们想要的那么高。”

玛格丽特沉默地坐在那儿，不发一言。从这时开始，她该怎么去过舒适的生活，忘掉这里的可怜人的声音和那种难以言喻的痛苦音调呢？他的声音比他所说的话更能确切地表明他所遭受的痛苦。她拿出钱包，里面虽然没有多少她本人的钱，但是她把自己的那部分全都给了贝西。

“谢谢你。还有很多人的收入和他比起来差不多，但是日子没那么糟糕，起码没有公开地承认。但是如果爸爸知道了，就会照顾他们的。你看，鲍彻被他的孩子给拖垮了，他的妻子身体也不好，在过去的一年里，他把家里能够变卖的都给卖了。虽然我们也不富裕，但是你不要以为我们会让他们受苦。如果邻居之间都不互相帮助，我就不知道谁还会来帮忙了。”贝西感到了一丝担心，她害怕玛格丽特会认为他们没有意愿和能力去帮助一个她觉得他们应该照顾的人。“而且，”她接着往下说，“爸爸非常确定，这些工厂主在之后的几天里会做出妥协。他们已经快要支持不住了。但是我要感谢你，不但为了我自己，也为了鲍彻，因为你的善举让我对你的感情越来越热烈了。”

这天，贝西看起来比往常安静得多，但是十分虚弱，让人非常担心。她说完了这番话之后，显得非常委顿，让玛格丽特不由自主地感到惊慌。

“别担心，”贝西说，“我不会死的。我度过了一个可怕的夜晚，虽然说像是做了很多梦，实际上却是清醒的。今天白天我一直十分恍惚，是那个可怜的人叫醒了我。是的，我今天不会死，但是时日无多了。哎。请你帮我盖上被子，如果不那么厉害地咳嗽，我或许能睡着。晚安。哦，这才是下午，我弄错了。但是今天有些阴天，而且有雾。”

第二十章　人和有教养的人

茶房，老老少少，都让他们吃，我有的是；
让他们每人都有十副牙齿，我并不在乎。

——《诺曼底公爵罗洛》[①]

玛格丽特回到了家，回想起刚才看到和听到的情景，感到十分痛苦，甚至都不知道该怎样振作起来出门去做她分内的事。她需要经常和母亲说一些让她感到愉快的话，因为自从母亲没法出门之后，总是希望玛格丽特在短暂的散步之后给她带来一些最新的资讯。

“你的那位工人朋友星期四会来家里看你穿那些好看的衣服吗？”

“她病得很严重，我本来就没想过让她来。”玛格丽特有些忧愁地说。

“好啊！好像大家全都得病了。”黑尔太太说，言语中流露出一个病人对另一个病人常有的嫉妒之情。“但是在那样偏僻的街上生着病，一定是非常难过的吧。”（她性格中宽厚仁慈的一面又出现了，产生了从前在赫尔斯通居住时的那种想法。）“那个地方的环境太差了。你怎么不想办法帮助她一下，玛格丽特？你出门的时候，桑顿先生给我送来了一些陈年的葡萄酒。葡萄酒对她的身体会有帮助吗？”

“不用了，妈妈！他们家也不是很穷，起码他们没有表现得很穷。实际上，贝西得的是肺结核病，所以不需要喝酒。我或许能拿一些用赫尔斯通的水果制成的蜜饯给她吃。哦，不！我是想给另外一家人送些东西去。哎呀，妈妈！我今天见到了那样令人绝望的场景，今后还怎么能穿着漂亮衣服去参加那些时尚的宴会呢？”玛格丽特叫

---

①《诺曼底公爵罗洛》：英国剧作家弗莱彻等人写的一个剧本，又名“残忍的兄弟”。引文出自第二幕第二场。

了起来。她没有遵守回家之前给自己制定的要求，而是把在希金斯家里看到的那些事情都跟母亲说了。

这件事让黑尔太太感到十分焦虑。在她想到解决的办法之前，有些烦躁不安。最后，她让玛格丽特就在客厅里用一个篮子装满东西，马上给这家人送去。玛格丽特知道，希金斯已经给了他们一家急用的东西，她还在贝西那里留了些钱，所以对母亲说可以等到第二天早上再送去，但是母亲却发起火来。她认为玛格丽特这么说显得十分无情，并且说除非她把篮子送去，否则她就不去休息。她接着说："我们做的事情可能不对。那一次桑顿先生在这里的时候曾说，那些帮着罢工的工人拖延罢工时间的，都不是工人的真朋友。这位鲍彻先生是参加了罢工的工人，是不是？"

黑尔先生每次上完课，都要和桑顿先生再说上一会儿话。当他回到家里的客厅时，黑尔太太又对他重复了一遍上面的这个问题。玛格丽特毫不关心他们的援助是否会让罢工继续下去，而且她现在十分激动，考虑不了那么远。

黑尔先生听她们说完，努力保持着冷静和镇定，就像法官一样。他努力回忆半小时之前和桑顿先生交谈时，讨论得非常清楚明白的一种理论。随后他做出了折中的解释。他认为自己的太太和女儿对这件事的处理非常正确，而且他也不知道除此之外还有什么办法。尽管是这样，桑顿先生说的话依然是正确的。如果罢工持续下去，工厂主就会从别的地方招募工人（如果不是和从前一样，有人发明了一种新的机器，能够减少工作需要的工人数量的话）。所以他们应该明白，不给那些做了傻事的工人们提供帮助，才是对他们最好的。至于鲍彻先生，他打算第二天一早就去家里看他，看看是否能想出办法来帮助他。

第二天早上，黑尔先生遵守诺言去了鲍彻家。他在那里没能见到鲍彻，但是和鲍彻的妻子聊了好一会儿。他答应帮她弄到一张住院证。他还看到黑尔太太援助给他们的食物，有些已经被孩子们给糟践了。当他们的父亲不在家，他们就成了楼下的主人。当黑尔先生回到家说起这些时，玛格丽特感到现实比她设想得要好得多。因为前一天晚上她说的那些话让黑尔先生做好了见到恶劣情况的心理准备，所以现在，他又因为自己的想象力把情况描绘得比实际的要好一些。

"但是我还要再去一次，和鲍彻亲自谈谈。"黑尔先生说，"我现在都不知道他们居住的房子该如何与赫尔斯通的农舍相比较。我在他家里见到的那些家具，是赫尔斯通的佃户们想都不敢想的。他们的食物和农民相比也太好了。但是既然他们已经没有工资收入了，所以除了典当行之外，应该没有其他收入来源了。在米尔顿，你应该学习不同的生活习惯，学会用另一种标准来衡量一切。"

这天，贝西感觉身体好些了。但她仍然非常虚弱，如果不是她在半睡半醒的状态中有一种强烈的欲望，她看起来好像是把想看到玛格丽特穿着华丽衣服的愿望给忘了。

玛格丽特总是忍不住把自己现在的这种怪异打扮同她和伊蒂丝在不到一年前的那次传统而令人愉快的装扮相比较。而且她穿着这身衣服要去的地方她并不喜欢，并且她的心情十分沉重，心中满是各种忧虑的念头。现在这样打扮，唯一能让她感到欣慰的就是，当母亲看到她时会感到十分高兴。当狄克逊猛然推开客厅的门，想要进来看看时，玛格丽特的脸变得通红。

“太太，黑尔小姐真是太好看了，您说呢？肖太太寄来的珊瑚首饰也非常搭配，颜色正合适。不然的话，玛格丽特小姐，你的装扮看起来就有点过于素净了。”

玛格丽特的头发又黑又密，不容易编成辫子，所以只能盘在头上。她先把头发分成几卷，像皇冠一样盘在头顶，然后从头后拢在一起，形成一个螺旋形的结。她用两只大珊瑚发卡把头发扎起来，看起来像是短箭一样。衣服的袖口用白色的绸子做成一圈圈的花边，她白皙的脖颈上戴着一条很大的珊瑚项链，正好戴在弯弯的喉咙下面。

“玛格丽特！我多么想要和你一起去参加一次像过去的巴林顿府上那样的宴会啊，就像当年的贝雷斯福德夫人带着我前往一样。”

因为妈妈流露出的慈母之情，玛格丽特俯身亲吻了她一下，但是她没法笑出来，她感觉十分疲惫。

“我倒是愿意和您一起待在家里，我真的这样想，妈妈。”

“别胡说，亲爱的！你务必要留神应对这次宴会。我非常想知道在米尔顿他们是如何来安排这样的宴会的。你尤其要注意第二道菜，看看他们用什么来代替野味。”

实际上，黑尔太太不但会对宴会感兴趣，如果她见到了菜肴的丰盛和餐具的奢华，会感到非常震惊。玛格丽特在伦敦形成了适合自己的口味，所以觉得菜量太多，有一半就已经够了，而且会显得更加精致。但是对于桑顿太太来说，待客的第一条规矩就是，所有好吃的菜一定得准备充足，好让每个来宾都能吃好，哪怕是想要饱餐一顿也没问题。虽然她平时在饮食方面十分简朴，但是能让客人吃到一桌丰盛的酒席，却让她感到十分骄傲。她的儿子也有这样的感觉。除了通过互相招待美食来交流之外，他不会使用任何其他的交际方式。尽管他能想到其他的方式，并且懂得欣赏。这次也是如此，他连六便士都不愿意多花，并且好多次都因为发出了这场宴会的请帖而觉得不痛快。但是当他看到这样丰盛的安排之后，也感到很高兴。

玛格丽特和父亲是第一个到的，因为黑尔先生严格要求遵守约定的时间。在楼上的客厅里，只有桑顿太太和范妮。家具上的套子都撤掉了，房间里金光灿灿，到处都是黄色的绸缎，地上铺着鲜艳的地毯。四周到处都是装饰品，让人看花了眼，并且和窗外工厂的院子里那堵光溜溜的围墙形成了鲜明的对比。院子里的那扇宽阔的大门敞开了，方便马车驶进来。窗户的左边是高耸的厂房，很多在楼上投下了阴暗的影子，让这个夏天的傍晚提前黑了下来。

“直到下班前的最后一刻，我的儿子都在忙碌着。他马上就会回来，黑尔先生。您请坐。”

桑顿太太说这话的时候，黑尔先生在一面窗户前站着。他转过脸说道：“您住的离厂房这么近，会不会有时觉得不舒服呢？”

她马上坐直了。

“一点都没有。我没有那样高雅，不会忘记我儿子的财富和权势都是从哪里来的。而且，整个米尔顿都没有一家工厂能够和这间工厂相比，一间厂房就足有二百二十平方码。”

“我指的是烟雾和噪声。而且工人也会进进出出，或许会惹人生厌！”

“我非常同意，黑尔先生！”范妮说，“这里总是有蒸汽和机器发出的油味儿，而且那些噪声几乎把人吵得聋了。”

“我认为那种被称为音乐的东西才真的十分嘈杂。在这条街的尽头才是机房，除非在夏天把所有窗户都打开，否则我一点也听不到机器发出的声音。工人们发出的叽叽喳喳的声音，听起来像是蜜蜂一样，并不会太吵。当我想起这些声音，就会把它们和我的儿子联系在一起，觉得这些都是他的，他是所有这一切的指挥官。现在，工厂里不再发出声音了，这些忘恩负义的工人都罢工去了，您或许也听说了这件事情。但是当您进门的时候，我正谈到他正要采取的行动，这些行动会让工人们明白什么是自己的本分。”她说出这些话的时候，严厉的表情不见了，取而代之的是阴沉的怒色。当桑顿先生走进房间的时候，她仍然保持着这样的怒色，因为她马上就看出他心里仍然有无法摆脱的苦恼和焦虑，尽管他正在招呼客人，表现得非常高兴而亲切。他和玛格丽特握了握手。虽然她并未察觉，但是他知道这是他们第一次握手。他问候了黑尔太太，听黑尔先生发表了一番乐观的演讲。随后他望了玛格丽特一眼，想知道对于父亲的谈话，她有几分同意。但是他在她的脸上没有发现一点反对的迹象。他这样看着她的时候，又一次被她的美丽给迷住了。他从未见过她穿着这样华丽的衣裳，但是从眼前的情况看来，这样高贵的服装和她丰满的身材与端庄的容貌非常相配。她应该总这样穿才好。她正在和范妮交谈，谈话的内容他听不见，但是他能看到妹妹正显得局促不安，一直用手摸着衣服上的一个部位，眼神空洞地四处看着，没有一个明确的目标。于是他很不情愿地用妹妹的眼睛去和她的那双大眼睛做对比。那双眼睛目光坚定，望着前面的目标，眼睛里射出的光仿佛具有让人平静的魔力。她弯弯的嘴唇色泽鲜红，在饶有兴致地听着同伴说话时，双唇微启，头轻轻向前低着，从头顶到仿佛象牙一样细腻光洁的肩头，构成了一条优美的曲线。光照在她乌黑的头发上，她纤巧的双手轻盈地抱着洁白丰满的胳膊，这样美妙的身姿一动不动。桑顿先生迅速地打量了一番，将这一切尽收眼底。接着他叹了口气，转过身背对着姑娘们，又开始热情地和黑尔先生交谈起来。

越来越多的客人到了。范妮没有在玛格丽特身边一直陪伴着，她得帮着母亲招呼客人。桑顿先生意识到，在客人们陆续到来的时候，玛格丽特独自站在那儿，这样似乎怠慢了她，于是让他感到有些不安。但他始终没有走向她身边，也没有望向她。但是他分明知道她此刻在做些什么，比对房间任何其他人的举动都更加了解。玛格丽特却毫不知情，她正在十分出神地看着其他人，以至于一直没想到自己是否被冷落了。有人陪她一起下楼用餐，她没听明白那人姓什么，而那个人好像也不愿意过多地交流。男士们正在热烈地交谈，而小姐和太太们都沉默不语，只关注着席间的菜肴，或者低声议论彼此的服装。当玛格丽特明白了大家谈话的主题时，感到十分有趣，不禁留意地听着。这次宴会是为了霍斯福尔先生来米尔顿做客而举行的。霍斯福尔先生此时正在询问大家这里工商业的现状，其他人——都是本地人——回答和解释他所提出的问题。随后大家发生了争执，吵得非常激烈。最后，大伙儿都看向了桑顿先生，因为他之前几乎都没开口说话。但是当他开始发表意见时，他分析的是那样清晰，连持反对意见的人都认输了。如此一来，玛格丽特的注意力转移到了宴会的主人身上。他作为这家的主人和招待宾客的人，一直显得十分直率而谦虚朴实，非常有风度。玛格丽特想起来，自己从未见过他这样出色的时候。他去她家里做客的时候，表现得不是过分热情，就是有些发脾气的模样，让人总是觉得他是否受到了不公正的对待。但是他同时非常高傲，不肯花心思让人对他更加理解一些。但是此时此刻，在他的同行身边，他没有任何犹豫或者不自信的地方。在他们的心中，他是一个意志坚强的人，一个非常有魄力的人。他无须费力讨好他们以获得尊敬，因为他们都出于本能地尊敬他。他这样的自信使他声音平稳，举止从容，玛格丽特之前从来没见过他的这个形象。

他本来就不习惯和女性打交道，谈话的时候也显得有些拘谨。对玛格丽特，他几乎没有说什么话。当她意识到自己对这次晚宴是多么喜欢时，自己都觉得十分惊讶。她这时了解了很多事情，能够明白当地的很多利益关系。甚至连那些工厂主说的一些行话，她也能听懂了。她悄无声息地加入了他们此刻正在进行的讨论。无论怎么说，这些人讨论问题的态度都非常认真，而不像是她在伦敦的宴会上见过的那种令人厌烦的传统的方式。她感到有些纳闷，他们仔细地分析讨论了米尔顿的工商业现状之后，竟然没人提起眼下正在进行的罢工。她不知道工厂主们都十分冷静地对待罢工，认为最终只可能出现一个结果。工人们正在自寻死路，就像之前他们曾经尝试过很多次的那样。但是他们如果仍然很愚蠢，被一群拿着钱的、卑劣的代表所控制，那就只能自己吞下苦果。有几个人认为，桑顿看起来有些不高兴。当然，罢工会给他带来一些损失，但是自己说不定哪一天也会遇到同样的事情。说起对付罢工，桑顿的手段和其他人一样好，因为他和米尔顿的任何人都同样十分顽强。工人们想逼他就范，真的是选错了人。他们心里想到那些工人试图违拗桑顿的做法一定会遭受失败，并都感到很得意。

用过了晚餐，玛格丽特感到十分无聊。当先生们回到房间里，她非常高兴。不只是因为看到父亲之后让她倦意全无，更是因为她能够听到一些重大的事件，而不是听这些太太和小姐们聊一些家庭琐事。米尔顿人对于自己手中的权力十分陶醉，玛格丽特很喜欢他们这种得意的表现。当这样的情绪得到释放时，显得非常放肆，并且带有炫耀的意味。虽然如此，但是当他们想到自己已经取得的成就，和未来必将取得的成就，不禁有些陶醉了。受这样的情绪支配，他们蔑视所有旧有的条条框框。如果是在平时冷静的时候，她未必会赞赏他们对于一切事物展现出来的魄力。但是当他们忘我地沉浸其间，设想将来某一时刻能够将所有物质都掌控在人类手中时（他们中间没有人能够活着见到这一天），看起来有很多地方值得赞美。当桑顿先生来到她的身边和她说话时，她吃了一惊。

“我看得出刚才进行讨论时，你是赞同我们的观点的，是吗，黑尔小姐？”

“当然。但是我对这些事情不是非常了解。我觉得有些奇怪，照霍斯福尔先生所说的，有些人的想法完全相反，比如，他提到的那位莫里森先生。他应该不是一个有教养的人，是这样吗？”

“我感觉自己不是非常有资格来评判另一个人是否有教养，黑尔小姐。我指的是，我不是很明白你说这个词是什么意思。我需要说明的是，这位莫里森先生可能并不是真实存在的。我没听说过这个人，只是根据霍斯福尔先生的叙述做出了这样的判断。”

“我所说的‘有教养的人’，其中也包括你曾说过的‘真正的人’。”

“这么说，这个词里还有更多的意思。但是我和你的意见不同。在我看来，‘人’所包含的意思，比‘有教养的人’更加完备和高尚。”

“你能解释一下吗？”玛格丽特问，“我们对这些词一定存在非常不同的理解。”

“我认为，‘有教养的人’指的仅仅是一个人与其他人之间的关系。但是如果我们说到一个人是‘人’，指的就不仅仅是他和外人的关系，也包括他和自己的关系，和生活、时间等种种的关系。像鲁滨孙·克鲁索这样流落荒岛的落难人，被关在地牢里终身监禁的犯人，或者是拔摩海岛上的一位圣徒，当他被称为‘人’时，都十分恰当地体现出了他本身具有的力量、耐心和信心。我非常讨厌‘有教养的’这个词。我认为很多人使用这个词的时候都用得不太恰当，而且它的意思也被夸大和曲解了。同时，‘人’这样一个朴实的名词和‘像一个人’这样的形容词都没有人重视。所以我想将‘有教养的’这个词归类到今天晚宴上时髦的话里去。”

玛格丽特思考了一会儿，但是她还没来得及说出自己刚刚想到的那些想法，桑顿先生就被几个工厂主急匆匆地叫走了。她听不清他们究竟在说什么，但是从桑顿先生的简短、清晰的回答里，她大致能够猜到他们对话的大意。桑顿先生的回答有力地传了过来，像是远处隆隆作响的一门火炮。他们在讨论的事情显然是关于罢工的，想要找出一个最好的解决办法。她听见桑顿先生说："已经做了这件事了。"接着，几个人同时开始说话，一阵骚动过后，又传来桑顿的声音。

"所有事情都已经安排好了。"

斯利克森先生想要强调自己的意思，他拉着桑顿先生的胳膊，说出自己的疑虑和一些实际的困难。桑顿先生稍许后退了一些，扬起眉毛说道："我愿意承担这样的风险。如果你不愿意，你可以不加入。"但那个人又唠唠叨叨地说了很多令人担心的事。

"我并不害怕像纵火那样的卑鄙行径。我们的战争是公开的，我可以让自己免受那些令人担心的暴力。而且我会为那些想要到我这儿来工作的人提供保护，他们现在和你一样，非常清楚地了解了我的决心。"

霍斯福尔先生把他拉到一旁，根据玛格丽特的推测，可能是问他一些其他的关于罢工的问题。但是实际上，他正在跟桑顿先生打听她究竟是谁，竟然如此端庄秀丽。

"她是来自米尔顿的一位小姐吗？"桑顿先生说出她的名字之后，霍斯福尔先生问道。

"不！她来自南方，似乎是汉普郡。"他冷淡地回答道。

就在同时，斯利克森太太也在问范妮同样的问题。

"那位清新文雅的姑娘是谁？是霍斯福尔先生的妹妹吗？"

"当然不是！她是那位正在和斯蒂芬斯先生交谈的黑尔先生的女儿。黑尔先生是教师，年轻人找他学习读书。我哥哥每个星期都要找他上两次课，所以他让妈妈邀请了他们，想让大家能认识他。如果您愿意，我这里有他的教学大纲可以送给您。"

"桑顿先生竟然在读书！他是如此繁忙，还会抽出时间找家庭教师读书吗？况且如今这场可恶的罢工才刚刚开始。”

从斯利克森太太的态度里，范妮有些拿不准，她究竟是该为哥哥感到骄傲，还是感到羞愧。同时，和其他那些把别人的“是否应该”当成自己判断好恶的标准的人一样，任何不寻常的举动都会让她羞红了脸。好在客人们纷纷告辞了，让她不再继续感到害羞。

第二十一章　黑夜

世上谁曾见过，不与眼泪结伴同生的微笑。

——艾略特①

玛格丽特和父亲往家里走着。这个夜晚十分晴朗，街道上也很干净。她穿着华美的白绸衣服，就像民谣中利齐·林赛的绿缎子衣裳一样，“一直捋到膝盖”，跟父亲一起走在街上，像是在夜晚的清凉空气带给人的愉悦中翩然起舞。

“我觉得对于这次罢工，桑顿先生的心里似乎并不踏实，今晚他看起来好像十分忧虑。”

“如果他不是这样，倒显得奇怪。我们离开那里之前，有人问了他很多问题，但他说话的态度还是一如往常那样平静。”

“晚餐结束之后他也是如此。想让他抛开那种冷静的态度而变得激动起来，真是很困难。但是我从他的脸色上看出他非常忧虑。”

“如果我是他，一定会发愁的。他肯定听说了他工厂里的工人已经十分愤怒，马上就要控制不住自己的情绪了。他们将他视作《圣经》中的一个‘忍心的人’，认为他并非不公正，而是十分冷酷。他是个精明的人。想想看，和上帝相比，我们和我们手中这些微小的权利一文不值，但是他却以超出常人的态度守卫着他的‘权利’。你觉得他很忧虑，这让我觉得欣慰。当我回想起鲍彻说话时的绝望和癫狂，再想到桑顿先生这样冷静的态度，就会感觉难以忍受。”

“首先，我的想法和你不一样，我并不认为那个鲍彻已经穷困到了无法忍受的

---

①艾略特：英国作家，诗文引自《背井离乡的人》中的《完人彼得·致西蒙大哥……黑夜的作者著》。

地步。现在他的确很糟糕，我深信不疑。但是工会总是莫名其妙地为工人提供一些钱财。而且照你描述的，这个人的本性就是急躁和易怒的，总是想要热烈地表达自己的感受。”

“爸爸！”

“我只是希望你不要对桑顿先生抱有偏见。他的性格可能正好与之相反，他非常高傲自负，不会轻易地流露出自己的真实情感。这是你喜欢的性格，我早就应该想到这一点，玛格丽特。”

“我的确非常喜欢这种性格，这是我愿意做的。但是我和您不一样，并不相信他真的具有这些感情。他的个性十分坚强，并且如果考虑他所具备的条件的话，他应该算是一个聪明的人。”

“他倒也具有一些有利的条件。但是他从很小的时候就要面对残酷的生活，所以需要经常做出判断，并且克制自己。这些都能让他的智力得到进一步的发展。当然，他需要了解一些历史，因为历史能够提供一种可靠的基础，让人能够准确地预测未来。但是他能意识到他的这种需要，就是一件很不容易的事。你好像对桑顿先生有很大的偏见，玛格丽特。”

“他是头一个我能够仔细观察的工厂主，一个商人。爸爸，他就是我尝过的第一个橄榄，在吞下它时，让我自己扮苦脸吧。我看得出在这群人里他很出色，用不了多久我就会喜欢上这些。我可能已经开始这样做了。这些先生们之前谈论的话题让我十分感兴趣，虽然很多事情我都听不懂。后来，桑顿小姐把我叫到了房间的另一边，让我感到非常惋惜。她说，在男人堆里只有我一个女人，我准会觉得不自在。但是我实际上完全没有考虑到这些，而是聚精会神地听着。女人们都太无聊了，爸爸，简直太无聊了！但是或许可以说这非常聪明。让我想起一种过去的游戏，每个人都要在一句话里使用很多名词。”

“亲爱的，这是什么意思？”黑尔先生问。

“她们为了说明自己有多阔气，用了很多能显示财富的名词。其中有女管家，小花匠，还有各式各样的镜子，华美的蕾丝花边，还有钻石，等等。每个人说话时，都会想方设法用到这些词，并且尽量做到非常自然。”

“如果桑顿太太关于那个佣人的评价都是客观实情的话，那么等她来到家里之后，你也会对这个唯一的佣人感到非常自负。”

“这是当然。今天晚上，我觉得自己就像一个十足的伪君子。穿着白绸衣裳在那里端坐着，双手放在身前，心里想着他们今天得当而细致地安排好的一切。他们一定会把我当成是一个端庄的小姐。”

“连我都差点认为你是一位大小姐，亲爱的。”黑尔先生平静地笑着说。

但是当狄克逊把门打开，父女俩见到她脸上的表情时，笑容马上消失不见了，变成了苍白的颜色。

“啊，老爷！玛格丽特小姐！感谢上帝，你们终于回来了！唐纳森医生在这里，打杂的女工已经回家了，所以是隔壁的佣人去请医生来的。她现在已经好些了，但是刚才，就在一个小时之前，我还以为她坚持不住了。”

黑尔先生一下子拉住了玛格丽特的胳膊，勉强站稳了，没有摔倒。他看着她的脸，从上面看到的是极端惊讶和伤心的表情，但是并非和自己一样因为毫无防备而带来的那种惊慌的神情。她比他了解得多一些，但是仍然感到不安和绝望。

“我不应该离开她身边的，真是一个不称职的女儿！”玛格丽特搀扶着颤巍巍的父亲快步走上楼时，哭着说道。唐纳森医生在楼梯口处等着他们。

“她现在已经好些了。”他轻声说，“麻醉药起作用了。她抽搐得很厉害，难怪让家里的佣人吓了一跳。但是这一次她很快就会恢复过来的。”

“这一次？我要去看看她！”在半小时之前，黑尔先生还是个中年人，此时他目光呆滞，神情恍惚，步履沉重，就像是七十岁的老人一样。

唐纳森医生搀扶着他，带他走进卧室。玛格丽特紧跟着他。母亲在床上躺着，脸上的神色说明了一切。尽管她此时已经好些了，正在昏昏沉沉地睡着，但是死神已经将她视作自己的猎物了。很明显，用不了多久，他就会来带她走的。黑尔先生沉默地看着她，直看了好一阵子。接着，他开始颤抖，并且摆脱了唐纳森医生试图关心的举动，摸索着寻找房门。虽然因为刚才那场突然的变故，已经在房间里点起了好几支蜡烛，此时都还发着光，但是他却找不到房门了。他踉跄着走到客厅里，想要找一把椅子坐下。唐纳森医生朝他推了一张椅子，搀扶着扶他坐在上面，然后量了一下他的脉搏。

“和他说说话吧，黑尔小姐。我们得让他重新振作起来。”

“爸爸！”玛格丽特带着哭腔说，声音里饱含着痛苦，“爸爸！和我说说话吧！”他的眼睛里再次流露出猜测和不安的神情，用了很大的力气才能开口说话。

“玛格丽特，你早就知道这些情况了是吗？哎，你真是太狠心了！”

“不是的，黑尔先生，这与狠心无关！”唐纳森医生坚定地说道，“黑尔小姐是按照我的要求这样做的。或许这是个错误，但绝不是狠心。等到明天，您太太会有很大的改观。她就如我料想的一样，会时不时地出现痉挛，但是我之前没有把这个担心和黑尔小姐明说。她吃了安眠药之后，会安稳地睡个很长的觉。到了明天，那些让你们担心的气色就会消失不见了。”

“但是她不会康复了，是吗？”

唐纳森医生看了一眼玛格丽特。她原本低着头，现在又抬起来，脸上没有表现出恳求的姿态。这个对人性十分了解的医生知道，她感到应该对他说出全部实情了。

“病不会痊愈了。我们把那些夸夸其谈的技术都用尽了，也没法治愈这种病。我们只能看着它向前发展，同时尽量减轻它带来的痛苦。坚强些吧，先生，像个基督徒那样。相信灵魂永生不灭，这是人间的任何痛苦和疾病都无法战胜的，是不可触及的！”

但是他得到的答案是他哭哭啼啼地说，“您显然没有结过婚，唐纳森医生。您不明白这是怎样的一种感受。”接着传来了一阵男人低沉的哽咽，好像是痛苦的号叫，飞向了寂静的夜空。

玛格丽特跪在他身边，眼含热泪地安慰他。所有人，包括唐纳森医生在内，都不知道这段时间到底是怎样度过的。最后，黑尔先生开口了，他说起了当下需要做的事。

“我们该做些什么呢？”他问，“跟我们父女俩说吧。玛格丽特能够帮我拿主意，她是我的左膀右臂。”

唐纳森医生做出了明确的指示。今晚已经不必担心了，甚至明天，后天，以及接下来的很多天里，都将十分平静。但是不要抱着能够恢复健康的希望了。他劝黑尔先生去睡觉，只需要一个人陪着黑尔太太就够了，他希望黑尔太太睡觉时远离任何打扰。他答应第二天一早就过来，之后他和一家人握了握手，就告辞了。

他们没怎么说话。心中的恐惧让他们都感到非常疲劳，所以除了要决定现在必须要做的事情之外，没有力气再去想别的。黑尔先生决计整夜在旁边守护。玛格丽特能做的只是劝说他去客厅的沙发上休息一会儿。狄克逊坚决地拒绝离开。至于玛格丽特，就算是全世界的医生都提到“节省精力”和“只需要一个人陪护”，她也绝不会和母亲分开。狄克逊坐在那里，起先眼睛还睁得溜圆，后来打起了瞌睡，低下头又猛地抬起来，最后终于睡着了。玛格丽特脱下身上的白绸衣服，烦躁地把它扔到了旁边，披上睡衣。她认为她不应该睡觉，似乎如果想要达到护理的目的，就要唤醒自己的全部知觉，让感觉变得更加灵敏。每一个动作和声音，每一个迹象，甚至是脑海里的念头，都会触及某一根神经。在整整两个多小时里，她一直听见父亲在隔壁不安地走来走去。他时常来到母亲的卧室门外，停下脚步静静地听着。后来，她没有再听到他来到房间附近，就来到门外，把所有的情况都告诉了他。他的嘴唇发干，几乎什么问题都问不出来。后来，他也睡着了，房间里静了下来。玛格丽特坐在窗帘后发呆。平日里让她牵挂的很多事情，不管从时间还是空间的角度来看，都显得非常遥远。

不到36小时之前，她还十分牵挂贝西·希金斯和她父亲，还为了鲍彻而感到伤心和烦恼。现在，这些似乎都成了关于过去的某种回忆。所有家门之外的事情，都和母亲没有关系，因此都是不真实的。它们甚至比不上哈利街让她感到清晰。她记得那里的事情，就好像发生在昨天。她记得是怎样想要从肖姨妈的脸上找到和母亲相似的地方，还有收到家里寄来的信之后，自己的思乡之情是怎样地强烈。赫尔斯通虽然淹没在过去的岁月中，一年前的那个冬天和春天都是那么单调和无聊，生活也平淡无味，但是却和此时此刻的值得珍视的时光具有更为密切的联系。她真想拉住岁月的裙摆，乞求它能够倒流，把那些已经过去却没有珍惜的时间归还给她。人生就像是一场充满幻想的戏剧，是如此地虚无缥缈、转瞬即逝。似乎在远离世间喧嚣的高高的空中有一座钟楼，那里的大钟在不停地鸣响。“一切都是虚幻！一切正在消逝！一切都已过去！”天将破晓，就和之前的很多快乐的清晨一样，天色苍白，天气凉爽。玛格丽特挨个看了看这几个熟睡的人，觉得这个可怕的夜晚如同一场梦一样虚无。它也只是幻影。它也已经过去。

黑尔太太醒来的时候，还没有意识到头天晚上自己病得有多厉害。当她一大早就看到唐纳森医生来给她看病，觉得十分惊讶，丈夫和女儿脸上焦急的表情也让她感到十分困惑。她答应当天躺在床上休息，是因为她的确非常疲倦。但是到了第二天，她非要从床上起来，唐纳森医生允许她回到了客厅里。她感到十分烦躁，不管怎样都感到不舒服，没到晚上就发起了高烧。黑尔先生十分困乏，一直没法拿出确定的主意。

“我们还能做点什么吗？能够让妈妈不必忍受那样痛苦的夜晚。”第三天，玛格丽特如此问道。

“某种程度上这是我给她停用了那种烈性麻醉药的正常反应。她实际上能够感受到的痛苦，或许没有你们看起来的那样严重。但是我认为，如果我们能弄到一张水床，会对她有好处的。当然，她明天就会好一些，差不多能够恢复到这次发病之前的那个状态。但是如果有水床的话，会更好的。我知道桑顿太太那里有，我今天下午尽量去一趟。但是，”他看着玛格丽特的脸说道，因为一直在房间里看护母亲，她的脸显得异常苍白，“我不知道我有没有时间去，今天有很多病人要看。你可以自己去马尔巴勒街，问问桑顿太太是否可以借用一下，这对你来说一点也不麻烦。”

“当然可以。”玛格丽特说，“今天下午趁着妈妈睡觉我就去。我认为桑顿太太一定会借给我们的。”

唐纳森医生由他的经验推测出来的结果一点也不错，当天下午，黑尔太太好像从这次发病中恢复了，看起来比玛格丽特所希望的还要显得精神和愉快。吃过午餐，女儿就出了门。她坐在安乐椅上，丈夫拉着她的一只手。和她比起来，黑尔先生要显得更加疲惫和痛苦。但是他这时能露出笑容了，虽然是非常迟钝的笑容。在几天之前，玛格丽特根本就不会想到能够再见到他的笑容。

从他们在克兰普顿的住所到马尔巴勒街，大约有两英里。这天的天气很炎热，她没法走得太快。八月的阳光在午后三点从空中直射下来。玛格丽特这样一路走着，在前面的一英里半路上并没有意识到街上的情形和往日有什么不同。她只顾着自己想事情，而且这时她也已经习惯于在米尔顿大街上的人流里穿梭了。但是，当她拐进一条拥挤的小路，才被街上人群发出的奇怪的声音引起了注意。这些人好像没有在街上走着，他们发出嘈杂的声音，却始终停在原地。但是他们给她让开了一条路，而她这时脑子里想的都是这次出门的目的，和为什么要如此紧急地出来办事，所以没有像往常一样敏锐地发现不寻常的情况。可是当她走到马尔巴勒街上，才充分意识到人群中涌动着的是一种不安的愤怒。她的四周充满了狂躁的气氛。在所有通往马尔巴勒街的小巷里，都传来了低沉的吼声，就像是有无数凶神恶煞的人在一起说话。那些破旧的民宅里的居民都聚集在门口，所有人都盯着同一个地方。这些人目光的焦点就是马尔巴勒街。这无数双眼睛里流露出的目光显示出各种不同的神情，有的十分凶狠，有的冷酷无情，有的充满犹豫，还有的满含恳求。玛格丽特来到马尔巴勒工厂的院子前，在那片围墙上的两扇大门旁边的小门外按下门铃，等着看门人前来开门。这时她回过头去，听到了这场风暴中的第一声隐约但持久的呐喊，看到了领头的一批人气势汹汹地向这边缓慢地移动。最前面的人看起来十分凶狠，在街道的另一端作势冲锋，却又退了下去。在不久之前，那里还充满着有些压抑的嘈杂声响，但是此刻却静得令人害怕。这些情景让玛格丽特没法不去注意，但是没有给她的那颗被忧愁和烦恼占据的心上留下什么印象。她不知道这些情况代表着什么，究竟有什么含义，但是她能深刻地感觉到，那种即将一再地让她伤心难过，最终会让她失去母亲的痛苦所带来的压力。她努力想要了解这种感觉，等到这样的情况真的出现的时候，她就可以安慰她的父亲了。

看门人小心翼翼地把门打开了一条缝隙，狭窄得让她没法通过。

“是您啊，小姐。”他长出了一口气地说道。同时他把门开得大了一些，但是仍然没有全部打开。玛格丽特刚走进来，他马上又闩上了门。

“那些人是不是都准备到这里来了？”他问。

“我不知道。外面好像发生了一些奇怪的事，但是这里的整条街都空空荡荡的。”

她穿过院子，走上台阶，来到了这座房子的前门外。在她附近，没有任何声音，没有蒸汽机正在隆隆作响，没有织布机的咔哒声，也没有混合在一起的嘈杂的人声。但是在远处，那种听起来十分不祥的声音却越来越大，沸沸扬扬。

第二十二章　一次打击及其后果

工作日少，粮食日贵，
工资也遭到削减，
大群爱尔兰人蜂拥到了这里，
你出半价，他们就干。

——《谷物法之歌》[1]

玛格丽特被带进客厅。客厅里已经恢复了原貌，一切都重新套上了套子。因为天气炎热，每扇窗子都半开着，拉上了软百叶帘，而从下方街道反射上来的暗淡光线，使得所有阴影都显得阴森森的，再加上从头顶上方照射下来的微绿亮光，使得玛格丽特在偶然看向镜子时，发现自己的脸显得苍白恐怖。她坐了下来，等待着，但没有一个人进来。风时而从远处带来各种各样的声音，但其实，并没有风吹来。当声音安静下来，四周都变得静悄悄的。

终于，范妮走进来了。

“黑尔小姐，妈妈这就过来。其实，她让我先来向你道歉。你应该知道，我哥哥招了些爱尔兰工人。米尔顿的工人因此大为恼火，就好像他无权这么做似的。这些笨蛋不愿给他干活，可如今又威胁恐吓，把那些饿着肚子的可怜的爱尔兰人吓得够呛，所以我们也不敢把他们放出去。你能看到，他们现在都聚在工厂顶层的那间屋子里，就在那里住着，这也算是对他们的保护，免得他们遇到那些蛮横的家伙，那些人自己不干活，也不让别人干活，妈妈在给爱尔兰人做饭，约翰在和他们谈话，因为有些女

---

①《谷物法之歌》：艾略特的作品，作者因此号称“谷物法诗人”，诗文引自《死亡宴会》一篇。

人吵着要回家。啊！妈妈过来了！”

桑顿太太带着严肃而愤怒的表情走了进来，这让玛格丽特觉得此时上门借东西显得很不合适。然而桑顿太太已经明确表示过，玛格丽特的母亲在患病期间无论需要什么东西，都可以随时过来借用。玛格丽特彬彬有礼地讲述着母亲的病痛，以及唐纳森医生建议她使用水垫缓解痛苦。此时，桑顿太太皱起了眉头，紧闭着嘴唇。玛格丽特说完话后，桑顿太太没有立刻作答。下一秒，她突然惊叫道：“他们到大门口了！范妮！快去把约翰叫过来！让他从工厂回来！他们到大门口啦！他们会闯进来的，喂，快去把约翰叫回来！”

与此同时，外面嘈杂的脚步声越来越近——桑顿太太一直专注地听着外面的声音，根本没有在意玛格丽特说了什么——脚步声已经聚集到了大门口，人们愤怒的叫喊声越来越大，几乎要冲破木栅栏。那群看不见的、疯狂的人把自己当作人肉攻城槌，时而后退几步，只为以更大的力度一起冲撞大门，直到那两扇原本坚固的大门变得像风中芦苇一样晃动起来。

桑顿太太、玛格丽特，还有女佣们，都聚在窗口，被眼前的情景吓得目瞪口呆。范妮已经回来了，一路尖叫着跑上楼来，就好像有人在后面紧追似的。然后，她扑进沙发里，号啕大哭起来。桑顿太太留意着她儿子的动静，当时他还在工厂里。后来，他走了出来，抬头看了看她们苍白的面孔，露出了鼓舞人心的笑容。随后，他锁上工厂的门，招呼一个女人下楼帮他打开房门，因为范妮刚才急着跑进来时，随手把前门锁上了。桑顿太太亲自去给他开门。对于大门外的愤怒人群而言，他那熟悉的声音更加激发了他们的疯狂。此前，他们一心只顾着冲撞大门，并不想把力气浪费在说话上。然而此时，他们听到他的声音，于是恶狠狠地叫骂起来，以致桑顿太太回来时，已经吓得脸色惨白。桑顿先生进来时，脸颊有些泛红，然而，面对眼前的危险状况，他的目光却是坚毅的，露出无所畏惧的高傲表情，虽然这并没有让他显得更加英俊，但却让他显得更有气质。玛格丽特一直担心自己在遇到紧急情况时，会变得软弱，成为她始终不愿成为的懦夫。然而在这个几近恐怖的关键时刻，她明明完全有理由畏惧，却忘记了自己，只对眼前这种利害关系产生了强烈的同情，这种同情甚至让她十分痛苦。

桑顿先生走到玛格丽特面前，充满诚意地说道：“真是不好意思，黑尔小姐，让你赶上了这么糟糕的事情，或许无论我们将要面对怎样的风险，你都难免会被牵连其中。妈妈！你们最好还是去后面的房间待着吧。不知他们会不会从平纳巷那边闯进马房前的院子里。如果不会的话，你们待在后面比在这里安全。去吧，简！”他对着管家发号施令。简带着女人们离开了。

“我要留在这里！”桑顿太太说，“你在哪儿，我就在哪儿。”其实，后面的房间也不安全。那些人已经包围了后面的外屋，传来可怕的呐喊声。佣人们尖叫着跑上顶楼。桑顿先生听着这一切，露出了轻蔑的笑容。他朝玛格丽特瞟了一眼，她正独自站在最靠近工厂的那扇窗子前，脸和嘴唇红通通的，眼睛闪闪发亮。她似乎意识到他在看她，于是转过头来面对着他，问出了她从刚才就想问的话：“那些可怜的外地工人在哪里？是在那边的工厂里吗？”

“是的，我让他们躲在顶楼的一间小屋里，直冲着后面的一道楼梯。我还叮嘱他们，如果听到工厂前门有动静，就立刻不顾一切从楼梯逃走。不过，那些人并不是来找他们的，而是来找我的。”

“士兵什么时候能来？”桑顿太太压低声音淡定地问道。

他保持一贯那种泰然自若的神情，掏出怀表估计了一下。

“我派威廉斯去请士兵时，那些人还没有过来，如果他去得及时，没有被堵在人群里，那么士兵还需要二十分钟才到。”

“还需要二十分钟！”桑顿太太这才感到有些恐惧。

“妈，快关上窗子，”他高声喊道，“大门快禁不住冲撞了。黑尔小姐，请把那边的窗子关一下。”

玛格丽特关上面前的窗子，然后去帮双手颤抖的桑顿太太关窗。

不知为什么，那条看不见的街道上的人们安静了一会儿。桑顿太太焦虑地望着儿子，似乎期待他解释一下他们为什么会突然静下来。然而，桑顿先生只是板着脸，表情中既没有希望也没有恐惧。

范妮艰难地坐起来。

“他们离开了吗？”她轻声问。

“离开啦？”他说，“你听！”

她竖起耳朵听了听。那是汹涌逼近的喘息声，木料缓慢断裂的嘎吱声，铁栓砰然折断的声音，沉重的大门坍塌的声音。范妮摇摇晃晃地站起来，朝着母亲的方向迈了两步，随后晕倒在母亲怀里。桑顿太太凭借意志支撑着身体扶住她，抱着她走出房间。

“感谢上帝！”桑顿先生目送她们离开后，对玛格丽特说，“黑尔小姐，你最好也上楼去吧。”

玛格丽特说了句“不用”，可是声音被遮盖住了，他没有听到，因为就在此时，楼下响起了无数凌乱的脚步声，那些人发出低沉而愤怒的咆哮声，迸发的凶狠比刚才他们遇到挫折时发出的喧嚣声还要恐怖。

“别害怕！”他想安慰她一下，“真对不起，竟然让你陷于这种危险之中，不过这不会持续太久的，士兵马上就到了。”

“哎呀，上帝啊！”玛格丽特突然叫嚷起来，“鲍彻在那里。我看到他了，虽然他气得脸都青了，但我能认出来，他正往里挤呢，快看！快看！”

“鲍彻是谁？”桑顿先生冷冷地说道，他走到窗口想要看看玛格丽特这么关心的人究竟是谁。人群一看到桑顿先生的身影，立刻迸发出更加强烈的呐喊声——如果说这声音不像人发出的，那可一点都不夸张——就像恐怖的猛兽被禁止捕食它渴望的猎物时发出的吼叫声。桑顿先生诧异地退了一步，没有想到自己居然会受到如此强烈的怨恨。

“随便他们吧！”他说，“再等五分钟……但愿这群魔鬼不会吓到那些可怜的爱尔兰人。黑尔小姐，振作起来，再坚持五分钟。”

“不必担心我，”她连忙说，“但是这五分钟要怎么办？你就不能去安抚一下这些可怜的人吗？他们的样子可真让人难受。”

“士兵马上就到，到时他们就会恢复理智了。”

“恢复理智？！”玛格丽特急切地问道，“这是什么意思？”

“那些人的头脑已经变得像野兽一样，他们必须清醒起来。天啊！他们往工厂前门那边去啦！”

“桑顿先生，”玛格丽特激动得浑身发抖，“如果你不是懦夫的话，那就立刻下楼去，像个男子汉那样站到他们面前。是你把那些可怜的外地人带过来的，你应该去救救他们。你要把你的工人当作人来看待，亲切地对他们讲话。不要让士兵插手，他们会伤到这些被逼疯的可怜人的。我看到有一个人已经被逼疯了。如果你还有一点勇气，还有一点高贵的品德，那么就下楼去，像对人说话那样对他们说话。”

当他倾听时，脸上似乎蒙上了一层阴影。等她说完后，他转身望着她，咬紧了牙关。

“我马上去。或许你可以陪我一起下楼，帮我锁上门，免得我母亲和妹妹受到伤害。”

“唉！桑顿先生！我不知道……也许我说的并不对……只是……”

然而他已经下楼了，来到门厅，打开前门。她只能迅速跟过去，在他身后锁上门，然后怀着烦躁的心情，晕乎乎地回到楼上，站在窗前看着外面的情况。桑顿先生正站在门口的台阶上。她从那些愤怒的目光投向的地方就可以知道这一点，然而她只能听到乱糟糟的吵闹声，除此以外什么都看不到，什么都听不到。于是她打开窗子。人群中有一些只是年轻的小伙子，他们凶狠而莽撞——因莽撞而凶狠。有一些则是成年人，像豺狼一样消瘦，正在疯狂地搜寻目标。她很清楚他们为什么要这样做。他们和鲍彻一样，家中有饿着肚子的孩子，他们想通过这次努力争取更高的薪水，因此当看到厂主招来一些外地工人分走他们赖以生存的粮食时，他们感到非常愤怒。这一切玛格丽特全都明白，当他看到鲍彻那气得发青的面孔，那不顾一切的表情，她就全都明白了。只要桑顿先生能对他们说几句话，哪怕只是让他们听到他的声音，甚至是向他们吼一顿或是骂一顿，也比他们吵吵嚷嚷却得不到回应要强。但此时他可能已经在讲话了，他们模糊不清的叫喊就像一群动物在吼叫，现在也暂时安静些了。她把帽子摘下，向前探出身子，想听听那里的动静。她看到了下面的情景，桑顿先生真的要讲话，那短暂的安宁已经过去，人群爆发的叫嚷比先前还要凶猛。只见他双臂合抱在胸前，站在那里就像一尊雕像一动不动，因为努力压制着内心的激动，他的脸色显得有些苍白。他们威胁他，想让他退缩。他们互相怂恿着摆出一副要用暴力攻击的架势。玛格丽特凭直觉意识到，人群立刻就会骚动起来，当前的局势很危险，在这数百名愤怒的人群当中，桑顿先生的性命也是难保的，而且随着时间的推移，局面很可能发展到难以控制的地步，他们会不顾一切闹事。她已经发现后面的一些年轻人在弯腰，他们脱下笨重的木底鞋，这是他们用来投掷的武器。这个举动就像一根导火索，于是她猛然喊了一声，然后冲出房间，向楼下猛跑。她用力举起门上的大铁闩，猛然将门拉开，面对着眼前愤怒的人群，向他们射出炽烈的目光。只见木底鞋都停留在手中，没有投掷出来，也就是一刹那的工夫，刚才还是凶狠的目光，此时都变得犹豫不决了，好像他们自己也不知道要干什么。她站在他们和他们的敌人之间，她一句话也没有讲，只是将两只手臂伸向他们，等着自己的喘息声平息些。

“唉，不要动武！他就一个人，你们这么多人。”她说着，声音越来越小，因为嗓子只是嘶哑着，发不出声来。桑顿先生稍微挪了一下身体，向她后边挪了挪，就像不喜欢被人把他从危险中隔开似的。

“快走！”她又说了一遍（这次就像哭喊），“赶快叫士兵来，他们就要到了。悄悄地走，快走。不管你们有什么难处，会解决好的。”

“会不会再把那些爱尔兰恶棍装上船送回去？”人群中有个声音在问，声音非常凶狠。

“说什么也不能听你们的！”桑顿先生喊了起来。风暴立刻爆发了，四周都是喊叫声，好像把空气都充满了，但是玛格丽特没有注意喊声，她此时正关注着那群用木底鞋武装起来的年轻人。她看到他们打着手势，她清楚他们手势的意思，也明白了他们的意图。再过一会儿，他们就要将桑顿先生打倒，是她怂恿他、催促他来到这个危险的境地的。此时，她想的只是如何搭救他。接着，就见她伸出双臂拦在他的前面，用自己的身体掩护他不被对面那帮人攻击。但他淡定地把双臂抱在胸前，把她推开。

“快走，”他的声音非常低沉，“不要待在这里。”

“我就要留在这里！”她说，“你没有看见我所看见的东西。”假如她认为自己是个女人，这就是个保障；假如让她转移目光，不去看那些愤怒的人群，梦想着在她转身之前他们能仔细地反思，然后悄悄地溜走，那她可想错了。工人们的激愤情绪没有收敛，他们仿佛在蓄势待发，很多人都在跃跃欲试，那些领头闹事的年轻人，他们残忍粗暴，对可能出现的流血事件无所顾忌。这时，只见一只木底鞋横空飞来，玛格丽特惊恐地望着它飞过来，但没有击中。她有些惊慌，但依然站在那里，没有改变位置，只是把脸埋在桑顿先生的胳膊上。然后，她转身说道：“上帝啊！你们不要这样用武力破坏自己的大事。你们知道自己在干什么吗？”她努力把话说得清楚些。一块尖锐的石头飞来，从她的前额和脸部擦过，留下了伤痕，她感到眼前一片漆黑，就死一般地伏在了桑顿先生的肩上。他赶忙伸开双臂，把她紧紧抱住。

“你们干的好事！”他说，“你们这样轰赶外地人。你们仗着人多，有几百人，对付一个人。如果一个女人来到你们跟前，请求你们要讲道理，这时你们的卑鄙嘴脸就都暴露出来，把怒火都向她一个人发泄！你们干得好啊！”当他讲话的时候，人们都没吱声，只是瞪大了眼睛，张大了嘴巴，在那里看着。鲜血从玛格丽特的前额和脸上流出，这让人们从愤怒中惊醒了，只见站在大门旁边的人悄悄地溜走了，人群也出现了骚动，向后退去。这时只听一个人在叫喊：“石头是要打你的，可你却在一个女人身后躲着！”

桑顿先生愤怒了。此时玛格丽特也迷迷糊糊地有些清醒过来，他把她轻轻地放在台阶上，把她的头靠在门框上。

“能这样待着吗？”他问道，没等她回答，他已经慢慢地走下台阶，来到人群中，“你们现在可以杀了我。如果你们如此野蛮无礼的话。现在没有女人挡着我，你们可以杀死我，但是你们不会让我做出任何改变，不可能！”他站在人群中，双臂合抱，就像刚才他站在台阶上一样。

但是，人群开始退却了，这和他们刚才的愤怒有些不相称，可能一切都是盲目的。或者，他们也许意识到了士兵马上就要到了，再加上看到玛格丽特两眼紧闭，脸色苍白像块大理石，神态平静而悲伤，泪水从眼眶不断地涌出，鲜血缓慢地从伤口中流出。鲍彻称得上是个不顾死活的人，但见此情景也绷紧了脸，脚底下踉踉跄跄，嘴里嘟囔着咒骂着厂主就走掉了。但厂主依然站在那里，神色淡定地看着他们向后退去。渐渐地退却变成了逃跑（看刚才退却的架势肯定会演变成逃跑的），这时他奔上台阶，跑到玛格丽特身边。

玛格丽特努力站起身，她不想依靠他的搀扶。

“没关系。”她笑了笑，声音很微弱，“擦破了点皮。我当时吓了一跳。嗐，感谢上帝，他们都跑了！”刚说完，她就情不自禁地哭了。

他还在愤怒中，所以无法安慰她，而且，因为看到眼前已无危险，他的火气反而更盛了。士兵们行进的声音已经可以听到了，但他们还是来晚了，晚了整整五分钟，闹事的人们逃脱了，他们没有受到震慑。他很希望让他们看到军队，那样的话想到自己能侥幸逃脱，就会收敛一些。正当他想着这些事情时，玛格丽特正扶着门框让自己的身体稳住，但她感觉眼睛仿佛被一层薄雾遮挡了，他赶紧扶住她。“妈——妈！”他大声喊道，“快下楼来，他们都跑了。黑尔小姐受伤了！”他把她抱进餐厅，放在沙发上。他放得很轻，同时望着她的脸，看那脸色非常苍白，内心涌起感情的波澜，于是情不自禁地脱口说道：“唉，我的玛格丽特，我的玛格丽特！没人知道我有多爱你！看你刚才就像死了一样，躺在那浑身冰凉，你是我唯一爱过的女人！唉，玛格丽特，玛格丽特！”

他在她的身旁跪下，嘴里的话含糊不清，那不像是说话，更像是呻吟。看到母亲进来，他慌忙起身，觉得非常羞愧。桑顿太太什么也没有看到，她只发现儿子的脸色比平时苍白一些。

“黑尔小姐被打伤了，妈妈。她的额头被石头擦伤，流了很多血。”

“看起来她的伤势挺重，我差点以为她死了。”桑顿太太惊慌地说。

“就是一时晕过去了，刚才还跟我说话呢。”说着，他就觉得血液直向头上涌，他感到非常紧张。

“快去把简叫来，我要的东西她会拿来。我得赶紧到爱尔兰工人那里去，他们又哭闹了，跟疯了似的。”

他走了，从她身旁走过时，他感到自己的手脚沉重得就像灌了铅。他去叫简，又喊来他的妹妹。玛格丽特会得到细心的关照和护理。但他一想到她刚才下楼，来到那最危险的地方，他就感到非常激动，她是不是就是为了救他？记得当时他把她推向一边，说话粗鲁。他当时只是觉得她没必要这样冒险。他来到爱尔兰人那里，想到她心脏就跳得厉害，爱尔兰人说什么他根本听不进去，也无法安抚他们，让他们打消恐惧。他们都表示不愿在这里待下去了，要求他送他们回去。

见此情景，桑顿先生陷入沉思，他还要劝说他们。

桑顿太太用科隆香水给玛格丽特擦拭额头。她和简始终也没找到伤口，直到酒精碰到了伤口，玛格丽特才睁开了眼睛，但她并不知道自己现在哪里，也不知道眼前的人是谁。只见她的眼圈更黑了，嘴唇颤抖着，嘴唇抿得更紧了，她再一次失去知觉。

“她这伤得可不轻。”桑顿太太说，“谁去请位医生来？”

“对不起太太，我可不去。”简像是被吓着了，她退后一步，说，“那帮人还在周围，太太，我看伤口没有多深。”

“不能有侥幸心理，她在我们家受的伤。你这么胆小，简，我胆子不小，让我去。”

“太太，我找个警察去吧，外面有很多警察到这里来了，还有士兵。”

“但是你却不敢去，我不能让他们把时间用在我们的私事上，他们应该去抓住那些暴徒，他们有很多事情要做。你待在这里不会害怕吧？”桑顿太太说，语气带着轻蔑，“给黑尔小姐再擦拭一下额头，用不了十分钟我就能回来了。”

“要不就让汉纳去，太太？”

“为什么叫汉纳去？为什么随便找人，就是你不愿意去。不，简，你不去，我就去。”

桑顿太太进了屋子。看到母亲进来，范妮吓了一跳。

“哟，妈妈。看您把我吓了一跳！我还以为是个工人冲进来了。”

“别瞎说，那帮人都跑了。现在外面都是士兵，他们来执行任务，但他们来得太晚。黑尔小姐现在在餐厅的沙发上躺着呢，她伤势很重，我现在就去请医生。”

“哎呀！您别去，他们会杀了您的。”她揪住妈妈的衣服。桑顿太太用力挣脱开。

“那你再找个人来，不能眼看着让那姑娘流血死掉。”

“流血吗！太吓人了，她是怎么被伤着的？”

“这我也不清楚，我还没来得及问呢。赶紧下楼看看去，范妮，一定要做点事。简现在在那里守护着，我看她实际伤的不是很重。简不愿离开这里，她胆子太小，我也不愿意再被拒绝，所以我要自己去。”

“呜，呜！”范妮哭了起来。她要下楼去了，想到屋里有人受伤，还在流血，她宁愿下楼来，也不愿意独自在楼上。

“哎呀，简！”范妮轻手轻脚地进了餐厅，说道，“这是怎么了？看她脸色那么白，她是怎么受的伤？他们向客厅扔石头了吗？”

玛格丽特慢慢恢复着知觉，但她的脸色依然苍白、憔悴。晕倒时是非常痛苦的，她感觉浑身无力。她能感觉到周围人们在干什么，能感觉到擦拭科隆香水后的舒适感，她希望能再擦一擦，一直擦下去。但当她们不再讲话时，她还不能睁眼，很想请她们继续擦拭，但就是说不出话来。就像死了一样僵卧在那里的人，虽然迷迷糊糊地知道周围人们的动作，也知道她们的用意，就是不能动弹，也说不出话来，这样就不能阻止他们为葬礼所做的可怕的准备工作。

简停下手里的动作，她来回答桑顿小姐的问话。

“小姐，如果她能留在客厅里，或者跟我们上楼，那她就不会发生什么意外的。我们在前边的顶楼里都看见了，那里没有危险。”

“当时她在哪里？”范妮慢慢凑上前来问道，她已经能看清玛格丽特那张苍白的面孔了。

“她就在前门外面，跟少爷在一起。”简说得有些意味。

“跟约翰在一起，跟我哥哥吗？她怎么会到这里来？”

“是啊，小姐，这事我可说不清。”简微微扭下头，回答道，“是萨拉说……”

“萨拉怎么说的？”范妮急切地问，看来她很好奇。

简又为玛格丽特擦擦伤口，好像萨拉干了什么、说了什么话，她不愿意再重复一遍。

“萨拉怎么说的？”范妮有些急了，“不要吞吞吐吐的，不然的话我一点也听不懂你的话。”

“唔，小姐，既然您非要知道，您看，在萨拉待的地方能看清楚，她是待在右边的窗口。听她说，她当时看见黑尔小姐用胳膊搂住少爷的脖子，当着很多人的面和他拥抱。”

“我不信。”范妮说，“我知道她喜欢我哥哥，这谁都能看出来。或许她会不顾一切，只要他乐意娶她。但我哥哥却不会这样做的，我相信这一点。但我不相信她这么大胆，敢用胳膊搂他的脖子。”

“可怜的黑尔小姐，如果她真的这么做了，她可是付出了巨大的代价。我看这块石头让她的血液都涌上头了，她可能好不了了。看她现在的样子就像个死人。”

“哎，但愿妈妈快点回来！”范妮用力搓着两手说，“我过去可没和死人在一个屋里待过。”

“慢点，小姐，她还没有死，她的眼皮还动呢。您看，眼泪都顺着脸流下来了。您跟她说句话，范妮小姐。”

“你觉得好点儿了吗？”范妮的声音颤抖着问道。

没有回答，也看不出有感觉的迹象，但玛格丽特的嘴唇有些红润了，虽然脸上还是死灰的颜色。

这时，桑顿太太在最近的地方找来了一位外科医生，他们急匆匆地走进房间。

“她怎样啦？”看到玛格丽特微微睁开了眼睛，用恍惚的眼神注视着她，于是她急忙地问道，“亲爱的，你好些了吗？这位是洛先生，请他给你看看。”

桑顿太太高声地说，话音很清晰，就像对一个聋子说话。玛格丽特想起身，还本能地把揉乱了的头发从伤口上抹过。

“我感觉好点儿了。”她的声音很微弱，“刚才我有些不舒服。”

洛先生握住她的手诊脉，当他要看看她额头上的伤口时，她的脸上有些泛红。她抬眼瞥了一眼简，好像简在旁边看着更让她不好意思。

“大概没什么，我感觉好些了，我要回家。”

“等我给你贴上几块药膏，你再休息一会儿，才能走。”

玛格丽特不再讲话，连忙坐下，让医生为她包扎伤口。

“真对不起。”她说，“我一定要走，妈妈大概不会看到伤口的，它被头发遮住了，是这样吗？”

“是的，谁也看不出来。”

“但你现在还不能走。”桑顿太太有些着急地说，“你现在根本就走不动。”

“我一定要走的。”玛格丽特语气非常坚决地说，“想想妈妈，如果他们听说……再怎么说，我也要回去。”她激动地说，“我不能在这里待了。能帮我叫一辆出租马车吗？”

“看你脸很红，是不是发烧了。”洛先生说。

“这是因为我在这里心里着急回去。出去就好了，外面的空气对我有好处。”她恳求着说。

“有道理，我也觉得她说的对。”洛先生说，“如果您的母亲病得很重，又听到那场骚动，再看不到女儿回来，这样就会让她病情加重的。我看伤口不是很深。我去叫一辆出租马车，如果您的佣人还因为害怕不敢出去的话。”

“真该感谢您！”玛格丽特说，“我感到这比什么都有好处。我在房间里感到不好受。”

她向后靠在沙发上，闭上眼睛。范妮招手把母亲叫进去，和她说些什么，让母亲也急切地希望玛格丽特快些离开。不是说她就听信了范妮的话，但是她听信的那些话，已经使她在和玛格丽特告别时，让她的态度显得非常勉强了。

洛先生乘坐出租马车回来了。

“如果您同意，让我来送您回去，黑尔小姐，因为街上还有些乱。”

玛格丽特已经想好了，她想在到达克兰普顿新月街以前就离开洛先生和马车，她担心自己的父母看到后会惊慌。她担心的就是这件事。人们对她说的侮辱性的话，那场噩梦，她是不会忘记的，但至少她可以暂时放一边，等身体恢复好了再说，她此时身体也实在太虚弱。她努力去寻找一件什么事好集中思路，让自己镇定下来，不致于因为别的什么事情再晕过去。

第二十三章　误会

他母亲见到此情此景，心中十分烦恼，也不知该如何想才好。

——斯宾塞[1]

玛格丽特刚刚离开不到五分钟，桑顿先生便走了进来，脸上因激动而变得通红。

“我本想早点回来，可是监工要……她去哪儿啦？”他环顾餐厅四周，然后几乎是怒气冲冲地盯着母亲。母亲正一脸平静地整理着凌乱的家具，并没有搭理他，“黑尔小姐去哪儿了？”他又问了一遍。

“她回家啦。”他的母亲漫不经心地说道。

“回家啦？”

“是啊，她已经好多了。真是的，我可不觉得她受了什么严重的伤，只不过有些人碰到一点小事就会昏过去。”

“她回家了，这太遗憾了，”他一边说，一边不安地走来走去，“她身体还虚着呢。”

“她说她没问题。洛先生也说了同样的话。我亲自把他请来的。”

“妈妈，谢谢您。”他停在母亲身边，稍微伸出手，打算和她握手表示谢意。然而她并没有注意到他的动作。

“你是怎么安排那些爱尔兰人的？”

“我派人去飞龙饭店给他们订了一顿好饭菜，可怜的人们。然后，我幸运地找到了格雷迪神父，请他来劝劝他们，让他们不要全都离开。黑尔小姐为什么要走呢？她

①斯宾塞：英国诗人，诗文引自《仙后》。

肯定行动不便。”

“她是坐出租马车回去的。一切都安排妥当了，车钱也提前付好了。咱们能不能别总是提她。她惹的麻烦已经够多了。”

“如果没有她，真不知道我现在会是什么状况。”

“难道你已经沦落到要由一个姑娘来保护吗？”桑顿太太露出轻蔑的神情。

桑顿先生脸红了：“人家扔东西打我——明显就是冲着我来的——如果换作别的姑娘，肯定会避开的。”

“正在恋爱的姑娘什么都做得出来。”桑顿太太不以为意地说。

“妈妈！”他上前一步，停下来，激动地喘着粗气。

她有些吃惊，他明明已经尽力使自己镇定下来了。她不明白他为什么会有这么大的情绪，也不明白这是一种怎样的情绪。他在生气吗？他挺直腰板，双眼炯炯有神，呼吸异常急促。如果按照实际情况来讲，这其实是一种混合了愉快、愤怒、骄傲、惊喜、犹豫、担忧的情绪，只不过当时她看不出来。但是，他的样子让她不免有些担心，因为她实在不知道他为什么会这样，也就无法充分地理解他。她来到餐具柜前，拉开一个抽屉，拿出一块抹布。这是她放在那里以备不时之需的，她看到沙发光洁的扶手上沾了一滴科隆香水，于是下意识地想擦掉它。然而她没必要长时间背对着儿子。等她再次开口说话时，她的声音显得有些不自然。

“对那些闹事的人，你再怎么样也要有个应急方案吧。难道你不怕再发生什么暴力行为？刚才那些警察都去哪了？每次出事时，总是找不到他们！”

“恰恰相反，大门被撞开时，我就看到三四个警察正勇敢地和暴徒搏斗。等院子里的人开始离开时，又有很多警察闻讯赶来了。当时如果我头脑冷静的话，原本是能够抓几个闹事者交到警察手里的。可这也不算什么难事，因为那些闹事者很多人都认识。”

“问题是，今晚那些人还会再来闹事吗？”

“不清楚，不过我会安排足够的人看守厂房的。我已经和汉伯里上尉打好招呼了，再过半个小时我就去警局找他。”

“你先吃些茶点。”

“啊，茶点！我确实得吃些。现在是六点半，我出去办事估计要些时间。妈妈，到时您别等我回家了，先睡吧。”

“你是想让我在知道你平安无事前就去睡觉吗？”

“唔，我知道这不行。”他犹豫了一小会儿接着说，“不过，在和警察见面将事情安排好之后，如果时间允许，我还得绕道去趟克兰普顿。”他和母亲对视了一会儿。随后她问："绕道去克兰普顿？你要干什么？"

"去看望一下黑尔小姐。"

"我叫个人去看看她就行了。反正威廉斯刚好要将她借的水垫送过去，让他带回她的消息就好了。"

"不！我要亲自去看看。"

"你不就是想知道她的情况吗？"

"不只是这样。我还要去感谢她，感谢她站在我和暴徒中间保护我。"

"当时你到底为什么要下楼呢？这做法简直是羊入虎口啊！"

他看了母亲一眼，目光犀利。他意识到母亲并不知道自己和玛格丽特在客厅里说的话，因此他转移话题问道："我今天不在家，您不会害怕吧？要不我叫一些警察来护卫，啊，我还是现在就赶紧叫威廉斯去通知他们吧，这样一来，我们吃完茶点，他们就能到了。时间紧急，不能再耽搁了。十五分钟内我必须出发。"

桑顿太太走出房间。佣人们都觉得很疑惑，平时她的命令总是简单明了，可这一次却含糊且混乱，让他们不知如何是好。桑顿先生坐在餐桌旁，尽力思考要对警察说些什么，然而事实上他满脑子都是玛格丽特。关于整件事，他几乎已经记不清前后发生了什么，只记得自己被玛格丽特抱住脖子的感觉，那种温柔的依偎让他脸上一阵阵地泛起红晕。

如果不是因为范妮不停念叨着她的心情，他们本可以安安静静地吃完茶点。范妮说着她先是有多么地震惊，然后以为那些人都离开了，接着她感觉头晕，浑身瘫软、颤抖。

"行了，你就不要再讲了。"桑顿先生不耐烦地站起来，"于我个人而言，现在的一切已经够糟糕了。"他准备转身离开餐厅，可他母亲将手放在他的胳膊上制止了他。

"你去黑尔家前，还是先回趟家吧。"她声音里有一丝急切。

"我知道该怎么做。"

"为什么？你会吵到他们的，都那么晚了？"范妮低声说道。

"约翰，就今晚，你必须回家来。对黑尔太太而言，时间上确实有些晚了。但这不是重点。明天你就能……不，今天晚上你先回家，约翰！"她平时是那么高傲，几乎不会恳求儿子，她不愿这样做，而一旦她这样做，就一定能够说服他。

"办完正事，我就马上回家。但您必须派人看看他们——尤其是她，好吗？"

在范妮看来，桑顿太太根本不是个能聊天的伴儿，当桑顿先生不在家时，她们之间更是无话可说。然而，桑顿先生办完事回家以后，向她讲起各种详情和细节，她听得非常专注。桑顿先生说，他采取了一些措施，既能保护自己和自己想要雇用的人，又能避免白天的状况再次上演。他很清楚自己的目的，那就是严惩参与这次暴动的人。为了保护产业，为了让业主的意志能像利刃一般直插要害，所有这些都是必要和必须的。

“妈妈！您知道明天我想对黑尔小姐说什么吗？”

这话问得太突然了，因为谈话暂停的瞬间，桑顿太太几乎已经忘记了玛格丽特。她抬头看了下儿子。

“我知道！我当然知道。你也不得不如此。”

“不得不如此？您这是什么意思？”

“我是说，在她情不自禁流露出情感之后，你出于道义才迫不得已……”

“出于道义？迫不得已？”他的语气中带有一丝轻蔑，“恐怕此事无关道义。不过，您说她‘情不自禁’，是指什么？”

“唉，你没必要为此生气的，约翰。难道她不是不顾一切跑下楼去，抱住你，将你从危难中解救出来的吗？”

“是的。她是这么做的！”他说，“但是，妈妈，”他突然在母亲面前停下了踱步，接着说道，“我真的不敢相信。过去我做事雷厉风行，从来不会这么犹豫，可我无法相信她那样的姑娘会爱上我。”

“别犯傻了，约翰。‘她那样的姑娘！’嘿，你这么说，就好像她是哪位公爵的女儿似的。我真不知道你还需要什么证据来证明她爱你？我倒是能够相信，一直以来她都是用那种贵族气派思考问题，这一次，她的内心肯定斗争了一番，然后终于承认了自己的感情，这倒让我对她有了点好感。我话说得太多啦。”桑顿太太扬起嘴角，笑了笑，眼睛里闪烁着泪光，“因为，过了今晚，我在你心中就不再是最重要的了。我让你明天再去，只不过是为了和你单独待上几个小时，我只有这几个小时能单独和你说说话了！”

“亲爱的妈妈！”（话虽如此，可爱情毕竟是自私的。瞬时，他再次想到自己的希望和担忧，以致桑顿太太的心中悄然蒙上了一层冰冷的阴影。）“可我知道，她并不爱我。我要拜倒在她的脚下，我必须这样做。哪怕只有千分之一的机会，不，哪怕只有一百万分之一的机会，我也必须这样做。”

“别担心！”桑顿太太说，她难得流露出母爱，却遭到儿子的忽视。她的嫉妒和苦闷没有得到儿子的关注，这让她有些伤感，但她竭力克制住这种伤感，“别担心！”她镇定地说，“仅从爱情角度而言，或许她配得上你。她肯定是进行了一番痛苦的心理斗争，才压制住自己的傲慢。约翰，不用担心。”她亲吻他，并祝他睡个好觉。说完后，她才缓慢且严肃地走出了房间。但回到自己的卧室后，她将门反锁，坐在床上，终于再也抑制不住情感，难得地流下泪来。

玛格丽特面色苍白地走进房间，她父母正坐在那里低声说着话。她一直走到他们身边，才勉强冷静下来，开口说道："妈妈，桑顿太太这就派人送来水垫。"

"亲爱的，你看上去很疲惫！是因为天气太热了吗？"

"确实很热，而且街上在闹罢工，非常混乱。"

玛格丽特的脸上恢复了血色，变得像平时一样红润，但一转眼又失去了血色。

"贝西·希金斯送来一封信，请你去趟她家。"黑尔太太说，"可是你看起来似乎很累。"

"是啊！"玛格丽特说，"我累了，先不去了。"

她一声不吭地安排着茶点，浑身发抖，但让她欣慰的是，父亲一心专注于母亲，并没有察觉到她的脸色。甚至在母亲上床后，他也陪在她身边，念书给她听，直到她睡着。这样一来，玛格丽特终于能有独处的时间了。

"现在，让我来思考一下这件事——现在，让我来回忆一下全部的情况。之前我没法想，不敢想。"她平静地坐下来，双手抱膝，紧闭着嘴，像看到幻觉一样直勾勾地盯着前方。然后，她做了一次深呼吸。

"我从来都不喜欢戏剧化场面，从来都看不起别人流露感情，觉得那是缺乏克制的表现，然而我偏偏却冲下楼去，像个传奇式的傻瓜一样加入那种混战！这样做有什么好处吗？就算我不下去，他们应该也会散去的。"但这个结论并不合理，她的判断力立刻察觉到这一点，"不，他们应该不会散去的。我这样做还是有些好处的。然而，我到底受到了什么迷惑，竟然会去保护那个人，就像保护一个无助的孩子！唉！"她紧紧攥住双手，"我做出了那么丢人的事情，难怪那些人会以为我爱上了他。我陷入了爱情，我爱上了他！"她苍白的脸突然变得滚烫。她用双手捂住脸，再放下手时，手心里全是泪水。

"唉，我变得如此低贱，他们竟然会这样看待我！我对谁都不会那么勇敢，正是由于我一点也不在意他——说实话，就算我并非彻底厌恶他。我更在意的是，我希望他们双方都能光明磊落，我很清楚光明磊落应该是什么样子的。他就那样站在那里。"她激动地说着，"躲起来，等着士兵，士兵或许会逮捕那些可怜又疯狂的人……可他却没有尽力让他们恢复理智，这样做很不公正。可他们呢？他们威胁他，攻击他，这比不公正更甚。我不后悔我的行为，别人爱说什么就说什么吧。如果说，我阻止了一次暴行，否则不知会爆发多么残忍的事件，那么我也仅仅是尽到了女性的本分。无论他们想怎样玷污我这未婚少女的自尊心，都随便他们吧——在上帝面前，我是无怨无悔的！”

她抬起头望着天花板，脸上似乎笼罩着一种崇高的安宁，这让她淡定下来，看上去简直“比大理石雕像还要安宁”。

狄克逊走进房间，对她说：“很抱歉，玛格丽特小姐，桑顿太太派人送来了水垫。现在已经太晚了，太太已经睡下了。不过明天就能用上了。”

“是的。”玛格丽特说，“你一定要向他们表示感谢。”

狄克逊出去了一会儿又回来。

“抱歉，玛格丽特小姐，他说他还奉命问一下你的身体情况。我问他是不是要问候太太，可是他说，他被叮嘱一定要问问你好不好。”

“我吗？”玛格丽特挺起身子，“告诉他我很好，非常好。”然而她的脸却像手帕一样白，头也在剧烈地疼着。

此时，黑尔先生走了进来。他从睡着的妻子身边离开，想过来看看玛格丽特，听她说说话。于是，她没有一点抱怨，强忍着痛苦，心平气和地想出很多有趣的小事来说——只不过，她没有说起那场暴行，对此她只字未提，因为一想到这件事，她心里就很不舒服。

“好好睡一觉吧，玛格丽特。今天晚上我很可能会睡个好觉。你太累了，脸色不太好。如果你妈妈有什么需要，我会叫狄克逊去办的。你快去睡吧，安心睡一觉。可怜的孩子，你太需要休息一下了。”

她任凭自己的脸变得苍白，任凭自己不再强颜欢笑，任凭疼痛的双眼变得麻木。她让自己放松下来，不再用坚强的意志约束自己。明早到来前，她可能会一直感到不舒服，感到疲乏无力。

她躺下去，一动不动。动一下手或者脚，哪怕只是动一下手指，都会超出意志和力量所能承受的范围。她疲惫至极，头昏眼花，因此她觉得自己根本没有睡着。激烈的思绪在清醒与睡眠之间一次次来回徘徊，那种痛苦的感觉无法消失。虽然她筋疲力尽、虚弱无力，可是她却无法独自安静地待着——很多人在仰着脸看着她，她感觉不到强烈的愤怒或是个人的危险，而仅仅因为成为众目睽睽的目标而感到无比羞愧——那是一种强烈的羞愧感，她恨不得找个地缝钻进去，但却无路可逃，只能这样被注视着。

第二十四章 误会消除了

你的秀色首先迷住了我，
打动了我这不知畏惧的心扉，
我的心为你所慑，在幽禁中苦苦思慕，
无情无义地遭到严厉的惩罚：——
然而，不顾粗鲁地拒绝或沉默的傲气，
你的奴仆仍将一往情深，坚贞不渝。

——威廉·福勒[①]

次日清晨，玛格丽特睡醒后，挣扎着从床上坐起来，意识到那一夜已经成为过去，于是感到轻松了一些——虽然还没达到心旷神怡的程度，但好歹也算是休息过了。家中一切尚好。母亲只醒来过一次。闷热的空气中夹杂着一丝清风。虽然树木并没有摇晃着树叶，风好似并不存在，但玛格丽特知道，它就在某个地方，在路边、小树丛，或是茂密的大树林里，有一种欢快、跳跃的飒飒声，那是一种奔流不息的声音，它唤起了她心中对过去时光的愉悦情绪。

她坐在母亲的房间里干活儿。等午前小睡醒来后，她就要帮母亲穿上衣服。吃完午餐后，她要去拜访贝西·希金斯。她要彻底忘掉桑顿家的事情，除非他们站在她面前，否则根本没必要想起他们。可是，这种努力注定让她更加不断地想起他们，这让她苍白的脸颊变得通红，一阵一阵地滚烫，如同一道阳光迅速穿透乌云，划过海面。

狄克逊轻轻推开房门，看到玛格丽特正坐在关闭窗帘的窗子旁，于是她小心地走

①威廉·福勒：英国诗人，诗文引自他的诗篇《恋爱蜘蛛》。

到玛格丽特面前。

“玛格丽特小姐，桑顿先生来了，正在客厅里。”

玛格丽特放下手中的针线。

“他是来找我的？爸爸在家吗？”

“是找你的，小姐。老爷出门了。”

“好的，我这就来。”玛格丽特语气平淡，可是她等了一会儿才走出房间。

桑顿先生背对着门站在一扇窗前，似乎正出神地看着街上。其实，他的内心很慌乱，一想到就要和她见面了，他的心便加速地跳起来。他无法忘记被她抱住脖子的感觉，虽然当时他的心情非常烦躁，但事后想起她为了保护他而把他抱得紧紧的，他全身就如同滚过热流，以至于他所有的决心和克制都瞬间坍塌，就像蜡烛遇火便会融化一样。他很担心自己会忍不住张开双臂走上前去迎她，沉默地恳请她依偎进他的怀抱，就像她前一天在不经意间所做的那样，然而，他也明白，她从此再也不会对此草率了。他的心剧烈地跳着。虽然他是个坚强的人，但一想到自己必须要说出口的话，以及这些话将会面临怎样的回应，他就忍不住浑身发抖。她也许会满脸通红，避开他的眼神，半推半就地接受他的拥抱，好像那怀抱是她最终的归宿。一时间，他想象出这样的情景，脸一下子变得通红——然而下一秒，他又想到自己可能会遭到激烈的拒绝，他的未来也因此会黯淡下来，他痛苦地强迫自己打消这个念头。此时，身后的动静让他意识到房间里还有其他人，他吃惊地转过身来。玛格丽特早已无声无息地进入了房间，以至他完全没有发现。他太过专注于盯着街上，窗外的嘈杂声遮盖了她身穿软布衣裳缓缓走动时发出的声音。

她并没有请他坐下，而是走到桌子旁，垂着眼帘，半遮着双眼；牙齿微合，没有咬紧；微张着嘴唇，露出一小部分洁白的牙齿。她缓慢而深长地呼吸着，小巧的鼻孔略微张开，她的脸上只有这一种微弱的动作。她那细嫩的皮肤、鹅蛋形的脸庞、轮廓清晰的嘴唇，以及嘴角两侧深深的酒窝，都在此时显得憔悴苍白。她那浓密的深色长发垂下来，遮挡住鬓角处的伤口，这让她看上去显得更加病怏怏的。她虽然垂着眼帘，可脸却扬着，胳膊垂在身体两侧，依然是平日里那副高傲的样子。总之，她看上去就像个犯人，被人诬陷犯了一桩她极其厌恶和鄙视的大罪，然而她太过愤怒，甚至不屑为自己辩驳。

桑顿先生迅速往前迈了两步，定了定神，平静而果断地走到门口，关上房门。然后，他走回来，站在玛格丽特面前，感受她端庄妩媚的气质。他不愿立刻开口说话，生怕干扰了这种氛围，甚至打破了这种氛围。

“黑尔小姐，请原谅我昨天没有感谢……”

“你不需要感谢什么，”她一边说，一边抬起眼帘，直勾勾地盯着他，“你的意思是，你想对我做出的事情表示感谢？”此时，她心中燃起怒火，可脸上却因羞愧而变得通红，眼睛里闪烁着炽烈的光芒，而眼神却依然严肃坚毅，“那仅仅是出于人的本能，每个女人都会这样做。当遇到危险时，人们都认为女性的尊严是一种至高无上的特权。相反，”她紧接着说，“应该道歉的人是我，因为我轻率地说了一些话，才导致你走下楼，遇到危险。”

“不，并不是因为你说的话，而是因为你的话中涉及的实情，尽管你说得很犀利。但现在，你不能就这样撵走我，从而逃避接受我的感激之情，我——”话到嘴边，他不愿在激动中匆忙说出，他要把每个字都酝酿一番。他的意愿战胜了冲动，因此说到一半就停了下来。

“这不是逃避，”她说，“我的意思仅仅是，你不需要感激我。而且，任何感激的话都会让我不舒服，因为我并不觉得自己值得被感激。但是，如果这样能够让你哪怕是摆脱一点假想的义务，那么你尽管说下去吧。”

“我没有想摆脱什么义务，”他说，她淡定的语气伤到了他，“假想不假想的，我并不需要反思，我宁肯认为你救了我——是啊，如果你愿意，你尽管笑话我吧，尽管认为我在夸大其词。但我的确是这样想的，因为这让我的生命多了一份价值，让我想到——哎，黑尔小姐！”他压低声音，让语气变得亲近暧昧，以至她不禁有些战栗，“让我想到事情居然能够这样：从今往后，每当我感到快乐时，我就会对自己说，‘生命中能有这样的喜悦，工作让我感到正直和自豪，如此强烈的感受，全是拜她所赐’！这样一来，我就会更加快乐，更加自豪，拥有更加强烈的感受，直至不思苦乐，每当想到这一切都是一个人赐予我的——不，你听我说完，你必须听我说完——”他坚定地向前迈了一步——“这个人是我爱慕的人，我不相信还有谁对一个女人的爱能比我对这个女人的爱更多。”他紧握住她的一只手，一边急促地呼吸着，一边期待她的回应。等到她冰冷的话语响起时，他气得一把甩开她的手。因为她虽然说得吞吞吐吐，好像不知该怎样应答似的，然而声音却是冰冷的。

“你这样说真的吓坏我了。凭我最直接的感觉来讲，我不得不说，你这是对我的侮慢。如果我能理解你的情感，或许我不会这样说。我并不是要惹你生气。况且，我们得小点声，因为妈妈在睡觉，但是你的态度始终都让我很气愤……”

“什么！”他高声说道，“让你很气愤！我的运气真是太差了！”

“没错！”她恢复了高傲的表情，“我确实很气愤，而且我觉得自己的反应是正常的。你似乎认为我昨天的行为——”说到这里，她的脸再次变得通红，但这一次，她的眼中闪烁的不再是羞愧，而是愤怒——“是我们彼此间的私事，为此你可以跑来感谢我，而不像有教养的人会想到的——没错！有教养的人——”她强调了一下，暗指上次他们关于这个词的谈话内容——“会看到的那样，也就是说：无论哪个无愧于妇女称号的女人，都会凭借自己崇高又软弱的身份，走上前去保护一个正在遭受暴力围攻威胁的男人。”

“那么，被救的男人就不能来道谢吗！”他傲慢地打断了玛格丽特的话，“作为一个男子汉，我有权利表达自己的情感。”

“我认同你的权利，我只是想说，如果你坚持要这样做，那么只会让我很不舒服，”她高傲地说，“你似乎认为我的行为不仅出于本能，而是——”说到这里，她已经气愤得不行，压抑很久的泪水涌上双眼，喉咙哽咽得说不出话来——“而是出于我——我对你的其他情感！唉，那些人里面，无论哪一个……无论哪一个处于那种境遇中……我都会对他报以同情心……并且非常愿意尽自己的微薄之力。”

“你尽管继续说，黑尔小姐。你这种同情心寄托错了地方，现在，我已经相信，使你做出如此高尚行为的，只不过是你与生俱来对压迫的反感——没错，虽然我身为厂主，但同样会受到压迫。我很清楚你对我的轻视。请允许我说，这是由于你根本不了解我。”

“我并不想了解你。”她一边说，一边扶着桌角站稳。她觉得他太残忍了——真的，太残忍了——她气得虚弱无力。

“我知道，我看得出来。但你这样做很不公正。”

玛格丽特紧闭着嘴唇。对于这样的指摘，她不愿做出任何答复。虽然如此——虽然他说了冒犯的话，但他会匍匐在她脚下，亲吻她衣角的滚边。她一言不发，一动不动。因自尊心受伤而涌出的热泪迅速滑落下来。他等待了一会儿，期盼她说点什么，哪怕是骂他几句，至少能让他做出回答。然而，她依然一声不吭。他只好拿起自己的帽子。

“我还要补充一句。你似乎认为，我对你的爱就是对你的侮辱。但这是无法避免的事情。避免不了啊，即使我愿意，也无法替你洗刷干净。不过，就算我能够做到，我也不会这样做。以前我从没爱上过哪个女人，我太忙了，没有时间考虑这件事。如今，我爱上了，并且会继续爱下去。但是，你不必担心，我不会向你做出过多的表示。”

“我没什么可担心的。”她一边说，一边挺直腰板，“至今为止，还没有谁敢冒犯我，以后也不会有。不过，桑顿先生，你一直都对我父亲很好，”她让声音和态度缓和下来，“我们还是不要继续惹怒彼此了。请别这样！”他没有在意她说的话，而是专注地用袖口擦拭着帽子上的绒毛。然后，他没有理会她伸出的手，装作没有看到她严肃而遗憾的表情，突然转身走出了房间。在他转身之前，玛格丽特瞥了一眼他的脸。

等他离开后，玛格丽特想起自己看到了他眼睛里闪烁的泪花。她高傲厌倦的心情因此变得稍微柔和了一些，虽然这同样让她不太舒服——她不愿给任何人造成如此巨大的伤害。

“可我有什么办法呢？”她自言自语道，“我一直都不喜欢他。我注重礼仪，但并没有努力掩饰自己的冷漠。说实话，我根本没有考虑他，也没有考虑我自己，因此我的态度无疑是诚实的。昨天的事情，他可能有些误会。但那是他的错，跟我没关系。如果有必要，我依然会这样做，即使这样做会让我陷于耻辱与麻烦中。”

第二十五章　弗雷德里克

仇诚可报；

重振的军规却要公开维护它自己，

受害的舰队，强行实施遭到破坏的法纪。

——拜伦[①]

玛格丽特有些不解，她不知道是不是所有的求婚都如同她两次遇到的那样，事先没有任何征兆，而一旦发生，又都像她遇到的两次一样让人心烦。她在心里对伦诺克斯先生和桑顿先生做了一番比较。亨利·伦诺克斯表达出的情感超出了友谊的范围，她为此而惋惜和遗憾，这成了她第一次受到求婚时的主要感受。那时，她还没有感到桑顿先生的声音在房间里回响时给她带来的震撼，那种印象是非常强烈的。在伦诺克斯那次，似乎是在无意间他超越了友谊和爱情的界限，但几乎就在一瞬间，他们又都感到了遗憾，尽管他们的理由是不同的。和桑顿先生的这次感情经历，从玛格丽特的角度看，他们并没有经过一个友好交往的过程。在他们的交往过程中，总是伴随着一些争执，他们的意见总是相互冲突。说实话，玛格丽特看不出桑顿先生对她意见的尊重，他认为那些意见仅仅属于她个人的。在他看来，她的意见总是对抗他的个性，对抗他的情感，而他的个性就像岩石般地坚硬，于是，他就对她的意见报以轻蔑的态度，而在玛格丽特看来，他的态度使她不再表达自己的意见，不做哪种徒劳无益的抗争。

但是现在，他却带着一种莫名其妙的狂热的态度，急匆匆地跑来，向她表达他的

---

①拜伦：英国诗人，诗文引自他的诗篇《海岛》，描述的是“恩情号”军舰上的兵变事件。

爱意。她开始觉得他是因为过于怜悯她才流露出这样的感情，他也像其他人一样，可能误解了此事的意义，所以不得不来向她求婚，但是，就在他离开那间屋子之前，确切地说是在离开房间不到五分钟后，她就开始认定，而且是非常清晰地认定，他真的爱上了自己，他早就爱上了自己，而且今后还会爱下去。她感到自己的畏缩，感到自己在颤抖，自己像被一种强大的蛊惑力所左右，这种力量和她过去的生活是不能相容的。她想悄悄地离开，她想躲避他的身影，但这一切都无法办到。让我们来模仿费尔法克斯译的塔索①作品中的一句：他强壮的身影，徘徊在她的心中。

她感到自己内心的意志力在被他所支配，这让她感到不快，也因此更不喜欢他。其实她已经对他表示了轻蔑，并以此摆脱他，他怎么依然敢说他爱她？她觉得自己应该多说几句，态度应该更强硬一些。而现在，为时已晚，她此时在脑子里找出许多锋芒毕露的语言。这次会面给她留下的印象很深，犹如噩梦中的妖魔，我们清醒了，我们揉着眼睛，嘴角勉强露出一丝微笑，那微笑很不自然，但那个妖魔还在我们的房间游荡。妖魔一会儿在这里，一会儿又到那里，它缩进房间的一个角落，在那里叽里咕噜地叫着，它还瞪着一双鬼眼，注意着我们有没有勇气当着它的面告诉别人。我们不敢贸然行事，我们可怜，我们胆小。

玛格丽特感到一阵颤抖，她摆脱了他对她的爱情表白，摆脱了他忠贞不渝的威胁，她不明白他到底是出于什么目的。她难道无力抵抗他吗？她认定，作为一个男人，这样威胁她是放肆和不恰当的。在他看来之所以这样做是因为发生在昨天的事情，如果可能的话，明天她还会那样做的——去跟一个跛脚的乞丐站在一起，而且是心甘情愿的，——但一定要和他站在一起，即使因此引起他做出这样的推论，即使女人们都用冷眼看她，用令人作呕的诽谤攻击她，她依然会勇敢地我行我素。她这样做，因为适时地搭救人，哪怕仅仅是一种尝试，也是正当的、简单的，是理应如此的。“Faisceguedois, advienneguepourra。”②

此刻，玛格丽特还站在那里没有动，他就是从这个地方离开的。她还在回味着他临走时说的最后几句话，还记得他那双热切的眼睛凝视她时的神色，这一切都让她沉浸在深深的遐想中，周围任何的动静都没能将她从中唤醒。想想那双热情的目光，曾使她垂下了眼睑。她走到窗前，推开窗子，想把自己内心的郁闷随着窗子的推开而驱散。接着，她拉开房门走出去了，她急切地想和别人待一会儿，或者出来活动一下，希望这样能把一个小时前的事情忘记。但这座宅子里因为有个病人，人们夜间睡眠困难，此刻正在补觉，所以周围还是一片寂静，没有任何声响。玛格丽特不想独自在那里，该怎么办呢？“还是去看看贝西·希金斯吧。”她又想起前一晚送来的信，于是就动身去了西贝家。

---

①塔索：意大利诗人，引文出自其长诗《收复耶路撒冷》，原句是：她美妙的身影在他心中徘徊不去。盖斯凯尔夫人做了更改。

②法国谚语，“做应做的事而不问结果如何”之意。

来到贝西家，她看到贝西正躺在高背的长靠椅上，尽管天气非常闷热，她还是紧靠着炉火。贝西平躺着，就像刚刚经历了一次突发的疼痛，此刻正在疲倦无力地歇息。玛格丽特见了，心里觉得她还是坐起来好些，这样呼吸就能均匀舒适一些。她没有讲话，就直接把贝西扶了起来，把枕头放好，让她靠在那里。贝西感觉比刚才舒适多了，但还是一副疲乏无力的样子。

“我还以为再也见不到你了。”她一边说，一边用眷恋的目光注视着玛格丽特的脸。

“我看你的病又重了。昨天因为有很多事耽搁了没能来，我妈妈也患病了，病得很重。”玛格丽特红着脸说。

“你也许会想我不该让玛丽去请你，但我真受不了那场争吵和叫嚷声，我会被它们撕碎的。爸爸走后，我就想过，唉，我要是能听到她的声音就好了，给我读一些话，让我平静下来，充满希望，那样我就能安静地离开，到上帝那去安息了，就像一个婴儿在妈妈的催眠曲里睡着了。”

“我现在给你读一章吗？”

“好，读吧。我可能开头有些听不懂，好像它离我很远，但当我听到喜欢的词句时，听到给人带来安慰的经文时，我就会觉得它们离我很近，就像要把我穿透一样。”

玛格丽特开始读了，贝西在来回折腾，有时她能费力听一会儿，一会儿又要不住地折腾。到最后她还是说道：“别读了，没用的，我脑子里一直都在亵渎神明，总觉得一切都无法挽回。你听说昨天发生在马尔巴勒工厂的事情了吧？就是桑顿家的工厂发生的事情。”

“你父亲没去吧，是吗？”玛格丽特脸色通红地问道。

“他不会去的。只要不出那样的乱子，让他做什么样的牺牲都行。我就是为这件事心烦。他为这件事而沮丧。跟他说‘傻瓜总会违反常规的’也没用，你一定没见过有谁像他那样沮丧。”

“这是为什么呢？”玛格丽特问，“我有点不明白。”

“咳，知道吗，为这次罢工，专门成立了一个委员会，他是委员之一。工会认为他有心计，绝对可靠，就决定派他去。这话本来我是不该说的。他和工会委员们一起制订了罢工计划，认为无论发生什么情况，大家都要团结一致。大多数人同意的事，其他的人如果有意见也要执行。他们认为违法的事情绝对不干。看到他们遵纪守法、忍饥挨饿地努力，大家就会跟着他们干，但是一旦出现打斗的行为，即使是和不参与罢工的人发生冲突，事情也会前功尽弃，过去已经有过这样的教训，必须吸取经验教训。他们要努力去动员那些不愿参加罢工的人，要去劝导他们，向他们讲清道理，警告他们不要上工。他们还决定，不管发生什么事情，委员会责成所有会员，即使需要牺牲，也不要动手，这样的话，就会得到公众的支持。除此之外，委员会还认为，工会的要求是正当的，他们不会把正确与错误混淆在一起，是非一定要分清，就像我要分清药粉，分清你和我，这也像调和果子冻，果子冻很多，但里面的药粉味道很重。唔，我总算把事情的全部都讲完了，我累了。你自己想想吧，把爸爸的工作都给破坏了，还是鲍彻那傻瓜给破坏的，这让他很难受。鲍彻执意要违背委员会的决定，就好像他要做一个犹大，故意要把那场罢工彻底破坏了。唉，昨天晚上爸爸狠狠地骂了他一通。他说要去报警，在哪能抓住这场乱子的领头者，他要将他交给厂主们，听凭他们处理。他要让人们看到，鲍彻那样的人是做不了罢工的领导人的，真正的领导人应该有头脑，做事稳健，他们应该是优秀的工人和市民，是支持法律和舆论的，他们会维护社会的秩序。他们要求的是自己应得的工钱，如果拿不到，就是挨饿，他们也坚决不去上工，但他们不会破坏产业，不会危害生命。至于这样的原因，她低声说，“据他们说鲍彻还真的向桑顿妹妹扔了一块石头，差点儿把她砸死。”

“这不是真的。”玛格丽特说，“不是鲍彻扔的石头……”说着她的脸色有些发红，后来又变白了。

“照这样说，你当时是在场了，是这样吗？”贝西说着，还是有气无力。讲这番话她中间停顿了好几次，看来讲话非常费力。

“是的，但这个不重要。鲍彻确实没有扔石头，往下说吧，他是怎样对你父亲说的？”

“他没说话。他一激动，就会浑身发抖，那样子我都不忍心看，我听他呼吸非常急促，有一阵子还在那哽咽。但当爸爸说要向警察报警揭发他时，他吼了起来，挥拳就打在爹的脸上，然后就立刻逃跑了。虽然鲍彻很激动，还因为饥饿显得很虚弱，爸爸还是被他打蒙了。爸爸坐了一会儿，他用手遮着眼睛，然后就起身走向门口。我当时也不知哪来的气力，一下就从长靠椅上跳起，伸手就抓住了他，‘爸爸，爸爸！’我对他说，‘您千万别去揭发那个人，他挨饿，他可怜。您答应我不去揭发，不然的话我不会放开你的。’‘别傻了，’他说‘对大多数人来说，动嘴说比动手做容易多了。我一直也没真想去找警察告发他，虽然，上帝在上，他本该受到这样的处罚。如果是别人这么卑鄙，那我可不在意警察把他抓了，但现在他打了我，我就更不能这样做了，因为那样的话，别人就会都参与到打闹中。但要是他什么时候不再挨饿，身体也好了，我倒想和他比试比试，跟他较量一下。那时我要看看他有多大本事。’他这么说着，就从我的手中挣脱出去了，说实话，我当时也是虚弱得很，浑身没有力气，看他的脸色又红又白的，真感觉不舒服。我也不知道自己是醒着还是睡着，或者是昏过去了，直到玛丽进来，我让她去请你来。这会儿别跟我说话了，快把这一章读完吧。说了这么多话，我心里倒觉得舒服多了。但我需要一些关于天国的内容，这样就能把嘴里那发腻的味道清除掉。读吧，我听着呢，不要读一章讲道文，还是有故事的好，故事里的画面，能让我闭着眼睛就能看见。读一些讲新天新地的章节，这样或许能让我忘记这件事。”

玛格丽特读着，她的声音非常低而柔和，贝西闭着眼睛听着，听了好一阵子，她的泪水将睫毛浸湿了，不久，她睡了，睡梦中她还经常被惊动，嘴里喃喃地央求着什么。玛格丽特把被子给她盖好，然后就离开了，她心里清楚，家里也需要她，但看到眼前这个垂死的姑娘，她这样离开似乎显得有些冷酷无情。

玛格丽特回到家的时候，黑尔太太正在客厅里。她的精神不错，对水垫很满意，这些年她睡过很多床铺，而水垫的感觉更像约翰·贝雷斯福德爵士家那些床。她不清楚这是怎么回事，但她感觉她年轻时期人们做床的手艺，好像已经失传了。人们都觉得那是很容易的，都是一样的羽毛，但材料虽然相同，但做工却相差甚远，昨天晚上以前，她就没有睡过一个痛快的好觉。

黑尔先生认为，过去鸭绒床垫之所以感觉好，可能是因为年轻人活泼好动，所以他们能睡得很香，但妻子对此不大赞同。

“说实话，不是这样的，黑尔先生，是约翰爵士家的那些床。玛格丽特，你很年轻，整天忙碌，你说这些床舒服吗？你说说看。躺在这样的床上，你能完全放松下来吗，你翻来覆去，也找不到一个舒适的位置，一直到早上醒来，是不是和你晚上上床时一样疲倦。”

玛格丽特开怀大笑，她说道：“说实话，妈妈，我根本就不去想我睡的床究竟是什么样子的。到了晚上，我很疲倦，不管在哪里躺下，都能立刻入睡。所以您不能让我做证人，而且您也知道，约翰·贝雷斯福德爵士家的床有多舒服，我也没机会去试呀。我从来也没去过奥克斯南。”

“你真的没去过吗？是啊，当然，我想起来了，我那是带着可怜的宝贝弗雷德一起去的。在我结婚后，就只去过奥克斯南一次，那是参加肖姨妈的婚礼。小弗雷德那时候还是个毛孩子。我还记得，狄克逊不乐意当保姆，她原先是小姐的贴身女仆。当时我就担心，如果我把她带到她老家附近，到了她的亲人身边，她可能就要离开我了。但那个可怜的毛孩子因为长牙，在奥克斯南病了。在肖姨妈结婚前，我经常陪着她，我本来身体就不好，所以他比先前更多的时间都是由狄克逊照料的，狄克逊也喜欢上了他，他抓住她，除了她谁也不要，当时她非常得意，我觉得就是从那开始，她就不想离开我了，虽然这有些反常。可怜的弗雷德，大家都疼爱他，他生来就让人喜欢。所以我很讨厌里德舰长，就是因为他不喜欢我的孩子。这足以说明他的心地丑恶。唉，你可怜的父亲，玛格丽特。他出去了，他一听见别人说到弗雷德就不高兴。”

“我喜欢您说他的事情，妈妈。您喜欢什么就都说出来，我不会嫌您的。您告诉我，他还是个毛孩子的时候是什么样子。”

“哟，玛格丽特，你听了可别生气呀，他比你小时候长得漂亮。记得我第一次看见狄克逊抱着你的时候，我说，‘哎呀，这个小家伙太丑了’！她当时说，‘不是每个孩子都像弗雷德少爷，愿上帝保佑他！’哎呀，你看我记得有多清楚。我那时可以每天都抱着弗雷德，他的小床就放在我的床旁边。但是现在，我却不知道我的孩子在哪里。有的时候真以为再也见不到他了。”

玛格丽特在母亲沙发旁的一个小凳上坐下，她轻轻地握住母亲的手，慢慢地抚摸着，又亲了亲，就像是在安慰母亲。黑尔太太哭了，哭得很伤心。后来，她僵硬笔直地坐在沙发上，转身面对这女儿，她的眼泪模糊，用严肃而恳切的口气说：“玛格丽特，如果我的身体能好一点，如果上帝让我恢复身体健康，我一定要见到我的儿子弗雷德里克，他会把我仅剩的一点活力焕发起来。”

说到这她停住了，好像在攒足点气力，因为她还有很多话要说。接着，就听她的嗓音有些哽咽，那声音不住地颤抖，好像有什么奇怪的想法突然冒了出来。

“还有，玛格丽特，如果我要死了，如果我命该活不了几个星期，我一定要和我的孩子见一面。我不知道怎么安排一下，玛格丽特，我还是派你去吧，就像你上次生病希望得到安慰那样，把他带到我这里，我要为他祝福。只要五分钟就行，玛格丽特。五分钟之内不会有危险的。唉，玛格丽特，让我在临死前见他一面吧！”

听了这些话，玛格丽特觉得言之有理，对危重病人的恳求，我们不能从中寻找情理和逻辑，我们总会想到有多少次机会没有抓住，对不久于人世的亲人，我们没能履行他们的心愿，这是令人痛心的。如果他们希望我们献出未来生活中的幸福，我们会放到他们面前，忍心让幸福离开我们。但黑尔太太的愿望，对双方来说，都是非常合情合理的，是很公正的，所以玛格丽特觉得一方面为了母亲，同时也为了弗雷德里克，她要将其中的所有危险忽略掉，争取满足母亲的心愿。看着那双眼睛睁得大大的，那眼神充满了期盼，母亲苦苦地凝视着她，那苍白的嘴唇就像婴儿一样颤抖着。玛格丽特轻轻地起身，她来到母亲面前，望着虚弱的母亲。母亲从女儿那平静的表情中看到了希望，她相信自己的心愿会实现的。

“妈妈，您放心，今天晚上我就写信，把您的话告诉弗雷德里克。我保证，他接到信后会立刻回来的。您放心吧，妈妈，在这个世界上如果有什么需要我保证，那就是让您一定见到他。”

“今天晚上你就写信吗？啊，玛格丽特！邮车五点钟发车，你就在五点以前写好，行吗？我活不了多少日子了，亲爱的，我感觉我的病不会好转了，虽然你爸爸说得挺好，让我有了点希望。你马上就写，行吗？不要错过邮车，要是错过了，我也许就不能再见到他了。”

“但是，妈妈，爸爸出去了。”

“你爸爸出去了又怎样？你是说他不答应我这最后的愿望吗，玛格丽特？咳，就是他让我离开赫尔斯通来到这个地方，这里空气污浊，烟雾弥漫，没有阳光，如果不到这里来，我也不会生病，也不会死……”

“唉，妈妈！”玛格丽特说。

“是的，就是这样。他自己清楚，他这样说过好几次了。让他为我做什么事他都愿意。他总不至于拒绝我的最后愿望吧。你要是愿意的话，说恳求也行。说实话，玛格丽特，我想见到弗雷德里克，就是这个愿望把我和上帝隔开了。这个愿望实现前，我不能祈祷。说实话，我不能祈祷。不要再耽误时间了，亲爱的，亲爱的玛格丽特。把信写好，赶这班邮车送出去。他接到信后或许就来了，在二十二天内回来，他一定会回来的。什么绳索和锁链也束缚不了他。在二十二天内，我就能见到我的孩子了。”她向后靠下，有那么一阵，她没有注意，后来才发现玛格丽特用手遮着眼睛，坐在那里什么也没有做。

“你怎么不写！”母亲最后说，“给我纸和笔，我自己写。”她坐起来，因为激动浑身直打战。玛格丽特把手从眼睛上挪开，她用伤感的目光望着母亲。

“还是等爸爸回来再写吧，我们需要问问他，怎么写好。”

“还不到一刻钟以前，你还答应了我，玛格丽特，你不是说他应该来吗。”

“他一定会来，妈妈，您别哭，亲爱的妈妈，我这就写，您看着我写好吗，就赶这班邮车送出去。如果爸爸觉得合适，等他回来我再写一封，那也就耽误一天。啊，妈妈，不要伤心了，看您这样我也难受。”

黑尔太太无法止住自己的泪水，它不停地流下来，她也就任凭泪水夺眶而出，此刻她想的是曾经的幸福生活，还有就是对未来的种种猜测，想着她死后遗体躺在那里，一直想见的儿子在她的遗体前痛哭，那时，她已经感觉不到儿子回来的情景了。后来她感到筋疲力尽了，还在不停地呜咽，玛格丽特看着母亲如此，内心非常痛苦。最后，她终于平静些了，女儿开始写信了，她用热切的目光望着。女儿在信中的语气非常恳切，写好后急忙封好，她担心母亲要看信的内容。接着为了把事情办得可信，在黑尔太太的催促下，她亲自赶到邮局。在回家的路上，父亲赶上了她。

“你去哪儿啦，我的孩子？”他问道。

“我去邮局送出一封信，给弗雷德里克的。爸爸，我是不是做错了，但妈妈特别盼望他快些回来，她着急要见到他，她说见到他自己的病就能好起来。还说在她临死前一定要见到他。我没法告诉您，她很着急，我做错了吗？”

黑尔先生开始还没回答。过了会儿才说：“应该等我回来再写，玛格丽特。”

“我是想说服她……”说到这儿，她不再出声。

“其实我也拿不定主意。”黑尔先生犹豫了片刻说，“如果她非要见他，就答应她吧！我相信，这比任何药物都有用，甚至会让她完全好起来。但我担心，弗雷德里克会冒很大的危险。”

“那场兵变已经过去很多年了，不会有什么事了吧，爸爸？”

“会的，政府会采取非常严厉的措施镇压兵变，特别是在海军，因为在海军里，要让士兵明白，政府对他们的指挥官是全力支持的，是和他们站在一起的。如果需要，政府会帮助军队，为他们所受的损失进行惩戒的。唉，他们滥用职权，蛮横无理，把脾气急躁的人激起怒火，也就是说，在事后用别人发怒作为他们滥用权力的借口，它开头总是不应该的。他们不顾一切地派出军舰在海上搜索罪犯，哪怕时隔多年，也要严加追查。在海军部的档案中它还是一项罪行被清晰地记载着，他们要用血的代价来抹掉它。”

“啊，爸爸，我犯了一个大错。但当时觉得一点错也没有，我想弗雷德里克一定会冒险回来的。”

“是啊，他会这么做的，他也该这样做。玛格丽特，我很高兴你这样做，虽然我自己没能这样做。事已至此，我很高兴。如果是我，也许会犹豫彷徨，等到要做了，才发现为时已晚。亲爱的玛格丽特，你这件事做得对，当然，结果如何，我们是无法掌控的。”

一切都很顺利，但父亲所说对于兵变会严加惩罚的话，还是让玛格丽特非常担忧。如果她把哥哥叫回家了，他要是因此遭遇不测那可如何是好！她从父亲的话里也听出来了，父亲虽然在鼓励她做得对，但话里也隐含着他的担忧。她挽起父亲的胳膊，陪着他向家中走去，她的心情非常忧郁，脚步也显得很疲惫。

第二卷

第一章　母与子

我已发觉，那个神圣的安息之地

依然毫无改变[①]。

——赫门兹夫人

那天上午，当桑顿先生从那所房子走出时，他感到了失恋的痛苦，这让他感到头发晕，什么也看不清，他感到玛格丽特无论在谈吐、举止还是神情上，都不像一个贤惠温柔的女人，反倒像个健壮的女鱼贩子，甚至她还伸手狠狠地打了他，他感到浑身都在疼痛，还有剧烈的头痛和脉搏间歇性的悸动。街上非常嘈杂，五色斑斓的街景和接连不断的轰隆声，加上人流的涌动，所有这些都让他难以忍受。他感到自己痛苦的样子，一定像个傻瓜，但自己为什么痛苦，此刻他又找不到原因，更不清楚还会产生什么后果。这时要是有个小孩儿因为什么委屈正坐在台阶上痛哭，他真想凑上去，坐到小孩身边，陪小孩儿大哭一场，那样的话或许心里会痛快一点。他咬着牙对自己说，他是恨玛格丽特的，但就在他要发泄自己对玛格丽特的愤怒时，却突然发现自己对她还是那样地爱恋，这种情感是那样地炽烈，就像电光一样在他此刻阴郁愤懑的内心击打着他，让他感到身心痛苦。他感到现在最大的安慰就是紧紧地抱住痛苦，他曾对玛格丽特说过，即使她不把他放在眼里，轻视他，以一种傲慢冷峻的态度对待他，他也不会改变对她的爱慕之情。至于玛格丽特，她也改变不了他。他从前爱她，今后仍一如既往地爱她。无论她有怎样的选择，也无论自己要遭受多大的痛苦，他都痴心不改。

①诗文引自赫门兹夫人的长诗《希腊岛上的新娘》。

他停下脚步，站在那里好一会儿，让自己的决心更加笃定。就在这时，一辆去往乡村的公交车驶来，售票员以为他在等车。汽车在人行道旁停了下来。他想说自己不等车，但看到车已经为自己停下，索性就上去吧。汽车将一排排的房屋甩在后面，接着从整齐的花园别墅群驶过，然后就走在乡间的树木和篱笆之间，很快就驶进一个乡间小镇。乘客都下去了，桑顿也随着下了车。大家都走了，他也跟随着众人走在后面。

他走向田野，轻快的脚步让他的大脑松弛下来。现在他能回忆起所有的事情。那时的他一定是一副落魄相，看着一定很可怜。以前他做事的原则就是，主意已定，就不顾一切地去干，这种蛮干的作风其实是不明智的，这一次他正好遇到了当大脑清醒时就料到的后果——如果他继续做这种蠢事的话。他是否被迷惑啦？那双迷人的眼睛，她靠近他的肩膀，他看到那张微微开启的温柔叹息的嘴唇，这一切让他如醉如痴。这些情形深深地印在他的脑海里，挥之不去，她曾同他在一起，双臂紧紧地拥抱着他，拥抱了一次——哪怕此后再也不会拥抱。他望了她几眼，他对她很陌生，没有任何了解。有时她显得很勇敢，可也有时又显得很怯懦，时而温柔，时而傲慢，就像一个尊贵的帝王。为了将她忘掉，他把每次见面的情景又在脑海里回望一遍。每次见面时她的着装，显出不同的精神状态，说不好哪件服装更适合她的穿着。就说今天早晨吧，她的服装就显得格外出众，——前一天当他遇到危险时，是她出手相助，此举被人视为她对他有所倾心，可当她听说后又非常恼怒。

如果说桑顿先生在中午前是个傻瓜，他自己也如此这般说了二十多次，那午后的他也没有聪明到哪去。花六便士乘坐公交车，桑顿觉得是有收获的，那就是他更加坚定了一个信念，他坚信任何一个女人也不能和玛格丽特相比，她虽然不爱他，也绝不会爱他，但是她——不，即使是全世界也不能阻止他对她的爱。他带着这样的信念重新回到小市场上，重新乘上公交车向米尔顿奔去。

在货栈附近下了车，桑顿发现已经是下午了。回到熟悉的地方，自然就找回了熟悉的习惯和思绪，桑顿清楚有很多工作要做——前一天的骚动耽误了很多工作，现在就要努力挽回。他准备去见他的司法同僚，对新招募来的爱尔兰工人要做些安抚，要安排好他们，这些工作在今天午前只进行了一半，现在要继续完成。他还要设法阻止他们和米尔顿的工人接触，因为这里的工人充满了不满情绪。最后，他还要回家和母亲见面。桑顿太太整天都在餐厅里期待着黑尔小姐答应和儿子结婚的消息。她几次听到房子里有声音传来，连忙打起精神。她拿起缝针，继续刚刚做了一半的活儿，她戴着模糊的眼镜，手虽然发颤，但还是仔细地缝着。房门虽然被打开过几次，但都是无关的人进来做不相干的事情。后来，她紧绷的脸终于松弛下来，那苍白而严峻的脸色也变得温和多了，但还是显得有些沮丧，和平时那严厉的脸色比起来，显得很特别。她努力控制自己不去考虑儿子成家以后的事，是不是会让自己感到闷闷不乐，于是她又努力转移思绪，把心思放在日常生活上来。马上就要成家的夫妇，可能要添置一些新的家用亚麻布制品。桑顿太太找出一个个口袋，里面装的都是桌布和餐巾，她打算看看需要多少。从上面的标记看，有的标着乔·汉·桑（代表乔治和汉纳·桑顿）的字样，有的标着儿子名字的缩写字样，从这上面可以看出购买人是谁，但这两类之间还是有些混乱。有的标有乔·汉·桑的是老式的质地细密的荷兰花布，这样的货色现在可是找不到了。

桑顿太太盯着那花布看了好一阵子——她想起刚结婚时，她就非常喜欢这样的荷兰花布。然后又紧锁眉头，闭紧双唇，把乔·桑两个字仔细地拆下来。她很想用那种火红的粉线，在花布上绣上几个新的缩写字母，但她发现粉线早已用完了，——这时她也没有心情再找人去买。无所事事的她只是眼睛直直地盯着前面，脑子里好像有很多幻影在浮现，而这些幻影中，唯一的主角，不是别人，而是她的儿子，——儿子，就是她的骄傲，是她的宝贝。到现在他还没回来，他这时肯定是和黑尔小姐在一起，这一点是不用怀疑的。新的情人已经代替了她，成为他的心上人。想到这，她内心感到一阵剧烈的疼痛——那是一阵徒劳的嫉妒之情，她搞不清是因为身体还是精神上出了问题，她不得不坐下来。

但仅仅一瞬间，她又重新站了起来，——她的脸上第一次露出了一丝苦笑，她静静地等待着房门被打开，静静地等待着他满心欢喜地、春风得意地回来，她不能让他看出来因为结婚而给母亲带来的痛苦，在她心里，她没有将未来的儿媳妇看作一个独立的人。她即将成为约翰的妻子，她即将代替桑顿太太成为这个家的女主人，她将享有这个家庭中的很多荣誉，而这还仅仅是其中之一，家庭的荣华富贵，包括那些考究的服装，享有的名誉、拥戴以及家人的服从，还有大批的朋友，所有这些都会像国王身上的珠宝一样，很自然地就都享有了，它们各自有什么高贵的价值，这些也都不必上心。由约翰选中的在厨房工作的姑娘，与世上其他的人相比，也是出类拔萃的。再说，黑尔小姐也不错。如果她是米尔顿的一个大家姑娘，也肯定会招桑顿太太喜欢的。她性情爽快，有生活情趣，又有胆量，气质也好。不错，她有很深的城府，又不愚昧无知，但生长在南方的她，对这一点应该是有所预料的。桑顿太太在脑海里拿范妮和她做了一番比较，这是一种奇特的、让人不爽的比较。这次她和女儿讲话非常严厉，还将她狠狠地骂了一顿。然后她又感觉非常后悔，她拿起亨利的《圣经诠释》，想转移一下自己的注意力，不再做让自己喜欢的事情，也就是继续整理桌布。

等待已久的脚步声终于传来了！仿佛就在她刚刚读完一句话时，她就听见了他的脚步声。就在她的目光从那行文字掠过，就在她凭借记忆就能把刚刚阅读的文字逐字复述一遍时，她听到了门外传来的脚步声。她的神经变得非常敏感，可以辨别出所有的声音。此刻，他一定是在帽架子那里，而现在，他已经走到这间屋子的门口了。他现在有些犹豫，这是为什么？有什么坏的消息吗，这应该让她知道。

但她仍埋头于书中，没有抬起头来。这时，他已经走到桌旁，静静地站在那里，等待着她读完这段文字。这段文字似乎很吸引人，过了好一会儿她才费力地抬起头："怎么样，约翰？"

他清楚这句话的意思，但他的内心已经很坚定，他想用一句幽默的话来回答，他内心的怨恨可以让他说出一句话，但对母亲却不能这样。他从母亲身后绕过来，这样一来，母亲就看不到他的脸色，他绕到母亲身边，捧起她那苍白而没有表情的脸，他亲着，含糊地说道："妈，除了您，没有谁爱我，——没有谁喜欢我。"

接着他转身把头贴着壁炉站住，他那男子汉的双眼涌出一股泪水。她缓缓地起身，她的脚步有些蹒跚。她把双手搭在他的肩上，她身材高大，眼睛注视着他，他也望着她。

"上帝赐予了母爱，约翰。它是永恒不变的，会永远继续下去的。姑娘的爱情就是一股烟云，——它会随风而去。孩子，她不愿意嫁给你，是这样吗？"她咬紧牙关，就像一只狗，露出满口锋利的牙齿。他摇了摇头。

"妈妈，我配不上她。我早就知道我不行。"

她咬牙似乎在讲着什么，但他没有听清，但从她的眼神看得出来，她是在咒骂着什么，——即使骂的话不至于太粗鲁，至少也是从未有过的恶毒。但她心里还是感到了轻松，因为这样一来，儿子又回到自己身边了。

"妈妈！"他急急忙忙地说，"我不愿听到对她的责骂。原谅我，——宽恕我！——我的心受伤了，现在非常脆弱，——我还是非常爱她的，现在我比过去更爱她。"

"但是我却恨她。"桑顿太太狠狠地说，她的声音很低，"当她出现在你和我之间时，我曾尽力不去怨恨她，这是因为，——我这样对自己解释，——她能给你带来幸福。我宁可牺牲我自己，也要让你幸福。但现在，因为你痛苦，我才恨她。是的，约翰，把你心里的苦楚隐瞒起来，不告诉我，这是没有用的。我是你的母亲，你的痛苦就是我的痛苦。即使你不恨她，我也要恨她。"

"这样的话，妈妈，您倒让我更喜欢她了。您这样对待她有些不公正，我要的是公正。但我们为什么要谈论爱和恨呢？她不爱我，这就足够了，——这就可以了。这件事我们不要再提起了。对这个问题，这是您能为我做的唯一的事情。我们永远都不要再提起她。”

“我当然乐意这样做。但愿她和一切，都如过眼云烟，回归到它们原来的地方。”

他站在那里没有动，只是注视了一阵炉火。她望着他，她的眼睛干涸，眼光昏花，但此刻却充满了泪水，但当他开口说话时，她仿佛又回到了平日，仍像平时那样严厉和平静。

“妈，有三个人阴谋闹事，已经发出了逮捕令。昨天的那场骚动，我们的罢工也因为昨天的那场骚动而撤销了。”

接着，桑顿太太和儿子再没有提到玛格丽特的名字。他们又回归了平日的样子，还像平日那样交谈——只讲事实，不发表意见，更不多讲情感。他们的声调安详而冷静。如果一个不了解内情的人看到了，或许会疑惑，为什么在这么至亲的人之间，会有这样冷漠的言谈举止。

第二章　水果静物画

因为朴实忠诚贡献的礼品，
是绝不会有任何疵病的。

——《仲夏夜之梦》

桑顿先生现在非常忙碌，转天就有很多重要的事情需要他去处理。时下很多制成品销路还可以，这也涉及他经营的行业，于是他就抓住机遇，尽力讨个好价钱。他按时参加了治安法官同僚们的会议，——他有着极强的判断能力，对于任何事情的后果一眼就能发现，他借此给参会者们提供了很大的帮助，会议也迅速做出了一项决定。那些年纪比他大的人，那些名流望族，那些比他富有的人——他们都在变卖财产，转而购买土地，而他所有的都是流动资本，都用在生意上——大家都非常重视他的见解，认为他的见解精明而果断。大家推举他为代表与警方会见，与警方做出安排——带头采取一切必要的措施。但他对大家不自觉地推崇他，就像对柔和的西风那样并不在意，那些高耸的烟囱里冒出的浓烟，并没有在柔和的西风的吹拂下有所偏移。在他看来这倒有可能妨碍了他对目标的追求。说实话，在他的眼里，现在只有那个需要立刻实现的目标。但他的母亲却从这些治安法官和贵妇人那里听到很多关于某某先生对桑顿有多么重视，觉得这里要是没有他，情况就会发生变化，——说实话，情况就会非常糟糕。就在那天，他做了很多业务上的事情，好像之前的屈辱，还有后来的头脑发晕、盲目地打发日子，以及大脑中的所有迷雾，都被驱散了。他意识到了自己是有才能的，他感到内心的喜悦。他差不多可以不被自己的心境所控制。可惜的是，他还没有听到过，不然的话，他真的会唱起一支歌，那是住在迪河河畔的磨房主人的歌：

我不惦记任何人，
任何人也不惦记我[①]。

有关对鲍彻以及其他煽动这场骚动人员的指控材料，都已经送到他这里。对另外三个犯有阴谋闹事罪的人的指控，因为证据不足而不能成立。但他向警方提出了严厉的要求，要求他们密切监视这些人，因为法律一旦可以证实一个过失时，就要迅速出击。接着，他就离开了市法院那间热烘烘的房间，他走到街上，街上的空气虽然还很闷热，但比起房间里还算是清新多了。他感觉自己好像就要垮了，浑身乏力，大脑有些控制不了。他的脑海总是浮现出她的身影，过去的一幕幕情景仿佛就在眼前，——不是前一天他被拒绝，而是再前一天的情景，他在拥挤的街道上迷茫地走着，在拥挤的人流中挤来挤去，但却对人群熟视无睹，——他怀着懊丧的心情盼望着那一个半小时——她抓紧他，她的心和他的心贴在一起，在那短暂的时刻，他们彼此的心跳在一起——他希望这一刻重新回来。

"哟，桑顿先生！我要说说您了，您对我是不是过于冷淡了，看见我还假装没看见。桑顿太太好吗？看今天的天气多好！可这样的天气我们当医生的却不喜欢，这我可以跟您讲。"

"真是对不起，唐纳森医生。我是真的没有注意到您。我母亲挺好，谢谢您的关心。今天的天气确实挺好，有利于收获。如果能把小麦都顺利地抢收下来，那么无论你们当医生的生意好与坏，我们的买卖到了明年一定会非常兴隆的。"

"对，对，每个人都是为自己打算的。对您来说的坏天气，对您来说不好的季节，在我这里就是好天气、好季节。生意不好做，健康就会出问题，有人甚至还会要死，在你们米尔顿人中这样的事很多，比你知道的还多。"

"我不这样看，医生。我是用铁制作的。我负下了最大的债务，但它一直也没使我的脉搏加快跳动。这场罢工对我的影响太大了，甚至超过了对米尔顿任何一个人的影响，——比对汉珀的影响都还大，——但对我的食欲来说这算不了什么，一点也不碍事。您如果要找病人，还是另外找地方吧，医生。"

"捎带讲一下，有个您介绍的病人，就是那位可怜的太太，我们别再讲这样不负责任的话了，我觉得黑尔太太——就是克兰普顿的那位太太，您知道吗——她恐怕活不了多少个星期了。我以前对你说过，对她的病我一直就不看好，没有希望治了，我今天还去看过她，她的情况很不好。"

---

①1762年，爱尔兰剧作家艾萨克·比克斯塔夫所发表的喜剧《村中之恋》中就有一首以迪河河畔磨坊主人为主题的歌。

桑顿先生沉默了。他刚才还吹嘘自己的脉搏如何地好，可现在有那么一瞬间却有点失常。

“那我能做些什么吗，医生？”他的话音改变了，“您是知道的——您也看得出来，他们手头缺钱。有什么东西或美食可以让病人舒服些，可以提供给她吗？”

“没什么，”医生摇了摇头说，“她特别想吃水果，——她经常发热，不过吃些早梨也可以，现在市场上这种梨正在热销。”

“我想，如果有什么事需要我做，您一定会对我讲的，”桑顿先生说，“都靠您了。”

“是的，不用担心！我不会让您省钱的，——我知道您是有钱人。希望您把一些空白支票给我，为我所有的病人的治疗，以及他们所有的开销付账。”

但桑顿先生并不是不加选择地对所有的病人都那么好心，——他不是面面俱到地去施舍，甚至也没有几个人认为他心眼好。但他立刻就来到米尔顿的第一家水果铺，挑选了一串最鲜美的紫葡萄，——还有颜色鲜艳的桃子，——还带着最新鲜的藤叶。它们被装进一个篮子里。店伙计问道：“先生，需要送到哪里？”

他没有回答，伙计追着问道：“是送到马尔巴勒工厂吗，先生？”

“不。”桑顿先生说，“给我篮子，——我自己送去。”

他用两手捧着篮子，从热闹的街区穿过，那里有很多妇女在购买东西。很多年轻的女子认识他，她们都回过头来望着他，只见他捧着篮子，那样子就像个搬运工人或是小伙计，大家都觉得很诧异。

他此刻心里想着：“我是不会因为想到她而生气就不做我愿意做的事情。把这篮水果送给那个可怜的母亲，这是我愿意做的，我这样做是对的，她一定不会为难我，让我不做我喜欢做的事情。如果因为害怕一个高傲的姑娘，我就拒绝对我喜欢的一个男人做件好事，那还不让人笑话！我是看在黑尔先生的面上这样做的，我根本不用去考虑她。”

他走在街上，步子有些不同往常，克兰普顿很快就到了，他一步跨上两级台阶冲上楼梯，没等狄克逊通报就径直走进客厅，——他的脸红红的，眼睛里透露着热烈而亲切的光彩。黑尔太太此刻正躺在沙发上发热。黑尔先生在高声讲着什么。玛格丽特挨着母亲坐在一张矮凳上干活儿。这样的场合，他们的会面即使他的心没有怦怦地乱跳，她也会感到非常地不安。但他没有去注意她，——也没有注意黑尔先生。他捧着篮子径直走到黑尔太太面前，用低沉而温和的声音讲话。当一个健壮的男人用这样的声调说话，而且是面对一个身体虚弱的病人时，这样的声调是非常能感动人的。他这样说道：“太太，我刚刚遇到了唐纳森医生。他认为吃点水果对您的身体很有好处，我就冒昧地——非常冒昧地——给您送来了，我觉得这水果还不错。”黑尔太太感到很吃惊，也很高兴，她有些激动地颤抖着。黑尔先生用短短的话语表达了感激之情。

“拿个盘子来，玛格丽特——拿个篮子来——什么都行。”玛格丽特从桌子旁起身，她有些担心，生怕一走动或者出点声响，就会让桑顿先生发现她就在房间里。她觉得让他们两个人彼此意识到对立的情绪，这是很不自然的，所以她开始觉得自己坐着，然后站到父亲身后，这样，桑顿先生就看不到她了，他就意识不到自己在这里——他的目光也确实没有去注意她。

“我要走了，”他说，“不能再耽搁了。这么冒昧地打扰，还请您原谅，——原谅我的莽撞，——可能我来得不是时候，——但下次我不会这么冒失了。如果我发现有什么好的水果的话，请您允许我下次再给您送些来。再见了，黑尔先生，再见了，黑尔太太。”

他走了，没多说什么，也没看一眼玛格丽特。她觉得他没有看到自己。接着，她默默地走过去，她把一只盘子拿来，用纤细的手指从篮子里取出水果。他能送水果来，这是一件好事，而且是在昨天发生的事情之后。

“啊，这水果太好吃了！”黑尔太太的声音依然虚弱，但也透露着兴奋，“他很周到，还想着我！玛格丽特，亲爱的，你也尝尝这些葡萄！他做得真周到，是吗？”

“是啊！”玛格丽特的声音很平静。

“玛格丽特！”黑尔太太显然有些不高兴了，“你对桑顿先生总是不满意。我还没见过谁待人这么有偏见。”

黑尔先生正在给一个桃子削皮，准备给太太吃。他先切下一小块，自己边吃边说道：“如果我有什么偏见，看到这么多好吃的水果，我的偏见也都打消了。这么好的水果，我还没吃过呢——没有吃过！我在汉普郡时——从我还是个孩子时算起，我也没有吃过。对孩子来说，我觉得什么水果都是好吃的。我还记得我吃黑李子和酸苹果时的样子，那真是有滋有味啊。玛格丽特，还记得家里花园西面墙角下那些茂密的红醋栗丛吗？”

她怎么会忘记呢？那堵旧石墙上被岁月留下的所有痕迹，她怎么会忘记呢，还有那些像地图一样灰黄色的地衣，那些从缝隙中钻出的纤细的老鹳草，这些她怎么会忘记呢？在刚刚过去的两天里发生的事情还让她心里很乱。对她的精神和意志来说，眼前的生活就是一个严峻的考验。父亲不经意间说出的话，让她回想起了曾经的美好时光，她甚至不由自主地一阵发愣，手里的东西也掉在地上了。她连忙走出房间，回到自己的小屋。她禁不住呜咽起来，突然她发现狄克逊就站在她的衣橱前，她一定是在找着什么东西。

“哎呀，小姐呀！您可吓死我了！太太怎样了，情况没有恶化吧？到底出了什么事？”

“没事，什么事也没有，只是我自己太傻，狄克逊，我想喝水。你在找什么？那个抽屉里都是我的细布衣服。”

狄克逊没说话，还在那里翻找着。玛格丽特也看不出到底是怎么回事。这时狄克逊回头对她说：“我不想告诉您我要找什么，因为您心里已经很烦闷了。我怕这件事会让您更不痛快。我本来可以在晚上或者那种时候再告诉您的。”

“到底是什么事？狄克逊，请你立刻对我讲。”

“您见过的那个年轻女人——我是说就是希金斯。”

“她怎么啦？”

“咳！今天早晨她去世了。她的妹妹来了——她想要一件很奇怪的东西。那个去世的年轻女人想穿您的一件衣服下葬，她妹妹就是为了这个来的，——我这不正在找着，找一顶睡帽，送人也不太可惜的那种。”

“噢！我来找吧，”玛格丽特泪水已经涌出眼眶，“可怜的贝西！真想不到，我再也看不到她了。”

“对了，还有一件事。楼下的这位姑娘让我问问您，您是否愿意去看看她。”

“可是她已经去世了！”玛格丽特说，她的脸色有些发白，“我从未见过死人。不！我不想去。”

“您要是没进来，我是不会问您的。我去对她讲，就说您不去了。”

“还是我下楼去说吧。”玛格丽特说，她担心狄克逊的态度生硬，会伤害了那个可怜的姑娘。她拿起帽子，走进厨房。玛丽的脸已经哭得浮肿，看见玛格丽特进来，她不禁又哭了起来。

“小姐啊，她非常爱您，她太爱您了，她真是这样的！”过了好一会儿，玛格丽特都无法让她说些什么。到了最后，看到玛格丽特同情的样子，加上狄克逊又来责骂，玛丽这才讲了几件事。尼古拉斯·希金斯上午出门了，像前一天一样，把贝西独自留在家里。一小时后，她的病情就开始恶化，一个邻居跑到玛丽干活儿的房间去找玛丽，可他们不知道去哪里才能找到他的父亲，玛丽也是在她死前几分钟才赶回来的。

“就在一两天前，她说想在死后穿上一件您的衣服下葬。每次说起您，她都很有精神，一点也不知疲倦。她总是讲，在她见过的人里面，您是最漂亮的。她非常爱您。她最后说的话是，‘替我向她致以亲切的问候。别让爸爸喝酒了。’您去看看她吧，小姐。我知道，您如果这样做了，就是给了她最大的面子。”

玛格丽特犹豫着，没有马上回答。

“是呀，我可能去。对，我一定去。我在吃茶点前就去。但你父亲呢，玛丽，他在哪里？”

玛丽摇摇头，她起身准备走了。

“黑尔小姐，”狄克逊低声对玛格丽特说，“那个可怜的人躺在那儿，您去看有什么用？如果这样对那位姑娘有任何的好处，我都不会说一句反对的话。况且如果能让她感到满意，我去一趟就行了。这些平常人就只有一个想法，以为这样才是对死去的人的敬意。来，”她突然转身，说道，“我去看看你姐姐。黑尔小姐太忙了，她去不了，不然的话她会去的。”

那姑娘非常不舍地望着玛格丽特。狄克逊去看望或许能表示一下敬意，但这个可怜的姑娘却不这样想，即使在贝西生前，看到贝西和这位年轻的小姐那么亲密，她曾经有点嫉妒。

“不，狄克逊！”玛格丽特态度非常坚决，“我要去。玛丽，今天下午你等着我。”她担心自己再犹豫，就立刻走开了，她不想给自己改变主意的机会。

第三章　悲痛中的安慰

通过苦难走向光荣！——虽然你遭到
精神生活磨难的有力袭击，
欢欣鼓舞！鼓舞欢欣！痛苦的冲突即将结束，
你最终将与基督胜利安息。

——科泽加滕[1]

唉，的确，当我们幸福得意时，在那条道上并不需要您，但一旦祸事临头，就心灵发不出声音，甚至无法呼喊“上帝”。

——布朗宁夫人

那天下午，她向希金斯家赶去。玛丽在等候她的到来，她的脸色看上去有些疑虑。玛格丽特微笑着望着她的两只眼，这让她感到了一些宽慰。她们一起快速穿过房间上楼，死者安详地静卧在那里，此时，玛格丽特感觉自己来是正确的。看那张脸，过去是多么痛苦，多么忧愁，而此时却静静地显出了一丝平静平和的笑意。玛格丽特的眼睛湿润了，但她内心却感到了一种安宁，深沉的安宁。死亡就是这个样子。看上去，她比生前还要平静得多，于是她想起了《圣经》中那些美妙的词句：“他们不必再劳累了。”“困倦的人可以安息了。”“只有耶和华所爱的，一定会安然入睡。”

玛格丽特慢慢地离开床边。玛丽跟在后面，她低声哭泣着，她们没有讲话，默默地下了楼。尼古拉斯·希金斯站在房间的中央，一只手支撑在桌子上。他从很多嘴快

①科泽加滕：德意志诗人、小说家，诗文引自他的诗篇《十字架之路乃光明之路》。

的人那里听到了这个噩耗，于是从那条小巷一路赶来。他睁大了惊异的眼睛，这眼睛是干瘪的，没有眼泪，一副凶相，他琢磨着她是不是真的死了，而且他要弄明白，在家里从此再也看不到她的身影了。她平时总是病魔缠身，很长时间了，一直是半死不活的样子，他一直以为她是死不了的，会“闯过去的”。

玛格丽特觉得自己已经知道这里的情况（而这个父亲却不知道），她觉得自己没必要再待在这里。她刚刚看到他时，在那陡峭歪斜的楼梯上稍稍停了一下，但此刻她不想看到那迷茫迟钝的目光，让他独自留在家里吧，让他感受家里痛苦的氛围吧。

玛丽走到一把椅子跟前，坐了下来，她用围裙把脸遮住，泪水又涌了出来。

哭声好像惊醒了他，他猛然抓住玛格丽特的胳膊，他紧紧地拉住她，直到他讲出话来。他的声音干枯焦躁，又嘶哑、粗浊、哽咽：“是你和她在一起的吗？你看见她是怎么死的？”

“没有！”玛格丽特回答。既然没能躲过他，她就耐心地站下，等待他再有什么事情。过了好一会儿，他才讲话，但他抓住玛格丽特的手始终也没有松开。

“人总是要死的，”他最后神情严肃地说，那样子有些莫名其妙。玛格丽特开始还以为他是因为喝酒——其实并没有喝，只是他的脑子有些迷糊。“但她比我年轻。”他还在琢磨着这件事，尽管他没有看着玛格丽特，但那只手依旧抓着她的胳膊。他突然抬头看着她，两只眼睛放射出一种狂热和探询的目光，“你们能确定她是真的死了——难道不是睡着了，或者晕过去了？——过去她总会这样的。”

“她的确是死了。”玛格丽特回答。对他的话她并不觉得害怕，虽然他还在紧紧地抓着她，抓得很痛，那双眼睛目光呆滞，又闪着狂热的光彩。

“她的确是死了！”她又说了一遍。

他还在用闪亮的眼睛望着她，但随着凝视，那光彩也慢慢消散了。突然，他放开了玛格丽特的胳膊，扑到桌子上，放声哭起来，这哭声让房间里所有的东西都抖动起来。玛格丽特小心地走到他身旁。

“你走开！——你走开！”他一边喊叫，一边朝着她胡乱地打闹起来，“我很担心你。”玛格丽特将玛丽的手轻轻地握住。只见他撕扯着自己的头发，在桌面上疯狂地撞击着头，直到力气都用尽了，才昏昏沉沉地趴下。玛丽和玛格丽特都没有动。玛格丽特浑身直颤抖。

到后来——或许是过了一刻钟，或许是过了一个小时——他终于直起身体，只见他眼睛红肿、充血。他仿佛忘记了旁边还有人在。直到他发现她们还在，并且在关注着他时，他绷紧了脸，剧烈地抖动着，用愤怒的眼光瞪着她们，没有说一句话，径直向门口走去。

“唉，爸，爸！”玛丽边喊着边冲上去拉住他的胳膊，“今天晚上就不要走了！随便哪天都可以，但今天晚上不要离开。嗐，帮帮我吧！他又是要喝酒去！爸，我不让您离开。您可以打我，但我绝不离开您。您知道她最后讲的话吗，她对我说，不让您喝酒了！”

玛格丽特站在门口，神情凛然，一言不发，只是用蔑视的目光看着他。

“这里是我的家。姑娘，让开，不然的话我可要轰你走了！”他动作粗鲁地推开玛丽，那样子就像要冲过去动手打玛格丽特。但她依然神情淡定——她用深沉而严厉的目光盯着他，而他也用阴沉恐怖的目光盯着她。那样子仿佛她一举手投足，他就会将她推开，比对待他的女儿还要粗暴。女儿刚刚被他摔在一把椅子上，脸上冒出了鲜血。

“你为什么这样盯着我？”在她那镇定而严厉的目光下，他有些胆怯了，到最后这样说道，“如果你觉得可以让我不按照我的想法离开，因为她喜欢你——而且还是在我自己的家里，我可从未请你来，——要是那样的话你就错了。假如一个人不能得到他剩下的唯一的安慰，那对他是不是太不公平了。”

在玛格丽特看来，他这样说意味着他已经承认了她的力量。接下来她要做些什么呢？他在门旁的一把椅子上坐了下来，看上去有些不满，还有些怨气，像是等着她一离开房间他就立刻出去，看样子他已经不愿使用刚才威胁说要使用的暴力了。玛格丽特拉住他的胳膊。

“跟我来，”她对他说，“看看她去！”

她讲话的声音非常低沉，而且严肃，但从那气势看，如果他不听从，她也毫不惧怕。他闷闷不乐地起身，站在那里还在犹豫，满脸都是固执和拿不定主意的样子。她站在他的旁边耐心而平静地等待着，她觉得他迟早会有所动作的。从她耐心的等待中，他似乎感到了一种奇怪的乐趣，最后，他走向楼梯。

她和他此刻都站在了遗体旁边。

“她临死前对玛丽说‘别让爸爸喝酒’。”

“可现在喝酒对她也不会带来伤害了。”他含糊不清地辩解道，“现在没有什么事情会给她带来伤害了。”接着他提高了嗓音，那声音带着哭腔，说道：“我们可以争执不休——我们可以和睦相处——我们可以饥饿难忍——再有什么伤心的事都不会给她带来影响了。她已经苦到头了。开始是劳累，后来加上生病，她的日子一直都是很艰难痛苦的。她没赶上一件高兴的事就死了！不，姑娘，不管她讲过什么，现在她是什么也不知道了。我要喝口酒，这样我才能安神，这样才能不至于太悲伤。”

“不，”玛格丽特说，看着他的态度变得缓和了，她也随之平和一些，“你不能去。假如她的一生就像你讲的那样的话，她还不像某些人那样怕死。咳，你知道她是怎么描述来世的吗——躲藏起来，跟随上帝生活，现在她就要到上帝那里去了。”

他不以为然地摇着头，抬眼斜视着玛格丽特，玛格丽特看到那张脸非常得苍白，非常得憔悴，这使她感到非常难过。

“你很累啦。你整天都在哪里——不去工作吗？”

“我当然没去工作。”他口气非常傲慢地回答，“我没去干你所说的工作。我在委员会开会，想让傻子们听些理智的话，可到后来我都感觉厌倦了。今天早晨不到七点，就把我喊到鲍彻的老婆那里。她还在床上呢，可她又喊又骂，知道她那个又傻又横的汉子去哪儿了吗，好像必须由我来管他——好像他属于我管似的。那个该死的蠢货，就是他把我们的计划破坏了！现在已经对我们采取了法律措施，我到处寻找那些人，脚都疼了，可他们都藏了起来。我的心也疼啊，比脚疼还严重。就算我真的碰上一个愿意和我喝酒的朋友，我也不知道她躺在这儿就要死了呀。贝西，妞儿，你要相信我，你一定会相信我的——对吧？”他说着转过身去，面对着那没有声息的遗体，他的话里带着一股狂傲的神气，又似乎带着一些恳求。

“我相信，”玛格丽特说，“我相信你是不知道的。此事来得突然。但现在你看，也不用问了。你现在看到了，她就躺在这里，你也知道了她最后讲的话。你不会去了，我说得对吗？”

他没有回答。说实话，他还能到哪里去找安慰呀！

“跟我一起回家吧，”她最后大着胆了说，心里还有试探的意思，因为提出这样的建议还是有点担心的，“至少你还能吃到可口的饭，这些你肯定是需要的。”

“你父亲是个牧师吗？”他脑子里突然有个念头，于是这样问道。

“以前是。”玛格丽特回答得很简捷。

“既然有你邀请，我就去吧，我去和他一起吃点儿茶点。我有很多话想对牧师说说。他现在还讲道吗，这我倒不在乎。”

玛格丽特有些不知所措。她父亲没有必要接待这位客人——母亲又在生病——他和父亲一起喝茶，那是非常不妥的，但如果她这时退缩了，那情况就糟了——那就等于将他又赶回小酒馆。她觉得只要将他拉到自己家里，那就等于进了一大步，而后面还要靠一些偶然的因素了。

“再见吧，老姑娘！我们终于分开了，分开了！自从你来到人世，就给你爹带来了福气。但愿上帝保佑你这洁白的嘴唇，妞儿，——看你嘴上还挂着一丝微笑！这让我很高兴，尽管从今往后我永远都会处于孤独之中，一切指望都没了。”

他俯身亲了亲女儿，一副很疼爱的样子，接着把她的脸盖上，然后转身跟着玛格丽特离开。玛格丽特急忙下楼，她把自己的计划告诉了玛丽，对她说只有用这个办法才能阻止他再去小酒馆喝酒。她希望玛丽一起去，把这个可怜的姑娘独自留下，玛格丽特心里也不好受。但玛丽说，她有些好邻居，他们会来陪陪她。她不会有问题的，她是担心父亲……

她本想多说几句，但他已经走到身边，摆脱了自己的情感，好像他因为真情流露而害羞似的。他甚至做得太出格，以致装出一副强颜欢笑的样子，“就像锅底下燃烧的荆棘发出的爆裂的声响”。

“我去和她父亲喝茶去，这就走！”

但一到街上，他就将帽檐拉下把前额遮挡住，紧跟在玛格丽特身后，也不向两旁看一眼，就那么一直向前走去，他生怕因为邻居们的议论和他们的脸色而心烦意乱。就这样，他跟着玛格丽特默默地走去。

他知道她的住址所在的街道。当他们临近那条街时，他低下头瞅瞅自己的衣服、两只手，还有鞋子。

“我是不是得先洗一洗？”

这样做还是必要的，但玛格丽特对他说，还是先进去，再给他毛巾和肥皂做一下清洁。她还要警惕，不能让他借这个机会溜掉。

他跟随仆人穿过走道，经过厨房，他非常小心地走在漆布地毯花纹的深色图案上，这样就能把自己肮脏的脚印遮掩住。此时，玛格丽特也上楼来了，她在楼梯口碰见狄克逊。

“妈妈还好吗？——爸爸在哪儿？”

“姑奶奶累了，她已经回自己的房间了。本来她想上床睡觉，但我劝她先在沙发上躺会儿，我把茶点端来，让她吃一些，如果直接上床，躺的时间一长，很容易情绪烦躁的。”

一切进行到这里，都还算不错。但是黑尔先生现在在哪里呢？玛格丽特急匆匆地走进客厅，见到父亲，她把刚才发生的事情都对父亲说了。一听说有个酒鬼织工此刻正在他安静的书房里等待着他，他非常吃惊。他还要和这个酒鬼一起喝茶，而玛格丽特还为此苦苦哀求他。对于这个织工的遭遇，一向为人谦和厚道的黑尔先生本来会表示慰问的，但玛格丽特重点讲的却是他的嗜酒，她把他领到家里来，就是为了阻止他再去小酒馆酗酒，这也是最后的一点努力了。一件毫不相干的小事，被从另一件事情中很自然地牵扯了出来，玛格丽特开始还没有意识到自己做了什么，直到看到父亲脸上显露出那种厌恶的神色。

“啊，爸爸！其实他并不是一个让您厌恶的人——如果您不说一开始就觉得吃惊的话。”

“可是，玛格丽特，我不明白，你为什么把一个酒鬼领到家里来——你是知道的，你妈妈还在生病呢！”

玛格丽特的脸色阴沉下来：“真对不起，爸爸。他是个非常安稳的人——他没有喝醉。只是一开始显得有些古怪，这或许是因为可怜的贝西去世，这让他非常难过。”玛格丽特泪水涌出眼眶。黑尔先生用双手捧住她的脸，只见那张可爱的脸上充满了恳求，他在她前额上亲了亲。

“不要紧，孩子。我这就去，我会尽力安抚他的。你去照顾你妈妈吧。如果你也能到书房来，我们三人一起喝茶，我会感觉更高兴的。”

“噢，好——谢谢您。”但黑尔先生刚要离开房间，她又追上说，“爸爸——他说什么，您可别惊讶，他就是一个这样的人——我是说，他对咱们所相信的一切有些怀疑。”

“啊呀！那这个酒鬼就是不信上帝了！”黑尔先生暗自有些吃惊地对自己说。但他却对玛格丽特说，“等你妈妈睡了，你一定也过来。”

玛格丽特来到母亲的房间。黑尔太太从瞌睡中清醒过来。

“玛格丽特，你是哪天给弗雷德里克写信的？昨天还是前天？”

“昨天写的，妈妈。”

“昨天。信寄出去了吗？”

“我已经寄出了。”

“玛格丽特，我怎么现在又非常害怕他来了！如果他被认出来了，那可怎么办呢！如果他被捉去，又会如何是好呢！这么多年了，他一直在国外安稳度日，如果把他处决了，我可怎么办呢！我一睡着就会梦见他被捉住，梦见他在那受审。”

“哟，妈妈，您不用担心。这件事肯定有点儿风险，但我们会尽量减轻它的影响。风险不会大的！假如我们是住在赫尔斯通，那风险可能就大得多了，可能要大二十倍——甚至一百倍。因为在那里谁都认识他。他们要是知道咱们家来了个生人，肯定会认为是弗雷德里克。而在这里，没有人知道他，也没有人关心咱们，别人对我们家是不会在意的。他如果在这里，狄克逊就会像个监护人那样守住大门——我说的对吧，狄克逊？”

“他们要是敢从我身旁进来，那他们也太机灵了！”狄克逊仅仅想到这一点，就露出了她酸倒的牙齿。

“除了到天黑以后，不要让他出去，这可怜的人儿！”

“可怜的人儿！”黑尔太太附和地说，“但我还是希望你没有写那封信。要是能再写一封信把他拦住，这样是否太迟了，玛格丽特？”

“是的，怕是太晚了，妈妈。”玛格丽特说着，又想起自己在信里对他说的，如果他想见母亲一面的话，她迫切地盼望他能马上回来。

“我从来也不喜欢这样急急忙忙地做事。”黑尔太太说。

玛格丽特没有出声。

“哎，姑奶奶，”狄克逊说着，那语气带着快乐和不容置疑的意味，“您是知道的，您最大的心愿就是见到弗雷德里克少爷。玛格丽特小姐一点儿也不耽搁，立刻就给他写了信，这让我感觉非常高兴。其实，我一直想这么做。你们可以相信，我们会让他平安的，家里只有马撒，真要是有什么紧急情况，她没有办法搭救他。我想，真到那时候，或许可以让她去看望她的妈妈。这是她讲过的，有一两次了，自从她来这里，她妈妈就中风了，但她又不愿提出来。我们只要知道弗雷德里克少爷回来的时间，我就马上安排，让她安稳地离开，愿上帝降福给他！所以，姑奶奶，您就慢慢喝茶吧，相信我好了。”

黑尔太太对狄克逊非常信任，甚至超过了对玛格丽特的信任。听了狄克逊的话，她平静了下来。玛格丽特默默地把茶水倒出来，尽力找出一些轻松的话题，但她脑子里做出的反应却有点像丹尼尔·奥罗克。当月球人让丹尼尔放开镰刀时，他说：“你越是叫我们动，我们就越不动。”此刻，玛格丽特特别想找件事来讲讲——当然弗雷德里克遭遇不测的事不能讲，除此之外什么都行——可越是这样想，越是撇不掉这个不幸的念头。母亲和狄克逊还在聊着，弗雷德里克可能被审和处决的事似乎已经被淡忘了——甚至完全忘记了，弗雷德里克是出于她的愿望——就当是玛格丽特的书信——是因为这个原因才被陷入险境的。她的母亲平时总爱讲些令人恐惧的情况，讲一些可怕的后果严重的事件，这就像一枚火箭喷射的火花，如果这火花一旦点燃了东西，它们首先会闷烧，然后就会酿成一场可怕的火灾。玛格丽特把母亲仔细伺候好后就下楼来到书房，此刻她的心情很好。她不知道这会儿父亲和希金斯相处得怎样了。

在这里，那位老派先生已经以自己的教养和淳朴，还有文雅的言谈举止，在无意间把另一个人身上潜在的谦恭和礼节激活了。

对待所有的同胞，黑尔先生一直秉持一视同仁的态度，他不在意他们的身份，不会将他们分作三六九等。他给尼古拉斯放好一把椅子，看到对方坐下，他也才坐下。他还称希金斯为先生，而不是只用简短的“尼古拉斯”或“希金斯”的称谓——而这个简单的称谓已经被那位“不相信上帝又贪杯的织工”所习以为常。但尼古拉斯其实并不是一个整天喝得烂醉的酒鬼，也不是纯粹地不相信上帝。他喝酒只是因为他有着太多的烦心事，他只是为了摆脱这些而已。他不相信上帝，原因是到现在为止，他还没有找到一种信仰可以让自己全身心地皈依。

玛格丽特发现父亲和希金斯的谈话非常认真融洽，这情景让她很吃惊，心里不由得一阵高兴。虽然他们的观念可能有分歧，但彼此却没有争执，而是彬彬有礼地倾听对方讲话。尼古拉斯经过清洁现在显得洁净多了（虽然他只是在水槽那稍稍整理一下），他此刻讲话文静——那样子就像变了一个人，她从前所见的他只有孤傲和粗暴无礼。他用清水将头发整理平整，还用颈巾修整一下，还用一个蜡烛头擦了一下鞋底。他此刻正坐在那里，达克郡口音本来是浓重而有力的，他对父亲说着他的见解时，却让嗓音轻下来，脸上也是和善而诚恳的表情，显得十分安详。她父亲认真地听着他的讲述，对他的话显得很感兴趣。她走进房间，父亲回头冲她笑了笑，平静地将自己的座位让给她，接着又坐下，这个动作在他看来打断了客人的讲话，认为不礼貌，所以他还对客人欠身表示歉意。希金斯向她点头表示欢迎。桌上还放着她的活计，她将它们整理好，准备听他们继续谈话。

“就像我刚才讲的，牧师，我以为如果您就在这里，——如果您从小在这长大，我想您也不会有什么信念。如果我用词有误，还请您谅解，但是我现在说的信念，指的是你要时刻牢记你从未见过的人所说的话，还有他所讲的名言以及所做的承诺，所有这些都是你和别人一直没见过的事，没有经历过的生活。您现在所说的都是真实的事情和真实的话，还有真实的生活。我要问了，拿什么来证明它们？我周围的很多人都比我聪明，还有很多人比我懂得多，——他们都有时间思考这些事情，——可我没有这样的时间，我要去谋生吃饭。唔，我看见这些人，我清楚他们的生活。他们属于真正的人，他们不相信《圣经》——他们不信。为了做做样子，可能说信，可是，啊呀，牧师，您想过吗，他们早上起来第一句话是说‘我要做点什么才能永生呢’？还是说‘在这个好日子，我做点什么，才能把钱包鼓起来？我要去哪里？我要做点什么生意’？钱包、黄金和钞票，这些才是实实在在的东西，这些看得见摸得着，是我们生活所需的东西。而永生也就是说说而已，它特别适合……请您原谅，牧师，我猜您一定是暂时还没有工作吧。嗨！我是不会没有礼貌地去讲一位和我同样有难处的人的。但我还是要问您，牧师。我不需要您回答，只希望您认真想想，不要一上来就把我们当作傻瓜和笨蛋，我们只是相信自己所看到的。如果对于灵魂的拯救，未来的生活之类都是真实的——不是只存在人们的口头上，而是在心灵深处——要是那样的话，您难道不觉得他们对我们无休止地唠叨的那些道理，就像他们对我们喋喋不休地宣讲政治经济学一样吗？他们总是迫不及待地想让我们相信这些名言，可是假如还有另一个道理也是真实的，那大家的信仰不又要改变了吗？”

“但厂主和你们的宗教信仰是没有一点儿关系的，他们和你们之间只是业务关系，——他们是这么想的，——他们关心的，就是要改变你们的看法，就是业务。”

“我很高兴，牧师。”希金斯眨眨眼，神情怪怪的，说，“您说‘他们是这么想的’。如果没有这句话，尽管您是个牧师，我也可能会把您看作一个伪君子，也可以说，因为您是个牧师。您看，如果宗教信仰是真实的，而从您的口气看，它并不需要让大家都竭力鼓动别人去相信它，认为只有它是最重要的，尤其在这个世界上，要是那样的话，您在我看来就是个坏蛋。但我宁可把您当成个傻瓜，也不愿把您当成一个坏蛋。希望您别生我的气，牧师。”

“你说哪儿的话，你觉得是我错了，而我觉得是你的错误更严重。我并不想让你在一天之内就相信——也不是通过一次谈话就让你相信，但我们现在成了熟人，在一起能有什么就说什么，这样，真理就能获胜的。要是我不相信这一点，我也就不会相信上帝了。希金斯先生，我相信你无论放弃什么，你总会相信”（黑尔先生把声音放低，这是为了表示尊敬）——“你总会相信上帝的。”尼古拉斯·希金斯突然起身，他笔直地站立着。玛格丽特也吃惊地直起身，——她从希金斯的脸色看，接下来他恐怕要放声大笑了。黑尔先生吃惊地看着她。最后，希金斯终于开口了：“咳！因为您对我的诱导，我真想把您打倒在地。您为什么利用我的怀疑来考验我？看我女儿过的日子，她现在就躺在那里。再想想您告诉我的唯一安慰——您说有个上帝，说她的生死都是上帝决定的。我可不信她会复活。”他又坐下，接着讲下去，那语气是凄凉的，好像是对着毫无情感的火焰说的，“她生活在世，遭受了多大的痛苦，有多少烦恼。我不相信有什么来世。有人说我女儿的遭遇完全是巧合，有一点风就能改变它，可我不这样想。我从来都不相信上帝，但我不像许多人那样直截了当地说出来——我朝周围瞧瞧，我怕上帝——，假如真有一个上帝的话——他会听到我的话。但在今天，我一个人孤孤单单地留在世上时，您说的这些话和您的疑问，我可不愿听。这个世界是动荡不安的，只有一件事是稳定和安稳的。不管是有理还是无理，我都要坚守这个。快乐的人都可以……”

玛格丽特在他胳膊上轻轻按了一下。开始时她没有讲话，他也没注意到她站起了身。

“尼古拉斯，我们不是讲大道理，你误会我父亲的意思了。我们不讲大道理——我们相信你和我们一样。这是此时唯一的安慰。”

他转过身，一把握住她的手，说道：“你说得对！就是这样，是这样的。”（边说边用手背擦拭眼泪。）——“可你也知道的，她死了，躺在家里。我太伤心了。我有时候都不知道自己在讲些什么，也不知怎么搞的自己就冒了出来。罢工失败了，你知道这件事吗，小姐？当时我正往家走，那样子一定像个乞丐——我也是个乞丐——

在这场烦恼中希望她能给我一点安慰。有人对我说她死了，——就是死了，我像挨了当头一棒。事情就是这样，但对我来说这就够了。”

为了遮掩自己的情感，黑尔先生擤了擤鼻子，起身去剪烛花。“玛格丽特，他不是不信上帝，你刚才怎么能那样说呢？”他有些责怪地说，“我很想给他读一下《约伯记》的第十四章。”

“我觉得暂时不用，爸爸。也许根本就不用。咱们还是先问问罢工的事吧，对他表示同情，这是他希望从可怜的贝西那里得到的。”

于是他们询问了有关罢工的经过。工人们的判断（就像厂主们的判断那样），其前提就是错误的。他们对其他的工人非常信赖，觉得他们像机器一样可靠，唯独没有想到人类的激情有时会战胜理智，就像鲍彻还有那些闹事的人的样子。在他们看来，把自己的遭遇（不管是真的还是虚构的）讲给远处的陌生人，会在他们那里产生和在这里同样的反响。所以，对那些可怜的爱尔兰人，他们总会感到惊异和愤怒，因为这些人竟然任凭厂主把他们拉到这里，代替了他们。但他们对“那帮爱尔兰人”非常蔑视，想到爱尔兰人工作笨拙的样子，他们会感到非常高兴，这多少缓解了他们的怨气。这些爱尔兰人开始干活时显得非常无知，这让他们的新雇主感到不解。市面上关于爱尔兰人如何蠢笨的流言到处传播，这些流言不免有些夸张，但是更大的不稳定因素还是来自米尔顿的工人，工会要求他们在任何情况下都要保持冷静，但他们敢于违抗这个要求，在他们自己阵营内部，已经出现了分歧，并且将对方对他们采取的法律行动所造成的不安向外界传了出去。

“照这么说，罢工已经结束了。”玛格丽特说。

“是的，小姐。这是非常真实的消息。到了明天，工厂的门就会敞开，以便让那些要求工作的人进去，尽管这只能说明那些人根本就没考虑采取什么办法。假如我们能坚持下去，那么我们的工资本来还可以提高，达到十年来没有过的高度。”

“这么说你会有工作的，对吗？”玛格丽特问，“早就听说你很有名气，是吗？”

“如果盼着汉珀让我到他的工厂工作，就等于让他自己把自己的右手砍掉。”尼古拉斯说得很平静。玛格丽特不再讲话，她心里感到一阵难过。

“至于工钱，”黑尔先生说，“你还不会生气吧，但我还是觉得你犯了错，而且错得很严重。我看了一本书，我很想给你读一下其中的几段。”他起身走向书架那里。

“不用您操心了，牧师。”尼古拉斯说，“我对书本里的东西总是这只耳朵进，另一只耳朵出。我不会从书本里得到什么。在汉珀和我决裂前，监工对他讲过，说我在煽动工人要求提高工资。有一天汉珀在厂区遇到我，当时他手里拿着一本很薄的书，他对我说，‘希金斯，我听说你就是个大傻瓜，你以为你们的要求一提出来，就能提高工资。对，你们还以为只要强行提高工资的目的达到，今后就能让工资一直涨上去。现在我给你个机会，看看你有没有脑子。这是一本书，是我的一个朋友写的。你要是读一读就明白，工资的标准是如何自行确定的，它不受厂主和工人的影响，那些工人罢工就是自己害自己，这和傻瓜一样，他们也真的太傻了’。嗨，牧师，您作为一个牧师是专门讲道的，您总希望和您的想法一样，我现在要问问您——您从一开始就称他们为傻瓜，还是您一开始就对他们友好交谈，让他们愿意听您的、相信您，如果他们能听信的话。当您讲道的时候，您是不是讲一会儿就要停下来，像是对自己，又像是对他们这样说，‘你们就是一群大傻瓜，我有个非常强烈的感觉，就是想要你们有脑子是不可能的’！我承认，我那时还真没心思听汉珀的朋友的话，汉珀说的就是放屁——他用那样的口气对我讲话，让我很恼火；——但我也想，‘来呀，我倒要看看这帮家伙要说什么，到底是我们傻还是他傻。’于是我就接过那本书，随便翻翻。但是愿主降福于您，我看书里讲的尽是什么劳动啊，资本啊，看到后来我都打瞌睡了。我不明白，它究竟要说什么。书里讲的劳动和资本就像善良和丑恶一样。我想知道人的权利到底应该是怎样的，我不管什么贫富——只要他们是人就行。”

“但虽然如此，”黑尔先生说，“就算汉珀先生向你推荐他朋友的书时，他讲话的方式非常不好，厌恶、愚蠢又没有规矩，但如果书中真的就像你说的那样，告诉你工资标准是自行确定的，一次罢工即使非常成功，也只能使工资在一个短时间内提高点，接着又会因为罢工而大幅度地降低工资标准，这样的话，书里不就是把事实真相告诉你了吗。”

“唔，先生，”希金斯还是非常固执己见地说，“可能是这样，也可能不是这样。到底应该怎样回答，这里有两种不同的见解。不过就算这个真理有两倍的可靠性，但假如不能让我接受，那对我来说就不是真理。我看您书架上那些拉丁文书里一定有真理，但我得知道它们讲的是什么，不然的话，对我来说，它们不是真理，只是扯淡。假如，牧师，假如您或者别的哪个有学问有耐心的人来我这里，对我说要把那些话的意思告诉我，而且如果我还有点傻，或者忘了让一件事如何取决于另一件事，您也不会跟我发火——嗯，要是那样的话，我可能会发现真理，但也可能发现不了。我不是说我和谁的想法一致。我不认为干净利落的语言就能将真理表达出来，就像铸造厂里裁剪铁板那样。并不是谁都能将同样的骨头吞下的，它既会卡在这个人的喉咙里，也会卡在那个人的喉咙里。这个我们暂且不谈，等把它吞下了，有的人可能会感觉很硬，而有的人可能感觉很软。人们想当医生，用他们觉得合适的方法来给世界治病，就该对不同的人采取不同的方法。而且提出的方式也要体贴些，不然的话，那些疾病缠身的傻瓜很可能要啐他们。汉珀先是打了我一巴掌，接着又用他的大药丸扔我，说那样对我也没什么好处，因为我就是个大傻瓜，事情就是这样的。”

“我是真心希望那些厚道的思想开明的厂主能见见你们，大家在一起好好交流一下。这才是解决问题最好的方法。我个人认为这些困难的存在，是因为你们对一些问题缺少知识造成的，——希金斯先生，我这样讲还请你原谅——为了厂主和工人双方的利益，有些问题需要大家相互理解。我不了解——”（这句话有一半是说给女儿的，）“桑顿先生是否答应来做些什么？”

“您应该记得，爸爸。”她的声音很低，“有一天他说的——关于政府的那些话，你知道的。”有关他们如何管理工人的方式的谈话，她不愿意再次提起——那次谈话决定给予工人提供智力培训，让他们能够自行管理或者通过厂主方面的开明的专制——从那次谈话的内容中，她已经发现，希金斯即便没有听到完整的话，也一定听到了桑顿先生的名字。果然，他接着就说起桑顿来。

“桑顿！就是他写信找来了那些爱尔兰人，结果就出了乱子，罢工也没成功。汉珀一贯横行霸道，他原来也会等待的——但桑顿却要一句话加上一个打击。对他要追究鲍彻还有那些违背命令的人的做法，工会本来是要表示感谢的，但桑顿却反应冷漠，他认为罢工失败了，作为受害的一方，对那些闹事的人他不打算进行控告了。原来我还以为他应该表现得更勇敢，以为他会让自己的观点得到赞同，进行公开的反击，可是他却说（有个在法庭工作的人把他的话都对我说了），‘大家都了解他们，他们找工作遇到了困难，会让他们的所作所为受到惩罚。这种惩罚已经很严厉了。’我只是盼着能抓住鲍彻，将他带到汉珀面前。我能想象得出那个老恶棍怎样对他发起攻击的！他能放过他吗？肯定不会的！”

“我觉得桑顿先生做得对。”玛格丽特说，“你对鲍彻还生气，尼古拉斯，不然的话你第一个就能看出来的，既然对错误已经做出非常严厉的惩罚，再变本加厉地惩罚就成了报复。”

“我女儿和桑顿先生不是好朋友。”黑尔先生边说边笑着看了一眼玛格丽特。玛格丽特的脸一下子就红了，就像一朵康乃馨，她使劲埋头干手中的活计。“但我觉得她说的是真话。从这一点看，我倒挺喜欢桑顿先生的。”

“唔，牧师，我觉得这场罢工特别让人讨厌。可要是让我看到它失败了，也还挺恼火，您说这多奇怪。罢工失败了，就因为那几个人不愿意忍受苦难，他们勇敢、坚决，还决不退缩。”

“你忘了！”玛格丽特说，“对鲍彻的为人我不了解，但我那次见他，他却不提自己的苦难，而是说到患病的妻子，还有孩子们受的苦。”

“是呀，但他也不是铁打的。后面他就要为自己的苦难而流泪了。他也会受不了的。”

“他怎么会加入工会呢？”玛格丽特的话显得很天真，“你好像看不上他，还请他加入，你什么好处也得不到。”

希金斯的额头浮上一片阴影。他沉默了一会儿后，非常简捷地说道：“我不该议论工会的事，他们愿意怎么做就怎么做吧。同行业的人一定要团结。他们要是不愿意和别人一块试试，工会还会有别的办法。”

黑尔先生发现，希金斯对转变的话题非常恼火，于是不再开口。其实玛格丽特也和他一样，也看出来希金斯的情绪变化，但没有说出来。她凭本能感到，只要让他能用清楚的语言表达自己的想法，就能得出一个清晰的观点，这样就能为公平合理的事情做辩解。

“那工会又有什么办法呢？”

他抬头看着她，就像要坚决阻止她，不让她知道内情。但一看到她的脸色很平和，那神情又很有耐心而真诚，他不得不做了回答。

“嗯！如果谁不想加入工会，在他周围织布机上干活儿的人就都不准和他说话——要是他感觉这样不好，那也一样，因为他是局外人，不是我们中的一员。虽然他和我们在一起，和我们一样干活儿，但他不属于我们中的人。谁要是和他说话了，在有些地方，就要受到罚款的惩罚。你可以试试，小姐。试试和他们一起生活一两年，你看他们，他们就看别的地方。试试在一群工人旁边干活儿，但你要知道，这些人对你可非常怨恨呢——假如你对他们说你有什么高兴的事，他们没有任何反应，眼睛不亮，嘴也不张，——如果你心情不好，对他们说了也没用，对你的痛苦和悲伤，他们才不在意呢。（再说，如果有人痛苦地大声喊叫，希望有人来关心一下，他也不算人了）——只要试试，就这样的滋味，小姐——三百天里天天如此，这时你就明白工会的事情了。”

“哟！”玛格丽特说，“这也太霸道了吧！哦，希金斯，我可不在意你有什么不高兴的。我清楚，哪怕你真的不高兴，也不会是因为我吧，我要和你说实话：我读过一些历史书，那些书里还没有像这样折磨人的内容。可是你就是个工会会员！你还认为厂主们如何霸道！”

“嗐，”希金斯说，“你想说什么就痛痛快快地说吧！别管我要说什么，那个已经去世的人都不允许我说。你想我能忘了躺在那的人吗，能忘了她有多爱你吗？即使工会是有罪的，那也是被厂主们逼的。也许不是他们这些人，而是他们的父辈。就是他们的父辈把我们的父辈碾压成了粉末，现在把我们也碾压成了粉末！

牧师！我曾听我母亲念过这样一段经文，‘父亲吃了酸葡萄，儿子的牙就被酸倒了。’他们就是这样。正是在那样苦难和压迫的岁月里，工会才成立的，这也是一种必然的结果。在我看来，现在还是非常需要它的。无论在过去、现在还是将来，工会都是对不公正行为的抵抗。它可能就像一场战争，随着它的出现可能会有各种犯罪行为，但我觉得不闻不问就是更大的犯罪。我们只有一个机会，那就是把工人们在共同的利益下团结起来。有些人可能胆怯，有些人可能很傻，但他们也需要来加入其中，因为人多才能有力量。”

“唉！”黑尔先生叹息着说，“应该说你们的工会和基督教一样是美好而光彩的——如果它真正的目的就是为了替大众谋福利，而不仅仅是出于一个阶级反对另一个阶级的话。”

“时间不早了，我也该走了，牧师。”希金斯告辞道，这时钟声刚刚打过十点。

“回家吗？”玛格丽特态度温和地问。他听明白了，马上伸手握住玛格丽特的手。“回家，小姐。相信我吧，虽然我是工会的会员。”

“对你我完全相信，尼古拉斯。”

“再坐会儿吧！”黑尔先生边说，边急忙走到书架前，“希金斯先生！我相信你会来我们家的，我们一起来祷告好吗？”

希金斯用疑惑的目光望着玛格丽特。她用庄重而温和的目光看着他，那目光没有强迫，只有深深的关切。他没有讲话，站在那里也没有动。

于是，玛格丽特这个国教女教徒，还有她不信奉国教的父亲，加上不信上帝的希金斯，三个人一起跪下。对他们来说，这样做是没有任何害处的。

第四章　一线阳光

有些愿望掠过了我的心头，使我的心微微有点儿振奋，
还有一两件抑郁乏味的乐事，
在希望那暗淡、清冷的亮光里，
每一件都把脆弱的羽翼涂成了银白色，悄悄飞过——
成为月光下的飞蛾①！

——柯勒律治

第二天，玛格丽特收到伊蒂丝的来信。看信的内容很亲热，就是有些东拉西扯，语句不大连贯，这很符合她本人的性格。但玛格丽特从信中感受到了亲热，这让她十分欣慰。再说，她成长的环境一直都充满矛盾，没有和谐的气氛，所以看不出这一点。信是这样写的：——

玛格丽特啊，从英国走出来，看到了我的儿子，这趟是值得的！这个小家伙真可爱，尤其是他头戴便帽时的样子，戴上你送的那一顶更帅，你是位心灵手巧、不畏挫折的、小巧贤惠的小姐！看到我，这里的母亲们都有一种嫉妒的感觉，我很想把儿子抱给一位新的亲友瞧瞧，听听人家的夸赞。这也许就是所有的理由了，也许还不是，——唉，可能还有些表姐妹的爱掺杂在其中，但我还是希望你的到来，玛格丽特！我觉得，这样对黑尔姨妈的健康是有好处的。看这里的人都很年轻，都很健康，这里的天空永远是碧蓝的，这里的太阳也永远都在照耀，从早到晚，我们都能听到乐队演奏优美的乐曲。还是回到我想说的事情上吧——我的孩子特别爱笑。我常想请你

①诗文引自柯勒律治所著《杂记》第二册未完成诗篇第三十四篇。

来给他画几张像，玛格丽特。他在做什么无关紧要，他是最最美、最最文雅、最最出色的。我甚至觉得我对他的爱已经超过了对我的丈夫的爱。我的丈夫已经又肥胖又脾气暴躁，——他说这是“忙碌”。不！他不是这样的。他刚刚回家，他带来个好消息，停泊在海湾的“冒险号”上的军官们要举办一个很好的野餐会。这个消息真让人兴奋，所以我要收回刚才说的话。听说有人因为说错话或做错事，懊悔得把自己的手都烧了，我可不想这么做，那我得多难受呀，那样留下的伤疤是很难看的。但我希望赶紧收回我所说的话。科斯莫就像个孩子，他就是个大宝贝，他并不肥胖，他也和别人的丈夫一样，脾气不暴躁，就是有时太忙。我讲这些，没有一点违背做妻子的责任……我刚才写到哪儿了？——我知道我想说一件事，它非常特殊。噢，就是这件——最最亲爱的玛格丽特！——你一定要来看我，对黑尔姨妈这是有好处的，就像我在前面讲的，请医生嘱咐她这么做。对医生讲就说是米尔顿的浓烟损害了她的健康。对这个原因我一点也不怀疑。这里的气候非常舒适，要是在这里待上三个月（你们要是来的话，至少要住这么长时间）——这里阳光灿烂，葡萄就像黑莓一样，属于很普通的水果——在这里，她的病保证能治好。我不邀请姨夫来——（写到这里，文字显得有些拘谨，但还算委婉。黑尔先生因为不再做牧师，此时就像个孩子一样顽皮，他的处境非常窘迫）——可能他对战争、军人和乐队持反对的态度。我知道有很多不信奉国教的人，他们都是和平协会的成员。我担心他不愿意来这里，但假如来了，亲爱的请你告诉他，科斯莫和我一定会让他过得非常快活的。我会把科斯莫的红上衣和军刀准备好，让乐队演奏各种庄严隆重的乐曲。即使他们演奏的是一些浮夸无聊的乐曲，也要让他们将节拍放慢。亲爱的玛格丽特，如果他愿意陪你和黑尔姨妈来，我们一定把生活安排得快乐，尽管对于整个身心都服从良心的人，为良心而做事的人，我会有些敬畏。在我的感觉中，你从来也不是这个样子的，告诉黑尔姨妈，你们来时，恐怕已是年终岁末，天气很冷了，但也不用带很多厚衣服。这里的气候很热。在一次野餐会上，我把华丽的印度披肩围上，我还努力用一些谚语让自己坚持住。“体面是不能丢掉的，”——还有很多此类的教训，但都没有用处。我当时的样子，就像给妈妈的小狗泰妮围上了大象的全身披挂，在华丽的服饰包裹下，我窒息得都透不过气来，几乎就要没命了。于是我拿下围巾，把它铺在地上，就像一张地毯，让大家都坐在上面。我的这个男孩儿也在这里，玛格丽特，——收到这封信后，如果你还不立刻收拾行装，立刻来看看他，玛格丽特，——在我眼里，你就成了希律王的后代了！

对于玛格丽特来说，她也希望自己能过上伊蒂丝那样的生活——她的生活无忧无虑，她的家庭充满了欢乐，就连她的天空都是阳光灿烂的。如果任凭愿望的驱使，她会立刻动身，哪怕过上一天那样的生活也是值得的。她渴望着这样的改变会给予她力量，——即使在那样阳光灿烂的日子里生活几个小时，让自己再年轻一次。她虽然还不到二十岁，但却经受了太多的生活重压，这让她自己也感到自己衰老了。读了伊蒂丝的信，她就有了这样的感觉。接着，她拿起信，又读了一遍，她忘了自己对于这封信就像伊蒂丝的为人，感觉十分有趣。黑尔太太倚在狄克逊的臂膀上进来了，玛格丽特此时正看着信笑着。看到她们进来，她急忙将靠垫放好，看母亲的样子，好像比平日更虚弱了。

“你笑什么呢，玛格丽特？”她在沙发上坐好，刚才的走动非常吃力，刚刚恢复过来，就立刻问道。

“今天早晨刚收到伊蒂丝的一封信，我正看呢。我给您念念吗，妈妈？”

于是，她高声读起信来。母亲有一阵似乎很感兴趣，她有些不解，不知伊蒂丝给她儿子起了一个什么名字，她提出了一些名字，还指出了这样起的理由，为什么起这个，又为什么起那个，都是有根据的。正猜测得起劲，桑顿先生进来了，他给黑尔太太送来一些水果，他不能——或者不如说他不肯——放过见到玛格丽特的一切机会。对于这件事，他的目的就是为了此刻的喜悦，其他的什么目的都没有。这样固执的行为只有有理性、有节制的人才会做得出来。他一进房间，就看到了玛格丽特也在这里。他远远地冷漠地向她鞠了一躬，然后就再没向她看上一眼。他把桃子送上——说了几句话，很温和很亲切——然后就起身告辞。在离开房间时，他那冷峻的目光才又一次朝玛格丽特看了一眼，他向她告别。她的脸色苍白，没有出声，默默地坐下了。

“知道吗，玛格丽特，我特别喜欢桑顿先生。”

玛格丽特开始还没答话，后来才勉强地应付着说：“是吗？”

“是的！我想他现在的气质已经变得非常文雅了。”

玛格丽特的声音也变得比较平和，她回答道：“他是非常殷勤，非常厚道——这是不用怀疑的。”

“我不明白，桑顿太太为什么一直也不来。她肯定知道我病了，因为我要用那个水垫。”

“我想，她可能是从她儿子那里听说了您的情况。”

“但我还是愿意和她见面。你在这儿的朋友太少了，玛格丽特。”

玛格丽特觉得母亲有什么心思，——可能是某种亲切的愿望，想让女儿将来能得到一个女人的关心。她心里暗想，担心女儿很快要失去慈母，但这样的担心是不能说出来的。

“你想想吧，”黑尔太太犹豫着说，“你是不是请桑顿太太来一趟，让她来看看我？一次就行了，——我可不愿给别人添麻烦。”

“只要您愿意，让我做什么都行，妈妈，——但是——我们不等弗雷德里克来了？”

“噢，那当然了！咱们要关紧大门，——谁也不能随便进来。我都说不准是不是希望他来。我有时也想他最好不要来。有时我还会做噩梦，都和他有关。”

“啊，妈妈！我们要多加小心。我会守好家门的，他不会受到丝毫伤害的。我来照顾他吧，妈妈。我会像母狮子照顾好小狮子那样照顾好他。”

“什么时候能收到他的回信呢？”

“现在看来一个星期都不止，——或许还要等更长的时间。”

“咱们要及早打发马撒走。他来的时候，马撒还在这儿，接着再急急忙忙地打发她走，那可不行。”

“狄克逊一定会提醒咱们的。我有个想法，他来这里的时候，家里如果需要人帮忙，就让玛丽·希金斯过来。她活儿很清淡，是个好姑娘，在这里准能干得非常好。她可以住在她的家里，用不着上楼来，也就知道谁在屋里。”

“随你的便。你看着办吧。但是，玛格丽特，米尔顿的话很讨厌，千万别学。‘活儿很清淡。’这是句俗语。要是让肖姨妈听见了，你知道她会说什么吗？”

“妈妈！您可别拿肖姨妈吓唬我。”玛格丽特哈哈地笑着说，“伊蒂丝有很多军队里的俚语，都是从伦诺克斯上尉那学到的，肖姨妈可并不在意。”

“但你说的是工厂里的俚语。”

“如果我生活在一座工业城市，那我就有必要使用工厂里的语言。噢，妈妈，我会讲很多话，都是您没有听过的，您一定会吃惊的。我想您肯定不知道工贼是什么。”

“这我还真不知道，孩子。我只是感觉这个词很粗鄙，我不想听到你讲这个词儿。”

“好的，亲爱的妈妈，那我就不用这个词儿。要是那样的话，我就得用一整句话做解释了。”

“我不喜欢米尔顿这个地方。”黑尔太太说，“伊蒂丝讲得没错，就是这样的浓烟让我病成这个样子。”

听母亲这么一说，玛格丽特不禁一愣。这时父亲走了进来，所以她非常着急，她不想让父亲思想上的模糊印象再加深了——不希望它得到任何的证实。其实，她早就感觉到了父亲也认为是米尔顿的空气太差，让母亲的身体受到了伤害。不知父亲是否听到了刚才黑尔太太说的话，她急忙聊起别的话题，但她没有料到，此时桑顿先生就跟在父亲的身后。

“妈妈在说我呢，她说自从咱们来到米尔顿后，我说的很多话都是粗鄙的。”

玛格丽特讲到“粗鄙”，就是指自己所使用的一些方言，这个词儿就是从母女两人刚才的聊天中引出来的。但桑顿先生听了却显得有些不快。玛格丽特突然意识到，他对自己说的话可能产生了误解。所以，她想尽力挽回影响，不至于带来不必要的麻烦，于是她主动招呼他，继续和他交谈。

“你看桑顿先生，‘工贼’这个词儿的确不好听，它能否恰当地表达意思呢？在描述它所代表的那些人时，我可以不用它吗？如果讲俗语就是粗鄙，那我在森林里倒是挺粗鄙的，是这样的吗，妈妈？”

让别人听自己讲话，而且带着一点儿强势的心理，这对玛格丽特来说还是很少见的，但在当时，她主要是想解除桑顿先生对她的误解，因为刚才她所说的话让桑顿先生很恼火。等到她把话说完，她的脸有些羞红了，特别是因为桑顿先生好像并不明白她说的到底是什么意思。他从她身边走过，那动作显得冷漠和拘谨，他走过去和黑尔太太说话。

黑尔太太见他进来，不禁想起了自己的心事，她很想见到他的母亲，那样就能把玛格丽特托付给她照料。玛格丽特坐在那里没有说话，脸上还感觉到火辣辣的热。桑顿先生就在旁边，这让她感觉很不自在，就像平常一样，就为了这些，她感到害羞和烦恼。她也听到母亲低声对桑顿讲，希望桑顿太太来看她，而且要尽早来，如果可以的话，最好明天就到。桑顿先生答应了她的要求——接着又聊了几句，就告辞离开了。玛格丽特感觉自己就像是从锁链中解脱了出来，这从她的声音和动作就能看出来。桑顿先生一直也没看她一眼，他有意将目光避开，这表明他很清楚，只要他的眼睛向那里看，哪怕只是不经意地去看，他就会看到她。当她开口说话时，他也做出没有注意的样子，但每当听到别人随便讲的一句话，他就会觉得和刚才她说话的内容有关。有时，某句话很清楚地表明就是回答她刚才说的话，但却有意对着另一个人讲，好像和她无关。这倒不是因为他真的不清楚才疏忽了，而是因为他感到非常恼怒才故意做出这样不礼貌的举止，但故意这样做的后果却又是后悔。已经没有任何周密的计划，没有任何狡猾的用意，这些都不会对他有所帮助了。玛格丽特如今比任何时候都更惦记他，这没有爱情的因素，而是表明了某种惋惜之情，对因为自己伤害了他的感情而懊悔，不仅如此，这种情绪还透露出一种温和宽容，目的就是为了修复他们之间的友谊。此时她发现在自己的心里，她和家里其他的人的感觉一样，他只是个朋友。她对他的态度也是谦和的，好像她在默默地为自己的失言而抱歉。其实，那些话只不过就是骚乱当天的那些行为的反作用。

但在他的心里，对那些话是非常反感的。他的耳边时常还会响起那些声音。他觉得自己是正义的，并为此而骄傲，她的父母之所以给他以各种关照，也是基于他的这种正义感。每次他想尽办法给她的父母以快乐时，他总是感觉很自豪。有时他也想过，他不希望自己遇到这样伤害自己的人，但他还是错了。和她在一个房间里，能够感觉到她就在身边，这是非常令人激动的好事。但他对自己的动机还不善于考量，所以就像前面所说的，他还是错了。

第五章　终于回家了

最伤心的鸟儿也有歌唱的时节。

——索思韦尔[①]

决不要用长袍裹住内心的痛苦，
决不要再被会议的迷雾抑压住
而垂下了头！你已经回家来了！[②]

——赫门兹夫人

第二天上午，桑顿太太登门探望黑尔太太。黑尔太太的病情发生了恶化，就在那天夜里，她的病情发生突变——病情的发展很快，距离死亡更近了。在那危险的十二个小时里，她的容貌发生了变化，脸色苍白，精神萎靡，家人看了都非常吃惊。桑顿太太已经有几个星期没见到她了，这次见面，看到她这副模样，一下子变得心软了。她来看望，本来是因为儿子请她作为照顾儿子本人过来一趟，虽然来了，但对于玛格丽特作为一个成员的这个家庭，她却不由得心生一种傲慢和怨恨的情绪。她怀疑黑尔太太是否真的生病。她来探望，只不过就是为了应付一下黑尔太太一时冲动起来的幻想，除此之外，她没有必要放下手中的很多工作，那都是预先安排好的。她对儿子说，她希望他们一直都没来过这个地方，他也一直不认识他们，世界上也一直没有什么拉丁文和希腊文这些没有用处的语言。对这一切，他都默默忍受着，等她把那两种过时的语言都骂了一遍后，他平静地回到他的那个愿望上来，对这个愿望他一直是

①索思韦尔：英国诗人，诗文引自《日月轮流》。
②诗文引自其诗篇《两种声音》。

态度坚决而简洁的，她应该在定好的时间去看望黑尔太太，因为那个时间适合探望病人。桑顿太太勉强答应了儿子，还有一方面的原因，就是她希望自己这么做儿子会更加喜欢她。她在心里还把一个想法夸大了，这个想法和他是相同的，觉得他这样坚持要和黑尔家交往，说明他的心地是善良的。

他的善良近似于软弱（在她的脑子里，对一切比较宽厚的德性都持这种看法）。在桑顿太太心里，她是看不上黑尔先生和他太太的，对玛格丽特也是十分的厌恶。直到后来面临死亡的阴影时，她才因为激动而不再想什么。黑尔太太躺在那里——和她自己一样，都是个母亲——这个女人还比自己年轻许多——她躺在床上，没有任何迹象表明她还能重新站起来。在那间黑暗的房间里，她感觉不到光影的变化，自己也没有力气活动，无法改变自己的姿势，能听到的要么是细微的话音，要么就是刻意的沉默，甚至即使这样枯燥的生活，也似乎是非常过分的。桑顿太太精神抖擞地走进房间，她的身体非常健康，她看到黑尔太太躺在床上一动不动，从她脸上的神情看，她已经意识到谁进来了，但她睁开眼最多也不过一两分钟。她抬起眼皮，眼眶已经让泪水打湿了。她把手伸出来，在被窝上面摸索着，那虚弱的手是想摸到桑顿太太坚实的大手。她一边摸索着，一边尽力提高了嗓音说话——桑顿太太只能弯下直挺的腰杆，注意倾听她的话——她说道："玛格丽特……我有个女儿……我妹妹在意大利。我的孩子就要失去母亲了，又待在一个陌生的地方，假如我死了，您能不能……"

她边说边用两只迷蒙模糊的眼睛注视着桑顿太太的脸，那眼神带着非常渴望的神情。在一段时间里，那张苍老的脸上肌肉僵硬着，它显得严厉，显得没有表情，——啊，不，这个大病中的女人啊，她的眼睛已经被泪水模糊了，不然的话她就会看到有一片乌云正从那副冷漠的脸上掠过。最后打动桑顿太太的，既不是因为她的儿子，也不是因为她自己的女儿范妮，而是房间的布置，让她想起——很多年前——一个小女儿——还很小就死了——打开心扉的就是这突然照射进来的一束阳光，它冰冻的外壳被融化了，而包裹在外壳里面的，是一个真实的、厚道的女人。

"您是希望我善待黑尔小姐。"桑顿太太的心已经开始变得柔软，但声音依然非常凝重，听起来非常的响亮而清楚。

黑尔太太的双目还在紧紧地盯着桑顿太太的脸，她把桑顿太太的手握紧。她有话但无力说出。桑顿太太叹息着说："需要的话，我一定会做一个真正可靠的朋友。不是关系密切的朋友。那样的朋友我是不会做的……"（她本来想加上一句"对她不能"，但一看到那张脸上焦急可怜的表情，她的心又软了下来。）"您是知道我的秉性的，就是动了真情，我也是轻易不会流露的。再说了，我平常也不会主动说出自己的意见。但您要求我这样，——假如这样能给您带来一些安慰，我就答应您。"说到这，她停了一会儿。桑顿太太秉性直爽真诚，对于她不打算干的事情是坚决不答应的，让她去照顾好玛格丽特，对她来说是件困难的事，可以说她根本做不到，原因是她对玛格丽特没有好感，非常厌恶。

“我答应您。”她郑重地说。听到这样的承诺，病危的女人似乎对一件比生命更为具体而可以捉摸的事增强了信心。生命真是飘忽不定、稍纵即逝的啊！“我答应您，假如黑尔小姐遇到什么难处……”

“您就叫她玛格丽特！”黑尔太太气喘吁吁地说。

“她如果遇到难处来找我，我会尽一切力量帮助她的，我会把她当作自己的亲生女儿一样。我还答应您，如果有一天她做了什么我认为是错误的事情……”

“玛格丽特没有做过什么错事——她一直也没有有意做什么错误的事。”黑尔太太为她辩解。桑顿太太就像没有听到似的，仍像刚才一样继续说下去。

“假如有一天她做了什么我认为错误的事，被我发现了——就是和我，以及与我有关系的人没有任何关系的错误，因为那样的话别人就会认为我有私心了——那我就会直截了当地告诉她，就像我对自己的女儿所做的一样。”

她们沉默了好一会儿。在黑尔太太看来，这项承诺并不包括所有的环节，但内容也确实不少。让她不明白的是，它里面是有些保留的，但她当时身体很虚，头晕眼花，浑身疲惫。桑顿太太在仔细地考虑着自己付诸行动后可能出现的各种情况。她也预感到了，自己要想履行义务，就有必要将一些对方不喜欢听的话告诉玛格丽特，一想到这里，她心里就感到一种强烈的快意。黑尔太太说道：“我要感谢您。愿上帝保佑您。我在这个世上不会再见到您了。但我要最后对您表示，感谢您答应善待我的孩子。”

“说不上什么善待！”桑顿太太高声说，一直到最后，她都表现得很诚实，甚至给人以不近人情的感觉。但说完这样的话，她感到自己的良心放下了，对于黑尔太太没有听清也不觉得惋惜。她紧握了一下黑尔太太的手，那手是软弱无力的。她接着起身，径直走出了房间。

就在桑顿太太和黑尔太太交谈的时候，玛格丽特和狄克逊也正在一起，她们商量着怎样才能严守秘密，不能让外人知道弗雷德里克回来的消息，绝对不能的。就目前看，随便哪一天都有可能收到他的信，只要信件一到，他本人一定也会随后赶到。一定要立刻安排马撒休假。狄克逊一定要守住前门，只允许来家里的少数客人进入楼下黑尔先生的房间——黑尔太太病很重，这是一个很好的借口。如果需要玛丽·希金斯给狄克逊当帮手，也要尽量让她少见到弗雷德里克，也少听到他的声音。必要的话，他可以用迪金森先生的身份和她讲话。但她生性懒惰、冷漠，这个个性却是最大的保障。

她们商量后决定让马撒当天下午就走，让她去看望她的母亲。玛格丽特本来想前一天就让她离开的，这样安排是因为女主人生病正需要人照料时，却打发佣人休假，这样的举动或许会让人觉得反常。

玛格丽特太操劳了！那天下午，她一直像个罗马人的女儿，自己本来就精力有限，还要帮助父亲，给父亲鼓劲儿。黑尔先生对于妻子的病一直抱有希望，他一直也没有绝望。每当妻子的病情有所缓和，他就会非常兴奋，觉得这是病情好转的开始。所以，每当病痛重新发作，而且比过去更严重时，他就会感到新的痛苦，感到更大的失望。那天下午，他在客厅里坐着，书房的寂寞他已经难以忍受，也没有办法自我安慰一下。他抱起两只胳膊撑在桌面上，将头埋在胳膊中间。这时，马撒已经走了。黑尔太太睡了，狄克逊坐在一旁陪护着。屋子里非常安静，天色已晚，谁也没去拿蜡烛。玛格丽特靠窗坐着，她望着窗外的街道和街灯，但又什么也没有看到，——她的注意力都集中在父亲的叹息声中。她无心下楼去取灯，总担心自己一走开，没有安静地守住父亲身边，父亲或许会有什么更激烈的情绪发作出来，而她不能及时去宽慰他。但她也想到厨房里的炉火还是要照看一下的，除了她，没有人去关照的。就在这时，被紧密包裹的门铃被使劲儿拉响了，铃线被拉扯得在屋里叮当作响，其实，实际的响声也许并不大。她惊恐地起身，从父亲身边走向门口。父亲也听到了门铃沉闷而迟钝的响声，但他坐在那里没有动，——她转身亲热地吻了他一下，他依旧坐在那里不动，对她亲热的拥抱也没有任何反应。玛格丽特轻手轻脚地下楼，从黑暗中穿过，来到门口。狄克逊有个习惯，在开门前总要先把链条挂上，但玛格丽特正心事重重，没有丝毫恐惧的感觉。一个身材高大的男人出现在门外了，就站在她和明亮的街道之间。他正看着远处，听到开门的声音，就迅速转过脸来。

“黑尔先生住在这儿吗？”他的声音清晰洪亮，还很柔和。

玛格丽特有些发抖。她开始还没有答话，但只有一刹那的工夫，她就低声喊道：“弗雷德里克！”说着并连忙用双手去拉他进屋。

“啊，是玛格丽特！”他说着，和她互相亲吻了一下，然后他抓住她的胳膊，把她推开了点儿，好像在黑暗中，他也能认出她来，能从她脸上的神情中发现对他问话的答复，——

“妈妈！她还在吗？”

“在，她还活着。亲爱、亲爱的哥哥！她——她病得很重，但还活着！还活着！”

“感谢上帝！”他说。

“这件事让爸爸太难过了，他的身体都快垮了。”

“你们是不是在等着我？”

“没有，我们没收到您的信。”

“照这样说，我比信到的早。但妈妈知道我要回来吗？”

“啊！我们都知道您会回来的。但等一会儿！先到这间屋吧。我来扶着您。这是什么？噢！是您的手提包。狄克逊把百叶窗都关上了。您看，这是爸爸的书房，我扶您在椅子上，您先坐这歇会儿。我这就去告诉爸爸。”

她摸索着去找蜡烛和安全火柴。烛光虽然很微弱，但借着它的光亮他们看清了彼此的时候，她突然觉得有些害羞了。她看到哥哥的脸色是黝黑的，蓝眼睛特别修长，透着怯生生的神情。突然，那双眼睛闪烁了一下，非常滑稽地意识到他们都在打量着对方。兄妹俩从对方的目光中都发现了同情的神色，但他们还是没有说话。但玛格丽特有自信，她会把哥哥当作一个很好的同伴，就像她把他视为手足一样。她上楼时的心情已经显得轻松了很多。当然，这并不说明她的悲伤有多少缓和，而是因为现在有了一个和自己身份相同的人，他的到来分担了家里的悲伤之情，她感觉不像先前那样难受了。现在，她也不在意父亲的沮丧了。他伏在桌子上，和以前一样面对现状毫无办法，但她现在有办法帮助他振作起来。她的心情好多了，她甚至觉得自己对父亲的鼓励有些过分了。

“爸爸，”她边说边伸出胳膊亲热地抱住父亲的脖子，实际上她是温和而激动地把父亲疲倦的头抱了起来，让它靠在自己的胳膊上，她注视着他的眼睛，也让他从她这里得到力量和信心。

“爸爸！您猜谁来了？”

他望着她，似乎就在一刹那间，他从女儿那双透露着迷蒙和悲伤的眼睛里，看到了实情，但马上又被他否定了。

他重新将身体向前放倒，再一次伏在桌子上，把头埋在两只胳膊之间，就和先前一样。她听见了他在小声讲话，急忙温柔地弯腰倾听。“我不知道。别和我说是弗雷德里克回来了——不是他。我受不了了，——我身体很虚弱，你妈妈也快死了！”

说着，他就像个孩子一样大声痛哭起来，这个样子可不是玛格丽特所希望的，她失望地转过身，沉默了一会儿，她又说话了——这一次她改变了原来的样子——她不再非常振奋地鼓励他，而是变得温柔而关切。

“爸爸，是弗雷德里克回来了！这样，妈妈会很快乐的，啊，我们为了妈妈也要快乐！当然，也为了他，——咱家那个可怜的小伙子！”

父亲还是无动于衷，但他好像对当前的事实有了些理解。

“他现在哪里？”他最后问道，脸还埋在胳膊中间。

“现在他一个人在您的书房里。我把蜡烛点上了，就上楼来告诉您。就他一个人，这会儿他一定在奇怪呢，不知为什么……”

“我这就去看他。”父亲打断了她的话，他撑起身子，倚靠在她的胳膊上，就像倚靠着一个向导。

玛格丽特领着他来到书房门口，此刻她的心情非常激动，接下来的场面她甚至不想看到，因为她担心自己经受不住这样的会面。她转身走开，跑下楼梯，痛痛快快地哭了一场。好多天来，这还是她第一次任凭自己尽情地发泄。她体会到对自己拼命的克制是非常难受的，此时她的感触更深。好在弗雷德里克终于回来了！现在，她唯一的亲爱的哥哥就在这里，他平安地回到他们中间！她几乎都不敢相信这是真的。此时，她止住哭声，拉开自己睡房的门。她听不到一点儿人声，她感觉自己像是在做梦。她又下楼，来到书房门口，里面传来谈话的声音，她感觉放心了。接着她又走进厨房，把炉火捅开，点上蜡烛，她要做些吃的给哥哥。母亲已经睡着了，这很好！她知道母亲已经睡了，她看到母亲卧室门上的钥匙孔里还塞了点火纸捻，就知道母亲已经睡了。旅途的人一路劳顿，回来后先要让身体恢复一下，重新恢复精神，和父亲久别重逢的激动心情也会平息下来，之后，母亲才会知道家里发生了一件大事。

一切都准备妥当了，玛格丽特推开书房门，像个女佣人一样伸开两臂端进来一只沉重的托盘，能为弗雷德里克做些事她感到非常高兴。见妹妹进来，哥哥赶紧起身迎上去，接过她手里的托盘。就这一个动作，就足以看出他回家来将给大家带来多大的慰藉。兄妹俩一起收拾好桌子，两人没有说话，但他们的手碰到了一起，他们的眼神相遇，传递着熟悉的话语，这在同胞兄妹间是心照不宣的。炉火已经灭了，玛格丽特亲手将它再点燃，——在这个季节，傍晚还是寒冷的，——但要注意的是，不要把声音弄得太响，免得传到黑尔太太的房间，惊扰了她的睡眠。

“狄克逊说过，生火这种本领是天赋的，这是一门艺术，但不是可以学会的。”

“Poetanascitur non fit.[①]”黑尔先生嘴里嘟哝着说。这句话说得虽然有气无力的，但玛格丽特听到他这么引用，心里还是觉得欣慰些。

“亲爱的老狄克逊！我们应该亲一下是不是！”弗雷德里克说，“以前她还总亲亲我，但后来要先看看我的脸，等确定是我了，才亲过来！但玛格丽特，你手脚怎么这么笨呢！这么一双笨拙的小手，我可是从未见过。快去洗洗，然后给我切面包涂黄油，不要生火了，我来干，我生来就会生火。”

玛格丽特走开了，一会儿又回到房间。她怀着一种既快乐又不安的心情时而走出，时而走进，就是不能安静地坐下来。弗雷德里克需要的东西很多，她为此感到非常高兴。凭着直觉，他也意识到了这一点。在一个正处于悲伤氛围的家庭里，这也算

①拉丁语，“诗人是天生的，不是培养的”之意。

是一点快乐吧。他们都感到了这种强烈的快乐情绪，他们内心深知，一件无法挽回的悲伤的事件正一步步临近。

就在这时，狄克逊下楼的脚步声传来。坐在大扶手椅里的黑尔先生，也从无精打采的姿势中被惊醒。他刚才还在迷蒙地望着自己的儿女，看着他们就像在演着一幕喜剧，他看着觉得挺有意思，但现实又是不同的，在剧中没有他扮演的角色。他起身面向着房门，他感到异常的焦虑，好像要把弗雷德里克藏起来，免得让进来的人发现他，尽管进来的是忠心耿耿的狄克逊。看到父亲这样的神情，玛格丽特感到有些不安。她感到了生活中的新的恐惧，于是，她紧紧地抓住弗雷德里克的胳膊，她的眉头紧锁，咬紧牙关。但他们哪里知道，狄克逊的步履是平稳的。他们听到她的脚步声从过道穿过，——走进厨房。玛格丽特起身。

“我去对她说。我还可以看到妈妈的情形。”从狄克逊那玛格丽特知道母亲醒过来了。开始她还说些梦话，她们给她喂些茶点后，她的精神恢复了些，这时她还不想多说话，所以，还是再过一晚再把儿子回来的消息告诉她吧。唐纳森医生说好要在那天晚上来一趟，这将带来不少的紧张和激动。他或许会叮嘱大家，让她在看到弗雷德里克之前有所准备。现在他已经回来了，就在跟前，随时可以召唤他过来。

玛格丽特无法让自己安静下来。她和狄克逊一起为“弗雷德里克少爷”做着一些准备工作，做这些事对她来说可以缓解一下紧张焦虑的心情。她似乎没有疲倦的感觉。房间里，弗雷德里克坐在父亲的身旁，和父亲聊着，他们说的内容玛格丽特都不了解，她也不想了解。每次朝房间里望上一眼，自己就感觉增添了些力量。她自己谈话和倾听的时刻总会有的，对这一点她是肯定的，所以这会儿她并不着急插进去。她端详着他的外表，觉得他很招人喜欢。他的容貌文弱，眼睛透露着快乐的神采，但眼睛和嘴巴时而会突然一变，好像是内心激情在迸发，这让她觉得有些可怕。但这种神态也只是一瞬间的表现，其中既不带有固执己见，也不存在任何恶意。这种神情在那种未开化的或者南方的国家可能很常见，是一种瞬间凶恶的神情——当然，这种神情可能在一瞬间就会变成孩子般的天真娇憨，而且这种娇憨的魅力还很大。对于哥哥流露出这样强烈的神情，玛格丽特会感到不安，但在家里她还没有什么地方会让他感到惧怕和不信任的地方。相反，从他们一见面，她内心就感到非常舒坦。在弗雷德里克面前她总是感到非常轻松的。就在此时，她在这种轻松愉快的感觉中意识到，自己肩负的责任有多重，弗雷德里克了解他们的父母——清楚他们的个性，清楚他们有什么弱点，而且他以一种无所谓的态度看待这一切，但这种无所谓的背后又是非常的精心留意的，他不会在情感上对他们造成伤害。他似乎凭借着本能就可以很好地把握住自己的谈话和态度，到一定的时候就适当地焕发一下，还不会让父亲加深沮丧的情绪，或者还会让母亲的痛苦得到缓解。每当他感到自己的所作所为不合适时，他就会更加耐心和体贴，让自己把护理做得更好。还有就是他经常讲到他们在新森林里度过的童年时代，这让玛格丽特非常感动，甚至流下眼泪。在异国他乡，当他在那里独自彷徨时，他始终也没有忘记她——没有忘记赫尔斯通。她和他聊起那个老地方，他总也不会感到厌倦。在他回来之前，她虽然非常渴望他的到来，同时却又有些担心，七八年来自己也发生了不小的变化，不知原来的自己还保留了多少。她自己曾经设想，假如一直待在家里，她对于生活的爱好和情感都发生了大的变化，而他的那种不平静的生活（对那种生活她知道得并不详细），一定会是另一个模样，就是以另一个弗雷德里克取代了身穿海军军官学校学员制服的那个身材高挑的小伙子——她还清楚地记得，从前自己对那个小伙子是那么钦佩和敬畏。但在离别时，他们在年龄上，就像在其他许多地方一样，他们之间反而变得更接近了。所以，在当下这个悲伤痛苦的时刻，玛格丽特却感到了一丝轻松。这当然和弗雷德里克的到来有关，因为除此之外，她觉得自己没有一点儿希望。母亲见到了儿子，在好几个钟头里，她的精神一直都很好。她坐在那里，握着他的手，就连睡着了也没有放开。玛格丽特只好像给婴儿喂食那样喂她吃喝，这样她就能一直握着弗雷德里克的手，即使睡着了，也不至于惊动她。正当他们这样忙着时，黑尔太太醒了。她从枕头上缓缓地扭过头来，看着孩子们，她笑了，她明白他们正在做着什么，也明白为什么这样做。

“我太自私了，”她说，“但这样也不会很久了。”弗雷德里克弯下身子，亲了一下母亲那虚弱无力的手，那只手和他的手一直握在一起。

其实，这种平静的状态维持不了很久，甚至不能持续多少小时，这是唐纳森医生告诉玛格丽特的。当那位和蔼的医生离开后，她悄悄地下楼，来到弗雷德里克跟前。医生来时，他被叮嘱不要出面，他藏在客厅里。那过去是狄克逊的睡房，现在让给他住。玛格丽特把医生的话告诉了哥哥。

“我不相信。”他大声地喊叫起来，“她病得很重，或许很危险，而且危险随时降临，但我无法想象她会像现在这样。如果她不行了，玛格丽特，我们就应该另请一位医生来看看——请一位伦敦的医生。你一直也没这样想吗？”

“也想过，”玛格丽特说，“我想了不止一次。但我觉得这样做也不会有什么好处。另外，您也知道，我们也没有钱去请一位伦敦的著名内科医生来。我还是觉得在医术方面，唐纳森医生并不比一流的医生差，——如果，说实话，他不如他们的话。”

弗雷德里克开始在房间里来回踱着脚步，心里非常烦躁。

“我在加的斯还有存款，”他说，“但很不幸的是，需要改名换姓，在这里什么也没有。爸爸为什么要离开赫尔斯通呢？这个错误太大了。”

“这不是个大错，”玛格丽特忧郁地说，“如果能办的话，不要把您刚才说的话告诉爸爸。我看得出来，他也想到了，如果我们住在赫尔斯通，妈妈就不会病倒了，他的精神上已经非常痛苦了。您不会知道的，爸爸会为此很痛苦，他会责怪自己的！”

弗雷德里克走开了，就像他在舰艇的甲板上。最后，他停在玛格丽特的对面，玛格丽特正郁闷绝望地站在那里，他朝她看了看。

“我的小玛格丽特！”他一边说着，一边伸手来安抚她，“只要有一线希望，我们就不放弃。可怜的小姑娘！你怎么了！看你脸上都是泪水吗？我一定坚定希望，一定的，即使有几千位医生说什么。不要失望，玛格丽特，要勇敢地坚定希望！”

“我一定要努力坚定希望。哦，弗雷德里克！这些天来妈妈一直都很疼我！我对她越来越理解了。现在，死亡竟要把我们强行分开！”

“来，来，来，让我们上楼去，我们应该做点什么，时间是非常宝贵的，千万不要浪费了。用脑子想多少次都会让人伤心的，好妹妹，但我在行动中却从不这样。我觉得那句谚语可以修改一下，那谚语就是：‘挣钱，孩子，能做到的话，就去诚实地挣钱，但要努力去挣。’而我的格言是：‘做点事，小妹妹，能做到的话，就做有益的事，总要做些事。’”

“难道恶作剧也可以做吗？”玛格丽特的眼眶里已经充满了泪水，她露出浅浅的笑容说。

“当然可以了，我觉得也有不能做的，那就是事后的后悔。有机会就要做件好事，这样就能将做错的事抵消（如果你是一个正直的人）。这就像我们上学时在石板上算出了一个数目，而且算得很准，而那个算错的数字只被涂抹掉了一半就行。这比用泪水沾湿海绵要好。因为要用海绵接泪水，首先要等泪水流下来，而正确的选择既可以节省时间，效果还很好。”

即使玛格丽特开始还认为弗雷德里克的说法不太现实，但她也发现他做的很多好事就是运用这种说法实现的。他陪伴母亲度过的一夜是非常痛苦的（他坚持要参加夜里看护母亲），第二天早餐前，他还忙着为狄克逊设计一张矮凳，他已经感到了陪护病人很辛苦，这个矮凳可以把腿放上去缓解疲劳。吃早餐时，他给大家讲述了在墨西哥和南美其他地方经历的不安定的生活，他讲得很有兴致，既生动又详尽，黑尔先生对此很感兴趣。如果是玛格丽特，她或许就会因为绝望而放弃努力了，她不再设法让黑尔先生走出沮丧，重新振作起来，因为那样的话就会让自己受到影响，使她无法讲下去。但弗雷德里克恪守他的理论，经常在做一件事。早餐时，除了吃饭，聊天就是唯一可做的事情了。

就在那天夜晚到来之前，唐纳森医生的预见终于被证实了。黑尔太太一直痉挛着，等到痉挛停止后，就没有任何知觉了。她的丈夫伏在她旁边，随着他的呜咽，床铺也在不停地摇晃，儿子用健壮的胳膊缓缓地将她扶起，这样她就能靠得舒适些，女儿的双手擦着她的脸，但她什么也意识不到了。等他们在天堂相见前，她不会再认出他们了。

还没等到天亮，一切就都结束了。

玛格丽特让自己从悲伤中振作起来，她还要去安慰父亲和哥哥。这时，弗雷德里克却要倒下了，他的所有理论都成了一无是处的东西。到了晚上，他把自己一个人关在小屋子里，在那里失声痛哭，玛格丽特和狄克逊惊恐地跑下楼来，嘱咐他轻点声，因为房子的墙壁很薄，他那年轻激动的哭声很容易传到隔壁邻居那里，这种声音和人到晚年时那种迟缓的哭声是完全不同的。人到晚年，人的阅历多了，人世间的各种悲伤也已习惯，对于命运也不再做任何反抗，这时的人们已经清楚谁在主宰自己的命运。

玛格丽特和父亲坐在房间里，他们守着去世的亲人。如果父亲能哭出来，她会感到一些宽慰。但他坐在那里却是静悄悄的不出任何声响，他每隔一会儿就要掀起覆盖在死者脸上的床单，在那张脸上轻轻地抚摸一下，嘴里还会发出一种柔和而含糊的声音，就像是一只母兽安抚幼兽时发出的声音。他没有发现玛格丽特就在自己旁边。有那么一两次，她走到他身边，亲亲父亲，他没有任何反应，任凭她那样做，等她亲过自己，就把她轻轻推开，好像自己在这里不愿被她打扰了，他要把自己的注意力都集中在死者身上。弗雷德里克失声痛哭的声音传来，他听到了，脸上一阵发怔，接着就摇着头说："可怜的孩子！可怜的孩子！"说完就不再去注意儿子的哭声。玛格丽特心里感到非常的痛苦，想到父亲，就不再顾及自己的损失。天就要亮了，此时，玛格丽特虽然此前没说一句话，这时她突然在一片寂静中开口讲话了。她的声音非常清晰，就连她自己也都非常吃惊。"你们心里不要忧愁。"她就这样说着，以平和的口气背诵着，她所背诵的章节，能够让人感到无限的宽慰。

第六章 “故旧应给忘却吗？”①

不要露出这种神态，这种面目，

是毒蛇的狡猾，还是罪人的堕落？

——克雷布②

进入十月，清晨是冷峭的，它不同于乡村十月的清晨，白色的薄雾，正被初升的太阳驱散，天空弥漫着绚丽多姿的色彩，这不是米尔顿十月的清晨，它的银白色的薄雾就是弥漫的大雾，阳光虽然能穿过浓雾，但也只是照出阴沉沉的长街。玛格丽特来回走着，她要帮助狄克逊料理家务，她已经感觉疲惫不堪。眼泪遮住了她的视线，但她顾不上哭泣，她没有这个工夫。她还要关照父亲和哥哥，他们还沉溺在悲痛中，而她要干很多活儿，她要琢磨这些事情，就连葬礼的安排，也全靠她操持了。

壁炉里的火柴已经烧得亮堂堂的——早餐已经准备妥当，茶壶也烧好了，玛格丽特最后看了看四周，觉得一切都准备妥当后，才去招呼黑尔先生和弗雷德里克。她要调整家里的氛围，让一切都显得轻松些，但真的这样做了，那种气氛和她自己的思绪就形成了巨大的差别，她不禁泪流满面。她伏在沙发旁边，把脸埋在靠垫上，这样就避免别人听到她的哭声。就在这时，狄克逊把一只手搭在她的肩上。

“唉，黑尔小姐——唉，亲爱的！您可不能管不住自己，不然的话我们可怎么办呢？现在已经没有人能支撑起这个家了，没有人来出主意了，现在要做的事情有很多，你看这些事情：由谁来安排葬礼，都有哪些人参加，墓穴选在哪里，这些都得拿主意。弗雷德里克少爷已经哭得快发狂了，老爷又从来不管事。可怜的先生，他现在

①英国诗人，诗文引自《日月轮流》。

②英国诗人，诗文引自他的诗篇《自治市》中的《布兰奈传》。

就是走来走去，就像不知所措的样子。我的好小姐，我明白这让人很难过，但我们都要死了。到了这个时候，您还一直没失去过亲人，够幸运的了。”

话是这么说，但这本身好像就是一种损失，让人无法用其他任何的不幸事件和眼前的困境相比较。听了狄克逊的话，玛格丽特心里并没有感到什么安慰，但这个做事规规矩矩的老佣人的态度特别亲切，这深深地打动了她的心。对此她要表达自己的感激之情，至于别的原因是没有的，于是她努力让自己振作起来，微微一笑，以示对狄克逊焦急神色的回答，接着她就去叫父亲和哥哥吃早餐了。

黑尔先生来了——他像是在梦中，看上去，又像是没有任何意识，就像一个梦游的人，他仿佛根本没有看到眼前的人们，脑子里也没有他们，也许在注意着别的东西。弗雷德里克脚步轻快，踏进房间就尽量做出很有兴致的样子。他握住她的手，看着她的眼睛，眼泪不禁又落了下来。吃早餐时，为了分散父亲和哥哥的注意力，她尽力找一些不相干的小事情讲给他们，不使他们还沉浸在上一次吃饭时的回忆中，那次吃饭大家都很紧张，病房里传来的任何一点响动都会让他们不安。

吃过早餐，玛格丽特准备和父亲说说有关葬礼的安排。虽然她的安排还有很多互相矛盾的地方，但他还是表示同意她的安排。父亲没有提出任何建议，玛格丽特有些无奈地准备离开房间，她打算找狄克逊商量一下，但这时黑尔先生朝她招招手，把她叫了回来。

“可以问一下贝尔先生。”他的声音显得很空洞，

“贝尔先生！”听了父亲的话，玛格丽特吃惊地说，“是牛津的贝尔先生吗？”

“就是贝尔先生。”他重复了一遍，“是的。他是我的男傧相。”

玛格丽特明白了这层关系。

“我今天就给他写信。”她说。他忽然又有些失魂落魄了。玛格丽特忙了一个上午，她很想歇歇，但又在无休止地忙碌。

临近傍晚时，狄克逊对她说：“都准备好了，小姐。我还是为老爷揪心，担心他会因为伤心得了中风。他今天一直都坐在可怜的太太旁边。我在门口听见他一直都在和她说话，就好像她还活着。可是我一进去，他就不出声了，他好像让什么事情给缠住了。我心想，应该让他清醒些。假如开始让他吃惊一次，后面或许就好办了。所以我就对他说，我觉得弗雷德里克少爷在这里有些不安全，这是我的想法。星期二那天，我出去时，碰到一个南安普顿人——这是从我来米尔顿后第一次遇到的。我觉得他们一般不来这里。对了，那个人就是小伦纳兹，他是布商老伦纳兹的儿子，那是一个很坏的人——他把他父亲都快折磨死了，后来他还跑到海上去。我一直讨厌他。我知道，他和弗雷德里克少爷都在‘奥利安’号上服过役，但我不记得兵变时他是否还

在那里。”

“他认识你吗？”玛格丽特语气非常急切地问。

“我最担心的就是这个。我太傻了，我叫出了他的名字，不然的话，我相信他不会认识我的。他是南安普顿人，他到了一个陌生的地方，不然的话我是不会和他打招呼的，我不会和一个卑鄙的家伙攀同乡的。他对我说，‘狄克逊小姐！没想到在这里见到了您，我可能搞错了，您已经不再是狄克逊小姐啦？’我对他说，他还可以照过去的称呼，就像对一个没结婚的女人那样称呼我，其实我是有机会结婚的，如果我不是很挑剔的话。他还算有礼貌，他说，看见我，就不怀疑我说的话。但这个狡猾的人是骗不了我的。我就是这样对他讲的。后来我也问了问他父亲的情况，就好像他们父子关系很好似的（我知道他是被他父亲赶出来的）。后来，为了让我生气——因为您看，我们本来应该是很客气的，但我们这时都变得非常粗暴无礼——他打听弗雷德里克少爷，说他现在处境非常窘迫（听上去就好像弗雷德里克少爷的困境会洗清乔治·伦纳兹，或者能让他看上去不再是卑鄙龌龊的家伙），还说他要是被逮捕，就会被判绞刑，因为他叛变了，还说政府正悬赏一百磅捉拿他，就是他给大家带来了巨大的耻辱——您看，我的好小姐，他讲这些话就是气我的，因为过去在南安普顿，我曾骂过乔治一回，那也是为了帮助老伦纳兹先生。于是我这样说，我知道有的人家，为了让自己的儿子更有理由感到羞耻，假如他们能想到自己的儿子独在异乡正经谋生，他们就会感到欣慰的。听了我说的话，他就像个冒失的小子——他本来不知轻重——他回答道，上司对他的工作是信任的，他说如果哪个年轻人遇到不幸的事，走错了路，现在想迷途知返，他不反对去给他提供帮助。他，说真的！嗐，他能让一个圣徒堕落。我那天和他说话，觉得这么多年了也没有这么别扭过。我没有办法让他更加生气，我都想哭出来，因为他总是冲我笑，就好像我说的那些恭维话，他都当真了。我看不出来他对我说的话是否在意，但他说的话让我听了却气不打一处来。”

“我们的事情你没对他说吗——还有弗雷德里克的事情？”

“没说。”狄克逊说，“他也没问我住在哪里。他即使问了，我也不会对他说的。我也没问他在做什么工作。他当时正等公交车。就在这时，车来了，他忙招呼上车。但在最后的时刻他还要折磨我，他一边上车一边回头对我说，‘如果您能帮助我抓住黑尔上尉，狄克逊小姐，奖金我们可以平分。我相信您是愿意和我合作的，我说的对吧？别不好意思，说声好。’说完就上了汽车。我看见他那张邪恶的脸，还带着一丝狰狞的笑，斜着眼睛瞥了瞥我。他一定以为他最后的话对我会产生怎样的伤害吧。”

听了狄克逊的叙述，玛格丽特内心感到非常的不安。

“你对弗雷德里克说了吗？”她问道。

“没有。”狄克逊说，“我知道丑恶的伦纳兹就在城里，我心里不踏实，但需要考虑的事情还很多，我没时间总盯着他。但一看到老爷僵硬地坐在那里，两眼发呆，目光悲伤，我就想如果让他为弗雷德里克少爷的安全问题用点儿心，那或许还能让他振作些。所以我就把这些都对他说了，虽然说有个年轻人和我说过话，一讲到这我也会脸红。这一说对老爷有很大好处。假如我们把弗雷德里克少爷藏起来，那么在贝尔先生来之前，就得让他离开，可怜的人啊。”

“噢，贝尔先生我倒不怕，但我怕那个伦纳兹。我必须告诉弗雷德里克，伦纳兹是个什么长相？”

“我可以告诉您，小姐，他的样子很难看。要是那把络腮胡子长在我的脸上，我得羞死了——那胡子太红了。虽然他说他有个很体面的工作，又很受上司器重，但他却穿着粗料纹布衣服，那样子就像个工人。”

事情很明了了，弗雷德里克一定要离开，本来他回到了家里，还准备尽力照顾好父亲和妹妹，但他还得离开。母亲生前他的照料，母亲去世后他的难过，这些都使他变得非常特殊，凭着和我们对去世亲人的共同的感情，他和我们的感情紧密地融合在一起。但就在这时，他又要离开了。玛格丽特坐在客厅里的炉火前，心里想着这些事情——面对新的恐惧带来的压力，父亲深感忧虑，虽然他还没对她说——弗雷德里克恰在这时走进房间，这时的他已经不像刚回来时那样精神振作，但剧烈的悲伤也已经过去了。他走到玛格丽特面前，在她的额头上亲了亲。

“看你脸色那么苍白，玛格丽特。”他低声说，“你一直都在替大家着想，可有谁想着你呀。你在沙发上歇歇吧——现在没什么事需要你做了。”

“这太糟糕了。”玛格丽特忧伤地低声说，但她还是走到沙发旁躺下，哥哥用一条大围巾盖在她的脚上，然后就在旁边的地板上坐下，兄妹二人交谈起来，他们的声音很低。

玛格丽特把狄克逊对她说的见到小伦纳兹的事情都告诉了哥哥，弗雷德里克听了非常吃惊，他长长地“噢”了一声，然后就没再开口。

“我真想和那个年轻的家伙做个了断。我在船上还没见过比他更坏的水兵——没有谁比他更丑恶。——我说，玛格丽特——你知道事情的全部实情吗？”

“知道，妈妈跟我讲过。”

“唔，那些是非分明的水兵对船长感到义愤时，这个家伙却去给舰长拍马屁——呸！一想到他竟然来到这里，哦，他要是知道我就住在附近，他一定会来找我，抓我来进行报复。我宁可让随便哪个人告发我，得到那一百英镑奖赏，也不愿让他得到。

说来也是可惜，他居然没能说服可怜的老狄克逊去出卖我，这样她就能得到一笔养老金了。”

“唉，弗雷德里克，话不能这么说。”

这时，黑尔先生着急地向他们走来。他刚才听见他们说的话，就急切地走来，紧紧地抓住弗雷德里克的手，说道：“孩子，你一定要走。这确实不好受——但我觉得你一定要离开这里。该做的你都做了——你已经让她感到了安慰。”

“爸爸啊，难道说非得让他走吗？”玛格丽特说，她也深知哥哥必须要离开这里，但她还是忍不住要和这种想法抗争。

“说实话，我是想一直干到底的，接受审讯。如果我能拿到我的证据就好了！一想到我要忍受伦纳兹那样恶棍的摆布，我真受不了。我本来——我是说在其他的情况下——这次悄悄回国可以当作一件有趣的事。这很像法国女人非法偷欢一样有魅力。”

“我还记得以前发生的一件事，”玛格丽特说，“你因为偷了别人的苹果而丢脸，弗雷德。本来我们自己有很多的苹果，——树上的苹果都结满了，可是你听别人说，偷来的水果最甜，你就听信了这话，真的去偷了。从那时到现在，你的想法都没怎么变过。”

“是呀——你一定得离开了。”黑尔先生又重复着说，这也算回答了玛格丽特先前的问话。他的思想紧盯着一个问题，这时让他在儿女无目的的谈话中插话，他要费很大的气力——他不想这样做。

玛格丽特和弗雷德里克互相对视了一会儿。如果他真的离开了，他们就享受不到彼此心照不宣的心灵沟通了。有很多事情是无法用语言来表达的，这时，眼睛就成了沟通的途径。他们两人都是这样想的，到后来就逐渐化作了内心的伤感。弗雷德里克率先摆脱了这种伤感。

“知道吗，玛格丽特，今天下午我差点儿让狄克逊和我都大吃一惊。我当时正在睡房里，开始听外面有人在前门拉响门铃，我以为拉门铃的人准是办完事就走了，我就想到过道去。我刚拉开门，就见狄克逊走下楼来。只见她皱着眉头，我赶紧又藏起来。我没关上房门，就听见她把一个口信告诉给爸爸书房里的一个人，那个人这才走。你说那是谁呢？是个买卖人吗？”

“有可能，”玛格丽特没有怎么在意，她说，“两点左右，是有个人来，他是个矮个子，说话不多，来问我们需要买点什么东西。”

“我看那个人个子不矮——他身材高大健壮，他来的时候四点都过了。”

“那是桑顿先生。”黑尔先生说。父亲过来参与谈话，这让他们都感到很高兴。

“桑顿先生！”玛格丽特有些吃惊，“我还以为是……”

“唔，小妹妹，你以为那是什么？”弗雷德里克这样问，是因为她没有把话说完。

“噢，那是因为，”她的脸一下子红了起来，眼睛盯着他说，“我以为你说的是一个不同阶级的人，是没有教养的，是一个被人差遣来办事的人。”

“他看上去很像那样的人。”弗雷德里克心不在焉地说，“我原来还把他当成一个店主，没想到他竟然是个厂主。”

玛格丽特没说话，她知道，在对桑顿先生的性格有所了解之前，她也曾像弗雷德里克那样说到他和看待他。这就很自然地给他留下印象，但他也为此而烦恼。她不想讲话，她想应该让弗雷德里克了解桑顿先生，了解他是一个什么样的人——但她又不好说出口。

黑尔先生接着说道：“他一定想帮助咱们，但我却无法去见他。我叫狄克逊问问他是否愿意见你——我当时想叫她去找你，请你来见见他。我忘了当时我都讲了些什么。”

“他这个朋友确实挺好，我说得对吧？”弗雷德里克说，这句话就像一只球，被他踢了出去，随便谁来接它。

“他是一个非常厚道的朋友。”见父亲没答话，玛格丽特就接过话来。

弗雷德里克一阵沉默，然后说道：“玛格丽特，想想那些善待你的人，我应该向他们表示感谢，但我却无法做到，我心里真是难受，你的社交活动和我的社交活动一定要分开。说实话，或者我被军事法庭审判，或者你和爸爸去西班牙。”他试探地提出了后一个建议，然后很果断地说道，“我是非常希望你们来的，我的职位很好——而且有机会得到更好的职位。”他继续说着，脸上浮起一片红晕，看上去就像一个害羞的大姑娘，“记得我和您说过有个人名叫多洛雷丝·巴伯，玛格丽特——我希望你和她认识一下。我相信您一定会喜欢——不，是疼爱，说喜欢显得不够——您一定会疼爱她，爸爸，如果您认识她的话。她还不到十八岁，如果她一年后还不变心，她就会成为我的妻子了。巴伯先生觉得这不叫订婚。但您要是决定来，您会发现不仅多洛雷丝，这里还有很多朋友。希望您考虑一下，爸爸。玛格丽特，你站我这里来。”

“不——我不动了。”黑尔先生说，“我因为一次动身就把妻子失去了。我不打算再动了。她就待在这里，我也跟着她在这里度过晚年。”

“啊，弗雷德里克，”玛格丽特说，“关于她的事您再和我多说几句。这些事情我一直也不知道，但我很高兴，在国外有人关心你，照顾您。把所有的事情都和我们讲讲吧。”

“先说她是罗马天主教徒。我过去以为唯一遇到障碍的事情就是这个。但爸爸的见解已经改变——不，玛格丽特，不要叹息。”

这次谈话结束前，玛格丽特的叹息是有理由的。事实上，弗雷德里克已经成为一个天主教徒，尽管他此时并未明说。父亲脱离国教后，玛格丽特一度很烦恼，弗雷德里克在信里也表达了自己对他的同情，但也只是轻描淡写，原因可能就在这里。原来她还以为这只是水兵的粗心所导致的，实际情况却是他在当时已经想放弃这种他曾接受洗礼的宗教了，只是他和父亲的见解刚好相反。爱情在这个变化中发挥了多大的作用，对这一点，弗雷德里克自己也说不清。到最后玛格丽特也只好不再谈论这个话题，她让话题回到订婚一事上，准备换个角度看待这件事。

“但是，为了她，弗雷德，就算兵变的罪名成立，那些对您夸大的指控你也必须要设法洗清。如果军事法庭开庭，您要找几个证人，那样您就可以表明您没有服从上司的命令，因为上司的命令是不妥当的。”

黑尔先生振作起精神等待着儿子的回答。

“第一，玛格丽特，谁能找到我的证人呢？他们都是水兵，现在都被派到别的船上去了，剩下的人属于参加或对这件事表示同情的，他们的证词作用不大。第二，我告诉你军事法庭是怎么回事，你以为那是执法的地方吗？它不是它应有的样子——在那里官方的作用占了十分之九，而证据只占十分之一。在这种情况下，官方的威信就会影响到证据本身。”

“但总要尝试一下，争取多找些证据，尽可能为您辩护一下，这些不值得做吗？现在的情况是，以前认识您的人，他们都认定您是有罪的，没有无罪的理由。您也一直不想办法为自己辩解。我们也一直不知道该上哪里搜集为您辩护的证据。现在好了，为了巴伯小姐，应该让人们弄清楚您的行为。对这件事她也许并不在意，但我相信她和我们一样，对您是信任的，但是，您不该让她和一个被指控犯有重罪的人结婚，而不向人们明确地表明自己的立场。对抗上司——这种行为很不好，但如果上司滥用权力，而您却袖手旁观不闻不问，那也不好，那比恶劣还要严重得多。人家知道您的所作所为，却不了解您这样做的动机。您的动机导致您的行为不属于犯罪，相反，是对弱者见义勇为的保护。为了多洛雷丝，您也应当让大家知道事情的真相。”

“但我该怎么做才能让人们知道呢？就算我能请来很多讲真话的证人，我自己去向军事法庭投案，对那些审判我的法官能否公正廉洁，我却无法充分相信他们。我总不能找一个敲钟报事的人，让他到大街上喊叫，声明我的所作所为是正义的。事情过去很久了，就算我把事情的来龙去脉都写出来告诉人们，现在也没有人愿意看这样一篇自我辩解的小册子。”

“有关您摆脱罪责的机会，您想找个律师谈谈吗？”玛格丽特的脸色红红的，她抬眼问道。

“我必须首先见到我的律师，我要知道他是什么样子，我是否接受他，然后再对他讲出事情真相。很多生意差的律师或许有歪心眼，他们希望自己耍个小手段——向司法当局检举我——以为这样就可轻松地得到一百英镑。”

“别瞎说，弗雷德里克！——我认识一个律师，这个人很正直，是可以信赖的，他业务能力很强，很受大家称赞，我还想，他对——对肖姨妈的亲戚都会尽力帮助的。我说的就是亨利·伦诺克斯先生，爸爸。”

“我觉得这个主意很好。”黑尔先生说，“但不要提什么意见，别让弗雷德里克在英国耽误太长时间。为了你们的母亲，不要提。”

“明天晚上您可以搭车去伦敦。”玛格丽特对自己的计划很有信心，她接着说，“爸爸，我想他明天必须走，”她的语气变得温柔起来，“这是因为贝尔先生，也包括狄克逊的那个令人讨厌的熟人。这些都已经安排妥当了。”

“是的。我明天一定得走。”弗雷德里克语气坚决地说。

黑尔先生无奈地哼了一声：“再次分手让我心里很难受，但留你在这里，我心里又不踏实。”

“唔，那就这样，”玛格丽特说，“你们先听听我的计划。星期一的早晨他到达伦敦。我来——您可以——算了！还是由我来写封信，让他带给伦诺克斯先生，这样做比较妥当。您可以在圣堂内地的事务所见到他。”

“我把‘奥利安’号上我记得的人名列一张名单，请他把这些人都找来。他是伊蒂丝丈夫的亲哥哥，是这样吧？我还记得你在信中提过他。巴伯手里还有我的钱，如果这件事成功，我可以付一笔款子。亲爱的爸爸，这笔钱我本来是有别的用处的，所以就当是我找您和玛格丽特借的。”

“不要这样。”玛格丽特说，“那样的话，您就不会拿它来试试了。这是碰运气，但很值得一试。您在伦敦和在利物浦一样，也能搭上船吧？”

“那当然了，小傻子。不管在哪里，我都能感觉到跳板下面就是汹涌的流水，而我却喜欢那里，觉得在那里很自在。我会乘船去，你们不用担心。既然离开你们，也离开了另一个人，我在伦敦不会待上二十四个小时的。”

玛格丽特给伦诺克斯先生写信时，弗雷德里克试图从她后面看看写些什么，这让玛格丽特感到很愉快。在和伦诺克斯先生的交往中，曾发生一件事，弄得双方都不太愉快。现在要修补这种关系，她感到非常别扭。如果不是弗雷德里克看着她写信，使她能镇定简洁地写下去，她或许还要为措辞而犹豫不决，不知道该说什么，不该说什么。但，她此刻书写得很快，甚至没来得及再看一遍，就已经将信收进一只皮夹。就在这时，弗雷德里克看到有一缕黑发从皮夹中露出，他竟高兴得两眼放光。

“这个你愿意看看吗？”他说，“不！你必须等到看到她本人。她称得上完美，不是仅凭片段就可以了解的。任何一块普普通通的砖石，都不会成为我的王宫建筑的范本。”

第七章　飞来横祸

怎么！你仍然要遭到告发——也许还会遭到锁链的拖曳。

——《沃纳》

第二天，他们三人一直都在一起。黑尔先生没怎么讲话，只有孩子们问什么他才开口，——这么说吧，孩子们的问话才能把他拉回到现实中来。从弗雷德里克那里，他们已经感觉不到伤心的表现，情感发作的第一波已经过去。如今，他们为自己在感情上曾经的痛楚而有些羞惭。失去了母亲，从亲情上来讲这确实是一次痛苦的经历，它在内心留下的阴影，终生都无法抹去，但可以不再提起它。玛格丽特在开始时还没有显得多么伤感，此时却感觉痛苦在不断加深。有时，她不得不痛痛快快地哭上一会儿。当人们提到与此事无关的事情时，玛格丽特的神态也会表现得非常难过，而她的目光一旦望向弗雷德里克，这种神情就表现得更加强烈，这是因为她意识到他很快就要走了。从个人的角度讲，她对他的离去会很伤感，但为了父亲，她却希望他尽快离开。这些天来，黑尔先生一直忧心忡忡，生怕儿子被发现给抓走了。儿子来家里给他带来了快乐，但此时的惊恐却远远大于这种快乐。黑尔太太去世后，这种紧张焦虑就与日俱增，他的心思都集中在这件事上。有什么异样的声响传来，他都会受到惊吓。家里来人时，他希望弗雷德里克能躲在别人看不到的地方，不然的话他就会惶恐不安。临近傍晚时，他说道：“玛格丽特，你陪弗雷德里克去车站，好吗？我想知道他安全离开这里。起码你会回来对我说，他已经安全离开米尔顿了，是这样吧？”

“那当然，”玛格丽特说，“我不在家陪着您，您不会寂寞吧，爸爸，我很乐意去送送他。”

“我没事，我不寂寞！但你要及时告诉我他已经上车了，不然的话我还是担心他会被人认出来，再把他截回来。你们从奥特伍德车站走，那也不远，周围人也少。坐出租马车去那儿。这样被人认出的可能性就小一些。火车几点发车，弗雷德？”

“六点十分，那时天色基本都黑了。那你怎么办，玛格丽特？”

“噢，我自有办法。我现在已经很勇敢坚强了。天黑后，回家的路上都有灯光照着。就在上星期，我有一次出去时比这时间还要晚。”

离别的时刻到了——母亲已经去世，父亲仍健在，弗雷德里克和他们告别——当这一幕已经过去，玛格丽特心里感到一阵舒畅。她催促弗雷德里克赶紧坐上出租马车，这样就能让离别的场面快一点结束，因为她心里明白，对父亲来说，这样的离别场面是特别难受的。儿子最后看了母亲一眼，父亲一直陪在他的身边。因为出发得比较早，还因为《铁路指南》上登的火车到站的时间经常出错，所以，当他们到达奥特伍德时，离发车还有二十分钟。售票处的门还没开，这样一来，连车票也买不成。于是，他们走下石头阶梯，它通向铁路下面的平地。那里有一条宽阔的煤屑路，从马车道旁的田野斜穿过去。在等待火车的几分钟里，他们就在那里来回漫步。

玛格丽特手挽弗雷德里克的胳膊，他也很亲热地握着她的手。

“玛格丽特！我很快就去找伦诺克斯先生，和他商量一下是否有可能证明我的无罪，这样的话，我就随时都可以回英国了。我这样做就是为了你，而不是为了别人。如果父亲出什么事，你就孤苦伶仃了，那样的话，我是无法忍受的。父亲的精神变化很大——他遭受的打击太大。有许多的理由让他到加的斯来，你要让他考虑一下。万一他被主召走，你可怎么办呢？你周围又没有什么朋友，我们的亲戚也特别少。”

几个月来的痛苦对黑尔先生的影响是非常强烈的，所以，听到弗雷德里克如此亲切而忧虑地提出这样的建议，玛格丽特也觉得还是有可能办到的，对哥哥这样的建议她忍不住想哭出来，但还是努力控制住自己，她让自己神色稳定住，然后说：“在过去的两年里，我的生活发生了一些变化，这些变化非常奇怪，又意想不到，我有个很深刻的感觉，对将要发生的事情如果过分地忧虑，那实在是不值得的。我觉得还是要关注眼前的事。”说到这，她把话停下了。有一阵子，他们就在连接田野与大道的石磴旁安静地站立着。夕阳的余晖照射在他们的脸上。弗雷德里克握着她的手，关切而忧愁地看着她的脸，从那里，他似乎发现了更多的愁苦，这比她用语言所表达出来的要多得多。这时，就听她继续说道：“我们要经常通信联系。我保证——我觉得这样可以让您放心——有什么不愉快的事情我都会告诉您的，爸爸是……”她微微愣了一下，虽然很微妙——但还是被弗雷德里克感觉到了，他是从握着的那只手感觉到的，于是就转过头来望着大街，大街上有个骑马的人正缓缓走来，正好从他们那石磴旁经过，玛格丽特向那人欠了欠身，那人也僵硬地回了礼。

“他是谁？”弗雷德里克问道，这句问话让对方也能听到。

玛格丽特既沮丧，又激动，她说：“他就是桑顿先生，您以前见过他，您认识的。”

“我只看到过背影。看他这样子不怎么让人喜欢。你看，那脸绷得多紧。”

“有件事让他有些不痛快。”玛格丽特解释道，“你没见过他对妈妈的样子，如果看见过，你就不会觉得他讨厌了。”

“我想现在可以买车票了吧。要知道天黑得这么快，我们就不让马车走了，玛格丽特。”

“噢，不用纠结这件事。如果我愿意的话，我可以在这里叫一辆出租马车，或者就坐火车回去，从米尔顿车站到家，沿途店铺和行人都很多，也有灯光。不用总惦记我，您自己多保重。伦纳兹或许和您坐同一列火车，一想到这里，我心里就不踏实。您进车厢前，一定要先看仔细了。”

回到车站后，玛格丽特坚持要走进车站去替他买票，车站里有亮闪闪的煤气灯照耀着，几个散漫的年轻人正和站长在一起，其中一个人盯上了玛格丽特，总是用一种轻薄的眼神瞪着她。玛格丽特觉得以前见过这张脸，今天又看见了，心里非常恼火，她用矜持高傲的目光回了他一眼。她急忙回到车站外，回到哥哥身边，她挽住他的手臂。“把您的包拿好，我们到月台上走走。”她边说边想着很快就要独自留下，心里不禁有些紧张，她的胆量和勇气都快没有了。她听见沿着那些石板路有脚步声一路跟来。当他们停下来，向铁路上张望时，火车正轰鸣着开过来，跟随的脚步声此时也停下来了。他们都带着满腹的心思，谁也没有开口。再有一会儿工夫火车就到站了。再过一会儿，他就离开这里了。对于那么急切地让弗雷德里克去伦敦，玛格丽特想想就有些后悔，因为这样做的结果，就等于他有更多暴露的可能。如果是从利物浦乘船去西班牙，那在两三个小时内他就可以走了。

弗雷德里克转身对着煤气灯，在这里灯火通明，他期待着火车尽快到来。这时，就见一个身穿铁路搬运工服装的人向他走来。尽管他的神智还算清醒，但一看那样子，就像喝醉了酒，一副令人厌恶的蛮横的样子。

“对不起了，小姐！”他说，说着伸手把玛格丽特推向一边，过来揪住弗雷德里克的衣领。

“你就是黑尔吧？”

就在这时——还没等玛格丽特看清来人的面孔，还不知发生了什么事情，一切只是在眼前晃动——但弗雷德里克已经非常迅速地上前将来人摔倒在地。月台比那片松软的土地要高出三四英尺，来人从月台上摔了下去，滚到铁路旁边，躺在那里不动了。

“快跑，快跑！”玛格丽特喘息着说，“火车来了，那是伦纳兹，是吧？哦，快跑吧！让我来拿您的包。”她一边说，一边抓住他的胳膊，她的力量已经很微弱，但还是赶紧推着他往前跑。眼看着有一节车厢的门打开了——他赶紧跳上去，然后他探身出来说：“愿上帝降福于你，玛格丽特！”就在这时，火车从她身边掠过，驶向远方。她还站在那里，一个人孤零零的，她感到身体格外虚弱，很不舒服，于是她来到妇女候车室，能坐下歇会儿，她觉得心里踏实些。开始时她还在累得喘息，什么也做不了。一切都是非常仓促的，惊慌失措中，又经历了一次危险的逃脱。如果在火车到站之前那个人突然起身，就会喊人来抓弗雷德里克了。她心里这样想着，也不知那个人起来没有，她努力回想着刚才的一幕，自己是否看清了他，不知他是否会受伤。她鼓足勇气走出去，只见月台上灯火通明，但又显得非常空旷。她来到月台尽头，紧张地朝周围看了看。周围没有人。自己居然有胆量过来查看，她感到有些高兴，如果不这样做，她的内心就不会安宁，就会做噩梦，就会产生一些可怕的念头。但即使这样，她还是有些恐惧，浑身发抖，她还是没有勇气沿着大道回家。说实话，当她在灯火通明的车站望向大道时，大道上好像很黑、很冷清。她打算等到下行的火车进站时乘车离开。但让她担心的是，如果伦纳兹认出她，发现她就是弗雷德里克的同伴，那可怎么办！她又朝周围看看，然后才大着胆子去售票处买票。售票处那里有几个铁路员工在大声议论着什么。

“这样说来，伦纳兹又喝酒了！”一个人说，看样子像个主管，“这次，就看他能不能靠他一贯吹嘘的势力保住工作了。”

“他现在在哪里？”另一个人问。玛格丽特正背对着他们，她颤抖着手指数着找回的零钱，不知人家怎样回答的，她还不敢转身。

“不知道。大约五分钟前他还来过，他张口就骂街，说他摔了一跤，还找我借钱，要乘下一班上行的火车去伦敦。他还像个酒鬼似的做出很多保证，我可没工夫听他瞎扯。我就叫他赶紧干自己的工作去，他就从正门出去了。”

“他肯定就住在附近的酒店。”第一个人说，“如果你是个傻瓜，你也会把钱花在那里，把钱借给他。”

“我不会的！我清楚他去伦敦干什么。嗐，上次借给他的那五先令，他一直也没还……”大家还在继续聊着。

此刻，玛格丽特焦急地等待着，她希望火车快点进站。她又躲进妇女候车室，这时所有的声音在她听来都像是伦纳兹的脚步声——所有的说话声都像是他发出的。但在一列火车停下前，还没有人靠近她。一个搬运工人礼貌地把她扶上车厢。列车开动前，她一直不敢看一眼那个人的脸，后来才发现那不是伦纳兹。

第八章　安宁

在你冰凉的床上，我亲爱的，继续睡吧，
决不要烦恼！
容我最后说声“晚安”——在我赶来
与你同命运之前，你不会醒来。

——金博士①

一场惊恐和纷乱之后，家里终于恢复了平静。在玛格丽特回家之前，父亲为她准备了茶点，然后就按照习惯在椅子上坐下，又陷入一种痛苦的冥想中。狄克逊把玛丽·希金斯找来，在厨房里开始了斥责和吩咐。听她斥责的声音，还和从前一样严厉，这是在愤怒驱使下发出的呵斥。在她看来，只要死去的人还在屋里躺着，就不能大声讲话，因为那样是大不敬的举动。关于最后经历的那惊险的场面，玛格丽特不打算告诉父亲，既然已经有惊无险地结束了，现在再讲出来毫无益处。但还有一件事让人不放心，就是如果伦纳兹借到足够的钱，就有可能跟踪弗雷德里克到伦敦去，在那里找到弗雷德里克，这样就有可能实现他的计划。但现在还是有可能阻止他的计划实现的，这种可能性很大。怎样才能阻止意外的发生，玛格丽特不想在这件事上折磨自己了，弗雷德里克自己会提防的，这不用她去提醒。他在一两天内就能安全地离开英国。

“我想，也许明天我们就会得到贝尔先生的消息了。”玛格丽特说。

“是呀，”父亲表示同意，“我也这样认为。”

---

①金博士：英国奇切斯特的主教，诗人，诗文引自他的《葬礼》。

“他要是能来的话，也许明天晚上就能到了。”

“假如他来不了，我就请桑顿先生和我一起去办理有关下葬的事。我自己去办恐怕不行，我担心控制不住自己的情绪。”

“那就让我陪您一起去。”玛格丽特着急地说。

“亲爱的，这种事一般都不让女人办。”

“是啊，女人控制不住自己的情绪，一旦流露，又会觉得害羞。穷人家的女人去还可以，别人看到她们悲痛的样子，她们也不在乎。但我向您保证，爸爸，如果您希望我去，我不会让您为难的。不要找个外人就把我扔在一边。亲爱的爸爸！如果贝尔先生来不了，那就让我去。如果他来了，我也不会不听您的话非去不可。”

贝尔先生来信了，他因为身患痛风，不能来了，来信的语气非常亲切，对自己不能来参加表示了非常诚挚的歉意。他还说，如果他们愿意的话，他希望不久能来看望他们。他在米尔顿的产业也需要照料，他的代理人曾给他写信，希望他能来一趟，这很有必要。过去，他总是不愿走近米尔顿，而现在他改主意了，他希望此行见到老朋友，给老朋友一些安慰。

玛格丽特极力劝说父亲不要邀请桑顿先生来，因为她对那样的选择是非常厌恶的。就在下葬的前一天，桑顿太太给黑尔小姐写了一封信，信很郑重，她在信中说，如果他们同意的话，按照她儿子的意愿，他们将派马车来送葬。玛格丽特把信扔给了父亲。

“唉，我们不要这样的虚礼节。”她说，“咱们——您和我，爸爸，——我们自己去。其实他们对我们并不关心，不然的话他们应该亲自去，而不是只派一辆空马车。”

“你好像很反对他去，玛格丽特。”黑尔先生吃惊地说。

“对，我根本就不愿让他去，尤其是不愿意邀请他一起去。但对葬礼来说这好像是非常大的嘲笑，我没有想到他会这样。”说着她突然流泪了，父亲见了非常惊讶。以前她总是压抑着自己的情绪，不表露自己的伤感，总是关心别人，在处理每件事情时都是态度温和，还有耐心，所以，见她这样反常的举动，黑尔先生有些不解了。父亲赶忙过来安慰，但她哭得更难过了。

那一夜她没有睡好，这样就对弗雷德里克寄来的一封信引发的深深的忧虑，没有任何思想准备。伦诺克斯先生当时没在首都，据他的办事员讲，最晚到下周二他就能回来，很可能星期一就能到家。弗雷德里克考虑了一下，决定在伦敦再等一两天。他原计划再回米尔顿，他也很想回来，但一想到贝尔先生住在父亲那里，加上刚刚经历的车站的惊险一幕，最后还是决定待在伦敦。玛格丽特对他是放心的，相信他有办法防备伦纳兹的跟踪。她感到内心舒畅，收到这封信时，父亲正在母亲的房间里。如果父亲在跟前，他一定会让她把来信大声念给他听，而他听了一定又会紧张不安，这时她也就不知怎么来宽慰他了。来信讲到了弗雷德里克在伦敦的情况，还暗示在离开米尔顿时被人认出，那个人有可能会跟踪他，这让玛格丽特内心非常不安。父亲要是知道了又会怎么样呢？玛格丽特曾建议并催促他去找伦诺克斯先生，现在，她常常为自己的这个建议而懊悔。当时认为这个想法不会产生什么不好的结果——他也很难被别人发现，但如今看来，这个想法是很不妥当的。但现在后悔已经来不及了，她只有努力抑制住自己后悔的自我否定的情绪。在当时她提出自己的建议显得很明智，后来事情的发展证明却是非常愚蠢的。父亲身体不好，精神不振，而一切都已经无可挽回，但这些令人遗憾沮丧的事情却能将他压垮。玛格丽特竭尽全力让自己坚持住。父亲好像忘了，那天上午应该能收到弗雷德里克的来信。他当时关注的事情只有一件——就是妻子最后时刻的印象，她很快就要被抬走，他再也看不到她了。殡仪馆来人为他整理一下身上的黑纱时，他还在颤抖着，急切地望着玛格丽特。等殡仪馆的人为他整理好后，他脚步蹒跚地走向玛格丽特，嘴里小声说道："替我祈祷吧，玛格丽特。我现在浑身一点气力也没有。我不能祈祷。我把她撇下了，这也是不得已。我努力容忍，说实话，我是尽一切力量让自己忍住。我清楚这是上帝的意愿，但对于她的死我还是弄不明白。替我祈祷吧，玛格丽特，这样才能让我有足够的信心来祈祷。这是非常痛苦的，孩子。"

玛格丽特和他坐在马车里，他倚靠在她的怀里，她支撑着他，口中还在念叨着那些充满高尚情调，而且能给人以慰藉的诗句和经文，她在记忆中努力寻找着所有能记起的诗句。她的声音一直也没有颤抖，通过这样的吟诵，自己也从中汲取了力量。父亲的嘴巴也在动，在跟着她念诵。看到父亲很有耐心，很努力，在内心想接受的那份恭顺，事实上他已经没有力量接受，这让人陷于痛苦中。

尼古拉斯·希金斯和他的女儿来了。他们在远处孤零零地站着，关注着葬礼的仪式。狄克逊手指着他们，示意玛格丽特注意他们，此时，玛格丽特正难过得要哭出来。尼古拉斯还是身穿平日的那件粗斜纹衣服，帽子上缝了一小块黑布——这是一种哀悼的表示，他的女儿贝西去世时，他都没有这样表示一下。但黑尔先生什么也没有看到。主持葬礼的牧师读着殡葬的经文，黑尔先生机械地跟着，也读了一遍。葬礼结束后，他叹息着，用手抓住玛格丽特的胳膊，无声地示意她把自己带走，就好像他是个瞎子，而她就是他忠实的向导。

狄克逊呜咽着，声音很大。她用手绢把脸遮住，只是想哭个痛快，她没注意到此时，参加葬礼的人们正在慢慢散开。到后来，她身旁有个人对她说了什么，原来是桑顿先生，他一直都低着头，在人群后面站立着，可以说，没有人发现他。

“真对不住，——能告诉我黑尔先生怎样啦？还有黑尔小姐，他们的身体都好吗？”

“是的，桑顿先生。可以想象到他们的情况。姑老爷彻底垮了。黑尔小姐要好些，不像人们想象的那样。”

在一般情况下，她应该感到悲痛万分，这也是桑顿先生所希望看到的，这样，他就能利用自己爱的力量去安慰她，这种想法其实也是出于自私的考虑，就好像是一个郁郁不乐的婴儿紧紧地依偎在母亲怀里，对母亲有一种依赖感，母亲此时的内心也会感到一种奇特而热烈的快感。但一想到几天前在奥特伍德车站附近出现的一幕，这时，内心构想的那个美妙的场面——虽然他遭到了玛格丽特的拒绝，他本来有可能沉浸在这样的幻影中的——就受到了非常大的阻碍。说“非常大的阻碍！”似乎还不够有力。在他的脑子里，还会常想起那个帅气的小伙子，当时，玛格丽特和他在一起显得非常亲密。每每回忆起这个场景，心里就会感到一阵剧痛，他不禁握紧双拳，使劲压抑住这种痛苦。在那么迟的时候，在远离家乡的地方，他非常需要在精神上振作起来，这样才能激发自己对玛格丽特这位纯洁少女的信心——在不久前，这种信心还是稳固的，但自己的努力一旦中止，随之而来的就是信心和力量的丧失。在他的脑子里，充满了很多噩梦一样的影像，在脑海中不断浮现。就在刚才，他还听到一件让人痛苦的事情：在这种痛苦中，她“比预料的要坚强”。就是说，她的内心一定还有某种希望，而且这种希望能给她带来光明，在她多愁善感的个性中，这种希望也能给一个刚刚失去母亲的女儿带来光明。是的，他明白她应该怎样去爱。他过去曾经爱过她，从本能上讲，他能意识到她能怎样去爱。如果某个男人凭借自己恋爱的能力获得了她的爱情，那么她就会将自己的心灵坦露，即使在悲伤中，她也会以平和的心态从他的同情中获得安宁。他的同情！谁的同情？那是来自另一个男人的同情。因为是另一个男人的同情心，就是桑顿先生听到狄克逊的回答后，他苍白的面孔变得黯淡而严峻了。

“我觉得我可以去拜访吧。”他冷峻地说，“我是说我来拜访黑尔先生，后天过后他或许能接见我。”

这样讲，好像回答对他来说并不重要，但事实并不这样。虽然他感到痛苦，但他却希望见到造成痛苦的这个人。想到那种温柔亲切的场面以及当时的所有情景，他就不禁对玛格丽特心起怨恨，但他又非常急切地希望将她美丽的身影重新印在自己的心头——他憧憬着她所呼吸的那种氛围。他沉溺在一种热恋中的感觉，尽管这是他个人的感觉，但难免在这样的旋涡中一点点接近那个危险的中心。

“老爷或许愿意见您，桑顿先生。记得有一次他没有见，他自己都觉得非常抱歉，但那时的情况不太合适。”

不知为什么，狄克逊和桑顿先生的这次谈话，她一直也没和玛格丽特说起过。或许就是一种偶然不巧，但玛格丽特却一直也不知道桑顿先生曾来参加母亲的葬礼。

第九章　真与伪

真理永远、永远不会使你失望！
尽管你的小舟遭到暴风的吹打，
尽管每块船板都折裂敲碎，
真理将载着你长此前往！

——佚名

说起“比预料的要坚强”，事实上这让玛格丽特颇费气力。有时，就在她和父亲谈话时，本来还是高高兴兴的，但当她突然意识到母亲已经不在了，内心的感受就像立刻就要垮掉，就要失声痛哭。另外，她还为弗雷德里克担忧，为此心里感到非常不安。星期天邮件停止分发，这就耽搁了从伦敦寄来的信件。但到了星期二，玛格丽特却发觉还是没有来信，内心不由得一阵吃惊和沮丧。他有什么计划，她却无从知晓，对一切的茫然无措父亲也感到痛苦。他似乎已经习惯了，于是总坐在安乐椅上，一坐就是大半天。但这种习惯居然被这件事给打断了，只见他在房间里来回踱步，接着又走出房间。玛格丽特听到他在楼梯上的动静，他把房门打开，然后又关上，显然毫无目的。玛格丽特高声朗读，就是想让他安静下来倾听，但看得出来，他还是不能长时间静听。她和弗雷德里克遇见伦纳兹，这让她非常焦虑，这其中的原因她并没有对父亲说，这是值得庆幸的。听说桑顿先生要来拜访，她也觉得非常高兴，因为他的来访或许能让父亲换换脑子。

桑顿先生径直来到她父亲的面前，抓住他的双手，就这样默默地握着——有一两分钟的工夫，通过脸色、眼神和神情，表达了用语言所难以表达的同情。然后，他转过脸来，面对着玛格丽特，看她并不是“比预想的坚强”。长期在病床前照料病人，加上悲伤流泪，那本来端庄的姿色已经消退了很多。看她的脸色还是温和的，还是充满耐心的，但又是哀伤的——哦不，这表明她依然沉浸在悲伤和痛苦中。他原本想故意做出一种冷漠的神态去和她打招呼，但因为她站的地方稍远，于是他只好走近她。玛格丽特感觉他最近的神态有些让人难以捉摸，因此有点不知所措，于是只说了几句柔和的客气话，但眼睛里还是泪水涟涟的，她赶紧把脸扭开，用以掩饰自己悲伤的情绪。她静静地坐下，一言不发，继续干手中的活儿。桑顿先生心跳得很快，他把奥特伍德小路上发生的事都忘记了。他找出话题和黑尔先生聊着，在平时，他的到来总会给黑尔先生带来某种乐趣，在他那里，黑尔先生就像找到了一个安全的避风港。这次，玛格丽特也看出来了，父亲的情绪很好，精神很愉快。

没多久，狄克逊来到房门口，她招呼着：“黑尔小姐，请您来一下。”

看狄克逊慌张的样子，玛格丽特也感到一阵紧张，担心弗雷德里克出了什么事。对这一点她没有任何怀疑。父亲和桑顿先生此刻正聊得起劲，玛格丽特看了心里觉得很踏实。

“出什么事了，狄克逊？”玛格丽特关上客厅的门，赶紧问道。

“到这来，小姐。”狄克逊把玛格丽特睡房的门推开，让她进屋来。这间房子本来是黑尔太太的，黑尔太太去世后黑尔先生不愿再住这里。“没事的，小姐，”狄克逊有些抽噎，她说，“就是来了个警官，他说要见您。我想不会有什么大事的。”

“他说到……”玛格丽特的声音很小，几乎听不到。

“没有，小姐，他没有提到谁。他只是问您是否住在这里，能不能和您谈谈。马撒开的门，把他让了进来。她把他领到老爷的书房。我亲自见了他，问有什么事跟我谈，但不行，他还是要见您，小姐。”

玛格丽特不再说话，她准备打开书房的门。在书房门口，她转身对狄克逊说：“别让爸爸下楼来，这会儿他和桑顿先生正聊天呢。”

一走进书房，玛格丽特那高傲的气质就把警官震慑住了。她面露几分愤慨的神色，但还是尽可能地控制自己，不让自己发作出来，这样反倒显出一种轻蔑的神情。对警官的来访她既没有表现出惊讶，也没有感到好奇。她站在那里没有说一句话，而是等待着警官先开口。

“真对不起，小姐，我这也是执行公务，有几个简单的问题需要向您提问一下。有个男人摔了一跤，在医院里死了。他摔倒的时间是本月二十六日星期四的傍晚，五点到六点之间，地点是奥特伍德车站。当时那一跤对他似乎还没多大影响，但医生说，他本身就有病，加上此人酗酒，所以那一跤就成了致命的一跤。”

玛格丽特那双大眼睛一直都紧盯着警官的脸，这时又稍微睁大了些。警官从玛格丽特的表情中没有发现什么异常。因为肌肉的用力、紧张，玛格丽特的嘴唇比平时显得更为卷曲，但对于警官来说，他并不知道她平日的样子，从那些坚实果断的线条中所表现出的愤怒和自负的神情，所有这些，警官是无法看出的。在警官面前，她一直也没有畏惧的表现，她的目光一直都在紧盯着警官。就在这时——他的话停了下来，没有继续说下去，玛格丽特就像鼓励一样让他继续讲下去，于是她这样说：“唔——继续讲下去！”

“对尸体还要进行二次尸检。有一个小证据表明，造成摔跤人倒下的是他被人殴打了，他被推倒，也有可能和他扭打在一起，因为这个死去的人当时喝酒了，而且处于半醉的状态，他对一位年轻女士做出无礼的举动。有位男士当时正在那位女士身边，是他把死者推下了月台。月台上有人目击了这一幕，但事后也没在意，因为推一下似乎也没什么。我们认为那位女士就是您。如果是这样的话……”

“当时我不在那里。”玛格丽特回答，她像个梦游人那样用似乎毫无知觉的神色回应警官，那双毫无表情的眼睛依旧紧盯着警官。

警官哈哈腰，没有说话。面前的女人神情淡定，没有流露出一点慌张的神色，也不急于尽快结束这次会谈。而他得到的情报也是很含糊，说有个搬运工出来，准备迎接进站的列车，他看见在月台的另一头，伦纳兹正和一位先生扭打在一起，但他没有听到吵闹声。那位先生旁边有位女士陪同。等到火车再次启动还没有全速行驶前，这个搬运工人差点儿被伦纳兹撞倒，他喝得酩酊大醉，还在恼怒中。伦纳兹快速奔跑，嘴里还恶狠狠地一边骂着街，一边哭闹着。搬运工人没在意这件事，直到警官找他要证词。警官在车站进行了调查，从站长那里听说了一个情况，就是有位年轻的女士当时和一位先生在那里出现过——那位女士模样俊俏——还听当时在场的一个食品店的伙计说，那位女士就是黑尔小姐，家住克兰普顿，因为她们家常有人到店里来买东西。虽然还不能肯定这对男女就是前面说的那两人，但这种可能性还是有的。伦纳兹本人很生气，加上被摔了一跤，他都快要发疯了。他接着就来到最近的小酒店，酒店里人们都在忙碌着，谁也没有在意他醉醺醺地说了些什么。但他们还是听到他在后悔，后悔最近没有尽早去打电报——不知那是为了什么。大家相信，他离开酒店就是想去打电报。就在去打电报的路上，不知道是因为疼痛还是因为醉酒，他在大街上就躺倒了。警察发现后，把他送进了医院。在医院里，他的神志一直也没清醒过来，所以也没能了解清楚他摔跤的情况。有那么一两次，他稍微有点清醒，警方就把最近的治安法官叫来，按照常理，他也许能记下一个垂死的人对自己死亡原因的证言。但等到治安法官来了后，见他却在胡扯着航海的事，舰长和军官的名字居然和铁路搬运工人的名字都混在一起了。他临死前还在诅咒那手“康沃尔鬼招式”。结果，据他讲，他很穷，本来该得到的一百英镑也没得到。警官将这一切认真地思考了一下——玛格丽特在车站的证据非常含糊——而她对这个证据的反应又非常镇定，并直率地加以否定。她站在那里，神情非常淡定，等待着警官接下来的话。

“那么，小姐，您否认自己就是陪同那位打人的先生的女士啦？因为那位先生的击打或推搡，才导致这个人丧失生命。”

玛格丽特感觉脑子一阵疼痛。“上帝啊！但愿弗雷德里克不会出什么事！”一个善于察言观色的人，会敏锐地捕捉到从她目光中透露出的瞬间痛楚的神色，就像一个陷入困境的野兽所感到的恐惧。这位警官虽然也有着敏锐的目光，但经验还有些欠缺，还不能十分透彻地捕捉一个人的内心世界。但这句答话却让他有所震动，因为听她的回答就像是下意识地重复一遍她最初的那句答复——对他问话的答复，在形式上并没有什么改变。

“我当时没在那里。”她缓慢地回答。这期间，她一直也没闭上眼睛，还是用那失神般的眼神，梦幻一样地瞪着前方。就这样重复着先前说过的话，这引起了他的疑心，好像她正在强迫自己说谎，而内心又非常惊恐，无力做一些改变。

警官把自己的笔记本小心地收起，接着抬起头来，只见玛格丽特还在那里没有动，那样子就像埃及的一座大型雕塑。

“如果需要我会再来找您，希望您不要误会，不要以为我这样做不礼貌。可能在验尸调查时会传唤您到场的，以便证明您当时不在现场，如果证人们——”（其实认识她的人只有一个）“坚持认为您当时就在事发现场。”他用洞悉一切的目光望着她，而她依然神色安详——高傲的脸上没有改变神色，也没有透露出丝毫的与犯罪有关的阴影。警官觉得似乎看到她有些紧张，但他对玛格丽特的为人是不了解的。看到她是那样的稳重和安详，他感到有些不解和困窘，觉得这一定是认错人了，于是说道：“我不会勉强您做什么，小姐。希望您能原谅我，虽然这样做显得很不礼貌，但这是我的职责。”

看着他向门口走去，玛格丽特向他点了点头。她感到自己的嘴唇很干燥，就连起码的送别的话也说不出来。但就在一瞬间，她向前走去，拉开书房的门，在他前面引领着他走到门口，然后将大门打开，让他走了出去。她用呆滞的目光看着他，直到他走出房间。她把前门关上，走回书房，刚走一半，又急忙转身去把前门从里面锁好，然后才回到书房。她停下脚步，——身体有些晃晃悠悠地又向前挪了几步——然后又停了下来——就在她停下的地方，身体晃了晃，就跌倒在地。她昏倒了。

第十章　赎罪

再没有什么比这编造得更精细，

但它依然暴露在光天化日之下。

桑顿先生还在和黑尔先生聊着，他感觉出来了，自己的到来让黑尔先生很高兴。黑尔先生吞吞吐吐地提出了自己的请求，他对那请求满怀希望——就是那句“多坐一会儿”——这句话让桑顿先生非常感动。他的这位可怜的朋友一直把这句话挂在嘴边。玛格丽特没有回屋里，这让他感到非常不解，但他来此的目的也不是为了和她相见。在这里——面对着一个对世界已经丧失兴趣的人——他是有理性也有节制的。对黑尔先生的话他是感兴趣的，听他讲到了死亡，讲到了郁闷，讲到了头脑的停滞。

黑尔先生的这些想法一直隐蔽着，甚至没和玛格丽特说过。桑顿先生的到来却使他把自己的想法全盘吐出了，说来这是很反常的。他知道玛格丽特有很强的同情心，她会以自己鲜明的方式表现出自己的心情，所以他很担心它对自己出现反作用。还有就是此刻在他脑海里浮现出了各种各样的疑惑，这些疑惑仿佛在大声辩解、喊叫，好像事实就是这样的，他也清楚，对于他表现出的这些疑虑，玛格丽特一定会感到不安——啊不，玛格丽特甚至还要害怕这个人，因为是他抱有这些疑虑——不管是什么原因，在桑顿先生面前他还可以倾诉一直以来在自己心里深埋的那些想法、幻觉和疑虑，而在玛格丽特面前却是困难的。桑顿先生讲话很少，但他的每句话都对黑尔先生产生了影响，使黑尔先生对他产生了更强的依赖感，对他也更加尊重。有些记忆是痛苦的，在讲述这些时，黑尔先生有时会停下来，这时，桑顿先生仅仅用几个词语就把事情叙述完整了，而且对这些话已经理解透彻。黑尔先生的疑虑——他的忧愁——对平静生活的追求又难以实现的痛苦——所有这些都使他眼前迷茫，看不清前景——对此，桑顿先生并不觉得有什么大惊小怪。在他看来这些经历他都有过，自己是个过来人，他知道从哪里可以寻找到光明，而这光明一定会照亮黑暗。情况是这样吗？桑顿先生是个实干家，他有很多工作要做，当然他也会犯错误，而且对自己的错误还会固执己见，但在内心深处却有着坚定的信仰——他信奉上帝，对于黑尔先生来说，这是他做梦也想不到的。从这之后，他们不再谈论这些，但通过这次谈话，他们对彼此加深了了解，彼此的关系更为密切，这种关系不是用高兴了就随意聊聊就能形成的。如果那么容易就能闯进去，那还有什么“至圣殿堂”呢！

玛格丽特昏倒后，一直躺在地板上。她脸色苍白，就像死了一样。沉重的负担把她压倒了。这个沉重的负担在她肩头压了很久，她是一个温和而又耐心的人，直到她的信心突然丧失她虽然竭尽全力，努力寻求帮助，但还是一无所获。看那美丽的面庞上，已经浮现出痛苦的神色，尽管此时还没有什么显示她还有知觉的迹象。你看那张嘴——就在不久前，还在愤怒中撅起——而现在却透着青紫色，没有生气。

E par che de la sua labia simova

Uno spirto soave e pier d’amore

Chi vadicendo a l’anima sospira![1]

后来，她的嘴唇轻轻地颤动了一下，这是将要苏醒的征兆——她尝试着讲话，但眼睛还紧闭着，随之，嘴唇的颤动停止了，一切又归于平静。玛格丽特苏醒后浑身依然软弱，她努力用胳膊支撑起身体，让身体稳定住，然后用力起身站立。发梳从头发中滑落下来，凭借着本能，玛格丽特想要让自己恢复正常状态，把自己整理干净整洁，她弯腰低头去寻找发梳，在这个过程中不时还要坐下，尽可能地恢复体能。她向前垂着头——两只手很平和地叠放在一起——她努力回忆着自己经历的一切，尝试着回忆起所有使她忧虑和恐惧的细节，但她还是没有做到。在她的内心，只有两件事是清晰的——弗雷德里克在伦敦处于危险之中，他被人发现和跟踪了，他被认定犯有杀人罪，他还是领头发动兵变的人，为了营救他，玛格丽特说了谎话。在事情的发展过程中，让玛格丽特感到欣慰的是，她的谎话救了他，哪怕能够争取到的时间非常有限。她焦急地等待着哥哥的来信，一旦收到他的来信，确信他已经安全了，那时如果警官再来询问，她就会换一副面孔，以痛楚的神情去忏悔——这是一个心气高傲的女人的忏悔——如果需要的话，她会站在拥挤的法庭上，向法官承认自己曾经像“一条狗那样干了这件事”。但如果她还没有收到弗雷德里克的信，他却来了，假如真的像他带有威胁的口吻所说的那样几个小时后就到，那可如何是好，那时，她只好将谎话

---

①引自但丁诗集《新生》，大意为：“她的唇间，似流露柔情，对那灵魂说着，‘呼吸！’。”

再重复一遍。玛格丽特心情郁闷地沉思着，在内心还在责备着自己，重复谎话而不露任何破绽，她心里一点儿也没底。但不管怎样，再讲一遍总能争取一点时间——这是为弗雷德里克争取时间。

狄克逊走进书房，玛格丽特这才从沉思中惊醒。狄克逊刚刚把桑顿先生送走。

桑顿先生走到街上还不到十步，一辆公交车就停在他的身边，只见一个男人下了车，径直走向自己，还边走边举手碰了碰帽子。此人正是那个警官。

这个警官的差事还是桑顿先生给举荐的，而且是他的第一份工作。桑顿先生经常听说自己举荐的人工作很有业绩，只是他们见面的机会不多，所以桑顿先生一时没有想起他是谁。

“我姓沃森——乔治·沃森，桑顿先生，我的工作就是您帮助……”

“噢，对！想起来了。哟，听说你干得挺好。”

“是的，桑顿先生。这还得感谢您。但我现在正想为一件小事冒昧地请教您呢。就在昨天晚上，有个可怜的人死在医院。当时到现场记录证词的治安法官就是您吧。”

“是啊，”桑顿先生回答，“当时是我去的，在那听了一些陈述，都是很混乱的，书记官说没什么用处。我觉得他只是个酒鬼，虽然最后确定他是因为暴力致死。我母亲有个佣人可能和他订婚了，她现在很难过。他怎样啦？”

“唔，桑顿先生，我看您刚才从那间屋里出来。此人的死亡和那家里的一个人有关联，很奇怪的。我想那就是黑尔先生的住宅了。”

“没错！”桑顿先生说着迅速转身，他注视着警官的脸，很有兴趣地问道，“究竟是怎么回事？”

“唔，桑顿先生，我觉得我掌握的证据相当清楚，那天晚上在奥特伍德车站和黑尔小姐一起散步的那位先生，就是他将伦纳兹殴打并推下了月台，这样才造成了伦纳兹的死亡，但那位小姐不承认她当时就在现场。”

“黑尔小姐不承认！”桑顿先生变了一种声调将警官的话重复了一遍，“告诉我那是哪天晚上的事？发生在什么时间？”

“二十六日星期四的晚上，大约是六点。”

他们一起朝前走着，沉默了一两分钟后，警官开口了。

“您看，桑顿先生，可能要做一次验尸调查。我找到了一个年轻人，他本来非常肯定，——起码他开始是非常肯定的——但听说那位小姐不承认后，他说他也不能宣誓做证明了，但他还是非常肯定的，他觉得自己当时看到了黑尔小姐就在车站上和一位先生来回散步，有个搬运工人看到了扭打的场面，时间差不了五分钟。在那个搬运工人看来，是伦纳兹无理取闹才导致殴打发生——但扭打中伦纳兹摔了一跤，就导致了死亡的发生。我看您刚从那房子里出来，桑顿先生，我想冒昧地请教您，是不是——您看，在处理案件时遇到证人身份有争议，这是很难办的事，除非你掌握着非常有力的证据，不然的话对一位有身份的女士说的话，你总不会去怀疑的。”

“这么说，她是否认那天晚上曾出现在车站了！”桑顿先生沉思了一下低声说。

“是的，桑顿先生，她已经有两次否认了。我对她说过我还会来的。我还问过那个年轻人，他认为就是她。我从他那来，正好遇见了您，所以我想请教您，您作为治安法官在伦纳兹死前看到了他，我在警察局的工作也是您帮助举荐的。”

“你做得非常好。”桑顿先生说，“我们还会见面，但在此之前，你不要采取任何步骤。”

“我先前已经和那位女士打过招呼，她会等我再去的。”

“一个小时以后再说。现在是三点，你四点钟来我的货栈。”

“好的，先生！”

说完，他们就各自走了。桑顿先生急忙回到他的货栈，对员工们吩咐着不许任何人来打扰他，接着就走进自己私人的房间，从里面把门锁上。在屋里，他陷入痛苦的思考中，他将所有的细节都梳理一遍。就在两小时之前，在他的脑海里，她还是泪水涟涟的模样，这不禁让他心生怜悯，乃至恋慕之情，忘记了上次见面时——当时还有他不认识的那个人——就在那样的时刻——在那样的地方——他曾在内心涌起剧烈的猜疑和嫉恨。现在，自己怎样才能平静下来，回复到那种淡定的心境呢？作为一个端庄纯洁的人，她怎么会自我贬损，放弃本来高雅的举止！那是高雅吗——是不是呢？似乎在一瞬间——就是一刹那——他为自己又在为她动心而埋怨起自己，但只要自己心动，他的内心就会被她的形象所充盈，就会为此而激动。从另一个角度来看，她之所以说谎——那一定是担心有什么丑事会被揭穿，——因为，说到底，伦纳兹那样的酒鬼酗酒闹事，让任何一个人为当时的情况作证是很正常的。而对于玛格丽特来说，这却是令人担忧的，甚至是恐惧的，这才使一个诚实的人说起谎话。想到这，他对她甚至生发了一股怜悯之心。这件事最终会成为什么样子？对于即将遭遇的一切，她肯定没有任何思想准备，如果要进行验尸调查，那个年轻人也来作证，这一切，她该怎样应对。一个想法突然出现在脑海，他要救玛格丽特，他要阻止验尸调查。他要把这次阻止验尸的责任承担起来。医生们的查验结果是模糊不清的（这是他在前一天晚上听在场的外科医生说的，好像说的就很模糊），验尸的结果只是让人心生疑惑。医生们发现那个人本身就患有一种病，这种病足以致人死亡。从他们的口中得知，摔跤还有酗酒和受寒，这些都能加速死亡。要是他当时就知道玛格丽特被牵扯到此事中——

如果他能预感到她会说谎，他就会及早来搭救她，因为就在前一天的晚上，对是否调查这个问题还在犹豫。从黑尔小姐对他的冷淡和傲慢来看，她可能已经另有所爱——但对他来说，自己还是要忠实于她，还要关心她、帮助她，还不能让她发觉。他现在可能会看不起她，但不能让他曾经爱过的人蒙受耻辱，在公开审理的法庭上，宣誓后再说谎，或者承认自己有理由隐瞒事实真相而不让别人发现，这就是耻辱。

桑顿先生从房间里走出来，他从那些表情惊讶的员工中间经过时，他的脸色还显得非常阴郁和严厉。离开半小时后，他回来了，脸色依然如故，尽管事情办得很顺利。

他写了一张纸条，放进信封，然后封起来，交给一个员工，说："我约好了沃森——他原来是货栈的一个打包工，现在是警察——我约好了，他四点来见我。刚才我遇到一位先生，他从利物浦来，他想在离开本市以前见到我。沃森来时，替我把这封信交给他。"

信是这样写的："不准备进行任何验尸调查，医生们的证据不足，没必要进行。不用采取进一步的行动。我没见验尸官，但我对这件事负责。"

"嗨，"沃森心想，"这是一件让人为难的差事，让我摆脱了。除了那个年轻女人外，我的证人好像也没有谁对任何事情都持有肯定的态度。那个女人讲得很清楚，很明白。那个铁路搬运工目击了一场打闹场面，也可以说，当他一旦被传唤到法庭作证，他可能又会说那不是扭打，而是一场闹剧。或者伦纳兹就是自己跳下月台的，——他什么事也不愿承认。还有那个食品店的伙计詹宁斯，——唔，这个人看着倒不坏，但黑尔小姐当庭否认后，他会起来宣誓吗？这一点很值得怀疑。这个工作很烦人，难得让人满意。我现在就去对他们讲，他们不用作证了。"

于是，就在当天晚上，他又一次来到黑尔先生家。父亲和狄克逊很想劝说玛格丽特睡觉，但都被她低声拒绝了，他们也不知这是为什么。有些实情狄克逊是知道的——但那也只是一部分。玛格丽特不愿意把自己说的话对任何人讲，有关伦纳兹跌下月台以致死亡的情节，她也没有透露。所以，狄克逊耐心地劝她休息时，就感到有些疑虑。玛格丽特在沙发上躺下，从她的神态上看，她确实很累，需要休息。她只是听他们讲话，很少主动开口。对父亲焦急的神情和慈祥的问候，她总想努力用笑容来回答，但那苍白的嘴唇不仅没有任何笑容，却发出了一声叹息。看到黑尔先生痛苦的样子，玛格丽特最终答应回自己的睡房休息。时间已经过了九点，她也正打算放弃当晚警官来访的想法。

她扶着父亲的椅背，站在他的旁边。

"您去睡吧，爸爸，好吗？不要自己坐在这儿。"

她没有听到父亲是怎么回答的，因为一个轻微而短促的响声传来，听到那个声响，她的心里不禁一阵紧张，脑子里甚至充满了恐惧。门铃声轻轻地响了起来。

她亲了亲父亲，快步下楼，她此时一反一分钟以前的样子，谁也不会料到她现在的行动会那么迅速，她把狄克逊撇开。

“你别去，让我开门。我知道是谁——我能够——我一定要亲自去。”

“请便吧，小姐！”狄克逊有些不耐烦地说，但马上她就改口说，“可是您身体还没恢复好，不适合下楼的。”

“是吗？”玛格丽特回头说道，她的两眼放射出异样的光彩，脸上也透露出红色，但嘴唇还是干燥、发青。

她开了门，把警官让进屋，引领着他来到书房，接着点上蜡烛，小心地剪去灯花，然后才转身面对着警官。

“这么晚来，”她说，“有什么事？”她屏住呼吸，等待着回答。

“非常抱歉，给您添了很多不必要的麻烦，小姐，说句透底的话，他们已经决定了，不再进行验尸调查。我还有些事情要忙，还得找其他的一些人，不然的话早就来了。”

“就是说，事情结束了。”玛格丽特说，“也不用再做调查了。”

“我带着桑顿先生的信。”警官翻找着，有些忙乱。

“桑顿先生的信！”玛格丽特说。

“对！他是一位治安法官——噢！找到了，就在这。”她没有看清，念一下吧——看不清楚，虽然她就站在蜡烛旁边，却看不清信上写的是什么。只见那些字体在眼前晃动着。但她把信拿在手里，望着上面，就像在认真地读着。

“可以肯定地说，小姐，我心头的一件大事被搬走了，这是因为没有明确的证据，您看，那个人是不是被人打过，这很难确定，——一旦涉及有关证人身份的问题，那事情就更加复杂了，就像我对桑顿先生说的那样……”

“桑顿先生！”玛格丽特重复了一遍。

“今天早晨我碰上了他，当时他正从这个房间出去。他是我的老朋友了，他还是昨天晚上看见过伦纳兹的治安法官，于是我就将我遇到的困难对他讲了。”

玛格丽特做了个深呼吸，后面还有什么话，她也不想再听了。对于刚刚听到的消息还有可能会听到什么，她都感到担忧。她希望警官快点离开，于是她说：“谢谢你又跑一趟。时间不早了，可能已经十点多了。噢！信在这里！”见警官伸手要接过那封信，玛格丽特又说道，“这封信写得太潦草了，让人看不清到底说些什么，我也看不太清楚，麻烦你给我念一下好吗？”

于是，警官把信的内容大声读了一遍。

“谢谢你。你告诉桑顿先生当时我并不在现场了吗？”

“是的，小姐。我感到很抱歉，我根据得到的情报就采取了行动，但那些都是错误的情报。开始，那个年轻人还非常肯定，现在又改口了，他说他也一直有些怀疑，但愿他的错误不会让您生气，担心您不再去他们的店铺买东西。再见，小姐。”

“再见。”她打铃叫来狄克逊送警官出去。等狄克逊一回来，玛格丽特就从她身边迅速奔过去。

“没事了！”她说，眼睛也没看狄克逊一眼，也没等狄克逊跟上，她就快速地跑上楼，走进她的睡房，从里面把门插上。

她感到自己已经筋疲力尽，便和衣扑到床上，什么也不愿再去想。半个多小时后，她才感到了因为倒下的姿势不舒服，身体感觉很疲倦，有种麻木的感觉，同时还觉得有些寒冷，这时，她又把所有的事情在脑海里分析一遍，事情的经过让她感到有些奇特。开始觉得自己为弗雷德里克的担忧已经没有了，那种紧张不安都过去了。后来回忆起和警官说的每一句和桑顿先生有关的话。他什么时间遇见桑顿先生？他讲了些什么？桑顿先生又有什么反应？她想信里都写了些什么？她努力回想信中哪些地方使用了冠词，哪些地方又省略了，而在此之前，她还拒绝自己想这些。但她的另一个想法却非常清晰了：在那个倒霉的星期四的晚上，桑顿先生曾经在奥特伍德车站附近看到过自己，而警官却对他讲她对此加以否认。这样一来，在桑顿先生看来，她就是说了谎话。应当承认，自己确实说了谎。但在上帝面前，她还不想忏悔。黑暗和混乱下所发生的事实是清楚的，除此之外，什么也没有。而这个事实，就是她在桑顿先生眼里，已经成了一个品德恶劣的人。对自己来说，她也不愿意想到，她可以提出什么辩解的理由来。这和桑顿先生是无关的，她做梦也想不到，他——或者别的什么人——能从她和自己的哥哥出现在车站上这么平常的举动上发现什么可以值得怀疑的地方，但他却是知道自己撒谎了，所以，他有理由谴责自己。“唉，弗雷德里克！弗雷德里克！”她喊了起来，“为了你我做出多大的牺牲啊！”即使在睡梦中，她还在这样的旋涡中，这个痛苦被不断地夸张和放大着。

等她醒来时，脑子里又有了一个新的想法，它就像早晨初升的阳光那样灿烂。既然桑顿先生在见验尸官之前就已经知道她说了谎，他之所以这么做，有可能是为了让她避免再一次说谎。但她却像个孩子一样有着病态的固执，将这个念头丢在一边。果真如此，她也并不感激他，因为这只能表明，他虽然竭力避免让自己再次遭遇诚实的考验，但他已经非常强烈地意识到，她确实很丢人。为了搭救弗雷德里克，她宁愿忍受一切，她宁愿做假证，也不愿——很不情愿——被桑顿先生发现，不愿让他为此来帮助她。是什么厄运让他遇到那个警官？他还是听伦纳兹证言的治安法官，这又是怎么回事？伦纳兹都说了些什么？从他的证言中桑顿先生听出来什么？她不清楚桑顿先生是否已经通过他们两家的朋友贝尔先生了解到以前对弗雷德里克的那项指控。如果情况就是这样，他就是在搭救她的哥哥。在母亲病危时，哥哥曾不顾法律，冒险来探望母亲。如果是这样，她对他还是心怀感激的，但即便她应当感激他，但他的帮助如果是出于对她的蔑视呢，要是那样的话，她对他仍然说不上什么感激。哦！还有谁能有这么正当的理由来对她表示蔑视呢？只有桑顿先生，他比任何人都更有理由！她虚构了一个高度，到目前为止，她一直都在那个高度朝下看着他，而似乎就在一瞬间，她发觉自己已经跌到他的脚下，她为此感到非常的难过。她内心感到畏惧，不敢从后果去探究事情的前因，从而让自己承认对他有多么尊敬和好感。经过一次漫长的思考，她得出这样的念头时，她总是避免顺着这个思路继续想下去——对这样的想法她是不愿意相信的。

时间比她想象得要晚一些，这是因为在前一天晚上，因为内心的躁动，忘记了看表。黑尔先生曾叮嘱佣人，不要按照通常的时间叫她，那样会影响她休息。没多久，房门轻轻地开了，是狄克逊，她悄悄地伸进头来看看，见玛格丽特已经醒了，就拿着一封信走过来。

"这里有一件东西，或许对您有好处，小姐。是弗雷德里克少爷的来信。"

"谢谢你，狄克逊，时间不早了！"

她一边慵懒地说，一边任凭狄克逊把信放在她的床罩上，玛格丽特没有伸手去接。

"您一定要吃早饭啊！我这就把饭端来。姑老爷的托盘我已经准备好送去了，这我知道。"

玛格丽特没有答话，她等狄克逊出去了，才拆开来信，她觉得这封信要一个人安静地看。当她拆开信，第一眼就发现，写信的日期是收信日期的前两天。就是说，他是遵守时间的，他事先答应的写信时间就是这样的，对此，他们也没有什么可惊慌的。但她把信看了一遍后感觉信写得非常仓促，但她还是满意的。信中说，他见到了亨利·伦诺克斯。伦诺克斯先生对这个案子了解很多，掌握了很多情况，所以他开始只是摇头，认为他回英国太冒险。他被指控的罪名很大，而且原告有很强的背景势力。但经过详细的磋商，伦诺克斯先生认为他还是有可能开脱罪名的，但他需要请几个可靠的证人来证实他的供词——还说在这样的情况下，还是值得接受审讯的，不然的话危险就更大了。对这件案子他愿意去调查一下——愿意竭尽所能。"在我看来，"弗雷德里克说，"你的介绍给我帮了大忙，亲爱的小妹妹。是这样吧？我可以对你讲，他询问了很多情况。看上去他是个很精明、很智慧的人，看他忙碌的工作，还有身边办事员的人数，就能看出他很有本事。但这也许是当律师的一种手段，只是为了应付一下而已。我正好赶上即将开航的邮轮——五分钟内它就要离开。为了此事，我可能还要回到英国，所以这次回来探望我必须要保密。我打算给父亲寄一种非常少见的陈雪利酒，这在英国是买不到的（就是放在我面前瓶子里的那种）！这样的酒他一定喜欢——代我向他表示亲切的问安——愿上帝降福给他。我想——一定是我叫的马车来了。还有，回想一下，那次死里逃生真是太惊险了！千万不要向外界透露我回来过的事情——对肖家也不要讲。”

玛格丽特把信封拿过来一看，只见上面有“太迟了”几个字。这封信可能是托一个侍者寄出的，但这个侍者又太马虎，他把这件事忘了。哦，在我们和“诱惑”之间有着怎样的风险！弗雷德里克总算是安全了，就在二十，不，是在三十个小时前，他已经离开英国，就是说，在她用撒谎来阻止对他的追赶以后大约十七个小时，哪怕在她撒谎时再追他也来不及了。看她有多么不诚实，她曾经的座右铭就是Faisceguedois, adviennegue pourra[①]，此刻也不知被扔到哪里去了。如果她敢于说出事实真相，不让他们发觉她拒绝说出的关于另一个人的情况，她的心情该有多么轻松啊！在上帝面前她就不会因为没有信任上帝而感到自卑了，在桑顿先生的心目中也不会显得品德低下了。她感到自己在这样想，不禁痛苦地颤抖起来。她把桑顿先生的轻视和上帝的震怒相提并论起来。想她的心里总是有他的影子在晃动，这到底是怎么回事呢？原因又是什么呢？她很高傲，很自负，但对他的想法为什么还这样在意呢？对于上帝的震怒，她还是能够容忍的，因为上帝是全能的，总会察觉到她的忏悔，会听到她求救的声音。但桑顿先生——她为什么要发抖，为什么要把脸埋在枕头里？到底是怎样的感情在支配着自己？

她迅速从床上起身，虔诚地做了很长时间的祷告，心里感到了一些慰藉，她感到可以把自己的心事吐露出来了。但回顾一下自己的情况，她发现自己依然沉浸在痛苦中：自己很诚实、很纯洁，但对于一个同胞对自己的轻慢，她还没有达到毫不介意的地步。想到他将轻视自己，她就无法对自己的所作所为做一番清醒的反思。她穿好衣服，马上拿着信去找父亲。对于火车站上发生的事情信里只是稍稍提了一句，这并没有引起黑尔先生的注意。说实话，黑尔先生通过来信知道了弗雷德里克没被人发现，也没被怀疑，他已经起航离开，除此之外，他没有看出任何别的内容。玛格丽特的脸色依然苍白，这让他感到不安。玛格丽特看上去好像总要痛哭一场。

“你太累了，玛格丽特。这没什么奇怪的。但从现在起，我得照顾你了。”

他嘱咐她在沙发上躺下，又拿来一条大围巾给她盖好。看到父亲如此慈祥体贴，玛格丽特禁不住热泪盈眶。她伤心地哭了。

---

①法语，“尽本分，不问后果”之意。

“我可怜的孩子！——我可怜的孩子！”他用慈爱的目光望着女儿，而她则脸朝墙角，不停地呜咽着，浑身颤抖着。过了一段时间才停下来，她想把自己的烦恼都对父亲讲，这样，心情或许会好一点，但在内心深处，反对的理由还是占了上风，因为这样的做法确实能让自己获得一些安慰，但却要给父亲增加紧张和焦虑，如果弗雷德里克有必要再回英国的话。父亲也许会一直盯着儿子伤人性命的事，不管儿子有多么不情愿，多么无意。在父亲的脑海中，这个想法还会将实情夸大，甚至将实情歪曲，以这样的形式不断在脑海中浮现，他就会更加烦恼。还有就是关于她自己的错误——他会因为她缺乏勇气和信心而烦恼，但又要不断地帮她寻找借口。在玛格丽特的眼里，他既是父亲还是牧师，她总会把自己受到的诱惑和自己犯的错误，都讲给他听，但最近，他们却不常讨论这些问题了。她不知道父亲的见解一旦改变，当她需要父亲的帮助时，他会作何解答。不行，她还是要严守自己的秘密，她要独自担当起这个责任。她要独自到上帝面前，恳求上帝的赦免。自己在桑顿先生眼里已经名声丧失，她要独自容忍这一切的后果。父亲对她表现出了慈祥体贴，她的心被深深地打动了。他现在讲的话都是愉快的，这样做也是为了让她从最近发生的不愉快的事情中分散注意力。几个月来，他的话从没有像今天这么多。他不让她起来，还坚持亲自照顾她，这对狄克逊来说真是太大的伤害了。

到最后，她笑了，那是掠过嘴角的浅浅的微笑，但对他来说，这就是最真诚的喜悦。

“一想到让咱们对未来抱有最大希望的人，竟然叫多洛雷丝，这好像非常奇怪。”玛格丽特说。这种讲法和他父亲平日的为人倒很相像，但却不像她，但他们的性格就在这天似乎做了交换。

“她母亲有可能是西班牙人，这就是她信奉天主教的缘由。从前我认识她父亲的时候，他是一位长老会教徒，性格倔强，但他讲话的声音非常温和、非常美，他的名字也是这样。”

“她很年轻，——比我要小十四个月。当时正是伊蒂丝和伦诺克斯上尉订婚时的年龄。爸爸，咱们去西班牙看看他们吧。”

他摇了摇头，但还是说道：“如果你想去，那就去吧，玛格丽特，但咱们还要回来的。我觉得你母亲一直也不喜欢米尔顿，现在她就在这里安息，不能跟咱们一起走，要是咱们现在就离开，对你母亲是不是不公平——不体贴。不，亲爱的孩子，你去吧，去看望他们，然后再给我带回一份报告来，是关于我的西班牙儿媳妇的。”

“不，爸爸，既然您不打算去，我也就不去了。我走了，谁来照顾您呢?

“我也很想知道，咱们现在是谁照顾谁呀，但如果你去了，我会劝说桑顿先生，让我给他多上几课。我们可以好好读读古典作品。那是非常有趣的事情。喜欢的话，你还可以继续向前走，到科弗去看看伊蒂丝。”

玛格丽特没有马上表示什么，过了一会儿，她非常郑重地说：“谢谢您，爸爸。不过我不想去了。咱们盼着伦诺克斯先生能把事情办好，等弗雷德里克和多洛雷丝结婚后，他就能带着多洛雷丝来见我们了。至于伊蒂丝，那一团人在科弗驻扎的时间不会太久。也许用不了一年，咱们就能在这里和他俩见面了。”

黑尔先生的谈话很愉快，到这里都说完了。在他的心头还会掠过一些痛苦的回忆，这时他会变得默不作声。过了一会儿，玛格丽特说：“爸爸——葬礼进行的时候，您看见尼古拉斯·希金斯了吗？他当时也来了，玛丽也来了。他们真可怜！他表示哀悼时就是那个样子，虽然他性格粗线条，脾气生硬，但内心却是善良温暖的。”

“这我都知道。”黑尔先生回答，“我的看法是一贯的，当你想说服我认为他是什么样的时候，我也一直都没改变自己的看法。咱们明天去看看他们，如果你身体好了，能走远路的话。”

“是啊，我很想去看望他们。我们没给玛丽钱——也可以说是她不肯要，这是狄克逊说的。咱们去看看，赶在他刚吃完饭还没去上工的时间能找到他。”

临近傍晚，黑尔先生说：“我原以为桑顿先生可能会来。他昨天还提到他有本书，我很想看看。他说今天设法带来。”

玛格丽特听了不禁发出一声叹息，因为她知道他来不了。当他还记得她所干的可耻的事情时，如果遇到她，这是要担风险的，在他看来这是非常难办的事。父亲一提到他的名字，她就立刻感到内心充满了烦恼，心情不禁又要沮丧，神情恍惚，浑身乏力。她看上去一副无精打采的样子，突然，她又觉得这也是一种报答父亲的方式，虽然和父亲对自己的关照很不相称，于是她急忙起身，要为父亲朗读。父亲的视力大不如前，他高兴地接受了女儿的建议。她读得非常好，有些地方语气特意加重，但等她读完，如果有人问她这都是什么意思时，她肯定答不上来。在她的内心，还沉溺在自己对桑顿先生忘恩负义的感觉中，她被这种感觉折磨着，他曾对她表示过好感，通过向医生们的询问，避免了一次验尸调查，但对他的这番好意，她在今天早晨却给予了拒绝。哦！其实她内心还是感激他的。她有过担忧，也曾说谎，还用无效的行动，把自己的恐惧和虚伪袒露无遗，但她还不是那种不懂感恩的人。对一个轻视自己的人，居然抱有一种莫名的情绪，这让她的内心感到了一种温暖。他轻视她的理由是公正的，如果她觉得他并没有轻视她，那么她对他的敬重也就不存在了。感到自己对对方的敬重，这是非常令人欣慰的事情。对她的做法他无法阻止，对她来说这是一种安慰，苦难中的慰藉。

就在那天晚上，时间还算早，黑尔先生想看的那本书被送来了，“和书一起送来的，还有桑顿先生的亲切问候，他祝愿黑尔先生身体健康”。

“告诉他我很好，狄克逊，但黑尔小姐……”

“不要这样讲，爸爸，”玛格丽特急忙拦住，说道，“不要提到我。他也没有问到我。”

“亲爱的孩子，你怎么变得啰唆起来了！”过了几分钟，父亲说道，“你得马上上床休息，看你脸色多苍白！”

玛格丽特没有拒绝父亲的要求，虽然把父亲一个人撇下，这是她不情愿的。一天的忙碌，一天紧张的思考，还有忏悔，此刻她确实需要独自安静地休息一下了。

但是到了转天，她又恢复到平日的状态。在那些悲伤的日子里，长时间的肃穆、伤痛，时而还感到精神的恍惚，这并不是不自然的现象。当玛格丽特慢慢恢复健康的同时，父亲也在陷入深深的思考，父亲茫然地想念着已经过世的妻子，想着曾经的岁月已经一去不复返了。

第十一章　团结并不总是力量

抬棺人的步伐沉重、迟缓，

送葬人的哭泣悲痛、低沉

——雪莱

前一天商定的日期到了，他们动身去看望尼古拉斯·希金斯和他的女儿。他们身穿着新衣服，但这些新衣服上却有一种奇怪的羞怯的气味。已经好几个星期了，自从他们失去身边的亲人，他们就一直没出过门，这还是他们第一次离开。他们一路无话，沉默中并肩走着，像是互相给对方以慰藉。

尼古拉斯在炉火旁边他经常坐的地方坐着，但平时总放在手里的烟斗此刻却没拿着。他一直把胳膊放在膝盖上，另一只手托着脸。看见他们进来，他没有起身，但他的目光已经表示了欢迎，玛格丽特也看出来了。

“你们请坐，你们请坐。看火都要灭了。”他边说边用力把火通了通，好像要把大家的注意力从自己这边移开。他的外表看上去特别邋遢，胡子好几天没刮了，这将那张本来就苍白的脸衬托得更加惨白，上衣很破旧，如果能修补一下，可能感觉会好一些。

“我们觉得要想见到你，最好在饭后。”玛格丽特说。

“自从和你们见面以后，我们也遇到了伤心事。”黑尔先生说。

“是呀，是呀。眼下伤心的事情比午饭还多。我的午饭时间很长，可以用一个整天，所以你们随时都可以找到我。”

---

①雪莱：英国诗人，诗文引自其诗篇《敏感的植物》。

“你失业啦？”玛格丽特问。

“是呀。”他简短地回答，语速也很慢。然后，沉默了一会儿，他抬起头说道：“其实我是不缺钱的。你们不要那么想。可怜的贝西姑娘，她在枕头底下存了点儿钱，准备在最后的时刻悄悄给我。玛丽在剪粗斜纹布。话虽这么说，我还是把工作丢了。”

“我们还欠玛丽一些钱。”听到黑尔先生这么说，玛格丽特暗中在父亲胳膊上捏了一把，但还是没能拦住他的话。

“如果她要了，我就把她从这里赶出去。我还住在这四面墙里，她就住外边。事情就是这样。”

“她是好心帮助我们的，我们必须表示感谢。”黑尔先生又说道。

“我的女儿生前曾得到您女儿的爱护，对此，我一直也没有表示感谢。我一直就找不出话来。小玛丽如果为你们做了一点事，你们就要表示感谢，那我现在也得表示表示了。”

“你失业和罢工有关吗？”玛格丽特轻声问。

“罢工早结束了。这次全失败了。我失业，是因为我一直也没有要求工作。我一直也没要求过，因为现在好话太少，坏话很多。”

他的回答很像是一些谜语，这是他当时的心情决定的，但玛格丽特发现，他愿意别人让他做出解释。

“好话指的是——？”

“要求工作。在我看来这可能是最好的话了。‘给我工作’，那意思就是说，‘我会像个男子汉那样好好干’。这就是好话。”

“照这样说你要工作但不给你，这就是坏话了。”

“对。坏话就是这样的，‘啊，我的好朋友！你始终严格遵守你们的命令，我也要严格遵守我这边的命令。你帮助了那些需要帮助的人，这说明你对你那边的人非常忠诚，而我也要对我这边的人表示忠诚。你是个可怜的大傻瓜，什么也不懂，就知道做个忠实的大傻瓜。所以，见鬼去吧。这里没你想干的活儿’。这就是坏话。我不是个傻瓜。假如我是的话，人家也该教教我，让我像他们那样变得聪明些。如果有人愿意教教我，或许我也能学会的。”

“没去问问你的老厂主吗，他是否愿意让你回去，”黑尔先生说，“那值得吗？可能不大有希望，但总是个机会吧。”

他又抬起头来，目光炯炯地望着黑尔先生，接着笑了笑，声音很低，带着挖苦的意味。

“厂主！如果您不生气的话，我也有句话问问您。”

“好啊，太欢迎了。”黑尔先生说。

“我想您也在谋生。如果有什么别的地方可以去的话，人们很少为了玩乐到米尔顿来住的。”

“你说得太对了。我有一些产业，足够维持生活，但我来米尔顿的目的，是想做一个家庭教师。”

“教书哇，嗨！您教课要收费的，是吧？”

“是啊。”黑尔先生微笑着回答，“我教课就是为了挣钱。”

“给您付钱的人，他们对您说了吗，您工作很辛苦，他们理应为您的付出交钱——应该说这是正当的交易——也就是说什么该做、什么不该做。”

“不，当然不会是这样的。”

“他们不说，‘你可能有个兄弟，或者是一个好朋友，他需要这笔钱，用途也很正当，但你却不给他。你可能有个更需要花上这笔钱的地方。但他们却不认可你的选择，所以你那样把钱用了，我们也就不再和你交往’。这些话他们说了吗？”

“不，当然不会说了。”

“假如他们这样说了，您能接受吗？”

“如果是我，想到接受这样的命令，也是有压力的。”

“在这里，对我来说没有什么压力能让我接受这样一道命令。”尼古拉斯·希金斯说，“现在您明白了吧。您说到重点了。汉珀家——我在那工作过——要那里的工人做出承诺，保证不给工会一便士，保证不去帮助罢工的人。他们让工人们必须做出承诺，还要宣誓。”他说着，显出很轻蔑的神情，“但他们那就是教人撒谎，让人们作假。我看这件事，比让人都变成铁石心肠，不给需要的人提供点帮助，或者不去维护正义反抗霸道，要比这些更坏。但我绝不会为了保住工作就去发假誓。作为工会会员，我认为工会对工人来说是唯一的维护他们利益的组织。再说，我参加过罢工，知道挨饿的滋味，所以假如我得到了一先令，那么只要他们需要，就给他们六便士。结果呢，我看不出到哪里去挣来一先令。”

“不向工会捐款，这条规定对所有的工厂都有效吗？”玛格丽特问。

“对这个问题我可说不好。这是我们厂里的新规定。我觉得他们会发现坚持不下去。但现在还是有效的。用不了多久，他们就会发现霸道就会造就出撒谎的人。”

大家沉默了一阵儿，玛格丽特犹豫着，她心里想到了一些事情，但不知该不该讲出来。对一个已经郁闷和沮丧的人，她不想让他更不痛快。但到最后，她还是讲了出来。但她尽量让语调平和，态度和缓，表明她不愿意说出什么话来惹人不高兴，所以，她的话希金斯听了并没有表示反感，但他却感到了迷惑。“你还记得吗，可怜的鲍彻说过，工会霸道吗？他好像说工会最霸道。记得我当时对他的说法还表示了同感。”

过了好久他才开口说话，只见他用两只手托着头，眼睛向下望着炉火，她看不清他脸上的表情。

“工会要求工人维护自身的利益，对这一点我不否认。我说说实情吧。没有加入工会的人，他的生活非常贫苦，但加入工会后，他的利益要比他为自己，或者仅仅靠自己所获得的帮助更大。工人们要想维护自身的利益，唯一的方法就是团结起来。会员人数越多，对于每个成员来说，他们获得公道的机会也就越多。政府照管傻子和疯子，谁要是伤害自己或者伤害他的邻居，政府就要出面干预，不管他喜欢不喜欢。工会的做法就是这样的。我们不会把人关进监狱，但我们可以让他的日子不好过，这样他就不得不加入进来，不由自主地变得明白些。鲍彻是个傻瓜，一直都是，到最后竟成了无可救药的大傻瓜。”

“他对你造成伤害了吗？”玛格丽特问。

“是啊，是有些伤害。在他和他的那些人开始骚动，开始破坏法律之前，舆论本来是倾向我们这边的，但这样的结果，就造成罢工失败了。”

“要是撇开他呢，不让他加入工会，这样是不是更好呢？他对你们毫无益处。你们也把他逼疯了。”

“玛格丽特。”看到希金斯的脸色逐渐沉下来，父亲赶紧低声告诫女儿。

“我喜欢她这样。”希金斯突然这样说道，“对于工会的事情她虽然还不很清楚，但她能把心里所想的都说出来。工会的力量是强大的，我们唯一的力量就是工会。我读过一首小诗，诗里讲到一只犁把一只雏菊压倒了，在我后来有其他的理由哭泣之前，那首诗让我眼里充满了泪水。但那家伙一定没有停止推犁，虽然他也可怜雏菊。他生来就智力发达，不会那样做的。工会就是一只犁，要想收获，就要首先翻好地。鲍彻就是这样的人——他就是一只雏菊，这还抬举他了，他像个倒在地上的杂草——必须先除掉它。现在我对他非常气恼，我在气头上说的话也许不公正。虽然我热爱生命，我还是要亲手把它除掉。”

“这是为什么？他做了什么事吗？有什么新情况吗？”

“当然有，就是那个人，他总要出来捣乱。开始时他像个疯狂的傻子一样胡闹，搞得一塌糊涂。后来他又藏了起来，假如桑顿一直都在追究他就像我希望他会做得那样，那他至今还会藏在那里。但桑顿在目的达到后，不愿意继续起诉那场骚乱。鲍彻就悄悄地回家了。在一两天的时间里，他一直也不露面。这总算是承了他的情。但后来他又去哪里了，你猜猜看。咳，他去汉珀的工厂了。真该死！看他那油腔滑调的样子——我见了就特别厌恶——他跑去要求工作，他当然知道规定要求不能向工会捐款，一个钱也不行，那些罢工工人没饭吃，也不能帮助他们。咳，在他困难的时候，要是工会不去帮助他，他真会饿死的。但是他还是去了，说自己干什么都行，也进行了宣誓——还把他了解的关于我们的行动全说了，他就是个没出息的犹大！但我还是要替汉珀说句话，我到死都感激他，是他赶走了鲍彻，从来也不听他的——一句也不听——哪怕这个叛徒痛哭流涕，像个毛孩子。”

“唉！我听了都感觉惊讶，太可怜了！”玛格丽特禁不住喊出声，“希金斯，我现在有点不明白，难道你也看不出吗？你不征求鲍彻的意见就逼着他加入工会，他现在的样子就是你造成的——其实他的心病不在工会这里，他这样子都和你有关。”

看他现在这个样子，那他过去是个什么样子呢？

一个声音从狭窄的街巷传来，声音显得空洞而整齐，由远及近。这声音引起了大家的注意。这声音在悄悄地传递着，低沉的脚步声，是许多人在走动，行进的速度很慢，好像就围绕着一个点在转动。是的，这个清晰迟缓的脚步声从空中传来，他们听到了，只见几个人抬着一个沉重的东西，正吃力地迈着整齐的步伐在行进。他们不禁朝门口望去，那情景把他们都吸引住了——他们感到的不是一种无聊的好奇心，他们感受到了一股阴森的气息正扑面而来。

只见在街当中有六个人在行进，有三个是警察。他们的肩上抬着一扇门板，那是从铰链上拆下来的门，门板上躺着一个死人。有水滴从门板两侧滴下。整条街的人都跑出来观看，他们还跟在后面，人们询问抬门板的人，他们一次次地回答着，都有些不耐烦了。

“那边田地里有条小河，我们在那里发现的。”

“那条小河！——唔，那条河的水很浅，不会淹死人的！”

“这家伙肯定是死心了，他把脸埋在水里。不管他的死是为了什么，反正他厌倦生活了。”

希金斯悄悄地来到玛格丽特身边，他轻声说，声音很尖细：“是不是约翰·鲍彻？可他没这个胆量。当然，不可能是约翰·鲍彻。嗨，他们朝我们这边看呢，听，我脑子里嗡嗡响个不停，我什么也听不见了。”

他们把门板小心地放在石头地面上。人们可以看清那个可怜的死人了——只见他两眼呆滞，一只还半睁着，向上瞪着天空。因为发现时他是趴着的姿势，所以脸部肿胀，没有血色。另外，他的肤色也被河水给染了，那条河附近有印染厂。头的前半部是秃的，后面的头发也很稀疏，每一缕头发都在滴水。虽然容貌发生了很多变化，玛格丽特还是将他认出，他就是约翰·鲍彻。在她看来，那张脸已经痛苦得变形，再去注视他，是大不敬的举动，于是，她几乎就在刹那间，似乎是出于本能，她拿出自己的手绢，上前将死者的脸遮盖起来。这个举动是值得赞许的，当她转身离开时，人们将目光都盯向她的身上，随着她的脚步，人们也看到了尼古拉斯·希金斯站立的地方。他站在那里，脚下像生根一样纹丝不动。人们交谈着，有个人来到希金斯跟前。希金斯本打算回到他的屋里去。

“希金斯，你认识这个人的！你得去通知他的妻子。说话时语气要平和些，喂，但是要快点说，因为他在这里不能放太长的时间。”

“我不能去！”希金斯说，“我不能去，我没法见他妻子。”

“你和她最熟。”那个人说，“我们费力很大的气力把他抬来——你也该做点什么吧。”

“我做不了。”希金斯说，“看到他，我差点儿晕倒。我们也不是朋友，现在他死了。”

“唉，你不愿去就算了。但总要有人去的。这件事难免让人伤心，但现在却可以找个人去慢慢透露，不要一下子就让她知道。”

“爸爸，还是您去吧。”玛格丽特对父亲低声说道。

“如果我去的话——我需要事先想好到时说些什么，我去吧，但是我突然感觉……”玛格丽特发现，父亲浑身都在哆嗦，看来他是去不成了。

“我去吧。”她说。

“上帝保佑你，小姐，这是件好事，我听说她身体不大好，这里也没什么人认识她。”

玛格丽特来到房门前敲了敲，里面显得很吵闹，好像有很多小孩子，所以她也没有听到回答的声音。说实话，里面的人是否听到了敲门声，对这点她很怀疑。随着时间的推移，她会感到更多的担忧，于是她推开门，走了进去，随手把门关上，趁那个女人还没听见，就把插销插上了。

在乱糟糟的壁炉的旁边有张摇椅，鲍彻太太正坐在那里。看上去，屋里很杂乱，已经有很长时间没有收拾了。

玛格丽特跟她说话，而她似乎没有听出是什么，她的嘴唇干燥，喉咙似乎也是干燥的，孩子们吵闹着，把她的话都淹没了。她又尝试着说了一遍：“您好吗，鲍彻太太？您的身体看来很虚弱。”

“我是好不了了。”她发着牢骚，愤愤不平地说，“让我一个人照看这些孩子，又没有东西给他们，没法让他们安静下来。我身体不好，约翰不该离开我。”

“他走了有多长时间啦？”

“四天了。在这儿他找不到工作，他只好步行去格林菲尔德，那是很远的地方。可是他在走之前应该回家一趟的，哪怕给我捎个口信儿也行。如果他已经找到工作的话，他也该……”

“唉，不要责怪他了。”玛格丽特劝说道，“他一定也是心里不好受……”

“你别这么吵了，我都听不清这位小姐说的是什么。”她有些恼怒地对一个一岁左右的孩子说。然后她一边表示抱歉一边对玛格丽特说，“他喊着‘爹爹’和‘黄油面包’，这让我很烦。我没有黄油面包给他，爹爹又不在家，他可能都把我们忘了。他是他父亲的宝贝，他是的。”她的心情好像突然变了，边说边拽过那个孩子，把他抱到膝上，心疼地亲起来。

为了引起她的注意，玛格丽特把一只手放在这个女人的胳膊上，她们互相看着对方。

“小家伙太可怜了！”玛格丽特缓慢地说，“在他父亲眼里，他曾经是个小宝贝。”

“现在也是。”女人一边说，一边站起身来，和玛格丽特面对面地站着。在一段时间里，她们都没有讲话。接着就听到鲍彻太太低声讲话，那声音像是吼叫，她越说越激动，“喂，他现在还是他父亲的宝贝。穷人和富人一样，也可以爱自己的儿女。你怎么不讲话？你干吗这样看着我，你是可怜我吗？约翰在哪儿？”虽然身体虚弱，但她还是摇晃着玛格丽特，逼着她回答。“哦，上帝啊！”她说，看着那眼泪汪汪的样子，她心里已经有些明白了，于是她又重新坐回到椅子里。玛格丽特把那孩子抱起，抱在怀里。

“他很爱他。”她说。

“是啊，”女人边说边摇着头，“他爱我们每个人。我们过去是有人爱的，那都是很早以前的事了，他活着和我们在一起时，他是非常爱我们的，的确很爱。或许，在我们中间，他最爱的就是这个孩子。但他也爱我，我也爱他，虽然我在五分钟前还在骂他。他肯定是死了吗？”她说着站起身，“假如他只是有病，可能会死，医生也能把他治好的。我自己就是个病人——已经病了很长时间了。”

“但他已经死了——淹死的。”

“有人淹死了，又给救活了。我在想点什么，我该做点什么，但现在却坐在这里。喂，别吵了，孩子们——别吵了，把这拿走，随便拿点儿什么去玩吧，但不能哭，我的心都快碎了！啊，我的气力都快没了，啊，约翰——我的男人啊！”

玛格丽特抱住这个女人，把她揽进怀里，不让她倒下。她在摇椅上坐下，把这个女人抱在膝上，让她把头伏在自己肩上。孩子们都吓得靠拢过来，他们头脑都非常迟钝，慢慢才明白了发生的事情，于是都绝望地大哭起来，玛格丽特见了都不知如何是好。小约翰哭得最厉害，虽然他并不明白这是为了什么，小家伙太可怜了。

那位母亲靠在玛格丽特怀里，不停地打战。就在这时，门口传来一阵嘈杂声。

“开门，快去开门，”她对最大的孩子说，“插销插上了。不要哭——安静些。哦，爸爸，让他们轻点，小心抬上楼，她可能听不见，可能晕过去了——就是这样。”

“这样倒好，可怜的人啊。”在那些抬着死者的人们的身后，一个女人这么说着，“但你也不能一直就这样抱着她。等等，我拿个枕头来。我们把她轻轻放下，让她躺下。”

在这个热心邻居的帮助下，玛格丽特感觉轻松多了。很明显，在这里她是个陌生人，说实话，是这里的新住户，但她为人很厚道，对人体贴，所以玛格丽特觉得这里也不需要自己的帮助了。屋里人很多，大家非常同情死者及其家人的遭遇，但此时也感觉挺无聊，都聚在那里旁观着，玛格丽特觉得自己应该带个头，让大家都离开，这样是有好处的。

她朝周围看看，想找到尼古拉斯·希金斯，但他不在这里。她对那个邻居女人，就是建议让鲍彻太太躺下的好心人，对她说：“你是不是跟大家暗示一下，这里最好安静些，让大家不要都聚在这里。等她醒来时，身边有一两个熟悉的人就行了。爸爸，您是不是让男人们都走开，这里围观的人太多了，影响她的呼吸，太可怜了。”

玛格丽特在鲍彻太太的身边跪着，用醋给她擦脸。几分钟过去了，这时，一阵清风吹来，她感到有些惊讶，回头一看，见父亲正和那个女人相视而笑。

“这是怎么回事？”她有些疑惑。

“没什么，只是我们这位朋友，”父亲回答说，“偶然想起一个好主意，它能让大家散开。”

“我让每个人带着一个孩子离开，让他们记住，这些孩子现在都是孤儿，他们的母亲也成了寡妇。对大家来说，这是他们能做的最好的事情。今天，孩子们一定能吃饱饭，也会被照顾好的。她知道他的死因了吗？”

“还不知道，”玛格丽特说，“还不能都对她说。”

“需要验尸调查，所以还是要对她讲。你看，她醒过来了。是你还是我来对她讲呢？也许让你父亲说更好？”

“不，还是请你说吧，还是你去说。”玛格丽特说。

他们静静地等待着，看她完全醒过来了，那个邻居女人就在地上坐下，她抱着鲍彻太太的头和肩部，把它们放到自己膝上。

“老邻居，”她说，“你的男人死了，你知道他是怎么死的吗？”

“淹死的。”鲍彻太太说，她依然显得虚弱无力，人们说起她的伤心事可能太直率，才让她悲伤地哭了出来。

“人们发现他淹死了。当时他正往家走，他对一切都绝望了。在他看来上帝应该不像人类这样冷酷无情，上帝可能很慈祥，就像慈母一样。我这样说并不是肯定他做得对，也不是说他做得不对。我想说的是，希望我和我的亲人不至像他那样难受，不然的话我们也会选择这条路的。”

“他撇下我，让我独自养活这些孩子。”寡妇边说边哭着，对丈夫去世的方式，她表现出的难过还不像玛格丽特想象得严重，她考虑更多的是她和孩子今后的生活，从这一点可以看出她软弱无能的性格。

“不是独自。”黑尔先生说，语气非常严肃，“谁和你在一起？谁来维护你的权益？”寡妇睁大眼睛，她望着眼前讲话的人，刚才她一直也没注意到这个讲话的人。

“谁愿做没有父亲的孩子的父亲？”他继续刚才的话。

“但是我有六个孩子，先生，最大的还不到八岁。上帝的威力我是不会怀疑的，先生，但这也需要信心。”说到这，她又伤心地哭了。

“明天她就会好转，就能好好讲话了，先生。”那位邻居说，“现在最大的安慰就是心里还有孩子。对不起，大家把那个毛娃子也抱走了。”

“我去把他抱回来。”玛格丽特说。几分钟过去了，玛格丽特怀抱小约翰回来了。小约翰因为吃东西，脸上都被抹了，他的两只手里还抓满了贝壳，还有小块的水晶和一个石膏模型的头，他把它们当成了宝贝。玛格丽特把孩子送到他母亲的怀里。

“好！”那个女人说，“你们去吧。让他哭一会儿会好些，比谁在这里都要好，这只有一个孩子能办得到。他们需要，我就在这里，有我呢。你们明天如果还来，那时就可以和她慢慢说了，现在还不行。”

玛格丽特和父亲沿着那条街缓慢地走着，他们在希金斯家门前停住脚步。

“我们是不是进去看看？”父亲问。“我也想看看他。”

他们上前敲门，但里面没有回音，他们推了推，门从里门插上了，但他们能听到里面有人走动的声音。

“尼古拉斯！”玛格丽特冲里面说，屋里没有回音。他们本来以为屋里没人就走开了，假如里面什么也没有，只是有本书碰巧掉到地上。

“尼古拉斯！”玛格丽特又冲里面喊道，“外面只有我们，快让我们进去，好吗？”

“不行，”他说，“我插上门，意思已经很明白，不用我多解释了。今天就让我自己安静会儿吧。”

黑尔先生本来想劝劝他，说明他们的意思，但玛格丽特用一个手指挡住他的嘴。

“我觉得这没什么奇怪的。”她说，“我也希望一个人安静独处。这么一天的折腾后，谁都想安静会儿，这是最好的办法。”

第十二章　向往南方

一锹！一耙！一柄锄头！

鹤嘴锄或是钩镰！

用镰刀收割，用大镰刀刈草，

用连枷或用你乐意用的家伙打——

这里现有熟练的人手，

愿意操起需用的农具，

在劳工那艰辛的学校中

受过严格的训练，获得充实的技艺。

——霍德[1]

第二天，他们又去看望鲍彻的寡妇。此时，希金斯家还锁着门。有位邻居很热情，据他讲，希金斯确实不在家。在他出门办事之前——暂且不管他去办什么事——他还是去看望了鲍彻太太。这次对鲍彻太太的探望非常不满意。她觉得丈夫自杀了，她成了遭遇不公的女人。这个想法是有道理的，也不好反驳。话虽这样说，但她一门心思都盯在自己和自己的处境上，这多少有些令人不快。她的自私心理甚至影响到她和孩子们的关系上。她对孩子们的那份感情和动物很相似，就在这种和儿女的关系中，她也认为孩子让她受到牵累。玛格丽特想办法接近孩子，而她父亲则引导寡妇想开些，不要总是满腹牢骚，又束手无策。玛格丽特发现孩子们的伤心比他们的母亲更真挚，更朴实。可以看出，他们的父亲对孩子们是很慈爱、很厚道的。这些孩子，他

①霍德：英国诗人，诗文引自诗歌《劳工之歌》。

们每个人都能用笨拙的语言热切地回忆起和父亲在一起的生活，回忆起父亲给他们的爱，对他们的宽容。

“楼上的那个人真的就是他吗？看起来不太像。那个人给我的印象很吓人。我可是从来不怕父亲的。”

玛格丽特听说那位母亲非常自私，在寻求同情过程中，她曾带领孩子们上楼看死去的父亲，而父亲的样子已经变了形。听到这个消息，玛格丽特感到非常痛心，她觉得这种做法可能是出于一种天性，出于一种悲伤，但却又是粗暴和恐惧的，两方面的因素掺杂在了一起。她觉得应该引导他们改变思路，让孩子们想想能帮母亲做点什么，想到父亲——因为这种方法比较有效——想想父亲会希望他们做些什么。玛格丽特做出了自己的努力，在这一点上她比黑尔先生做得更有效。孩子们意识到了自己的责任，哪怕很微小，也是重要的，这就是在自己周围做些什么，玛格丽特提议大家都来收拾一下屋子，于是，每一个孩子都想法尽力而为。再说父亲那里，他为那个懒散的病人提出了要求，而且是很高的要求，很抽象的要求。对于自己丈夫在临死前所经历的巨大痛苦，这个女人在她迟钝的大脑里竟然没有任何反应。她关心的只是丈夫死亡对她自己的影响，她领会不到上帝永恒的慈悲，上帝并没有出面干预，没能阻止她的丈夫被水淹死。尽管她也暗暗地责怪丈夫陷进这样的绝境，并且觉得丈夫采取这样鲁莽的举动是没有任何理由的，对于那些可能将丈夫逼上绝境的人，她也表现出了切齿的痛恨。厂主们——尤其是桑顿先生，鲍彻曾袭击桑顿先生的工厂，当局为此还发出了逮捕令，要以闹事的罪名逮捕他，但桑顿先生让他们将逮捕令撤回，——还有就是工会，这个女人认为希金斯是工会的代表——还有这么多的孩子都处于饥饿中，整天吵闹——这些都站在她的对立面，成了一支“敌对大军”，正是因为他们，因为这些人，自己才陷入现在这个无依无靠之中，才成为一个寡妇。

玛格丽特听到很多，都是这种不合理的话，她感到非常沮丧。等到离开时，她感到自己也没有办法让父亲高兴一些。

“这都是城市生活惹的祸。”她说：“这里的房屋狭小，人们被禁锢在里面，到处是喧嚣纷乱，人们过度紧张焦虑。住在这样的房屋里，人们本来就心情郁闷，精神不振。而在乡间，包括儿童在内，当冬天来临时，许多人还在外面生活。”

“但人们生活在城市里是必要的。乡间生活把人们的思想都搞呆滞了，在那里，人们都相信宿命论。”

“没错，我也承认这一点。我认为每种生活方式都会给自己带来苦难，也会带来好处。让住在城里的人平心静气，这和让生活在农村的人变得活跃起来能够应对突发事件同样困难。无论哪一方，都觉得要想实现另一种未来是非常困难的。城里的人生活节奏快，人们总在匆匆忙忙地奔波，而乡下的人则是生活单纯，容易满足，不去追求什么，也不去享受什么乐趣，虽然他们也可以通过规划、克制和期望得到这些乐趣。”

“就是因为这个缘故，所以大家需要努力，不能只满足于眼前的生活。但是这个可怜的鲍彻太太，我们对她真是毫无办法。”

“但我们也不能撇下她不管。我们的努力可能都会白搭。噢，爸爸！我们生活的时代太艰难了！”

“就是这样，孩子。不管怎样，现在咱们是这样想的，但咱们即使在难过中，也始终是快乐的。弗雷德里克能回来，就使咱们非常高兴啊！”

“是啊，他能回来真是让人高兴。”玛格丽特兴致勃勃地说，“这件事情太好了，尽管带有侥幸，又是被禁止的。”说到这，她赶忙把话停住。因为她自己的懦弱，影响了弗雷德里克此次回来所留下的回忆。观察别人犯下的错误，让她非常轻视的就是勇气的缺乏，也就是促使人撒谎的那种卑劣的心境。现在，她居然也会犯下这样的错误。接着，她又想到自己撒谎的事桑顿先生已经知道。她还意识不到如果一个人知道她撒谎，她还能否像现在这样在意。她想象着肖姨妈和伊蒂丝，想象着父亲，还有伦诺克斯上尉和伦诺克斯先生，以及弗雷德里克，想象着他们的反应。她想到最后那个人知道她的所作所为——就算这都是为他好——感觉最痛苦，这次见面，让兄妹俩激发出了同胞手足之情，但即使弗雷德里克如何轻视她，都不及他们见面时自己所感到的羞愧，那样的羞愧是非常深刻的。但尽管如此，她还是渴望见到他，希望把这件事翻过去，她要清楚自己在他心目中的位置。她想起自己对商业的抵触情绪（那还是她和桑顿先生刚认识不久的时候），就觉得脸上发热。在她看来，商业行为中常会发生以次充好的欺诈行为，同时又借商业信贷冒充资本和财力，而实际上这些都是不存在的。她想起桑顿先生那种鄙薄、淡定的表情，从他简单的几句话就听明白了。在商业场上，从长远来看，那些不光彩的行为肯定是有害的，而且单纯依照成功这个低劣的标准来检验那些商业行为，还有商业场上五花八门的欺诈行为，都是愚蠢的，是不明智的。她还记得——那时她自己的诚实还没有经过考验，因此她还是坚强的——她曾经问他，对于低价买进高价卖出，他是否认为这样的行为不是光明正大的，是不公正的，所谓公正，要和诚信亲密结合起来。她当时用了骑士的品质这个词——父亲对此给予纠正，认为应该用基督徒的品质这个词，因为这个词的内涵更高尚，就这样把辩论继续下去，玛格丽特带着一些轻蔑的情绪默默地坐在一边。

如今，轻蔑感在她心目中消失了——她不再把骑士品质挂在嘴边。从现在起，她留给桑顿先生的印象只能是羞愧的。但他们何时才能再相见呢？只要门铃响起，她的心脏就会像受到惊吓似的怦怦跳起来，但等到心绪归于平静，她又会对每次的失望感到不可名状的郁闷和伤感。毫无疑问，父亲是非常愿意和他相见的，看到他没有来，就觉得很惊讶。而事情是这样的，在他们那天晚上的谈话中，有些观点还没有多谈，两人都意识到，可能的话，在下一个晚上——假如下一个晚上也不行，那最迟在桑顿先生有时间的第一个晚上，——他们将在一起进行充分的讨论。自从上次分手以后，黑尔先生就盼着有机会和桑顿先生再次见面，在他妻子病重的那些日子，他曾暂时停了课，到现在也没复课，所以空闲的时候比较多。回想几天来发生的事情（鲍彻的自杀）让他对自己思考的问题做了更深入的探讨。到了晚上，他还在琢磨着，在那里站也不是，坐也不是，他不断地说："我原本想见到桑顿先生，昨天晚上那个送书的人，他一定带着一封信，却忘记留下了。你觉得今天是不是有人会留下什么话呢？"

"那我去问问，爸爸。"听到父亲把刚才的话用不同的语调讲了一两遍后，玛格丽特说道。"等等，听，有人在拉门铃！"她马上就坐下来，低下头专心干手中的活儿。这时，从楼梯那里传来了脚步声，但只是一个人的，她听得出来是狄克逊，她抬头叹了口气，自己觉得高兴得太早了。

"老爷，那个希金斯来了，他说要见您，或者见黑尔小姐也行。也可以先见黑尔小姐，再见您，老爷，我看他的样子很奇怪。"

"最好让他到这里来，狄克逊。他可以同时见我们两个人，让他选择一下更乐意和谁谈。"

"嗯！那敢情好，老爷。我可以肯定，我可不愿意听他说话。您要是看到他穿的鞋子，我想，您一定会认为在厨房见他更合适。"

"那就让他把鞋擦擦。"黑尔先生说。狄克逊于是怒气冲冲地叫他上楼来。但当他低头犹豫着看看自己的脚时，狄克逊把语气稍微放和缓些。只见他在楼梯最下一级坐下，然后脱掉鞋子，沉默着走上楼来。

"是我，牧师！"他说着走进书房，顺手把头发向后抹了抹，"我光穿袜子就上楼来了，还请她原谅（他指的是玛格丽特），整天在外面跑，外面街上不干净。"

玛格丽特觉得他改变了态度，大概是因为疲劳，看他样子非常平静，言谈举止都显得很克制。看得出来，他觉得有点难为情，想说的话又不好开口。

黑尔先生已经做好准备，见到任何害羞和犹豫不决的言谈举止，他就准备去安抚一下，看到希金斯的样子，他就赶忙要去帮助。

"我们正要在楼上吃茶点，你来得正好，和我们一起喝杯茶，希金斯先生。今天天气很阴，这样的天你还在外面忙，我看你一定是累了。亲爱的玛格丽特，让他们把茶快点准备好，可以吗？”

要是尽快准备好茶点，玛格丽特就要亲自动手，狄克逊看了会不高兴，女主人去世后她的性情就发生了变化，脾气变得暴躁，容易发怒。但马撒像所有和玛格丽特有过接触的人一样——说句到家话，大家都觉得玛格丽特的任何心愿的萌生，都是出于乐趣和一种荣誉感。她那种愉悦乐观的态度，还有她的宽容大度，很快就让狄克逊感到了羞愧。

“我搞不明白，自从我们来到米尔顿后，老爷和您经常请那些低三下四的人到楼上来。赫尔斯通的人一般也就在厨房里接见，没有比厨房更高的地方。以前我跟几个人说过，他们也认为请上楼来那简直就是一种尊荣。”

把自己的想法和一个人说好，还是和两个人说好，希金斯感觉还是和一个人说比较容易。见玛格丽特走了出去，他跟到门边，看门已经关上了，就走回来，来到黑尔先生身边。

“老师，”他说，“我今天在忙什么，您大概是猜不到的，特别是您要是还记得我昨天讲话的态度的话。我今天一直都在找工作。”他说，“我对自己说，别管人家是否愿意，我首先说话得有礼貌。我得咬牙控制自己，不能着急说话。这是为了那个人——您明白的。”说着，还用大拇指指向一个莫名其妙的地方。

“不，我还是不明白，”黑尔先生发现他在等待他表示明白，于是这样回答道，“那个人”到底是谁，他一点也听不明白。

“就是躺在那里的家伙。”他又指了指，说，“那个自己淹死的家伙，可怜的人啊！真没想到，他会那样安静地躺下，就那么让河水把他没过去，直到被河水淹死。我说的就是鲍彻，这您是知道的。”

“唔，现在我明白了。”黑尔先生说，“你刚才说什么来着，你说话别那么急……”

“我说为了他。但又不是为了他，因为他现在在哪，在干什么，他对饥饿寒冷已经没有知觉了。我说的是为了他的女人和那几个孩子。”

“愿上帝降福于你！”听他这么一说，黑尔先生不禁大吃一惊，心想他这是有什么打算了，于是镇定下来，赶紧问道，“你说这话是什么意思？仔细说说看。”

“我都跟您说了。”希金斯见黑尔先生有些激动，他感到惊讶，就说道，“要是为我自己，我才不去找什么工作呢，可是他们给撇下了，我得养活他们哪。我原来是想给鲍彻找个好的结局，没想到却是这样一条路，所以我想我得为此负责。”

黑尔先生握住希金斯的手，就那样紧紧地握着，一句话也没说。希金斯有些不好意思。

“哎，哎，老师！像我们这些男子汉，在这里就叫男子汉吧，没有谁不会这样做的。而且，大家一定做得更好，因为，请您相信，我没有找到工作，一点希望也没有。尽管把汉珀所要的保证放一边——我是不会在那签字的——不会的，就算为了这个，我也不会签字——我一再对汉珀说，如果他需要我，我会比任何人都更出力——但他就是不要我——也不要别的什么人。我就是一个可恶的害群之马——不管我怎么想办法，那些孩子还是要挨饿的。牧师，如果您要帮我一把，情况可能会改变，您愿意吗？”

“让我帮你！怎么帮？让我做什么都行啊，——可是我能帮你干点什么呢？”

“小姐——”玛格丽特已经走进来，她静静地站在一旁听着——“常听说南方的情形，都说那里特别好。我不知道南方有多远，但我也想过，是不是把他们送到那里去，听说那里的粮食很便宜，工钱也高，特别是所有的人，不管是穷人还是富人，不管是厂主还是工人，大家都友好相处。您也许能帮我找个工作。我还不到四十五岁，还有不少力气，老师。”

“可是，你能做点什么呢，朋友？”

“唔，铲铲地我还能行吧……”

“干这种活儿，”玛格丽特走到他跟前说，“只要是你能干的活儿，希金斯，只要你努力去干，每星期挣九先令是没问题的，也许还能挣到十先令呢。至于粮食嘛，价钱和这里差不多，但你可以拥有一片小园子……”

“那孩子们就能在园子里干活儿了。”他说，“我对米尔顿已经厌恶了，米尔顿也同样厌恶我了。”

“话虽这样说，你还是不能去的。”玛格丽特说，“你不会适应的。什么样的天气你都得在外面待着，那样会患风湿病的。像你这样的年龄，你会被劳累拖垮的，再说伙食也和你平时的习惯不一样。”

“在饮食方面我一点也不挑剔。”他好像有些恼火似的说。

“但你只要有工作了，就希望每天都能有肉吃。你要是挣到十个先令，就从里面拿出这笔钱，看看你能把这些孩子养活吗。我必须跟你说明了——因为我跟你那样讲了，所以你才有这样的想法——所以我必须跟你说明白。那种生活非常单调，你受不了的，你不了解那是一种什么状况。它会把你腐蚀了，就像让你生了锈一样。一辈子都生活在那里，就会习惯于泡在那片死水里，那水是静止不动的。他们整天在那炎热的田野里寂寞难挨地劳作——他们不说话，头也不抬，就那样一个姿势。那种艰苦的铲地的活儿，让他们的脑子都迟钝了。在单调的劳作中，他们的想象力丧失了。一天的劳作后，他们也没有兴致聚在一起，哪怕聊聊最无聊、最荒唐的话题。他们就像牲口，一天劳累后拖着疲倦的身体回家，多么可怜啊！他们需要的只有食物和休息，除此之外，他们什么需求都没有。在城市里，你和他人的交往不管是好还是坏——这个我不敢打保票——就像空气一样无处不在；你鼓动他们多与人交往，他们才不听呢。确实是这样，我可以感觉到，和这些贫苦的人生活在一起，你是受不了的。在他们看来是安宁的生活，在你看来就是无法忍受的。我劝你别再想这件事，尼古拉斯。再说，你要把母亲和孩子都送到那里——虽说是件好事——但你却拿不出这笔路费。”

“这些我都想过了。到那里大家只能住一间房子，还有一间屋子的家具卖了，卖的钱能用一阵子。那里的人们也是要养家糊口的——他们或许也有六七个孩子。愿上帝帮助他们！”他说，与其说是玛格丽特的话说服了他，不如说是他自己了解那里的实情，于是，他立刻否定了自己最近的计划（那一天的奔忙和焦虑，让他感觉脑子特别疲劳）。“愿上帝帮助他们！不管是北方还是南方，到哪里都会有烦恼。假如说那里有工作可做，但待遇一定很低，只够糊口。在这里，金钱有的是，但到了别的地方，却连一个先令也没有。这个世界非常混乱，这是我们任何人都无法理解的。这个世界需要有人来理顺头绪，这个人是谁呢，如果一些人说一个样，可我们看见的却不一样呢？”

黑尔先生在忙着切面包，然后把面包抹上黄油。玛格丽特见了觉得这样很好，她发现，现在先不和希金斯说话，如果父亲和希金斯聊起这个话题，即使是用非常平和的态度，在希金斯看来那也是一场辩论，于是就会坚持自己的观点。玛格丽特和父亲谈了一些无关紧要的话题，希金斯在不知不觉中就吃饱了饭，连他自己也没注意是不是在吃。吃完饭，他把椅子从桌子旁挪开，做出一副对他们的谈话很感兴趣的样子，但没有用，他继续陷入迷蒙的忧郁状态中。忽然，玛格丽特说（她在心里已经想了一阵，想说的话一直没说出来）：“希金斯，你去马尔巴勒工厂找工作了吗？”

“是桑顿的厂子吗？”他问道，“是啊，桑顿那我去了。”

“他说什么？”

“像我这样的人是见不到厂主的。监工让我走开，真是活见鬼。”

“我希望你能和桑顿先生见面。”黑尔先生说，“他可能不给你活儿干，但他不会这样说话。”

“要说讲话，我都习以为常了。我不在乎他们说什么。他们撵我走的时候，我没有示弱。那里和别的地方一样，都不要我的，我在意的就是这个事实。”

“但我还是希望你能见桑顿先生。”玛格丽特又说了一遍，“你愿意再试一次吗——我知道，对你来说这有些过分——但你愿意明天再去试试吗？你要是愿意的话，我感到很高兴。”

“我担心没什么用。”黑尔先生声音很低，“最好还是让我来跟他说。”玛格丽特望着希金斯，等待着他的回答。她的目光严肃而温和，有一股不可抗拒的力量。他看着不禁长叹一声。

“这样做对我的自尊心是个伤害。假如为了我自己，我宁可挨饿也不去求人。我宁可揍他一顿，也不愿向他哀求。我更愿意自己被鞭打。您是个非凡的姑娘，我这样的做法，还请你原谅。你的所作所为也是非凡的。我就听您的，明天再去试试。但您不要对他抱有幻想，他的性格强硬，你就是用火烧死他，他也毫不退缩。我去，这是为了您，黑尔小姐，我平生这是第一次向一个女人让步。我的女人和贝西都不能这样支使我。”

“照这样讲，我还得感谢你了。”玛格丽特笑了，“其实我对你还不大相信，但我相信你和大多数男人一样，对女人和女儿总会做出让步。”

“说到桑顿先生，”黑尔先生说，“我有封信要交给你。我想我敢这样说，你看了这封信就能让他和你见面。”

“多谢您，老师，但我宁可自己去见他。我不愿让一个不了解争吵真相的人为我说情。对厂主和工人的干涉不像别的，这和干涉人家夫妻一样。要想把事情做好，就需要智慧，我去门房等着。我一早六点就去等，直到我见到他和他说上话。如果穷人没有包下那里的工作，我宁可去扫大街。你不用抱希望，小姐。从燧石里挤出乳汁，机会有的是。祝你们晚安，谢谢了。”

“你的鞋子我放厨房的炉火旁了，在那里烘干一下。”玛格丽特说。

他转身看了看她，就离开了，边走边用手抹了抹眼睛。

“这个人太自大了！”父亲说，他本来好意想替希金斯去向桑顿先生求情，被希金斯谢绝了，对此他感到有些恼怒。

“他就这样，”玛格丽特说，“但他还是有些男子汉的品德的，他也有自尊。”

“桑顿先生和他在品德上有一致的地方。看他对这种品德是非常尊重的，这很有意思。”

“这些北方人都有倔强的性格，爸爸，是这样吧？”

“但依我看，在可怜的鲍彻身上却没有这样的品质，他的女人也不具备。”

“听他们讲话的口音，我想他们身上有爱尔兰血统。不知道明天会怎样，他会成功吗？如果他跟桑顿先生能像男子汉那样把话说清楚——如果希金斯忘了桑顿先生是厂主，跟他讲话就像跟咱们讲话一样——如果桑顿先生也愿意放下厂主的架子，耐心而宽容地听他讲。”

“你这样讲还算对桑顿先生公道，玛格丽特。”父亲拧了一下她的耳朵。

玛格丽特感到一种莫名其妙的窒息感，以至她无法回答。“啊！”她想着，“如果我是个男人，就能强迫他让他把那种无所谓的态度表现出来，我还要告诉他，我知道自己该给人家这样看待。当我开始认识到他的价值时，就失去了他的友谊，这是非常让人难受的。看他对母亲有多体贴，就算是为了妈妈，我也希望他能来，那时，我就能知道在他眼里，我已经被贬低到什么程度了。”

第十三章　诺言履行了

她于是自尊自大地站起身，
尽管两眼里噙着泪水，
“不管你说什么，不论你如何想，
从我的嘴里，你绝得不出一句话语！”

——苏格兰民谣

对于玛格丽特说谎这件事，桑顿先生是知情的，虽然她一直以为自己此举会让他改变对自己的看法，他还会认为她这样说谎，一定是和她的另一个情人有关。他还记得她和另一个男人在一起时那种亲密热烈的表情，那种亲密程度，不是恋人之间才有，至少也说明关系不一般。他被这个念头刺痛着，不论走到哪里，不论做什么，这一幕总在脑海里浮现。除了这些（一想到这些，他就会咬紧牙关），他还记得事情发生的时间和地点，就是那个傍晚，天色朦胧，而地点离她家很远，那是个不常有人去的地方。他的内心是高尚的，他曾劝自己，他所看到的或许是非常偶然无知的举动，这种举动甚至是无可厚非的，而且她有恋爱的自由，有权享受别人的爱（对于这种权利他有任何理由予以否认吗？当她对他的爱表示拒绝时，她不是已经表明了态度了吗），这时，她就很容易和别人去做更长的散步，去消磨更长的时间。但是她的说谎，说明她已经知道自己做错了什么事情，她要加以隐瞒。这和她平时的举动大相径庭。说句公道话，他还是替她着想的，尽管此时认定她不值得他尊重，那或许是个安慰。痛苦的来源其实就在于他的心里依然爱着她，虽然她有过错，在他的心目中，她还是比任何女人都可爱，比任何女人都出众，但他也想到她爱的是另一个男人，她沉浸在另一个男人的爱恋中，这与她诚实的本性是相违背的。这次撒谎就玷污了她的人格，说明她对另一个男人的爱是多么盲目。那个男人肤色黝黑，身材高大，文雅有气质，长得又帅气，而自己却一副严肃的面孔，虽然身体健壮，但为人粗鲁。他自寻烦恼，嫉妒心发作，把自己弄得内心非常痛苦。他回味着曾经的那种神情和态度。他渴望着那温柔的目光，渴望着能和她在一起的时光，他渴望着把自己的生命交给她。想想自己曾经那么珍惜她保护他，他感到十分可笑。如今他发现当她和她自己真正爱的男人在一起时，她的温柔和迷人的风采都展示了出来。他回味着她曾经的一切，回味着她曾经说过的那些尖酸刻薄的话——“在一群男人中，她可以为其中任何一个人做同样的事情，而且比为他做要更心甘情愿。”当他和那群暴徒发生冲突时，在她看来，他和暴徒的地位是相同的，但那个男人，那个神秘的情人就不同了，就是他占有了那美丽的容颜，独享那动听的话语，他们手臂挽在一起，还有那些谎话。

桑顿先生感到自己内心的痛苦，在他的一生中，还没有像现在这样容易愤怒发火。有人来向他问话，他总是不耐烦地回答，而且简单粗暴，甚至大声吼叫。在这样的折磨中，他的自尊心受到了伤害，而在平时，他对自己一向是十分克制的，他还为此而自豪。当他意识到这一点时，他就尽可能控制自己的态度，让气氛缓和下来，变得平和沉静。但尽管如此，在他内心深处，这件事依然根深蒂固，还在不断地刺激着他，让他感受着痛苦的折磨。在家里，他也一反常态，人变得沉默寡言，到了晚上，一个人总是来回不停地踱步。如果是别人这样做，他母亲看了就会非常气恼，现在看到自己的儿子如此这般，虽然她很心疼他，但也不打算加以宽容。

“你停下来好不好，你坐一会儿好不好？我有话对你说，你快别这么来回走个不停。”

他在靠墙的一把椅子上坐下。

“我想跟你说说贝特西的事。她打算走了，她说他的情人死了，她的精神受到伤害，不能再继续干活了。”

“好啊，咱们可以另外找个厨娘了。”

“这还像个男人说的话。这不仅是厨房的事，她对于家里的所有习惯都熟悉。还有，她还对我说了一件关于黑尔小姐的事情，她不是你的朋友吗？”

“黑尔小姐不是我的朋友，我的朋友是黑尔先生。”

“听你这么说我很高兴，因为如果她是你的朋友，你听了贝特西的话一定会气愤的。”

“您说吧，我听听。”他的态度非常平静，这些日子他一直都保持着这种态度。

“贝特西说，就在那天晚上，她的情人，叫什么名字我忘了，因为她一直都称呼‘他’……”

“是伦纳兹吧。”

“那天晚上伦纳兹最后一次到车站去，那也是最后一次上班，当时黑尔小姐也在车站，她和一个年轻的男士在那里来回散步。贝特西觉得，就是那个男人打了一拳，或者是推搡了一下，伦纳兹的性命就这么没了。”

“伦纳兹不是那么死的，不是被拳打和推搡送掉性命的。”

“你是怎么知道的？”

“我问过医院里的那位外科医生，他说，伦纳兹长期酗酒，身体内长期以来就有病，而酗酒又会加剧病情的恶化，这样看来最后导致他丧命的究竟是长期酗酒还是摔跤这个问题也就有了正确的答案。”

“摔跤！什么摔跤？”

“就是贝特西说的拳击和推搡。”

“这样说来拳击和推搡都是事实啦？”

“可能是吧。”

“那这是谁干的呢？”

“医生认为不用进行验尸调查，所以我也就无法对你讲了。”

“但是黑尔小姐当时也在那里吧？”

一阵沉默。

“听说她是和一个年轻男士在一起？”

依然沉默。最后他说道：“告诉您吧，妈妈，没有进行验尸调查，没有查问，我的意思是说，司法部门没有进行调查。”

“贝特西说伍尔默（这是她认识的一个人，在克兰普顿的一家食品店工作）发誓说，他看见黑尔小姐当时就在车站，和一个年轻的男人来回走着。”

“我看不出这件事和咱们有什么关系。黑尔小姐完全可以按照自己的意愿行事。”

“听你这样讲我很高兴。”桑顿太太亲热地说，“这事跟咱们没关系，那件事过后，跟你就更没关系了。但我对黑尔太太承诺说，一定要教育她女儿，嘱咐她女儿，千万不能走歪门邪道。我对这件事的看法一定是要对她讲的。”

“那天晚上她的行为有什么不妥，我现在还看不出来。”桑顿先生起身来到母亲身边说。他从壁炉旁边转过脸去，目光不在屋里。

“要是范妮在天黑后跑出去，和一个年轻的男士在一个偏僻的地方走来走去，对这样的事，你总不会赞成吧。她母亲还在那里躺着，还没下葬，在这样的时刻她却出去和人散步，这样的举动是否合适，我还没有发言呢。你愿意自己的妹妹这样做，还被食品店的伙计看到吗？”

“还记得我也在一个布店当过伙计，那是不久以前的事了。一个食品店的伙计目击了一件事情的发生，我觉得这个行为的性质不会因此改变的。在黑尔小姐和范妮之间我发现了她们的差别，而且差别非常大。我可以认为那姑娘一定事出有因，她一定有重要的理由，这个理由驱使她在行为上有什么不恰当的地方，她都不会在意。对我来说，范妮如果对什么事情有重要的理由，我是一无所知。人们必须要保护她，我相信黑尔小姐有能力保护自己。”

“你对你妹妹品格的评价真够高的。说实话，约翰，在别人看来，黑尔小姐的举动，应该让你认清事情的真相了。她对你那么大胆、那么看重，你被她所迷惑，向她求婚。她这样做的目的就是要利用你，利用你来对付那个年轻人。她的目的我算是看清楚了。你可能也看出来了，他就是她的情人吧，对这一点你总会同意吧。”

他转身看着他的母亲，他的脸色苍白，看上去非常可怕：“是的，妈妈，我也认为他就是她的情人。”说完，他又转回身，用手托着脸，显出一副非常痛苦的样子。没等母亲说话，他突然又转过身来说：“妈妈，不管他是谁，但可以肯定他就是她的情人，但她也许需要帮助，需要有人给她出出主意，这里面可能有些难处和诱惑，这是我不了解的。我觉得是有原因的。我也不想知道这都是些什么难处和诱惑，但我知道您一向是为我好的，是吧，您对人体贴，您去看看她好吗？争取她的信任，告诉她该怎么办。我觉得一定是出了什么事，如果是让人担惊受怕的事情，她一定非常痛苦。”

“看在上帝的份上，约翰！”听了儿子的话，母亲感到非常吃惊，她对他说，“你说这话是什么意思？你说这话是什么意思？你知道些什么？”

他沉默着没有回答。

“约翰！你必须讲出来，不然的话我决定不了该怎么办。你不能说你所说的这些话去指责她。”

“我不是指责，妈妈！我不会指责她的。”

“唉！刚才那些话你是不能说的，除非你再多说些。这些话吞吞吐吐，它们会把一个女人的名声毁掉的。”

“她的名声！妈妈，您不要……”他转身望着母亲，他的目光是炙热的。他挺直身子，用平静、庄严而又坚决的声音说道，“我说的这些都是实情，我想您是相信我的，我的理由很充足，黑尔小姐一定是遇到了难处，这和情感有关。我对黑尔小姐的品行是了解的，这种情感一定是正当而纯洁的。至于我说的这些的理由是什么，我现在还不想说明。但我不想听到有人指责她，不要暗中诋毁她的名声。她现在需要的，就是一位慈祥的女人的忠告。您对黑尔太太说过您要做这样的女人！”

“没有！”桑顿太太予以否认，“好在我没有说过要对她慈祥、亲切，当时我就感觉到，像黑尔小姐那种性格和气质的人，让我这样做可能难以办到。我只是答应提供建议，提供规劝，我对自己的女儿也会这样的。我对她就像对范妮一样，如果她在天黑后跟一个年轻的男人在一起混。我去说的话，就要根据我所掌握的情况讲，你说的那些‘强有力的理由’对我不会产生影响。只有这样，我才算履行了我的诺言，也算尽了我的责任。”

“她是不会容忍的。”他有些激动地说。

“如果我以她去世的母亲的名义讲话，她还非得容忍不可，”

“好！”他准备离开，说道，“不要再和我说这件事。一想到这些，我就不能忍受。您去和她说说，这总比没人去说要好。唉，那是一种什么样的爱慕的神情啊！”他走进自己的房间，一边从里面把门插上，一边咬着牙继续说道，“想想那个讨厌的谎话，这背后一定有着非常可耻的勾当，一定要掩盖住，我以为她生活在阳光下，不能让它在阳光下暴露。玛格丽特啊，玛格丽特！妈妈，您不要再折磨我了！唉，玛格丽特，难道你真的没爱过我吗？我是粗鲁严酷，但我不会让你为了我而说谎。”

桑顿太太心里非常不快，玛格丽特行为不端，而自己的儿子还要母亲宽容体谅她，一想到这些，她就觉得不痛快。她想以履行义务为借口，“把自己的心里话”全说给她，一想到这里，她就会感到一种乐趣，感到很得意，只是这种乐趣是邪恶的。玛格丽特有着美丽的形象，但在桑顿太太眼里却不屑一顾，她总是报以轻蔑的目光。桑顿太太琢磨了大半夜，她盘算着自己要说的话，在她看来是既公正又严厉的规劝。玛格丽特有着乌黑的美发，她的皮肤光滑滋润，她的眼睛明亮有神，看到这些，桑顿太太会不会少说一句呢。

“黑尔小姐在家吗？”桑顿太太透过窗户已经看到她了。马撒刚回应半句，她已经踏进门厅。

玛格丽特正独自坐在那里，她在给伊蒂丝写信，告诉她有关母亲临终前的许多细节。又一次回想那些难过的时刻，是非常让人伤心的，所以当佣人通报说桑顿太太来时，她赶紧擦掉泪水。

玛格丽特礼貌亲热地接待了桑顿太太，这让桑顿太太内心有些不忍，她带着那一肚子话，要是不讲，那很容易做到，要是说出口，却又有些为难了。玛格丽特的嗓音圆润、稳重，现在甚至比平时更显温和，她待人的态度比平时还要亲切，这是因为她看到桑顿太太这么殷切地来登门探望，这让玛格丽特非常感激。她努力找出一些有意思的话题来聊，她夸奖马撒，因为马撒是桑顿太太介绍来的，接着又说她给伊蒂丝写信要一支希腊小歌曲，她曾经向桑顿小姐介绍过。玛格丽特的礼貌和善待，让桑顿太太感觉非常尴尬，在玫瑰花瓣中，她的大马士革[①]刀锋好像是不适用的。她沉默着，她想打起精神，她想尽些责任。想到最后，她还是借着内心的一种猜疑，努力激励自己行动起来。她怀疑玛格丽特的亲近是故意装出来的，她这是要讨好桑顿先生。她一定是遭遇了情场的失败，现在想要重新回到曾被她拒绝的情人身边，这就是黑尔小姐的心意。可怜的玛格丽特！在这样的猜疑中，或许还有那么一点真实的东西，那就是她很看重一个人的尊敬，担心失去了它，而桑顿太太却是那个人的母亲。对一个前来看望她的人表示善意，这是玛格丽特非常强烈的愿望。桑顿太太起身准备离开，但她又有些犹豫。她清清嗓子说道："黑尔小姐，我曾经答应过你的母亲，我要根据我自己浅薄的判断力，不使你做错事，也不能随心所欲地做事，我有责任提醒你，不管你是否愿意。所以现在我要尽这个责任了（说到这里，她尽量把话讲得婉转些）。"

玛格丽特听了脸上发红，感觉自己就像做错了什么，她眼睛睁得大大的，注视着桑顿太太。她本以为桑顿太太一定会说有关她撒谎的事，——桑顿先生请他母亲来提醒她撒谎会遭到的危险，在坐满人的法庭上被驳斥的危险。他没有亲自来责备她，没有亲自接受她的忏悔，没有获得他对自己重新的好评，想到这些她内心不免有些沮丧，但她依然非常恭敬，愿意以谦和的态度接受人们对她的任何责备。

桑顿太太这样说道："开始我是听我的一个佣人讲的，她说有人看见你那么晚了还和一位先生在奥特伍德车站闲逛，那里离家很远，听了这些我几乎是不信的。但我儿子也这样讲，这也太可惜了。这件事说轻点，也是不够慎重的。过去就有很多年轻女人就是这样把自己的名声给毁掉了……"

玛格丽特的目光透出了怒气，她觉察出了这是一种新的说法，而这种说法就是一种侮辱。如果桑顿太太说到她撒谎，她还能听进去，她会承认这件事，她会承担自己的责任。但现在却是对她的行为进行干涉，毁坏她的名声，桑顿太太并不是当事人，她这样讲是不是有些冒失，这样的问题是不能回答的，一句也不能回答。玛格丽特的抵触情绪是非常明显的，桑顿太太从她的目光中已经感觉出来了，桑顿太太好斗的脾气也因此被激发出来。

"我觉得需要劝告你，这样做是不检点的，是不正当的，我这也是为了你的母亲。这种行为会导致人们贬低你，不尊重你，即使你没有遭到实际的什么损害。"

"为了我的母亲，"玛格丽特哭了，"我能忍受很多，但却不能忍受一切。我相信我的母亲，她决不允许我被人侮辱。"

"侮辱？黑尔小姐！"

---

①叙利亚首都，从前因生产制造兵刃用钢而闻名。这里比喻犀利的话语。

“是的，夫人，”玛格丽特让自己镇定一些说道，“这就是侮辱。我的事您了解多少，怎么这样怀疑我——噢！”说到这她停了一下，用手蒙住脸，“我知道了，一定是桑顿先生告诉您的……”

“不，黑尔小姐，”桑顿太太说，尽管她很好奇，想听听玛格丽特说些什么，但她还是打断玛格丽特的辩解，“打住。桑顿先生什么也没有对我说。你不了解我儿子的秉性，你也不配了解他。他说的就是这些。如果你听好了，年轻的小姐，你就会明白你拒绝的是个什么样的人。他是米尔顿的厂主，他宽容，他待人体贴，但他却被藐视，但就在昨天，他对我说，‘您去看看她，我有充分的理由证明她遇到了困难，是因为感情问题，她需要女人的忠告。’这就是他对我说的话。他只说在二十六日晚上，你曾跟一位先生出现在奥特伍德车站，除了这些，他什么也没说，他没有说你一句不好的话。假如他知道你这样难过的原因，他也只是隐藏在自己心里而没有对我讲。”

玛格丽特还用手蒙着脸，泪水顺着指缝流下来。桑顿太太看了心里稍稍平静了些。

“唉，黑尔小姐。我得承认，有些情况讲明了就排除误解了，比如，那些不算是表面上看不检点的行为。”

玛格丽特还是没有回答她，她在盘算着应该说点什么。她想让桑顿太太改变对自己的看法，但她又做不到，她也不愿为此解释什么。此情此景让桑顿太太有些不耐烦了。

“我很不情愿和一位朋友断交，但是为了范妮，就像我对儿子说的那样，假如范妮做了同样的事，在我们看来就是奇耻大辱，范妮因此会被带上……”

“我没法向您做出解释。”玛格丽特声音很低，“我虽然做错了事，但不像您所想象的那样。我觉得桑顿先生对我的评价要比您宽厚。”玛格丽特强忍住泪水说道，“但我还是认为，夫人，您是想做一件好事。”

“谢谢你了，”桑顿太太把身子挺直，说道，“没想到我的用意还被怀疑。我这是最后一次来干涉。你母亲生前要我这样做时，我还不愿意答应。当我怀疑我儿子爱上你时，我就持反对的态度，我觉得你配不上他。但是后来你在那次闹事时被伤害，还被佣人和工人们议论，我就觉得我再反对我儿子的举动，那就不合适了。顺便说说，我儿子过去一直不愿承认他有这种想法，一直到闹事那天。”玛格丽特感觉心头被刺痛了一样，她长长地吸了口气，但桑顿太太却没有注意，“他来了，你显然又改变了主意。昨天我跟我儿子讲，尽管中间的时间很短，但我觉得你对那另一个情人的情况一定知道一些了吧……”

“您把我看成什么人了，夫人？”玛格丽特高傲地抬起头，用非常轻蔑的口气问道，她的喉咙就像一只天鹅，脖子向外弯曲着，“您不用再说什么了，桑顿太太，我现在没必要为任何事情替自己辩驳。请您允许我离开这个房间。”

玛格丽特就像一位端庄文雅的公主，但她生气了，无声地走出房间。桑顿太太与生俱来有一种幽默感，此时她感觉自己被撂在那里非常尴尬。她只得自行告退，除此之外，她没有任何办法。看到玛格丽特的举动，她还不感到恼怒。对玛格丽特，她不是很喜欢，所以也不致为此生气，而桑顿太太的规劝却让玛格丽特感到非常心痛，正像那位太太所希望的那样，她的气愤竟然使客人没了脾气，这是任何冷漠都达不到的，可见她的话产生了影响。“我的年轻的小姐，”桑顿太太心里暗想，“这样的脾气可不错，如果约翰和你结了婚，他就得看管好了，让你知道自己的身份。但我想谅你现在也不敢急急忙忙地和你的心上人在那样的时间闲逛了。你高傲倔强的天性决定了你不会这样做的。看到一个姑娘被人家议论她就恼火，我很喜欢这样的场景，这说明这个姑娘生性既不轻浮，也不放肆。但这个姑娘，她可能非常放肆，但不轻浮。从这一点说，我还得替她说句公道话。而范妮，她会轻浮，却不会放肆。她没有勇气，可怜的人啊！”

那天上午，桑顿先生过得不像母亲那样惬意。母亲把她想办的事情办完了。而他却很想知道自己当前的处境，他要知道罢工究竟给他造成了多大的伤害，他把资本大部分都用来投资购买新机器，这是不能动的。另外，他还购买了大量的棉花，这是因为手头有一大笔订货单需要应付。因为罢工，这些订货单的工期被耽误了。就是由那些熟练工人来干，要想按时完成也是非常困难的。爱尔兰工人对这样的工作是难以胜任的，他也为此烦恼。眼下正是需要提高效率的时候，他却无奈地要对爱尔兰工人进行培训，因为工作还要指望他们。

对希金斯来说，如果选择这个时间去提出自己的要求，这是很不利的。但他已经对玛格丽特表示过要尽力做好这件事。所以，虽然他内心极不情愿，他的自尊心受着煎熬，他沉浸在郁闷之中，他还是靠在那堵阴冷的围墙上，几个小时过去了，他感到下肢乏力。最后，门突然打开，桑顿先生从里面走了出来。

“我有话跟您说，厂主。”

“我现在没时间，朋友。说实话，现在晚了。”

“唔，厂主，那我可以等您回来。”

桑顿先生沿着街道向前走了一半的路。希金斯叹了口气，看来真是没有办法。希金斯想过，在街上能碰上桑顿先生是他唯一能见到厂主的机会。如果到传达室去拉铃，或者直接到他家找，他肯定会被告知让他去找监工。于是他又站回原处，午餐时间到了，工人们走出院子，他朝着几个认识的人点了点头，招呼一声，没再多说话，他瞪着那些新来的爱尔兰“工贼”。最后，终于等到桑顿先生回来了。

“怎么，你没走。”

“是啊，厂主，我想和您谈谈。”

“那就进来吧。慢点，我们从院子里过去，现在工人们还没回来，院子里也没别的人。我看，他们都在吃饭。”他一边关上传达室的门一边说。

他停下来跟监工讲了几句话，监工对他低声说：“厂主，您可能知道，他就是希金斯，他是工会的一个领导，就是他在赫斯特菲尔德发表讲话的。”

“这个我不了解，”桑顿先生边说，边转身用敏锐的目光望着跟进来的这个人，他知道希金斯，此人蛮横，能闹事。

“来吧。”他的声音比刚才粗鲁了些，“他就是这种人。”他心里暗想着，“扰乱商业，破坏城市，都是这些扰乱人心的家伙干的，就是这些争权夺利、目中无人的家伙干的。”

“唔，朋友！找我有什么事？”一进办公室，桑顿先生就面对着希金斯问道。

“我姓希金斯……”

“我知道。”桑顿先生不等他说完就打断他的话，直截了当地问，“你有什么要求，希金斯先生？我问的是这个。”

“我想工作。”

“工作，你这个人挺好啊，来我这里找工作？鲁莽冒失这些品质你是一点也不缺的，这点很清楚。”

“我和那些比我强的人一样，也有很多冤家对头，也有很多背后说我坏话的人，但我还没听见他们谁说我过分谦虚。”希金斯说。听了桑顿先生的话，希金斯倒没什么反应，但桑顿先生对他的态度，却让他有些激动。

桑顿先生看桌上有封信，是写给他的，就拿起来看了看，等他看完，看希金斯还在那里，就问道：“你还等什么？”

“我在等待您的答复。”

“我不是已经对你说了吗？不要再浪费时间了。”

“您批评我鲁莽冒失，厂主，可是我觉得，当有人礼貌地向我打听一件事，要用‘可以’或‘不可以’来回答，这样才合乎规范。如果您能给我一份工作，我会非常感激您的。汉珀会证明我是个好工人。”

“要我说呀，你最好不要让我找汉珀要推荐书，朋友。那时，我听到的话可能对你是不利的。”

“我愿意冒这个险。我知道，他们会说我做了我认为最好的事，我甚至因此受了伤害。”

“那你就到他们那里去试试吧，看看他们是否能给你找份工作。我这里已经有一百多人被解雇了，他们都是最好的员工，解雇他们的原因就是他们跟随你，还有像你这样的人。你想想，我会给你工作吗？我还不如在废棉堆里放把火。”

希金斯转身走了。此时他想起了鲍彻，于是他转过身来想做出最大的让步。

“我向您保证，厂主，只要您对我们公正的话，我绝不会说一句造成损害的话。我还能做出更多的承诺：我可以承诺，假如我发现您有做的不妥的地方，办事不公正，我会先和您私下谈，就是事先警告，我会做得很公平。如果您和我不能达成一致的意见，您可以提前一个小时告诉我，把我解雇。”

“好嘛，你真是自高自大呀！汉珀失去你真是一大损失。他怎么会把你和你的聪明才智给抛掉呢？”

“唔，我们是互相都不满意对方，就这样分手了。他们要求做出那项保证，我反对。他们是不会要我了，所以我才另外找工作，就像我前面说的，我可能不该这样说，我的确是个好工人，厂主，我还是个非常可靠的人，特别是当我不喝酒的时候。这一点以前可能没做到，但现在我一定会做到。”

“你要是为了存更多的钱，那就再来一次罢工吗？”

“不是的！如果我能这样做，那真是太感谢了。我是为了一个工人的寡妇和孩子着想，我要养活他们。那个工人被你们那些代替罢工工人的工贼给逼疯了。就是一个什么也不懂的帕迪①把他的工作丢了。”

“唔，是这样。如果你有这样的好心眼儿，还是去找个别的工作，最好不要在米尔顿找，因为你在这里太出名了。”

“如果是夏天，”希金斯说，“我就去干帕迪的活儿，可以当个挖土工，我还可以翻晒干草，别的也行，我是再也不愿看到米尔顿了。但现在是冬天，孩子们是要挨饿的。”

“你还挺自信，真以为自己可以成为一个出色的挖土工！嗨，要是你来挖土，还不如一个爱尔兰人半天干的活儿。”

“我可以干十二个小时，如果在工作时间里我只完成半天的工作量，那就只拿半日工钱。假如您担心我给您惹祸，那除了工厂外，您看哪里还有地方能让我试试？我是为了那些孩子，不管给我多少工钱，我都愿意接受。”

“要是那样的话，你知道你会成为什么样的人吗？你会成为一个工贼。你拿到的工钱就比别人少——一切都是为了另一个工人的孩子。想过吗？你会对一个可怜的人

---

①帕迪：爱尔兰人的绰号，因为爱尔兰人的守护神圣帕特里克的昵称是“帕迪”。

发出怎样的骂声，如果他为了养活自己的孩子，什么活儿都可以干。你和你的工会就会立刻恼怒起来，不行！不行！想想过去你对待代替罢工工人干活的那些人的方式，我对你也会说‘不行！’我没有工作给你。这不是说我不相信你找工作的理由，我对此也不知情。你说的也许是真的，也许不是。但总感觉不大让人相信。我要走了，这里没有你干的活儿，这就是我给你的答复。”

“我听明白了，厂主。如果不是有人建议我来找您，我还真不愿来呢。那个人觉得您心地善良宽厚，其实她错了，也是我轻信了她的话。但我还不是第一个轻信了女人话的人。”

“告诉她以后少管闲事，不要再浪费你和我的时间。我认为这世界上一切祸患的根源就是女人。你走吧。”

“谢谢您的好意，厂主，您和我这么客气地说再会我很感激。”

桑顿先生没有答话，他对此非常不屑，但仅仅一分钟后，他隔窗望见那个走出去的人身体瘦弱弯曲的样子，不仅有些心动，那沉重的脚步，和他讲话时果断坚决的口气形成了一种奇怪的对比。于是他来到传达室。

“那个要和我见面的家伙在这里等了多长时间？”

“他是八点以前到的，一直在大门外等着，厂主。”

“现在是——？”

“刚一点，厂主。”

“他等了五个小时，”桑顿先生若有所思，“一个人居然在这么长的时间里什么也不干，先是满怀希望，到后来又发愁，也够有耐心的。”

第十四章　结为朋友

不啊，我曾经尽力，你不再要我。
我很高兴，衷心高兴，
因为我可以如此全然地抽身离去。

——德雷顿[①]

离开桑顿太太后，玛格丽特回到自己的房间，她关上门，像往常遇到烦心事时常做的那样在屋里来回走着。这所房子很单薄，一有响动，声音就很容易传到另一间房间，想到这，玛格丽特坐了下来，直到听到桑顿太太稳步离开屋子。玛格丽特努力回忆着刚才她们之间谈话的内容，认真地回味着每一句话，最后，她起身，用沉闷的语调对自己说："她的话不会触动我的，它们奈何不得我，我是清白无辜的，我没有错，她所指责我的所有动机都是不成立的。但想一想，会有哪个女人竟然如此轻信另一个女人的这些动机，这是非常难受的事情。这种滋味真是既难受又让人心痛。自己真的做错的事，她倒没有做出指责，这说明她还不知情。看得出来，他没有对她讲，我应该相信他是不会讲的。"

在这件事情中，桑顿先生对她是非常关照的，想到这，玛格丽特不禁抬起头，感到很得意。接着，又一个念头涌上心头，她的两只手紧紧地握在一起。

"他准是把可怜的弗雷德里克当成我的情人了。"（想到这里，玛格丽特感觉自己的脸红了）"现在我明白了，他不光知道我撒谎，还认为另外有人喜欢我，而且我……哎呀！哎呀！我该怎么办呢？我这是怎么啦？因为我没有讲实话，他就对我失

---

①德雷顿：英国诗人，诗文引自他的诗歌《既然没有援助，来，让我们接个吻，分手吧》。

去好感，除此之外，他对我的看法是什么，自己何必在意呢？我不明白，但我很难受！啊，过去的一年真是太不幸了！我刚告别童年就进入了老年。青春和少年对我来说是不存在的，对我来说，一个少女的期待，也已经一去不复返，因为我是不会结婚的。我期待的就是烦恼和痛苦，好像我生来就是个老女人，老女人都是胆怯的，我就是这样。不断地要求我坚强起来，我对此已经厌倦了。为了爸爸我可以打起精神，这是我的本分，是我对父亲的孝顺。我想我能够打起精神的，起码对桑顿太太的不公正和没礼貌的猜疑表示我的愤恨。但一想到他一定会误解我，就觉得非常难受。我不清楚到底发生了什么，让自己显得这么病态？我只是意识到已经不能控制自己。感觉自己随时都会垮掉。但是不能，我决不能。"玛格丽特努力站起来，说，"我不能去考虑自己的处境，我也不去考虑自己的心情。这都没什么必要了。想到将来，当我步入老年时代，我可以在炉火旁坐下，看着炉火一直到熄灭，那时，就会看到我本来会有的那种生活。"

这时，玛格丽特急忙把衣服穿戴好，她准备出门一趟，此时，她的眼睛里还是湿润的，眼泪总要夺眶而出，她总要用手急急地去擦拭一下。

"可能狠毒的女人都会这样做的，她们也会犯错，但发现后，为时已晚。那天我对他说话非常傲慢无礼，但当时自己却没有察觉。后来才渐渐感觉到，但也不知道是什么时刻发现的。到了今天这地步，我不能后退。意识到这些是很痛苦的，但是按照过去的样子对待他，我也是很难做到的，但我必须要淡定，不能多言。当然，也可能不会再见到他了，看来他也在有意躲着我，这就比什么都糟。但关于我的事情他一旦相信了，就难免要躲着我了。"

玛格丽特走出家门，快步向前走，想用这样的办法换换脑子。

等她回来时，刚踏上台阶，就见父亲已经从里面迎了出来。

"我的好孩子！"他说，"你去鲍彻太太家了。如果午餐时有空儿的话，我本来也要去的。"

"爸爸，我没去。"玛格丽特红着脸说，"我根本就没想到她，但午餐后我立刻就去，您吃过午餐休息会儿我就去。"

玛格丽特去鲍彻太太家，发现她果然病了，而且病得很重，不是哪里有点不舒服。那位热心肠的邻居正在帮助做这里的家务。几个孩子到邻居家去了。午餐时间，玛丽·希金斯过来照料那三个最小的孩子。那时，尼古拉斯已经去找医生了，但到现在还没回来。鲍彻太太快要死了，似乎除了等待，再也无计可施。玛格丽特很想知道尼古拉斯的意见，看来只有去找希金斯父女了，因为除此之外，她也不知如何是好。或许还能知道，尼古拉斯从桑顿先生那里是否找到了工作。

玛格丽特看到了那三个孩子，他们和尼古拉斯在一起，一点也不紧张。只见尼古拉斯正拿着一枚便士在食具柜上旋转，用这样的游戏逗孩子们玩儿。他也和孩子们一起笑着，看那枚便士旋转了很长时间。看着他和孩子们游戏时开心的样子，玛格丽特觉得这是个好兆头。等那枚便士停下来，小宝宝约翰哭了。

“到我这来吧。”玛格丽特边说，边上前把小约翰从食具柜上抱起，把他搂在怀里。她一面把自己的表放到他的耳边，一面问尼古拉斯是否找到桑顿先生。

他听了脸色骤然大变。

“见到了！”他说，“我见到他了，而且听他说了很多。”

“就是说他拒绝你啦？”玛格丽特非常伤心。

“是的。我早就料到他会这样的。别指望从厂主那里得到施舍，这没什么好处。你是个陌生人，你从外地来，对于他们的作风你们是不了解的，但我知道。”

“对不起，是我叫你去的。他很不高兴吗？他对你讲话也像汉珀那样吗？”

“他不太客气！”尼古拉斯边说边重新拿起便士，一方面为了给孩子们游戏，也为了给自己消遣，那枚便士在桌上又转了起来。

“你别多想，我没事的，我还是老样子。我准备明天再出去走走。当时我也对他不客气，我对他说了，我对他没有什么好感，却两次去找他。你既然劝我去，我还是很感激的。”

“你对他说是我叫你去的吗？”

“我忘了是否提过你，可能没有吧，但我说了，有个明事理的女人劝我来的，看看他是不是还有几分厚道。”

“他说什么？”玛格丽特问。

“他让我告诉你少管闲事。看，孩子们，这次旋转的时间最长了。——和他对我说的话相比，这算很客气的了。但这没什么，我们还和过去一样。我就是去砸石头，也不会让这些孩子挨饿。”

小约翰在玛格丽特怀里挣扎，她把他重新放回食具柜他刚才待的地方。

“非常抱歉，我不该让你去桑顿先生那里。对他我非常失望。”

就在这时，从她身后传来一个声音，声音很微弱，玛格丽特和尼古拉斯同时转身看去，只见桑顿先生就站在面前，一脸的惊诧表情。玛格丽特见了有些惊慌，但她没有开口，就从他面前走出屋子，她感到自己脸色一定是苍白的，于是她深鞠一躬，借以遮掩自己的脸色。桑顿先生也深鞠躬还礼，随后就在她身后把门关上。在她急忙赶到鲍彻太太家时，她听见了重重的关门声，这使她的内心感到了更大的伤害。看到她也在那里，他也感到非常烦恼。在他内心深处也有温柔的一面，也有

"宽厚的地方"，但就像希金斯所说，他过于自尊自大，不肯表露出自己温柔和宽厚的一面，总是将它们深藏起来，并刻意提防绝不显露出来。虽然他担心自己温柔宽厚的一面显露出来，他还是希望人们能认识到他的为人公正的一面。他意识到一个人谦恭而耐心地等了他五个小时，想要和他见面谈一谈，他却表示出了轻蔑，这是非常不公正的。如果说此人对他讲话很粗鲁，这在桑顿先生看来倒没什么。从这个角度看，他反倒喜欢尼古拉斯。他意识到当时自己也在气头上，这就使得他们互不相让。给桑顿先生留下深刻印象的是他等候了整整五个小时。他自己就拿不出五个小时来，但他倒是用了一两个小时的工夫，既是体力也是脑力劳动，他搜集了一些证据，以证明希金斯所说的话的可靠性，还有就是他的性格和平常的生活习惯等。尽管他不愿相信，但对希金斯所说的话，他还是不得不深信那些都是实话。这种想法就像一种符咒深入他的内心，把他深藏的柔软的心绪激活起来。他感到了这个人不仅有耐心，而且透过耐心他还发现了他的朴实和慷慨，知道了这些的动机（他已经知道了鲍彻和希金斯之间的争吵），这使他将单纯去主持公道的理由放到了一边，而表现了一种更高尚的品德。他现在是特意前来，他愿意给他一份工作。他看到玛格丽特也在这里，这比听到她最后的那番话更烦恼，此刻他很清楚，就是她让希金斯去找他，他总是担心自己会想起她，担心自己这么做就是因为她的缘故。他觉得自己这样做，完全是出于正当的考虑。

"你说的就是那位小姐啦？"他带着一股怒气对希金斯说，"你本来可以告诉我实情的。"

"要是那样的话，您可能就会说话客气多了。您有位母亲，当您说到女人就是一切祸害的根源时，您的母亲就能制止你的。"

"你把这话也对黑尔小姐说啦？"

"我当然要对她讲了，我记得我是说了。我对她说了，不要再妨碍您的事情。"

"这都是谁的孩子，是你的吗？"桑顿先生根据他了解到的情况，理应知道这些孩子是谁的，但他感到这个开端令人失望，所以还是想立刻转移话题。

"不是我的，但又是我的。"

"今天早晨你对我说的就是这些孩子？"

"您当时这样讲，"希金斯转过身，用毫不掩饰的口气说，"我说的也许是真话，也许不是，但听了那些话总不大相信。厂主，您的这些话我还记得。"

桑顿先生没再说话，沉默了片刻，才说道："这些话我也没有忘记。当时我说的什么我都记得。我跟你讲到这些孩子时，我的口气显得此事与我无关，因为那时我还不大相信你的话，我自己就不会去关照别人家的孩子，如果那个人待我就像鲍彻对待你那样。但我现在相信了，你说的都是实话，在这里我请你原谅。”

希金斯没有转身，也没有对这句话立刻做出什么反应。但当他再开口时，虽然还是非常粗鲁，但语气比过去已经变得温和多了。

“我和鲍彻之间发生的事情您无权打听。他已经死了，这让我很难过。这就足够了。”

“原来是这样。你愿意到我那里去工作吗？我就是为这件事来找你的。”

“您说过我这个人鲁莽冒失，还说我是个骗子，爱挑拨是非。您讲的有些是实情，我确实爱喝个酒。我也说过你这个人太霸道，还说您是个老叭喇狗，是个冷酷无情的厂主。事情就是这样的。但为了这些孩子，厂主，您觉得咱们还能相处吗？”

“噢！”桑顿先生笑了，“我们还是要一起共事，这可不是我的建议。从你的话看，我感觉非常欣慰的是，咱们两人再看对方时，不会再互相敌视了。”

“这倒是真话。”希金斯沉思着说，“当初我见到您时，我就有个想法，我觉得您没雇用我，这是非常幸运的事，因为我还没见过谁能比您更让我不能容忍了。但这个决定也许做得太匆忙，对我来说工作就是工作。所以，厂主，我会去的，另外，我还要向您表示感谢。这是我提出的一笔交易。”他的语气非常坦诚，说着转身面对着桑顿先生。

“这笔交易也是我提出的。”桑顿先生用力握住希金斯的手说，“现在你听好了，按时来上班吧。”说到这，桑顿先生的口气变了，开始以厂主的口气说话了，“在我的厂里，容不得偷懒的人。我们会严格执行罚款制度，如果我发现你挑拨事端，你就马上走人，现在你明白自己的处境了吧。”

“今天早晨您说过我的聪明智慧，我想我能把它们也用上的，当然了，您可能希望我没有脑子？”

“别把脑子用在干涉我的事情上，如果你有脑子，就用脑子管好你自己的事情。”

“要是那样的话，我需要用不少脑子来做决定，我的事情在哪里结束，您的事情从哪里开始。”

“你要干的事情还没开始呢，至于我的事情，我看还在那停着呢。我们就说到这里吧，再见。”

桑顿先生就要走到门口时，只见玛格丽特正从里面出来。她没有看到他。他跟在她的身后，一边走一边欣赏着她的身姿，轻快从容的脚步，颀长、优美的身段，但很快，这种欣赏的愉悦感就被一种嫉妒心占据了。他很想上前和她说些什么，也不知她会怎样回应他，因为现在她一定知道这件事，就是他已经清楚她另外还有一个情人。他还希望（但一想到这个行为他就感到有些担忧）她能知道，他已经说了她提议希金斯到他那里找工作是明智的选择，而且他对自己先前的决定已经表示改正了。他快步走到她的跟前，她发现后有些惊讶。

“请允许我说，黑尔小姐，你刚才表示失望为时尚早，我已经答应希金斯到我那里工作了。”

“我听了很高兴。”她的语气有些冷淡。

“他对我说了，我今天早晨说的话，他都告诉你了，就是……”桑顿先生犹豫了一下，玛格丽特接过话来说：“就是女人不要妨碍。你当然有权表达你的意见，我一点也不怀疑，你的意见是对的。但是，”过了片刻，她继续说道，“希金斯对你还没有讲出所有的实话。”她说到“实话”这个词，马上就联想到自己的谎话，于是立刻把话停住，有一种很不自然的感觉。

看到玛格丽特沉默不语了，桑顿先生开始还有些不解，但他马上想起她所说的谎话，还有过去的事情，“实话！”他说，“有几个人会讲实话。对实话我已经不抱什么希望了。黑尔小姐，有什么要向我解释的吗？你应该看出我也会有想法的。”

玛格丽特不再出声，她在琢磨着，能不能找到一种解释，让自己对弗雷德里克的忠诚不发生矛盾。

“不，”他说，“我不再问了。我这样做不好，就像在让你做出你不情愿的事情。现在，请你相信，我会帮助你保守这个秘密的。但我还要说，你这样做太不慎重，是冒险行为。现在我是以你父亲朋友的身份和你说话。如果我过去有过什么想法和希望，现在都结束了。我现在非常超脱。”

“我明白，”玛格丽特努力用一种冷漠又无所谓的态度说，“我知道你肯定对我有看法，但这是别人的秘密，我现在不能做出解释，我不能伤害到他。”

“我一点也不想打听那是谁，有什么秘密。”他生气地说，“我对你的关心只是出于一个朋友的情分，对我你可以不相信，黑尔小姐，但事实就是这样，有一个时期我让你很为难，但那已经过去了，我的话你相信吗，黑尔小姐？”

“那当然。”玛格丽特的语气虽然平静了些，但还是带着一些伤感。

“要是这样，说实话，我看不出我们还有什么理由一起前行了。我原来以为你可能还有什么话要说，但现在看来我们都算不了什么。请你相信，我的那些愚蠢的热情都结束了，我们就此再见吧。”说完他就急忙离开了。

“他这是怎么啦？”玛格丽特陷入沉思，“他到底想说什么，就好像我一直盼着他能爱我，而我却知道这不可能。他母亲一定对他说了什么话，关于我的坏话。但我对此并不在意。我会掌控自己，会控制住那些既莫名其妙又让人痛苦的感情。为了重新获得他的好感，差点把弗雷德里克泄露出来。此人特意来告诉我，在他眼里我不算什么，但我却要赢得他的好感。来吧，可怜的软弱的心，快乐起来吧。假如被别人抛弃，让我们变得孤零零的，那么我们彼此就相依为命吧。”

整个上午玛格丽特都沉浸在快乐中，这让父亲都大为吃惊。只见她在不停地讲话，兴致之高真是前所未有。听她的话里带着许多尖酸刻薄的语气，说到从前哈利街的那帮人，她的语气明显带有挖苦讽刺的味道，听着这些，父亲也不忍心去打断，他像往常一样，希望女儿能摆脱烦恼。想起那天晚上，玛丽·希金斯来访，玛格丽特被叫下楼去和她讲话。等她重新回到楼上时，黑尔先生发现她的脸上已经挂着泪痕。但现在不是这样，因为听她说希金斯在桑顿先生那里找到了工作。她的情绪变得非常沮丧，继续那样讲话是很困难的，特别是过去那种亲热的方式。已经好几天了，她的情绪总是在莫名其妙地改变着。父亲开始还密切地关注着这种变化，就在这时，传来了一些消息，他又希望女儿的生活能有所改变。黑尔先生收到一封信，是贝尔先生寄来的，信中说他要来看望他们。贝尔先生是黑尔先生在牛津的老朋友了，想到老友要来访，或许能给玛格丽特的思想一些影响，帮助她有所转变。对父亲高兴的事情，玛格丽特总是尽力去满足，但对贝尔先生，即使他代表了二十位教父，她也不在意。伊蒂丝也来了一封信，信中表示了对姨母去世的哀悼之情，玛格丽特看了感到内心有些振作。信中还说了一些关于她自己以及丈夫和孩子的情况，信的结尾说，因为婴儿对当地的气候不适应，肖太太一直都想回英国来，所以她觉得伦诺克斯上尉可能会退役，那样的话，他们就都可以到哈利街的老宅子里住，但如果没有玛格丽特在，还是会感觉不太完美。对那老宅子，玛格丽特也是心存怀念，那里的生活虽然单调而平静，但却井井有条。对那里的生活，她也曾感到有些单调乏味以致厌倦，但从那以后她一直遭受打击，就说这次内心的争斗就让自己疲于奔命，所以，现在她甚至有种新的想法，就是在那里沉闷地待着，也是一种休息的方式，也会借此让身体得到恢复。于是她盼望着伦诺克斯夫妇回到英国后，她要去探望他们，花上比较长的时间，当然，对这一点不是当成希望，而只当作一种消遣，在这样的氛围中，她会重新把握住自己。在玛格丽特看来，眼下所有的问题都和桑顿先生有关，无论她怎么努力也不能把他从脑子里抹去。如果她去希金斯家看看，她在那里也听说过他。她的父亲已经能和他一起阅读，所以非常重视他的意见。就连贝尔先生将要来访这件事，也要和他商量，因为他是贝尔先生的租户。他来信说，他觉得有必要和桑顿先生见面，他们正在起草一份新的租约，租约的条款需要商议一下。

第十五章　不和谐的音调

我无过失，也无权利，
无所取于我，我也无所有，
言及悲痛，我竟不能如此：当另一个人或许会高兴地眼看我，
被伤心事弄得满脸忧愁。

——怀亚特[①]

对于贝尔先生来访这件事，玛格丽特并没有指望会给自己带来什么好处，她考虑的只是父亲的感受，但教父来了后，她依然给予了友善的迎接。在教父眼里，她是个很好的姑娘。玛格丽特之所以能给人留下非常好的印象，其实并不完全来自自身的因素，她能很快赢得教父的好评，完全是因为在她身上焕发出一种遗传的力量。听到教父的夸奖，她也对教父加以赞美，说他身上穿戴着大学评议员的长袍和帽子，显得非常年轻，非常有精神。

“我是说您的和蔼热忱的态度使您显得格外年轻有活力。但我还要说，我觉得您的看法一定是长期以来我所遇到的最最腐朽的了。”

“黑尔，听你女儿这是什么话，在米尔顿这个地方她彻底变坏了，她成了一个民主主义者，成了一个赤色的共和主义者，成了和平协会会员，成了社会主义者……”

“爸爸，我这也是出于对商业发展的支持。但贝尔先生却希望它停滞下来，回到用兽皮交换橡树子的时代。”

“不，不。我要去刨地种土豆，我还要修剪野兽的皮，用绒毛织细毛呢。你不用

①怀亚特：英国诗人，诗文引自其诗篇《你给予我的答复，亲爱的》。

夸张，小姐。其实，这样忙乱的生活我也厌倦了。想发财致富的人，都曾从别人的身上踩过。”

“在大学里有一套自己的房间，在那里舒舒服服的，不用自己出力，却享有不断增多的财富，这样的好事不是每个人都能得到的。如果不用操心费力，就能得到日益增多的财富，那么很多人都会对此感激不尽的，在这方面是没有任何疑问的。”黑尔先生说。

“我想他们不会这样。他们喜欢每天忙忙碌碌，喜欢在生活中挣扎，所谓坐在那里待着，从过往中学习，或者借助预言家的精神，踏实地工作，制定出未来——呸！在米尔顿会有这样一个人，他知道如何怎么安静地坐着发财，这简直是一门了不起的艺术，可是对这些我一点也不相信。”

“依我看，米尔顿人觉得牛津人不懂得怎样行动，如果他们能稍微互相借鉴一下，可能会有一个好结果。”

“对米尔顿人来说可能会有好处。有许多事情在别的地方是不合适的，但对米尔顿却是件好事。”

“您不也是米尔顿人吗？”玛格丽特问道，“我原来还以为您会为家乡城市而骄傲呢。”

“我得承认，我还真没看出米尔顿有什么地方值得骄傲。如果你能去牛津，玛格丽特嘛，我会带你去看一个值得夸耀的地方。”

“唔！”黑尔先生说，“今天晚上，桑顿先生将和我们一起喝茶，他对米尔顿感到骄傲，在这一点上，就像你为牛津骄傲一样。你们两人都要让彼此的心地稍微放宽些。”

“我可不想把心地放宽，谢谢你了。”贝尔先生说。

“是桑顿先生要来喝茶吗，爸爸？”玛格丽特问道，她的声音很低。

“可能来吧，但也许要晚一点。他没有说准，他让我们不要特意等他。”

桑顿先生已经想好了，他不准备去问他母亲，有关母亲和玛格丽特谈话的事，谈话涉及玛格丽特行为不检点，等等，这些进行到了什么程度，他不准备过问了。他能肯定，如果她们见了面，那么母亲对此事的叙述，他听了只会给自己增加烦恼。他能意识到，这件事经过她的头脑过滤后就会被染上色彩。他感到畏缩，他害怕别人说到玛格丽特的名字。他责怪她，他嫉妒她，甚至他都放弃了她，但他内心依然会爱她。他在梦中见到她，她伸开双臂蹦蹦跳跳地向他跑来，她神情快乐，体态轻盈，他虽然怨恨着她，但又被她所迷惑。但玛格丽特在他心目中的印象，已经没有了个性，好像有个魔鬼附着在她的身体上，就这样深深地铭刻在他的脑海里，等到他从梦中醒来时，他觉得几乎不能把尤纳和杜萨分开了。对后者的厌恶，似乎将前者笼罩了，以致前者的形象被损坏。但他又非常自尊，不愿因为努力忘却她而显露出自己软弱的一面。他不想再和她见面，但如果有这样的机会，他也不回避。为了证明自己有这样的自制力，这天下午他尽量把公务处理得很慢、很慎重，以致来到黑尔先生家时，已经是晚上八点多了。他和贝尔先生在书房里商谈和办理了一些公务，贝尔先生坐在壁炉旁，谈完公务又待了很久，他们都感到了厌倦，他们本可以上楼，但桑顿先生不愿再换地方。他焦躁恼怒，在他看来贝尔先生过于啰唆乏味，贝尔先生也在暗中回敬了他，认为桑顿先生是他所见过最粗鲁无礼的家伙，无论在智力上还是情感上都表现得非常恶劣。这时，楼上传来轻微的响动，他们决定到楼上去。玛格丽特正把一封信放在面前，她正和父亲谈论着信中的内容。看两位客人进来，那封信立刻被放到一边去，但桑顿先生非常敏感，他还是听到了黑尔先生对贝尔先生说的几句话。

“是亨利·伦诺克斯的来信，玛格丽特看了觉得有希望了。”

贝尔先生点点头。桑顿先生望着玛格丽特，她的脸红了，就像一朵玫瑰花。见此情景，他很想立刻走开，再也不到这里来。

“刚才我们还在考虑，”黑尔先生说，“你和桑顿先生大概接受了玛格丽特的建议，谁都想让对方改变看法，因为你们在书房里待的时间够长的。”

“你以为我们会变吗？变得一点也不剩，只剩下一个意见，就像基尔肯尼猫的尾巴。你说说看，谁的意见最有存活力？”

桑顿先生听不出他们在谈些什么，也没心思去问。黑尔先生很有礼貌地对他说：“桑顿先生，今天上午我们还在批评贝尔先生，指责他对自己家乡城市的看法，那是中古时代牛津人的一种固执看法。玛格丽特也是这样想的，我们建议米尔顿的厂主们有些交往，这样会有好处的。”

“请原谅，玛格丽特是建议跟牛津人建立来往，这对米尔顿的厂主们有益。是这样吧，玛格丽特？”

“我是这样认为的，彼此多些沟通，这对双方都有益，这不仅仅是我个人的意见，也是我父亲的意见。”

“你看，桑顿先生，我们在楼下时就应该都做些调整，不该谈论史密斯家和哈里森家，这些家族已经消失了。但现在，我愿意做我该做的。我不了解你们米尔顿人的生活，你们的主要精力好像都用在收集生活资料上了。”

“你说的生活就是享受生活的乐趣吧。”

“是的，就是享受生活的乐趣，我没有做详细的说明，因为我们是有共识的，我们都认为单纯的享乐是非常低俗的。”

“我倒是很想确定一下享乐的性质。”

“嘿！享乐，金钱和权势都能带来享受。你们努力搞钱，要这么多钱干什么？”

桑顿先生沉默着一阵才说：“这我倒不知道，但我追求的并不是金钱。”

“那是什么呢？”

“这是个非常重要的问题。我应当接受这样一次严格的盘问，但我还不能肯定自己是否做好了准备。”

“不要这么讲！”黑尔先生说，“我们虽说是询问，但不针对个人。你们都不是代表人物，就这方面说，你们做得都非常独特。”

“这是否是一句恭维话我可拿不准。我倒是愿意为牛津做代表，牛津代表了优美，牛津代表了学识，牛津有着古老而骄傲的历史。你觉得怎样，玛格丽特，是不是该奉承我一下？”

“我不了解牛津，但作为一个城市的代表和一个城市居民的代表，这两者之间还是有区别的。”

“说得很对，玛格丽特小姐。我想起来了，今天早晨你对我表示反对的意见，完全站在米尔顿人的一边，比较喜欢制造业。”就在这时，玛格丽特敏锐地发觉桑顿先生正迅速地向她瞥了一眼，那眼神显得很吃惊。贝尔先生说的这番话在他那里会有什么反应，她对此感到很烦恼。只听贝尔先生继续说道：“啊！我很想带你们去我们的大街上走走，再看看拉德克利夫广场。我们的学院就不要说了，就像我允许桑顿先生讲述米尔顿的魅力时不讲他的工厂一样。我有权责骂我的出生地。大家记住，我是米尔顿人。”

对贝尔先生所说的话，桑顿先生感到有些烦恼，尽管这是没必要的。他当时的心情很不适合开玩笑。如果换个环境，听贝尔先生对一个城市略带急躁的批评，他可能还会表示欣赏，因为那个城市的生活跟贝尔先生的种种习惯反差太大。但现在，他却非常恼怒，以致要为别人并不想提出批评的东西做一番辩解。

“在我看来，米尔顿称不上一座模范城市。”

“你指的是建筑方面？”贝尔先生问道，语气显得有些狡黠。

“是的！我们都很忙，没工夫光看外表。”

“不要只说外表。”黑尔先生语气平和地说，“从我们的童年开始，我们每天的生活都会留下深刻的记忆。”

“稍等，”桑顿先生说，“请记住一点，我们和希腊人不是同一种族。希腊人认为美是一切的代表，贝尔先生可以跟他们说说怎样享受休闲和宁静，那种生活多数属于感官享受。我这样说并不是轻视他们，这就像我并不想模仿他们。但我属于条顿族，在英格兰这一带并不和其他种族相混合。我们不仅保留了很多他们的语言，而且更多地保留了他们的精神，对生活，我们不是去享乐，而是有所作为，有所追求。我们的荣耀和美，都来自内心的力量。这种力量非常强大，我们依靠它战胜了物质的抵抗，战胜了很多的困难。在达克郡，我们是以另一种生活方式生存的条顿族。我们憎恶别人从远处为我们制定法律。我们希望自己管理自己，不需要他们用并不完善的立法来干涉我们的生活。我们要求自治，我们反对中央集权。”

“就是说，你是要求回到七国时代。但我现在有个表示，我要收回今天上午我说的话，我说你们米尔顿人不尊重历史，其实你们是雷神的真正崇拜者。”

“如果我们不像你们在牛津那样尊重历史，那是因为我们认为关注现实更重要。研究历史可以帮助我们认识未来，这是非常有益的。但在新事务的探索中，如果能利用已有的经验加以引导，这样就能对我们产生指导意义。在这些事务中总是充满了各种困难，而未来的成功就取决于我们应对困难战胜困难的方式，这不只是把困难推向一边。过去的经验帮助我们赢得了今天，但是人们需要注意的是，每当谈到乌托邦，那比布置明天的任务容易多了，但等到别人都完成了任务时，他们又会大声叫喊，‘哎呀，真是丢人’！”

“你说的是什么，我怎么就听不懂呢。你们米尔顿人愿意屈尊把现在的困难拿到牛津去吗？你们还没有试过我们呢。”

听了这话，桑顿先生立刻大笑起来：“我想我要说的是最近的一件买卖。我想起了几次大罢工，对那几次罢工我一直认为是非常麻烦而有害的，但发生在最近的那场罢工虽然让我吃了苦头，但却是体面的。”

“还有体面的罢工！”贝尔先生说，“听这话感觉你已经非常崇拜雷神了。”

玛格丽特感到（而不是看到）了桑顿先生的气恼，在他看来有些事情是非常严肃的，不能视为笑谈。现在对这个话题，一方不以为然，另一方却兴趣盎然，因为它和个人有关。她想把话题转移一下，于是就勉强说道：“听伊蒂丝说，她发现科弗的印花布要比伦敦的好，价钱还便宜。”

“她是这样说的吗？”父亲听了问，“我看这准是伊蒂丝夸张的说法。你能肯定她就是这样说的吗，玛格丽特？”

“肯定是的，爸爸。”

“那我就认定这是真的。”贝尔先生说，“玛格丽特，对你的诚实我是非常相信的，我觉得你的诚实可以引申到你表妹的性格上。我不相信你的一位表妹会说过头的话。”

“黑尔小姐果真诚实可信吗？”桑顿先生的话非常尖刻。此话刚一出口，又觉得非常后悔，甚至想咬掉自己的舌头。他是什么人？怎么能揭她的伤痛刺激她呢？看他今天的表现多差劲儿！他因为耽搁了很久没能见到她就情绪不好，人家提到一个人的名字他也生气，在他看来那个人就是一个情场上的胜利者。现在，看到别人谈话轻松随意，要使气氛活跃起来，使那位大家的朋友高兴，而他觉得不适应，于是又不痛快了。桑顿先生和他有着多年的交情，应该是彼此十分了解了。最糟糕的是，竟然还对玛格丽特那样讲话。玛格丽特没有离开的意思，要是在过去，当她遇到他的粗鲁无礼的举止时，等他坏脾气发作时，她会立刻感到恼火并做出回应，虽然今天她没有这么做。她只是在开始时感觉非常地伤心、惊诧，但她依然端坐在那里，看她的眼神，就像个遭到意外伤害的孩子，两眼慢慢睁大，里面透露出了难过、嗔怪的、黯淡的神色，接着她垂下眼帘，将注意力放在手中正在干的活儿，不再讲话。但桑顿先生却禁不住要关注她。从她那里他似乎感到了一声叹息，她像感到了寒冷不禁有些打战。他此刻的心情，就像那位母亲在“摇晃孩子和责骂孩子”时，孩子还没有发出那缓缓而来的信赖的微笑（那微笑意味着孩子对母爱的依赖），还没来得及表明自己对母亲的依恋时，母亲就离开了。桑顿先生在回答别人的问题时似乎有些简单和心不在焉，又显得有些烦躁，也看不出是玩笑还是认真，他似乎一心只等待她的一次顾盼，等待她的一句话，这样他就有机会上前谦恭地去请罪。遗憾的是她并没有朝他这里看，也没有开口，她只是低头忙着自己缝纫的活儿，她的精力都集中在手中忙碌的活儿上面，仿佛这才是她眼下最要紧的事情。在他看来，她就是心里没有他，不然的话看到他这样期待的目光，她应该抬起头，哪怕只是一瞬间，让她知道他已经非常悔恨。在将要离开时，他本打算做出一个与众不同的举动来赢得机会，把自己的忏悔告诉她，但一个长时间的户外散步却将这个夜晚结束了。想想这样也好，因为他因此而头脑清醒，于是做出了一个决定：从现在开始，他要尽量少见到她，因为一看到那张脸，，一听到那个嗓音（那嗓音多么地清亮、柔和），他就会被撼动，就会一改平时的安宁。啊！他真正体会到了恋爱的滋味，那就是剧烈的痛苦和煎熬，恋爱就像燃烧的烈焰，而他就在这煎熬中拼命地挣扎。但通过烈焰的锻炼，他会勇往直前，更加成熟，更加冷静，沉着稳定地步入中年，从这种历练中过来的人，会更加稳重，更懂得人情世故。

他离开房间时显得有些突兀，玛格丽特随后才起身，悄悄地收起手中的活儿。可能是缝纫的东西很多、很沉重了，她的胳膊有些疲乏无力。看她的脸色，匀称的脸蛋上，也显出疲倦的神色。三人准备睡觉前，贝尔先生嘴里咕哝着什么，好像是对桑顿先生的责备。

“我还没见过一个人被成功给毁了后竟然一句话也接受不了，开个玩笑也不行，什么都不合适，好像都伤害了他的尊严。过去他可不是这样，那时他是朴实高尚的，对谁也不会烦恼，因为他并没什么可以骄傲的。”

“现在他也没什么值得骄傲的。”玛格丽特从桌子旁边转身，语调平和、清晰地说，“他今天晚上有点反常，在他来之前，一定发生了什么事他才这么烦躁。”

两束敏锐的目光从贝尔先生的眼镜上面望向玛格丽特，面对这样的目光，她非常淡定，也不躲避，但就在她离开房间后，贝尔先生突然问道：“黑尔！你注意到了吗？桑顿和你女儿之间，有着法国人所说的tendresse。”

“一点也没有！”黑尔先生开始听了非常吃惊，接着又有些慌乱，他说，“不，你一定搞错了。我能肯定是你搞错了。如果发现了什么，那也是桑顿先生方面的。可怜的人啊！我希望，我也深信不疑，他对她没有那个意思，这是因为她根本不会接受他。”

“嗳！作为一个单身汉，我一生都回避恋爱的事情，所以我的意见或许也不值得听，不然的话我会说她有很多非常微妙的征兆。”

“我想你准是看错了。”黑尔先生说，“他可能喜欢她，虽然有时候她对他显得有些无礼。但是她，嗐，玛格丽特对他不会动心的！在她脑子里根本就没这个念头。”

“只要心里有就行。但恐怕还是我错了，我只不过觉得有那么一点可能性而已。别管我说的是错还是对，反正我现在困了，所以才用这些不合时宜的幻觉打扰了你，影响了你今晚的休息（我看出来了），现在我要睡个安稳的好觉了。”

黑尔先生可不想被这样无稽的念头所打扰，他头脑很清醒，他决定不去考虑这件事。

转天，贝尔先生走了。他对玛格丽特说，可以把他看作一个保护者，如果她遇到什么烦恼，他都可以提供帮助。他还对黑尔先生说：“我很喜欢玛格丽特，你要好好关照她，她就是个宝贝，她真的太好了，她不适合待在米尔顿，说实话，她要是在牛津，就是牛津城，在那里倒是很适合，但不是和牛津人在一起。我发现还没有人和她相配呢。如果我能找到他，我就把那个年轻的小伙子带来，让他和你的年轻的小姐并排站好，就像《一千零一夜》里面那个妖怪把卡拉尔梅赞王子带去和仙人们的巴杜拉公主结为夫妇，就是这样。”

“请你不要做这样的事情。记住接下来的那些灾难。再说，我还需要玛格丽特在身边。”

“是的，仔细想想，从今往后，咱们还需要她的照料呢，这就需要十年哪，到那时你我就成了老病号了，难侍候着呢。说正事，黑尔，我还是希望你能离开米尔顿，想当初还是我介绍你来的，但你并不适合在这里。如果你同意，就打消我那点怀疑，接下大学里的一个圣职，你和玛格丽特都过去，在牧师公馆里住下，你可以担任一个在俗的副牧师的职务，从我手里把那些下层社会的教徒接过去。她白天就担任咱们的女管家——乡村中乐善好施的夫人，晚上给咱们读书，直到把咱们读睡熟了。这样的生活我会感到很快乐的，你觉得怎样？”

“我可不想过这样的日子！”黑尔先生回答得很干脆，“对我来说，我已经做了很大的改变，也付出了巨大的代价。我就住在这里，在这里度过余生，将来我还要葬在这里，隐没在大家中间。”

“我的计划是不会放弃的，但我现在不再用它诱惑你了。‘珍珠’在哪儿？来呀，玛格丽特，来亲亲我，和我告别。记住，好孩子，像我这样忠实的朋友，到哪儿去找啊，我愿意尽全力帮助你。你也是我的孩子，玛格丽特。记住吧，愿上帝保佑你！”

一切归于平静，大家重新回到往日单调宁静的生活中，他们不用担心什么病人的情况，就连一直以来让大家关注的希金斯家，仿佛也被大家淡忘，也不再过问了。失去母亲后，鲍彻的孩子们都成了孤儿，玛格丽特给予了关照，玛丽·希金斯在照管着这些孩子，玛格丽特经常去她那里探望。这两家在一所房子里住，大的孩子在一所简陋的学校读书，小的孩子还需要照料。玛丽上工时，那位好心肠的邻居就过来帮助照料。记得在鲍彻去世的时候，就是这位邻居的善举给玛格丽特留下了深刻的印象。当然，邻居的劳碌是要给予报酬的。为了这些失去父母的孩子制订计划做出安排，尼古拉斯表现出了聪明才智，他的计划周密，思路条理分明，这和他过去古怪过激的行为反差很大。他按部就班地工作，玛格丽特在冬天的几个月时间里难得见到他。如果有机会遇见，她会发现他有些畏缩，不大愿意讲自己照料这些失去父母的孩子的情况，也不愿意讲桑顿先生的好话。

“说实话，”他说，“他让我很迷惑。他就像两个人。一个是厂主，另一个却不像厂主。这两个身份不同的人居然结合在一个身体内，我实在是不解。但对我来说这也不是问题。现在他不是常到这里来吗？所以我才发现他厂主的另一面，他不是以厂主的身份来的。我想他对我也是感觉异常的，并不因为我对他另眼看待，他能坐下来睁大眼睛仔细倾听，把我当成一只他新近抓住的怪兽，但我并不怕他。他明白的，在我的屋子里要想把我吓到，那可得花上不少气力。我还对他讲了我的看法，我感觉他要是年轻点，可能还能听进点儿。”

“他没有给你回话吗？”黑尔先生问。

“唔，尽管我给予他很高的赞扬，但也不能光说他受益的地方。他有时讲话也会有那么一两句显得粗鲁无礼，刚听见时还觉得挺别扭，但仔细一揣摩，却感到还有几分道理。关于这些孩子的教育问题，他今天晚上要来的。他对现在很不满意，想来看看。”

“在哪些方面……”黑尔先生刚开口，玛格丽特就碰碰他的胳膊，让他看表。

“快七点了。”她说，“现在晚上的时间越来越长。我们走吧，爸爸。”当他们离开那座房子有一段路后，玛格丽特才感觉自己的呼吸平稳了些，感觉自己也镇定下来，想起刚才急着离开，不知为什么，现在又觉得再见到桑顿先生就困难了，今晚他可能到希金斯家来，为了过去的友谊，她忽然很想再和他见面。

是的，他难得到这里来了，因为和上课这个单调客观的目的有关。黑尔先生对学生不喜欢希腊文学感到很失望。还在不久前，对于希腊文学他还满怀热情，而现在，经常是到了最后的时间，桑顿先生才会派人急匆匆地送来一张便条，说他因为太忙，不能和黑尔先生一起读书了。虽然还有别的学生，但在黑尔先生看来，没有哪个学生能够像他一样。通过他们的交往，使他受益很大，所以对交往的部分中断他感到非常沮丧和伤感。他坐在那里，心里猜测着是什么原因造成了这种局面。

一天晚上，玛格丽特正在做活儿，他突然向她发问：“玛格丽特，你是否意识到，桑顿先生曾喜欢过你？”

说这句话时，他自己都脸红了，但他又想起贝尔先生的那个被嘲笑的想法，所以他还不知道自己想要说什么，话就那么出口了。

玛格丽特低着头没有马上回答，但他已经猜出她会怎样回答了。

“是的，我想，啊，爸爸，我早就应该对您说了。”玛格丽特放下手里的活儿，用两手捂着脸说。

“不是的，亲爱的，不要以为我好奇，我也不是不近人情。我觉得如果你答应了他，你一定会告诉我的。他跟你说过这件事吗？”

玛格丽特开始还没说话，犹豫了一下，才勉强地小声说：“是。”

“你拒绝他了吗？”

黑尔先生听到的是一声长长的叹息，看她那神态显得非常无奈，又无精打采。只听她回答了一声：“是。”没等父亲说话，玛格丽特已经抬起头，只见她的脸上带着红晕，又透着几分妩媚和羞愧，她两眼凝视着父亲，说道：“爸爸，我现在对您讲了，但我也不能再多说了。这件事让我非常痛苦，和这件事有关的每句话、每个行动，都使我感到痛苦，所以我不愿想起这件事。爸爸，非常抱歉，我让您失去了一个朋友，但我实在没有办法，我只有抱歉。”她坐到地上，把头伏在父亲的膝上。

“我也感到惋惜，亲爱的孩子，贝尔先生说出了这样的想法，当时我听了非常吃惊……”

“贝尔先生！啊，他也看出来啦？”

“他看出了一点儿，但他竟然想到了你，我该怎么说呢？其实你对桑顿先生也不是没有一点好感。我当时就觉得这是不可能的。在我看来这就当是一种想象吧，对你的真情实感我是了解的，你不会看上桑顿先生的，但我还是觉得挺惋惜。”

父女两人都沉默了几分钟，然后，父亲亲热地抚摸着女儿的脸，他发现女儿的脸上已经被泪水浸湿了，他感到非常吃惊。在他抚摸她的脸时，女儿起身，让自己勉强露出笑容，她说起伦诺克斯一家，想借此转移一下话题，黑尔先生的心肠软，他也无法再回到原来的话题上。

“明天，没错，就是明天，他们就要回到哈利街了。啊，真是难以想象，他们会把哪间房子改成婴儿室，肖姨妈看见小孩儿一定特别快乐。想想伊蒂丝都做妈妈了，还有伦诺克斯上尉，不知他退役以后有什么打算。”

“我知道怎么办，”为了让女儿对这个新话题感兴趣，父亲赶紧说道，“我觉得你得离开这里两个星期，那些人刚回来，你该到城里去看看他们，跟亨利·伦诺克斯先生聊聊，你还可以了解一下弗雷德里克有多少胜诉的机会，这比从十几封信里得到的信息还要多。这样看来，你去一趟既能完成正事，也能玩乐几天。”

“不，爸爸，您不要让我走。我也不让您离开。”玛格丽特说着停顿了一下，接着又说，“对弗雷德里克的事，我已经很失望了。他是在让咱们慢慢地不抱希望，但我看得出来，时隔多年能不能把证人找出来，伦诺克斯先生也不抱什么希望，”她说，“那就像个气泡，看着很美，觉得非常宝贵，但它和其他的气泡一样，已经爆裂了。咱们需要自我安慰，看到弗雷德里克很幸福，这就是让人高兴的事，咱们在一起也是过得很好，所以，不要让我离开，那样会让我伤心的，爸爸，我跟您说过这不可能。”

但在内心深处，玛格丽特还是希望改变一下环境，这个想法已经生根、发芽，虽然和父亲的想法不同。她开始做出计划，如果这样做了，对父亲将是有益的，因为父亲的心理非常脆弱，这一阶段又非常沮丧，虽然没有抱怨什么，但妻子的生病和去世对他的健康都产生了影响。他现在每天常用几个小时和学生们读书，但也只输出不吸收，也不像过去桑顿先生来读书时那样称作伙伴关系。玛格丽特发现缺乏这种关系给他带来了痛苦。他缺少人际的交往。在赫尔斯通，他就有机会和邻近的牧师们来往，看雇工们在地里干活，傍晚来临时，或者悠闲地漫步回家，或者在林地照看牲口，也或者他可以上前和这些人随意地聊聊天。但在米尔顿，人人都在忙碌着，没有闲聊的时间，大家关注的都是眼前的东西，话题都很务实。每天的忙碌结束后才能放松一下，才能休息到转天。工人在忙完一天的活儿后，他们会按照自己的喜好有的去听演讲，有的去酒馆。黑尔先生希望到一个学校或机关做演讲，他这样考虑是为了尽自己的本分，其实，他对这些都没有多少兴趣，所以，玛格丽特认定，除非父亲对这些事情很感兴趣，不然的话，这项工作他就不会做得很好。

第十六章　旅程的终点

我见到自己的路途，犹如飞鸟见到它们无迹的航程——
我将到达！且不问何时何刻，
首先如何绕道而行。除非上帝降下雨雪冰雹、
令人目眩的流星或沉沉的大雪，
到某一时刻——上帝的吉祥时刻——我将到达。
他指引着我，还有飞鸟。在他的吉祥时刻！

——布朗宁：《帕拉塞尔萨斯》①

冬天就这样继续着，白天越来越长，往年，二月的阳光总能带来熠熠生辉的希望，然而今年却没有任何迹象。桑顿太太自然没有再来过。桑顿先生虽然偶尔过来看看她父亲，但只在书房里待一会儿。黑尔先生像往常一样提到他，似乎因为见面机会越来越少而格外重视他的每一次来访。在玛格丽特看来，桑顿先生说的话里并没有透露出他不再见她是因为生她的气。罢工给工厂的业务带来很多麻烦，他要把更多心思放在工作上。不，玛格丽特发现，他甚至还经常提起她，而且据说语气很平和，既不刻意，也不回避。

她的心情并没有让她父亲提高兴致。在眼下这种沉闷的平静到来之前，曾有一段漫长的忧虑期——其中还掺杂了一些风暴——以致她的思想都麻木了。她想给自己找点事情做，于是热心地担负起鲍彻家两个最小孩子的教育工作。她把自己弄得很辛苦，因为她似乎并不在意她的努力目标。可这样的忙碌并没有给她带来丝毫的快乐，

①布朗宁是英国诗人，《帕拉塞尔萨斯》是他所作的一部诗剧，诗文引自第一部《帕拉塞尔萨斯追求真理》。

生活依然是愁云密布。她做的唯一一件不错的事情，是下意识地出于孝心所做的：沉默地陪着父亲，安抚父亲。她能理解他的所有心情，竭力揣摩他的心思，满足他的每一个愿望。当然，他只把这些愿望藏在心中，几乎不会毫不犹豫地直接说出来。因此，这更突显了她的温柔体贴。三月，他们收到了弗雷德里克结婚的消息。他和多洛雷丝寄来一封联名信，她写的部分理所当然地使用了西班牙英文，而他的部分则偶尔出现一些不太明显的倒装句，可见，他新婚妻子的家乡语言习惯正在逐渐影响着他。

亨利·伦诺克斯给弗雷德里克写了一封信，告诉他如果始终联系不到那些失踪的证人，那么他几乎没有可能在军事法庭上洗清罪名。收到信后，弗雷德里克立即给玛格丽特寄来一封言辞激烈的信，宣布放弃自己的英国国籍，——他希望能够自行取消英国公民身份，甚至不再接受赦免，哪怕获得许可也不再回国。玛格丽特因此大哭了一场，因为这封信初读时让她感觉非常不自然，但是仔细揣摩后，她发现字里行间都流露着希望破灭后的那种愤怒和沮丧。于是她觉得他只能用耐心应对这样的情绪，没有别的办法。在下一封信中，弗雷德里克用轻松的语气畅想着未来，对过去的事情只字未提。玛格丽特因此发觉自己其实比他更需要耐心。她必须耐心等待。然而多洛雷丝写来的那些如少女般热情而又羞涩的信件，已经让玛格丽特和她父亲感受到一种不可阻挡的魅力。显然，这个西班牙姑娘想给她爱人的家人留下好印象，从她擦掉的每一个痕迹都能看出女性细腻的心思。多洛雷丝还亲自为没见过面的小姑子挑选了一条漂亮的黑色蕾丝披巾，随婚讯信件一起寄了过来。弗雷德里克曾在多洛雷丝面前把玛格丽特描述成冰雪聪明、温文尔雅的姑娘的典范。这场婚姻提高了弗雷德里克的社会地位，满足了他们的期望。巴伯公司是西班牙的著名商行，业务范围之广在国内名列前茅，弗雷德里克已经被接纳为公司的合伙人。玛格丽特微笑着，回忆起自己曾经那么激烈地反对商业，于是叹了一口气。眼下，她这位Preux chevalier①式的哥哥居然成了商人，生意人！可是，她随即打消了这个念头，毕竟西班牙商人与米尔顿厂主是无法相提并论的。唉！管它商业不商业的，只要弗雷德里克过得高兴就好。多洛雷丝肯定是个妩媚的姑娘，她选的披巾确实相当精美！想到这里，她的思绪重新回到现实中来。

今年春天，父亲偶尔会有呼吸困难的感觉，这让他十分困扰。而玛格丽特却不太慌张，因为当他小发作时，这种感觉就会消失，可她还是祈祷他能彻底好起来，因此她催促父亲尽快接受贝尔先生的邀请，四月份就去牛津和他见面。贝尔先生也邀请了玛格丽特。不，不仅如此，他还特意寄来一封信，明确要求她去。但她只想安静地待在家里，从各种责任中脱身出来，过去的两年间，她始终没能让大脑放松一下，她刚好可以趁此机会给自己放个假。

①英勇的骑士。

直到父亲乘车赶往火车站后，玛格丽特才意识到自己此前承受了多大的精神压力，这种压力又持续了多么久的时间。眼下突然闲了下来，这种感觉让她非常诧异，甚至震惊。现在她不需要给任何人依靠，不需要悉心照顾任何人，不需要安排病人的起居，不需要思考病人的状况，也不需要提供鼓励与安慰了。她终于可以安安静静地休息一下，忘掉一切烦恼，而且，最大的好处就是，只要她愿意，她就可以尽情地悲伤。过去的一段时间，她不得不隐藏所有忧愁，把它们锁进心底的暗箱里，如今，她却可以从容地释放这些情绪，哀悼它们，思索它们，找到有效的方法调整它们，让它们得以安顿下来。这些日子，虽然它们被彻底隐藏起来了，但她能够意识到它们的存在，只不过已经对此麻木了。如今，她要一次性地把它们思考清楚，并且妥善安置好，让它们发挥恰当的作用。就这样，她经常呆呆地坐在客厅里，连续几个小时一动不动，鼓足勇气回忆那些悲伤的往事。只有一次，她想到那违背信仰的可耻谎言时，终于忍不住失声痛哭。

此时，她甚至不愿承认，促使她说谎的那股力量有多么地强大。她帮弗雷德里克做出的所有安排都失败了，如今看来，那次诱惑如同一场愚弄，而且是死气沉沉、毫无生命力的愚弄。在那之后发生的事情，都证明了那句谎言有多么地卑劣愚蠢，而只有诚实才具备光明的能量！

她怀着激动又紧张的心情，无意间翻开父亲桌上的一本书，眼前的那段话刚好直指她内心强烈的自卑和自贬——

“我不愿这样告诫我的心，说：‘含羞带愧地死去，盲目的、冒昧的人，对你的上帝不忠不义’诸如此类的话。但我愿通过怜悯来加以纠正，说：‘来吧，我可怜的心，我们落进了深渊，决意从中逃出。啊！让我们寻求光明，永远离开，让我们祈求上帝的宽恕，希望他从今往后帮助我们，使我们较为坚决，让我们再次走上谦逊的大道。从今往后，鼓起勇气，让我们在上帝的帮助下，时刻警惕。’”

“谦逊的大道啊，”玛格丽特心想，“这恰恰是我所失去的！但是，振作起来吧，卑微的人儿。我们只要转过身去，依靠上帝的帮助，就能找回正确的道路。”

她站了起来，决定去做些事情，以便忘掉自己。她看到马撒从客厅门口经过，正要上楼，她叫住了她，想要对那种毕恭毕敬背后隐藏的东西一探究竟，因为那种严肃的服从态度带有一种冰冷的机械感，好像一层铠甲包裹着她。她发现她很难让马撒讲出自己的个人兴趣，但当话题中出现桑顿太太时，她的内心就如同被触动一般，脸上露出喜悦的表情。在玛格丽特的鼓励下，她讲述了自己与桑顿太太之间的故事。原来，她的父亲曾经与桑顿太太的丈夫有些交情——不，准确来讲，应该是桑顿太太的丈夫曾经帮助过她的父亲。具体情况马撒也不太清楚，因为当时她年纪太小。后来，因为一些状况，他们两家分散开了，直到马撒即将成年的时候。当时，她母亲去世了，她父亲货栈职员的工作也每况愈下，马撒说，如果没有桑顿太太的帮助，她和妹妹“不知会落到怎样的地步”。桑顿太太找到她们，帮她们安排生活，在各个方面关照她们。

“当时我发高烧，整个人都很虚弱。桑顿太太和桑顿先生忙里忙外地照顾我，让我在他们家养病，还送我去海上调理。医生说，我得的是传染病，可是他们丝毫不介意，只有范妮小姐有些担心，跑去她未婚夫家中住了一段时间。所以，虽然她是出于担心才去的，但却得到了很好的结果。”

“范妮小姐快结婚了吗？”玛格丽特惊讶地问道。

“是的，而且对方很有钱，只是年龄大她很多。他姓沃森，有自己的工厂。虽然他头发已经白了，但这桩婚事还是非常美好的。”

听了这个消息，玛格丽特沉默了很久，于是，马撒又恢复了毕恭毕敬的态度，不再多说什么。她打扫了一下壁炉，问玛格丽特什么时候需要上茶，然后便像进来时一样，面无表情地走了出去。玛格丽特让自己打起精神，避免沉浸在最近养成的坏习惯中——最近，每当她听到有关桑顿先生的事情，便会想象它们会给他带来怎样的影响，猜测他是否喜欢这些事情。

次日，她先给鲍彻的两个孩子上了堂课，然后花了点时间在外面散步，最后去了趟玛丽·希金斯家。让玛格丽特感到意外的是，尼古拉斯已经下班回家了。最近天黑得早，不知不觉已经到了傍晚，她根本没有意识到。尼古拉斯的态度似乎也变得毕恭毕敬了，他不再逞强，比以前安静了很多。

“老先生是不是出门旅行啦？”他说，“我是听孩子们说的。嘿！他们都是些小机灵鬼，的确是。我甚至觉得他们比我女儿还机灵。虽然这么说可能不太合适，更何况我已经死了一个女儿。不知道是不是天气的原因，让人总想出去转转。我的那位厂主，就是那边工厂里的那位，也不知跑去什么地方啦。”

“所以你今天才会这么早就下班回家吗？”玛格丽特不假思索地问道。

“你不明白，就是这样而已，”他高傲地说，“我可不是两面三刀的人，当着厂主一套，背着厂主一套。我是等市里的钟声全都响了一遍后，才从厂里离开的。噢！那个桑顿是个好人，你可以跟他斗一下，但不可以欺骗他。这份工作还是你帮我找到的，我很感激。经过这段时间的观察，我发现桑顿的厂子还不错。休息一下，孩子，给玛格丽特小姐背一首你学会的赞美诗。就是这样，站稳脚，伸直右胳膊，像支烤肉叉一样。一、停下来。二、站稳脚。三、准备好。四、开始背！”

那孩子背了一遍卫理公会的一首赞美诗，他肯定无法理解其中的语言，但很喜欢它轻快的节奏，因此，他模仿议会议员的语调，像模像样地背了一遍。玛格丽特把他夸赞了一番。尼古拉斯又叫来一个孩子，然后又叫来一个，她惊讶地发现，他竟然以这种奇怪而潜移默化的方式开始对神圣的事情产生了兴趣，要知道，他以前是很鄙夷这种事情的。

玛格丽特回到家时，一贯用茶的时间已经过了，但是她意识到自己并没有让任何人等待，这让她感到一阵轻松。她一边轻松地休息，一边想着心事，不必因为顾及其他人的感受而随时准备调整自己的表情。她喝完茶后，决定去查看一大捆信件，拣出那些需要销毁的。

翻阅信件时，她发现了亨利·伦诺克斯先生写来的四五封信，内容都是关于弗雷德里克的事情。她又认真地阅读了一遍这些信，起初她只想弄明白哥哥是否还有机会洗清罪名。然而等她读完全部信件，把正反两面的情况都权衡一遍后，她突然发现，信中的言辞间透露出一丝个性。显然，那些拘谨的措辞表明了伦诺克斯先生在谈论弗雷德里克的事情的同时，始终没有忘记自己与玛格丽特之间的关系。玛格丽特一眼便看出他表现出来的机智，然而其中却没有丝毫的亲切与热情。不过，这些信件还是很有价值的，她决定保存起来，因此，她小心地把它们放到旁边。等办完这件小事后，她已经想得入了神。当天晚上，不知为什么，玛格丽特满脑子都是出门在外的父亲。她甚至责怪自己把独处（因而把他不在身边）视为一种慰藉。但是经过了这两天，她已经重新打起精神，获得了新的力量，看到了未来的希望。那些最近被她视为苦差的计划，如今却好似充满了乐趣。她拨开那些病态的障碍，更加清楚地看到自己的处境与责任。只要桑顿先生能够与她和好——哦不，只要他还能像以前那样偶尔来看看她父亲——哪怕他们无法相见——她就觉得未来的日子即使平淡，至少也能让人安心。她起身向卧室走去，叹了口气，虽然想到那句“我只要走一步就够了”，虽然想到亲爱的父亲是她唯一确切的责任，但她心中依然弥漫着痛苦、忧愁与懊恼。

就在同一个晚上，黑尔先生也无缘无故地不停想起玛格丽特，就像她在想他一样。他见了几位老朋友，看了看熟悉的老地方，感觉有些疲惫。从前，他以为自己思想的转变会让朋友们改变以往对待他的态度，然而，虽然他们中的一些人对此的确感到震惊、遗憾，或是愤怒，可是当他们见到这个他们曾经非常爱戴的人时，他们立刻忘记了他的离经叛道，或者即便记得，也能够以亲切、庄重的态度面对他。黑尔先生的熟人并不多，以前他在一所小学院任职，性格内向，不爱说话，但当时那些想对他沉默与狐疑背后的细腻心思一探究竟的人，却非常包容他、爱护他、喜欢他，就像对待女人一样。这么多年过去了，世事变迁，再一次面对这些人的诚意，黑尔先生甚至有些承受不住，这是任何暴力与冷漠的态度都无法具有的力量。

“恐怕我们做得有点过火，”贝尔先生说，“你已经适应了米尔顿的那种环境，现在反倒不适应这里了。”

“我累啦，”黑尔先生说，“不过，这跟米尔顿的环境没关系。我已经五十五岁了，这足以证明我的体力已经跟不上啦。”

“别乱讲！我都六十岁了，无论体力还是脑力都好好的。我可不想听你这样说。五十五岁！嘿，你还是个小伙子呢。”

黑尔先生摇了摇头：“最近几年，明显感觉自己老了！”他半靠在贝尔先生的一张舒服的躺椅上说，然后停了一下，支撑起身体，用颤抖而真挚的声音说：“贝尔！你不会是觉得，如果我能预料到自己会转变思想，并且预料到辞职所带来的一切——哦！哪怕仅仅预料到她会因此受多少苦——那么我就不会做出这样的选择吗？——我是指，我宣称不再相信自己曾经任职的那个教会的信条这件事。现在，我觉得，即使我能预料到所有的苦难，即使我明知道我心爱的人会受苦，但对于脱离教会这件事，我依然会做出同样的选择。最多在随后为家庭做的事情上，或许我会采取更明智的方式。只不过，上帝似乎并没有赐予我足够的智慧和力量。”他重新躺下，恢复半靠的姿势，又补充了最后一句。

贝尔先生回答前，先假惺惺地擤了下鼻子，然后说道：“你的良心告诉你什么是正确的事，你就去做什么事，这就是上帝赐予你的智慧和力量。再没有哪种智慧和力量比这更高贵、更神圣了。我知道我不具备这种智慧和力量，可是人家却把我写进那些愚蠢的书中，并且把我描述成一个聪明又不羁的人，还有顽强、坚韧，等等这些套话。其实我倒觉得，只要有自己坚持的是非观，哪怕只是进门和出门前一定要在脚垫上蹭蹭鞋，都比我的行为更加聪明和坚韧。可是人们太容易上当了！”

他们沉默了一阵子。黑尔先生继续自己的话题，说道：“至于玛格丽特……”

“嗯？玛格丽特？她怎么啦？”

“如果我死了……”

“别胡说！”

“我经常会想，如果我死了，她会变成什么样。也许伦诺克斯夫妇会把她接去一起生活。我希望会是这样。她的肖姨妈总是默默地疼爱她，只不过她经常忘记关照不在身边的人。”

“这也是人之常情。伦诺克斯夫妇是怎样的人？”

“伦诺克斯长得很英俊，很会说话，也很讨喜。伊蒂丝则是个小美人儿，脾气好，很娇贵。玛格丽特打从心眼里疼爱她，伊蒂丝只要心情好，也是很疼爱玛格丽特的。”

"哎，黑尔，你知道吗？我真是太喜欢你女儿了。我以前就跟你说过。当然，她是你的女儿，也是我的教女，所以早在上次见面之前，我就非常关心她。可是上次去米尔顿见你时，我简直沦为了她的奴隶。从此，我这个老头子甘愿被她征服，跟在她的战车后面，为她奉献自己。因为，说实话，她看起来是那么沉稳端庄，如同一个战斗过，而且或许依然在战斗，但已胜券在握的人。是的，虽然眼下她有各种烦心事，但她脸上的神情却从未变过。所以，只要她需要，我就可以为她倾尽一切，而且，等我死后，无论她是否愿意，我所拥有的一切都将归她所有。而且，我本人也要做她的preux chevalier，即便我已经六十岁了，还得了痛风。说真的，老伙计，你女儿就是我要一心照料的人，但凡以我的头脑、学识，以及我真诚的心所能提供的帮助，我全都愿意奉献给她。我可从不把她当作心烦意乱的理由。我从以前就很清楚，你总得找件事来愁，否则你就感觉不到快乐。不过，你的命比我长。你们这些瘦瘦小小的人总是把死神耍得团团转！只有我这种又矮又胖、面色红润的人，才会最早上路。"

如果贝尔先生有先见之明，那么他或许会发现，火炬正在颠倒过来，天使正带着平静而庄重的表情站在附近，朝他的老朋友招手。当天晚上，黑尔先生靠在枕头上睡了过去，从此再也没有醒来。第二天一早，仆人走进房间问他话，但没有得到回答。仆人靠近床头，看到那张冰冷而惨白的脸微微仰起，看起来完美而沉静，只是死亡已经将它"封印"起来，无法改变。他的姿态安详至极，没有痛苦，没有挣扎的痕迹。从他躺下的那一刻起，他的心脏就必定停止了跳动。

贝尔先生被这个突如其来的状况打击得说不出话来，直到他对仆人提出的建议感到愤怒时，他才逐渐缓过来。

"验尸？我呸！你不会是认为我给他下了毒？福布斯医生说，这只不过是心脏病造成的一种自然死亡。可怜的黑尔，你过早耗尽了你那颗善良的心。可怜的老朋友！他好像说过……沃利斯，给你五分钟时间，把我的行李准备好。我不能继续在这儿说废话。喂，快把行李准备好。我必须赶上下一趟去米尔顿的火车。"

二十分钟后，行李准备好了，马车也来了，他顺利到达火车站。从伦敦驶来的那列火车轰隆隆地停在几码开外，列车员心急火燎地催促贝尔先生快点上车。他找到自己的座位，立刻靠坐下来，闭上双眼苦苦思索，想搞清楚一个活生生的人怎么会一夜之间就死了。几分钟后，他终于流出了眼泪，打湿了花白的眼睫毛，他想克制一下情绪，于是睁开眼睛，竭尽全力让眼神变得严肃而锐利。他不愿当着陌生人的面哭泣，他不是那种人！

其实，车厢里几乎没有什么陌生人，只有一个人坐在距他较远的同一侧。贝尔先生看了看他，想知道这个或许瞥到他动感情的人到底是个什么样的人。他发现，这个拿着报纸在阅读的人，原来是桑顿先生。

“哎呀，是你吗，桑顿？”他一边说，一边挪到靠近桑顿的位子上，热情地和他握了握手，然后猛地松开，因为他要腾出手来擦掉眼泪。上一次去米尔顿见黑尔时，他曾经和桑顿先生见过面。

“我这次去米尔顿是为了一件伤心事。我要去通知黑尔的女儿，她父亲去世了。”

“去世？！黑尔先生去世啦？”

“是的。我不停地告诉自己，‘黑尔已经去世了’！可我依然对此没有真实感。即便如此，黑尔确实去世了。昨天晚上，他睡觉前还好好的。可是今天一早，我的仆人去叫他时，他已经凉透了。”

“他在哪儿？我还没搞清状况！”

“在牛津。他去我那里住了几天。他已经十七年没去过牛津了，没想到，结果却是这样。”

他们沉默了好一阵子。然后，桑顿先生说：“那么，她呢？”他猛地停了下来。

“玛格丽特吗？是啊！我正要去告诉她这个消息呢。可怜的黑尔！昨天晚上他一直念叨她。天啊！就是昨晚。可是现在，他已经去了遥远的地方！不过，为了他，我把玛格丽特当作我自己的女儿。昨天晚上我对他说，我愿意为了她本人而收养她。嗐，我应该说，我愿意为了他们俩而收养她。”

桑顿先生几次欲言又止，最终把话说了出来：“她以后会怎样？”

“我想，有两个人可以照顾她，我自己就是其中之一。我倒甘愿和一个活生生的坏脾气老太婆住在一起，如果能和这样一个女伴建立家庭，我就可以让玛格丽特做我的女儿，陪我安度晚年。不过，伦诺克斯家也是其中之一！”

“他们都是什么人？”桑顿先生感兴趣地问道，声音有些激动。

“噢，都是些时髦的伦敦人。他们或许会认定自己有权照顾她。她表妹——就是跟她一起长大的那个姑娘——嫁给了伦诺克斯上尉。还有她的姨妈，肖太太。他们应该都是好人。或许还有一个办法，我可以试着向那位可敬的夫人求婚！不过那就是pis aller了。更何况，还有那个哥哥！”

“哥哥？她姨妈的哥哥？”

“不，不。是他们家的一个精明人（要知道，上尉是个白痴），他是个年轻律师，他一定会追求玛格丽特的。我知道，这五年来，他一直惦记着她。他的一个朋友也向我提起过这件事。只不过他有些犹豫，因为玛格丽特没什么财产。可是现在，这些都不是问题了。”

“不是问题啦？为什么？”桑顿先生有些过于好奇，没有意识到自己问得多么不合适。

“噢，我死后，我的财产都归她。如果亨利·伦诺克斯能配得上她一半，而且她也喜欢他……那么或许我可以想想其他办法，以婚姻的方式安顿一个家。我特别担心自己会一时疏忽，被那位姨妈迷惑住。”

当时，贝尔先生和桑顿先生心情都很沉重，因此都没有注意到贝尔先生说的话有多么荒诞。贝尔先生想吹声口哨，可是只有气流划过，并没有发出声音。他换了个座位，但也没有感觉舒服一些。桑顿先生呆呆地坐着，目光聚焦在报纸上的一个点。他重新打开报纸，好让自己认真思考一下。

“你这是去哪儿？”过了一会儿，贝尔先生问道。

“去阿弗尔。想打听一下棉花价格上涨的事情。”

“啊！棉花！投机生意，乌烟瘴气，干净耐用的机器，没文化、被忽视的工人。可怜的黑尔！可怜的黑尔！如果他能预料到离开赫尔斯通会给他的生活带来多大的变化，那该多好啊。你对新森林的情况了解吗？”

“了解。”桑顿先生漫不经心地说。

“那么你应该能够想象它和米尔顿的区别啦。你以前住在哪？你去过赫尔斯通吗？那里是个漂亮的小村庄，类似奥登瓦尔德的一些村庄。你了解赫尔斯通吗？”

“我去过。赫尔斯通和米尔顿确实很不一样。”

他重新举起报纸，表情严肃而坚决，似乎想让谈话就此打住。贝尔先生只好像之前那样，重新开始思考怎样把消息告诉玛格丽特才最为合适。

当时，玛格丽特正在楼上，站在一扇窗子前。看到贝尔先生从车子上走下来，她的脑海中下意识地一闪念，立刻便猜到了实情。她站在客厅正中央，刚才想奔下楼去的那种冲动似乎瞬间被抑制住了，与此同时，她好像变成了一块石头，一动不动，冰冷苍白。

“啊！不要说！我已经从您的表情看出来了！您会——您不会丢下他一个人的——如果他还活着的话！啊！爸爸！爸爸！”

第十七章　孤苦伶仃

一个可爱的声音既响亮又动听，
在你的耳旁忽然消失。
一片寂静，对之你不敢哭泣，
像重病新恙，使你周身疼痛——
何种希望？何种帮助？何种乐曲，
能打消你感官上的那片寂静？

——布朗宁夫人《代替》

这个打击犹如晴天霹雳。玛格丽特顿时变得失魂落魄，但她并没有哽咽哭泣，也没有倾诉痛苦，而是躺在沙发上，闭着双眼，一言不发，有人问她话时，她也只是轻声作答。贝尔先生不知如何是好。他不敢留下她一个人，也不敢要求她跟他一起回牛津。这原本是他来米尔顿的途中制订的计划之一，可是眼下玛格丽特显然已经虚弱到了极点，无法再承受旅途的劳累，甚至连去看看遗体都做不到了。贝尔先生坐在壁炉旁边，思考着应该做些什么。玛格丽特在他身旁纹丝不动地躺着，几乎无声无息。他一直守着她，狄克逊为他准备好午餐，他也不肯下楼去吃。狄克逊哭丧着脸一再邀请，希望他能去吃点东西。他请她盛一盘食物端上楼来。他平时对饮食既讲究又挑剔，擅长分辨不同食物的味道，然而现在，麻辣烤鸡对他来说味同嚼蜡。他把一些鸡肉切碎，撒上盐和胡椒粉，让狄克逊喂给玛格丽特吃，可是玛格丽特呆滞地摇了摇头，以她当时的状态，食物根本无法为她提供营养，只会让她哽噎。

贝尔先生长叹了一口气，伸展一下因长途跋涉而变得僵硬的四肢，站起身来，跟随狄克逊走出房间。

“我不能丢下她不管。我必须给在牛津的人们写封信，让他们先料理好准备工作，等我回去后再具体操办。可不可以让伦诺克斯太太过来一趟？她有必要过来一趟，我写信通知她。这姑娘身边需要一位女性朋友，哪怕只是劝劝她，让她能哭出来也好。”

狄克逊还在痛哭流涕，眼泪能顶两人份，然而等她稳定了情绪，擦干眼泪后，她遗憾地对贝尔先生说，伦诺克斯太太快要生孩子了，眼下没法出门。

“啊！那就请肖太太过来。她已经回英国了吧？”

“是的，她已经回来了，老爷。可是，她女儿正在怀孕，我想她应该不会愿意离开女儿身边的。”狄克逊说。她一直负责照顾玛格丽特，因此不希望有陌生人来插手她的工作。

“正在怀孕算个……”贝尔先生咳了一声，克制自己没有说出最后一个词，“反正她很快就要生孩子了，可以安心待在威尼斯、那不勒斯或者某个天主教区——她应该是在科弗怀孕的吧。对她来说，现在是幸福时期，然而对可怜的玛格丽特来说，现在刚好是最痛苦、最孤独的时期，和玛格丽特相比，她的事情又有什么重要的呢？玛格丽特正躺在沙发上纹丝不动，沙发就像一块墓石，她就像墓石上的石像。依我看，肖太太必须得来一趟。明晚之前，你就收拾出来一间房，把她用得上的东西全都准备好。我负责写信把她请过来。”

就这样，贝尔先生给肖太太寄了一封信。肖太太擦着眼泪说，这封信简直就像亲爱的将军在痛风发作前写的信，因此她要把它好好保存。如果他征求她的意见，用请求或劝说的语气邀请她，就好像拒绝不去也是可以的，那么她可能就会拒绝了——虽然她发自内心地同情玛格丽特。而贝尔先生坚决又直接的命令语气促使她克服了Vis inertiae，于是她立刻让女佣打点好行李准备出发。当伦诺克斯上尉把她搀下楼梯，送她去上马车时，伊蒂丝戴上帽子，围上围巾，眼含热泪地走出房间，站在楼梯口对她说：“妈妈，别忘了，一定要让玛格丽特到咱们这儿来住。肖尔托星期三去牛津，您一定要把回来的时间托贝尔先生转达给他。还有，如果您那边需要肖尔托帮忙，就让他再去趟米尔顿。妈妈，您一定要把玛格丽特接过来，千万别忘了。”

伊蒂丝回到客厅。亨利·伦诺克斯先生正坐在那里，裁开新一期《评论》中的几页。他头也不抬地说道：“伊蒂丝，如果你不希望肖尔托离家那么久，你可以让我去米尔顿做些力所能及的事。”

“噢，谢谢，”伊蒂丝说，“贝尔先生应该能够料理好一切的，或许不需要更多人手了。只是我们并不奢求一位大学评议员能有什么savoir faire。我亲爱的玛格丽特！我们又能住在一起了，太好了。以前辩论的时候，你们俩总是站在一边儿。”

“是吗？”他装作漫不经心的样子，盯着《评论》中的一篇文章。

“唔，也可能是我记错了。那时候我满脑子都是肖尔托。但是，这结果也很好啊。我姨父的去世时间赶得真巧，我们刚好都回国了，又住在老房子里，玛格丽特搬进来也很方便。可怜的玛格丽特，她会发现这里和米尔顿有多么的不同！我要拿些新的花布帮她布置一下卧室，让房间显得干净明亮，这样她的心情也会稍微变好一些。”

肖太太也带着慈爱的心踏上了前往米尔顿的旅途，一路上，她时而担心第一次的会面，不知应该怎样面对，但更多时候，她估摸着自己需要多久才能带玛格丽特离开“那个糟糕的地方”，回到安逸舒适的哈利街。

“唉哟！”她对女佣说道，“看那烟囱！我可怜的姐姐！如果早知道是这种情况，我在那不勒斯大概会睡不着觉的！我肯定会赶过来接走她和玛格丽特的。”她在心中暗自承认，她一向认为姐夫非常软弱，可从没想到他会软弱到这种程度，竟然会用如此可怕的地方替换可爱的赫尔斯通老家。

玛格丽特依然是老样子：脸色惨白，纹丝不动，不哭也不说话。大家告诉她肖姨妈快要到了，可是她对此毫无反应，脸上也没有任何表情。贝尔先生恢复了胃口，对狄克逊为满足他口味做出的努力大加赞赏，又劝说玛格丽特尝尝牛胰炖牡蛎，但只是徒劳。她还是像前一天那样，只是固执而沉默地摇了摇头。贝尔先生只好独自吃完全部食物，以此安抚自己被拒绝后的心情。然而当姨妈乘坐的马车到达门口时，玛格丽特却是第一个听到动静的人。她抖动了一下眼皮，嘴唇也跟着微微颤抖起来，并且恢复了一丝血色。贝尔先生下楼去迎接肖太太。等他们上楼来后，玛格丽特已经站了起来，艰难地支撑着自己虚弱的身体。

她们一看到彼此，肖姨妈就张开了双臂，玛格丽特扑了过去，抱住姨妈的肩膀号啕大哭起来。一贯内敛的情感，温柔和善的性格，以及与死者之间的关系，——似乎由血缘造成的那种在动作、表情、声音等方面不可言说的一致性，使得此时的玛格丽特难以遏制地想起了母亲，——各种思绪涌上心头，她冰冷的心也随之变得柔软温热，化为无尽的泪水。

贝尔先生静悄悄地离开房间，下楼走进书房。他吩咐用人生起炉火，翻看着书架上的书，想转移一下注意力。然而每本书都让他情不自禁地想起亡友，这两天他一直守在玛格丽特身边，现在或许可以得空转换一下工作内容，可是心中的思绪却无法转变。这时，他欣慰地听到桑顿先生的声音在门口响起，狄克逊正趾高气扬地打发他离开，因为肖太太女佣的到来让她产生了很多幻想：贝雷斯福德家族，从前的奢侈生活，她年轻的小姐被撵走，如今，那种“身份”（她很喜欢这个称呼）或许能够卷土重来。她在跟肖太太的女佣聊天时，始终这样沾沾自喜地幻想着（同时旁敲侧击地引诱对方描述哈利街的房子有多么豪华气派，好让旁边的马撒能够开窍）。此后，狄克逊一直沉浸在这样的幻想中，对米尔顿的每一位居民都是一副高高在上的样子，因此，虽然她向来有些畏惧桑顿先生，但如今却敢傲慢地对他说，当天晚上家里人都没空见他。然而，此时，贝尔先生走出书房，驳斥了她的话，这让她非常尴尬。贝尔先生高声说道：“是你吗，桑顿？进来吧，我想跟你聊聊。”于是，桑顿先生随他走进书房，狄克逊只好悻悻地退到厨房去，讲了一通约翰·贝雷斯福德爵士当郡长时乘坐的六匹马拉的大马车，以此安慰受伤的自尊心。

“其实，我也没什么要跟你说的。只是这间房子里的每样东西都会让我回忆起去世的朋友，这让我心情非常糟糕。可是我又不能到客厅去，玛格丽特需要和她姨妈单独待一会儿。”

“你的意思是……她的姨妈来了？”桑顿先生问。

“是啊，来了，带着她的女佣来了。我还以为这种时候她会自己一人过来！看来，我只能到‘克拉伦登’去住啦。”

“你不用去那儿，我家里有五六间空房可以住。”

“通风吗？”

“关于这一点，你完全可以相信我母亲。”

“那么我这就上楼先去跟那可怜的姑娘说一声明天见，再向她姨妈行个礼，然后就立马跟你走。”

贝尔先生去了好一阵子。桑顿先生等得有点不耐烦，因为他手头还有很多事情要忙，勉强挤出点时间才跑来问一问黑尔小姐的情况。

去桑顿先生家的途中，贝尔先生说：“客厅里那两个女人让我耽搁了一会儿。肖太太急着要回家——她说是因为她女儿——她让玛格丽特立马跟她一起走。嗐，她现在的身体情况不适合赶路，就像我的身体情况不适合飞行一样。更何况，她自己也说了——而且言之有理——她有几个必须去当面道别的朋友。可是，她姨妈又说了几句让她糟心的老话，问她是不是把老朋友都忘了。于是，她痛哭起来，说她愿意离开这个让她痛苦的地方。我明天一定要回牛津，我已经不知道应该站在哪一边儿了。”

他停下脚步，似乎在向他的同伴征求意见，可是同伴并没有接他的话，因为他的脑海中正一遍又一遍地回荡着这个声音——

“让她痛苦的地方……”天啊！这十八个月以来，她对米尔顿的印象就是这样的。然而在他看来，就连那些苦涩的日子也是弥足珍贵的，它们能让今后所有快乐的日子都黯然失色。无论是失去父亲还是失去母亲——虽然他很爱自己的母亲——都无法抹杀那段日子、那每分每秒给他留下的记忆。在那些日子里，他走过的两英里路，每迈出一步，心中都是愉快的，因为他正在一步一步地靠近她，很快就能见到她美丽的身影——他走过的路仿佛都充满了意义，每当他一边体会着一边经过她身边时，总会回忆起她淡雅端庄的气质，或是爽朗果断的性格。是啊！无论他遭遇了什么，撇开他们之间的关系不谈，他都不会认为那是一段痛苦的日子。因为当时他每天都能见到她——可以说，她是他的追求。现在，周围都成了荒芜，希望已经破灭，化为平淡的现实，生活中也没有丝毫或喜或悲的气氛。他觉得，与这种荒芜感相比，从前的悲伤刺激反倒是珍贵的美好时光。

桑顿太太和范妮都坐在客厅里。范妮脸上挂着喜悦的表情，因为女佣正借着烛光查看一块块颜色鲜艳的布料，挑选最适合制作结婚礼服的那一块。她母亲也想感受一下这种喜悦，然而却根本体会不到。她对服装和布料没有半点兴趣。她发自内心地希望范妮能听从她哥哥的建议，请伦敦的一位高级裁缝帮她制作结婚礼服，而不是像现在这样翻来覆去地讨论，犹犹豫豫地拿不定主意。现在这种情形，都是因为范妮总想亲自参与每一个步骤。如果有哪个通情达理的人能够被范妮二流的气质所吸引，舍得花费大笔钱财给她买各种华丽的衣服，那么桑顿先生真要对他感激不尽了。在范妮眼中，那些华丽衣服的重要性与她的爱人相比，就算没有更多，至少也是相同。范妮看到哥哥和贝尔先生走进来，立刻羞红了脸，露出呆呆的笑容，同时慌乱地想掩饰刚刚在做的事情。她这副样子只会更引人注意，当然，除了贝尔先生。但凡贝尔先生对她和她的布料有丝毫的关注，那也是要拿她的喜事与玛格丽特的悲伤虚弱做比较。他想到她正合着双手，耷拉着脑袋，纹丝不动地坐在死气沉沉的房间里，周围好似有不绝于耳的轻微的嗡嗡声，那是死者的亡灵在徘徊，他们不舍得离开自己心爱的人。贝尔先生第一次上楼查看时，肖太太躺在沙发上，已经睡着了，屋子里静悄悄的，显得更加死气沉沉。桑顿太太热情而客套地欢迎着贝尔先生。每当她在儿子家招待儿子的朋友时，总是表现得热情有礼，如果来的人是她之前没有预料到的，那么她就越发觉得自己贤惠持家的出色品质得到了肯定。

“黑尔小姐情况如何？”她问。

“这回她算是被打击得肝肠寸断了。”

“能有您这样的朋友，也是她的幸运。”

“但愿她能把我当成唯一的朋友，夫人。这话或许蛮不讲理，但是眼下有一位好姨妈把我顶替下来啦，已经轮不到我来安抚她、照顾她了。伦敦还有些表姐妹在等着她，就好像在等着领养一只哈巴狗。而且，这会儿她痛苦脆弱得不行，没法为自己拿主意。”

“真是的，她可真脆弱。”桑顿太太话里有话，她儿子听得出来了，“可是，”桑顿太太继续说道，“黑尔小姐看起来好像真的没什么朋友，而且的确总是遇到烦心事，这种时候，她的那些亲戚都在哪儿呢？”她提出这个问题，但并不想知道答案，因此说完便出去安顿家务了。

“他们一直在国外居住，也确实可以把她接过去，关于这一点，我还是得替他们说句公道话。玛格丽特是这位姨妈抚养长大的，她和她表妹就像亲姐俩一样。你看，我不高兴的是，我把她视为我自己的女儿，因此我很嫉妒他们，他们明明有权力，却并不在意这给他们带来的特殊好处。如果换作是弗雷德里克来接她，情况就会大不相同了。”

“弗雷德里克！”桑顿先生嚷嚷道，“他是谁？他有什么权力……？”他猛然停下了心急火燎的询问。

“弗雷德里克！”贝尔先生诧异地问，“咳，你没听说过他？他是玛格丽特的哥哥。你竟然不知道……”

“我从没听说过这个人。他是干什么的？现在在哪儿？”

“他们一家人刚搬来米尔顿时，我肯定跟你说起过他的事情——就是和那次兵变有关系的那个儿子。”

“我今天是头一次听说这件事，他现在在哪儿？”

“在西班牙。他一进入英国领土就有可能立马被逮起来。可怜的人啊！他没法参加父亲的葬礼，肯定伤心欲绝。我们只好让伦诺克斯上尉去一趟，因为我也不知道她是否还有其他什么亲戚。”

“我可以去吗？”

“当然，非常感谢你。桑顿，你可真是个好人。黑尔先生很欣赏你。他去世前一天还在牛津向我提起你。他说很可惜最近没什么机会见到你。你能有这份心，我非常感激。”

“可是……弗雷德里克再也没有回过英国吗？”

“再也没有。”

“黑尔太太去世时，他也没有回来？”

“咳，没有。当时我也在这儿。我有很多年没和黑尔见过面了。而且，如果你有印象的话，当时我来过……哦，不，是在黑尔太太去世一段时间后，我才过来的。可我没见到弗雷德里克。难道你怀疑他回来过？”

“有一天，我看到黑尔小姐和一个年轻男子在一起散步，”桑顿先生说，“也许那个人就是他。”

“噢，你说的可能是伦诺克斯先生，就是伦诺克斯上尉的哥哥。他是个律师，他们一家经常和他通信。我记得黑尔说过伦诺克斯先生会过来。你知道这件事吗？”贝尔先生一边说，一边侧过身子，把一只眼睛闭上，用另一只眼睛犀利地观察桑顿先生的表情，“我想，你是不是对玛格丽特有些好感？”

桑顿先生没有说话，表情也没有异常。

“可怜的黑尔也这样认为。他原本没有这种想法，后来是被我影响的。”

“我很喜欢黑尔小姐。大家肯定都喜欢她。她是个美女。”桑顿先生在贝尔先生的一再追问下，无奈地做出这样的回答。

“仅仅如此吗？你能以这种慎重的方式提起她，说她只是个‘美女’——只是个引人注意的女人。我原本倒希望你能具备高贵的气质，以至倾心于她。虽然——其实我料到她会拒绝你，但是，如果你依然能够不计回报地爱她，那么你就会比那些从来都不爱她的人——无论是谁——高贵得多。‘美女’？真是的！你提到她的时候就像提到一条狗或一匹马吗？”

桑顿先生的眼睛像是喷出了两团熊熊烈火。

“贝尔先生，”他说，“在你说这话之前，你首先应该明白，并不是每个人都和你一样能够随意表达自己的感受，咱们还是别聊这个话题了。”因为，虽然贝尔先生的每一句话都像警报声一样触动他的神经，虽然他知道这位牛津老评议员的想法会在今后的日子里时时牵动他宝贵的思绪，但是他不愿被迫表达自己对玛格丽特的感情。他不是人云亦云的反舌鸟，也不想跟谁比赛歌颂赞美他爱慕的人。因此，他把话题转到了他与租户之间的一些琐事上。

“我看到院子里有一些砖和灰泥，那是做什么用的？是要修理什么东西吗？需要帮忙吗？”

“不是，不需要，谢谢。”

“你是在自己掏钱盖什么吗？如果是这样，那么我要向你表示感谢。”

“我在盖一间食堂，给工厂的工人们用。”

“我还以为你是个挑三拣四的人呢，如果你作为一个单身汉，还对这间房子不满意，觉得它不够好的话。”

“我认识了一个奇怪的人，并且把他很关心的两个孩子送进学校读书。有一天，我赶去付一小笔费用，刚好路过他住的地方。他们正在吃午餐，我看到他们简陋的伙食——乌黑油腻的一小块肉，这让我有了初步的想法。可是，今年冬天粮食价格大幅上涨，我才决定以合适的价格批量购买食材，一次性烹饪足够多的食物，这样就能节省很多钱，并且非常方便。于是我就跟我朋友——或者说是我的对头，就是我之前说过的那个人——说了这个计划，他给每个细节都挑了点儿毛病出来。这个计划就这样搁置了，因为它不太现实，而且如果我一意孤行，恐怕会干涉工人们的私人生活。后来有一天，这个希金斯又找到我，很客气地向我介绍他赞同的一项计划，结果我发现这个计划和我的计划几乎完全相同，简直就是我的计划。而且，他还征求了其他几个工人的意见，也得到了认同。我承认，当时我心里有点儿'冒火'，本想把所有计划都丢下不管了。可是，如果仅仅因为失去了'创始人'的荣誉和头衔，就放弃如此完美绝妙的计划，那么或许也太孩子气了。因此，我冷静下来，接受了分配给我的任务，我的角色就像是一家俱乐部的总干事。我要负责批量购买食材，再请来一位合适的厨师或女总管。"

"但愿你能做好这份新工作。你懂得怎么挑选洋葱和土豆吗？不过，桑顿太太总能给你提供一些建议吧？"

"一点都没有，"桑顿先生说，"这个计划她一点儿都不赞成。现在，我们之间根本不提这件事。不过我自己干得还不错，从利物浦大批购入牲畜，让自家的屠宰工进行宰割。而且，我可以自豪地说，女总管做的热餐一点都不丢脸。"

"你有没有凭借自己的职权，把每一种即将出售的食物都品尝一遍？我真希望你拥有白色的权杖。"

"一开始我很谨慎，只负责购买食材，而且就连这方面也严格按照女总管交给工人们的订单来选购，从不自己做主。有一次牛肉量太大了，还有一次羊肉太瘦了。我想他们看出来，我是那么小心翼翼地尊重他们的决定，不强加我自己的意见。因此，有一天，几个工人来找我——希金斯也来了——问我愿不愿意出去吃一顿。那天我事情非常多，但是我看得出来，如果我已经表现得很友好，却不迁就他们一下，那么他们会很失望的。于是我就跟他们一起去了，那是我这辈子吃过的最美味的一餐了。我对他们说（我指的是跟我一起去的这几个人，因为我不擅长当众讲话）我对这顿饭的评价相当高。之后的很长一段时间，每当他们准备了上等的菜品，肯定就会来邀请我，'厂主，今天中午做了罐焖土豆牛肉，您要不要来尝尝？'如果没有人邀请我，我肯定不会擅自登门，就像如果没有人邀请我，哪怕我在营房，也不会去食堂吃饭。"

"我觉得，如果你在场，你那些东道主们的谈话多少会受到点儿影响。只要你在旁边，他们就没法说厂主的坏话啦。我猜，在不吃罐焖土豆牛肉的日子里，他们或许会好好发泄一番。"

"唉！至今为止，我们都对那些让人生气的话题采取回避态度。不过，如果有哪个旧矛盾又被提出来，那么我肯定要在下一次吃罐焖土豆牛肉的时候说出我的想法。可是，虽然你的老家也在达克郡，但你却并不了解达克郡人。他们说起话来生动幽默，表达方式也很直接。现在我已经变得有些适应他们了，他们跟我说话时可随便了。”

“再没有什么事情能像吃这个动作那么令人平等了。死亡根本无法与之相提并论。哲学家简简单单地死，伪君子大张旗鼓地死，老实人毕恭毕敬地死，傻瓜们不明不白地死，就像小鸟坠地一样。可是，无论是哲学家还是傻瓜，无论是收税人还是法利赛人，吃东西的方式都是一模一样的——只要他们的消化系统没出毛病。你这个理论中可是包含着另一个理论啊。”

“真是的，我可没什么理论，我不喜欢理论。”

“对不起，为了表达我的歉意，你是否愿意接受一张十英镑的钞票，用它买点好食材，给那些可怜人改善一下伙食呢？”

“很感谢，但我只能拒绝你。他们做饭的地方是工厂用地，都是付了租金的，新盖的食堂租金更高。我可不愿把这件事变成施舍，我不想搞慈善。一旦违背原则，就会被人家议论，本来简简单单的事情就会变得说不清道不明。”

“任何新计划都会引来议论，这不是你能控制得了的。”

“如果有谁把我当敌人，就会从大发慈悲的角度对这项计划议论一番，但你是我的朋友，我希望你能以沉默的方式作为对我的尊重。眼下，这尚且是把新扫帚，能打扫得很干净，过不了多久，我们肯定会遇到很多麻烦的。”

第十八章　玛格丽特移居伦敦

我们向最简陋寒碜的东西告别时，
那件东西也不再显得简陋寒碜了。

——艾略特《村长》

虽然肖太太是个脾气温和的人，但她依然无比厌恶米尔顿。市区人声嘈杂，烟雾缭绕，街上来往的穷人都穿得脏兮兮的，有钱人家的小姐太太们又打扮得花里胡哨。而且，每一个人，无论什么身份地位，都穿着不合身的衣服。她坚信米尔顿的环境绝对不利于玛格丽特恢复体力，同时她也担心自己神经衰弱的老毛病又会复发。她决定带玛格丽特一起回去，而且要尽快回去。这些就算不是她的原话，至少也是她竭尽全力想说服玛格丽特接受的想法。玛格丽特身体虚弱，心情悲痛，没有力气反驳，最终勉强答应姨妈，一过星期三就立马跟她回伦敦，剩下的事情——交钱、卖家具、关闭房屋等——交给狄克逊来打理。那个令人伤心的星期三是黑尔先生下葬的日子，他的安息地与他曾经定居过的两个地方，以及他妻子都相距很远，他妻子如今孤零零地躺在陌生人之间。（后面这件事让玛格丽特始终感到后悔，她觉得，如果自己能在最初那段悲伤的日子里尽快振作起来，那么她原本可以把下葬的事情安排得更妥当的。）在星期三到来之前，玛格丽特收到了一封信，是贝尔先生寄来的。

"亲爱的玛格丽特，我原计划星期四去米尔顿，可是偏偏在那一天，我们普利茅斯学院的评议员们被要求执行一项义务，这件事很重要，因此我无法擅自离岗。伦诺克斯上尉和桑顿先生都在这边。上尉相貌英俊，是个善良的人，他还说要去米尔顿帮忙找找遗嘱。当然，遗嘱根本不存在，否则按照我的指示，你早就找到它了。上尉还说，他肯定要把你和他岳母一起接回家去。他妻子就要生孩子了，他不可能待到星期五以后再走。不过，狄克逊这个人倒是很可靠，她能帮你应付着直到我去的那一天。既然没有遗嘱，那么我就委托我在米尔顿的法律代理人来处理这件事，因为，上尉虽然打扮得干净利落，但是我很怀疑他办事是否熟练。不久之后就要举行拍卖了，所以，你把你想留下的东西挑出来，或者你列一张单子给我也可以。现在，还有两件事，我已经办完了。你知道的——或许你还不知道，反正你可怜的父亲是知道的——等我死后，我的全部财产都归你，我的意思并不是我快要死了，我只是想对接下来将要发生的事情做个解释。眼下伦诺克斯一家似乎很喜欢你，或许他们会一直这样，或许不会。所以，你最好从一开始就和他们做个正式的约定，也就是说，只要你们相处愉快，你就每年交二百五十英镑给他们。（这笔钱已经把狄克逊的工钱等费用算进去了，所以你得小心不要上当，别再多付钱给她）。这样一来，如果上尉哪天不想继续收留你了，你就可以带着你的二百五十英镑另谋他处，不至于无依无靠地在外漂泊，如果，说实话，我没有首先请你来帮我料理家事的话。至于衣物、狄克逊、你的个人开销和糖果等（年轻姑娘在懂事之前都喜欢吃糖果），我要向我认识的一位女士征求一下意见，看看你到底应该从你父亲那里得到多少，然后再做决定。唉，玛格丽特，你肯定还没看到这里就已经满腹牢骚了，肯定心想，这个老头儿怎么这样放肆，竟然自作主张地替你安排一切？我敢肯定你会这样想。可是，这个老头儿确实有这么做的权力。整整三十五年，他都关照着你的父亲，当你父亲结婚时，他陪在他身边；当你父亲去世时，他为他合上双眼。更何况，这个老头儿还是你的教父。既然他无法在精神上给你提供多大帮助——在他看来，你在这方面已经相当出色了——那么他就想在物质上多帮助你一些。这个老头儿已经没有亲人在世了，'还有谁会向亚当·贝尔表示哀悼呢'？关于这件事，他的主意已定，而这位名叫玛格丽特·黑尔的姑娘肯定不会拒绝他的要求。请尽快回信给我一个答复，哪怕只有简单的一两句话也行，只是不要道谢。"

玛格丽特颤抖地拿起笔，写下歪歪扭扭的一行字："这位名叫玛格丽特·黑尔的姑娘肯定不会拒绝他的要求。"她太虚弱了，实在想不出其他措辞，可是引用贝尔先生的原话又让她感觉很不好意思。然而，即使只用了这么一点力气，也让她感觉疲惫不堪，所以即便能想出其他表示接受的答复，她也无法继续坐在那里写上半个字了。她只好重新躺下，尽量让自己不去思考。

"亲爱的孩子！你是在为那封信而烦恼吗？"

"不是！"玛格丽特无精打采地说道，"过了明天，我就没事了。"

“宝贝儿，我相信你只有离开这个环境恶劣的地方才能恢复健康。真是难以想象，这两年你是怎么过的。”

“我能去哪儿呢？我不可以丢下爸爸妈妈。”

“好啦！亲爱的，别伤心，我完全是出于好意，我只是无法想象你们的生活。就连我们管家的妻子住的地方也比这座房子好。”

“到了夏天，这里有时很漂亮，你不能依据它现在的模样来判断。我在这里的生活始终都很快乐。”玛格丽特闭上眼睛，不想继续谈论这个话题了。

这座房子比从前舒适了很多。夜里气温太低，在肖太太的安排下，每间卧室都生起了火。她想尽办法安抚玛格丽特，在她看来，美味佳肴和绫罗绸缎都能让人远离烦恼，于是她不惜花重金买来送给玛格丽特，然而玛格丽特对这些东西没有丝毫兴趣，仅仅为了对姨妈的辛苦和好意表示感激，才会非常勉强地注意一下。虽然她的身体非常虚弱，但她还是整天都坐立不安，从这间屋子走到那间屋子，病快快地挑选着想要留下的物品，并且强迫自己不要去想在牛津举行的那场葬礼。狄克逊在一旁跟着玛格丽特，表面上看起来是在听候吩咐，其实她是遵照肖太太的嘱咐，帮助玛格丽特尽快镇静下来。

“狄克逊，帮我留下这几本书，其他的都送给贝尔先生，好吗？这些书不仅是爸爸的遗物，而且本身价值就很高，贝尔先生会珍惜它们的。这一本——我走以后，请你转交给桑顿先生。等一下，我要写封短信夹在里面。”她急匆匆地坐下，就像避免思考似的，写道：“亲爱的桑顿先生：奉上我父亲的一本藏书，我相信，你一定会替他珍藏这本书的。——玛格丽特·黑尔敬启”。

她又开始在屋子里走来走去，查看着那些从童年时期就陪伴着她的东西，虽然它们已经破旧，并且早已过时，但是她很不舍得丢下它们。她几乎没有再说话，狄克逊只好对肖太太说，虽然她一直不停说话，试图分散黑尔小姐的注意，可是她实在不确定小姐是否真的在听。玛格丽特一整天都没闲着，到了晚上便疲惫不堪，睡得很踏实，自从得知父亲去世的消息后，她还是头一次睡得那么踏实。

第二天吃早餐的时候，她对肖太太说，她想去和两位朋友道别。肖太太不大赞同地说：“亲爱的，依我看，你在这里肯定不会有值得你一大早就跑去拜访的亲密朋友，你连教堂都还没去过呢。”

“但是只剩下今天一天了。如果伦诺克斯上尉下午过来，如果明天……明天咱们就必须得离开的话……”

“没错，明天咱们就走。我越来越觉得，你脸色那么差，都是这儿的空气造成的。而且，伊蒂丝也一直盼着我们回去，或许她正等着我，可是，亲爱的，你那么年轻，我不可能丢下你不管。不行，如果你非要去见你的朋友，那么我就跟你一起去。或许狄克逊可以帮咱们叫辆马车。”

说完，肖太太就去为玛格丽特准备衣帽，还派女佣去准备围巾和气垫。从前，无论什么时间，玛格丽特经常独自一人去见朋友。如今，她只不过是去见两个朋友，却要面对如此烦琐的准备工作，她的表情变得非常黯淡，难以挤出一丝笑容。她没敢说出她要拜访的两家之一就是尼古拉斯·希金斯家。她祈祷姨妈会不愿下车，走入那条小巷子，被屋子之间拉起的晾衣绳上的湿衣服拂过脸颊。

对此，肖太太的内心也激烈斗争了一番，盘算着是应该让自己舒坦一下，还是应该遵守主妇的礼节，然而最终她还是决定不去冒险。于是她一再嘱咐玛格丽特小心别染上热病（这种地方总是潜伏着热病），然后才放她下车去那户人家。从前，玛格丽特经常来这儿，既不用提防热病，也不用经过谁的允许。

尼古拉斯出门了，只剩下玛丽和鲍彻家的两个孩子在家。玛格丽特非常后悔没有选择好拜访的时间。玛丽虽然头脑迟钝，但是内心的情感却很丰富。当她听说了玛格丽特的来意后，便抽泣着哭了起来。玛格丽特在来时的路上想到很多琐事，然而看到玛丽的反应，她发觉无论说出哪一件都于事无补。她只好稍微劝了一下玛丽，含糊地说将来她们还会有机会在某时某地见面的，然后她请玛丽转告希金斯先生，希望他（如果可以的话）晚上结束工作后能够去看看她。

在她告辞前，她停了下来，环顾四周，迟疑地问道：“我可不可以要一件贝西的小东西当作纪念？”

玛丽立刻表现出宽厚的天性。他们有什么东西能拿来送人呢？玛格丽特挑了一只小杯子，她记得从前贝西身边总是放着这只杯子，供她发热的嘴唇随时喝到杯中的水。玛丽见她选了如此普通的东西，便说：“噢，你为什么不挑个好点的东西呢？那杯子只值四便士！”

“这已经很好了，谢谢你。”玛格丽特说完就立刻离开了。玛丽为送出了礼物而感到高兴，脸上一直挂着笑容。

“接下来，该去看看桑顿太太了，”玛格丽特心想，“那里是必须要去的。”可是一想到这些，她的心就沉重起来。她费尽周折才找到合适的字眼，向姨妈解释桑顿太太是谁，以及为什么要去向她道别。

她们（肖太太这回下了车）被带到客厅里，炉火刚刚生起来。肖太太裹紧围巾，缩起身子打着哆嗦。

“这房子真冷啊！”她说。

她们等了一阵子，桑顿太太才走进房间。如今，既然玛格丽特要离开这里了，她对她的态度才稍微缓和了一些。她想起玛格丽特在长期的忧愁劳累中表现出的毅力，还想起玛格丽特无时无刻不显露出的勇气。因此，当她向玛格丽特打招呼时，她的表情比平常要温柔很多。当她发现玛格丽特脸色苍白，眼睛已经哭肿，声音压抑着颤抖时，她甚至流露出怜悯的神情。

“我来介绍一下，这是我的姨妈肖太太。明天我就要离开米尔顿了，不知您是否已经知道这个消息了，但是，桑顿太太，我觉得我应该再见您一面，我想——我想向您道歉，因为上次和您见面时，我的态度很不好，而且我还想说，我明白您是出于好意——无论我们之间有多大的误会。”

肖太太在旁边听得一头雾水。对桑顿太太的好意表示感谢？为自己的态度表示道歉？然而桑顿太太却回答道：“黑尔小姐，很高兴你对我这么公正。我只是觉得自己有责任那样规劝你一下。我一直想和你交朋友。你能对我这么公正，我确实挺高兴的。”

“那么，”玛格丽特羞红了脸，“您能不能也对我公正一些，相信我——虽然我不能也不想为自己的行为做辩解——我根本没有做什么不体面的事情，您的担心完全是多余的。”

桑顿太太从前始终没有被玛格丽特温和柔媚的态度所打动，然而这一次，她的声音更加温柔，目光更加真诚，以至桑顿太太也被感动了。

“好的，我相信你。这件事就不要再提了。你打算去哪儿呢，黑尔小姐？贝尔先生已经告诉我了，说你要离开米尔顿。你一直对米尔顿没什么好感，是不是？”桑顿太太露出严肃的笑容，“可是，虽然如此，我也不会祝贺你能够离开这里。你要去哪儿呢？”

“去我姨妈那里。”玛格丽特一边说，一边看了看肖太太。

“我外甥女要和我一起去哈利街住。我把她当成是自己的女儿，”肖太太怜爱地看着玛格丽特，说道，“凡是对她好的人，我都很愿意向他们道谢。如果以后您和您丈夫有机会去伦敦，那么我们一家都会好好招待你们的。”

桑顿太太这才明白，玛格丽特并没有把桑顿先生和桑顿太太之间的亲缘关系向她姨母详细说明。而这位有教养的阔姨妈居然会赏光邀请他们。因此，她直言不讳地说道：“桑顿先生是我儿子，我丈夫已经去世了。我从没去过伦敦，以后也不大可能会去，你的好意我心领了。”

这时，桑顿先生也从牛津回来了，他身上的丧服表明了他去那里的原因。

“约翰，”他母亲对他说，“这位是肖太太，黑尔小姐的姨妈。黑尔小姐是来向咱们道别的，这真让人感到可惜。”

“你是要离开了吗？”桑顿先生低声说道。

“是的，明天就走。”玛格丽特回答说。

“今天晚上我女婿会来接我们。”肖太太说。

桑顿先生背过身去，依然站在原地，似乎盯着桌子上的什么东西，如同发现了一封未拆的信件，使他忘记了身边还有客人在场。直到玛格丽特和肖太太起身告辞时，他还是一副心不在焉的样子。但他没有忘记走上前去，扶着肖太太下楼，送她们上马车。当马车驶过来时，他和玛格丽特肩并肩站在台阶上，距离非常近。他们都情不自禁地回忆起骚乱那天的情形。桑顿先生联想起骚乱第二天他们之间的对话。她是那么愤怒，说她对那些绝望而暴虐的人中的每一个都像对他一样关心。一想起她尖刻的态度，他的表情就阴沉下来，但他的心跳却因为对她的爱而慌乱起来。

“不！”他在心中劝慰自己，“我试过了，结果却失败了。随她去吧，带着那冷漠的心，还有那美丽的容颜，就这样离开吧——你看，她那漂亮脸蛋上的表情是多么坚定，多么可怕啊！她生怕我会说出什么不该说的话，冒犯到她。随她去吧。无论她多么漂亮，继承了多少财产，她终究会发现，再没有人能比我更有诚意了。随她去吧！”

他克制住自己的感情，冷冰冰地和她道别。他淡定地握住她伸出的手，而后不以为意地松开，仿佛那是一朵已经凋零的花。然而那天剩下的时间里，家里没有人再见到过桑顿先生。他有事情要忙，至少他自己是这样说的。

从一大早就开始的拜访活动让玛格丽特感到疲惫不堪，她只好任凭姨妈照顾她、安抚她，听她叹气道：“我早就说过不让你去。”在狄克逊看来，玛格丽特此时的状态就像刚刚得知父亲去世的消息时那么糟糕，于是她建议肖太太晚几天再回去。然而当姨妈勉为其难地向玛格丽特提出推迟行期时，玛格丽特却挣扎着说：“唉！咱们还是按照原来的计划吧。我已经不想待在这儿了，我的身体也受不了这儿了。我想把这一切都忘掉。”

于是，她们继续打点行装，为次日启程做准备。伦诺克斯上尉来了，并且带来了伊蒂丝和他刚出生的儿子的消息。玛格丽特随意地跟他聊着天，发现这种谈话让她感觉舒服了一些——只要对方是个亲切的人，而且不会过于热情、迫切地向她表示同情。她打起精神。到了希金斯差不多该来的时间，她已经恢复了平静，回到自己的卧室等着被叫去接待客人。

“唉！”她一来到客厅，希金斯就这样对她说道，“真想不到，老先生居然过世了！我得知这个消息时，简直吓傻了。‘黑尔先生？’我问给我报信的那个人，‘是那位牧师？’‘没错。’他说。‘那么，’我说，‘且不管其他人如何，这世上又少了一位好心人！’我来这里，是想告诉你我有多难过，可是厨房里的那几个女人不愿让我见你，她们说你身体不适——真见鬼，不过你看起来确实跟以前不一样了。你是不是马上要到伦敦当阔小姐了？”

“哪里是什么阔小姐。”玛格丽特露出亲切的笑容。

“哦！一两天前，桑顿对我说：‘希金斯，你有没有去见黑尔小姐？’‘没有，’我说，‘那些女人不让我见她。如果她病了，我可以找机会去看她。她和我是老熟人了。她家老先生去世的事情，我感到很难过，只不过我见不到她，没法告诉她，但她是不会怀疑这一点的。’可是他说：‘你还是尽快想办法见见她吧，老伙计。她现在巴不得早点离开我们呢，一天都不愿多待。她亲戚那一家子很有钱，他们要带她去伦敦，我们再也没法见到她了。’我说：‘厂主，如果她离开前我没法见她，那么下次降灵节时，我就想办法去趟伦敦，我必须见她一面。无论她的亲戚们怎么阻拦，我都一定要亲自和她道别。’可是，感谢上帝，我就知道你肯定会来。我假装相信你走前不会来看我，只不过是为了顺着桑顿的意思。”

“你说得没错，”玛格丽特说，“只有你才会公正地看待我。我也相信，你肯定不会忘记我。哪怕米尔顿的所有人都忘了我，但我相信你肯定不会，你会一直记得我，还有爸爸。你知道他是个多么宽厚仁慈的人。你看，希金斯！这是他的《圣经》，我要把它送给你。其实我很舍不得把它送给别人，但如果是你，我相信爸爸会很高兴的。我知道，你一定会为了爸爸好好珍藏它，并且愿意认真思考其中的教义。”

“是的，你说得对。哪怕是魔鬼的胡言乱语，只要为了你和老先生，我也愿意去读。这是什么，姑娘？我来看你不是为了找你要钱的。你可千万别这样。咱们是朋友，不能跟钱扯上关系。”

“这是给孩子们的——鲍彻的孩子，”玛格丽特连忙说道，“他们或许需要这些钱。你不能替他们拒绝。不要以为这是给你的，”她笑道，“我一个便士都不会给你的。”

“那么，我只好说，愿上帝保佑你！姑娘！愿上帝保佑你！阿门！”

第十九章　舒适并非平静

沉闷的生活循环往复，永不停息，

昨天的面貌，跟今天的全无区别。

——考珀《希望》

人人都应当如何举止，他看到了理应遵循的礼节与规矩，只有自己也达到了这一点，他心里才会充满欢乐。

——吕克特《万神殿》

伊蒂丝坐月子的这段时间，哈利街的房子里安静极了，玛格丽特也得到了充分的休息，这让她感觉舒服了一些。她还借此机会了解了一下最近两个月中自己处境的变化。她意识到自己突然住进了一座十分舒适的房子，这里的人们似乎没有丝毫关于人世的烦恼。日常生活如同上了油的机器齿轮，安安稳稳地持续运转着。玛格丽特回到这里之后，肖太太和伊蒂丝坚持把这里称作她的家，对她关怀备至。因此，她觉得自己心中深藏的隐秘感受简直不近人情。在她看来，能称得上是家的，只有赫尔斯通的牧师公馆——甚至是米尔顿的那间小破屋，那里有她可怜的父亲和患病的母亲，以及因贫穷而精打细算的生活。伊蒂丝希望赶紧恢复体力，好把玛格丽特的卧室也布置得和她自己的房间一样舒适而漂亮。肖太太想让玛格丽特的打扮重新光鲜亮丽起来，于是和女佣一起想方设法为她准备各种服装。伦诺克斯上尉是个随和的人，热情又善良。他每天花一两个小时陪妻子在梳妆室里待着，然后再花一个小时陪儿子玩耍，接下来如果没有饭局，他就在俱乐部里打发掉一天的剩余时间。玛格丽特的身体尚未完全恢复，或者说，她还没有意识到眼下的生活有多么枯燥乏味，因此，她还需要安静地休养。就在这个时候，伊蒂丝已经起床，下楼来重新操持起一直以来由她负责的那份家务活。玛格丽特逐渐重拾老习惯，又像从前一样在旁边看着表妹干活，时而称赞几句，时而帮些小忙，她毫不犹豫地从伊蒂丝手中接过所有看似应由伊蒂丝亲自去做的事情：为她回复信件，提醒她的约会时间，空闲时照顾她，这让玛格丽特感觉自己反倒成了病人。当时正值伦敦的社交旺季，大家都忙着四处走访，玛格丽特经常独自待在家中。于是，她回忆起米尔顿，不由得感到过去的生活和如今的生活有着巨大的差异。现在她身处舒适的环境中，一切都很平静，没有争斗，也无须努力，她很担心自己会沉溺在这种奢华的生活中，变得懒散、麻木，甚至忘记所有事情。伦敦或许也有辛勤工作的劳动者，可是她从来都没见到过，就连仆人们的心思她也无从知晓，他们有自己的私人世界，只有当用得到他们时，他们才会突然冒出来。玛格丽特的心中和如今的生活方式中，有一块说不清也补不上的空缺。有一次，玛格丽特把这种感觉向伊蒂丝大致描述了一下。当时，伊蒂丝因前一晚跳舞跳累了，正躺在沙发上，懒洋洋地抚摸着自己的脸蛋，玛格丽特则像从前一样坐在旁边的一张凳子上。

“我可怜的姐姐！”伊蒂丝说，“大家都在玩乐享受的时候，你却被留在家里，这确实不太好受。但是过不了多久，亨利的巡回审判就要结束了，等他回来后，咱们就马上办一场宴会，你的生活也能多出点乐子来。我可怜的姐姐，也难怪你会感觉烦闷。”

玛格丽特并不认为宴会可以解决什么问题。但伊蒂丝却把举办宴会当作自己的强项。按照她的说法，她举办的宴会和妈妈举办的那种军官遗孀们聚在一起的老年人宴会完全不同。可是，虽然伦诺克斯上尉夫妇有着年轻人的口味，请来的客人也都是志趣相投的，但无论在年轻人的宴会上，还是在自己举办的正式而枯燥的宴会上，肖太太都会感觉非常愉快。伦诺克斯上尉对待玛格丽特十分亲切友好，就像兄长一样。玛格丽特也很尊敬他，只不过有些不满于他太过挑剔伊蒂丝的容貌和打扮。他这样做，是想让大家都注意到伊蒂丝的美丽外表。每当这种时候，玛格丽特心中的倔脾气就会被激发出来，几乎忍不住想发表自己的看法。

玛格丽特的日常安排是这样的：每天起床后先安静地待上一两个小时，很晚才吃早餐。这顿饭的时间并不固定，用餐的人还没完全醒来，迷迷糊糊的，可是就算早餐时间拖了很久，大家也希望玛格丽特能够在场，因为餐后他们要立刻讨论各种计划。虽然这些计划都与她无关，但他们都想听听她的意见，更希望得到她的赞同。接下来，伊蒂丝会把一封又一封的信件交给她，让她写回复短信，并且对她写的

é loquence du b í llet[①]大加赞赏。写完了信，肖尔托的午前散步也该结束了，等他回来后，她便陪他玩一会儿，当仆人们用餐时，她还要负责看管孩子们。接下来，姨妈和表妹夫妇要么乘车出去赴约，要么接待来访的客人。这时，玛格丽特就可以闲下来了，可是她原本就心情郁闷，虚弱无力，这样无所事事的空闲时间反而让她感到非常厌倦。

她虽然嘴上不说，心里却热切期盼着狄克逊从米尔顿归来，即使这并不是什么大事。那位老仆人直到现在还依然在那边忙着打理黑尔家剩余的事务。玛格丽特突然感觉非常寂寞，她在米尔顿生活了那么久，可是现在却没有那边老熟人们的任何消息。的确，狄克逊倒是经常在寄来的事务性信件中转达桑顿先生的建议，例如，怎样才能更好地处理家具，或是怎样才能更好地应对克兰普顿街那座房子的主人。不过这个名字，包括米尔顿其他人的名字，也只是偶尔才被提起。一天晚上，玛格丽特拿着狄克逊寄来的信件，独自坐在伦诺克斯家的客厅里。她没有读信，而是呆坐在那里，回想着从前的生活，那种她曾投身其中的忙碌生活，她不知道那里的一切是否还是老样子，就如同她和父亲的出现并不会改变那里的生活节奏一般。她猜想那些人是否已经把她忘了（不包括希金斯，她根本没有想到他）。这时，仆人突然进来向她通报贝尔先生来访的消息。她立刻把信丢进针线筐，一下子站了起来，满脸通红，就像犯了什么错一样。

“啊，贝尔先生！没想到您竟然会来！”

“但愿你对我的欢迎能像你的惊讶那么强烈。”

“您吃饭了吗？您是怎么过来的？我派人去给您准备晚餐。”

“要是你也吃，我就跟你一起吃。否则，你知道的，我对吃饭一点都不在乎。其他人都去哪儿啦？都出去吃饭啦？把你一人扔在家里？”

“是啊！我刚好可以休息一下。我想——可是您愿意在这儿吃饭吗？不知道家里是否还有吃的。”

“嘿，说实话，我已经在俱乐部里吃完饭了。只不过那儿的厨子手艺比以前差了，所以我本来想的是，如果你也吃，我就跟你一起再吃一点儿。但也无所谓的，无所谓！在英国，要想临时准备一顿饭，能找到十个靠谱的厨师就不错了。就算他们厨艺不赖，能把菜做得色味俱佳，但他们的脾气可是不敢恭维。玛格丽特，你还是给我倒杯茶吧。噢，你刚刚想什么呢？你不打算告诉我吗？你藏起来的那封信是谁寄来的，教女？”

“只不过是狄克逊寄来的信。”玛格丽特的脸涨得通红。

“哟！就是她寄来的吗？你猜我刚才碰见谁啦？”

---

①法语，“娓娓动人的信”之意。

"我猜不出。"玛格丽特根本没想去猜。

"是你的……你应该叫他什么呢？表妹夫的哥哥应该叫什么？"

"你说的是亨利·伦诺克斯先生？"玛格丽特问。

"是的，"贝尔先生说，"你们认识吧？他人怎么样，玛格丽特？"

"以前我很喜欢他，"玛格丽特垂下眼帘，过了一会儿，又抬起头，表情自然地望着贝尔先生继续说道，"您知道的，因为弗雷德里克的事情，我们后来一直保持通信，但是我已经快三年没见到他了，也不知道他现在变成什么样了。您觉得他怎么样呢？"

"我也说不好。他起初急着想知道我是谁，然后又打听我是干什么的，可他自己的职业倒是一点都没透露。他想方设法套我的话，这种感觉可不太妙，这清楚地暴露了他的性格。真的，除了这一点，别的倒看不出什么。你觉得他长得好看吗，玛格丽特？"

"不！当然不。您觉得他好看？"

"我可不觉得。我原以为你可能会觉得他好看。他经常来这儿吗？"

"他在伦敦的时候，应该是会经常过来的。不过，我来了之后，他一直在外面巡回审判。可是——贝尔先生——您是从哪儿来的呢，牛津还是米尔顿？"

"米尔顿。你没看出来吗？我被那边的烟熏得又干又黑。"

"当然，我看出来了。但是，我还以为那可能是牛津的古迹造成的影响。"

"嗐，别说傻话啦！如果是在牛津，我就能对当地的所有房主应对自如，每件事都能按照我的意思去办，不至于像你们在米尔顿的房主那么难缠，最终还是我投降了。他一定要到明年六月才收回房子，幸亏桑顿先生又找到一个租户。桑顿先生给你们家帮了不少忙，也让我少了很多困扰，你怎么不问问他呢，玛格丽特？"

"他还好吗？桑顿太太还好吗？"玛格丽特连忙问，她原本想说得大声一些，可声音依然很小。

"他们都很好。我在米尔顿时，就住在他们家里，后来因为他们总是不停念叨桑顿小姐的婚事，我才感觉待不下去了。其实桑顿先生自己也受不了了——虽然那是他妹妹的婚事——他总是躲到自己的房间去。无论是为了他自己，还是为了其他家庭成员，他都已经到了对这种事情不太关心的年纪了。可是桑顿太太倒是把全部精力都投入到这件事情上，她女儿对香橙花和蕾丝的喜好把她搞得晕头转向，这可出乎我的意料之外，我原以为她是个冷漠无情的人呢。"

"她会装得很热情，这样就能掩饰她女儿的短处。"玛格丽特小声说。

"可能是这样。你是不是认真观察过她？她似乎不大喜欢你，玛格丽特。"

“我知道，”玛格丽特说，“噢，茶泡好了！”她提高声音说道，心里似乎轻松了一些。这时，亨利·伦诺克斯先生来了，他晚饭吃得很晚，吃完就到哈利街来了，显然是以为弟弟和弟媳肯定在家。从他那天在赫尔斯通向玛格丽特求婚被拒后，这还是他们见的第一面。玛格丽特很庆幸贝尔先生也在场，她觉得伦诺克斯先生应该也有着同样的想法。一开始，她甚至不知道说些什么，幸亏她正忙着摆放茶桌，这让她得以沉默了一会儿，也让亨利有时间缓解尴尬。因为，对他来说，这天晚上到哈利街来其实是件很不情愿的事情，就算伦诺克斯上尉和伊蒂丝在场，这样的会面也会很尴尬，但好歹还可以应付，可如今刚好赶上大家都出门了，他不得不硬着头皮面对尴尬的场面。玛格丽特比他更早一步镇定下来。她努力驱散心中的窘迫感，然后开口说出已经准备好的话题。

“非常感谢你为弗雷德里克付出的所有帮助，伦诺克斯先生。”

“很抱歉没有办成这件事。”他一边回答，一边瞟了贝尔先生一眼，似乎想确认一下有此人在场他到底可以把话说到哪一步。玛格丽特察觉到他的心思，于是向贝尔先生解释起来，这样就可以让贝尔先生参与到谈话中，同时又能让伦诺克斯先生明白，贝尔先生对此事一清二楚。

“那个叫霍罗克斯的证人——也就是最后一位证人，也像之前的所有证人一样，没能帮上什么忙。伦诺克斯先生发现去年八月他就已经去澳大利亚了，而两个月后，弗雷德里克才回到英国，告诉我们那些人的名字……”

“弗雷德里克回英国啦？你可从没跟我提过这件事！”贝尔先生大吃一惊，嚷嚷起来。

“我以为您知道呢，以为爸爸已经跟您说过了。当然，这是个秘密，或许我不应该说出来。”玛格丽特面露慌乱的表情。

“关于这件事，我始终没有对我弟弟和弟媳提起过。”伦诺克斯先生用职业习惯的严肃语气说道，其中夹杂着几分嗔怪。

“没关系的，玛格丽特。我身边没有喜欢嚼舌根的人，也没有喜欢打探别人消息的人。你不用慌，我可是个老隐士，什么秘密都能烂在我肚子里。我绝对不会把这件事说出去，也不会受到任何诱惑，因为根本没有人会向我打听这件事。等一下！”他非常突然地打断了自己的话，“是不是在你母亲葬礼的时候？”

“妈妈临终时，他就守在她身旁。”玛格丽特语气柔和地说。

“这就对了！没错！嗐，曾经有人问我他当时回来过没有，我毫不犹豫地否认了，就在几个星期前，是谁问的来着？噢，我记得啦！”

然而他并没有说出那个人的名字。尽管玛格丽特很想知道自己是否猜对了，尽管她很想问问贝尔先生，那个人是不是桑顿先生，可她终究没有开口。

他们三个人都沉默了片刻。接着，伦诺克斯先生对玛格丽特说："既然贝尔先生已经知道你哥哥的情况了，那么我觉得我应该把对证人的调查情况也都告诉他，我们曾经希望找到这些证人，好证明你哥哥是无罪的。所以，如果他愿意，我们明天可以一起吃顿早餐，同时研究一下这些下落不明的人。"

"如果不会添麻烦的话，我倒是很想听听你们的讨论细节。你们不能来这儿吗？我不敢做主邀请你们来吃早餐，但我相信你们肯定会受到欢迎的。虽然这件事看起来已经没什么希望了，但我还是想多知道一些关于我哥哥的情况。"

"明天十一点半我有个约会。但既然是你提出的要求，那么我一定满足。"伦诺克斯先生带着一丝恍然大悟的神情欣然回答道。这让玛格丽特重新沉默下来，几乎要责怪自己提出了这样一个并不过分的要求。贝尔先生站了起来，到处寻找他的帽子，为了放茶点，那顶帽子已经被从茶桌上拿开了。

"好啦，"贝尔先生说，"我不知道伦诺克斯先生还有什么安排，但我可得走啦。今天这趟旅行把我累得够呛，在这之前，我甚至都忘了自己已经六十多岁了。"

"我想，我还是等一会儿再走吧，我还想看看我的弟弟和弟媳。"伦诺克斯先生没有一点儿要告辞的意思，这让玛格丽特重新尴尬起来，生怕自己单独和他待在一起。这会儿，她的脑海中不停浮现出在赫尔斯通的花园里发生的那一幕，她猜想伦诺克斯先生肯定也和她一样。

"您先别走，贝尔先生，"她连忙说道，"我希望您能跟伊蒂丝见一面，也让她和您认识一下。所以，请别走！"她一边说，一边轻柔而坚决地拽住贝尔先生的胳膊。贝尔先生看出了她眼神里的急切和慌乱，于是重新坐下来，似乎她这一触传达出巨大的力量，让他难以拒绝。

"你看看，她就是这样把我制服的，伦诺克斯先生，"贝尔先生说，"你有没有注意到她用词有多巧妙？她希望我和伊蒂丝'见一面'，据我所知，她的这个表妹是个大美人儿。可是一提起我，她就换了个规规矩矩的词儿——让伦诺克斯太太和我'认识'一下。我想，我大概不值得让谁'见一面'，是吧，玛格丽特？"

在他提出要离开的时候，他察觉到玛格丽特流露出些许不安的神情，于是他便这样开起玩笑来，好让玛格丽特借机平静一下。玛格丽特也明白他的意思，于是附和了几句。伦诺克斯先生觉得很奇怪，不明白他的上尉兄弟为什么会说玛格丽特已经失去光彩了。当然，她身上穿的是朴素的黑色丧服，与身穿白纱丧服的伊蒂丝的确截然不同。伊蒂丝迈着轻盈的步伐，垂顺的金色长发微微飘动，整个人看上去温和而高贵。当玛格丽特把伊蒂丝介绍给贝尔先生时，伊蒂丝羞涩地微笑着，恰到好处地露出两个酒窝，她知道自己不能辜负美人的名声，不能让一个末底改对她没有崇拜和赞美之情，即便这个末底改只不过是一所名不见经传的学院里的一位老评议员。肖太太和伦诺克斯上尉分别以自己的方式向贝尔先生表达了热烈的欢迎，这让贝尔先生几乎情不自禁地喜欢上了他们，尤其是当他看到玛格丽特如此自然地成了这个家庭中的一员。

“真抱歉，我们没有在家迎接您，”伊蒂丝说，“还有你，亨利！可是我事先不知道你会来，我们本该在家等着你的。也等着贝尔先生！等着玛格丽特的贝尔先生……”

“有什么是你不愿牺牲的呢？”她的大伯子问道，“甚至牺牲一次宴会，牺牲身穿华丽衣服给你带来的满足感！”

对此，伊蒂丝不知应该皱起眉头还是应该露出笑容。然而伦诺克斯先生并不想逼她做出选择，于是继续说道：“那么，明天早上，你是否愿意做出点儿牺牲？首先，请我和贝尔先生来吃早餐；其次，把用餐时间提前半个小时。我要给黑尔小姐和贝尔先生看一些资料和信件。”

“我希望，贝尔先生在伦敦的这段时间，能把我们家当成自己家，”伦诺克斯上尉说，“只不过我们没法给他提供住处，这一点我很抱歉。”

“谢谢你的好意。假如我能和你们住在一起，也只会让你们发现我是个怪老头，所以，虽然和你们在一起很愉快，但我也会谢绝这样的提议的。”贝尔先生一边说，一边向大家欠身致意，并且暗自为自己巧妙的表达感到得意。如果按照他的真实想法，那么说出的话就会变成这样：“你们说话办事时的这种端庄劲儿可真让我受不了，就像清水煮出的肉一样寡淡无味。幸好这里没有我住的地方，我说话还真是有分寸！我已经完全知道怎样才能显得彬彬有礼了。”

他告辞后，来到街上，和亨利·伦诺克斯肩并肩走着，心里还在暗暗得意着。此时，他突然想起玛格丽特请求他留下时眼神里流露出的恳切，又想起伦诺克斯先生的一个熟人曾经在很久以前暗示过他，说伦诺克斯先生对玛格丽特很有好感。他恍然大悟，“你和黑尔小姐认识很久了吧？你觉得她今天看起来怎么样？我感觉她脸色很差啊。”

“我感觉还不错。或许刚见面时觉得她脸色不太好，但后来就觉得好起来了。不过，当然了，她兴奋起来的样子和过去没什么区别。”

“她遭遇了很多不幸的事情。”贝尔先生说。

“是啊！我听说那些事情后，也为她感到难过。她不仅因为父亲的去世而悲伤，肯定还会因为她父亲的行为而感到困扰，而且……”

“她父亲的行为？！”贝尔先生诧异地说道，“你肯定是听了什么不实的传闻。他是个光明磊落的人，甚至比我以前所认为的还要坚毅。”

“或许是我听到了错误的言论。但是接替他工作的那位新牧师——他是个精明理智而且工作积极的人——对我说，并没有人要求黑尔先生放弃牧师工作，去一个工业城市靠当家庭教师来维持家里的生计。主教早就提议给他安排另一个圣职，但就算他心存怀疑，原本也可以留在自己的职位上，根本没必要辞职。其实，乡村牧师们的生活都很孤独——我的意思是，他们没有可以交流的朋友，否则，他们就可以借助别人的思想来调整自己的思想，发现自己的步调是否过快或是过慢了——因此，他们经常会捕风捉影地怀疑信条，并且为此感到困扰，还会为了这种毫无依据的空想而白白错过一些行善的机会。”

“我可不这么想。我觉得，他们并不是经常会像我这位可怜的朋友那样去做。”贝尔先生感到非常愤怒。

“或许我说的‘经常’这个词有些宽泛。但是他们确实过着孤独的生活，这会让他们在良心上过于敏感而变得自负。”伦诺克斯先生平静地说道。

“那么，打个比方，你们当律师的就没有一个自负的人吗？”贝尔先生反问道，“这么说来，良心上过于敏感的就更少了，是不是？”他越说越生气，完全放弃了彬彬有礼的姿态。伦诺克斯先生看出自己惹怒了这位同伴，他原本是想随便说点什么，好打发这段同行的时间，其实并没有真的在意自己对这个问题的看法，因此，他平静地改口说道：“当然，黑尔先生还是很了不起的，在那样的年纪，能够为了一种或许是错误的——但这并不重要——一种莫衷一是的思想，离开他生活了二十年的地方，放弃长久以来养成的所有习惯，这让我非常佩服，但也有些同情他，就像同情堂吉诃德一样。更何况，他是那样知书达理！我永远不会忘记他在离开赫尔斯通前对我无微不至的款待。”

贝尔先生的怒气消了一些，然而为了完全消除心中的某些疑虑，他也急于让自己相信黑尔先生的做法确实带有一丝堂吉诃德的色彩，他没好气地说：“当然啦！你不了解米尔顿。那里和赫尔斯通完全不同！我有好些年没去过赫尔斯通了——但是我敢保证，它肯定一点儿都没变，跟上个世纪一模一样。可是米尔顿呢，我每隔四五年就会去一趟——那里是我的出生地——即便如此，我还是经常迷路，原先是我父亲果园的地方，现在早就建起了一排排商店。我们是应该在这儿分手吧？那么，再见，伦诺克斯先生。我想，明天上午我们还会在哈利街见面的。”

第二十章　并非全是梦境

我年轻时，在轻盈的大气里
飘扬的乐声，如今安在？
最后那声震颤已经消逝，
听到过的人也不在尘世；
啊！让我闭上眼，进入梦乡吧。

——沃·萨·兰道《老树上落下的最后果实》

和伦诺克斯先生谈话时，贝尔先生的脑海中清楚地浮现出赫尔斯通的景象，而且，那天晚上，他梦见自己又回到了赫尔斯通。在那所已将他任命为评议员的学院里，他又回到了导师岗位。时值漫长的暑期，他去他新婚不久的朋友——那位骄傲的丈夫、幸福的牧师——位于赫尔斯通的家中小住。他们经常不顾一切地跃过湍流不息的溪流，这让他们感觉自己像是飘浮在天空中，没有了任何时间和空间的概念，然而其他一切事物看上去却好像真实存在。所有事情都是以人的情感而非实际情况作为判断依据，因为并不存在实际情况。可是茂密的树木却呈现出绚烂的秋日景色——植物温暖而芳香的气息扑面而来——那位年轻的妻子在家中忙碌着，她有些担忧家里的经济状况，但又满足于自己有个忠诚、帅气的丈夫，这就是二十五年前，贝尔先生曾目睹的现实情境。这个梦如此真实，以至于当他醒来时，眼前的现实生活反倒像是梦境了。他现在身处何方？在伦敦一家旅店密闭而又精致的房间里！刚刚还和他对话、在他身边走来走去、与他亲密互动的人们都去哪儿啦？死掉了！埋进地里了！永远地从世上消失了。不久之前，他还是个精力旺盛、神采奕奕的小伙子，可一转眼，他却衰老成了现在的模样。他难以想象那种孤单寂寞的生活，于是连忙从床上爬起来，迅速穿上衣服，准备去哈利街吃顿早餐，以此来忘记那永远无法回去的往日时光。

他看到，所有能够为弗雷德里克洗刷罪名的证据，一个个都注定地或注定般的从玛格丽特眼前溜走了。此时，玛格丽特瞪着双眼，嘴唇惨白，可是他却无法聚精会神地仔细听律师说的每一句话。玛格丽特的最后一线希望也要破灭了，伦诺克斯先生职业上一贯稳重的声音中也不可避免地掺入了温和的语气。对于这样的结果，玛格丽特也不是没有想到过。只不过现在所有细节都一股脑儿地向她袭来，将她拖入绝望的境地。她终于忍不住哭了起来。伦诺克斯先生立刻停了下来。

“我看，还是不要继续了吧，”他关切地说道，“这个提议真是太蠢了。黑尔上尉……”虽然弗雷德里克已经被海军残忍地免职了，但听到伦诺克斯先生仍然用他以前的军衔称呼他，玛格丽特还是感到无比欣慰，“黑尔上尉如今过得很幸福，无论是财务方面，还是前途方面，都比他服役时安稳很多，他应该已经决定入籍他妻子的国家了。”

“确实如此，”玛格丽特说，“我太自私了，竟然还在为这件事感到遗憾，”她勉强挤出一丝笑容，“可是，我却失去他了，我太孤单了！”伦诺克斯先生翻看了一下文件，希望自己能在未来的某一天像期待中的那样变得富有和顺遂。贝尔先生吸了吸鼻子，继续沉默着。一两分钟后，玛格丽特重新平静下来，彬彬有礼地感谢伦诺克斯先生的帮助。而且，她发觉她的态度似乎会让伦诺克斯先生以为自己给她造成了不必要的痛苦，因此表现得非常柔和。其实是她自己不愿避开这种痛苦的。

贝尔先生来到她身边，与她道别。

“玛格丽特！”他一边吃力地戴上手套一边说道，“明天我要去赫尔斯通一趟，去看看以前待过的地方。你想和我一起去吗？这会不会让你感觉很痛苦？说说你的想法吧，不用担心。”

“噢，贝尔先生！”她惊叹了一声，就再也说不出话来了。她抬起老人因痛风而发肿的手，亲吻了一下。

“好啦，好啦，别这样，”他满脸通红地说道，“毕竟是和我一起去，你的肖姨妈肯定会放心的。明天上午我们就出发，差不多两点的时候能够到达那里。我们先简单吃点东西，再在一家以前叫‘伦纳德纹章’的小旅店预定晚餐，最后去林子里散散步，为晚餐准备好胃口。你确定你能承受这趟旅行，玛格丽特？其实，这不仅是对你的考验，也是对我的考验，可无论如何，对我而言，这都是一件快乐的事情。晚餐应该会是鹿肉，如果他们准备了的话。然后我去小睡一会儿，你可以去看看你的老朋友们。我得把你平平安安地送回来，除非路上发生什么交通事故，因此，出发之前，我得交上一千英镑作为你的人身保险，这或许能让你的亲戚们得到一些安慰。如果没有发生意外，星期五中午的时候，我就把你送回到肖太太身边。所以，只要你同意，我这就去和肖太太打个招呼。”

“我根本无法形容我有多么想去！”玛格丽特眼含热泪地说道。

“好，如果你想感激我，那么接下来的两天你不许哭。否则我的泪腺也会不舒服的，我可不想这样。”

“我一滴眼泪也不会掉的。”玛格丽特一边说，一边眨眨眼睛，想甩掉睫毛上的泪珠，然后勉强地挤出笑容。

“这才对嘛。那我就去和肖太太打招呼了。”贝尔先生向肖姨妈提出他的计划时，玛格丽特一直忐忑不安地期待着。姨妈起初大吃一惊，然后犹豫不决，不知如何是好。贝尔先生费了一番口舌，才把肖姨妈说服。可是她心里还是顾虑重重，不知道这样做是否对、是否合适，在玛格丽特平安回到她身边之前，她始终心神不宁、不知所措，直到这趟旅行圆满结束后，她才言之凿凿地说：“我早就觉得贝尔先生言之有理，玛格丽特能出去走走也是好事，这样一来，她就能摆脱那段悲伤经历的影响，变成她希望的样子了。”

第二十一章　昔日与今朝

每自我再一次大胆地想起
往昔的那一段快乐的时期，
我心里必然怀念着那些可靠的良友，
死神已然割断了我和他们的交游。
但是一旦结下了真诚的友谊，
就应在精神上相辅相依；
在精神上我们找到了福祉，
在精神上我依然和他们紧密相连。

——乌兰德《渡过溪流》

约定的时间还没到，玛格丽特就已经做好了准备，因此她可以从容不迫地趁着别人不注意，暗地里哭泣一会儿，等别人注意到她时，她就露出微笑的表情。她唯一担心的就是怕他们迟到没有赶上火车。可她的担心是多余的，他们到达的时间刚刚好。她终于放心了，愉快地登上火车，与贝尔先生先相对而坐。火车飞速经过她所熟悉的那些车站，静悄悄的南方城镇和村庄一个接一个地沐浴着温柔而干净的阳光，成片的红瓦屋顶显得更加耀眼了，与北方那种冷冰冰的石瓦屋顶形成鲜明的对比。一群群鸽子在这些古老的尖顶山形墙周围飞来飞去，随后接二连三地各自找地方落脚，把反射着阳光的柔软羽毛竖立起来，仿佛要在温暖的阳光下暴露出整个身体。车站上几乎空无一人，当地居民似乎都很满足于自己的生活，提不起兴致外出做点什么。玛格丽特曾经沿着伦敦——西北铁路线旅行过两次，目睹了那里繁忙热闹的气氛，然而这条铁路线上的气氛却截然不同。这里要到年底的时候才会热闹起来，挤满了寻欢作乐的有钱人，然而，对于那些经常往来于各地的忙碌商人来说，这条铁路线与北方的铁路线之间还是存在着巨大的差异。途中经过的每个车站都会站着一两个驻足观望的闲人，他们手插口袋，呆呆地望着经过的火车。见此情景，乘客们都很奇怪，不知火车远离车站后，那些人对着空荡荡的铁轨、孤零零的几座小房子以及远方的一两片农田，还有什么可看的。一片寂静的金黄色原野上笼罩着一层热气。一片片农场一闪而过，玛格丽特望着它们，想起了德国田园诗——《赫尔曼与窦绿苔》，还有《伊万杰琳》。当她从白日梦中醒来时，目的地已经到了，他们下了火车，换乘轻便马车，前往赫尔斯通。此时，她的心中泛起强烈而复杂的感情，说不清是痛苦还是快乐。一路上，玛格丽特满脑子都是各种回忆，她一点都不想失去这些回忆，但是每一种回忆勾起的怀念之情都给她带来难以名状的感觉，让她因“时光一去不复返”而流下眼泪。上一次从这条大路经过，还是她和父母一起离开此地的时候——当时的情景，当时的天气，一切都弥漫着阴霾，她的心情虽然沮丧，但至少是和父母在一起的。如今，她的身边已经没有了父母，只剩她孤单一人，他们都离开了她，从这个世界上消逝了，消逝得莫名其妙。赫尔斯通的大路上洒满了阳光，每一个角落、每一棵熟悉的植物都闪耀着光辉，和以往任何一个盛夏时节的景象别无二致。看到这一切，玛格丽特伤感起来。大自然不会察觉到她所经历的改变，它永远都是一副生机勃勃的样子。

贝尔先生多多少少猜得出玛格丽特的心思，所以他自觉保持沉默，体贴地陪在旁边。马车抵达了“伦诺德纹章”，这幢半是农舍半是旅店的房子并没有建在大路旁边，就如同店主人并没有为了招揽生意而大张旗鼓地宣扬，相反，旅客必须自己去寻找它。旅店朝向村子里的一片青草地，门前矗立着一棵苍老的松树，树周围放置了一圈凳子，茂盛的树冠深处悬挂着伦诺德家族的那个装饰着纹章的盾，看上去有点丑陋。旅店的门开得大大的，然而并没有人热情地跑出来迎接客人。等女店主走出来的时候——这段时间足够他们偷走不少东西了——她对他们表达了热情的欢迎，如同他们是她邀请来的客人。她为自己的怠慢表示歉意，说现在正赶上收割干草的日子，她刚才正忙着准备吃的，打算给地里干活的人送过去，所以没有听到他们的车轮声。自从离开大路后，他们的马车就轧着柔软的草坪行驶了。

“哎哟，我的天啊！”女店主突然大喊一声，因为在她道完歉后，一道阳光刚好照亮了玛格丽特的脸，由于休息室光线很暗，女店主起初没有注意到她，而现在却看得一清二楚，“是黑尔小姐啊，詹妮，快来啊，”她一边喊，一边跑到门口呼唤她的女儿，“快过来，黑尔小姐来咱家啦！”接着，她来到玛格丽特面前，握紧她的双手，脸上带着慈母般的表情。

“你们全家还好吗？牧师和狄克逊小姐过得怎么样？尤其是牧师！愿上帝保佑他！他离开以后，我们都很思念他。”

珀基斯太太没有提起玛格丽特的母亲，显然已经得知她去世的消息了。玛格丽特想告诉她，前不久，父亲也去世了，可是她的嗓子就像堵住了一样。她只是抚摸了一下自己穿着的丧服，勉强挤出了“爸爸”二字。

“不会吧？先生，这不可能吧！”珀基斯太太一边惊叹，一边望向贝尔先生，希望他能证实她的怀疑，“今年春天——也可能是去年冬天，有位先生来到这里，向我们讲了黑尔先生和玛格丽特小姐的很多事情。他说可怜的黑尔太太去世了。可是他并没有说牧师的身体有什么问题！”

“可事实就是这样，珀基斯太太，”贝尔先生说，“他是在去牛津看望我的时候突然去世的。他是个善良的人，他死得那么平静，如果能像他那样死去，很多人都会深感欣慰的。嗨，黑尔先生和我是老交情，玛格丽特又是我的教女，所以我们决定一起到这个老地方来看看，我早就料到你肯定会让我们住舒适的房间，吃丰盛的晚餐。看得出来，你已经不记得我了。我姓贝尔，以前有几次牧师公馆住满了人，没有我休息的地方，我就到你这儿来了，还品尝过你酿的淡啤酒。”

“当然了，真抱歉。您看，我光顾着说话了。玛格丽特小姐，我这就带您去房间，您可以换换衣服，洗下脸。今天一早，我刚把一捧新采来的蔷薇花泡进水罐里，我还想呢，没准会有客人来，泡过麝香蔷薇的泉水无比芳香，刚好用来迎接客人。可没想到，迎来的却是牧师去世的消息！当然，我们每个人都会死掉，只不过那位先生说，牧师在经历了丧偶的遭遇后，已经重新打起精神了。”

“珀基斯太太，你把黑尔小姐安顿好后，就立刻下楼来。我想和你商量一下我们的用餐事宜。”

玛格丽特的房间有一扇小窗子，窗外覆盖了一层蔷薇藤和葡萄藤，但是把藤蔓拨开，稍稍向外探身，就能看到树丛中间耸起的牧师公馆的烟囱顶，树叶的缝隙间还隐约显露出一些熟悉的轮廓。

“唉！”珀基斯太太叹了口气，她帮玛格丽特铺好床，让詹妮抱来一摞用薰衣草熏过的毛巾，“小姐，时代变啦。我们的新牧师正在原先的凉亭和工具房外面建造幼儿室，给他的孩子们使用，他已经有七个孩子了，还想继续生呢。他们还在壁炉上安装了新的炉格，在客厅的墙上新开了一扇窗，装了厚厚的玻璃。他们夫妻俩都是热心人，至少他们自己认为那是做好事。可要我说，那只是瞎忙活罢了，把事情搞得一团糟。小姐，新牧师兼任地方治安法官，主张戒酒。他妻子懂烹饪，主张做面包时不放酵母。他俩总是有说不完的话，而且两个人经常一起开口，所以好像总是互相顶撞。等他们离开你面前，你才能感觉安静一些，想到你原本打算替自己说些辩解的话。牧师经常去地里捡那些干活的人用来装饮料的罐子，偷偷往里瞅一眼，如果里面装的不是姜汁啤酒，他就会一副大惊小怪的样子，可我也没办法。从前，我的母亲和姥姥总给那些干活的人送去上等的麦芽酒，她们自己如果身体不舒服，就会吃点泻盐和番泻叶。她们也要求我这么做，虽然赫普沃思太太想给我一些糖果，用来代替药，她说糖果比药好吃多了，可我就是没法相信。小姐，我得下去了，虽然我还想听您多说点事情。我稍后会再过来。”

贝尔先生让珀基斯太太准备了奶油草莓、一块黑面包和一壶牛奶（还为自己加了一块斯蒂尔顿干酪和一瓶葡萄酒），等玛格丽特下楼一起用餐。他们吃完这顿极富乡村气息的午餐后，便出门散步了，也不知道该去哪里好，毕竟到处都是他们熟悉的事物，都对他们有着强烈的吸引力。

“我们先往牧师公馆那边去，好不好？”贝尔先生问道。

“不，先别去那儿。咱们先走另外一个方向，绕一圈，回来的时候再路过牧师公馆。”玛格丽特回答说。

那些熟悉的事物多多少少有了些改变，有几棵老树在去年秋天的时候被砍掉了，有一座简陋的人造小破屋因占用公地而被拆除了。玛格丽特非常伤感，她十分怀念这一切，就像失去了老朋友一样。他们经过了她和伦诺克斯先生一起画画的那个地方。那棵被雷劈过的白色老山毛榉（她和伦诺克斯先生曾经一起坐在这棵树下）已经不见踪影，那块地被改造成一片小花园；住在那间破旧村舍里的那个老头儿也早就去世了，村舍也早已被拆除了，取而代之的是一座崭新的房子。

“真没想到，我已经长这么大了。”玛格丽特沉吟了一阵子说道。她把脸扭过去，叹了口气。

“是啊，”贝尔先生应和道，“当年轻人头一次从熟悉的事物中感受到某些变化时，就会发现时光是那么的神秘，但随着年龄的增长，这种神秘感也会逐渐消失。如今，在我看来，每个地方的变化都是再自然不过的事情。我已经习惯了人世沧桑，但对你而言，这一切还充满了新鲜感，甚至有些令你难以接受。”

“咱们去见一下小苏珊吧。”玛格丽特一边说，一边拉着贝尔先生踏上林中空地旁的一条绿茵车道。

“我很愿意去，但我不认识小苏珊。可是，因为‘纯朴的苏珊’，所以我对名叫苏珊的人都印象不错。”

“我从这里离开的时候，没有和小苏珊打招呼，这让她很伤心。后来，我一直感到愧疚，觉得对不起她。如果当时我没有偷懒，也不至于让她那么痛苦。可是她家离这儿有点远，您真的不怕累吗？”

“只要你别走太快，我就不会累。你看，这里也没什么美景，我也找不到借口停下来歇歇脚。如果我是丹麦王子哈姆雷特，你就会感觉与一个‘肥胖又气喘’的人同行是件很浪漫的事情啦。看在他的面子上，请怜悯一下我这虚弱的身子骨吧。”

“为了您，我肯定慢点儿走。我对哈姆雷特的喜爱根本比不上对您的喜爱。”

“活驴强过死狮子，这是否就是你的原则呢？”

“或许是。眼下我不想揣摩自己的情感。”

“能得到你的喜爱，我已经知足啦，没必要分析你喜爱我的原因，也无须太过好奇。只不过咱们也不用慢得像蜗牛似的。”

“那好吧，就按您的速度走，我跟着您就是。如果我速度快了，您就像那位哈姆雷特那样，停下默想一会儿。”

“谢谢你的好意。但是，我母亲可没把我父亲杀死，然后又跟我叔叔结婚，所以我没什么可想的，最多也就是猜测一下咱们有没有可能吃上一顿美味的晚餐。你意下如何呢？”

“我的态度很乐观。赫尔斯通的人们都说，珀基斯太太的厨艺不错。”

“可你是否想过，她的心思被干草的事情分出去多少了呢？”

贝尔先生兴奋地说着些有的没的，想尽办法让玛格丽特避免回忆过去，玛格丽特当然感受到了他的好意，然而，如果此时心怀独处的愿望不算冷漠的话，那么玛格丽特倒是宁可独自一人安静地走过这条漂亮的小路。

他们到达了小苏珊的母亲居住的那座村舍。可是小苏珊不在家，去教区附属学校上课了。那个可怜的女人看出了玛格丽特的失望，于是向她表达了歉意。

“噢！没关系的，”玛格丽特说，“听到她的消息，我感到很高兴。我本该想到她已经到了上学的年纪。可她从前总是跟你一起待在家里。”

“是啊，没错。我也很想她。以前，每天晚上我都会把我懂得的知识教给她，虽然我懂得也不多。可现在的她已经长成大姑娘了，比我懂得多多了，我真的很想她。”那位母亲轻叹一声。

“我真的错了，”贝尔先生抱怨道，“我说的话，你们别太在意。我的思想已经落后了。但是我认为，那孩子待在家中白天帮忙做做家务，晚上在母亲身边念一念《新约全书》，这样的教育比正规学校里的教育更好，既自然，又朴实。”

玛格丽特没有搭他的话，不想引得他再多说什么，免得他俩在那位母亲面前发生争论，因此，她转而向那位母亲问道：“老贝蒂·巴恩斯还好吗？”

“我不知道，”那位母亲简短地回答，“她不是我的朋友。”

“为什么？”玛格丽特问。从前，她可是村子里的和事佬。

“她把我的猫偷走了。”

“她知道那只猫是你的吗？”

“不知道。应该不知道。”

“唉！那你跟她说啊，说那只猫是你的，不就能要回来了吗？”

“不可能！那只猫已经被她烧死了。”

“烧死啦？”玛格丽特和贝尔先生异口同声地惊叫道。

“她把猫给烤了！”那位母亲解释说。

但这并不能说明什么。玛格丽特详细地询问了一番，才把这件可怕的事情弄清楚。原来，贝蒂·巴恩斯被一个算命的吉卜赛人骗走了丈夫周末要穿的礼物，那个吉卜赛人说他只是借一下，周末之前就会归还，以免被巴恩斯大爷发现。结果，他并没有还回礼服，贝蒂心中忐忑不安，怕丈夫会冲她发脾气。她想起乡下的一种迷信说法：一只猫被活生生地烧死或烤死时，它发出的痛苦叫声（似乎）能迫使魔鬼实现那位杀猫者的愿望。于是，她决定采取这种迷信的做法。那位可怜的母亲显然也相信这种迷信说法，她唯一想不通的是，为什么偏偏是她的猫来当祭品。玛格丽特听得毛骨悚然，她费尽口舌开导那位母亲，让她不要迷信，但这都是白费力气，最终，她只好绝望地放弃了。起初，她还一步一步地引导那位母亲承认了一些事实。玛格丽特觉得，这些事实有着清清楚楚的逻辑关系和因果关系，可是这个糊涂女人最后还是绕了回去，她说：“这种做法确实很残忍，她也不愿意这么做。可是要想实现愿望，再没有比这更灵验的办法了。虽说确实很残忍。”玛格丽特感到很绝望，不再劝说她，带着沮丧的心情离开了。

“你真善良，没有神气十足地嘲讽我。”贝尔先生说。

“怎么啦？您这话是什么意思？”

“我承认，我对正规学校的教育存在偏见。无论如何，那孩子都不应该在充满异教气氛的环境中成长。”

“噢！我想起来了。我必须去见见小苏珊。咱们去一趟她的学校，您不会反对吧？”

“当然不会。我倒很想见识一下她受的那些教育。”

他们没再多说，一声不吭地从长满树木的小山谷间穿过。虽然这些山谷被柔和的绿色覆盖，但玛格丽特仍然无法从刚刚听说的残忍事件中释怀，心里回荡着震惊与痛苦。那位母亲讲述这件事的方式也体现了她的想象力有多么匮乏，因此，其实她自己也对被虐待的动物毫无同情心。

村里的学校建在一块开阔的草地上，他们刚刚从树林中走出来，踏上那块草地，就听到一片喧哗声，好像一大群蜜蜂忙碌时发出的声音一样。学校的大门敞开着，他们直接走进门去。一个正在到处忙活的黑衣女人看到他们，便走上前来迎接，颇有几分女主人的神情。玛格丽特想起从前如果有客人直接进入学校来参观，她母亲也会带着这样的神情出来迎接，只不过会流露出一丝温和与疲倦。因此，她立刻就猜到这个女人一定是新牧师的妻子，接替了她母亲的工作。如果有可能，她真的很想回避，然而，她瞬间就打消了这个念头，挺胸抬头地迎了上去。周围的很多学生认识她，都用明亮的目光注视着她，窃窃私语地议论着："黑尔小姐来了。"牧师太太听说过这个名字，神情立刻变得更温和了一些，与此同时，那种女主人的架子也更端了起来——玛格丽特真希望自己没有察觉到这些。那位太太与贝尔先生握手，并且对他们说："黑尔小姐，这是你父亲吧？看着就像。先生，很高兴见到您，牧师也会很高兴见到您的。"

玛格丽特连忙向她解释说这不是她父亲，又吞吞吐吐地说黑尔先生已经去世了。此时，她脑海中一直在想，如果父亲真的回到这里，会怎样面对这一切。她没有心思继续听赫普沃思太太说话，于是让贝尔先生去应付，自己则环顾周围，想看看有没有熟人在。

"噢！黑尔小姐，看来你很想给孩子们上一堂课。你不说我也能看出来。一年级的都起立，让黑尔小姐给你们讲讲语法分析。"

玛格丽特本是出于个人感情才会来学校看看，根本不是出于视察的目的。眼下她感觉自己被戏弄了。然而这也不是没有好处，她好歹能跟那些表情热切的孩子们亲近一下了，他们都是她的老熟人，从她父亲那里接受过洗礼。因此，她坐了下来，专注地看着那些姑娘的脸，想辨认出已经长大的她们分别是谁。趁着大家没注意的工夫，她握住了苏珊的手，握了一两分钟。此时，一年级的孩子们正忙着拿出他们的课本，牧师太太依然端着架子与贝尔先生聊天，对他讲述语音学的体系，把自己与督学聊过的内容又复述了一遍。

玛格丽特低下头，盯着课本，没有去看面前的情景，只听到孩子们集体读书的一片嗡嗡声，眼前浮现出过去的时光，这样的回忆让她热泪盈眶。突然，读书声停了下来，一个女孩吞吞吐吐地问玛格丽特，那个看起来非常简单的字母"a"应该怎么解释。

"'a'是不定冠词。"玛格丽特温柔地回答道。

"抱歉，"站在旁边专心听着的牧师太太插嘴道，"可是，米尔索姆先生教大家的是：‘a’是一个——大家还记得吗？”

“一个绝对形容词。”五六个孩子异口同声回答道。玛格丽特立刻羞红了脸。孩子们比她懂得多。贝尔先生把脸扭向一边，偷偷地笑起来。

那堂课的剩余时间里，玛格丽特没有再讲什么。但是，下课后，她不声不响地来到几个熟悉的女孩子身边，和她们聊了聊。她们都已经是大姑娘了，变化大得她几乎认不出来了，而在这三年中，她们也几乎把她忘了。然而，再次相见还是令人愉快的，虽然这种愉快中夹杂着几分伤感。那天下午放学时——夏季放学时间早——赫普沃思太太邀请玛格丽特和贝尔先生一起参观牧师公馆，看看新牧师为公馆做出的一些——她刚要脱口而出“改进”一词，立刻换成了更加慎重的“改变”一词。玛格丽特一点都不想去看，过去的家给了她美好的回忆，而现在的“改变”只会破坏她的回忆，可她很怀念那座老房子，虽然明知道会痛苦，很想回避，但也忍不住跟了过去。

牧师公馆有了翻天覆地的变化，这让玛格丽特感觉没有预想的那么伤心。它已经和原先的房子完全不同了。那座花园以前被打理得如此精致，如此井井有条，连掉在地上的一片花瓣都会被当作垃圾打扫干净，而现在，草地上散落着孩子们的玩具，弹子和铁环丢得遍地都是。蔷薇树上挂着一顶草帽，不知是谁把那根开着美丽花朵的长树枝当成了帽钉，这么娇嫩的枝子都快被压折了。以前，这棵树可不会受到这样的待遇，开花的树枝总是被当作宝贝一样来精心修剪。那间铺着草垫的四方小门厅里，也满是孩子们嬉闹过的痕迹。

“噢！黑尔小姐，”赫普沃思太太说，“请原谅这里乱糟糟的样子，等建好了幼儿室，我一定会稍微整理一下。现在的幼儿室就是用你原先住的那间屋子改造的。黑尔小姐，这里以前居然没有幼儿室，真不知道你们是怎么过的。”

“我家只有两个孩子，”玛格丽特说，“您家应该有不少孩子吧？”

“七个。看看这儿！我们在这面墙上打了一扇窗子，刚好朝向大路。为了改造这座房子，赫普沃思先生投入了一大笔钱。我们刚搬进来时，这房子确实没法住——我是说，对于像我们这么大的家庭。”房子里的每间屋子都做了改造，除了赫普沃思太太提到的原先被黑尔先生当作书房的那一间。那间屋子的氛围舒适而宁静，就像黑尔先生说过的，这样的氛围很适合静静地思考，可从某种程度上来说，人在这样的环境中待久了，性格或许会变得善于思考而惰于行动。从那扇新装上的窗子可以看到大路，而且赫普沃思太太还指出它的很多用途。透过那扇窗子，她的丈夫可以随时发现那群迷途的羔羊，他们三五成群地往啤酒店里走去，还以为自己不会被发现，可事实上，牧师是如此的忠于职守，毫不放松地监视着大路，即便是在写最正规的布道文时，他也能兼顾这项工作。他的帽子和手杖总是放在手边，以便他随时可以冲出去抓住那些人。如果有人想避开这位主张戒酒的牧师，溜进“乔利·福雷斯特”里躲起来，那他非得具备飞檐走壁的本事不可。他们一家人都很有活力，性格外向，说话大大咧咧，心思也不怎么敏感。贝尔先生一看到俗气的东西就会夸上几句，玛格丽特担心赫普沃思太太会察觉到这些夸赞都是糊弄她的话，然而这种担心完全是多余的，赫普沃思太太只能理解字面的意思，看上去对贝尔先生的话确信无疑。因此，当他们离开牧师公馆，走在回旅店的路上时，玛格丽特忍不住埋怨了贝尔先生几句。

“玛格丽特，你可别怪我。我这么做都是为了你。如果她没带着那种自鸣得意的优越感向你展示那些改变，自以为他们做的事情有多厉害，那么我原本可以更尊重她的。可是如果你一定要对我讲些大道理，那么就等吃完晚饭再讲，这样一来，你就能给我催眠，让我睡个好觉了。”

他们俩都很累，玛格丽特甚至累得没有力气按原计划的那样再去童年玩耍的那片树林和田野里走一走了。不知为什么，这次赫尔斯通之行，与她此前所期待的情形并不完全相同。这里的变化太多了，虽然每一处的变化并不大，但却无处不在。当地的居民发生了很大的改变：有的人离开了，有的人去世了，有的人结了婚，有的人因岁月变迁而改变了容貌。时光匆匆，不知不觉，我们从小孩子变成了青年人，从中年人变成了老年人，就像果实慢慢熟透，最终回归寂静的土地。很多地方也有了改变——这里砍倒了一棵树，那里砍掉了一根大树枝，以前阳光无法穿透的地方，现在变得畅通无阻了——一条大路改造成了小路，两旁原先岔出去的绿茵小路都被改造成了耕地。这看似是某种“改进”，但却让玛格丽特感慨不已，她所怀念的往日美景、幽静角落，以及路边绿茵，都消逝不见了。她倚坐在窗边一张精致的高背靠椅上，怅然若失地望着外面渐暗的天色，这夜晚的天空与她伤感的心情相得益彰。经过了一整天的奔波跋涉，贝尔先生非常疲惫，在一旁进入了梦乡。直到一个红脸蛋的乡下姑娘把茶端进来，他才被吵醒。那个姑娘是这里的侍者，今天去帮忙收割干草了，显然是厌烦了自己的工作，想去图个新鲜。

“喂！是谁！我在哪儿？你是谁，——玛格丽特？噢，我想起来了。我刚才乍一看真猜不到是哪个女人如此忧郁地坐在那里，胳膊伸得直直的，紧紧抱着膝盖，那么聚精会神地望着窗外。你在看什么呢？”贝尔先生一边问，一边来到窗前，站在玛格丽特身后。

“没什么。”她立刻站起来，尽量让自己显得愉快一些。

“是啊，是没什么！远处有萧瑟的树林，蔷薇嫩枝上搭着白床单，还有大片大片的潮湿空气。关上窗子吧，过来喝杯茶。”

玛格丽特一声不吭地搅动着茶匙，贝尔先生对她说的话，她也没有特别留神去听。贝尔先生刚刚反驳过她，她也同样微笑着倾听他的想法，就像自己并没有被反驳一样。之后，她放下茶匙，叹了口气，突然提高声音说道："贝尔先生，您还记得咱们昨晚谈到弗雷德里克时说的那些话吗？"这样的声音通常表示讲话的人对提出的话题已经有过深思熟虑了。

"昨晚？昨晚我在哪儿？噢，我记起来了！嗐，感觉好像已经过去一个星期了。是的，没错，我还记得，我们说起过那个可怜人。"

"是啊——伦诺克斯先生说，妈妈去世时，他来过国内，您还记得这句话吗？"说到这里，玛格丽特的声音比平时压低了一些。

"我记得。之前我从没听说过此事。"

"可是——我一直以为爸爸对您说过。"

"没有！他没告诉过我。但是，这件事有什么问题吗，玛格丽特？"

"我想说，当时我做了一件错事，"玛格丽特猛地仰起头，直视着他，眼神真诚而明亮，"我撒谎了！"她满脸通红地说。

"我承认，这么做确实不对。但我这辈子也撒过不少谎，不只是用说的——或许你也是这样——而且通过行动，或者是某种有失体面的委婉方式，使得别人要么对事实产生怀疑，要么相信了我的谎话。玛格丽特，你知道撒谎的老祖宗是谁吗？咳！很多人自以为是君子，但他们都以各种奇怪的方式做着撒谎、私结婚姻、攀远亲的勾当。我们都不可避免地养成了说谎的坏习惯。我原以为你会像大部分人那样坚决不做这种事情。孩子，你怎么了！哭啦？不，如果结果已然如此，那么咱们最好别谈这事了。你好像为此很苦恼，我知道你不会再这么做了。而且，事情都过去那么久了。总之，今天晚上你得开开心心的，不要难过。"

玛格丽特擦了擦眼泪，想换个话题，可又忍不住哭了起来。

"贝尔先生，您还是让我说完吧——或许您可以帮助我，不，不是帮助我，而是等您了解真相后，或许您可以替我做个解释——不，也不是这个意思。"玛格丽特不知道应该怎样才能把自己的意思表达清楚。

"孩子，全都告诉我吧。"贝尔先生的态度发生了一百八十度大转变。

"那可说来话长了。弗雷德回来时，妈妈的病已经很严重了，我非常着急，又怕自己给弗雷德添麻烦。妈妈去世后，我们遇到了一件可怕的事情，狄克逊在米尔顿见到了一个名叫伦纳兹的人，他说他认识弗雷德里克，而且他们之间似乎有仇，或者至少是他想拿到那笔逮捕弗雷德里克的悬赏金。听说此事后，我觉得我应该催促弗雷德里克快点去伦敦，就像那天晚上我对您说过的那样，只要到了伦敦，他就能找伦诺克斯先生问一问出庭受审成败的可能性。所以我们俩——我是说，我和他——就去了火车站。那是一个傍晚，天快要黑了，但还是可以看得清人。距离发车还有段时间，于是我们就在车站旁的田野里走了走。我知道那个伦纳兹就在附近，所以我一直很警惕。我们在那里走着的时候，夕阳的光芒照着我的脸，有个人骑着马从大路上经过，刚好来到我们面前。他望着我，然而因为阳光太晃眼了，起初我并没有认出他来。过了一瞬间，我才看出那是桑顿先生，我们互相问了声好。”

“当然，他也看到弗雷德里克了。”贝尔先生按照自己所想的那样插嘴道。

“是的，后来我们回到了车站，有个人朝我们走过来——他好像喝醉了，走路踉踉跄跄的，——他想揪住弗雷德里克的衣领，结果却被弗雷德用力甩了出去。他没有站稳，从月台边摔了下去，月台只有三英尺高，其实并不深。可是，噢！贝尔先生，不知为什么，他竟然就这样摔死了！”

“真是太糟了！这个人就是你说的伦纳兹吧？那么弗雷德后来怎样啦？”

“哦！他一看到那个人摔了下去，就立刻走开了。我们根本没想到后果会这么严重，不就是摔一跤吗，能有什么伤害呢？”

“那么，他不是当场死掉的？”

“不是！过了两天他才死掉。然后——噢，贝尔先生！然后就是最糟糕的部分了。”她一边激动地说着，一边绞着双手，“一个警察找到我，指控我和一个男人待在一起，说伦纳兹就是被那个男人推了一下或者打了一下才死掉的。您知道的，这是诬陷，可是我们没有弗雷德里克的消息，也不知道他到底离开了没有，也许他还在伦敦，很可能会因为这个虚假的罪名而遭到警方的逮捕，那样的话，他就会暴露身份了，人们就会知道他是那个被控引发兵变的黑尔上尉，他就免不了死刑了。我的脑海中闪过无数念头，于是我撒谎说那不是我，那天晚上我没有去过火车站，对于此事一概不知。当时我什么其他想法都没有，一心只想着要救弗雷德里克。”

“你做得没错。如果是我，也会这样做的。你只顾着替别人考虑，把自己都忘了。我希望我也能像你一样。”

“不，您不能这样做。这样很违心，而且是错误的、不诚实的。当时，弗雷德里克安全地离开了英国。可是，我竟然忘记了还有一个人能证明当时我确实在场。”

“是谁？”

“桑顿先生。我说了，我们在车站附近相遇，还互相问了声好。”

“哎呀！他不可能知道那个醉鬼的死引起的这桩麻烦事。我想，警察应该没调查出什么结果吧。”

“没有！他们调查时，起初说到要起诉，但后来被阻止了。桑顿先生是地方治安法官，因此这件事的所有情况他都知道，他发现伦纳兹的死因并不是由于摔了那一跤。可是，在此之前，他已经知道我说的话了。噢，贝尔先生！”她突然捂住脸，像是要强迫自己不去回忆。

“你向他解释过吗？有没有把那个出于本能的强烈动机告诉他？”

“告诉他我出于本能地不讲诚信、明知故犯，以免自己惹祸上身吗？”她悲伤地说，“不！我不可能这样做！他并不知道弗雷德里克的事。为了替自己辩解，我难道要把家里的秘密都透露给他吗？这些秘密就像表面看上去的那样，关系到弗雷德里克是否能够彻底洗清冤屈。弗雷德里克临走时特意叮嘱我，不要告诉任何人他回来过。您看，爸爸甚至都没对您说过。不！我是可以忍受耻辱的——至少我觉得我可以，我也确实这样做了。从那以后，桑顿先生就开始看不起我了。”

“我敢肯定，他还是很尊重你的。”贝尔先生说，“当然了，虽然这件事还是有些……但是每当说起你时，他还是表现得十分敬重的，尽管我终于明白了为什么他的态度中总好像保留着什么。”

玛格丽特沉默着，贝尔先生再说些什么，她也听不进去了。过了一阵子，她才说：“您能否告诉我，您刚才所说的，他在说起我时态度中‘保留着什么’，究竟是指什么呢？”

“噢！只是我每次夸你时，他都是一副不置可否的样子，让我有点不愉快。我当时像个笨蛋一样，以为每个人都会和我想法一样，可是他显然不太认同我的话。那个时候，我真的搞不懂为什么。但是，如果不向他解释清楚这件事，那么他也肯定会想不通的。毕竟，你和一个男人在天快黑时一起在外面散步……”

“可是，那是我哥哥啊！”玛格丽特诧异地说道。

“没错。但他知道这回事吗？”

“我不知道。我从没考虑过这种事。”玛格丽特涨红了脸，一副委屈、埋怨的样子。

“也许他也不会考虑，如果你没有撒谎的话——我还是觉得，以当时的情况来看，说谎也是不可避免的。”

“不，是可以避免的。我已经知道了，而且特别后悔。”

玛格丽特沉默了很久，才又开口说道。

“或许我再也没有机会见到桑顿先生了……”说到这里，她又停了下来。

“还有很多事情比这更没有机会发生呢。”贝尔先生说。

“可是，我肯定再也见不到他了。但我想，每个人都不愿意自己在——在一个朋友的心目中显得如此低贱，就像我在他心目中的样子。”她的眼眶里充盈着泪水，然而声音却很冷静，贝尔先生刻意不去看她，“既然弗雷德里克已经不在乎是否背负着罪名，也不再指望重返英国，那么只有向桑顿先生解释清楚这件事，对我来说才是最公正的做法。如果您愿意，如果您能帮我，如果能碰到合适的时机（没有必要刻意找他解释），如果您能帮我，您可不可以把这件事原原本本地讲给他听，也告诉他是我委托您这么做的。因为，就算我再也没有机会见到他了，我觉得，仅仅为了爸爸，我也不想让桑顿先生看不起我。”

“没问题。我也觉得应该告诉他真相。即使他只是认为你有些行为不检，我也不愿意这件事就这么不了了之了。看到你单独和一个男人在一起，他心里不知会怎样想呢。”

“关于这方面，”玛格丽特孤高自傲地说，“我觉得，Honi soit qui mal y pense。但是，如果能有机会可以让我从容地做个解释，我还是很愿意把这件事解释清楚的。但这并不意味着，我是为洗清什么不检点的嫌疑而自我辩解——如果我觉得他怀疑我，那么我也无所谓他对我有什么看法了——不！我的目的是让他了解我落入那个陷阱的动机，也就是说，我撒谎的原因。”

“对于这件事，我一点都不怪你。这也不是对你的偏袒，你大可放心。”

“我非常清楚，也发自内心认为自己做错了，至于别人怎么看，跟我没有任何关系。不过，咱们还是别再讨论这个了，事情已然发生——我已然做了错事。现在，我必须让它成为过去式，如果可以的话，从今往后只说实话。”

“好吧。如果你想让自己这么不舒服、不自在，那就随你吧。我总是像把玩偶关进包装盒里一样，把自己的良心紧紧地关起来，因为一旦把它放出来，它的体积就会吓坏我的。所以我总得把它哄骗进去，就像渔翁哄骗妖怪一样。我对它说：‘难以想象，你在如此狭小的瓶子里藏了那么久，可我竟然对你的存在一无所知，这太奇怪了。先生，请不要再继续变大，也不要再用模糊的轮廓吓唬我了。你可不可以把自己缩小到原先的样子呢？’等我把它哄骗回去后，就立马封好瓶口，以免再次不小心打开瓶子，违背了所罗门的意愿。因为妖怪就是被绝顶英明的所罗门关在瓶子里的。”

然而，对于玛格丽特而言，这并不是什么有趣的事。她几乎没有认真听贝尔先生说的话。她一直在思考一个念头，这个念头以前就有了，现在变得更加坚定了。那就是，她给桑顿先生留下的印象不再像以前那么美好了——她让他失望了。在她看来，就算向他解释清楚，她也无法重新获得——不是获得他的爱慕，因为她已经下定决心，坚决不再去思考他付出的爱，以及她能否回报——而是获得他的尊重和关心，她曾经希望有一天他会因这样的尊重和关心而愿意心怀杰拉尔德·格里芬的诗句中所描述的那种美好情感：

当听到有人喊我的名字时，

回过头来看看。

这个念头一直被她埋藏在心底，没有告诉任何人。她试图安慰自己，她的舍己为人并不会因他的看法而有所改变。但这只是一个重蹈覆辙的幻象，很快就被沉重的悔意击垮了。她有很多问题想问问贝尔先生，可总是欲言又止。贝尔先生以为她累了，就让她早点回屋休息。她回到自己的房间，打开窗子，久久地坐在窗前，望着紫红色的天空发呆，天空中点缀着一些闪亮的星星，在她准备睡觉的时候，星星移动到一大片浓密的树影后面，再也看不到了。整整一夜，大地上只有一点亮光，那是牧师公馆里她以前的房间中点着的蜡烛，在建好新的幼儿室之前，那里就是新牧师一家人的幼儿室。玛格丽特似乎明白了什么叫世事无常，意识到了自己是如此渺小，这让她感到迷茫和惆怅。一切都变得和以往不太一样了。就是这种微小而遍布的变化给她带来了巨大的痛苦，如果这些变化是翻天覆地的，那么痛苦反倒不会这样大。

"我好像能明白天堂是什么样子了——噢！那是多么庄重而从容的一句话啊！——'昨天和今天没有区别，直到永远。'永远都不会变！'从远古到永恒，你是上帝。'我头顶的天空看似不会变化，但它依然会变化。在我的人生中，没有什么会一直伴随着我，任何人，任何地方，都不会永恒不变。我非常厌烦——非常厌烦，不愿再被推搡得过人生中的每个阶段了。这就如同被打入地狱轮回之中，那个受世间情欲所害的人永远受困其中的圈子里一样。我的心情就像信仰另一种宗教的女人去当修女时的心情。我在人间枯燥的生活中探寻天堂的永恒不变。如果我信仰天主教，能让自己在遭受巨大的打击后变得冷漠无情，那么我就可以去当修女了。然而我渴望遇到和我一样的人，不，不是和我一样的人，因为我永远都不能只满足于爱人类，而舍弃爱个人。或许这是应该的，或许是不应该的。今天晚上我可没法做个决定。"

她太累了，于是上床睡觉，过了四五个小时又醒了过来，依然很累。然而，随着天渐渐亮起来，她又有了希望，对事物的看法又变得乐观起来。

"无论如何，变化总归是正确的。"她听着孩子们嬉闹的声音，一边穿衣服一边自言自语，"如果世界静止下来，那么它就会衰败、腐朽，但愿这种说法并不草率。当我抛开个人情绪，站在客观的角度来看时，就会发现身边的所有发展都是正确而必要的。如果我想要自己的判断是正确的，或者让自己能够信任他人、对他人充满希望，那么我就不能只考虑环境对我的影响，而要考虑环境对他人的影响。"她的眼睛里流露出一丝笑意，嘴唇也几乎要翕动起来。她走进休息室，向贝尔先生道早安。

"哎呀，大小姐！你昨天睡得很晚吧，所以今天早上才起晚了。我刚好要告诉你一个小消息。有人想请咱们吃饭，怎么样？是午前拜访，是真格地在露水未干的清晨做的拜访。就在刚才，牧师去学校时从这儿路过，我刚好碰到了他。他为了那些在地里干活儿的人，想对咱们的女主人宣传一番他的戒酒主张，我不知道一大早就来拜访是否有助于实现他的愿望，反正我下楼来的时候还不到九点，看到他已经在这儿了。他邀请咱们今天去他家吃饭。”

“可是我不能去，伊蒂丝还等着我回去呢。”玛格丽特为找到一个好借口而感到欣慰。

“是的，我当然知道，所以我告诉他了。我料想你也是不愿去的。但如果你改变主意，我们还是可以去的。”

“不！”玛格丽特说，“咱们还是按照原计划，十二点就往回赶吧。谢谢他们的邀请，可我确实去不了。”

“好的。别担心，我会安排好一切的。”

他们离开前，玛格丽特悄悄来到牧师公馆的花园后面，摘了一些藤蔓上的金银花。昨天她没敢摘，怕被人看到，说她的闲话。回来的路上，当她穿过公地时，又感受到了曾经的那种迷人气息。这里日常生活的声音是如此地动听，阳光是如此地灿烂，日子是如此地安宁，就像美好而快乐的梦境一样，世上任何其他地方都无法与之相比。玛格丽特想起昨晚的那些思绪，自言自语道：“我也在不断变化着，有时这样，有时那样；有时因现实与预期不符而烦恼、忧伤，有时又突然觉得现实比预期要美好得多。噢，赫尔斯通！我是如此的爱你，恐怕再也无法这样爱上其他地方了。”

几天后，她平静下来，回顾赫尔斯通之旅，发现自己还是很高兴的，她又看到了记忆中的地方，而且对她来说，那里永远是世上最美的地方，但身处其中时，往日时光历历在目，让她更加思念自己的父母，因此，如果还有机会重游故地，让她再一次经历这样的赫尔斯通之旅，她肯定没有勇气再去面对。

第二十二章　若有所失

经验，像一个脸色苍白的乐师，
手里抱着一把坚韧的弦琴，
以凄婉、繁复的小音阶弹奏出
我们不能理解的乐曲，
表明了上帝在他的世界中的意愿。

——布朗宁夫人《繁复的乐曲：献给E.J》

狄克逊大约就是在这个时候从米尔顿回来，开始服侍玛格丽特的。她把在米尔顿听来的很多消息讲给玛格丽特：桑顿小姐结婚后，马撒是如何跟随她生活的。她还顺带描述了出席那场婚礼的伴娘，还有新娘的婚纱，以及婚宴上的情形；大家都说桑顿先生操办的这场婚礼过于盛大了，因为他在罢工中受到了严重损失，而他的违约又让他付出了大笔的赔偿金；狄克逊珍爱已久的家具被低价拍卖掉了，对米尔顿的有钱人来说，这可真是耻辱；有一天，桑顿太太去了，低价购买了几件东西，第二天，桑顿先生也去了，想买一两件东西，自己提了好几次价，围观的人都觉得很有趣。按照狄克逊的玩笑话来说，桑顿太太出价太低，而桑顿先生出价又很高，这样一来拍卖收入就平衡了。至于对那堆书籍的处理，贝尔先生提出了各种暗示，这让她不得要领，因为他总是挑三拣四的，如果他能亲自到场处理就没那么麻烦了，他的来信全是些啰嗦又含糊不清的话。对于希金斯家的事情，狄克逊倒是没怎么提。她带有一种贵族阶层的偏见，总会忽略掉那些地位低于她的人。她认为尼古拉斯应该过得不错，他来过那栋房子好几次，打探黑尔小姐的近况，他是除桑顿先生以外唯一一个询问小姐消息的人。至于玛丽，噢！她应该也不错，现在已经长成一个蓬头垢面、高大结实的大姑娘了！还有一件事——不过这可能只是狄克逊做梦梦到的，她居然会梦到希金斯一家，真够稀奇的——玛丽去桑顿先生的工厂上班了，因为希金斯先生想让她学习烹饪，可狄克逊自己也觉得这事太没头没脑了。玛格丽特也认可狄克逊的说法，觉得这些毫无逻辑的事情就像梦境一般。但无论如何，玛格丽特还是很高兴能有人和她聊聊米尔顿以及生活在那里的人。可狄克逊却不太愿意多聊这个话题，甚至很想隐瞒他在那里生活的经历。她更想多聊聊贝尔先生说过的一些话，她从中发现了某些意图——他希望玛格丽特能够成为他的继承人。可无论她怎么旁敲侧击，无论是装作怀疑的样子，还是肯定的样子，玛格丽特都是一副漫不经心的表情，没有给出她所期待的任何回应。

这段时间，玛格丽特一直被莫名的感觉驱使，渴望听到贝尔先生访问米尔顿的消息，因为上次在赫尔斯通他们就已经谈得很清楚了，如果她想对桑顿先生做出解释，那么这种解释只应该是口头上的，而不应显得太刻意。贝尔先生没有经常写信的习惯，但他还是会时不时地根据心情写来几封或长或短的信。本来玛格丽特对这些信就没有抱太大的希望，但读完信后还是会感到一丝失望。贝尔先生并没有访问米尔顿的打算，至少从来没有提到此事。唉！阴霾早晚会散去，她得有耐心才行。最近，贝尔先生的信写得和以往不太一样，行文很短，字里行间满是抱怨的语气，有时这种抱怨显得有点奇怪。他不再畅想未来，反而经常念叨过去的事情，对现在感到厌倦。玛格丽特觉得他一定是身体出了问题，于是写信询问他的情况。贝尔先生回信说，从前有一种毛病叫忧郁症，他就是得了这种毛病，至于是精神因素为主还是身体因素为主，那得看她怎么说。可他宁愿痛痛快快地抱怨一番，也不愿每次都汇报一遍病情。

玛格丽特收到信后就不再询问他的身体情况了。有一天，伊蒂丝无意间透露出贝尔先生上次在伦敦时和她聊到的一些内容。玛格丽特这才了解到，贝尔先生打算在秋天的时候带她去加的斯见见她的哥哥和新嫂子。她不停地追问，伊蒂丝被问得不耐烦了，说怎么都记不起来他说过其他什么话了，他只是有这个打算，想去当面听弗雷德里克讲讲那场兵变的过程，而且还能让玛格丽特趁机认识一下她的新嫂子，反正他肯定要在暑假时出门一趟，没有什么理由不能去西班牙。他说的就是这些。对此，伊蒂丝很着急，她不希望玛格丽特离开他们。她束手无策，于是哭了起来，说她那么喜欢玛格丽特，而且知道玛格丽特没有那么喜欢她。玛格丽特想尽办法安抚伊蒂丝，但她很难让伊蒂丝明白，虽然去西班牙的计划可能仅仅是Chateau En Espagne，却足以让她欢欣鼓舞了。而伊蒂丝则认为，所有与她无关的高兴事都是对她的一种羞辱，至少也体现了对她的冷漠。因此，玛格丽特虽然高兴，但也不能表现出来。直到换好衣服准备用餐时，玛格丽特才向狄克逊询问是否真的愿意去看望弗雷德里克少爷和新少奶奶，并借机表达一下内心的愉悦。

“她可是个天主教徒，对吗，小姐？”

“这么说来——唉，确实是！”玛格丽特说，一想起这件事，她就有些沮丧。

“那他们住的地方是个信奉天主教的国家啰？”

“是啊。”

“那么恕我直言，小姐，对我来说，我自己的灵魂比弗雷德里克少爷本人更珍贵。如果我去了，我会一直担心自己，怕他们强迫我改变宗教信仰。”

“噢，”玛格丽特说，“我也还没决定到底去不去。如果去的话，也不一定非带着你不可，我又没那么娇气。不过，亲爱的老狄克逊，如果我们去了西班牙，你就能度个长假啦！但是，这个计划仅仅是个设想，希望非常渺茫。”

狄克逊不喜欢玛格丽特这么说。首先，玛格丽特在向她表示十分亲热的时候习惯于把她称为“亲爱的老狄克逊”，她很反感这个称呼。她知道“老某某”是小姐对喜欢的人的爱称，也是她表示亲昵的方式，但狄克逊刚过五十岁，觉得自己还年轻着呢，所以很反感别人说她“老”。其次，她不喜欢别人如此轻易地把她说的话当成是真心话。她确实有些担心，但同时也暗自好奇西班牙这个国家，以及宗教法庭和天主教仪式。因此，她咳嗽了一下，似乎表示无论有什么困难，她都愿意去克服。最后，她向玛格丽特问道，如果她谨慎一些，不和神甫碰面，也不走进教堂，那么改变宗教信仰的危险是否就会减少很多。当然，弗雷德里克少爷已经在不知不觉中改变了信仰。

“我认为，他会改变信仰，首先就是因为爱情。”玛格丽特叹了口气说道。

“咳！是啊，小姐！”狄克逊说，“我倒是能管住自己，可是爱情会神不知鬼不觉地把人心勾过去的！我觉得，我还是别去了。”

玛格丽特生怕自己太过专注于西班牙之行的计划，但这倒是能分散她的注意力，让她不再那么急于向桑顿先生做解释。当时，贝尔先生似乎没有离开牛津的打算，也没有访问米尔顿的迹象。玛格丽特好像暗中受到了某种牵制，没有办法再开口向贝尔先生询问，或是委婉地旁敲侧击。她也觉得自己不能随便说出他西班牙之行的计划——也许只是他脑海中偶然蹦出来的一个念头——已经被伊蒂丝无意中透露给她了。在赫尔斯通时，他可从来没有对她提起过这回事。这很有可能仅仅是他一时兴起的想法——可如果他的确有这个计划，那她刚好可以借机逃离眼下这种无趣的生活，她已经开始厌烦这种生活了。

这段日子，玛格丽特的一个乐子就是伊蒂丝的那个儿子。这孩子有的时候很乖巧，让他父母感到无比自豪，但有时候他的性格也很倔强。每当他任性起来，大声嚷嚷的时候，伊蒂丝总是一脸沮丧、手足无措，一边退缩一边叹气道："哎呀，我可怎么办啊？唉，玛格丽特，麻烦你快把汉利叫过来。"

然而，玛格丽特认为他乖巧懂事的时候显得有些萎靡不振，反而更喜欢他个性倔强的样子。她总是把他带到没有旁人的地方，单独跟他较量，她先用自己的坚毅来压制他，迫使他安静下来，然后再施展各种魅力和手段，诱导他听她的话。最终，那孩子总是能把沾满泪水的热脸蛋贴在她的脸上，于是她亲吻他，安抚他，直到他在她怀里或靠在她肩头睡着。这种时刻总会让玛格丽特感到无比惬意，并且体会到一种她认为自己一辈子无法享受的感情。

亨利·伦诺克斯先生经常过来坐坐，给他们沉闷的家庭生活带来一丝愉悦气息。玛格丽特觉得他比从前冷漠了一些，如果他更有才气的话，这种冷漠感恐怕会更加明显。但是，他有着绝妙的鉴赏力，知识储备也相当丰富，因此能够让枯燥的谈话变得妙趣横生。玛格丽特偶然发现他有些轻视他的弟弟和弟媳，似乎觉得他们的生活太过乏味、毫无意义，因此有点看不惯。有几次，他在玛格丽特面前，用一种针锋相对的口吻质问他弟弟是否有彻底放弃自己职业的打算。当他弟弟回答说自己已经赚到了足以维持生计的钱时，玛格丽特看到伦诺克斯先生撇着嘴说："你就是为这个而活着吗？"

但他们两兄弟还是很相亲相爱的，就像任何两个感情深厚的人一样，聪明的一方总会主动引导，而另一方也会甘愿跟随。伦诺克斯先生对自己的工作尽心尽力、深谋远虑，他的联络网遍及所有可能对他的事业有帮助的亲友。他又精明又敏锐，目光远大，言辞刻薄。玛格丽特仅仅在贝尔先生来访头一天的晚上与他详谈了有关弗雷德里克的事情，此外就再也没有更深的交流，除非因为他是这家人的亲戚而不可避免地有些接触。但这已经足以让她不再那么羞怯，也足以让伦诺克斯先生不再有自尊心和虚荣心受伤的感觉。他们经常会碰面，但她感觉他似乎总是避开与她独处的机会。她觉得他们有着同样的感受，都发现了各自在种种观点和兴趣上，已经不知不觉地偏离了他们原先共同的港湾。

可是，每当他妙语连篇，或是简明扼要地讲述什么观点时，她总感觉他先看了看她的表情，哪怕只是瞅一眼。她还察觉到，当他们进行家庭中不可避免的接触时，只有当她说话时，他才会专注地倾听。虽然他竭力掩饰，不愿表现出来，但这种关注反而更加明显了。

第二十三章　“再也见不到他的踪影”

我和我父亲的老友，
我不能与你分离！
我从没表示，你也从不知道，
你对我多么可贵。

——佚名

伦诺克斯太太举办的宴会是由以下要素构成的：她的朋友们打扮得花枝招展，伦诺克斯上尉讲述他轻而易举收集来的各类新闻，亨利·伦诺克斯与为他而来的几位极富潜力的朋友侃侃而谈，尽显才智与学识，他们善于运用知识，又能避免迂腐之气，使得谈话始终流畅而不至于落入沉闷。

这场让大家都觉得愉悦的宴会，玛格丽特却并不感到满意。在她看来，那些学识，那些感情，那些才华，甚至就连对品行的推崇倾向，都如燃烧殆尽的烟火一般。随着“噼啪”的一声后，那种神圣而隐秘的火花就转瞬即逝了。这些人在讨论艺术时，只不过从肤浅的表面来分析，只会谈些感官上的体验，而不是挖掘作品的内涵，思考它们带给人们的精神警示。他们凑在一起高谈阔论各种重大问题，而谈话结束后，他们独处时，便再也不会思考这些问题。他们只是将自己的鉴赏能力挥霍在一些应酬的场合，纯属浪费才能。有一次，大家来到楼上的客厅后，伦诺克斯先生走到玛格丽特面前，和她攀谈起来。这是自玛格丽特重返哈利街后，他第一次主动找她聊天。

"你似乎并不认可舍莱在晚饭上的那些讲话。"

"是吗？肯定是我的表情出卖了我。"玛格丽特说。

"你一向如此，表情丰富。"

"是的，我确实不认可他那种对自己明知是错误的事情——显而易见是错误的事情强词夺理的派头，哪怕他是在故意逗乐。"玛格丽特解释道。

"可他讲得很风趣，而且用词到位！你还记得他用的那些形容词吗？多么恰到好处啊！"

"嗯，我记得。"

"你是不是想再补充一句：'这没什么大不了的。'不用顾虑，直说吧，虽然他是我的朋友。"

"啊！就是你这种语气，就是——"玛格丽特欲言又止。

他等了一会儿，想听她把话说完。但她只是红着脸，转身背对着他。可是，就在她转过身去之前，伦诺克斯先生压低声音，清楚地说道："如果你是因为我的说话语气或思维方式而不喜欢我，那你能不能清楚地告诉我，给我一个学习的机会，让我明白怎样才能讨你欢心？"

这几个星期，玛格丽特始终没有听说贝尔先生要去米尔顿。他在赫尔斯通提及这趟旅行时，言语中透露出他似乎不久就要动身。玛格丽特觉得，他肯定已经通过写信的方式处理好了他在那里的事务，因为但凡是他不喜欢的地方，他总会想尽办法能不去就不去，而且他也不太明白她为什么会如此重视这个只能以口头方式做出的解释。玛格丽特知道，她只是觉得有必要向桑顿先生解释清楚这件事，至于解释的时间是在夏季、秋季还是冬季，则是无所谓的事情。现在刚好是八月，他在来信中并没有提及他曾对伊蒂丝说起过的西班牙之旅，对于这个渺茫的希望，玛格丽特尽力让自己平静面对。

然而一个早上，她收到了贝尔先生寄来的一封信，说他将于一星期后过来找她商量自己的一个计划。此外，他还想去看看病，因为他已经认可了玛格丽特的想法，所以每当心情烦闷时，他就宽慰自己这不能怪他，要怪只能怪自己身体不好，这样一来，他心里就能舒畅一些。就像玛格丽特在读信时觉察到的那样，信中充斥着强作愉悦的口吻。可就在这时，伊蒂丝的一声惊呼打乱了她的思绪。

"什么？他要过来！天啊！这么热的天，我可是一点儿精神都没有，我大概没有力气再操办一场宴会了。况且大家都已经离开了，只剩下我们这些笨蛋拿不定主意到哪儿去。就算他来了，也没人可见啊。"

"我敢保证，他宁可单独和我们一起吃饭，也不愿意和你邀请来的那些只会说漂亮话的客人一起吃饭。而且，他都说了自己身体不舒服，肯定不愿意待在太热闹的地方。我很高兴他能认可我的想法。从他信中的语气来看，他一定是生病了，可每次我问他，他都不愿意回答，我又没有其他渠道去打探他的情况。”

“哦！也许他病得不严重，否则他是不会想到要去西班牙的。”

“他压根没提西班牙的事。”

“没错！但是很明显，他的新计划是关于西班牙的。你确定要在这种鬼天气时去西班牙？”

“噢！天气总会凉快起来的。对了！你想啊！我担心自己太执着于这个计划，对它期望值过高，结果反而会不尽如人意——或者只是在字面上得到满意的结果，内心却并不满足。”

“可是，玛格丽特，我觉得这只是你的心理作用。”

“不，我可不这么认为。它只是对我的一个提醒，让我控制好自己，不要对此事抱有过高的期望。这就如同那句话：‘把孩子给我，否则我会死！’我真怕自己也会喊出：‘让我去加的斯，否则我会死！’”

“他们会竭力劝你继续留在那里的，我亲爱的玛格丽特！到那时，我该怎么做？啊！我真希望你能在这儿结婚，这样你肯定就会再回来的！”

“我不会结婚的。”

“别胡说了！噢，就如肖尔托所说，在我们这栋房子里，你是一道亮丽的风景，所以才会有很多人说明年过来拜访我们，其实他们都是冲着你来的。”

玛格丽特昂起头挺直身板：“伊蒂丝，你知道吗？有时候，我会觉得在科弗的那段日子让你变得……”

“怎么啦？”

“稍微得庸俗了一些。”

听到这里，伊蒂丝抽泣起来，责怪玛格丽特不再把她当朋友，不再爱她了。她歇斯底里的样子让玛格丽特不由得有些愧疚，或许她为了宽慰自己受伤的自尊心，的确把话说得太难听了，因此，在当天剩下的时间里，玛格丽特竭尽所能地顺着伊蒂丝，而伊蒂丝因为被伤透了心而感到无比难受，像个无辜的受害者一样陷在沙发里，时不时地哀叹一声，直到睡着。

约定的日期推迟了两次，可贝尔先生还是没有来。次日早上，他的仆人沃利斯来信说，贝尔先生最近身体一直欠佳，今天本打算去伦敦，可临出发时却突然中风了，而且，医生说他恐怕挺不过今天了，黑尔小姐收到这封信时，他那可怜的主人很可能已经不在人世了。

这封信是玛格丽特在吃早餐时收到的，看完信后，她的脸色一下子变得苍白，然后，她一声不吭地把信递给伊蒂丝，转身离开了房间。

读过信后，伊蒂丝感到无比的震惊，像个吓坏了的孩子一样抽泣起来，伦诺克斯上尉对此非常烦恼。此时，肖太太正在自己的房间用餐，所以伦诺克斯上尉只能独自劝说妻子，让她平静面对这场不幸。而伊蒂丝似乎是头一次如此近距离地接触死亡。那个原本约好今天一起吃饭的人，现在却已经不在人世了，或者快要离开人世了！过了好一阵子，她才记起玛格丽特，于是从座位上跳起来，上楼来到玛格丽特的房间。狄克逊正在收拾梳妆用品，而玛格丽特正在匆忙地戴上帽子，眼泪止不住地流淌着，双手因剧烈的颤抖而无法系上帽带。

“噢，我亲爱的玛格丽特！这太意外了！你想要做什么？要出门吗？我会叫肖尔托去发电报的，你尽管吩咐他。”

“我要去牛津。半小时内就有一趟火车。狄克逊说要跟我一起去，其实我本打算自己去的。我必须见到他，而且，没准他现在已经没事了呢，刚好需要人照顾。他一直对我很好，就像父亲一样。伊蒂丝，你不要拦着我。”

“可我不得不拦着你啊。妈妈肯定不希望你去。走，咱们去问问她吧，玛格丽特。你一定是不知道那边的情况。如果他有自己的房子，我也就不说什么了，可他住的是评议员宿舍！来吧，先去跟妈妈说一声，然后再走也不迟。不会耽误太多时间的。”

玛格丽特接受了她的建议，结果错过了那趟火车。这个突如其来的消息让肖太太措手不及，一时间犯起了歇斯底里的毛病，本就不多的时间就这样不知不觉地浪费掉了。但两个小时后还有一趟火车。大家讨论了一下玛格丽特究竟该不该去牛津，最终决定由伦诺克斯上尉陪同前往，因为玛格丽特坚持要去，不管是否有人陪同，也不管大家怎么劝说，她都要赶上下一趟火车。她只有一个念头——她和她父亲的朋友就要死了，这个念头清楚地呈现在她脑海中，以至于就连她自己都对自己的坚持感到意外。也正是凭借着这种强大的意志，她才争取到了独立行动的权利。直到火车开动前五分钟，她才意识到自己已经坐在了车厢里，而她的对面坐着伦诺克斯上尉。

尽管他们抵达后得知贝尔先生已于当晚过世，但玛格丽特还是为自己能来而感到了一丝欣慰。她看了贝尔先生的住处后，便开始在脑海里将这房间与她父亲，以及父亲的这位忠实朋友联系在一起。

他们出发前答应了伊蒂丝，如果贝尔先生已经离世了，他们就得赶回家吃晚饭，所以玛格丽特只好依依不舍地离开那房间，她环顾着房间的每个角落，想起父亲曾在这里去世，而这位谈吐幽默的善良老人也在这里去世了，她在心里默默地与他告别。

在回程路上，伦诺克斯上尉睡着了。这刚好给玛格丽特创造了尽情哭泣的机会，她情不自禁地回想起这一年中遭遇的种种不幸和伤痛。她刚刚接受了失去一位亲人的事实，可紧接着又要面对一位朋友的离去——这无法取代失去父亲给她带来的悲伤，但却再一次掀开了她尚未痊愈的感情伤疤。直到回到家中，听到姨妈与伊蒂丝体贴的话语，听到肖尔托愉快的叫嚷，看到被灯光照亮的房间，以及那位带着悲伤和关切的表情、面色苍白的美丽女主人，玛格丽特才重新打起精神，不再沉浸在绝望的悲伤情绪中。她意识到，自己身边依然萦绕着快乐与喜悦。她在伊蒂丝经常躺着的沙发上坐下。肖尔托按照大人们的嘱咐，小心翼翼地为玛格丽特端来一杯热茶。等到上楼换衣服准备用晚餐的时候，她已经能够感谢上帝没有让她的老朋友遭受长期病痛的折磨了。

然而，当深夜降临，一切安静下来，整栋房子寂静无声时，玛格丽特坐在窗前，眺望伦敦夏夜的美丽星空。那些在闷热氤氲中升腾起的城市灯火，从天边投射到洁白月光穿梭过的云雾上，反射出一层粉红色的光芒。玛格丽特的房间是她年幼时便开始使用的幼儿室，在逐渐成长为少女的日子里，她的心灵开始觉醒，变得活跃。她还记得，也是在这样的深夜，她曾暗下决心，要向自己读过或听过的小说女主人公学习，成为一名勇敢而杰出的女性，过上sans peur et sans reproche的生活；当时的她以为下定决心便一定能够过上理想中的生活，然而现在她才意识到，仅仅下定决心是远远不够的，要想真正过上勇敢无畏的生活，她必须祈求才行。她的自持让她失去了机会，这只能怪她自己，那个人对她的印象已经变得非常糟糕，她没有必要再解释什么了。她终于能够面对自己的过失了。她很清楚这个错误的性质，虽然贝尔先生曾好心为她辩解，说每个人都难免做些暧昧不清的事情，只要出发点是高尚的，就不会造成什么罪恶，但她从来没有相信过这些话。起初她想过，如果她能早一点了解当时的情况，那么肯定会直言不讳地实话实说的，但后来，这样的想法让她觉得自己又可怜又可耻。是的，当如今的她从死亡中明白了生活的法则后，她迫不及待地渴望将自己真诚的本质展现在桑顿面前，并得到他的一些谅解——而贝尔先生也曾答应帮助她做到这一点——这样的想法同样是无聊而微不足道的。就算全世界的人都心怀叵测，就算你的切身利益或亲人的生命受到了威胁，就算永远不会有人知道你是否真诚，无论受到尊敬也罢，受到鄙夷也罢，她都由衷地祈求自己能够拥有坦然面对上帝的勇气与力量，从此以后只有真诚，没有虚伪。

第二十四章　平静的休息

她漫步在阳光照耀的海滩上，
边走边疑疑惑惑地停下，
悲伤竟有如此默默与神圣的影响。

——霍德

伦诺克斯上尉将伤感万分的玛格丽特从牛津接回来之后，当天晚上就与伊蒂丝一起回到他自己的房子。刚进门，伊蒂丝就压低声音问他：“那个继承人是不是就是玛格丽特？”说出这句话之前，伊蒂丝先踮起脚，再用手把伦诺克斯上尉高高扬起的头拉低，因为怕他吃惊而示意他不要声张。对于伊蒂丝的这个问题，伦诺克斯上尉也并不知情，即便听到过有关的消息，他也没有放在心上。再说了，一个大学的评议员能有多少财产留下？但他从没打算让玛格丽特交伙食费，一年二百五十英镑的费用对她来说的确有些不可理喻，毕竟她连酒都没有喝过。看到伦诺克斯上尉的反应，伊蒂丝放平脚跟，知道自己的美梦破灭了，不由得感到一丝绝望。

一个星期后，她得意扬扬地来到丈夫面前，先是行了一个夸张的屈膝礼，然后说道：“上尉阁下，这事可让我说准啦。有个律师给玛格丽特寄了封信，说她继承了剩余的遗产——大约二千英镑的动产，还有那些不动产，按照米尔顿现在的市场价格来算，得值四万英镑呢。”

“好家伙！运气真不赖，那她自己有什么想法？”

“噢，她好像早就料到自己是继承人了，只不过没想到是这么一大笔遗产。听到消息时，她脸色惨白，说她吓坏了，可你知道，那是冒傻气的话，因为过不了多久她就不会这样想了。我是趁着妈妈啰里啰嗦地向她道喜时，偷偷跑来告诉你这个消息的。”

由于玛格丽特对法律手续一窍不通，因此几乎所有事情都是由伦诺克斯先生代为办理的。于是大家自然而然地把伦诺克斯先生视为她的法律顾问。他帮她找好了代理人，并且经常带回一些文件让她签字。当为她讲解法律上的专业知识时，他的心中泛起了从未有过的喜悦。

有一天，伊蒂丝神秘兮兮地对伦诺克斯先生说："亨利，这些天，你和玛格丽特谈了不少，你知道我在期望着怎样的结果吗？"

"不，"他红着脸说，"我不知道。我也希望你不要说出来。"

"那好。这样我就不必要求肖尔托别总是邀请蒙塔古先生来家里做客了。"

"无所谓。"他努力装出冷静的样子，"你所想的事情，是否会发生还没有定数。可是对于这件事，在我表明个人态度之前，要先判断这种可能性有多大。至于你想请谁来家里做客，那是你的事。伊蒂丝，我这么说可能有点儿难听，但你的干涉肯定会把事情搞砸。以前，她在我面前始终都是一副farouche的样子，直到最近，她那种季诺碧亚的派头才刚刚开始减轻一些。如果她对宗教没那么虔诚的话，她甚至能变成一个克莉奥佩特拉。"

"对于她的基督教信仰，我倒是挺欣慰，"伊蒂丝戏言道，"毕竟我的朋友中没几个信基督教的！"

那年秋天，玛格丽特的西班牙之行没有实现，虽然她始终期待着能够有机会让弗雷德里克去巴黎一趟，因为这样一来，她就能轻易地被护送到那里与他见面。她没能去成加的斯，于是只好把目的地改为克罗默。肖姨妈与伦诺克斯夫妇刚好打算前往那里，希望她能陪他们一起去。以他们的个性，根本不会关心玛格丽特的个人意愿。也许从某种意义上来说，克罗默也不失为一个最适合她的去处，因为她急需休息以恢复体力，并且重新打起精神来。

此前，玛格丽特希望贝尔先生能够将伦纳兹遭遇不幸之前她的家庭情况向桑顿先生和盘托出，如今，一连串的希望都落空了，包括这个希望，这几乎是她一直以来的精神寄托。她无所谓桑顿先生对此如何看待，也无所谓他的看法与之前发生了怎样的转变，她只是希望桑顿先生能够真正理解她所做的事，理解她的出发点。这会让她感到欣慰，并且稍许的安心一些。然而，从目前的状况来看，她或许一辈子都会感到不安，除非她可以下定决心忘掉它。那件事已经过去太久了，她无法再对桑顿先生解释清楚所发生的一切，而最后一丝希望也随着贝尔先生的离世而破灭了。她不得不像很多人一样忍受他人的误解，虽然她竭尽所能地劝说自己，试图让自己相信这种境遇再寻常不过了，但她的内心深处依然期盼着将来的某一天——或许是很多年后的一天——至少在他去世之前，他可以明白她之所以会说谎，实属无奈。在她看来，只要自己坚信这一天终将到来，她就不必向他解释这一切。然而这个希望也像其他种种希望一样，只不过是徒劳而已。她迫使自己接受这一信念，然后将全部精力专注于眼下的生活，决定尽可能地把这段日子度过去。

她常常连续几个小时坐在沙滩上，直勾勾地盯着海浪一遍遍冲刷卵石遍布的海岸，或是望着远方跳跃的浪花反射着天空的光芒，似乎能够听到赞美歌声源源不断地传来。不知道为什么，她的内心会这样平静下来。她双手抱膝，懒洋洋地坐在那里。与此同时，肖姨妈经常去购买一些杂物，而伦诺克斯上尉和伊蒂丝会骑着马沿着内陆和海岸四处闲逛。一些保姆带着孩子散步玩耍，经过她身边时，交头接耳地议论着她天天坐在这里到底在看些什么。一家人聚在一起用餐时，玛格丽特也心不在焉地沉默着，以致让伊蒂丝觉得她内心烦闷，因此，当伦诺克斯上尉提议等十月份亨利·伦诺克斯先生从苏格兰回来后，也邀请他来克罗默度假时，伊蒂丝强烈表示赞同。

然而经过这段时间的思索，玛格丽特已经可以将发生在她身上的那些事情，依照它们的起因，以及对她过去和未来的影响，分别整理清楚，并且安置妥当。对她而言，在海边静坐并不是浪费时间，正如所有头脑清醒的人都能在她逐渐流露出的神情中看到的一样。她的变化给伦诺克斯先生留下的印象尤为深刻。

“依我看，大海让黑尔小姐的身体恢复得不错。”当第一次看到玛格丽特走出房间时，伦诺克斯先生对家人们说道，“相比在哈利街时，现在她看起来年轻了得有十岁。”

“那可多亏了我买给她的那顶帽子！”伊蒂丝得意地说，“我一眼就看出那顶帽子很适合她戴。”

“很抱歉，”伦诺克斯先生用平常对伊蒂丝说话时那种嘲讽与包容交杂的语气说道，“但是，我想我很清楚漂亮衣服和漂亮女人之间有什么不同。黑尔小姐的眼睛明亮又柔和，嘴唇饱满而红润，这可不是哪顶帽子的功劳——尤其是她那安静淡然的气质。——就像是，”——他的声音变得低沉，——“她仿佛回到了赫尔斯通时期。”

这个雄心勃勃且精明能干的男人就是从此刻开始竭尽所能地争取玛格丽特的感情。他迷恋她娇美的容貌，发现她内心深处蕴藏的领悟力，在他看来，这种领悟力只要稍加引导，就足以轻易地理解他所追求的全部目标。他仅仅将她的财产视为她本人的一部分，这些财产只不过让她的身份更加完整，性质更加完美，但他同时也清楚地意识到，她的财产能够帮助他这个不起眼的辩护律师在社会上占据一席之地，并且最终名利双收，这样一来，他就可以将事业发展初期在提高财力方面欠她的人情加倍偿还给她。他刚从苏格兰回来时，曾去了一趟米尔顿，帮助玛格丽特办理关于产业的事务。作为一名经验丰富的律师，他早已准备好敏锐的眼光，以观察和权衡各种意外状况，他发现，在这座日渐繁荣的城市里，玛格丽特所拥有的不动产资源正在逐年升值。而且，让他感到高兴的是，他们之间这种委托人与法律顾问的关系，正在帮助他们逐渐消除赫尔斯通时期那些令人不快的回忆。除了亲戚之间的普通往来以外，他还收获了非同寻常的机会，能够与她进行亲密的互动。

玛格丽特非常愿意听他说起米尔顿，虽然她所熟悉的那些事物他一个都没见到。然而，一提起米尔顿，她姨妈和表妹的脸上就露出厌恶和轻蔑的表情。最初在那里居住时，玛格丽特也有过并表达过同样的感受，现在一想起这些，她就会感到无比的愧疚。可是，相比玛格丽特，伦诺克斯先生更喜欢米尔顿当地人的性格。他们丰沛的精力和干劲，他们勇往直前的精神面貌，他们生龙活虎的生活状态，都深深地吸引了他。他不厌其烦地谈论着他们，从没意识到这些人所追求的目标是多么的自私自利，他们所付出的全部努力都仅仅是为了达到这一目的。对于伦诺克斯先生的看法，玛格丽特虽然感到欣慰，但依然直率地提醒他，米尔顿人众多优秀的品质中存在着这样一个瑕疵。此外，亨利·伦诺克斯还发现，当玛格丽特对谈话感到疲惫，只简单应和着他的问题时，只要他将话题转向达克郡人的某些个性特征，她的眼睛就会重新明亮起来，脸上再次露出神采奕奕的表情。

他们回到伦敦后，玛格丽特开始亲自安排自己的生活，这是她在海边静坐时做出的一个决定。在前往克罗默度假之前，她一直都听从姨妈的安排，好像自己依然是那个刚到哈利街时因害怕陌生环境而在幼儿室里整晚哭泣直到睡着的小女孩儿。然而，经过了海边的肃穆思索，她意识到她必须开始为自己的生活负责，为自己所安排的一切负责。所以，她要尝试解决每个女人都要面对的那个难题：什么事情可以自己做主，什么事情必须完全顺从。肖太太的性格十分随和，伊蒂丝也继承了这种贤惠顾家的美好品德。玛格丽特大概是她们三个人中性格最不好的，她敏锐的直觉和天马行空的想象力造就了她急躁的脾气，而从小养成的拒绝他人同情的习惯又造就了她高傲的个性，但她那纯真烂漫的心灵却有着不可言说的魅力，从前即使是耍性子时做出的举动都让人难以抵抗，更何况现在的她拥有了令人羡慕的好运气，这让她显得更加动人了。因此，姨妈虽然不情愿，但最终还是在她的软磨硬泡下同意了她的请求。就这样，玛格丽特根据自己对责任的认识以及拥有的权利，得到了这个家庭的认可。

“但你不要太逞强了，”伊蒂丝恳求她说，“妈妈建议你为自己安排一个男仆。当然，家里有的是仆人，你愿意用哪个就用哪个，只不过他们都很招人烦。亲爱的，就算是为了让我安心，你可千万不要逞强。这是我对你唯一的请求。无论你需不需要男仆，只要不逞强就好。”

“别担心，伊蒂丝。当仆人们吃饭时，我会找机会晕倒在你的怀里的。可是，话说回来，如果肖尔托玩火，毛娃子又开始哭闹，我想你肯定需要一个能够应付所有这些紧急情况的坚强女人。”

“你会不会变得很严肃，不再开些轻松愉快的玩笑啦？”

“不会的。我反而会变得比以前更轻松愉快，因为现在我可以随心所欲了。”

“你会不会摆起架子，不再让我给你买衣服了？”

“说实话，我本来就打算自己去买的。如果你愿意，可以陪我一起去。但我只会喜欢自己买的衣服。”

“唉！我原本是担心你为了掩饰在那些乱七八糟的地方粘上的灰尘而只穿灰褐色和棕黄色的衣服。看来你的虚荣心还在，我很高兴你还保留着人类的这种劣根性。”

“伊蒂丝，我不会有任何变化，如果你和姨妈愿意相信的话。不过，我没有丈夫，不需要尽妻子的义务，我也没有孩子，不需要尽母亲的义务，所以，除了定做衣服外，我还必须为我自己的生活尽一些义务。”

伊蒂丝一家人聚在一起讨论时，断定玛格丽特的这些打算或许只会促使她成为亨利·伦诺克斯的妻子。因此，到他们家来做客的朋友，但凡有个相貌和人品都不错的儿子或兄弟，他们就会阻拦玛格丽特与他们碰面。而且，在他们看来，除了自己家的人以外，玛格丽特只有在和亨利聊天时才会心情愉快。其他那些爱慕者，有的冲着她的相貌而来，有的冲着她的财产而来，只要玛格丽特在不经意间流露出蔑视嘲讽的神情，他们就会自觉退下，转而去找那些容易上钩的女人或是家产更丰厚的姑娘。就这样，玛格丽特和亨利的关系越来越亲密，但他们都不愿意其他人关注他们的行动。

第二十五章　米尔顿的变化

我们上升，上升，上升；

我们下降，下降，下降。

——儿歌

此时此刻，从米尔顿工厂传来机器的轰鸣声，厂房上的烟囱冒着烟，厂房内机器高速运转，仿佛永远也不会停歇下来。木料、钢铁和蒸汽时刻都在承担着巨大的作用，但却不知道这是为了什么，它们的坚韧和顽强的毅力，就像那些强壮的工人，此刻他们正在拼命地劳作，他们是有知觉的，他们忙碌着，永不停歇地苦干着，就像在寻找什么。看大街上哪里还有悠闲的人，没有谁单纯为了休闲而上街散步，看人人脸上都袒露着渴求，他们神情迫切，急不可待地打听着，在市场和交易所里，人们相互排挤，就像他们在生活中忙忙碌碌，所做的一切都是为求得一己之利。看整个城市都弥漫在阴沉中，街上没有行人，商店里也是顾客稀少，即使有人来购物，店家也会投以猜疑的目光。看得出来，信誉正在走下坡路，即使是享有很好信誉的人，他们的财富也会因为港口那里几家航运公司的倒闭而遭受影响。

就在此时，米尔顿的企业还没有发现有倒闭的现象，但美国的一些规模很大的投机业情况却很不妙，这和英国非常相似。人们从这种形势中也清楚地意识到，米尔顿的有些商家肯定要遭受损失的，所以看他们好像每天都在询问着（假如他们没有开口的话），“有什么消息？谁又不行了？会影响到我吗”？三三两两的人们相聚，谈论的话题总盯在那些还没有风险的人身上，他们不愿谈论那些命运凶险的人。在这样的形势下，一句没有根据的话可能就能断送一个本来可以侥幸渡过难关的人，一个人跨了，就会引起连锁反应，就会让一批人垮掉。

“桑顿是稳定的。”他们会这样说，“他的买卖规模大——每年都在扩大。他是个有见识的人，有魄力，又非常谨慎！”这时，一个人将另一个人拉到一边，这样能离大伙稍微远一点，然后低头在同伴的耳边小声说道，“桑顿的买卖规模是很大，但他把利润都用在扩大企业上了，资金所剩无几。就说这两年吧，他厂里用的全是新机器，这得花多少钱呀——我们都不愿多说——有脑子的人一句话就管用！但哈里森先生说话不注意，总讲不吉利的话，他就怕一旦经营方式变了，自己企业的范围也会扩大，这样父亲经商赚来的钱他就无法继承了，可是看到别人有魄力，有远见，又能赚钱，他看着又眼红。”

说实话，桑顿先生的处境也不好，他也有自己的弱点，因为在商业上树立起了信誉，并为此而自负，但到了现在，他却要为此而忧虑。白手起家的他，创下了一片家业。在他看来，自己创业的成功并不是因为自己有什么过人之处，而是因为商业所赋予人的力量，这就是勇敢、诚信和顽强不屈。正是这种力量才使他胸怀远大，在激烈的市场竞争中懂得怎样才能取得成功。的确，有了这样的远见卓识，无论在什么情况下，他都能够让自己迸发出力量，产生影响。在遥远的东方和西方，人们不会认识他，但他的名字却早已被关注，他的心愿也得到了满足，他说的话就像金口玉言般有价值。桑顿开始经商时对商业生活的见解就是这样的，“他的商家是王子”。他的母亲高声朗读《圣经》，这犹如号角激励着儿子去发奋努力。和许多人——无论是男人、女人还是孩子一样，他遥望着远方，对眼前的事情则忽略不计。他希望经过努力让自己的名气能在外界打响，甚至响彻海外，让自己的商行流传后世，自己要成为这样的创业者。即使在他所在的城市，在自己的工厂里，在员工中间所获得的声誉，他也为此默默地付出了很长的时间。

过去，他和工人们过着几乎相同的生活，看着彼此很接近，但无实际的接触，后来他在一个偶然的机会（可能就像是偶然地）和希金斯认识了。等他和自己周围的工人做面对面的接触，以一对一的态度同他们交流时，（这里要注意了）第一次放下了厂主和工人的身份，这时他们突然意识到“大家的心都是相通的”。这是一个良好的开端。如果最近结识的两三个工人突然失去联系，他会感到不安，还有就是他很关心的一两项实验计划尚未进行就被草率地否定时，他会感到忧虑，不安和忧虑时常涌上心头，这在过去是少有的。他对自己作为一个厂主的身份感到了责任的重大，他的身份使他和工人接触更为密切。在周围那么多陌生、精明、无知而又极富个性和情感的人们身上，他发现了自己所享有的力量是那么大，这在过去是他没有意识到的。

对自己作为米尔顿一家厂主的处境他做了认真的检讨。就在一年半或者更早一些时间（那还是暮春时节，天气寒冷），当时工人发起罢工。那时他还年轻，而现在却感觉老了。因为罢工，已经接下的几批很大的空货没能按时完成。为了完成订货合同，他将大部分资金投放在新机器的购置上，又买了大批的棉花。合同没有完成，主要是因为雇用的那些爱尔兰人操作不熟练，他们搞坏了产品，这样的产品出自一家享有良好声誉、质量上乘的厂家是不可思议的。在好几个月的时间里，桑顿先生一直都处于罢工所带来的压力下。每当看到希金斯时，他就会非常恼怒，在他看来，正是希金斯的参与，才造成那么大的损失。但当他意识到自己怒火中烧时，就努力把火气控制住。躲开希金斯，他心里并没有感到轻松，他需要做的就是努力平复自己的火气，只要不违反厂规，只有他有时间，他还是希望希金斯能和他接近些。没有多久，他对希金斯的火气消退了，这时他发现，他和希金斯两人虽然干着同样的行当、朝着共同的目标工作，但对待各自的地位和责任会有截然不同的观点，这让他感到非常吃惊。后来就发生了那一段的交往，尽管将来是否会再发生分歧和争执，但在厂主和工人之间且可以达成宽容和同情的态度，大家能够耐心和忍让，尽可能友好地相处。情感上加强沟通外，桑顿先生和工人还发现，过去发生的一方了解而另一方不了解的事情，他们竟全然不知。

但是现在的市场形势很不好，生意不好做，市场萧条，所有大厂的股票都在下跌。桑顿先生厂子的股票也跌了将近一半。没有买家的订货，花费在添置机器上的费用无法收回。即使已经完成的订货要想收到货款也有困难。但为了工厂的运转，他还要继续花钱。他很快就发现购买棉花的付款期已经到了，但手里却没有现金，无奈，他只好去借高利贷。有一个办法可以换来钱，那就是变卖自己的产业，但他做不到。虽然面临困境，他却没有绝望，他白天黑夜都在努力着，他准备应对一切紧急情况的发生。

在家里，他在女人面前态度是温和平静的，在厂里，在工人面前，他却很少讲话，但工人们理解他的心情，他们清楚他内心的烦恼，虽然他曾以粗暴和专断的态度对待过他们，但大家此时都以同情回敬他，要是在过去，他们会以怒制怒，随时准备对他加以抨击，因为大家的心里也憋着一肚子气。一天，桑顿先生用粗暴的态度严厉地质问希金斯，为什么没有执行他的一道命令。希金斯还听到桑顿先生从工人那里经过时唉声叹气，于是他说："那么多烦心事让厂主为难啊。"于是，就在那天晚上下班后，希金斯和另一个工人留下来，悄悄地把没有完成的工作都完成了。桑顿先生一直以为是他的监工，就是他以前对着下命令的那个监工本人把工作做了的，"唉，我想不管是谁，他只要看到厂主那阴郁的脸色就会为他感到痛苦的！我们厂主那忧伤的脸色要是被那位老牧师看到了，他那颗女人般柔软的心肯定会感到难受的。”希金斯有一次看到桑顿先生从马尔巴勒街上走过时突然就有了这样的想法。

“老板。”他喊了一声，此刻他的老板正走在街上，那步履是有力而迅速的，希金斯将他喊住。桑顿听到有人喊他，猛然吃了一惊，他生气地抬起头，好像是谁打断了他正在思考的事情。

“玛格丽特小姐最近有消息吗？”

“你说的是哪位小姐？”桑顿先生问道。

“就是玛格丽特小姐——黑尔小姐——就是老牧师的女儿啊——您好好想想，就应该知道我说的是谁……”（这样讲话的态度没有不恭敬的意思）

“噢，不错！”桑顿先生的脸色忽然好了起来，不像过去那样冰冷了，就像心里的烦恼被一阵夏日的暖风瞬间吹散了。虽然他的嘴唇仍像平时那样紧紧闭着，但眼光却显出了一丝笑意。

“知道吗？希金斯，她现在是我的房东啦。通过她的代理人，我可以经常得到一些她的消息。她现在很好，她生活在朋友中间——谢谢你，希金斯。”“谢谢你”这句话到最后才有些迟疑地说出，但态度却非常恳切，在希金斯看来，他对桑顿先生不禁萌生了新的看法。尽管这仅仅是一星鬼火，但他觉得自己还是要跟紧它，看看它到底会把自己引到哪里。

“老板，她还没结婚吧？”

“还没有。”桑顿先生的脸色又阴沉下来，“我听到一些传闻，说她准备和她姨妈家的一个亲戚结婚。”

“这样说来她是不会来米尔顿啦？”

“不会来啦！”

“等等，老板。”他突然像是有什么秘密的话要告诉他，于是他走近他说道，“那位年轻的先生身上的罪名洗清了吗？”他眨眨眼，好像他了解很多内情，但这只会让桑顿先生更加迷惑。

“我说的是那位年轻的先生——他们称他为弗雷德里克少爷——就是来过这儿的她的哥哥，这您都知道。”

“到这来过。”

“对，就是牧师太太去世的时候。我说的话您听了也不用担心，因为我和玛丽早就知道了，我们只是没说罢了。那时玛丽就在他们家干活，她从那里知道的。”

“他来过这里，是他的哥哥！”

“当然，这件事我以为您都知道呢，不然的话我不会讲出去的。您知道她有个哥哥吗？”

“当然知道，他的事情我都知道。黑尔太太去世时他就来过这里吗？”

“不！我不想多嘴了，我可能已经伤害他们了，他们本来隐瞒得很深。我就想知道他们是不是已经为他洗清了罪名。”

“这件事我就不清楚了。我什么也不清楚，我只不过从黑尔小姐的律师那听说的，就是她现在是我的房东。”

他突然停了下来，重新去思考希金斯和他谈话时他专心考虑的事情，希金斯想弄清一切，但桑顿将他撇下了。

“那是她的哥哥，”桑顿先生心里暗暗想着，“我非常高兴。我以为不会再见到她了，但了解了这些还是一件让人愉快的事情。我知道她不会有什么问题的，但我希望能有证据证实这些。现在我非常高兴！”

这是目前能够穿过笼罩在他头上的厄运之网的一条金丝，那张网现在正渐渐变得阴暗。他的代理商已经将美国的业务委托给一家商行，但就在此时，那家商行和别的商行都倒闭了。这形势就像纸牌一样，一家倒闭引起了连锁反应，大家都跟着倒闭了。桑顿先生的债务又该怎么办呢？他能支撑过去吗？

一连几个夜晚，他翻看着账本和票据，家人都上床睡了，他还在那里琢磨着。他以为没有人知道他正在挑灯夜战。一天早晨，晨光从百叶窗的缝隙照进房间，他一夜未眠，带着绝望的心情，怀揣着一颗冷漠的心，他想自己也该休息一两个小时，——在一天忙乱的工作开始前，也只有这么一点时间了。就在此时，房门打开，他的母亲来了，只见她还穿着昨天的衣服，好像也是一夜未眠。他们四目相对，互相看着对方。他们的脸色都很苍白，神情都显得那么冷漠和严峻。

“妈妈！您怎么还不睡？”

“约翰，”她说，“我看你坐在这里发愁，我哪会安稳地睡啊？你也没和我讲你为什么发愁，但你这些日子一直都这么发愁。”

“是生意不好做。”

“你是担心……”

“我什么也不担心。”他回答，只见他抬起头，脖子挺直，“我现在清楚，不会有人因为我遭受损失。这就是我现在最关心的事。”

“可是你怎样才能维持住呢？这样下去……工厂会倒闭吗？”她的声音有些发颤。

“不会倒闭的。我必须把我的买卖放下，但我要把所有人的钱付清了，本来我是可以挽救自己的——我很想……”

“怎么想的？哦，约翰！你的名誉一定要保住——为了这个目的，即使冒再大的风险也是值得的。那又怎么挽救呢？”

“有人向我提出了一笔投机买卖，有些风险，可以通过这个去做。一旦做成了，就能保住我的地位，要是那样的话，谁也不用知道。但如果失败了呢……”

“失败。”她边说边向前迈出一步，她抓住他的胳膊，用焦急的眼光望着他，她屏住呼吸，等待着他把话讲完。

“一个流氓会把正直的人搞得倾家荡产，”他忧虑地说，“我现在还没有被击倒，所以我的债权人的钱还算是安全的——一点都没有少，可是我到哪里才能找到属于自己的钱——我的钱可都用完了，现在是身无分文，所以我要用债权人的钱去赌一把。”

“但假如成功了，也不必告诉他们。这算不算一笔孤注一掷的投机买卖呢？我觉得不是的，不然的话，你是不会选择这样做的。假如成功了……”

“那样我就成了有钱的人，但我的良心却不会安宁了！”

“那是为什么呢？你不会因此伤害谁的。”

“是啊。但我这样做，虽然会赚来一些让人鄙视的财富，但会有那么多人因此冒着破产的危险。妈妈，我有个主意，如果咱们要搬出这幢房子，您不会难过吧，是吧，亲爱的妈妈？”

“不会的！但如果你的身份变了，和现在不一样了，我会为此难过的。你该怎么做呢？”

“不管怎样，我永远都是过去的约翰·桑顿，我努力把所有的事情做好，但却犯了错误，我觉得我应当为此承担责任。但这是一件很难受的事情，妈妈。我尽心竭力的工作，认真计划，我近来感到我有一些新的能量，但为时已晚——现在的情况都变了。我的岁数大了，再像年轻人那样发奋地干，争取有个好的开端，这已经不太现实。想来心里还是挺痛苦的，妈妈。”

他背过身去，两手把脸捂住。

“我就不清楚，这到底是怎么回事。”她有些愤愤不平地说，“我的孩子孝顺、正直，他有一副好心肠，但他努力做的事情却都失败了；他找到了自己爱慕的女人，但那个女人对他却像随便对待一个普通人一样，对他没有丝毫的爱意；他努力工作，可努力却都是徒劳。再看别人，却生意红火，一个个都发财富贵了，他们卑贱的姓氏没有遭受任何耻辱。”

“我也没有蒙受什么耻辱。”他的声音很低，但她接着讲道：“我有时也在想，正义到底在那里，如今我再也不相信世界上还有什么正义，——现在你虽然处境困难，但你还是我的约翰·桑顿，哪怕我们都变成了乞丐——亲爱的孩子！”

她搂住他的脖颈，吻着他，眼泪涌出眼眶。

“妈妈！”他温柔地抱住她，说道，“是谁赐给我那些好运气和坏运气？”

她摇摇头，此时，她对宗教的话已经不感兴趣了。

“妈妈，”看母亲没有开口，他接着便说道，“我也曾有过抵触，但现在我改了，不再那样做了。请您帮助我，就像我还是孩子时那样帮助我。记得那时您对我讲了很多话安慰我——父亲去世后，咱们的生活用品有时非常缺乏——现在再也不会那样了。您当时讲了很多充满信心的、激励的话，妈，我把这些话都记在心里了，我一直也没有忘记。妈，您还像过去那样再给我讲讲吧，不要让咱们觉得世道变了，变得让咱们心灰意冷了。如果您能把以前讲的话再说给我听，您会看到我还会像儿时那样天真纯朴。我宽慰自己和您来鼓励我，结果是不一样的，因为我知道您曾经经历过那么多的磨难，曾经是那么地痛苦。”

“我受过多少苦，有过多少烦恼啊，”她哭泣了，“可是我从未像现在这样难过。眼看着你从自己的位置上跌下来，我能宽慰自己，约翰，但我却对你说不出，不能对你讲啊！上帝认为应该严酷地对待你。”

她像一个老年人一样一边哭泣，一边抽搐，身体剧烈地抖动。她忽然觉得四周特别安静，急忙止住哭声，仔细听了听，什么声音也没有，抬头一看，只见儿子就坐在桌子旁边，他低着头，面朝下，胳膊伸在桌子上。

“约翰啊！”她边喊边过去捧起他的脸。只见那张苍白的脸上神色忧郁、古怪，她突然有种不祥的感觉，好像这就是死亡的先兆，但那古怪的神色消失后，血色又重新浮现出来，儿子还是先前的模样。她感到上帝赐给自己最大的幸福就是儿子的生存，在这种意识中，所有的耻辱都无足轻重。为了这种幸福，也只是为了这种幸福，她对上帝充满了感激之情，这种感恩之情让她打消了所有的抵触情绪。

他还在沉默着，他走到窗前，推开百叶窗，早晨的霞光照进屋子。窗外刮着东风，天寒地冻的日子已经延续几个星期了。今年要投放市场的浅颜色的夏季服装面料销路恐怕也不会好。重振商业的愿望也要放弃了。

和母亲的谈话使他感到了莫大的慰藉，他现在清楚了，对今后的所有烦心事他们虽然都会保持缄默，但他们都明白彼此的感情，对待那些事情的方式上可能都有自己的想法，但不会有什么特别大的分歧。桑顿拒绝参加投机生意，范妮的丈夫非常恼火，他收回了据称可以用现金帮助桑顿的任何可能的做法。的确，为了做成那些投机生意，他也需要现金。

到最后，已经无路可走了。几个星期过去了，桑顿一直都在担忧着，他忍痛将自己成功经营了多年、信誉卓著的工厂放弃了，他要去找一个次要的职位。马尔巴勒工厂和紧挨着的寓所的租期都长，可能的话还是要转租出去。此时，对于人家提供的职位，桑顿先生需要立刻做出选择。汉普先生花巨资在附近的镇子上为他的儿子办了一家厂子，桑顿先生是一个稳健的人，而且富有经验，如果他能和汉普的儿子合伙经营，汉普会非常高兴的，但他的儿子只知道赚钱，对于别的事情则孤陋寡闻，而且缺乏责任感，无论是在高兴时还是痛苦时，都更像个野兽一样野蛮。虽然破产了，但桑顿先生内心还有几个计划，所以对于和汉普先生儿子合伙做生意的事，他没有答应，他担心那样会打乱了他的计划。和一个专横跋扈的有钱人合伙做生意，他是不愿意的（他相信用不了几个月他们之间就会发生争吵），他希望做个经理，那样的话，除了赚钱，他还可以拥有很大的权力。

他等待着，他谦恭地等待着，这时他听到了一个消息，他的妹夫通过大胆的投机，已经挣了大钱，此事产生了轰动效应，随之而来的是人们的赞扬声，在大家的眼里，沃森先生就是最聪明的、最有远见卓识的人。

第二十六章　重逢

打起精神来，勇敢的人！我们要坚强、沉着。

真的，我们能管住自己的眼睛、面庞或舌头，

不让脸上泄露出一点儿内心的感触，

她过去是，现在是，将来永远是一个可爱的人儿。

——诗剧

这是一个夏天的傍晚，天气很炎热，伊蒂丝走进玛格丽特的睡房，第一次来时她是一身骑马的装束，第二次来时换上了晚礼服，准备去吃晚餐。第一次进来发现屋里没有人，第二次来又看到狄克逊将玛格丽特的礼服摊在床上，但玛格丽特并不在屋里。伊蒂丝感到有些不安。

“哟，狄克逊！你看用蓝花配暗黄色的礼服太难看了，非常俗气！等我拿些石榴花来吧。”

“小姐，这件礼服不是暗黄色的，它是淡黄色，蓝色总是和淡黄色搭配在一起的。”不等狄克逊辩解完，伊蒂丝已经将鲜红的石榴花拿来了。

“黑尔小姐去哪儿啦？”伊蒂丝看看这样搭配的服饰效果后问道，“我真难以想象，”她显然是不高兴了，“姨妈为什么会让她在米尔顿养成闲逛的习惯！我真难以想象她到那种肮脏的地方去会遇到什么不好的事情。要是没有用人跟随，我是根本不会上街的，那种地方根本不适合上等女人去。”

狄克逊发现伊蒂丝对她的审美力很不以为然，看到她还在生气，于是就很不客气

地回应道：“我看哪这也难怪，经常听到一些上等女人高谈如何让自己有教养——但她们又怎样呢，还不是那么胆怯、娇气和挑剔，——我的意思是说为什么现在没有圣人了，原因就在这……”

“哦，玛格丽特！你终于回来了！你看我是多么需要你呀。你看你的脸色太红了，这都是热的，我可怜的姐姐呀！你看那个讨厌的亨利怎么做的。他一点也不像个大伯哥。我把宴会安排得很好——和科尔瑟斯特先生的想法完全相符——没想到亨利来了，歉意当然要表示一下，还借你的名义问我能否将米尔顿的那位桑顿先生——就是你的那位租户——也领来，他正在伦敦忙于一件法律事务。要是这样安排的话，人数就多了，我觉得事情不太好办。”

“吃不吃晚餐对我来说不重要。我不需要什么。”玛格丽特低声说道，“让狄克逊给我送杯茶来就行了。等你们上楼来时我再到客厅去。现在我只想休息一下。”

“那可不行！绝对不行。看你脸色很苍白，这都是因为天气热造成的，不管怎样我们离不开你。（这些花要戴得低些，狄克逊。玛格丽特，你戴上这些花就像火焰在黑头发上闪光）知道吗？我们很想请你和科尔瑟斯特先生说说米尔顿的事情。对了，没错，那个人就是从米尔顿来的。我觉得这样更好。科尔瑟斯特先生关心的问题，都能从他那里找到答案。等科尔瑟斯特先生下次在议院演说时，我们去听听，一定能从他的演说中发现你的感受以及桑顿先生的精辟的言论，想想那多有意思。亨利有句话说得非常妙。我问他桑顿先生人怎样，他这人是不是很容易让人难堪。他是这样回答的，他说，‘我的小妹妹，如果你有脑子就不是’。我想那个人也许会发出‘h’的声音，一个普通的达克郡人可做不到这些——我说得对吗，玛格丽特？”

“桑顿先生为什么要来伦敦，伦诺克斯先生没提这件事吗？是否和那些产业的法律事务有关呢？”玛格丽特的声音显得很不自然。

“哦！他破产了，也许和破产差不多。亨利不是和你讲过吗，就是你头疼的那天，——说什么来着？（你瞧，狄克逊，这样多好。黑尔小姐会让我们很有面子的，是不是？）希望我也能和女王那样长成高个子，有吉卜赛人那样黝黑的肤色，玛格丽特。”

“但桑顿先生到底怎样啦？”

“唉！对法律问题我是一点也不懂。亨利会把一切都对你讲的。听他说的意思，桑顿先生好像情况非常不妙，可是他确实是个非常正派的人，所以我得认真礼貌地接待他。我不知道该怎么做，所以来请你帮助。现在就和我一起下楼吧，在沙发上可以休息一刻钟。”

“他去伦敦的目的就是为了把那些产业——就是马尔巴勒工厂的厂房，还有附属的房屋，将它们都转租出去。他已经无力再租下去了，不仅要查看一些契约和租约，还要拟定协议。我是希望伊蒂丝把他接待好，但我看出来了，我冒失地请她让桑顿先生来吃饭，她很不情愿。但我觉得你肯定愿意请他一下，因为对一个落魄的人，还是应该善待些。”他在玛格丽特身边坐下，把声音压低了说，说完就马上起身。这时桑顿先生正好走进来，他于是就把他介绍给伊蒂丝和伦诺克斯上尉。

就在桑顿先生忙于和上尉夫妇寒暄时，玛格丽特关切地望着他。一年多不见，期间所发生的事情让他改变不少，他依然体魄健壮，身材比一般人要高些，举止从容，没有一丝的做作，一切都显出仪表的出众，但他的脸上却因为思虑过重而显得有些苍老，但仍然是神态安详，给那些刚刚听说他已经改变处境的人留下了深深的印象，在他们看来，他天生就有着一种庄重的气质和男子汉的坚毅。当他一进门，就看到了玛格丽特，还发现她在倾听亨利·伦诺克斯先生说话时那种专注的神态。他像一个老朋友那样，举止得体地来到她的面前。听到他镇定地讲话，她的脸上不禁泛起一片红晕，甚至整个晚上都没有散去。她好像没有很多的话要和他讲，只是平静地向他打听她在米尔顿的老朋友的情况。他似乎有些失望，在他看来，这些都是一些礼节上的话。别的客人都陆续到来——他们都比他与主人们熟悉——于是他便退后一些，和伦诺克斯先生不时地聊上几句。

“你看黑尔小姐气色不错吧，是不是？”伦诺克斯先生说，“米尔顿那个地方显然是不适合她去的，她刚到伦敦时，我就感觉没有谁会像她那样变化那样大。今天晚上她看上去非常光彩。看她身体也恢复得好多了，变得健壮起来。还是在去年秋天，她只要走两三英里就会疲倦。但星期五晚上，我们却一口气走到汉普斯特德，接着又返回，转天她的精神也很好，就和现在一样。”

“我们！”这指的是谁呢？难道说的就是他们两人？

科尔瑟斯特先生是个精明强干的人，在议会里也崭露头角。他有着敏锐的目光，识人善任，桑顿先生在餐桌上讲的一句话引起了他的关注。他通过伊蒂丝打听桑顿的情况。听了她的介绍，他说：“原来是他呀！”这让伊蒂丝感到很意外。从科尔瑟斯特先生的口气里，她感到米尔顿的桑顿先生并不是她想象的那样，他不是一个无足轻重的人。她的晚宴非常顺利地进行着。亨利的情绪非常好，他讲了很多冷冰冰的幽默笑话。即使桑顿先生和科尔瑟斯特先生发现有些问题他们都很感兴趣，也只是先略微聊上几句，待餐后再进行私下交谈。玛格丽特佩戴着石榴花，这让她显得非常俏丽。她靠在椅子上，很少讲话，见此情景伊蒂丝并不反感，因为即使她不开口，谈话也会进行得非常顺利。玛格丽特向桑顿望去，他却没有任何回应，所以她可以静静地端详一下他的容貌，她发现尽管时间很短，但在他的脸上已经发生了一些变化。只是当听到伦诺克斯先生讲的几句幽默笑话，桑顿先生的脸上才浮起欣赏的神情，眼神也显得有了快乐的光彩，再看那嘴唇，因为微笑而开启，一副快乐的神情。有那么一瞬间，他本能地向四周寻找她的目光，似乎要得到她的回应。但当他们的目光一旦相遇，他的脸色立刻就变了，变得严肃和焦虑。他狠狠心，在吃饭时不再向她这里张望。

除了自家的妇女外，只有两位女性客人。女宾上楼进入客厅，姨母和伊蒂丝上前陪她们说话，玛格丽特于是慢慢地做自己的事情。没有多久，男人们也来了，科尔瑟斯特先生和桑顿先生看上去很谈得来。伦诺克斯先生来到玛格丽特旁边，轻声说道："真是的，我为伊蒂丝的宴会没少操心费力，她应该对我表示感谢才对。你知道吗，你的这个租户是个非常讨人喜欢的家伙，他很有见识。科尔瑟斯特所要讨教的问题，他都能告诉他。可我却想不到他怎么会把自己的事业搞得一塌糊涂。"

"如果你也有和他一样的实力和机会，相信你也会成功的。"玛格丽特说。虽然此话和他心里的一些想法相符，但对她这种语气，他却是不大喜欢的。他没有再讲什么，于是，科尔瑟斯特先生和桑顿先生谈话的声音从壁炉旁边传了过来。

"我真的发现人们带着极大的兴趣——也许应该这样说，是带着对它的结果极大的好奇心谈论它。我在附近做短期逗留时，就经常听到人们谈论你。"后面又谈论什么就听不到了。再次听清他们的谈话时，桑顿先生的话传来。

"没有那么多人认识我——假如他们谈论我，准是他们弄错了。我的计划是慢慢设想出来的，我觉得别人很难理解我，就连那些我很想结识、希望把我的想法毫无保留地讲给他们听的人，他们对我也是不理解的。我承认自己有很多缺点，但我认为自己的选择是正确的，并且通过和一个人的友谊，我结识了很多的人，我们都是受益者，我们都曾在无意间相互学习和借鉴。"

"你说的'你们都曾'，我想你是准备继续下去吗？"

"我得打断科尔瑟斯特了，不能再让他继续说下去了。"亨利·伦诺克斯急切地说。接下来，他突然提出了一个问题，这个问题提得非常及时，它改变了谈话的方向，这样，桑顿先生就不再处于尴尬的境地，不必承认他在商业场上的失败和地位的改变。但当新的话题结束后，桑顿先生又以马上继续中断的话题，来回答科尔瑟斯特先生的问题。

"在商业场上我是失败了，现在只好当个厂主。我现在正在米尔顿寻找一个职位，我希望能按照自己的风格做事，对方也乐于这样接纳我。我虽然没什么先进的理论，但我不会莽撞行事，我现在只希望除了和工人建立'现金交易关系'外，还能有别的交流，对此我是有信心的。然而现在看一些厂主对此的重视程度，它可能就是阿基米德撬动地球的一个支点。只要我一提出自己想要进行的实验，他们就会严肃地摇头反对。”

“我发现你把这些做法叫作‘实验’。”科尔瑟斯特先生说，从他的话里能给人感到一些赞赏的意思。

“在我看来那只是实验。对于它们会有什么结果我没有任何把握。但我还是认为应该试试。我坚信没有任何一种体制——无论这个体制有多缜密，无论需要用多少心思去组织安排——还没有哪个体制能促使两个阶级相互依靠，当然，如果这种体制能让不同的阶级在个人之间得到沟通。这样的交往是必要的。一个雇主为工人的利益所做的安排，我们不可能强迫工人去理解。作为一项周密的计划，它如同一架机器，看上去能应对各种紧急情况。但从工人的角度出发，让他们接受那项计划就像让他们接受机器，他们不会考虑制订计划要花费什么样的心血，要做怎样细致的工作。我的想法是，要将一项计划付诸实施，就需要有个人之间的交流，当然，初期可能并不顺利，但正是因为中间会遇到挫折，所以也就能多引来更多人的关注，最后就会成为大家共同期待的事情，为了这个计划的实现大家都付出了努力。但值得注意的是，如果有一天大家对计划失去兴趣了，他们的兴致即刻就一落千丈，同时也失去了动力。通过为共同的计划而努力，大家增加了相互的了解，增进了情感的交流，彼此熟悉了对方的脾气秉性，乃至彼此为人处世的方式。我认为大家需要更加的相互了解，甚至，我要冒昧地说，人与人之间的关系需要更加融洽。”

“在你看来这样做就可以避免工人罢工吗？”

“我不这样认为。我希望的目标只有一个，就是让罢工改变过去的样子，不要成为仇恨的根源。在一个乐观的人看来，阶级间的友好交往能够消除罢工，但我对此不抱乐观的态度。”

突然，他似乎想起什么，就走到玛格丽特身边，好像知道她一直在关注他们的谈话，所以，也不用解释什么就直截了当地说道：“黑尔小姐，我收到一封信，是一些工人联名写给我的——看笔迹像是希金斯写的——信中讲如果我需要雇用工人的话，他们希望为我工作。这是不是一件好事？”

“当然是好事。我听了感到很高兴。”玛格丽特说，她抬起头，用那双充满温情的眼睛注视着他，然后在他深情的目光下又把头垂了下来。他又关注地望望她，好像并不知道自己在干什么，接着叹了一口气，说道：“我就知道你会高兴的。”说完就转身离开了，一直到告别时也没再和她说话。

看到伦诺克斯先生告辞，玛格丽特的脸上不禁浮上一层红晕，她有些迟疑地问道：“我想明天能和你谈谈，可以吗？我有——有点事情想请你帮助。”

“没问题。你说什么时候，我一定过来。只要对你有益，我愿意。十一点吗？好极了。”

他的眼睛因为幸福而闪亮。他已经感到自己非常需要她，现在看来令人高兴的事情随时都会发生了，以前他曾发誓，假如找不到这种感觉，他就不会向她求婚。

第二十七章　“云开雾散”

任它是欢乐还是悲哀，是希望或是忧虑，

今生如此，来世也是如此。

不管在和睦中还是在争吵时，不管是疾风骤雨还是阳光和照。

第二天上午，伊蒂丝轻手轻脚地来回走动着，她还叮嘱肖尔托说话要小声点，似乎哪怕有一点声音都会干扰了客厅里的谈话。都两点钟了，里面还在继续着。接着，一个男人走下楼梯的声音传来，伊蒂丝向客厅外看去。

“喂，亨利？”她的语气带着询问。

“嗯！”亨利似乎不愿多说什么。

“该吃午餐了吧！”

“不，谢了，我现在还没时间。我在这里已经耽误很久了。”

“还有什么事情需要办。”伊蒂丝有些失望地说。

“是啊，什么也没有解决，而且永远也不会解决，假如你说的就是我所想的那件事，肯定那是无法实现的，伊蒂丝，别再想了。”

“但那对大家都是有好处的。”伊蒂丝辩解道，“如果能给玛格丽特在附近安顿下来，我对孩子们就放心了。说实话，我很担心她到加的斯去。”

“如果我结婚，就要找一个懂得照顾孩子的女人，这一点我是能做到的。黑尔小姐不愿和我结婚，当然我也不会向她求婚。”

“那你们说些什么呢？”

“很多事情你还不懂：投资、租约，还有地价。”

“哦，要是就这些，你就走吧。这些事情很无聊，假如你们一直都在议论这些，那可真是太傻了。”

“那好。明天我还会来的，我会把桑顿先生带来，和黑尔小姐再谈谈。”

“桑顿先生！这些事情和他有关系吗？”

“他是黑尔小姐的房客。”伦诺克斯先生转过脸来解释说，“他想解除他的租借权。”

“啊，那太好了。我不清楚这些细节，所以就不要细说了。”

“你只要清楚一点就行了，就像今天这样，我们待在客厅里，没有谁来打扰。平常总有孩子和仆人出来进去，这样会弄得我把事情说不清楚。明天要做的事情很重要。”

但谁也没想到伦诺克斯先生转天并没有来。桑顿先生却按时来了，他在客厅等了将近一个小时后，玛格丽特才脸色苍白地走进来，他的神色显得非常忧郁。

她神色急切地说：“非常抱歉，伦诺克斯先生没有到，——他比我会办事，他是我的法律顾问，在这……”

“非常抱歉，我的到来如果打扰了你。我可以到伦诺克斯先生的事务所去看看他在吗？”

“不用，非常感谢你。我想说，我不愿失去你这样一位客户，但伦诺克斯先生说，一切都会好起来的……”

“对我的事情伦诺克斯先生并不很清楚。”桑顿先生语气非常平静，“他对于一个人在意的事情总是感到非常快乐、非常幸运，这样，就不明白一个人发现自己已经不再年轻时会有怎样的感觉。——一个人不再年轻，却让他回到年轻人才有的干劲十足的起点——他觉得自己的半辈子时光已经消逝了，然而却无所建树——消逝的时光里除了痛苦的记忆，没有留下任何东西。黑尔小姐，伦诺克斯先生对我有什么看法，我可不想听。一个快乐的成功人士，他对别人的不幸，会看得非常微不足道。”

“事情不是你讲的那样。”玛格丽特语气温和地说，“伦诺克斯先生只是认为你收回——当然不只是收回——你失去的所有财产，这都有可能——让我把话说完，你别插话！”她刚有所镇定，又接着忙乱起来，颤颤巍巍地翻找着一些法律文书和账目清单，“哦！找到了！——这是他替我草拟的一份提议——我是真心希望他能来这里解释一下——说明假如你愿意接受我的一笔钱，——我目前有一万八千零五十七英镑在银行里存放，利息每年只有2.5%，——如果你接受这笔钱，就能付给我比这高很多的利息，你还可以继续经营马尔巴勒工厂。”她的声音此时已经非常清晰，而且更加平静。桑顿先生没有答话。她还在翻找那份贷款提议，看得出来，她只是急于想将一切事情都办理成一件事务性的安排，主要是对她一方有好处。就在她翻找文件时，桑顿先生讲话的声调让她感到了紧张，他用一种嘶哑而颤抖又满怀情谊的声音喊道：“玛格丽特！”

似乎就在瞬间，她将头抬起，又立刻低下，用手遮住了面庞，也遮住了那双闪亮的眼睛。他靠近她，又一次用颤抖而热切的声音呼唤着她的名字。

“玛格丽特！”

她把头埋得更深，几乎就要和桌子贴在一起。他走过去，在她的身边跪下，用他的脸对着她的耳朵，他开口了，声音很低，而且气喘吁吁地：“听着。——如果你不开口——我会粗鲁地认为你这是答应了。——假如我必须离开，请你马上轰我走，——玛格丽特！……”

当第三声呼唤发出后，她的脸终于从雪白的小手中抬起，她望着他，她将肩膀靠到他的肩上。他感到她靠在自己肩上的脸是那样娇嫩，他心里感到非常的幸福，他来不及去看一眼那娇羞的脸和含情的眼睛，他只是将她紧紧地揽进怀里，谁都没有讲话。到后来，还是她首先开口，她声音低沉地说：“哦，桑顿先生，是我不好！”

“没有，是我不配，不要再笑话我了。”

过了一两分钟，他将她的脸轻轻地移开，让她的胳膊像过去保护他不被暴民攻击时那样放好。

“还记得吗，亲爱的？”他的声音很轻，“我第二天是怎么对你粗暴无礼的？”

“我记得我对讲话很不公正，——就是这些。”

“你看！你抬头看一眼。我这儿有件东西！”她慢慢地抬起头，那张羞涩的面孔对着他。

“这些蔷薇你认识吗？”他边说边掏出皮夹子，那里面有一些干枯的花瓣儿。

“我不认识！”她的回答充满了天真好奇的神情，“是送给我的吗？”

“不！这些东西没有什么价值，你没有把它们给我。你可能戴过别的品种的蔷薇花。”

她看着它们，感到很疑惑，接着微笑着说：“这都是赫尔斯通的蔷薇吧？从这些锯齿形的叶子能辨认出来。唉，你去过那里吗？什么时候去的？”

“当我最痛苦的时候，在我感到没有希望让玛格丽特做我妻子的时候，我依然想去目睹一下她曾经生活过的地方。从阿弗尔回来的时候我去过那里。”

“把那些蔷薇送给我吧。”她边说边用力想从他手里把花拿到手。

“好，那你得谢谢我！”

“我怎么和肖姨妈讲呢？”玛格丽特心里感到一阵兴奋，然后轻声地说。

“让我来讲吧。”

“哦，不，还是我去讲吧，——但她会有什么反应呢？”

“让我猜，她听了保准会大吃一惊，她会这样喊道，‘就是那个男人哪！’”

“哦！”玛格丽特说，“要不我也学学你母亲那恼怒的声调：‘就是那个女人哪！’”